팔묘촌

八つ墓村

옮긴이 정명원은 1974년 생으로 이화여자대학교 신문방송학과를 졸업했다.
소설로 글쓰기를 시작했으며 현재, 소설가 및 번역가로 활동중이다.
역서로는《옥문도》《악마의 공놀이 노래》가 있다.

팔묘촌

초판 1쇄 발행일 2006년 8월 4일
초판 15쇄 발행일 2025년 8월 17일

지은이 요코미조 세이시
옮긴이 정명원

발행인 조윤성

발행처 ㈜SIGONGSA **주소** 서울시 성동구 광나루로 172 린하우스 4층(우편번호 04791)
대표전화 02-3486-6877 **팩스(주문)** 02-598-4245
홈페이지 www.sigongsa.com / www.sigongjunior.com

ISBN 978-89-527-4679-5 04830
ISBN 978-89-527-4678-8 (세트)

*SIGONGSA는 시공간을 넘는 무한한 콘텐츠 세상을 만듭니다.
*SIGONGSA는 더 나은 내일을 함께 만들 여러분의 소중한 의견을 기다립니다.
*잘못 만들어진 책은 구입하신 곳에서 바꾸어 드립니다.

팔묘촌

八つ墓村

요코미조 세이시(横溝正史) 지음 ― 정명원 옮김

SIGONGSA

■ 목차

■ 발단

팔묘촌이란 돗토리(鳥取) 현과 오카야마(岡山) 현의 경계에 있는 산속의 외딴 마을이다.

물론 산속이니 경지라 봐야 극히 적어 고작해야 열 평이나 스무 평 정도의 논이 이쪽에 불쑥, 저쪽에 불쑥 있을 정도고 그것도 기후 관계로 수확량도 적어, 아무리 식량증산을 외쳐봤자 주식의 경우 겨우 마을인구가 먹을까 말까한 정도밖에 생산하지 못한다.

그럼에도 불구하고 마을 전체가 비교적 풍족하게 살고 있는 까닭은 따로 생업이 있기 때문이다. 팔묘촌의 생업이란 숯 굽는 일과 소치기다. 소를 키우는 일은 최근 시작했지만 숯 굽는 일은 예부터 이 마을의 가장 주된 생업이었다.

팔묘촌이 있는 산은 멀리 돗토리 현까지 이어져 있고 그 산들에 졸참나무, 떡갈나무, 상수리나무 등의 나무가 빼곡하게 우거져 있으니 탄광촌으로서 부족함이 없고 예부터 이 지방의 졸참나무 숯이라고 하면 간사이(関西) 지방에서도 유명했다.

그리고 또 하나의 생업인 소를 키우는 일은 최근 시작한 것이지만 지금은 숯 굽는 일 이상으로 마을의 재원이 되고 있다. 이 부근의 소는 한마디로 치야우시(千屋牛)라고 불리는데, 부림소로서도 좋고 식용소로서도 좋아, 인근의 니이미(新見)에서 소를 사고파는 장이 설 때는 전국에서 거간꾼이 모여들 정도다.

따라서, 마을 어느 집에서도 소 대여섯 마리 키우지 않는 일은 없지만 그들 소는 반드시 키우는 주인의 소유인 건 아니고 마을 부자가 산 송아지를 맡아 한 마리 몫의 소로 키워, 그걸 판 이익금을 정해진 비율로 출자자와 나누는 것이다. 즉 보통 농촌의 지주와 소작농 같은 관계가 여기에도 있는 까닭에 이런 산속의 외딴 마을에도 빈부격차는 확실히 존재했다. 팔묘촌의 부자는 두 집이 있는데, 하나는 다지미(田治見), 두 번째는 노무라(野村) 가(家)이다. 다지미 가는 마을 동쪽에 있어서 동쪽집이라 불리고 노무라 가는 그에 대립하는 의미에서 서쪽집이라 불리고 있다.

뭐니 해도 이상한 건 이 마을의 이름이다.

팔묘촌, 야츠하카무라(八つ墓村). 여기서 태어나 여기에 뼈를 묻고 대대로 오랫동안 이 이름에 친숙한 사람들에게는 별 기이한 느낌이 들지 않을지도 모르나, 처음 이 이름을 들은 타지방 사람들은 다소 이상한 이름이라고 생각할 것이다. 뭔가 기분 나쁜 유래가 있을 거라고 생각되지 않겠는가.

과연 그러했다. 그리고 그 사정이란 지금으로부터 삼백팔십여 년 전 에이로쿠(永祿)[1] 시대에서 유래한다.

에이로쿠 9년(1567년) 7월 6일, 운슈(雲州) 도다(富田) 성주 아마코 요시히사(尼子義久)가 모리 모토나리(毛利元就)에게 항복해 갓산(月山)성을 내어줬을 때, 주요 귀족들 중 항복을 받아들이지 않았던 젊은 무사 한 사람이 말을 탄 채 일곱 명의 측근을 거느리고 성에서 달아났다. 전설에 의하면 그때로 일행은 후일 다시 일어날 것을 대비해 말 세 필에 삼천 냥의 황금을 싣고 있었다고 한다. 그리고 강을 건너고 산을 넘어 천신만고 끝에 겨우 도착한 곳이 이 마을이었다.

처음에 마을사람들은 흔쾌히 여덟 명의 패주(敗走)무사를 맞아들였다. 패주무사들은 이 산골짜기의 소박한 인정에 안심하고 한동안 이곳에 임시로 머물기로 결정, 거주민으로 변장하고 숯 굽기 등을 시작했다.

다행히 이곳은 산 깊숙이 위치해 있고 숨을 집이 모자라는 일은 없었다. 게다가 여차하면 숨기 적당한, 종유동굴도 있었다. 이 부근 일대의 지층은 석회암으로 이루어져 계곡을 따라 내려가면 도처에 종유동굴이 있었고 안에는 야와타(八幡)[2]의 대나무 숲처럼 누구도 그 안쪽을 뒤진 적이 없다는 깊은 동굴도 있었다. 그것들은 토벌자가 몰려올 경우 숨기에 안성맞춤인 장소였다. 이런 지형을 고려한 까닭에, 여덟 명의 패주무사가 이 마을을 잠

1) 에이로쿠(永祿): 1558년 2월 28일부터 1570년 4월 23일까지 일본의 연호.
2) 야와타(八幡): 교토 부근 남서부에 있는 도시. 에디슨이 발명한 백열전구의 필라멘트로도 사용된 대나무의 산지로 잘 알려져 있다.

시 머물 장소로 정한 것일지도 모른다.

이렇게 해서 반년 남짓한 세월 동안 잔당들은 평온무사하게 보냈다. 마을사람들과의 사이에도 분쟁은 일어나지 않았다.

하지만 그 사이에 모리 측의 추적이 점점 거세졌다. 그리고 추적의 손길은 마침내 이 산속까지 뻗쳐왔다. 집요하게 추적이 이뤄진 까닭은 잔당의 대장이 아마코의 일족 중에서도 이름난 호걸이었으므로 그런 놈을 살려두면 후일 어떤 재난의 씨앗이 될지 모른다고 생각해서였다.

잔당을 숨겨주고 있던 마을사람들도 차츰 입장이 난처해졌다. 게다가 모리 측이 제시한 포상금에도 시선이 갔다. 하지만 그보다 마을사람들이 한층 마음이 쏠렸던 것은 말에 싣고 온 3천 냥의 황금이었다. 잔당 전부를 죽여 버리면 누구도 그 3천 냥에 대해 알 사람은 없을 거라 생각했다. 아니, 혹여 모리 측에서 알고 있어서 황금을 추적한다고 해도, 모릅니다, 몰라요, 그런 건 본 적도 없다고 우기면 벗어날 수 있을지도 모르지 않은가.

그래서 마을사람들은 거듭 의논한 끝에 만장일치로 결정해 어느 날 불시에 잔당을 습격했다. 잔당은 그때 모두 산에 있는 숯 굽는 오두막에 모여서 숯을 굽고 있었던 참이었는데 그걸 에워싼 마을사람들은 삼면에서 마른풀에 불을 붙여 우선 잔당의 퇴로를 막아두고 힘센 젊은이들이 각각 산도(山刀), 죽창을 휘두르며 숯 굽는 오두막을 습격했다. 난세인지라 토착민들도 싸우는 방법은 알고 있었던 것이다.

잔당들은 허를 찔렸다. 그들은 완전히 마을사람들에게 마음을 열고 있었기 때문에 습격은 아닌 밤중에 홍두깨였다. 장소가 산에 있는 숯 굽는 오두막이어서 창칼도 갖고 있지 않았다. 그럼에도 장작 패는 연장 등을 휘두르며 싸웠지만 중과부적으로 어차피 이길 가망은 없었다. 한 명 쓰러지고, 두 명 쓰러지고, 결국 여덟 명 모두 토착민의 손에 덧없이 죽어갔다.

마을사람들은 여덟 개의 목을 자른 다음 숯 굽는 오두막에 불을 지르고 승리의 함성을 지르며 물러났지만, 입으로 전해진 바에 의하면 여덟 개의 목은 모두 원한을 품은 형상처럼 끔찍하여 보는 이를 오싹하게 만들었다고 한다. 그 중에서도 특히 젊은 대장의 원한은 더욱 대단하여, 토착민의 손으로 갈기갈기 베이고 피투성이가 되어 숨이 끊어지는 순간까지, 일곱 번 환생하도록 이 마을에 재앙을 내리겠다며 계속해서 소리 질렀다고 한다.

그건 그렇다 치고, 마을사람들은 이 목을 바침으로서 모리 측으로부터 포상금을 받는 데 성공했지만 중요한 3천 냥의 황금은 아무리 찾아도 그 소재를 알 수 없었다. 그들은 혈안이 되어 풀뿌리를 캐고 바위에 구멍을 뚫고 계곡을 파서 황금의 행방을 찾았지만 결국 찾지 못했다고 한다. 그뿐만 아니라 이 황금을 찾는 사이에 여러 가지 괴이하고 상서롭지 못한 일이 일어났다.

어떤 사람은 종유동굴 안쪽을 뒤지다가 갑작스런 낙반 때문에 덧없는 최후를 맞았다. 어떤 사람은 바위 모서리를 팠지만 이내 절벽이 무너지는 바람에 발이 미끄러지고 골짜기에 떨어져 큰 부상을 입은 끝에 절름발이가 되었다. 어떤 사람은 나무뿌리를 파내는 도중 갑자기 그 나무가 쓰러져 무참히 눌려죽었다.

이런 괴이한 일들이 연달아 일어나던 중에 마지막으로 마을사람들을 공포의 구렁텅이에 빠뜨리는 사건이 일어났다.

여덟 명의 패주무사가 참살당하고 나서 반년 정도 후의 일이다. 그 해는 어쩐 일인지 천둥이 많이 치고 벼락이 계속 떨어져 이것도 여덟 사람의 원념이 아니냐며 마을사람들도 불안한 생각에 부들부들 떨고 있던 참에 어느 날 마을수장인 다지미 쇼자에몬(田治見庄左衛門) 댁의 커다란 삼나무에 벼락이 떨어져 멋들어지게 뿌리까지 절반으로 갈라졌다.

그건 그렇고 이 다지미 쇼자에몬이야말로 잔당습격의 주모자로 그 이후 이래저래 기분이 좋지 않은지 왠지 모르게 미친 듯한 행동이 많아져 식구들도 전전긍긍하고 있던 참이었는데, 별안간 이 벼락으로 이성을 잃고 말았다. 마침 그 자리에 있던 칼을 빼어드는가 싶더니 느닷없이 식구들 두세 명을 베어 쓰러뜨리고 집을 뛰쳐나가더니 때마침 마주친 마을사람을 후려쳐서 쓰러뜨리고는 자신은 산에 들어가 스스로 목을 쳐서 죽었다.

거짓인지 진실인지, 이 때 상처 입은 사람은 십여 명 정도였으나 쇼자에몬의 일격으로 죽은 건 일곱 명으로 거기에 스스로 목을 베어죽은 쇼자에몬을 더하면 한 번에 여덟 명이 죽은 게 되니, 이것도 저 무참히 살해당한 여덟 패주무사의 원념이라며 사람들은 두려워했다.

그래서 사람들은 여덟 사람의 영혼을 달래기 위해 개와 고양이나 다름없이 묻어뒀던 여덟 개의 시체를 꺼내어 이를 정중하게 다시 매장하고 거기에 여덟 개의 묘를 세워 신으로 우러러 모시기로 했다. 이것이 다름 아닌 팔묘촌의 뒤편에 있는 여덟무덤신의 유래로서 마을이름도 이 신의 이름에서 따왔다.

이상이 팔묘촌에 관해 먼 옛날부터 전해져 내려오는 이야기이다.

그런데 역사는 반복되는 것인지 최근 들어 이 산속 일개 외딴 마을의 이름이 전국의 신문에 실리는 일대 괴사건이 일어났다. 그리고 이 사건이야말로 내가 여기에 소개하려고 하는 괴사건의 직접적인 단서가 되는 것이다.

그것은 다이쇼(大正)[3] ×년, 다름 아닌 지금부터 이십여 년 전의 일이다. 동쪽집이라 불리는 다지미 가의 당시 주인은 요조(要蔵)라 하여 그 무렵 서른여섯이었는데, 다지미 가에는 저 쇼자에몬 이래 대대로 미치광이의 유전자가 있어 요조도 젊었을 무렵부터 이래저래 잔학하고 난폭한 행동을 많이 했다. 요조는 나이 스물에 오키사란 여자와 결혼하여 히사야(久弥), 하루요(春代)란 두 아이가 있었다.

요조는 일찍이 양친을 잃어 두 사람의 고모에 의해 키워졌다. 연이은 사건이 일어났을 무렵 다지미 가의 가족은 요조 부부와 열다섯 살인 아들 히사야, 여덟 살인 딸 하루요 그리고 두 아이 외에 지금 말한 두 사람의 고모가 있었다.

이 두 고모는 쌍둥이인데, 둘 다 평생 시집가지 않은 노처녀로 요조의 양친이 죽은 후 다지미 가의 일체를 책임지고 있었다. 요조에게는 남동생이 한 사람 있었는데 어머니의 친정을 잇기 위해 일찍이 집을 나와 성도 사토무라(里村)로 바꾸었다.

아무튼 사건이 일어나기 이삼 년 전, 요조는 처도 자식도 있으면서 갑자기 격렬한 사랑에 빠졌다. 연애상대는 마을 마소거간

---

3) 다이쇼(大正): 1912년 7월 30일부터 1926년 12월 25일까지 일본의 연호.

꾼의 딸로, 당시 고등소학교를 나와 우체국의 사무원을 하고 있었다. 나이는 열아홉, 이름은 츠루코(鶴子).

요조는 전에도 말했듯 난폭하고 잔학성을 지닌 남자였는데 그 사랑도 또 문자 그대로 불꽃처럼 격렬했다. 하루 내내 그는 츠루코가 돌아오는 길을 지키고 있다가 자기 집 흙창고에 억지로 데려가 폭력으로 그녀를 범했다. 게다가 그대로 츠루코를 흙창고에 가둔 채 돌려보내려 하지도 않고 미치광이 같은 정욕의 희생양으로 괴롭혔다.

츠루코는 물론 울며 도움을 청했다. 사정을 아는 두 고모와 처인 오키사가 놀라 요조를 달랬지만 그는 완고하게 그 말을 들으려 하지 않았다. 츠루코의 양친도 놀라 달려와서 딸을 돌려달라며 울부짖었지만 요조는 한 마디로 거절했다. 끈덕지게 주위사람들이 떠들자 요조는 번뜩이는 눈초리를 하고서는 어떤 난폭한 짓을 저지를지 모를 기세였다.

그에 공포를 느낀 사람들로서는 결국 츠루코를 설득해서 요조의 첩이 되는 걸 승낙케 할 수밖에 없었다. 츠루코는 끙 하고 침묵한 채 좀처럼 대꾸하지 않았으나 그녀가 고개를 젓는다고 어떻게 될 리도 없었다. 흙창고의 열쇠는 요조가 쥐고 있으니 내키는 때 와서 폭력으로 목적을 이룰 것이다.

츠루코는 곰곰이 생각했다. 이럴 바에는 일단 순순히 승낙하고 요조의 첩이 되자. 그러면 이 창고에서 나갈 수 있겠지. 창고에서 나가기만 한다면 또 뭔가 방법이 있을 거야. 츠루코는 그렇게 각오를 정하고 양친을 통해 그 뜻을 요조에게 전달했다.

요조가 기뻐한 건 말할 필요도 없다. 츠루코는 바로 창고에서 나와 한 별채에 머물게 되었다. 그리고 옷이니 머리장식이니 세간이니 여러 가지 훌륭한 물건을 갖게 되었고 요조의 귀여움을 한 몸에 받았다. 그는 낮에도 밤에도 별채에 들어와 츠루코의 몸뚱이를 계속 애무했다.

츠루코는 그것이 두려웠다. 들은 바에 의하면 요조의 정욕은 어딘가 미치광이처럼 격렬해서 보통 여자로서는 받아들이기가 힘든 것이었다고 한다. 참을 수 없어진 츠루코는 몇 차례인가 요조로부터 도망을 시도했다. 하지만 그때마다 요조가 미치광이처럼 난폭해지자 마을 사람들이 공포를 느끼고 츠루코가 있는 곳에 애걸하러왔다. 결국 츠루코는 싫지만 요조에게 돌아가지 않을 수 없었다.

그러는 동안 츠루코는 임신해서 남자아이를 낳았다. 요조는 매우 기뻐하며 그 아이에게 타츠야(辰弥)란 이름을 지어주었다. 이처럼 아이도 생겼으니 츠루코도 어느 정도 안정되리라 생각들을 했지만, 그 후에도 그녀는 아이를 안고 여러 번 집을 빠져나왔다. 그도 그럴 것이 아이가 생긴 후에도 요조의 격렬한 정욕은 조금도 변치 않았던 것이다. 아니, 아이를 낳음으로써 여자가 완전히 자신의 것이 되었다고 생각한 요조는 점점 심해져서 미친 짓이 한계에 달했다.

그 일과 함께 또 하나, 츠루코가 그처럼 여러 차례 뛰쳐나간 데는 깊은 까닭이 있다는 것을 양친이나 마을사람들도 그제서야 알아차렸다.

츠루코에게는 한참 전부터 깊이 마음을 나누고 결혼을 약속한 남자가 있었던 것이다. 그 사람은 마을 소학교 선생으로 가메이 요이치(亀井陽一)란 청년이었다. 선생이란 직업 때문에 두 사람은 이 사랑을 잘도 숨겼던 것 같다. 가메이란 남자는 이 마을 출신은 아니고 다른 곳에서 전근을 온 사람이었으나 이 지방의 지질에 흥미를 갖고 있었는지 자주 종유동굴에 탐험하러 갔다고 하니 분명 두 사람은 남이 모르는 종유동굴 속에서 은밀하게 밀회를 계속했을 것이라는 소문이 돌았다.

입이 가벼운 마을사람들은 이런 사실을 알게 되자 타츠야의 출생에 대해서도 쑥덕거리게 되었다.

"저건 다지미 어른의 애가 아니야. 가메이 선생의 아이일 거야."

좁은 마을 안에서 이런 소문은 언젠가 요조의 귀에 들어가기 마련이다. 요조는 불처럼 격분했다. 애착도 강한 대신 질투도 미치광이 수준이었다. 츠루코의 머리카락을 잡은 채 치고 차고 때리는 것은 그래도 나은 정도고, 발가벗겨 찬물을 끼얹기도 했다. 그 때까지 눈에 넣어도 아프지 않을 정도로 귀여워했던 타츠야의 등이나 허벅지에 달군 부젓가락을 대기도 했다.

이대로 가면 아이도 자신도 살해당하고 말 것이다. 견딜 수 없어진 츠루코는 또 타츠야를 끌어안고 집을 빠져나왔다. 이삼일 그녀는 양친의 집에 숨어 있었으나 자신이 뛰쳐나온 후, 요조의 분노를 인편에 전해 듣고는 겁이 나서 마을에서 도망쳐 히메지(姫路)에 있는 친척집에 몸을 숨겼다.

요조는 네댓새 동안 술만 들이키며 츠루코가 돌아오길 기다렸다. 이제까지라면 츠루코가 뛰쳐나가더라도 이삼일 정도 지나면 양친이나 마을대표가 사죄하며 데리고 돌아왔던 것이다. 하지만 이번에는 닷새를 기다려도 열흘을 기다려도 츠루코는 돌아오지 않았다. 요조는 초조함에 점점 미치광이처럼 되어갔다. 두 고모도 처인 오키사도 두려워서 옆에 가지 않았다. 이번 만큼은 마을사람들도 누구 하나 중재하려는 이가 없었다.

이렇게 해서 마침내 요조의 광기는 폭발했던 것이다.

봄이 늦게 오는 산골마을에서는 아직 고다츠(炬燵)[4]를 사용하는, 4월 하순의 어느 밤에 일어난 일이었다.

마을사람들은 갑자기 때아닌 총성과 심상치 않은 비명에 잠을 깼다. 총성은 한 발로 끝나지 않고 간격을 두고 두 발, 세 발 계속되었다. 비명, 고함소리, 도움을 청하는 소리는 차츰 커져갔다. 무슨 일이 일어났나 하고 뛰쳐나온 사람들은 거기서 너무나 이상한 모습을 한 남자를 보았다.

그 남자는 깃을 세운 양복을 입고 발에 각반을 묶은 짚신을 신고 하얀 머리띠를 하고 있었다. 그리고 그 머리띠에는 불을 켠 상태인 막대기 모양의 회중전등 두개를 뿔처럼 꽂고 가슴에는 마찬가지로 불이 켜진 내셔널 회중전등을 마치 축시참배(丑の刻参り)[5]에 쓰는 거울처럼 매단 채 양복 위에 맨 허리띠에는 일본도를 차고 한손에는 엽총을 들고 있었다. 마을사람들은 그걸 보

---

4) 고다츠(炬燵): 각로(脚爐). 일본의 실내 난방 장치의 하나. 나무틀에 화로를 넣고 그 위에 이불 · 포대기 등을 씌운 것. 이 속에 손 · 무릎 · 발을 넣고 몸을 녹임.

5) 축시참배(丑の刻参り): 축시(오전 2시 경)에 신사를 참배하여 경내 수목에 증오하는 사람을 본 딴 짚 인형을 매달아 못으로 찌르며 상대의 죽음을 비는 일. 흰옷을 입고 머리에 쓴 쇠고리에 양초를 매달아 불을 켜고 가슴에는 거울을 들며 얼굴이나 몸을 붉게 물들인 후 간다.

고 모두 기겁하지 않을 수 없었다. 아니, 기겁하기도 전에 남자가 든 엽총이 불을 뿜자 잠시도 버티지 못하고 그 자리에 쓰러져 버렸다.

이 남자가 요조였다.

그는 이런 모습으로 단칼에 아내인 오키사를 베어버리고 그대로 미친 채 집을 뛰쳐나왔던 모양이었다. 역시 두 고모나 아이들에게는 손을 대지 않았지만, 그 대신 죄도 없는 마을사람들을 닥치는 대로 돌아가며 어떤 사람은 베고 어떤 사람은 엽총으로 쏘아 죽였다.

나중에 조사로 알아낸 바에 따르면 어떤 집은 문을 두드리는 소리에 아무 생각 없이 주인이 대문을 연 찰나 느닷없이 밖에서 탕 하고 저격당했다. 또 어떤 집은 신혼인 젊은 부부가 막 잠에 들었을 무렵 덧문을 1촌(3센티미터) 정도 비집어 연 다음 그 틈을 통해 총부리를 밀어 넣고는 우선 신랑을 쏘아죽이고 소리에 놀라 벌떡 일어난 신부가 벽까지 도망쳐 살려달라고 싹싹 비는 걸 탕 하고 한 발로 해치웠다고 한다. 손바닥을 비비며 죽어가는 젊은 신부의 모습을 보고 달려 들어온 사무관은 눈물을 흘렸다. 게다가 이 신부는 고작 반년 정도 전에 십 리 정도 떨어진 마을에서 시집온 참이라 요조와는 아무 인연도 연고도 없는 여자였다.

이렇게 요조는 하룻밤 동안 마을을 난장판으로 만들어놓은 끝에 날이 밝음과 동시에 산으로 도망쳤고, 겨우 공포의 하룻밤은 끝났던 것이다.

다음 날 속보에 의해 가까운 읍이나 마을에서 엄청난 수의 경관이나 신문기자가 밀려들었을 때는 팔묘촌은 피범벅이 되어 있었다. 이쪽에도 저쪽에도 피투성이 시체가 구르고 있었다. 어느 집이건 죽어가는 신음소리가 새어나왔다. 또한 거의 죽어가는 채로 구원을 청하는 사람도 있었다.

그때 요조에 의해 중경상을 입은 사람은 헤아릴 수 없었지만 즉사한 사람은 서른두 명, 실로 비참하기 짝이 없는 사건으로 세계범죄사상 유례없는 일이라고 일컬어지고 있다.

게다가 산으로 도망친 요조는 그 후 이내 행방이 묘연해졌다. 물론 경찰이나 소방대, 마을 젊은이들에 의해 조직된 자위단 등이 인근 산을 샅샅이 수색했다. 종유동굴도 닥치는 대로 뒤졌다. 그들의 수색은 몇 개월이나 계속되었다. 그러나 요조의 행방은 알 수 없었다. 그렇다고는 하지만 그가 꽤 오래까지 살아 있었던 듯한 증거는 여러 가지가 발견됐다. 소가 총에 맞아 죽었는데 누군가가 군데군데 고기를 뜯어낸 것이 발견되었다(이 근방의 소는 겨울 내내 외양간에 가둬두었다가 봄이 되면 산에 풀어놓는다. 소는 야생초를 먹고 몇날며칠을 산에서 산으로 정처 없이 쏘다니는데 여차하면 돗토리 현 쪽까지 가 있는 일이 있다. 그리고 반 달에 한 번이나 한 달에 한 번, 소금이 필요하면 어슬렁어슬렁 산에서 내려와 기르는 주인의 품으로 돌아오는 것이다). 그리고 그 옆에서 화약을 폭발시켜 불을 일으킨 후 고기를 구워 먹었던 것 같은 흔적도 남아 있었다.

이 일은 산에 들어간 요조가 자살할 의지 등은 털끝만큼도 없이 살 수 있을 만큼 살려고 했다는 강한 집념을 말해주고 있어, 마을사람들은 새로운 공포에 깊이 사로잡혔다.

요조의 소식은 아직도 모른다. 아무리 그래도 산에 들어간 지

이십여 년, 그렇게 오래 살아 있을 리가 없다는 것이 상식적인 판단이겠지만, 마을사람 중에는 완고하게 그것을 부정하는 사람도 적지 않다. 거기다가 요조 생존설의 근거라는 것이 참으로 우스꽝스러웠다.

그때 요조에 의해 즉사한 사람은 서른두 명이었다. 32란 숫자는 8의 배수에 해당한다. 즉, 그것은 여덟무덤신의 여덟 무덤이 각각 넷씩 제물을 요구했다는 것이다. 그리하여 요조가 죽었다고 치면 제물이 하나 남는다는 것이다. 그리고 그 설을 주장하는 사람은 반드시 마지막으로 이렇게 덧붙인다.

"두 번 있는 일은 세 번 있지. 다지미 가의 선조인 쇼자에몬과 이번 요조, 두 번이나 그런 일이 있었으니 언젠가 다시 한 번 저런 무섭고 피비린내 나는 사건이 일어날 것임에 틀림없어."

팔묘촌에서는 지금도 아이가 떼를 쓰면 회중전등 뿔을 기른 도깨비가 온다고 으른다. 그러면 아이들은 부모에게 들었던 하얀 머리띠에 두 개의 회중전등을 꽂고 가슴에는 내셔널 램프를 매단 채 허리띠에는 일본도를 차고 한 손에는 엽총을 든 도깨비의 모습을 떠올리고 단번에 울음을 그친다고 한다. 그것은 팔묘촌 사람들에게 언제까지나 남아 있는 악몽이었다.

그건 그렇고 요조가 이성을 잃고 발작한 사건에 직접적인 관계가 있는 사람들은 어찌되었을까. 신기하게도 그때 요조에게 살해당하거나 상처를 입은 것은 대개 요조와 츠루코의 일에 관련이 없는 사람들뿐이어서 실제 관계가 있는 사람들은 대개 살아남았다.

우선 요조가 가장 미워했을 가메이 요이치 선생은 그날 밤 이

웃마을 스님과 바둑을 두러가서 아슬아슬하게 위기를 면했다. 그러나 역시 마을사람들의 심정을 생각해서일까, 사건 직후 어딘가 멀리 있는 학교로 전근을 갔다.

다음으로 츠루코의 양친은 소란을 듣고는 잽싸게 사정을 짐작하고 짚으로 만든 오두막집의 짚 속에 몸을 숨겨서 찰과상 하나 입지 않았다.

게다가 이 소란을 일으킨 장본인이라고 해야 할 츠루코 모자는 전에도 말했듯 히메지의 친척집으로 도망쳤기 때문에 또한 목숨을 건진 것은 말할 필요도 없다.

츠루코는 소란이 있은 후, 경찰이 불러 한동안 마을에 돌아와 있었는데 그녀에 대한 마을사람의 원한은 깊었다. 그녀만 얌전히 요조의 비위를 맞춰주었다면 이런 일은 없었을 것인데, 라며 부모를 잃고 아이를 살해당한 유가족의 증오는 대단했다.

그리하여 더는 버티기가 어려웠고 또 요조가 어쩌면 아직 살아있을지도 모른다는 공포가 덮쳐와 츠루코는 금세 당시 두 살이 된 아이를 안고 마을에서 도망쳐 그대로 소식을 알 수 없게 되었다.

그리고 26년의 세월이 흘러 쇼와(昭和)[6] 2×년. 두 번 일어난 일은 세 번 일어난다는 노인들의 말대로 팔묘촌에는 또다시 기괴한 살인사건이 잇달아 일어났다. 게다가 이번 사건에는 이전 두 사건처럼 격정적인 돌발사건이 아니라 묘하게 끈적끈적한 정체모를 살인이 계속해서 일어났기 때문에 팔묘촌은 왠지 모르게

---

6) 쇼와(昭和): 1926년 12월 25일부터 1989년 1월 7일까지 일본의 연호.

섬뜩한 공포에 사로잡혔던 것이었다.

아무튼 서론이 몹시 길어졌지만, 이제 슬슬 이야기의 막을 올리도록 하자. 덧붙여 그 전에 미리 양해를 구하는데, 이하 여러분이 읽을 이야기는 이 이야기 속에서 중요한 역할을 한 관계자 한 사람이 쓴 것이다. 내가 어떻게 이 수기를 손에 넣었는지, 그것은 특별히 이 이야기의 줄거리와는 관계없으니 여기에는 적지 않겠다.

제 1 장 사람찾기

팔묘촌에서 돌아오고 나서 8개월, 나는 이제 와서야 겨우 심신의 안정을 되찾았다는 생각이 든다.

지금 이렇게 고베(神戸) 서교의 약간 높은 언덕 위에 있는 새로 지은 서재에 앉아 그림처럼 아름다운 아와지시마(淡路島)를 눈 아래로 보면서 조용히 담배를 피우고 있으면 참 잘도 무사하게 살아남았다는 이상한 느낌에 사로잡힐 때가 있다. 종종 소설 같은 걸 읽으면 지독한 두려움에 머리카락이 단숨에 하얗게 변하는 일이 씌어져 있지만, 지금 책상 위에 있는 거울에 비춰 봐도 특별히 백발이 늘어난 것처럼 느껴지지 않는다. 스스로 생각해도 이상하기 그지없다. 그 정도로 나는 무서운 경험을 하고 왔던 것이다. 몇 번인가 생사의 갈림길에 섰다. 나중에 생각해 보면 어느 쪽으로 가든 살아날 수가 없었다.

그런데 이렇게 무사히 살아있을 뿐만 아니라 전보다 더, 아니,

전에는 꿈에도 생각지 못했던 행복을 쥐게 된 것은 모두 긴다이치 코스케(金田一耕助)란 인물 덕분이다. 저 더벅머리에 풍채가 초라하고 약간 말을 더듬는 버릇이 있는, 키가 작고 기묘한 탐정이 나타나지 않았다면 나는 벌써 저 세상에 있을 것이 틀림없다.

그 긴다이치 코스케가 이렇게 말했다. 마침내 사건이 해결되어 팔묘촌을 떠나려 할 때의 일이다.

"당신처럼 무서운 입장에 있었던 분도 드물어요. 제가 당신이라면 평생의 기념으로 이삼 개월간의 경험을 써두겠습니다."

그때 나는 이렇게 대답했다.

"저도 그렇게 생각하고 있습니다. 언젠가 가능한 한 빨리, 기억이 아직 생생할 동안에 저는 이번 사건의 전말을 죄다 빠짐없이 적어두렵니다. 그리고 그것으로 당신의 공적을 기리겠습니다. 제가 은혜를 갚을 길은 그 외에는 달리 없을 것 같으니까요."

나는 가능한 한 빨리 그 약속을 지키고 싶다고 생각했다. 그러나 내가 겪은 경험이 너무나도 무서워서 몸과 마음이 완전히 지쳐버렸기 때문에, 또 다른 이유라면 서투른 문장을 쓰는 것이 내키지 않았기 때문에 결국 그 약속을 이제까지 미뤄왔던 것이다.

그러나 다행히 나는 건강을 차츰 되찾았다. 최근 들어 무서운 악몽에 시달리는 일도 줄어들고 몸 상태도 제법 좋다. 문장에 자신이 없는 점은 지금도 변함이 없지만 무슨 소설을 쓰려는 건 아니다. 자신이 겪은 경험을 그저 있는 그대로 써두면 되는 것이다. 말하자면 사실을 보고하는 것, 사실담이다. 그리고 혹시 이 사실의 이상하고 괴이한 점이 서투른 문장을 보완해줄지도 모른다고 생각하고 있다.

팔묘촌. 오오, 생각만으로도 오싹하다. 뭐라 말할 수 없이 불쾌한 이름이다. 뭐라 말할 수 없이 불쾌한 마을이다. 그리고 또한 뭐라 말할 수 없이 불쾌하고 무서운 사건이었다.

팔묘촌. 나는 스물일곱 살이 된 작년까지 그런 불쾌한 이름의 마을이 있으리라고는 꿈에도 몰랐다. 하물며 그처럼 불쾌한 이름의 마을과 내가 중대한 관계가 있다고 어찌 생각이나 했겠는가. 나는 어렴풋이 내가 오카야마(岡山) 현 태생인 듯하다는 건 알고 있었다. 그러나 오카야마 현의 무슨 군, 무슨 마을 태생인지 그처럼 상세한 것은 조금도 몰랐고 또 알려고도 하지 않았다.

철들고 나서 줄곧 고베에서 자란 나는 시골 같은 곳은 조금도 흥미가 없었고 또 어머니도 시골에 친척은 한 명도 없다며 되도록 고향 이야기를 피했던 것 같다.

아아, 나의 어머니! 나는 지금까지도 눈을 감을 때마다 일곱 살 때 돌아가신 어머니의 모습을 또렷이 떠올릴 수 있다. 어릴 때 어머니를 잃은 남자라면 누구나 그렇듯 나도 어머니만큼 아름다운 부인은 세상에 없다고 생각하고 있다. 어머니는 키가 자그마하고 몸 전체가 오목조목하게 생긴 사람이었다. 얼굴도 작지만 눈도 코도 입도 작고 아담하게 정돈되어 있어서 마치 히나(雛)[7] 인형 같았다. 손도 아직 어린아이였던 나와 그리 다르지 않을 정도로 작았는데 그 작은 손으로 어머니는 항상 남에게 부탁받은 바느질을 하고 있었다. 그리고 시종일관 가라앉은 태도

7) 히나(雛) 인형: 여자아이를 위한 명절인 3월 3일 히나마츠리(雛祭)에 장식하는 작은 인형.

였고 말수도 극히 적었으며 밖에 나가는 일은 좀처럼 없었다. 그러나 한번 입을 열면 부드러운 오카야마 방언이 음악처럼 경쾌하게 내 귀에 울렸다.

그 무렵 내가 항상 어린 마음에 가슴 아파했던 것은 이 조용하고 차분한 어머니가 가끔 한밤중에 무서운 발작을 일으킨다는 점이었다. 지금까지 고요히 잠들어 있던 어머니가 갑자기 벌떡 침상 위에 일어나 공포 때문에 경련이 일어난 혀로 뭔가 영문 모를 말을 빠르게 웅얼거리면서 이윽고 베개에 엎어져서 격하게 울음을 터뜨리는 일이 종종 있었다. 그럴 때, 어머니의 기척에 눈을 뜬 나나 내 양아버지가 양쪽에서 어머니의 이름을 부르며 몸을 흔들어도 좀처럼 어머니는 제정신으로 돌아오지 않았다. 그리고 실컷 울고 또 울고 계속해서 운 후에 남편 품에 안긴 채 어린아이처럼 흐느끼며 잠이 들고 마는 것이었다. 그럴 때 내 양아버지는 밤새도록 어머니를 끌어안고 조용히 등을 어루만지고 있었다…….

아아, 나는 지금에서야 어머니가 발작한 원인을 알게 되었던 것이다. 가엾은 어머니! 그처럼 무서운 과거를 지닌 어머니에게는 때때로 그렇게 무서운 악마가 덮치는 것도 무리가 아니었던 것이다.

그 무렵의 일을 생각하면 나는 양아버지에게 감사의 마음을 금할 수 없다. 지금에야 생각하니 후에 의견충돌이 있어 양아버지 집에서 뛰쳐나오고 결국 화해의 기회를 갖지 못한 것이 유감스럽기 그지없다.

내 양아버지란 사람은 데라다 토라조(寺田虎造)라고 고베 조선소의 공장장이었다. 어머니와는 열다섯 살이나 차이가 나는 데다 굉장히 몸집이 크고 불그스름한 얼굴에, 보기에는 아주 무섭게 생긴 사람이었지만, 지금 와서 생각해보면 마음이 넓고 훌륭한 분이었다고 생각된다. 어떻게 어머니가 이 사람과 결혼하게 되었는지 지금도 모르지만 어머니를 아주 소중히 여기고 나를 귀여워해주어서 이 사람이 양아버지란 사실을 훨씬 훗날까지 몰랐다. 호적을 봐도 나는 제대로 이 사람의 자식으로 기록되어 있었다. 그래서 나는 지금도 데라다 타츠야(寺田辰弥)라는 이름을 가지고 있는 것이다.

그저 어린마음에 이상하게 생각했던 것은 몸에서 떼지 않고 갖고 있는 복주머니 안에 있는 출생문서에 쓰여 있기로는, 정확히 다이쇼(大正) 11년생이라고 적혀 있었는데 호적에는 다이쇼 12년생으로 되어있었다. 그래서 올해 스물아홉 살이지만 보통 일반적으로는 스물여덟 살로 통한다.

그건 그렇다 치고, 전에도 말했듯 내 어머니는 내가 일곱 살 때 돌아가셨다. 그때부터 나의 인생 초반부의 진짜 행복은 딱 멈췄던 것이다. 하지만 그렇다고 그 후의 내 생활이 비참했다고는 결코 말할 수 없다. 어머니가 돌아가신 다음 해 아버지는 새로운 부인을 맞이했다. 그 사람은 돌아가신 어머니와 달라서 키가 크고 명랑하며 수다스러운 사람이었다. 많은 수다쟁이 여자들이 그렇듯이 양어머니도 마음에 독이 없는 사람이었고 양아버지는 아까도 말했듯 마음이 넓은 사람이어서 그 후에도 계속 나를 돌봐주고 소학교부터 상업학교까지 보내주었다.

그러나 뭐라 해도 피를 나누지 않은 부모자식 사이에는 결여

된 것이 있었다. 말하자면 보기에는 별로 다르지 않은 요리지만 먹어보면 중요한 조미료가 빠져 있는 것 같다고 할까. 게다가 새어머니가 계속해서 아이를 낳았기 때문에 방해가 될 정도는 아니라도 왠지 나를 서먹하게 생각하는 것은 당연했을 터였다. 그것이 원인이 된 것은 아니지만 상업학교에 갔던 해에 나는 양아버지와 큰 충돌을 일으키고 집을 뛰쳐나와 친구 집에 들어갔다.

그 후부터는 그다지 특별한 일은 없었다. 일반적인 신체를 지닌 당시의 청년 누구나 그랬듯이 나도 스물한 살 된 해에 군대에 끌려갔다. 그리고 바로 남쪽으로 보내져 괴로운 나날을 보내던 중에 전쟁이 끝나 그 이듬해 돌아왔다.

아무튼 귀환해서 고베로 돌아와 보니 온 도시가 깨끗하게 불타 있는 데 놀랐다. 한번 소원해진 사이지만 지금에 와서는 단 한 사람, 의지가 되는 양아버지의 집도 불타버려 양어머니도 의붓동생들의 행방도 알 수 없었다. 게다가 들은 바에 의하면 양아버지는 조선소가 폭격 당했을 때 폭탄 파편에 맞아 죽었다는 것이다. 덧붙여 전쟁에 끌려가기 전에 근무하고 있던 상사(商事) 회사도 망해버려 언제 재기할지 알 수 없는 상황이었다.

나는 어떻게 해야 좋을지 그야말로 난처한 상태였으나 다행히 학창시절의 친구 중에 친절한 이가 있어 전쟁 후 새로 생긴 화장품 회사에 일자리를 주선해 주었다. 이 회사는 특별히 좋은 실적을 올리고 있지는 않았지만 그렇다고 망할 정도는 아니어서 그럭저럭 나도 2년 가까이 최저 생계비만큼은 유지할 수 있었다.

이러했으니, 행여 그 일조차 없었다면 나는 아직도 괴로운, 그리고 또한 평범한 생활을 계속하고 있었을 것이다. 하지만 그때 갑자기 잿빛의 내 인생에 붉은 점 하나가 떨어진 것 같은 이상한 일이 일어났다. 그리고 이것이 계기가 되어 나는 눈앞이 아찔해지는 기괴한 모험과 피가 얼어붙을 것 같은 공포의 세계로 발을 내딛었던 것이다.

그것은 지금도 잊히지 않는 작년, 다름 아닌 쇼와 2×년 5월 25일의 일이었다. 9시 무렵 회사에 출근하고 잠시 후 과장이 불렀다. 과장은 내 얼굴을 유심히 보면서,

"데라다 군, 자네는 오늘 아침 라디오를 듣지 않았나."

하고 물었다.

내가 예, 하고 대답하자 과장은 거듭,

"자네 이름은 분명 타츠야라고 했지, 그리고 자네 아버님 성함은 토라조라고 하지 않았던가."

하고 물었다.

오늘 아침 라디오 방송과 나나 양아버지의 이름이 어떤 관계가 있는지 이상하게 생각하면서도 그렇습니다, 하고 대답하자,

"그럼 역시 그렇군. 데라다 군, 라디오에서 자네를 찾는 사람이 있네."

하고 과장이 말해서 놀랐다. 과장의 이야기는 이러했다. 오늘 아침 라디오의 사람찾기 시간에 데라다 토라조의 장남 데라다 타츠야의 거취를 아는 분이 있다면 다음 주소로 알려주시오, 혹시 데라다 타츠야 본인이 이 라디오를 들었다면 본인이 직접 와주었으면 한다는 방송이 있었다고 한다.

"그래서 나는 주소를 적어두었다네. 이거야. 자네, 누가 자네를 찾는지 마음 짚이는 곳이 있나?"

과장의 수첩에는 '기타나가사 거리 3번가(北長狹通三丁目), 닛토(日東)빌딩 4층 스와(諏訪) 법률사무소'라고 적혀 있었다.

나는 그것을 보고 정말이지 기이한 느낌에 사로잡혔다. 위에서 말한 것처럼 고아와 다름없는 몸인 것이다. 전쟁 때문에 행방을 알 수 없게 된 양어머니나 동생들이 어딘가에 살아 있을지도 모르지만, 그 사람들이 변호사에게 부탁하고 라디오를 통해서까지 내 행방을 찾으리라고는 생각되지 않았다. 혹시 양아버지가 살아 있다면 기댈 곳 없는 내 몸을 불쌍하게 생각하여 찾는 걸지도 모르겠지만 그 사람은 이미 이 세상에 없는 사람이다. 그 외에는 전혀 마음 짚이는 곳이 없었다.

내가 기이한 느낌에 사로잡혀 멍하니 있자,

"어쨌든 가보게. 자네를 찾아주는 사람이 있는데 가만있으면 안 되지."

하고 과장이 격려해주었다. 그리고 오전 중에 시간을 내주면서 곧 바로 가보라고 덧붙였다. 생각건대 과장도 뜻밖에 자신이 라디오를 들은 인연이 있으니 이 문제에 호기심을 갖게 된 것이리라.

나는 왠지 여우에 홀린 것 같은 기분도 들고 또 한편으로 별안간 소설 속의 인물이 된 듯한 기분도 들었지만, 과장이 권하는 대로 이후 바로 회사를 나왔다. 그리고 일종의 기대와 불안으로 가슴을 두근거리면서 기타나가사 거리 3번가 닛토빌딩 4층에 있는 스와 법률사무소의 어느 방에서 스와 변호사와 만난 것은 그로부터 반시간도 지나지 않아서였다.

"그렇군요. 라디오란 게 효과가 있습니다그려. 이렇게 빨리 반

응이 있으리라고는 생각도 못했어요."

스와 변호사는 얼굴이 희고 뚱뚱하게 살이 찐, 자못 사람이 좋아 보이는 인물이어서 나도 다소 안심했다. 소설 등에서 자주 악덕 변호사에 대해 읽었던 지라 뭔가 그런 사기도구로 이용되는 건 아닐까 하고, 가는 도중에 불안을 느꼈던 것이다.

스와 변호사는 대충 양아버지에 대해서나 내 과거경력에 대해서 들은 후,

"그래서 그 데라다 토라조란 분 말인데요 친아버지십니까."

"아니요, 실은 그 분은 제 진짜 아버지는 아닙니다. 저는 어머니가 데려온 자식이었습니다. 어머니는 제가 7살 때 돌아가셨습니다만……."

"그렇군요. 당신은 그 일을 훨씬 옛날부터 알고 있었습니까."

"아뇨, 어릴 때는 토라조란 분을 진짜 아버지라고 생각하고 있었습니다. 사실을 알게 된 건 아마 어머니가 돌아가신 그 전후라고 생각합니다. 지금 확실히 기억은 나지 않지만요……."

"그런데 당신의 친아버님 말인데요, 그 분의 이름을 아십니까."

"아뇨, 모릅니다."

나는 그때 처음으로 나를 찾는 사람이 어쩌면 진짜 아버지일지도 모른다는 걸 짐작하고는 갑자기 가슴이 쿵쿵 뛰는 걸 느꼈다.

"당신의 돌아가신 어머님도 당신의 양아버님에 해당하는 분도 그 분의 이름을 말씀하신 적은 없었습니까."

"아뇨, 한 번도 들은 적이 없습니다."

"어머님은 당신이 어릴 때 돌아가셨으니 도리 없었을 테고, 양아버지에 해당하는 분은 당신이 성인이 될 때까지 살아 계셨지요. 어째서 얘기하지 않았던 걸까요. 설마 모르고 계셨을 리도 없고……."

이제 와서 생각해보면 양아버지가 어머니에게 하신 행동으로 보아 일체의 사정은 전부 알고 있었던 거라 생각된다. 그러나 내게 말하지 않았던 것은 분명 말할 기회가 없었기 때문이었을 것이다. 내가 집을 뛰쳐나오지 않았다면, 군대에 징집되지 않았다면, 그리고 자신이 폭사하지 않았다면 머지않아 이야기해줄 작정이셨던 건 아닐까.

내가 그런 이야기를 하자 스와 변호사는 끄덕이고,

"그렇군요. 그렇게 듣고 보니 그렇군요. 그런데 당신의 신분 말인데요. 결단코 의심하는 건 아니지만 뭔가 신원을 증명할 만한 물건을 갖고 계십니까."

나는 한동안 생각하고 나서 어렸을 때부터 몸에서 떼지 않고 지니고 다녔던 복주머니를 꺼내보였다.

스와 변호사는 복주머니를 열어 출생문서를 꺼내 보고는,

"타츠야, 다이쇼 11년 9월 6일 출생. 그렇군요. 여기에도 성씨가 씌어져 있지 않으니 당신은 아직껏 진짜 성씨를 모르고 계시는 거군요. 어, 이 종이는 뭡니까."

변호사가 펼친 또 한 장의 종이란 것은 일본종이에 붓으로 지도 같은 것이 그려져 있었지만 실은 나도 그 지도가 무엇을 의미하는지 알지 못했다. 그것은 불규칙한 미로와 같은 형태의 지도로 곳곳에 '용의 턱(竜の顎)'이라든가 '여우 굴(狐の穴)' 같은

지명도 무엇도 아닌 영문을 알 수 없는 말들이 씌어져 있었다.

그리고 지도 옆에 찬불가 같은 것이 기록되어 있었는데 그 찬불가가 지도와 무슨 관계가 있을 법한 것은 노래 중에 '용의 턱'이라든가 '여우 굴'처럼 같은 문구가 들어 있는 걸로도 알 수 있었다. 내가 왜 이처럼 정체모를 종이쪽지를 소중하게 복주머니 안에 넣어서 가지고 있는가 하면 여기에는 한 가지 까닭이 있다.

어머니가 아직 살아 계실 무렵의 일이다. 때때로 어머니는 이 지도를 꺼내서 잠자코 보고 있는 일이 있었다. 그럴 때, 항상 가라앉은 표정을 하고 있던 어머니의 얼굴에 확 화색이 돌고 눈동자가 반짝반짝 물기를 띠는 것이었다. 그리고 마지막으로 반드시 후 하고 깊은 한숨을 쉬면서 이렇게 말하곤 했다.

"타츠야, 이 지도는 말이지, 소중히 갖고 있어야 해. 절대 잃어버리면 안 된다. 언젠가 이 지도가 너에게 행운을 가져다줄지도 몰라. 그러니 절대 찢어버린다든가 버리면 안 된다. 그리고 말이야, 이 일은 절대 누구한테도 말하지 않도록……."

나는 어머니의 말씀을 지켜 언제나 이 지도를 몸에서 떼지 않고 지니고 있었지만, 사실대로 말하자면 어릴 때와 달리 스무 살을 넘길 무렵부터 이 한 장의 종이쪽지가 그런 신통한 영험이 있으리라고는 점차 생각할 수 없게 되었다. 그럼에도 불구하고 찢지도 않고 가지고 있었던 것은 일종의 타성 같은 것으로 별로 귀찮지도 않으니 어쨌든 갖고 있었던 것이었다.

하지만 나는 잘못 생각하고 있었다. 이 지도야말로 내 운명에 무언가 말로 설명할 수 없는 거대한 영향력을 지니고 있었던 것이다. 하지만 그 일에 대해서는 더 나중에 자세하게 이야기할 기회가 있으리라.

스와 변호사도 유달리 이 지도에 흥미가 일지는 않았던 듯 내가 말없이 기다리고 있으려니 정중하게 접어 원래대로 복주머니에 넣었다.

"아, 이걸로 대충 틀림없다는 건 알았습니다만 아무리 주의해도 지나치지 않는 일도 있으니 마지막으로 또 하나, 제 부탁을 들어주실 수 있겠습니까……."

내가 의아한 듯 얼굴을 보고 있자,

"실은 당신이 옷을 죄다 벗고 맨몸을 보여주셨으면 합니다만……."

나는 그 말을 들은 순간 무심코 불붙은 것처럼 얼굴이 빨개졌다.

아아, 그것이야말로 내가 가장 남에게 알리고 싶지 않은 비밀이다. 어릴 때부터 공중목욕탕에 가는 일, 학교에서 신체검사를 받는 일, 해수욕하러 가는 일, 많은 사람의 앞에서 맨 피부를 드러내는 모든 일을 나는 얼마나 싫어했던가. 그도 그럴 것이, 내 몸에는 등이고 엉덩이고 허벅지고 할 것 없이 마구잡이로 상처자국이 남아있는 것이다. 그것은 마치 엉망진창으로 달군 부젓가락에라도 데인 것 같은 무참한 자국이었다. 뭐 자랑하는 건 아니지만 그것만 없다면 나의 피부는 대단히 희고 살결도 곱고 여자처럼 아름다운 편이다. 그리고 피부가 아름다우면 아름다울수록 보랏빛으로 물든 그 상처자국이 한층 보기 흉하고, 보는 사람에게 두려운 느낌을 갖게 만드는 것이다. 하지만 나는 이 상처자국이 대관절 어떻게 생긴 건지 조금도 알지 못했다. 어렸을 무렵 나는 때때로 이 상처에 관해 어머니에게 물었는데 그럴 때마다 어머니가 갑자기 격하게 울음을 터뜨린다든지 발작을 일으켰기 때문에 그 후로는 묻지 않기로 했던 것이다.

"뭔가, 제 몸 말인데…… 당신의 용건과 관계가 있는 겁니까."

"그렇습니다. 혹시 당신이 제가 찾고 있는 인물임에 틀림없다면 당신의 몸엔 딴 사람이 흉내내려 해도 흉내낼 수 없는 표식이 있을 테니……."

나는 눈 딱 감고 상의를 벗었다. 와이셔츠도 셔츠도 벗었다. 그리고 양복바지도 벗고 팬티 한 장이 되었다. 그리고 스와 변호사 앞에서 부끄러운 나체를 드러냈다.

스와 변호사는 주의 깊게 내 몸을 훑어보고 있었지만 마침내 후 하고 깊은 한숨을 내쉬고는,

"아, 감사합니다. 필경 불쾌하셨겠죠. 자, 어서 양복을 입으십시오. 이걸로 이제 틀림없다는 걸 알았습니다."

그런 다음 스와 변호사는 이렇게 말했다.

"실은 어떤 분이 당신을 찾고 있어요. 이름은 아직 말할 수 없지만 그 분은 당신의 친척으로 당신의 거취를 알면 거둬서 돌보고 싶다고 하고 있지요. 그 분은 대단한 부자이니 분명 당신에게 나쁠 건 없을 겁니다. 저는 다시 한 번 그 분과 잘 상의하고, 그 다음에 당신께 연락하기로 하죠."

그렇게 말하고 스와 변호사는 내 주소와 근무처를 메모에 적었다.

나와 스와 변호사의 첫 번째 만남은 이렇게 끝났다.

나는 약간은 상쾌하면서도 한편으로 다분히 여우에 홀린 것

같은 기분으로 회사에 돌아와서는, 과장에게 감사의 말씀을 드리고 대강의 일을 보고했다. 과장은 눈을 동그랗게 뜨고,

"허허, 그거 대단한데. 그럼 자네는 큰 부자의 사생아인가."

과장이 떠들고 다닌 듯 그 이야기는 순식간에 사내에 퍼져, 한동안 나는 만나는 사람마다 사생아, 사생아, 하는 놀림에 시달렸다.

그날 밤 나는 잠들지 못했다. 그것은 결코 행복한 기대로 정신없이 기뻤던 때문이 아니다. 그런 점도 약간은 있었지만 그보다도 불안한 마음이 컸다. 불행했던 어머니의 저 무서운 발작, 게다가 내 몸에 있는 보기흉한 상처자국, 그것은 결코 즐거운 꿈을 부르는 것은 아니었다.

나는 뭔가 무서운 일이 일어날 것 같은 예감이 들어 견딜 수 없었던 것이다…….

섬뜩한 경고

그 무렵 나는 팔묘촌에 대해서도, 팔묘촌에 얽힌 섬뜩한 전설에 대해서도 전혀 아는 바가 없었다. 하물며 그 마을과 그런 인연으로 얽혀있으리라는 걸 어찌 알았겠는가.

그럼에도 불구하고, 이 예상치 못했던 사람찾기에 관해 내가 묘하게 불안을 느끼고 있었다고 하면 여러분은 분명 그것을 소설적인 표현이라고 생각할지도 모른다. 하지만 결코 그런 것은 아니다.

인간이란 존재는 대부분 지나치게 격렬한 상황의 변화를 좋아하지 않는다. 아니, 좋아하지 않는다기보다도 겁을 내는 것이다. 하물며 내 경우처럼 나를 기다리는 미래가 어떨지 상상조차 할 수 없는 경우 한층 겁이 나는 것은 당연할 것이다. 가능하다면 그러려니 하며 이대로 내버려둬 줬으면 하는 기분이 드는 것도 무리는 아니리라.

하지만 그렇다고 나는 이대로 스와 변호사로부터 연락을 받지 않았으면 좋겠다고 빌었던 것은 결코 아니다. 아니, 아니, 실은 그 반대로 목을 길게 늘이고 변호사로부터의 연락을 기다리고 있었다. 그것은 참으로 기묘한 기분이었다. 연락이 오는 게 두렵기도 했지만, 한편으로 연락이 오지 않는 날은 허전했다.

이렇게 어금니에 뭔가 낀 듯한, 먹이를 눈앞에 두고 기다려야 하는 개처럼 묘하게 답답한 기분이 드는 동안 닷새가 지나고 열흘이 지나갔지만 변호사에게서는 아무 소식도 없었다. 그러나 변호사가 이 문제를 그대로 내팽개친 건 아니라는 사실은 시일이 지남에 따라 차츰 분명하게 알게 되었다.

그 무렵 나는 친구 집에 기숙하고 있었는데, 어느 날 내가 회사에서 돌아오자 젊은 제수씨가 이런 말을 했다.

"데라다 씨, 오늘 묘한 일이 있었어요."

"묘한 일이라뇨?"

하고 내가 반문하자,

"이상한 사람이 와서요, 댁에 대해 꼬치꼬치 캐묻고 갔어요."

"저에 대해서요……? 꼬치꼬치? ……아아, 그건 전에 이야기한 변호사가 보낸 심부름꾼 아닙니까?"

"예. 저도 처음엔 그렇게 생각했는데요, 아무래도 그런 게 아닌 것 같아요. 왠지 시골사람 같았어요."

"시골사람……."

"예, 그래요. 나이는 음……, 시골사람 나이를 전 잘 모르겠네요. 그리고요, 그 사람, 외투 깃을 세우고 검은 안경을 쓰고 모자를 깊이 눌러쓰고 있었거든요? 얼굴도 잘 보이지 않았어요. 저,

어쩐지 기분이 나빴는데……."

"그래서, 뭘 묻던가요?"

"주로 당신의 품행이나 성격에 대해서요. 술을 마시냐는 둥, 때때로 미치광이처럼 난폭해지는 일은 없냐는 둥……."

"미치광이처럼 난폭해진다……? 묘한 걸 묻는 사람이군요."

"예, 저도 이상하게 생각했어요."

"그래서 뭐라고 대답하셨습니까."

"물론 그런 일은 없다고 못을 박아뒀어요. 아주 착하고 마음씀씀이가 깊은 분이라고 말해줬지요. 그건 확실해요."

제수씨의 겉치레 말에도 불구하고 나는 왠지 불쾌한 느낌을 지울 수 없었다.

변호사가 손을 써서 내 신원을 조사하려고 한 것은 수긍이 간다. 또 그에 대해 내 성격을 조사하려는 것도 이해 못할 일은 아니다. 술을 마신다든가 담배를 피운다던가 하는 질문은 품행을 조사할 경우 누구라도 들고나올 만한 문제다. 그러나 때때로 미치광이처럼 난폭해지지는 않느냐는 질문은 좀 지나치게 엉뚱하다고 생각된다. 대관절 그 사람은 내 성격에서 무엇을 찾아내려고 하는 것일까.

어쨌든 그로부터 이삼일 지나 나는 회사 인사과장에게 다시금 비슷한 얘기를 들었다. 회사에 왔던 사람도 하숙에 찾아온 것과 동일인물인 듯 모자를 깊이 눌러쓰고 검은 안경을 끼고 외투 깃을 세우고 묘하게 얼굴을 감추려 했다고 한다. 그리고 여기서도 마찬가지로 때때로 흉포한 발작에 시달리거나 난폭해지는 일은 없느냐고 물었다는 것이다.

"어쩌면 자네가 모르는 아버님이란 분은 음주벽이 있어서 마시면 난폭해지는 버릇이 있는지도 모르지. 그런 나쁜 유전이 자네에게 있지는 않은지 그걸 걱정하고 있는 거야. 무슨 소리요, 데라다 군만은 절대 그렇지 않습니다, 라고 말해두었으니 안심하게나."

진작부터 내 사생아 이야기를 알고 있던 인사과장은 그런 말이나 하며 태평하게 웃고 있었지만 나는 그럴 형편이 아니었다. 거무죽죽한 불안과 불쾌한 그림자는 그 농도가 점점 진해지고 있었다.

혹시 여러분이 스물일곱 살이고 당신의 몸 안에는 미치광이의 피가 흐르고 있다는 말을 들었다고 생각해보라. 얼마나 큰 충격을 받겠는가. 물론 나는 아직 확실히 그런 지적을 받았던 건 아니다. 그러나 나에 대해 묻고 다니는 인물은 간접적으로 그 사실을 내게 상기시키려는 것이라고 생각 못할 일도 아니다. 아니, 내게 상기시키려는 것뿐만 아니라 세간에 말을 퍼뜨리는 것 같았다.

나는 왠지 모르게 안달복달한 기분이 되었다. 이런 어정쩡한 기분으로 있을 바에는 차라리 이쪽에서 스와 변호사에게 가서 묻고 싶은 게 있다면 무엇이든 직접 물어주었으면 한다고 말하고 올까도 생각했다. 그러나 그렇게 하는 것도 왠지 모르게 치사한 기분이 들어 우물쭈물 결심을 굳히지 못하고 있는 차에, 그 기분 나쁜 편지 한 통이 날아들었다.

그것은 처음 스와 법률사무소에 갔던 날로부터 16일째 된 날의 일이었다. 언제나처럼 분주한 아침식사를 마치고 출근준비를

하고 있노라니,

"데라다 씨, 댁한테 편지에요."

하고 밖에서 제수씨가 부르는 소리가 들려왔다. 나는 그것을 듣자 바로 스와 변호사를 떠올리고 가슴이 두근거렸다. 변호사로부터의 편지를 이제나저제나 손꼽아 기다리고 있던 탓도 있지만, 또 한 가지 이유라면 내게는 편지를 보낼 만한 친척이나 친구가 한 사람도 없었기 때문이다.

어쨌든 그 편지를 받고 나는 적잖이 묘한 기분이 들었다.

그 편지는 마치 변소 화장지처럼 거무죽죽한 색을 한, 조악한 싸구려 종이봉투로, 적어도 닛토빌딩 4층에 사무실을 가지고 있는 변호사가 쓸 물건으로는 생각되지 않았다. 게다가 수신자명을 쓴 글씨도 어린아이가 쓴 것처럼 몹시 서툴고, 인사말에도 군데군데 뚝뚝 잉크가 번져 있다. 뒷면을 보니 발신자의 이름도 없었다.

왠지 모르게 괴이한 가슴 두근거림을 느끼면서 서둘러 봉투를 열었는데, 그러자 안에서 나온 것은 이 또한 화장지 같은 싸구려 편지지로 거기에는 겉에 쓴 것처럼 잉크가 번진 서툰 글씨로 다음과 같이 쓰여져 있었다.

팔묘촌에 돌아오면 안 된다. 네가 돌아와도 좋은 일은 일어나지 않는다. **여덟무덤신이 분노**하실 것이야. 네가 **마을**에 돌아오게 되면, 오오, **피! 피! 피다! 26년 전**의 **대 참사**가 다시 되풀이되고, **팔묘촌**은 **피바다**가 될 것이야.

잠시 나는 멍한 상태였을 것이다. 젊은 제수씨가 부르는 소리가 처음에는 어딘가 먼 곳에서 들려오는 듯한 기분이었다. 나는 겨우 현실세계로 돌아와, 당황해서 그 편지지를 봉투에 집어넣고 주머니 안에 쑤셔 넣었다.

"데라다 씨, 무슨 일 있어요? 그 편지에 뭔가 이상한 말이라도 쓰여 있나요?"

"아니, 별로……. 왜 그러십니까."

"댁의 얼굴이 새파랗게 질려 있잖아요."

제수씨는 살피듯 내 얼굴을 보고 있었다.

그럴지도 모른다. 아니, 당연히 그랬을 것이었다. 이처럼 기괴한 편지를 받고 놀라지 않을 사람이 세상에 있겠는가. 내 가슴은 불안하게 흐트러지고 전신에서 끈적끈적하니 기분 나쁜 진땀이 배어나오는 느낌이었지만 억지로 평정을 찾고는 뭔가 물어보고 싶어 하는 제수씨의 눈을 피하듯 바로 허둥지둥 친구의 집을 나왔다.

어릴 때부터 고독에 익숙하던 나는 함부로 남의 의견을 묻는다든지 다른 사람의 동정에 기대는 것을 좋아하지 않았다. 자신이 늘 외톨이란 의식은 어머니를 잃은 이래 내 성격의 맨 밑바닥까지 스며들어 있어서 어떤 역경이 있어도, 어떤 재난이 닥쳐도 결코 푸념으로 남의 동정을 사려고 생각지는 않았다. 다른 사람을 신용하지 않는 건 아니지만 사람 중에는 저마다 생각해주는 사람이 있으면 거북해하는 사람도 있다. 거북함을 무릅쓰면서까지 내 힘이 되어줄 사람은 없으리라.

아아, 이 성격……. 고독한 성격에서 오는 나의 이 외롭고, 그러나 보기에 따라서는 고집이 세보일 이 성격 때문에 그 후 내가 얼마나 오해를 받고 얼마나 무서운 재난을 겪었던가……. 물론 그 무렵 나는 알 리가 없었다.

그건 그렇고, 이 편지가 얼마나 나를 동요케 했는지 여러분도 알아주실 거라 생각한다.

팔묘촌……. 내가 이 기묘하고 불길한 이름을 접한 것은 실로 그때가 처음이었다. 팔묘촌……. 이름만으로 이미 사람을 위협하기에 충분한데 한층 갖가지 이상하고 위협적인 문구가 적혀 있지 않은가. 여덟무덤신의 분노……. 피! 피! 피다! ……26년 전의 대참사……. 팔묘촌은 피바다가 될 것이다…….

대관절 이 편지는 어떤 의미일까. 이 편지를 쓴 사람의 진의는 대체 어디에 있는 걸까. 모르겠다. 내게는 무엇이든 모를 일뿐이었다. 그리고 모르는 만큼 한층 섬뜩했던 것이다.

그저 아는 것은 편지 또한 이전의 사람찾기와 관계가 있는 일 같다는 것이었다. 그러고 보니 스와 변호사가 나를 발견한 이래, 적어도 두 사람이 갑자기 나에게 관심을 기울이기 시작했다는 게 된다. 이쪽저쪽 내 신원과 성격을 조사하러 다니는 남자와 이 편지의 주인.

아니! 거기서 나는 갑자기 깨닫고 벌떡 일어섰다. 혹시 그 두 사람이 같은 인물인 것은 아닐까. 나는 거기서 다시 한 번 주머니에서 편지를 꺼내보았다. 그리고 상당히 주의 깊게 소인이 찍혀 있는 자리를 조사해보았지만 유감스럽게도 잉크가 번져 소인의 글자도 읽을 수 없었다.

그건 그렇다 치고 그날 아침, 나는 고민으로 어떻게 해야 좋을지 난감한 기분이었기 때문에 몇 대의 만원전철을 놓쳐서, 정시 출근 시각에서 반 시각이나 늦은 9시 반경에 겨우 회사에 도착했다. 어쨌든 내가 회사에 도착하자마자 바로 급사가 과장님이 부르신다고 알려주었다. 그래서 바로 과장의 방으로 들어가자 과장은 기분 좋게,

"여어, 데라다 군. 기다리고 있었네. 실은 아까 스와 법률사무소에서 전화가 와서 바로 자네한테 와달라고 했다네. 이럭저럭 마침내 부자상봉인가 보지? 자네, 부자 아버님을 찾게 되면 한번쯤 우리한테 한턱 내야하네. 하하하. 어, 왜 그러나. 왠지 안색이 나쁘지 않은가."

그에 대해 뭐라고 대답했는지는 기억나지 않는다. 뭔가 대답하려고 해도 그것은 분명 의미가 되지 않는 말이었을 거라 생각한다. 묘한 얼굴을 하고 있는 과장을 뒤에 남겨두고 몽유병자처럼 비틀비틀 회사를 나갔다. 그리고 마침내 공포와 전율의 세계로 한걸음 내디뎠던 것이다.

첫 번째 살인

그로부터 얼마 되지 않아 직면했던 사건을 어떤 식으로 쓰면 좋을지 나로서는 모르겠다. 혹시 내게 훌륭한 필력이 있다면 이 장면을 이야기의 첫 고비로 쓸 수 있으련만.

그러나 내게는 아무래도 그 정도의 필력은 없는데다 사실 마음 속의 두려움은 그렇다 치고 그 사건은 겉보기에는 지극히 싱겁게 진행되었다. 그때 내가 어렴풋이 느꼈던 것을 솔직히 털어놓자면 이것이 인간의 죽음일까, 그렇다면 인간의 목숨 따위는 얼마나 부서지기 쉬운 것일까……, 그런 참으로 철없는 느낌이었다. 하기야 나중에는 두려움이 솟구쳐왔지만 말이다.

그건 그렇다 치고 내가 스와 법률사무소에 달려 들어갔을 때, 거기에는 한 사람의 손님이 먼저 와있었다.

그 사람은 희끗희끗하게 센 머리를 빡빡 깎고, 군대에서 배급받은 듯한 카키색 군복을 입고 있었다. 멋지게 적갈색으로 그을린 얼굴색이나, 울퉁불퉁 굵고 거친 뼈마디에 담뱃진이 배인 손가락이나, 어떻게 봐도 시골사람이다. 제수씨와 마찬가지로 나도 시골사람 연배는 잘 짐작하지 못하지만 아마 예순에서 일흔 사이일 것이다.

그 사람은 자못 거북한 듯 사무실 안락의자에 앉아 있었는데, 내 모습을 보더니 움찔하듯 몸을 일으키고 변호사 쪽을 돌아보았다. 그 동작에서 본능적으로 이 사람이야말로 나를 찾고 있는 사람, 혹은 찾고 있는 사람과 관계가 있는 사람일 거라고 미루어 짐작했다.

"여, 어서 오십시오. 기다리고 있었습니다. 자, 어서 거기 앉으세요."

스와 변호사는 변함없이 빈틈이 없었다. 책상 앞에 의자를 가리키면서,

"기다리느라 상당히 지치셨지요. 저도 말입니다, 가능한 한 빨리 좋은 소식을 전하고 싶다고 생각했습니다만 아무튼 요즘은 전보든 우체국이든 시간이 걸려서요. 겨우 최근에야 협의가 끝났기에……, 소개하겠습니다."

변호사는 안락의자의 노인을 돌아보고는,

"이쪽은 이카와 우시마츠(井川丑松) 씨라 해서 당신의 할아버님…… 돌아가신 댁의 어머님의 아버님, 즉 외가 쪽 조부에 해당하는 분입니다. 이카와 씨, 이쪽이 지금 이야기한 타츠야 씨, 츠루코 씨의 아드님입니다."

우리는 의자에서 잠시 몸을 일으켜 그저 간단히 목례를 주고받았을 따름이었다. 목례가 끝나자 우리는 이내 시선을 피하고

말았다. 조부와 손자의 첫 대면으로는 참으로 싱거운 것이었지만 현실은 보통 이와 같은 것이다. 신파극처럼 극적으로 진행되지는 않는다.

"아무튼 댁을 찾아서 돌봐주려던 분 말인데요, 그 분이 이 어르신은 아닙니다."

조부의 차림으로 보아 부유하게 보이지 않는 점에서 내가 실망하진 않을까 생각했던 것일까. 변호사는 서둘러 말을 잇더니,

"물론 어르신이라고 당신을 걱정하고 계시지 않았던 건 아닙니다만 이번에는 그저 대신 오신 것이고, 정말 당신을 찾고 있는 분은 아버님의 친척 분이십니다. 여기서 간단히 당신의 원래 성을 알려드리지요. 당신의 진짜 성은 다지미……. 즉 당신은 다지미 타츠야가 진짜 이름인 겁니다."

스와 변호사는 책상 위에 있던 메모를 넘기면서,

"그런데 당신의 아버님…… 돌아가신 요조 씨란 분에게는 당신 외에 두 명의 자식이 있어요. 히사야 씨와 하루요 씨라고, 당신에게 있어서는 배다른 형과 누나에 해당하는 분이죠. 히사야 씨도 하루요 씨도 이미 나이가 찼지만 두 사람 모두 몸이 약해서 아직 독신으로 계십니다. 아니, 하루요 씨 쪽은 젊었을 때 한번 결혼해서 출가했다가 돌아오셨습니다만."

조부는 말없이 끄덕였다. 그 분은 첫 대면에서 목례를 교환한 후에는 줄곧 고개를 숙인 채였지만 그래도 가끔 얼굴을 들고는 훔치듯 내 옆얼굴을 보고 있었다. 그리고 그 눈이 차츰 젖어드는 걸 알아차렸을 때에는 나도 가슴이 아프지 않을 수 없었다.

"아무튼 그런 이유로 히사야 씨도 하루요 씨도 영영 아이를 가

질 희망이 없고, 그렇게 되면 유서 깊은 다지미의 적통은 끊어지게 됩니다. 그걸 걱정하신 게 당신의 대고모님에 해당하는 분, 즉 요조 씨의 고모에 해당하는 분인데, 이 고모님은 두 분이시고 코우메(小梅) 씨와 코타케(小竹) 씨라고 쌍둥이십니다. 두 분 모두 물론 꽤 나이를 잡수셨지만 아직 정정하셔서 다지미 가 일체를 지휘하고 계십니다. 그분들이 논의 끝에 어릴 때 어머니와 함께 행방불명된 당신을 찾아내 다지미 가를 잇도록 하자……고 하신 것이 대강의 사정이랍니다."

내 가슴은 점차 크게 요동치기 시작했다. 그것은 뭐라고 형용하기 어려운 감정이었다. 기쁨인지 슬픔인지…… 아니, 아니, 아직 그처럼 딱 잘라 말할 수 있는 감정과는 거리가 멀다. 그저 이제 영문을 알 수 없는 불안한 기분에 마음이 압도당하는 것 같았다. 게다가 이제까지의 설명만으로는 아직 납득하기 어려운 구석도 있었다.

"그래서, 뭐, 대강 이런 사정인데, 자세한 건 언젠가 어르신이 이야기하실 거라 생각합니다. 어쨌든 당장 궁금하신 게 있습니까. 제가 대답할 수 있는 거라면 뭐든지……."

나는 크게 호흡하고는 가장 신경 쓰이던 부분을 꺼냈다.

"제 아버지란 분은 돌아가신 겁니까."

"예, 뭐, 대충 그렇게 됐습니다."

"대충……? 대충이란 무슨 뜻입니까."

"아니, 그건……. 그런 건 언젠가 어르신께서 다시 말씀해주실 거라 생각합니다만 대충 당신이 두 살 때 돌아가신 걸로, 뭐 그 정도로 참아주십시오."

내 마음은 격하게 흔들리고 있었지만, 그러나 그 이상 캐물을 수도 없었다. 게다가 언젠가 그 이야기는 조부로부터 들을 수 있을 것이다. 그래서 나는 두 번째 질문을 꺼냈다.

"그럼 제 어머니 말인데요, 어머니는 왜 저를 데리고 나오신 겁니까."

"아니, 그것은 가장 중요한 질문입니다만 여기선 조금……. 그 일과 아버님의 죽음과는 깊은 관계가 있지만 언젠가 그들 사정은 일괄해서 어르신께서 말씀하시리라 생각합니다. 뭔가 다른 질문은 없으십니까."

중요한 질문을 두 번이나 회피하는 게 나는 적잖이 불만이었지만 동시에 한편으로 내 마음은 점점 격하게 흐트러져갔다.

"그럼 또 하나 여쭙겠습니다. 저는 올해 스물일곱이 됩니다. 그럴 때까지 전혀 자신의 육친에 대해 몰랐고 당신들 쪽에서도 저를 찾으려고 하지 않았어요. 그런데 어째서 이제 와서 갑자기 저를 찾기 시작하신 건가요. 아까 말씀하신 걸로 대충 이해가 가지만 아직 납득이 가지 않는 점이 있습니다. 지금 들은 사정 외에 뭔가 좀 더 다른 절박한 동기가 있는 건 아닙니까."

변호사와 조부는 잽싸게 눈짓을 주고받는 것 같았지만, 마침내 변호사가 주의 깊게 내 얼굴을 고쳐보고는,

"아니, 당신은 아주 예리한 두뇌를 갖고 계시군요. 그래요, 그 일은 장래 당신의 신변에 중대한 영향을 미칠지도 모르니까 여기서 일단 이야기해 두기로 하지요. 이 일은 절대 다른 곳에 발설하시면 안 됩니다."

이렇게 다짐을 받아두고 변호사가 들려준 사정이란 이런 것이

었다.

내 아버지인 요조는 슈지(修二)라는 동생이 있었지만 어머니의 친정을 잇기 위해 일찍 집을 나가 사토무라(里村)라는 성을 이었다. 사토무라 슈지에게는 신타로(慎太郎)라는 아들이 있었는데 군인을 지망해서 소령이 되었다. 전쟁 중에는 참모본부인가 뭔가에서 제법 실력을 발휘하고 있었지만 전쟁이 끝남과 동시에 깃털 뽑힌 신세가 되어 초라한 몰골로 고향에 돌아와 지금은 실의에 젖은 채 농사꾼 흉내를 내고 있다. 나이는 서른 예닐곱이지만 아직 독신으로 처도 자식도 없다. 그러나 군인이었기 때문에 몸은 아주 튼튼하고 건강하다고 한다. 그래서 지금이라도 히사야나 하루요에게 무슨 일이 생기면 다지미 가의 재산은 당연히 신타로에게 굴러들어갈 것인데,

"어찌된 영문인지 당신의 대고모님들은 신타로란 사람을 좋아하지 않으십니다. 아니, 신타로란 사람의 아버지인 슈지 씨, 그 분은 벌써 오래전에 돌아가셨지만 그 분을 옛날부터 좋아하지 않으셨어요. 싫어하는 사람의 자식인 데다 신타로란 사람은 어릴 때부터 마을을 나가 좀처럼 돌아온 적도 없으니 생판 남이나 마찬가집니다. 그런 감정은 두 분 노부인은 말할 것도 없고 히사야 씨도 하루요 씨도 마찬가지라서 그렇게 싫어하는 신타로 씨가 대를 이을 바엔 차라리 당신을 찾자……는 게 솔직히 말해 다지미 분들의 진심입니다. 자, 이걸로 대충 제 역할은 끝났으니 나머지는 천천히 어르신에게 들으시면 됩니다. 그럼 저는 잠시 자리를 비울 테니……."

내 마음은 갑자기 무거워졌다. 적어도 여기에 한 사람, 내가

고향에 돌아가는 걸 기뻐하지 않는 인물이 있다는 것이다. 그 사실과 오늘 아침 받은 섬뜩한 경고장을 결부시켜 생각하자 갑자기 진상의 일부를 알아낸 듯한 기분이었다.

변호사가 일어서서 나간 후, 우리들은 꽤나 오래도록 침묵하고 있었다. 실제 일은 소설이나 연극처럼은 진행되지 않는다. 아무리 육친이라 해도 그렇게 갑작스레 마음을 터놓을 수 있는 건 아니고, 오히려 육친이기 때문에 어색함이 앞서서 서로 속이 빤히 들여다보이는 말은 할 수 없는 것이다.

나는 그때 조부가 그렇게나 길게 침묵하는 걸 그런 식으로 해석하고 있었지만 어찌 알까보냐, 사실은 그뿐만이 아니라 조부는 그때 내장을 파먹는 고통에 입을 여는 것조차 불가능했던 것이다.

나는 조부의 뺨에 끈적끈적하게 밴 진땀을 이상한 듯 쳐다보면서, 각오하고 입을 열었다.

"할아버님."

조부는 흘낏 눈을 움직였지만 말은 나오지 않고 꽉 이를 악문 입술이 부들부들 떨리고 있었다.

"제가 태어난 마을은 팔묘촌이란 곳입니까."

조부는 희미하게 끄덕였다. 입술에서는 이상한 신음소리가 샜지만 그럼에도 나는 아직 눈치 채지 못했다.

"그렇다면 할아버님이 보아주셨으면 하는 게 있습니다. 오늘 아침 저는 묘한 편지를 받았어요."

나는 주머니에서 편지를 꺼내어 내용물만 빼내 조부의 앞에 펼쳐보였다. 조부는 그것을 받으려고 손을 뻗었지만 갑자기 풀썩 앞으로 쓰러졌다.

"아, 할아버님, 왜 그러세요."

"타츠야……. 물을……, 물을……."

그것이 조부가 내게 직접 말을 건넨 처음이자 마지막이었다.

"할아버님, 왜 그러세요. 기분이라도 나쁘신 겁니까."

나는 당황해서 편지를 주머니에 쑤셔 넣고는 책상 위에 있던 물병을 집었지만 그때 조부는 격하고 고통스런 경련을 일으키며 비단실 같은 핏줄기가 조부의 입술 가장자리에서 흘러나왔다. 나는 그걸 보고 비명을 지르며 사람을 불렀다.

아름다운 심부름꾼

그로부터 열흘 남짓 동안, 나는 영문을 알 수 없는 격한 소용돌이 속에 자리하게 되었던 것이다. 27년 동안 나의 생애는 전쟁이란 한 가지 사건을 제외하고는 대체로 지루한 잿빛으로 온통 칠해져 있었다. 하지만 그 사람찾기 한 건이 툭 하고 잿빛 인생 위에 한 점 붉은 빛을 떨어뜨리나 했더니 붉은색은 삽시간에 퍼져 마침내 내 삶을 붉게 채워나갔던 것이다. 생각해보면 저 열흘간이야말로 붉은색이 처음으로 퍼졌던 시간이었다.

처음 나는 조부의 죽음을 막연히 지병의 발작 비슷한 것이겠거니 생각하고 있었다. 하지만 달려 들어온 의사가 사인에 의심을 품고 경찰에게 보고했을 때부터 갑자기 소란은 커졌다.

시체는 바로 도립병원에 옮겨져 거기서 경찰의 촉탁의(囑託醫)가 신중하게 검시한 결과, 어떤 강한 독에 의한 중독사란 것이 판명됨에 따라 갑자기 내 입장은 난처하게 되었다.

경찰이 우선 의심의 눈을 돌린 것도 무리가 아닌 것이, 나야말로 조부와 마지막 몇 분간을 함께 보낸 단 한 명의 인물이었기 때문이다. 들은 바에 의하면 내가 사무소에 도착할 때까지 조부는 30분 정도 스와 변호사와 이야기를 나누고 있었다지만 그 동안 아무 이상도 없었고, 또한 내가 도착하고서 약 10분간 조부의 상태에는 딱히 이상한 점도 눈에 띄지 않았다. 이상한 점이 없으니까 변호사도 안심하고 우리들을 놔둔 채 자리를 비웠던 것이다. 하지만 변호사가 나가고부터 얼마 되지 않아 조부의 괴로움이 시작되고 마침내 발작사로 죽었다는 것이니, 누가 생각해도 내가 독약을 먹였다고밖에 생각되지 않을 것이다.

"농담하지 마세요. 이 사람이 무슨 필요가 있어서 자기 조부에게 독을 먹인다는 겁니까. 게다가 이 양반……, 데라다 군은 지금까지 한 번도 저 어르신을 만난 적이 없습니다. 살인광이 아닌 한 그런 바보짓을 하겠습니까?"

스와 변호사는 이렇게 말하며 나를 변호해주었지만 이 변호는 변호로써 효력을 발휘하지 못했다. 스와 변호사는 결코 그런 의도로 말한 것은 아니었겠지만 살인광이 아닌 한 그런 바보짓을 하겠냐는 말은, 뒤집어보면 혹시 내가 살인광이라면 그런 짓을 했을지도 모른다는 의미가 되는 것이다. 게다가 그 무렵 나 자신 또한 몰랐던 저주스런 출생에 대해 경찰은 스와 변호사에게 들어서 잘 알고 있었던 것이다.

나는 담당 공무원이 묘한 의심이 가득 찬 눈으로 유심히 내 안색을 살피면서 나의 건강상태, 그 중에서도 특히 정신 상태에 대해 미주알고주알 캐묻는 통에 도무지 참을 수가 없었다. 담당 공무원의 말투로 볼 때 때때로 귀 울림이 있다든가 이상한 환각으로 괴롭다든가 격한 우울증에 빠져든다든가 그런 식으로 고백하면 납득시킬 수 있을 것 같았지만, 솔직히 나는 지금까지 한 번도 그런 불쾌한 증상으로 고통 받은 적은 없다. 나는 남보다 갑절로 쾌활한 편은 아니지만 이것은 고독한 처지에서 오는 것으로 스스로는 어쨌거나 보통의 인간이라 생각하고 있다.

그러나 담당 공무원은 좀처럼 내 말을 신용하지 않는 듯, 이삼일 되풀이하고 또 되풀이해서 정신 상태에 대해 심문을 했다.

하지만 그러는 사이에 갑자기 국면이 바뀌었다. 나중에야 그 까닭을 알게 되었던 것이지만, 그 이유는 대충 다음과 같았다.

조부를 살해한 독극물이란 것은 아주 강하게 혀를 자극하는 것이어서 보통의 매개체로는 아무래도 복용하기 힘든 종류의 것이었다. 경찰의 촉탁의는 진작부터 이 점에 의문을 품고 있어서 정성들여 위의 내용물을 분석해본 결과, 마침내 용해된 젤라틴을 검출할 수 있었다.

그런 이유로 다음과 같은 결과가 나왔다. 조부를 살해한 범인은 캡슐에 넣은 독극물을 이용했다. 하지만 그 캡슐이 위에서 용해되는 데는 상당한 시간이 걸리므로, 조부와 만난 지 십여 분밖에 되지 않는 나는 당연히 혐의에서 벗어나는 것이다.

그렇게 되면 새롭게 혐의의 대상이 되는 것은 스와 변호사였다. 그때 처음 알았지만 조부는 스와 변호사 집에 하룻밤 머물렀다고 한다. 그리고 이것도 그때 처음 안 것이지만 스와 변호사도 팔묘촌 출신이라고 한다. 팔묘촌에는 우리 집안인 다지미 가외에 또 하나 노무라 가라는 벼락부자가 있는데 스와 변호사는 바로 그 노무라 가문의 사람이었다. 그런 까닭에 이번 도움도 영업에 관계없이 맡게 된 것이며, 팔묘촌에서 관계자가 고베에 올 때는 으레 항상 숙소를 제공했다는 것이다.

이런 스와 변호사가 조부에게 독을 넣었을 까닭은 없으니, 그렇다면 대체 누가 독을 마시게 한 것일까. 조사는 또 암초에 부딪친 형국이 되었다. 하지만 스와 변호사의 전보로 조부의 일을 처리하고 나를 데리러오기 위해 팔묘촌에서 또 다른 인물이 겨우 고베에 도착했다. 그리고 그 사람의 이야기에 의해 단숨에 의문이 풀렸던 것이다.

조부에게는 전부터 천식 발작이 있었고 흥분하면 유달리 발작은 한층 격해졌다. 그래서 의사에게 부탁해서 특별히 받은 약을 항상 준비하고 있었는데, 이번처럼 처음 손자를 만나는 여행에서는 흥분이 한층 심해질까 스스로 염려했을 것이니 그 약을 준비하시지 않았을 리 없다. 그 약이 캡슐 안에 들어 있는 것은 마을에서는 누구 하나 모르는 사람이 없을 정도였으므로 혹시 범인은 그 캡슐 속에 독극물을 넣고 다른 캡슐과 섞어둔 건 아닐까.

이 새로운 증언에 의해 바로 조부의 짐을 조사했는데, 그러자 그 결과로 세 개의 캡슐이 들어 있는 봉봉[8] 캔이 발견됐다. 그 캡슐의 내용물도 엄중히 분석했지만, 틀림없는 천식 약으로 별 이상은 없었다고 한다.

---

8) 봉봉: bonbon. 프랑스어. 과즙이나 양주(洋酒) 같은 것을 사탕이나 초콜릿으로 싼 과자.

그러나 이 일을 미뤄 생각해보면 조부는 천식 약으로 착각하고 독약을 삼켰던 게 되고, 그렇게 되면 범인은 멀리 팔묘촌에 있다는 이야기가 된다. 이렇게 해서 수사의 중심은 팔묘촌로 옮겨지게 되고, 덕분에 나도 변호사도 혐의 밖으로 밀려나게 됐다.

"아이고, 미야(美也) 씨 덕분에 살았어요. 뭐, 나야 혹여 잘못된 혐의를 입어봤자 언제 어떻게든 벗어나 보일 자신은 있지만 번번이 그쪽에서 불러내면 귀찮으니까."

"호호호호호, 아무리 스와 씨라도 어느 정돈 신경 쓰이신 모양이군요. 하지만 당신이나 저 같은 사람은 산전수전 다 겪었으니 괜찮아도 이쪽은 불쌍하게 됐어요. 저기, 상당히 놀라셨죠?"

그것은 두 사람의 혐의가 완전히 걷힌 날 밤의 일이었다. 축하주를 한잔 하자며 스와 변호사가 초대해서 가미츠츠이(上筒井)에 있는 변호사 자택에 간 나는 거기서 전혀 예상치 못한 사람을 소개받았다.

"이쪽은 모리 미야코(森美也子) 씨, 우리에게 있어선 구원의 여신이죠. 일부러 팔묘촌에서 나와서 우시마츠 씨 살인의 의문을 단숨에 해결해준 사람입니다. 미야 씨, 이쪽이 문제의 데라다 타츠야 군……."

아아, 그때의 놀람을 어찌 표현하면 좋을까. 팔묘촌이란 불쾌한 이름이나 조부 우시마츠의 촌스러운 외모로 인해, 나는 이제까지 그 마을을 야만스런 인외경(人外境)[9] 같은 걸로 생각하고 있었던 것이다. 하지만 지금 눈앞에 있는 사람은 도시에서라도

9) 인외경(人外境): 속세를 떠난 곳.

그리 쉽게는 만나볼 수 없을 듯한 아름다운 사람이었다. 아니, 아니, 아름다울 뿐만 아니라 도회적인 세련된 기교가 사소한 몸동작이나 말투에도 엿보였다.

그 사람……. 나이는 아마 서른을 약간 넘었을 것이다. 피부가 희고 살결이 고운 것이 고급스러운 비단을 보는 듯했다. 얼굴은 갸름한, 어느 쪽이냐고 하면 고풍스런 생김새였지만 그렇다고 케케묵은 느낌은 어디에도 없다. 근대적인 재기가 팔팔하게 요동치는 것은 내면의 지성 탓일 것이다. 머리를 올린 목덜미 언저리의 요염함은 흘러넘칠 정도였다. 그날 밤 그녀는 전통 옷을 입고 있었는데, 기모노 선의 아름다움에 도취돼 이런 사람을 쭉 빠진 여자라고 하는구나, 하며 이상하게 마음이 흔들리는 것을 느낄 정도였다.

"아하하, 놀랐군, 놀랐어. 데라다 군, 놀랐지요. 이런 별종이 있으니 팔묘촌도 바보는 아닌 게야. 그런데 이 사람, 남편을 잃고 팔팔한 과부인 까닭에 좋은 후보를 목하 물색 중이니 저쪽에 가면 댁 같은 사람도 노려볼만 할지도 모르겠군, 아하하."

술이 돎에 따라 스와 변호사는 신이 나서 이런 농담을 하고는 했다. 그때마다 세상물정에 익숙하지 않은 나는 확 얼굴이 뜨거워지는가 하면 갑자기 덜덜 떨기 시작할 정도로 몸 안이 차가워졌다.

"어머, 안돼요. 첫 대면인 분한테 실례가 아닌가요. 저기, 죄송해요. 취하면 이 사람, 아주 입이 가벼워져서요."

"스와 씨와는 이전부터 각별한 사이셨습니까."

"네, 먼 친척이에요. 팔묘촌에서 도회로 나온 사람이란 별로 많지 않잖아요. 그러니 그만 마음이 맞아서……. 그래요, 참. 댁도 화재로 집을 잃기 전까지 도쿄에 계셨죠?"

"한데 미야 씨, 댁은 대관절 언제까지 그런 쇠똥 냄새나는 시골에 찌들어 살 거야. 댁 같은 사람이 시골에 있다는 건 시골 자체에 민폐고, 도시로서도 댁 같은 미인을 잃으면 서운하지."

"그러니 도쿄에 좋은 집을 지으면 돌아온다지 않아요. 저도 그런 시골에 뼈를 묻을 생각은 없으니 안심하세요."

"그건 그렇지만 지나치게 머물러 있는구먼. 벌써 몇 년이지? 전쟁이 끝난 해부터니까 햇수로 4년인가. 댁 같은 사람이 4년이나 잘도 그런 곳에서 참고 버텼어. 팔묘촌에 뭔가 끌어당기는 데라도 있는 건가."

"바보 같은 소릴 하시네. 그보다 저, 데라다 씨에게 할 얘기가 있어요."

미야코는 나무라듯 스와 변호사를 찰싹 밀어내고는 내 쪽으로 고쳐 앉아 아름답게 미소지었다.

"데라다 씨, 저 당신을 모시러 왔어요. 알고 계시죠?"

"예……."

"할아버님, 딱하시게 됐네요. 이렇게 될 줄 알았으면 처음부터 제가 모시러 왔으면 좋았을 걸요. 시골사람이란 마을에선 마구 입을 놀려도 밖으로 나가게 되면 도무지 무기력한 사람들이랍니다. 그래서 댁의 대고모님, 코우메 님과 코타케 님께 부탁받아 우시마츠 씨의 뒤처리 겸 댁을 모시러 왔답니다. 이삼일 안에 출발하려고 생각하고 있는데, 같이 가주시겠어요?"

"예……."

내 몸은 아직 뜨거워졌다 차가워졌다 하고 있었다.

아아, 이렇게 해서 나의 잿빛 인생에 떨어진 붉은 색은 끝도 없이 번지고 또 번지고 번져만 간다…….

제2장 의혹의 인물

생각하면 라디오의 사람찾기를 통해 내가 처음 스와 변호사를 방문했던 것은 5월 25일의 일이었다. 그 동안 불과 한 달이었지만 나에게 얼마나 분주한, 그리고 눈이 팽팽 도는 한 달이었던가. 드디어 출발이 확정될 때까지 나는 매일처럼 스와 변호사의 자택을 방문했다. 미야코의 전화로 불려나와 쇼핑이나 연극 구경의 동행 역할을 맡았던 것이다. 태어나서 줄곧 이성을 접촉할 기회가 적었던 나로서는 뭐라고 형용할 수 없을 만큼 기쁘고 가슴이 울렁울렁할 정도로 즐거운 경험이었지만 그와 동시에 전부터 막연히 움트고 있던 불안이랄까 위구심이랄까, 공포랄까, ……아니, 아니, 그것들을 뒤범벅한 것 같은 감정의 뿌리도 나날이 깊어져가고, 종국에는 암담한 절망감조차 엄습해왔다.

그도 그럴 것이 어차피 한번은 이야기하지 않으면 안 될 일이었음에도, 단숨에 모든 것을 밝혀 지나치게 큰 충격을 주는 것은 불쌍하다고 생각했던 것일까, 스와 변호사와 모리 미야코는 분주한 출발준비 중간 중간에 조금씩 나의 출생에 얽힌 무서운 사건을 이야기해 주었다.

그 일에 대해서는 따로 발단에 첨가했으니 새롭게 여기에 쓰지 않겠다. 아니, 쓸 만한 인내심이 없는 것이다. 아버지와 어머니의 그토록 무섭고 처참한 갈등을 아들로서 적는 것이 가능한 일일까. 아아, 불쌍한 어머니! 나는 그때 처음 어린 시절 내 가슴을 아프게 죄었던 어머니의 무서운 발작의 원인을 이해할 수 있었다. 그와 동시에 내 전신에 새겨진 저 섬뜩한 상처의 유래도 납득할 수 있게 되었던 것이다.

그 일은 둘 다 납처럼 묵직하게 내 가슴을 내리눌렀지만 한층 더 마음을 괴롭혔던 것은 마지막에 밝혀진 저 무시무시한 32인 살인의 전말이었다. 스와 변호사와 모리 미야코는 가능한 한 내가 놀라지 않도록 조용히 아무렇지 않게 이야기해 주었지만 그래도 역시 내가 받은 충격은 형용할 수 없을 만치 컸다. 그 이야기를 들은 직후, 나는 전신이 얼음처럼 차가워지는 걸 느끼고 숨이 멎는 건가 생각했을 정도였다. 잠시 돌이 된 것처럼 잠자코 침묵하고 있었지만, 머지않아 내리누르고 내리누르고 계속해서 내리누르는 전율이 뒤에서, 뒤에서 치밀어 올라와 한동안은 전신이 떨리는 걸 막을 수 없었다.

"정말이지 이건 싫은 역할이에요. 원래라면 이 얘기는 댁의 조부님인 우시마츠 씨가 해주실 예정이었는데 우시마츠 씨가 그렇게 되셔서 스와 변호사와 의논해 우리 입으로 얘기하기로 했답니다. 정말 유감이라고 생각해요. 아니, 유감인 걸 넘어서 잔인한 기분마저 들어요. 하지만 이제부터 고향에 가게 된 이상 한번은 듣게 될 얘기인지라……. 부디 나쁘게 생각지 말아주세요."

미야코는 위로를 담은 목소리로 그렇게 말하고는 가엾은 듯 내 얼굴을 지켜봐 준다. 나는 겨우 목에 걸린 가래를 삼켰다.

"아뇨, 나쁘게 생각할 리 있겠습니까……. 두 분의 마음 씀씀이에는 감사를 금할 수 없습니다. 그래요. 어차피 한번은 들어두지 않을 수 없는 이야기였습니다. 마찬가지로 들을 거라면 댁 같은 친절한 분한테 듣는 편이 그나마 행운일지도 모르지요. 하지만 모리 씨."

"예……."

"마을사람들은 저를 어떻게 생각하고 있습니까. 지금 제가 마을로 돌아간다고 하면 마을사람들은 어떤 식으로 생각할까요?"

미야코와 스와 변호사는 얼굴을 마주보았지만, 머지않아 스와 변호사는 온화한 목소리로 이렇게 말했다.

"데라다 군, 그런 건 생각지 않는 편이 좋아요. 그런 식으로 남의 일을 생각하면 하루도 못 살죠."

"그래요. 스와 씨의 말씀대로예요. 게다가 댁에겐 아무 죄도 없지 않은가요."

"아니, 그렇게 말씀해주시는 두 분의 마음은 잘 알겠습니다. 하지만 저는 알아두고 싶습니다. 마을 사람들이 저에 대해 어떤 감정을 곱씹고 있는지 그것을 미리 알아두고 싶은 겁니다."

스와 변호사와 모리 미야코는 다시 한 번 얼굴을 마주보았지만 이윽고 미야코가 끄덕이고,

"예, 그러고 보면 미리 알아두는 편이 좋을지도 모르겠네요.

댁도 무언가 마음속으로 준비하고 있는 게 있는 모양이니…… 솔직히 말해서 마을사람들은 댁에 대해 좋은 감정을 갖고 있지 않은 것 같아요. 생각해 보면 이치에 닿지 않는 거예요. 댁에게는 아무 죄도 없으니……. 하지만 부모를 살해당하고 자식을 살해당한 사람들로서는 무리가 아닌 건지도 모릅니다. 거기다 곤란한 건 시골의 십 년은 도시의 일 년도 안 된다는 거예요. 도시에서는 사람이 흩어졌다 모이고 모였다 흩어지는 일이 자주 있으니 대개의 일은 일 년도 지나지 않아 잊어버리고 마는 게지요. 하지만 시골에서는 사람이 모두 정착해 있으니 별거 아닌 일도 몇 년이 지나도록 기억되는 거예요. 이 사실은 댁도 잘 알아두는 편이 좋을지도 모르겠어요. 그래서 이번에 댁이 돌아온다는 사실에 대해서도 마을에서는 이러쿵저러쿵 말하는 사람들도 있는 것 같아요."

"그럼 제가 돌아온다는 걸 마을에서도 알고 있는 거군요."

"그야…… 도시와 달라서 시골에선 비밀리에 일이 진척되는 건 거의 불가능하니까요. 언젠가 어딘가에서 누설되어…… 일단 알려지면 바로 마을 전체에 퍼지고 마는 거랍니다. 하지만 그런 건 너무 신경 쓰지 않는 편이 좋다고 생각해요. 어차피 도시 사람이 시골에 오면 이런저런 말을 듣는 거예요. 저도 이 나이에 독신이잖아요? 그래서 뒷구멍으로 제법 지독한 말을 하는 것 같지만 그런 걸 하나하나 신경 쓰면 한이 없으니 버들가지가 바람에 나부끼듯 적당히 받아넘기기로 하고 있죠. 정말이지 시골은 시끄럽다니까."

"하지만 미야 씨와 데라다 군은 입장이 다르니까……. 미야 씨가 말하는 것 같은 감정의 응어리가 마을에 있다고 치면 데라다 군이 마을에 들어가는 데는 상당한 용기와 각오가 필요하겠군."

나는 아직도 납처럼 무겁게 내리누르는 압박감을 뱃속 깊숙한 곳에 느꼈으나, 나란 사람은 평소에는 극히 마음이 약한 주제에 마지막 막다른 곳에 다다르면 이상하게 생각될 정도로 용기가 샘솟는 성격이다. 나는 엄습하는 불안과 위구심을 뿌리치려고 억지로 조용히 이렇게 말했다.

"아니, 이런저런 걸 가르쳐주셔서 고맙습니다. 스와 씨가 말씀하신 대로 제게 있어서는 엄청난 부담입니다. 하지만 이 정도로 이야기를 들으니 저 같은 사람도 어느 정도 각오가 생길 듯한 기분이 듭니다. 그런데 모리 씨."

"예……."

"이러니저러니 많이 여쭌 것 같습니다만 또 하나, 간곡히 여쭙고 싶은 게 있는데요……."

"네, 무슨 일인가요."

"마을사람 전체가 저를 미워한다더라도 그 중에서도 특히 저를 미워한다고 할 만한 사람으로 마음 짚이는 곳은 없으십니까. 저를 마을에 들이고 싶지 않다, 저를 마을에서 떼어놓고 싶다고 생각할 만한 사람으로……."

"글쎄요……. 왜 그런 걸 물어보시나요? 게다가 마을사람 전체가 댁을 미워하지는 않아요. 그런 식으로 과장해서 생각지 말아주세요. 앞서 제 얘기가 그런 식으로 들렸다면 정정해두지 않으면 안 되겠네요."

"어째서 제가 그런 걸 여쭙는가 하면 실은 이유가 있습니다.

보아주십시오. 언젠가 이런 편지가 제가 사는 곳에 날아왔어요."

내가 내밀어보인 것은 언젠가, 그렇다, 잊히지 않는 조부 우시마츠가 독살당한 밤 내가 사는 곳에 날아온, 저 섬뜩한 경고장 같은 편지였다. 스와 변호사와 모리 미야코는 그걸 보더니 눈을 커다랗게 뜨고 얼굴을 마주보았다.

"저기, 모리 씨. 거기 씌어 있는 것과 이번 조부님 사건과는 뭔가 관계가 있는 건 아닐까요. 누군가가 저를 섬에서 떼어놓기 위해, 누군가가 저를 마을에 접근하지 못하도록 뭔가 무서운 일을 꾸미고 있는 건 아닐까요."

역시나 미야코도 창백해져서 곧바로는 내 질문에 대답하지 못했다. 스와 변호사도 눈썹을 찌푸리고,

"그렇군요, 이런 편지를 쓸 놈이 있다고 치면, 이카와 할아버님을 죽인 것과도 어지간히 깊은 관련이 있다고 보지 않으면 안 되겠군요. 미야 씨, 당신한테 마음 짚이는 데 없소?"

"글쎄요……."

"신타로 군은 어떤가. 댁은 도쿄에 있을 무렵부터 그 사람을 알고 있었지. 뭔가 이렇게, 이런 일을 생각할 것 같은 인물은 아닌가."

"설마……."

말이 끝나자마자 부정은 했지만 그 순간 미야코의 뺨에서 사악 하고 혈색이 가시고 입술이 희미하게 떨리고 있는 것을 스와 변호사도 나도 놓치지 않았다.

"신타로 씨란 제 사촌이라는……."

"그래요, 전직 소령이었던 분입니다. 미야 씨, 당신 뭔가 마음

짚이는 게 있는 거 아닌가?"

"그런 거…… 그런 거…… 짚이는 거라니 그런 거…… 절대 없어요. 하지만 저는 모르겠어요. 그 사람 완전히 변해서…… 옛날엔 그렇게 위세가 좋았던 사람이었는데 최근에는 완전히 꾀죄죄해져서 마을에 돌아와서부터는 별로 입을 여는 일도 없어요. 아니, 저만이 아니에요. 분명 마을사람들도 그 사람과 친근하게 얘기한 사람은 한 명도 없을 거예요. 예, 그 정도로 그 사람은 사람을 싫어하게 돼서……. 그래서 그 사람이 뭘 생각하고 있는지, 어떤 기분인지 저도 짐작이 가지 않습니다. 하지만…… 하지만…… 설마 그런 무서운 음모를 꾸밀 사람이라고는 생각되지 않아요. 옛날 그 사람의 천성으로 봐도……."

미야코의 말을 듣고 있노라니 입으로는 일단 신타로를 위해서 변호해주고 있는 것 같았지만 점차 혼란스러워져 가는 걸 보니, 그녀 또한 뭔가 갈팡질팡하고 있는 것 같았다. 즉 이성으로는 부정할 수 있어도 어쩐지 그 밑바닥에 감정적으로 부정할 수 없는 무언가가 있는 건 아닐까. 그리고 그 일은 언제까지고 내 가슴에 의혹의 그림자를 드리운 채 걷히지 않았다.

사토무라 신타로……. 그 사람이야말로 팔묘촌에서도 가장 나의 귀향을 좋아하지 않을 강한 동기를 갖고 있을 인물이 아닌가. 그 일과 지금 미야코의 불안하고 혼란스런 모습을 나는 깊이 가슴에 새겨두자고 생각했다.

여행을 떠나다

6월 25일……. 우리가 팔묘촌으로 출발한 날은 비가 내릴 듯 잔뜩 찌푸린 장마구름이 낀 하늘이어서 그렇지 않아도 이번 여행길에 기가 죽어 있는 나를 한층 괴롭게 압박했다. 솔직히 산노미야(三宮) 역에서 발차시간을 기다리는 동안, 나는 우울해서 어쩔 수가 없었다. 역까지 배웅해준 스와 변호사도 묘하게 가라앉은 낯빛으로,

"데라다 군, 조심하게. 경사스런 여행길을 나서는데 불길한 말은 하고 싶지 않네만 나도 뭔가 이번 사람찾기 건이 표면에 드러나 있는 의미만은 아닐 것 같은 기분이 들어서 견딜 수가 없어. 뭔가 그 이면에 우리 생각보다도 깊은 의미가 숨겨져 있는 건 아닐까 하고, 그런 기분이 들어서 견딜 수가 없네. 조부님이 돌아가신 것도 그렇고, 저 기묘한 경고장도 그렇고, 게다가 당신의 성격을 묻고 돌아다닌 남자도 그렇고……. 나는 왠지 가슴이 두

근거려서 참을 수가 없네."

내 성격을 조사하러 다닌 남자란 언젠가 친구 부인이나 회사의 인사과장에게 들은 인물 이야기다. 만일을 위해 요전에 나는 그 일에 대해 스와 변호사에게 물어보았으나 결과적으로 그것은 스와 변호사의 부하가 아니었고, 도리어 그 일이 무척이나 변호사를 놀라게 한 것 같았다.

"그건 말이죠, 나도 의뢰인에 대한 책임상 일단 당신의 품성을 조사하도록 시켰습니다. 하지만 그렇게 금방 당신에게 발각될 정도로 서투르게 조사하지는 않아요. 흠, 그럼 우리 외에 누군가 당신을 조사하는 사람이 있다는 거군요. 그리고 그 사람은 시골 사람인 듯하다는 거군요. 미야 씨, 당신 뭔가 마음 짚이는 곳은 없소?"

미야코 씨도 꽤나 놀란 듯 아름다운 눈썹을 찌푸리고 있었지만 결국 누군가 무엇을 위해 그런 짓을 한 건지 짚이는 것이 없다고 대답했다. 그녀 자신도 이 사실에 무척이나 동요한 것 같았다.

스와 변호사가 말을 꺼낸 것은 그 일에 대해서였다.

"저, 데라다 군. 인간이란 묘한 것이야. 한 달 전까지 자네와 나는 생판 남인 건 물론이고 서로 존재도 모르는 사이였어. 한데 사람찾기 건으로 두 사람이 연결됐고, 번갈아가며 같은 살인사건의 용의자가 되었고 해서, 나는 왠지 당신이 남이란 기분이 들지 않게 되었지. 이상한 말을 하는 것 같지만 자네에게 깊은 친애의 정을 느끼기 시작했네. 그러니 그쪽에 가거든 뭔가 곤란한 일, 타인의 조력이 필요한 일이 생길 경우엔 걱정 말고 나한테 말해주게. 만사 제쳐놓고 달려갈 테니."

스와 변호사의 이 친절한 말은 내 마음을 헤집어 놓지 않을 수 없었다. 비가 올지 바람이 불지 알 수 없는 미래를 향해 여행길을 떠나려는 그 날 아침, 나는 적잖이 감상적인 기분이 되어 있었던 것이다. 나는 목구멍이 꽉 막혀서 그저 침묵한 채 고개를 끄덕이는 외에 달리 어떻게 할 수가 없었다.

우리들 중에 가장 명랑했던 것은 미야코다. 그날 아침 그녀는 가벼운 여행복에 화려한 녹색 레인코트를 입고 있었는데 키가 큰 그녀에게는 아주 잘 어울려서 잔뜩 찌푸린, 금방이라도 비가 내릴 듯한 하늘 아래 플랫폼에 아름다운 꽃이 활짝 피어 있는 것 같았다.

"이봐요, 무슨 말씀을 하시는 거예요. 데라다 군의 몸에 무슨 일이 틀림없이 일어날 것처럼……. 바보 같네요. 아무 일도 일어나지 않을 거예요. 알고 보면 뭐야, 그런 거였나, 할 정도의 일인게 확실해요. 게다가 설사……."

하고 미야코는 거기서 빙글빙글 장난스럽게 눈동자를 굴리더니,

"무슨 일이 일어나게 되면 저란 사람이 있다는 걸 잊지 말아주세요. 저 이래 봬도 강해요. 지는 걸 아주 싫어해요, 남자든 누구든……. 그러니 그렇게 끙끙거리지 않는 편이 좋아요. 걱정하건 말건 흘러가기 마련이니까……."

"흠, 뭐, 미야 씨에게 맡겨두면 괜찮겠지만."

스와 변호사도 쓴웃음을 짓고 있었다.

드디어 발차 시간이 와서 우리들은 열차에 올랐고 그리고 스

와 변호사와 헤어졌다.

앞날에 대한 갖가지 불안이나 위구심을 갖는 한편으로 나는 역시 이 여행을 즐겁다고 생각지 않을 수 없었다. 사람에게는 각자 향기란 게 있다. 향기가 강한 사람도 있고 약한 사람도 있다. 또 매력 있는 향기가 있으면 불쾌한 향기도 있다. 미인이라도 조금도 사람을 끌어당기지 않는 향기의 소유자가 있는가 하면 그 정도의 용모도 아닌데 무척이나 사람의 마음을 끌어당기는 향기를 가진 사람도 있다. 개성이라는 것일까. 미야코는 미인이다. 게다가 매력적인 향기를 비상하게 많이 발산하는 여자였다.

그녀는 누님기질…… 혹은 누님기질을 발휘하는 것을 좋아하는 성격인 듯싶다. 그렇기에 남한테 뭔가를 부탁받는다든지 남이 자기한테 매달리는 걸 좋아하는 것이다. 불과 며칠간의 사귐이었지만 그녀는 처음부터 나의 보호자인 것처럼, 누나가 남동생에게 그러듯 자세히 주의를 주는가 하면, 마침내 출발하기로 결정되자 펑펑 크게 돈을 써서 여장(旅裝)을 갖춰 주었다.

"괜찮아요, 아무 것도 걱정할 거 없어요. 이건 모두 댁의 대고모님이 맡긴 돈이에요. 시골에선 첫인상이 뭣보다 중요해요. 그리고 이쪽이 자기를 낮추고 있으면 우쭐해서 바보취급 한다니까요. 복장이든 태도든 허세를 부리지 않으면 안돼요. 이봐요, 쭈뼛거리면 안돼요?"

나는 코를 잡혀 질질 끌려 다니는 듯한 기분에다 뭐라 말할 수 없이 두근두근한 쾌감에 붕 떠 있었다. 그녀의 강한 향기에 취해 있었던 것이다.

아무튼 이 기차 안에서 나는 처음으로 미야코의 신상이야기를 제법 자세히 들을 수 있었다. 팔묘촌에는 내가 태어난 다지미 가 외에 또 하나 노무라라는 벼락부자가 있다는 것은 전에도 말했지만 미야코는 이 노무라 가의 당주 소키치(莊吉)의 제수에 해당했다. 즉 소키치의 동생인 타츠오(達雄)란 사람이 그녀의 남편이었다는 이야기다.

"남편 분은 무슨 일을 하셨습니까."

"전기기구 제조공장을 경영하고 있었어요. 전기기구가 뭔지 난 조금도 모르지만 전쟁 중엔 꽤 경기가 좋았답니다. 즉 군수물자로 벼락부자가 되었단 얘기죠."

"그래서 남편 분은 언제 돌아가신 건가요."

"태평양전쟁 3년째, 그러니까 슬슬 일본의 운명이 기울어져갈 무렵의 일이군요. 병은 뇌출혈……. 술을 지나치게 많이 마셨던 거죠."

"아직 젊은 나이셨겠군요."

내가 이런 질문을 꺼내자 미야코는 목소리를 높여 웃었다.

"저와 십 년 이상 차이가 났어요. 그래도 뭐, 젊다면 젊은 나이죠. 여하튼 그렇게 빨리 돌아가실 거라곤 생각지 않아서 저도 어떡해야 좋을지 난처했지만 다행히 남편과 공동으로 경영했던 분이 신사적이어서요, 뒤처리 일체를 책임져주신 데다 정확히 제 편에 돈을 보내주었답니다. 그래서 먹고 사는 데는 곤란함이 없지만은……."

"신타로란 사람과는 꽤 오래 교제하신 겁니까."

나는 이 질문을 가능한 한 아무렇지 않게 꺼냈지만, 그래도 그 순간 미야코의 재빠른 시선이 번개처럼 나의 정수리를 꿰뚫는 것을 막을 수 없었다.

"음, 그렇게 오래 교제한 것도 아니에요. 그야…… 같은 고향이니 이름도 알고 있고 군인이 된 것도 들었었죠. 그런데 갑자기 교제를 시작하게 된 건 남편이 데려와서부터예요. 전쟁 중엔 뭐니 뭐니 해도 칼의 천하였으니까요. 권력 있는 군인과 친해두면 그렇지 못한 거보단 아무래도 여러 가지로 유리하잖아요. 그래서 집에 초대하거나 밖에서 같이 술을 마신다거나……."

"남편이 돌아가시고 나서도 그런 교제를 계속하셨습니까."

미야코는 또 재빠른 시선으로 노려보고는 수수께끼 같은 미소를 띠었다.

"그야 계속하고 있었죠. 이전보다 좀 더 자주 오게 됐어요. 이쪽도 남편을 잃고 허전한 상태였고 게다가 같은 고향이라면 역시 반갑거든요. 하지만 사실을 말하자면 나, 군인은 싫어했어요. 그냥, 참모본부에 있는 사람 정도와 접촉하고 있으면 여러 가지 정보를 알 수 있잖아요? 그런 의미로 뭐, 말하자면 제가 그 사람을 이용했던 것 같은 거죠."

이것은 좀 더 나중에 알았던 것이지만, 미야코는 정세가 불리하다고 깨닫고 다이아몬드나 귀금속 같은 걸 사모았고 그것이 그녀의 재산이 되었다. 게다가 그 액수는 막대한 것이라는 이야기가 있었다. 미야코란 사람은 그런 여자다. 일본여자로서는 드물게 대담함과 실행력을 갖춘 여자인 것이다.

"신타로란 분은 아직 독신이라 들었는데요, 다지미 가에 같이 사는 겁니까."

"아뇨. 그 사람, 독신이지만 혼자가 아니에요. 노리코(典子)란 누이동생이 하나 있거든요. 그래요, 참. 그 노리코란 사람 역시……."

역시, 까지 말하고 미야코가 갑자기 입을 다물어서 나는 무심코 얼굴을 고쳐보았다. 미야코의 얼굴에는 뭔가 거북한 기미가 흐르고 있었다. 그래서 나는 한층 그 다음을 재촉하지 않을 수 없었다.

"역시…… 어떻다는 겁니까."

미야코는 괴로운 듯 목에 걸린 것을 삼키고,

"죄송해요. 이런 얘길 꺼내는 게 아니었어요. 하지만 이미 끄집어낸 걸 도중에 그만두면 기분 나쁘겠죠. 그럼 말씀드리겠는데, 노리코 씨가 태어난 건 그 소동…… 댁의 아버님이 소동을 일으켰을 때였어요. 그러니까 노리코 씨의 어머니가 그 소동의 충격으로 조산하신 거죠. 분명 8개월만에 태어났다고 들었어요. 그래서 제대로 자랄 리가 없다고들 했지만 이상하게 아기 쪽은 잘 자랐는데 어머니는 아기를 낳자마자 바로 돌아가셨답니다. 그래서 노리코 씨, 지금도…… 그러니까 그 소동이 있었을 때 태어난 거라 당신과 한 살 차이지만, 언뜻 보면 열아홉이나 스물 정도로밖에 보이지 않아요. 신타로 씨는 여동생과 함께 친척에게 맡겼던 집에 돌아와 농사를 짓고 있답니다."

내 마음은 다시금 무거워졌다. 아버지가 저지른 죄업은 이토록 길게 꼬리를 끌고 있었던 것이다. 노리코 같은 희생자는 그녀 말고도 마을에 살고 있을 게 틀림없다. 나는 새삼스레 자신이 이번에 마을에 들어가는 것이 얼마나 큰 파문을 그려낼지 상상하고는 등골이 차가워지는 공포를 느끼지 않을 수 없었다.

고이차의 비구니

오카야마에서 산요(山陽)선에서 하쿠비(伯備)선으로 갈아타고 수시간, N이란 역에 도착해 우리가 기차에서 내렸던 것은 이미 오후 4시를 지날 무렵이었다. 산요선에서는 이등열차라 비교적 편했으나 하쿠비선에는 이등열차가 없는데다 상당히 혼잡해서 기차를 내렸을 때는 오히려 마음이 놓이는 기분이었다. 그러나 팔묘촌에 가기까지는 그때부터 1시간 버스를 타고 다시 또 반시간 동안 걷지 않으면 안 된다는 말을 듣고 솔직히 지겨웠다.

하지만 다행히 버스가 기다리고 있었다. 이 버스 안에서 나는 팔묘촌의 거주민을 처음으로 만났던 것이다.

"어이고, 서쪽집 사모님 아니십니까."

이 부근 인간 특유의 주변을 신경 쓰지 않는 커다란 목소리로 외치면서 미야코 앞에 앉은 것은 나이 오십 전후의, 얼굴도 몸도 울퉁불퉁하고 딱딱한, 마치 요전에 돌아가신 조부와 비슷한 체구의 남자였다. 필경 이 부근 사람의 전형적인 모습이리라. 복장까지 조부와 닮아 있다.

"어머, 키치조(吉蔵) 씨, 어디 다녀오세요?"

"N까지 볼일이 있어서 다녀왔습니다. 지금 돌아가는 참입니다. 부인은 고베에서 돌아오시는 건감요? 이카와 할아버님 참 딱하게 되셨습니다그려."

"댁은 경쟁자가 없어져서 안심하셨겠군요."

"노, 농담하시면 안 됩니다."

"왜 그런 말을 하냐면요, 댁께서 요전에 선점을 잡느냐 잡히느냐로 우시마츠 씨와 크게 싸웠다면서요."

나중에 들은 바에 의하면 키치조란 사람은 조부와 같은 직업인 마소거간꾼이었다. 팔묘촌에서는 조부와 이 남자, 이렇게 두 명의 마소거간꾼이 있었는데, 이런 산촌에서는 마소거간꾼도 농사꾼도 의리가 두텁고 한번 단골이 되면 절대 바꾸지 않는다. 하지만 전후의 흐트러진 질서는 이런 산속에도 스며들어와 농사꾼 쪽에서도 자기 멋대로 마소거간꾼을 바꾸고, 마소거간꾼 쪽에도 태연히 다른 사람의 세력권에 침입한다, 이것을 선점을 잡는다(まや先をつく)고 한다. 선점이란 필경 마구간 혹은 외양간 선점, 다시 말해 단골을 잡는 것을 의미하는 것이리라.

키치조는 미야코에게 아픈 데를 찔린 듯 눈을 희번덕거리면서,

"부인, 이상한 말씀을 하지 말아주십쇼. 저, 그 일로 힘들었어요. 경찰 나리에게는 혹독한 취조를 받았지, 마을사람들은 이상한 눈으로 보질 않나……. 무얼요, 선점을 잡는 건 피차 마찬가

지예요. 이쪽만 나쁜 건 아닙니다. 그걸 이카와 할아버지께서 이상하게 트집을 잡으시니 바로 발끈해서……."

"됐어요, 알아두세요. 아무도 댁이 이카와 할아버님을 죽였다고 하는 사람 없어요. 한데 그 후 마을 상황은 어때요? 별다른 이상한 일은 없었나요?"

"그거요. 아라이 선생이 번번이 경찰에 불려가서 딱하더라고요."

"아아, 아라이 선생은 우시마츠 씨의 주치의였죠. 하지만 설마 주치의가 환자 약에 독을 넣었을 리 없잖아요. 그런 짓을 하면 바로 들통 나지 않겠어요? 게다가 아라이 선생은 우시마츠 씨에게 한을 품었을 리도 없고……."

"예, 그러니까 참고인이라는 것입죠. 어쨌든 아라이 선생이 만든 약과 살짝 바꿔치기한 놈이 있음에 틀림없어요. 하지만 말이죠, 부인."

하고 키치조는 갑자기 목소리를 낮추고,

"아라이 선생이 죽인 건 아니지만도, 이카와 할아버님은 아라이 선생의 약으로 착각해서 먹고 돌아가신 거잖아요. 그래서요, 아라이 선생의 약을 먹으면 죽는다고 말을 퍼뜨리는 놈이 있어서요, 최근엔 아라이 선생, 꽤 환자가 줄었답니다."

"아유, 못됐네요. 누가 그런 말을 퍼뜨리고 다니는 건가요?"

"그게 말입죠, 큰 소리론 말씀 못 드리겠습니다만 구노(久野) 선생인 것 같습니다요."

"설마……."

"아니, 설마가 아닙니다요. 아라이 선생이 이사 온 이래 구노 선생은 말이 아니니까요."

시골 어디든 마찬가지로 촌구석에서 가장 으스대는 사람은 의사다. 농사꾼들은 촌장이나 소학교 교장보다도 의사에게 한층 굽신거리기 마련이다. 전부 다 그런 건 아니지만 마을 의사들만큼 잘난 척하고 건방짐이 극에 달한 사람들은 없다. 환자를 고르고 밤중 왕진은 어지간한 부자가 아니면 가지도 않는다. 그런데도 오랜 관습 때문에 아무도 그에 대해 불평하지 않는 것이다.

그런데 종전 후부터 일본 전국 어디를 가더라도 마을 분위기가 일변했다. 도회지에 있는 집이 불타버린 의사는 저마다 연고를 따라 시골로 들어왔다. 그들 이주한 의사들은 새 환자를 확보하기 위해 도회지에서 익힌 사교언어와 서비스를 아낌없이 뿌렸다. 시골사람은 대개 의리가 두텁지만, 바보 취급당하는 것보다는 겉치레 말 한 마디 쪽에 끌리는 게 인정상 당연하다. 게다가 전쟁이 끝난 후에는 어디를 가도 그렇게 의리만 따지고 있을 수 없는 풍조가 넘쳐흐르고 있었고, 엉덩이가 무거운 의사보다도 바지런히 움직여주는 의사 쪽이 고마운 건 무리가 아니다.

이런 연유로 어느 마을이든 외지에서 들어온 의사가 눈 깜박할 새 전부터 영업하던 의사를 압도하게 됐는데 팔묘촌도 예외는 아니었다. 마소거간꾼의 마구간 선점이든 의사의 환자쟁탈전이든 시골마을이란 신천지에 일어나는 갈등에 대해 나는 그때 적잖은 흥미를 가지고 열심히 들었다.

"아니, 구노 선생도 좀 지나치게 잘난 척을 했었으니까요. 인과는 돌고 도는 거잖습니까. 시골에서 환자를 잃으면 어떻게 할 수가 없어요. 도시라면 야반도주라도 되겠지만 촌에선 그럴 수도 없구요. 그렇다고 해도 지금까지 모질게 돌아서 있던 사람이 그리 갑작스럽게 굽실거릴 수도 없지요. 소작료는 돈으로 내고 약값도 전에는 쌀로 대신하는 사람도 있었지만 최근엔 쌀을 암시장에서 팔아서 돈으로 바꾸는 게 더 이득이니까요. 아무도 쌀 같은 걸 가져가는 사람은 없습지요. 거기다 아시는 바대로 자식이 많지 않습니까. 그러니 구노 씨네 집은 먹고사는 것도 곤란한 모양인지 최근 부인이 감자, 고구마 같은 걸 키우기 시작했답니다요. 아니, 의사 사모님이 농사꾼을 할 정도가 되면 끝장난 거지요."

키치조도 구노 선생에게 뭔가 쌓인 게 있는 듯 매우 통쾌해했지만 갑자기 다시금 목소리를 낮추고,

"그게 말입죠, 구노 선생의 아라이 선생에 대한 증오란 건 엔간한 정도가 아닙니다요. 어두운 곳에선 도무지 듣고 있기가 힘든 말을 했다니까요. 그래, 저도 생각했던 건데요, 이카와 할아버님에게 독을 먹인 건 구노 선생이 아닐까 하고……."

"무슨!"

미야코도 무심코 숨을 삼켰다.

"하지만 아라이 선생이 밉다고 아무 죄도 없는 우시마츠 씨한테 독을 먹일 리가 없잖아요."

"그런 게 아니구요. 그러니까 아라이 선생에게 죄를 덮어씌우기 위해서죠. 게다가 이카와 할아버님에게 잘못이 없는 것도 아닙니다요. 아라이 씨가 이주해오자 가장 먼저 치료받고는 그 이래 아라이 선생 약은 잘 듣는다고 마을 안에 선전하고 다닌 게 이카와 할아버님이었으니까요. 구노 씨로서는 미워 죽겠는 것도

무리가 아니겠죠. 게다가 이런 시골에서 독약 같은 걸 갖고 있을 만한 사람은 의사 외에 달리 누가 있겠습니까요."

"이제 그만해주세요. 키치조 씨, 적어도 이런 사건에서 분별없이 어림짐작으로 떠들고 다니는 게 아니에요. 게다가 여기 계시는 이 분은 구노 선생과 친척뻘 되는 분이라구요."

키치조는 그때 처음 내 쪽으로 고개를 돌렸는데 그 눈에는 삽시간에 깊은 놀라움의 빛이 떠올랐다.

"아아, 그럼 이분이 츠루 씨의……."

"그래요. 우시마츠 씨의 뼈를 가지고 이번에 처음으로 마을에 돌아왔답니다. 언젠가 정식으로 인사드리겠지만 잘 부탁해요."

키치조는 지금까지의 거리낌 없는 태도와 달리 지그시 생각에 잠기고 말았다. 그리고 때때로 눈을 치켜뜨고 내 쪽을 보고 있었지만 마침내 다시 몸을 앞으로 내밀고는,

"부인, 정말 이 사람을 데려오셨군요. 설마 데려오진 않을 거다. 또 마을에선 이 사람도 오라고 해도 오지 않을 거라고 그러던데요."

나는 왠지 심장에 차가운 것이 닿은 것 같은 기분이었다. 적어도 막 마을에 들어가려고 하는 때 들은 말치고는 그리 반가운 인사는 아니었던 것이다.

키치조는 뭔가 좀 더 이야기하고 싶은 듯했지만 미야코가 옆을 본 채 상대해 주지 않아서 그만 입을 다물어버렸다. 그리고 사정이 있는 듯 팔짱을 끼고 깐깐하게 입을 다물고 있었지만 때때로 내 쪽을 훔쳐보는 눈길은 왠지 곱지 않았다. 나는 점점 아랫배에 돌덩이를 삼킨 것처럼 마음이 무거워졌다.

이렇게 해서 마침내 우리는 팔묘촌 입구까지 왔는데 버스가 멈추자 키치조가 가장 먼저 뛰어내려 눈 한번 돌리지 않고 뛰어가서, 우리는 무심코 얼굴을 마주 보았다. 키치조의 마음은 알고 있다. 우리보다 한걸음 먼저 마을에 돌아가 나에 대해 급히 알리려는 것이리라. 미야코는 후우 하고 한숨을 쉬었다.

"스와 씨가 말한 게 정말이었군요. 이건 어지간히 용기가 필요하겠네요. 데라다 씨, 괜찮아요?"

아마도 내 얼굴은 새파랗게 질려 있었겠지만 마음은 이미 죄다 정해져 있었다. 나는 그저 힘 있게 고개를 끄덕여 보였을 뿐이었다.

버스정류장에서 팔묘촌에 들어가려면 고개를 하나 넘지 않으면 안 된다. 고개라 해도 그리 높지는 않았지만 길이 나쁘니 자전거 외의 탈것은 지나갈 수 없다. 이십 분 정도 걸려 고개에 다다랐지만 거기서 북쪽을 내려다 본 찰나, 나는 뭐라 말할 수 없는 어두운 인상을 받았던 것을 지금까지도 확실히 기억하고 있다.

팔묘촌……. 그것은 마치 양념절구의 맨 밑바닥에 자리한 듯한 모습이었다. 사방이 산으로 둘러싸여 있고 그 산들은 2리(약 8백 미터) 남짓, 각 방향으로 꽤 위쪽까지 경작되어 있었는데 기슭부터 양념절구 바닥에 걸쳐서 논도 볼 수 있었다. 그 논들은 문자 그대로 고양이 이마만큼 작은 면적이었는데 이상한 점은 어떤 논이건 주위에 울짱을 치고 있었다. 소를 쳐서 먹고사는 이 마을 전체가 하나의 목장인 것이란 사실을 나중에서야 알게 되었다. 소는 마을길에 이르는 곳에서 멋대로 자고 있다. 그리고 그 소들의 침입을 막기 위해 논 주위에 울타리를 둘러친 거라고 한다.

내가 처음 이 팔묘촌을 둘러본 것은 전에도 말했듯 6월 25일, 다시 말해 장마철 황혼 무렵의 일이었다. 비는 내리지 않고 있었지만 구름은 낮게 드리워져 양념절구 바닥에 산재해 있는 토벽집들 위에 뭔가 불길한 것이 다가오는 듯한 느낌이었다. 나는 무심코 오싹하고 몸을 떨었다.

"봐요, 저쪽 산기슭에 한층 큰 저택이 보이죠. 저게 댁네 집. 그리고 그 위쪽에 커다란 삼나무가 한 그루 서 있죠. 저게 여덟 무덤신……. 저 삼나무는 바로 이 사이에 두 그루 있어서 쌍둥이 삼나무라고 부르고 있는데 3월 말쯤 봄에 드물게 벼락이 쳐서 그 벼락에 맞아 한 그루가 뿌리부터 두 갈래로 갈라져버렸어요. 그 이래 마을사람들은 뭔가 또 좋지 않은 일이 일어나진 않을까 전전긍긍하고 있지요."

나는 다시금 오싹하고 섬뜩한 전율이 등골을 훑고 내려가는 것을 막을 수 없었다. 우리는 묵묵히 고개를 내려갔는데 금세 기슭 쪽에 여러 사람이 떼를 지어 모여 있는 것이 보였다. 모두 논에서 뛰어나온 모습이었는데 그 속에 키치조의 모습이 섞여 있는 걸 보고 나는 입술을 꾹 물었다.

사람들은 각자 큰소리로 떠들고 있었지만, 누군가 우리의 모습을 발견한 듯 뭔가 외치자 갑자기 딱 입을 다물어버리고 일제히 이쪽을 돌아보았다. 그저 우연히 모인 듯 스멀스멀 뒷걸음질 칠 기미였지만 그 중에 하나 이상한 모습을 한 인물이 나타나 날카롭게 우리 쪽을 노려보았다.

"오지 마라! 오면 아니 된다! 돌아가거라!"

이상한 모습을 한 인물은 아래쪽에서 금속성 소리를 질렀다. 나는 몸 안이 얼어붙는 느낌이었지만 옆에서 격려하듯 미야코가 팔을 꽉 잡았다.

"괜찮아요, 가요. 저 사람, 고이차(濃茶)[10]의 비구니라고 해요. 약간 정신이 나갔지만 아무 짓도 안하니까 괜찮아요."

역시 가까워짐에 따라 그 사람이 비구니란 걸 알 수 있었다. 그러나 뭐라 말할 수 없이 추한 비구니였다. 나이는 벌써 쉰 혹은 그 이상이리라. 언청이 입술은 세 갈래로 갈라지고 말려 올라가 그 아래로 말처럼 커다랗고 누런, 삐뚤빼뚤한 치아가 엿보였다. 우리가 다가가자 비구니는 움켜쥔 양손을 흔들며 발을 동동 구르는 듯한 모습으로 연달아 소리쳤다.

"오지 마라, 오지 마라, 돌아가라, 돌아가거라. 여덟무덤신께서 노하실 것이야. 네 놈이 오면 마을은 다시금 피로 더럽혀질 터. 여덟무덤신께서 여덟 명의 제물을 구하실 터. 이놈, 이노옴, 오지 말라는데……. 네놈은 네놈의 아비가 왜 죽었는지 알고 있느냐. 그것이 첫 번째 제물이었단 말이다. 그리고 둘, 셋, 넷, 다섯……. 이제 곧 여덟 사람이 죽을 것이야. 이놈, 이놈, 이노옴……."

고이차의 비구니는 쉿소리로 계속해서 소리치며 우리가 마을을 가로지르고 계곡을 건너 다지미 가의 문에 도착할 때까지 따

---

10) 고이차(濃茶): 녹차 가루를 더운 물에 타서 거품을 내지 않고 진하게 마시는 녹차.

라왔다. 그리고 그 뒤에는 백치처럼 표정 없는 얼굴을 한 마을사람들이 잔뜩 따라오고 있었다.

이것이 내가 팔묘촌에서 처음 받은 환영인사였다.

두노파

"데라다 씨, 신경 쓰면 안돼요. 시골사람들은 말은 많아도 사실 모두 패기가 없어서 아무 짓도 못해요. 흠칫거리면 외려 허점을 잡히니 정신 바짝 차리세요."

정말이지 그때 미야코가 옆에 있어주었으니 나도 간신히 체면을 유지할 수 있었지만 만일 혼자였다면 어땠을까. 분명 중간에서 정신없이 달아났을 것임에 틀림없다. 사실 다지미 가의 문안에 들어갔을 때 전신이 흠뻑 땀에 젖어 있었던 것이다.

"하지만 저 고이차의 비구니란 사람은 대체 어떤 사람입니까. 어째서 저렇게 끈덕지게 저를 계속 따라오는 겁니까."

"저 사람은 말이죠, 그 사건 때 희생자 중 한 명이에요. 저 사람의 남편과 아이가 그때 같이 죽어서……, 그래서 비구니가 되어 고이차란 곳에 암자를 지었는데, 아까 말한 여덟무덤신의 쌍둥이 삼나무 한 그루가 벼락에 맞아 두 동강 난 걸 그 눈으로 본 다음부터 약간 정신이 이상해졌어요."

"고이차란 어디 이름입니까."

"아, 예. 마을구역 이름이에요. 옛날부터 거기에 비구니들이 사는 절이 있어서 한참 전에 거기 있던 비구니가 손님이 오면 고이차를 내놓았다고 해요. 그 후로 그 비구니를 고이차의 비구니라고 불렀는데 어느 새 마을구역 이름이 되어버렸다는 이야기지요. 그 비구니, 이름은 묘렌(妙連)이라고 하는데 묘렌 씨라고 곧이곧대로 부르는 사람은 아무도 없어요. 고이차의 비구니라거나 고이차 할머니라거나……. 뭐, 미치광이니까 신경 쓰지 않는 게 좋아요."

그렇다고 해도 지금 고이차의 비구니가 했던 말과 언젠가 날아 들어온 섬뜩한 경고장의 문구 사이에 공통점이 있는 건 어찌된 영문인가. 그처럼 반쯤 정신 나간 노파가 미치광이 같기는 했지만 어딘가 논리정연한 데가 있는 그런 경고장을 썼으리라고는 생각되지 않는다. 혹시 그 경고장을 쓴 인물은 미치광이 비구니의 말에서 힌트를 얻어 그런 문구를 지어낸 건 아닐까. 어쨌든 나는 확실히 그 일을 마음속에 담아두자고 결심했다.

그건 그렇다 치고, 처음 본 나의 생가란 곳은 예상을 훨씬 넘을 만큼 커다란 것이었다. 그 집은 거대한 바위처럼 묵직한 중량감과 안정감을 지닌 건물로, 토담을 두른 저택 안에는 정자들과 하늘을 덮는 삼나무들이 울창하게 늘어서 있다. 우리가 쪽문을 들어가 넓은 현관 쪽으로 가려고 했을 때 옆에 있는 대문에서 하녀인 듯한 여자가 달려 나왔다.

"어머, 서쪽집의 젊은 마님. 어서 오세요. 바깥이 왜 저렇게 소란스럽대요?"

"아무 것도 아니에요. 내버려두세요. 그것보다 시마(島) 씨, 안에 들어가 미야코가 타츠야 씨를 모시고 왔다고 전해주세요."

"타츠야 님……."

시마라고 하는 젊은 하녀는 눈을 크게 뜨고 내 얼굴을 보고 있다가 약간 뺨을 붉히고 종종걸음으로 대문 안에 들어갔다.

"자, 데라다 씨. 이쪽으로 오세요."

"예."

넓은 현관에 들어가자 과연 옛날 집답게 가라앉은 냉기가 몸에 스민다. 나는 긴장한 탓에 약간 심장이 두근거렸다.

한동안 기다리고 있으려니 아까 그 하녀 뒤에서 서른대여섯의 약간 곱슬곱슬한 머리에 하얗고 자못 생기 없는 얼굴색을 한 여자가 나타났다.

"어머나, 서쪽집의 젊은 마님. 자. 어서 오세요."

이 부근 여자 특유의 새된 억양에다 자못 야단스러운 말투였지만 왠지 모르게 목소리에 열기가 없고 동작이 느릿느릿한 것은 성의가 부족한 때문은 아니고 몸이 불편해서라고 생각된다. 심장이라도 안 좋은 건지 푸르뎅뎅하게 부어오른 얼굴을 하고 눈빛에도 힘이 없었다.

"아아, 하루요 씨. 모셔왔어요. 기다리셨던 타츠야 씨. 데라다 씨, 이쪽이 댁의 누님이신 하루요 씨랍니다."

미야코는 이 집과 꽤나 절친한 듯 우리들을 소개하고는 신을 벗고 냉큼 위에 올라가버렸다. 우리는 현관 위아래에서 잠자코 고개를 숙였는데, 하루요는 주눅이 든 듯 바로 눈을 돌려버렸다.

이것이 나와 배다른 누이와의 첫 대면이었는데 그 첫인상이 나쁘지는 않았다. 누님인 하루요 씨는 결코 미인은 아니었다. 고작해야 그럭저럭 평범하달 정도일 것이다. 하지만 과연 시골의 부잣집에서 귀하게 키워진 듯 선량하고 착해 보이는 모습이 긴장했던 나의 신경을 온화하게 만들어 준다. 나는 왠지 휴 하고 무거운 짐을 내려놓은 듯한 기분이었다.

"어때요? 하루요 씨, 동생 분의 인상은……."

"예에, 저…… 아주 훌륭하게 자랐네요……."

누님은 내 얼굴을 힐끗 보더니 소녀처럼 얼굴을 붉히면서 고개를 숙이고 방긋 웃었다. 그런 모습으로 봐서 누님도 마찬가지로 나에 대해 좋은 인상을 받은 것 같아 한층 마음이 느긋해졌다.

"자, 그럼 고모할머님들이 기다리시니."

우리는 누님의 뒤를 따라 긴 복도를 걸어갔다. 밖에서 봐도 이 집은 꽤나 거대했지만 안에 들어가면 그 거대함은 더욱 더해져, 열다섯 칸의 긴 복도를 지나가는 동안 나는 어딘가의 절 같은 장소에 있는 듯한 착각에 사로잡혔을 정도였다.

"하루요 씨, 고모할머님들은 별채에 계신가요?"

"예, 저, 오늘은 타츠야 씨를 처음 맞이하는 거니까 그쪽으로 하자고 하셔서……."

열다섯 칸의 긴 복도가 끝나고 세 단 정도 올라가자 거기에 열 장과 열두 장의 다다미가 두 칸 연속으로 붙어 있는 방이 있었다. 이것은 나중에 알게 된 일이지만 구 막부시대 이 집에 영주님을 모신 적이 있어서 그때 이 별채를 지었다고 한다.

이 다다미 열두 장의 도코노마(床の間)[11]를 등지고 다지미 가의 두 주권자, 코우메 할머님과 코다케 할머님이 평상복 위에 서둘러 걸친 걸로 보이는 문장이 들어간 하오리(羽織)[12]를 입고 단정하게 앉아 있었다.

복도에서 이 두 사람의 모습을 본 순간 나는 왠지 모를 이상한 느낌에 사로잡히고 말았다.

쌍둥이에는 일란성 쌍둥이와 이란성 쌍둥이의 두 가지가 있다고 나는 언젠가 들은 적이 있다. 그리고 하나의 난자가 갈라져 두 개가 된 쌍둥이일수록 비슷한 점이 많다고 들었는데 나의 대고모들은 일란성 쌍둥이임이 분명했다.

두 사람은 아마 이미 여든을 넘겼을 것이다. 새하얀 백발을 아담하게 뒤로 묶고 등을 둥글게 하고 앉아 있다. 얼굴도 몸도 손바닥 안에 들어올 만큼 작아서 왠지 원숭이가 두 마리 앉아 있는 것 같은 느낌이었다. 단 여기서 원숭이란 몸의 크기를 형용한 것뿐이고 그 얼굴이 원숭이처럼 추하다는 의미는 아니다. 천만의 말씀, 그 얼굴에는 젊을 때는 필시 아름다웠으리라고 생각될 만한 모습이 남아 있었다. 나이에 비해서는 안색도 좋고 이 빠진 입술을 염낭 입구처럼 오므리고 있는 모습도 품위 있었다.

하지만 누가 뭐라도 역시 너무나 비슷해서 보는 사람에게 일종의 이상한 전율을 느끼게 하는 것이다.

---

11) 도코노마(床の間): 일본식 방 윗목, 주로 벽장 밑에 바닥을 높게 만든 곳. 벽에는 족자를 걸고 바닥에는 꽃이나 장식을 꾸며놓음.

12) 하오리(羽織): 일본 옷 위에 입는 짧은 겉옷.

쌍둥이도 젊은이들이라면 그리 기이한 일은 아니다. 또 그 만큼 이상한 느낌도 주지 않는다. 하지만 여든을 넘겨 그것도 이렇게 닮은 쌍둥이란, 드물다 이상하다 그런 것보다도 외려 어딘가 으스스한 느낌이었다. 선천적인 유사점은 물론이고 후천적으로 생겼을 주름 한 줄에서 피부의 검버섯에 이르기까지 완전히 똑같은데다가 한쪽이 웃으면 다른 한쪽의 근육도 마찬가지로 방긋 웃음 짓는 것이 아닌가 생각될 정도였다.

"고모할머님."

하루요는 툇마루에 손을 짚었다.

"서쪽집의 미야코 님이 타츠야를 데려왔습니다."

이것이 이 집의 가풍인 것일까. 하루요의 대고모들에 대한 태도는 극도로 공손하고 정중했다. 나는 무심코 복도에 무릎을 꿇었지만 미야코는 싱긋싱긋 웃으면서 서 있을 따름이었다.

"아, 그래. 수고하셨네."

등을 둥글게 한 노파 한 사람이 염낭 같은 입을 우물거리며 말했다. 나로서는 아직 누가 누군지 알 수 없었지만 나중에 그것이 코우메 할머님이란 걸 알았다.

"자, 이쪽으로 오시게. 미야코 씨, 참 수고가 많으셨소."

코다케 할머님도 뒤를 이어 입을 우물거렸다.

"아니에요, 고모할머님. 늦어서요……, 기다리셨죠."

미야코는 이 집의 가풍 같은 건 신경도 쓰지 않는 듯 방에 들어가서 약간 옆쪽에 다리를 가지런히 하고 앉더니,

"자, 타츠야 씨. 이리 들어오세요. 이쪽이 댁의 대고모님이 되시는 분들이에요. 이쪽이 코우메 님이고 맞은편에 계시는 분이

코다케 님."

"미야 씨, 아니에요. 내가 코다케고 저쪽이 코우메라오."

노파 한 사람이 조용히 정정했다.

"어머, 실례. 전 항상 착각해요. 고모할머님, 이쪽이 기다리셨던 타츠야 씨."

나는 대고모들 앞에 앉아 잠자코 고개를 숙였다.

"아, 그럼 이쪽이 타츠야인가. 코다케 씨."

"예, 코우메 씨. 무슨 말씀인가요."

"피는 못 속이나 봅니다. 츠루코를 쏙 빼닮지 않았는가요."

"정말 그렇군요. 눈이며 입이며 그 시절 츠루코 그대로군요. 타츠야, 잘 돌아왔구나."

나는 다시금 침묵한 채 고개를 숙였다.

"여기가 네가 태어난 집이란다. 너는 말이지, 이 집 이 방에서 태어났단다. 그때부터 벌써 26년이 흘렀다만, 이 방은 그때 그대로야. 맹장지[13)]도 병풍도 족자도 통풍창의 틀도……. 그렇지요, 코다케 씨."

"정말 그래요. 26년이라면 긴 것 같아도 지나고 보면 금방이구랴."

노파들의 눈에는 지나간 날을 쫓는 듯한 그림자가 희미하게 비쳤다. 그때 옆에서 미야코가 말을 꺼냈다.

"고모할머님, 히사야 씨는……?"

---

13) 맹장지: 襖(후스마). 햇빛 따위를 막기 위하여 안팎에 두꺼운 종이를 겹으로 바른 장지. 본딧말은 맹장자(盲障子).

"아, 히사야 말이오. 그 애는 아파서 누워 있는지라 소개는 내일 하기로 하지요. 그 애도 이제 얼마 안 남았어."

"아, 그렇게 안 좋은가요."

"구노의 츠네(恒) 씨는 아직 괜찮다, 괜찮다 그러지만 그런 돌팔이가 무얼 알겠어. 이 여름을 넘길 수 있을지 없을지."

"병명은 뭡니까."

나는 처음으로 입을 열었다.

"폐병이란다. 타츠야, 그러니 네가 정신 바짝 차리지 않으면 안돼. 하루요도 신장이 나빠서 아이를 낳을 기대를 못해. 그래서 시댁에서 돌려보냈단다. 네가 잘해주지 않으면 이 집은 망해버릴 거야."

"그래도 코우메 씨, 아직은 괜찮지 않은가요. 이런 훌륭한 아이가 돌아왔으니 말이우. 대 이을 걱정은 이제 없어. 어디선가 엄청 잘못된 기대를 하는 놈이 있지만 말이에요. 고소하구려, 호호호!"

"정말 코다케 씨 말대로구먼. 이걸로 겨우 나도 안심할 수 있게 되었어. 호호호!"

어슴푸레한 황혼녘의 넓은 방에서 두 마리 원숭이 같은 노파가 소리 높여 웃었을 때, 나는 사악 등골이 차가워지는 걸 느꼈다. 그 만큼 두 사람의 웃음소리에는 지금까지의 온화한 모습과는 판이하게 다른 사악함과 음험함이 노골적으로 드러나 있었다.

이렇게 해서 나는 마침내 이 산속의, 오래된 전설과 생생한 참극의 기억이 떠나지 않는 집에 머물게 되었던 것이다.

삼산도병풍

그날 밤, 나는 잠들지 못했다.

신경질적인 사람 누구나가 그렇겠지만 잠자리가 바뀌면 좀처럼 잠이 오지를 않는 법이다. 긴 여정으로 몸은 솜처럼 지쳐 있으나 신경은 바늘처럼 날카로워서 내 머리는 갈수록 맑아질 따름이었다.

생각하면 그것도 무리는 아니다. 바로 어제까지 친구 집의 넉 장 반짜리, 그것도 옷장이니 고리짝이니 어지러이 늘어선 좁은 방 한편에서 몸을 말고 자던 내게 열두 장 다다미방은 지나치게 넓었다. 지나치게 넓어서 도리어 몸을 둘 곳이 없는 느낌이 들었다. 나는 몇 번이고 몇 번이고 침상 위에서 뒤척였다. 자려고 안달하면 안달할수록 얄궂게도 머리는 맑아져갔고, 맑아지는 머릿속을 주마등처럼 스쳐지나간 것은 어지러웠던 그 날 하루의 이야기였다.

산노미야 역에서의 이별, 어여쁜 여행 복장을 한 미야코, 버스에서 만났던 마소중개인인 키치조, 추한 고이차의 비구니와 마을사람들, 그리고 또 두 마리 원숭이 같은 코우메, 코다케 할머님. 그들의 모습이나 풍경이 어떤 순서도 배열도 없이 머릿속에 사라졌다 나타나고 나타났다 사라져간다. 그리고 그런 사건의 가장 마지막에 생각난 것은 누나인 하루요로부터 들은 조금 묘한 이야기였다.

코우메와 코다케 할머님은 역시 노령 때문에 대면이 끝나자 그들의 방으로 돌아갔다. 그 후 나는 목욕을 했는데 끝내고 나오자 누나인 하루요가,

"내일부터는 저쪽에서 식사를 하겠지만 오늘밤은 손님이니 여기서 식사하도록 하지요. 서쪽집의 젊은 부인께서도 같이 드세요."

하고 하녀인 시마와 둘이서 밥상을 차려왔다.

"어머, 저도 말인가요."

"드세요. 아무 것도 없지만 때가 때이니만큼……. 늦어지면 젊은 사람들에게 배웅을 보내겠어요."

"그래요, 그럼 맘 놓고 받을게요."

그렇게 해서 미야코도 같이 저녁을 먹게 되었는데, 나로서는 그녀가 조금이라도 오래 곁에 있어주었으면 했다. 식사가 끝나도 그녀는 바로 돌아가려고 하지 않아서 누님을 포함한 세 사람이 두서없는 이야기로 시간을 보냈다. 물론 가장 많이 말을 한 것은 미야코로, 격의 없는 태도로 탈 없는 이야기를 하였다. 그 이야기로 여차하면 가라앉기 쉬운 내 마음을 북돋아주고 자칫

굳어지기 쉬운 누님과 내 사이를 편안하게 만들어주는 것이었다. 하지만 역시 미야코도 종국에는 화제가 다해서 어쩌다가 침묵하는 적이 있었다. 그럴 때 우리 사이에는 싸한 침묵이 흘렀는데, 그런 적당한 기회를 틈타 나는 아무렇지도 않게 방안을 둘러보았다.

아까 코우메 할머님이나 코다케 할머님이 한 말이 강렬하게 내 마음에 남아 있었던 것이다. 나의 대고모 중 한 분은 이렇게 말하지 않았던가.

"너는 이 집 이 방에서 태어났단다. 그때부터 벌써 26년이 흘렀다만, 이 방은 그때 그대로야. 맹장지도 병풍도 족자도 통풍창의 틀도……."

그러고 보면 불쌍한 내 어머니도 이들 병풍이나 맹장지나 족자를 매일 보면서 살았던 것이겠지. 그렇게 생각하니 내 가슴에는 안타까운 그리움이 솟구쳐, 그 하나하나를 다시보지 않을 수 없었다.

도코노마에는 커다란 백의관음보살 족자가 걸려 있다. 당시 어머니의 괴롭고 슬픈 입장을 생각하면 어머니가 얼마나 열심히 이 관음상에 의지했는지 알 것 같은 기분이 든다. 그러고 보면 내가 아는 어머니는 관음상의 열성신자로서 항상 도코노마에 작은 불상을 모셔두고 아침저녁으로 비는 일을 게을리 하지 않았다.

아무튼 도코노마 옆의 장식선반을 보니 그 벽에는 노(能)[14]의 가면이 두 개 걸려 있었다. 그것은 무서운 형상을 한 반야(般若)와 성성이(猩々)[15]로 마치 이 방은 귀신과 부처가 동거하고 있는 것 같았는데, 아니나 다를까 통풍창의 틀에는 귀수불심(鬼手仏心)의 네 글자가 씌어 있었다. 맹장지 그림은 한화(漢画)와 야마토에(大和絵)[16]의 수법을 적절히 배합한 산수화였는데 전부 연대가 뭉개져 있다.

아무튼 그 외에 또 하나, 주의를 끈 것이 있었다. 그것은 여섯 폭의 병풍이었다. 병풍 표면에는 커다란 병을 둘러싸고 고대중국인 세 사람의 모습이 거의 인간 크기 정도로 그려져 있었다. 아무 생각 없이 내가 그 병풍을 보고 있으려니 누님인 하루요가 생각난 듯 이런 말을 꺼냈다.

"그래요, 참. 그 병풍 건으로 최근 묘한 일이 있었어요."

세 사람 중 지금까지 가장 말을 삼가고 있던 하루요 누님이 갑자기 이런 말을 꺼내서 나는 무심코 얼굴을 다시 보았다.

"어머, 묘한 일이라니 무슨 말씀이세요?"

미야코도 몸을 앞으로 내밀었다.

"그게 말이죠, 이런 말을 하면 웃으실 지도 모르지만 이 병풍에 그려진 사람이 빠져나왔다고 해요."

"어머나!"

미야코는 무심코 눈을 크게 뜨고 하루요의 얼굴을 응시하고

---

14) 노(能): 일본의 전통적인 가면극. 원래는 신을 즐겁게 하는 공양물로 야외에서 공연되었다. 그 후 신사로 옮겨져 제사의식의 일부로 공연되어 왔고, 현대에는 사람을 위한 공연으로 실내에서 공연하게 되었다.

15) 성성이(猩々): 쇼죠. 술을 잘 마신다는 상상의 동물.

16) 야마토에(大和絵): 헤이안 시대 이후에 발달한 일본적인 화풍을 이어받은 회화 전반을 가리키는 말. 중국적인 주제의 그림, 주로 수묵화를 당회(唐繪) 또는 한화(漢畵)로 부르는데 대해 구별하여 부르는 이름이다.

있었다. 나도 그녀의 얼굴과 병풍그림을 번갈아보면서,

"대체 이 병풍그림은 뭘 그린 겁니까. 뭔가 고사(故事)와 관련된 거겠죠."

"예, 저도 잘은 모르지만……."

하고 하루요는 뺨을 물들이면서,

"아마 그거, 삼산도병풍(三酸図屛風)이라고 할 거예요. 거기 그려져 있는 세 사람은 소동파와 황로직과 금산사의 주지 불인스님이라고 들었어요. 소동파가 어느 날 친구인 황로직을 불러 불인스님을 찾아갔는데 스님이 기뻐하며 도화산(桃花酸)이란 걸 대접했지요. 그걸 맛보고 세 사람이 눈썹을 찌푸렸는데 동파는 유교, 황로직은 도교, 불인스님은 물론 불교죠. 그 세 사람이 세 가지 모양으로 눈썹을 찌푸렸지만 사실은 같은 도화산 때문이죠. 즉 유교, 도교, 불교, 삼교의 풀어나가는 길은 각기 다르지만 돌아갈 곳은 하나가 된다……, 그런 의미라고 들었습니다."

"어머, 과연 옛날 중국인들의 사고방식답군요. 하지만 하루요님, 이 그림의 사람이 빠져나왔다니 대체 무슨 말인가요."

미야코로서는 그림에 얽힌 고사보다 그쪽에 어지간히 흥미가 당기는 모양이었다. 물론 나도 마찬가지였다.

"음, 그게 참으로 두서없는 일이라……. 거짓인지 진짠지 잘 모르겠지만, 아무튼 좀 묘한 일이 있었답니다."

하루요는 사람 좋은 태도로 다음과 같은 이야기를 들려주었다.

"이 별채는 대개 닫아두지만 그래도 방에 열기가 차면 안 되니까 사흘에 한 번 정도는 열어둔답니다. 한데 지금부터 두 달 정도 전에 제가 시마와 덧문을 열러 갔더니 너무도 이상한 일이 있었어요. 누군가가 들어오지 않았나 생각될 만한 흔적이 있었거든요. 하지만 그때는 저는 크게 신경 쓰지 않았습니다. 한데 그때부터 이삼일 후 또 덧문을 열러가니 역시 이상한 거예요. 확실히 누군가가 들어온 듯한……. 즉 병풍의 위치가 아주 약간 바뀌어 있다든지, 장식선반 아래쪽 벽장이 딱 맞게 닫혀 있지 않았다든지……. 그런데도 덧문에는 조금도 이상은 없었어요. 그래서 착각했다고 생각했지만, 역시 신경이 쓰여서 시마에게도 비밀로 하고 일부러 벽장문을 조금 열어둔다든지 병풍의 위치를 다다미 가장자리에 딱 맞게 해둔다든지……, 즉 혹시 정말 누군가가 들어와서 장식선반 아래쪽 벽장이나 병풍을 건드린다면 금방 알아챌 수 있게 해두었답니다. 그리고 그 다음날 몰래 보러왔는데요……."

"뭔가 이상한 데가 있었나요, 벽장이나 병풍에……."

"아뇨, 그 날은 아무 일도 없었습니다. 그래서 전 역시 기분 탓이었다고 생각했는데 그로부터 이삼일 지나 와보니……."

"와보니……? 무슨 일이 있었나요?"

"예……. 병풍의 끄트머리가 다다미 가장자리에서 빠져나와 있고, 벽장문이 꽉 닫혀져 있었습니다."

"어머나!"

미야코와 나는 얼굴을 마주보았다.

"그런데 덧문을 건드린 흔적은……?"

"그게 없어요. 저는, 그걸 확인하려고 덧문을 열기 전에 빗장을 잘 조사해 봤습니다. 그리고 하나하나 덧문도 조사해봤지만 빗장은 제대로 내려져 있었고 무리하게 덧문을 연 흔적은 어디에도 없었어요."

나는 다시금 미야코와 얼굴을 마주보았다.

"이 별채에는 뜰에서밖에 들어올 수 없는 겁니까."

"예, 그 외에는 아까 당신이 건너온 열다섯 칸짜리 복도밖에 없어요. 하지만 그 복도에는 문을 닫아놓고 안채 쪽에서 자물쇠를 걸도록 되어 있습니다. 그 열쇠는 두 개 있는데 하나는 저, 하나는 고모할머님이 갖고 계세요."

"어느 분인지 집안사람이……."

"아뇨, 그럴 리 없어요. 오빠는 보시다시피 잠만 자고 있고 걷는 것조차 불가능한 형편이고 고모할머님이 설마……. 시마 씨만 해도 이런 곳에 볼일이 있을 리 없고요……."

"이상하네."

"이상하군요."

"예, 정말 묘한 일이에요. 저도 왠지 기분이 나빠졌지만 무작정 그런 얘기를 남에게 할 수는 없잖아요? 그래서 이런저런 생각을 해본 끝에 산지기인 헤이키치(平吉)에게 부탁해서 여기서 자도록 했어요."

이것은 나중에 알게 된 일이지만, 이 넓은 저택 안에는 고용인이 거처하는 건물은 따로 지어져 있어 거기에는 산지기이니 소지기니 강지기니 하는 사람들이 잔뜩 살고 있었다. 산지기란 산에 들어가 나무를 베어온다든지 숯을 굽는 담당, 소지기는 말할 것도 없이 소를 돌보는 담당, 강지기는 배에 숯이니 재목을 싣고 N역까지 운반하는 담당, 최근에는 N역까지 운반하면 되지만 옛날에는 훨씬 강 아래까지 내려갔던 것이다.

"그래서 어땠나요. 뭔가 이상한 일이 있었어요?"

"그게요, 헤이키치란 사람이 워낙 술을 좋아해서 술을 대접하는 조건으로 여기 자도록 했는데 첫 이삼일 동안은 아무 것도 이상한 일이 없었습니다. 하지만 분명 나흘째가 되어서 제가 아침 일찍 상황을 보러오니 헤이키치가 없는 거예요. 그래서 보니 덧문이 하나 열려 있었어요. 제가 깜짝 놀라 헤이키치를 찾았더니 헤이키치는 자기 방으로 돌아가 머리부터 이불을 뒤집어쓰고 잠들어 있었어요. 그걸 깨워 이래저래 물어보니……."

"……?"

우리가 말없이 하루요의 얼굴을 응시하고 있으려니, 하루요는 화끈 뺨을 붉히면서,

"그러니까, 그…… 한밤중에 그 병풍그림이 빠져나왔다는 거예요."

"어머!"

우리는 무심코 병풍 쪽을 돌아보았다.

"이 그림이…… 세 사람 다……?"

"아니요, 빠져나온 것은 한 사람이었다고 합니다. 아마 스님인 것 같았다고 하는데, 대체 어찌된 걸까요. 전에도 말했듯 헤이키치는 굉장히 술을 좋아해서 술을 마시지 않으면 잠을 자지 못한답니다. 그것도 곤드레만드레 취할 때까지 마시지 않으면 만족을 못하는 사람이라…… 그래서 무슨 말을 하는지 두서가 없었지만, 한밤중에 문득 눈을 떠보니 자기 전에는 분명 불이 꺼져 있었는데 어디선지 희미한 불빛이 스며들고 있었대요. 그래서

어, 하고 주위를 둘러보니 병풍 앞에 누군가 서 있었죠. 헤이키치는 깜짝 놀라 누구냐고 소리쳤다고 하는데 그러자 상대도 놀란 듯 슥 이쪽을 돌아보았는데 그게 분명 그 그림의 스님이었다고 합니다."

"어머, 재미있군요. 그래서 헤이키치란 사람은 어떻게 했답니까?"

미야코는 몸을 앞으로 내밀었다. 나도 마른침을 삼키고 하루요의 얼굴을 응시했다. 하루요는 훗 하고 웃음을 머금고,

"헤이키치로서는 재미있을 겨를이 없었죠. 소리치자 상대도 깜짝 놀란 듯 슥 몸을 돌려 그대로 어딘가 사라졌어요. 아니, 그때까지 어딘가에서 스며들던 빛이 확 꺼져버려서 캄캄해지자 뭐가 뭔지 알 수 없게 되었다고 하더군요. 하지만 헤이키치는 그 어둠 속에서 분명 누군가가 자신의 머리맡을 빠져나가는 기척을 느꼈다고 합니다. 헤이키치는 이미 완전히 취기가 깨어 한동안 부들부들 떨고 있었지만 겨우 용기를 내어 불을 켜고 병풍을 보니 병풍 속에는 세 사람이 제대로 서 있었어요. 별로 이상도 없었습니다. 그래서 헤이키치도 어느 정도 마음이 가라앉았지만 문득 생각이 나서 덧문을 조사해보니 제대로 빗장이 내려져 있었어요. 또 복도 쪽 문도 조사해보았다고 합니다만 이 또한 밖에서 자물쇠를 채워서 꿈쩍도 하지 않아요. 자, 그렇게 되니 헤이키치는 또 무서워져서 어딘가에서 사람이 출입한 흔적이 없는 이상 역시 병풍그림이 빠져나온 건 아닐까…… 그렇게 생각하고는 뭐라 생각할 정신도 없이 그저 무서울 따름이라 종국에는 덧문을 열고 도망쳤다고 합니다."

"이상하네."

"이상하군요."

우리는 다시금 얼굴을 마주보았다.

"예. 정말 이상한 이야기예요. 헤이키치는 이런 말도 했어요. 병풍그림이 빠져나온 것을 확실히 보았던 건 어젯밤이 처음이었지만 그 전부터 이상한 일이 자주 있었다. 밤중에 눈을 떠보면 왠지 누군가가 지그시 응시하고 있는 것 같은 기분이 들어 견딜 수 없었다. 누군가가 어디선가 지그시 자신을 응시하고 있다……, 그런 기분이 들어 오싹한 일이 자주 있었다. 그건 분명 병풍그림이 병풍 안에서 자신을 보고 있었음에 틀림없다, 그런 말을 하는 거예요. 물론 병풍그림이 이러쿵저러쿵 하는 것은 헤이키치의 착각이겠지만 누군가가 이 별채에 가끔 들어오는 것은 확실한 듯합니다. 저는 그 증거를 잡았어요."

"어머, 증거란 뭐죠."

미야코는 점점 호기심이 발동하는 듯 한발 두발 앞으로 나왔다.

"저, 헤이키치의 이야기를 듣고는 굳게 입막음을 시켜두고, 어쨌든 다시 한 번 별채를 조사해보자고 생각하고 이쪽으로 돌아왔어요. 그랬더니 병풍 뒤편에 이상한 종이쪽지가 떨어져 있었습니다."

"이상한 종이쪽지라니요……?"

"저도 뭔지 모르지만 오래된 일본종이에 붓으로 지도 같은 게 그려져 있어서 '원숭이의 걸상(猿の腰掛)'이라느니 '텐구의 코(天狗の鼻)[17]'라느니 이상한 지명 같은 것이 씌어져 있고 옆에는

노래 같은 문구가 씌어져 있었어요."

나는 무심코 앗 하고 낮은 소리를 냈다. 미야코도 마찬가지로 커다란 쇼크를 받은 듯 재빠른 시선으로 나를 보았지만, 바로 눈을 내리깔고 잠자코 다다미 위를 바라봤다. 그런 모습으로 봐서는 내가 비슷한 종이쪽지를 복주머니에 넣어둔 것을 미야코도 알고 있는 게 틀림없었다. 나는 그녀에게 그 일을 이야기한 기억은 없지만 언젠가 스와 변호사가 그것을 본 적이 있으니 어쩌다가 미야코에게 이야기했음에 틀림없다.

그런 우리의 모습을 알아차렸는지 하루요는 이상한 듯 두 사람의 얼굴을 번갈아보면서,

"어머, 왜 그러시나요. 뭔가 이 종이쪽지에 마음 짚이는 데라도 있으세요?"

미야코가 알고 있으니 나도 숨길 까닭은 없었다.

"실은…… 저도 비슷한 종이쪽지를 갖고 있습니다. 저도 그게 무슨 주문인지 어떤 뜻이 있는지는 모르지만 어릴 때부터 복주머니 안에 들어 있어서……. 하지만 제 것에는 '원숭이의 걸상'이나 '텐구의 코' 같은 문구는 없습니다만……."

나는 복주머니에서 그 종이쪽지를 꺼내 보일까 망설였지만 왠지 그렇게 하고 싶지는 않아서 그대로 침묵했다. 하루요도 미야코도 꺼내 보여 달라고는 하지 않았다. 하지만 하루요는 아무래도 그 종이쪽지에 뭔가 깊은 뜻이 있을 거라는 사실을 알아차린 듯,

---

17) 텐구(天狗): 하늘을 자유로이 날고 깊은 산에 살며 신통력이 있다는, 얼굴이 붉고 코가 높은 상상의 괴물.

"어머, 이상하네. 저 그 종이쪽지는 소중히 간직해뒀으니까 언제 당신 것과 비교해 봐요."

하루요도 미야코도 그뿐, 침묵해버렸다. 하루요로서는 재미있으라고 꺼낸 그녀의 모험담이 왠지 내 신상에 관계가 있는 것처럼 되어버렸으니, 그런 이야기를 미야코 같은 타인 앞에서 무심코 속속들이 드러낸 자신의 경솔함을 후회하고 있는 것 같았다. 미야코는 미야코대로, 하루요의 그런 기분을 알아차렸으리라. 그런 이상 정체불명의 침입자에 대해서 의견을 나눌 겨를도 없이 허둥지둥 돌아갔다. 그리고 그로부터 얼마 되지 않아 나는 문제의 별채 방에 이부자리를 펴고 홀로 거기서 자게 되었던 것이다. 갖가지 요사스런 의혹이나 불안에 괴로워하면서.

두 번째 살인

날이 밝을 무렵이 가까워져서야 나는 겨우 잠들었던 것 같다. 눈을 뜨자 덧문 틈에서 밝은 빛이 새어 들어온다. 머리맡에 놓여 있던 손목시계를 보니 이미 이럭저럭 열시다. 나는 깜짝 놀라 일어났다.

도시에 있으면 주위가 소란스러워서 아무리 밤샘을 해도 이렇게 늦게까지 잠을 자지는 않는다. 처음 묵는 집에서 이렇게 늦잠을 자버리다니 남 보기 부끄러워 당황해서 이부자리를 걷고는 덧문을 열었는데 그 소리를 듣고 누님인 하루요가 안채 쪽에서 다가왔다.

"잘 잤어요? 괜찮아요. 그건 시마에게 개키게 할 테니까."

"안녕히 주무셨습니까. 완전히 늦잠을 자버려서……."

"피곤하셨죠? 게다가 내가 이상한 이야기를 해서……. 잘 쉬었어요?"

"예."

"제대로 못 잤죠. 눈이 빨개요. 정말이지 그런 시답잖은 이야기는 하지 않는 건데 그랬어. 그래도 자물쇠 걸어두는 문까지 달려오지는 않았네요."

어젯밤 하루요는 자기 전에 오늘 밤은 복도에 자물쇠를 잠가두지 않을 테니까 무슨 이상한 일이 생기면 안채에 오라고 말을 남기고 갔다. 그 얘기를 하고 있는 것이지만, 평소의 느릿느릿하고 귀찮은 듯한 말투에 성의가 깃들어 있었고 어젯밤 이후 한층 마음을 터놓은 게 느껴져서 기뻤다.

나는 그 후 안채로 안내되어 누님의 시중을 받으며 아침식사를 했다. 늦잠을 잤기 때문에 나 혼자였다.

"할머님들께서는……."

"고모할머님들은 나이를 잡수셨기 때문에 아침이 이르답니다. 한참 전에 일어나서 당신이 일어나기를 기다리고 계세요."

"죄송합니다."

"아니요, 하나하나 그렇게 사과하지 않아도……. 여기는 당신 집이니까 좀 더 편안하게 쉬어요. 어차피 우리는 시골사람들이라 마음 씀씀이가 모자라긴 해도 감안하시고 오래오래 이 집에 있어줘요."

왠지 불안한 생각을 하고 있던 내 가슴에, 그 말은 사막에 내리는 단비처럼 스며들었다. 나는 잠자코 하루요의 얼굴을 보면서 고개를 숙였는데, 그러자 하루요는 왠지 확 눈시울을 붉히면서 무릎에 눈을 떨어뜨렸다. 식사 중에 어젯밤 이야기한 지도가 나오나 하고 마음의 준비를 하고 있었지만 누님은 끝내 말을 꺼내지 않았다. 내 쪽에서도 기다리고 있었다. 아무것도 서두를 건 없다. 이제 앞으로 나는 오랫동안 여기 있을 테니까.

식사가 끝나자 누님이 말하기 껄끄러운 듯,

"저…… 고모할머님들이 기다리고 계시는데요……. 오늘 아침은 아무쪼록 오빠를 만나게 하자고 생각하고……."

"예."

그것은 어젯밤에 이야기가 있었기 때문에 나도 사전에 각오해 두었지만 누님은 한층 말하기 어려운 듯,

"오빠하고 만날 때는 조심해요. 오빠는 나쁜 사람은 아니지만 하도 오랫동안 누워 있어서 신경질적이고…… 게다가 오늘은 사토무라 댁 신타로 씨가 와 있어서……."

나는 왠지 모르게 두근거리는 기분이었다.

"예, 그래요. 우리에게는 사촌이 되는 사람인데 어쩐 일인지 고모할머님들도 오빠도 이 사람을 싫어해서……. 신타로 씨가 오면 항상 오빠의 심기가 불편해요. 하지만 오늘은 당신 일도 있으니 이쪽에서 심부름꾼을 보내 일부러 와달라고 했어요. 여동생 되는 노리코 씨도 같이 와 있어요."

즉 대고모님들은 내가 돌아왔다는 사실을 한시라도 빨리 알리고 싶었던 것이다. 그것이 나에 대한 순수한 호의에서 나온 거라면 무척이나 감사하게 여기겠지만, 거기에는 다분히 어떤 사람에게 드러내 보이고픈 기분이 섞여 있어 그것이 마음을 무겁게 했다.

"손님은 그들뿐입니까."

"아뇨, 그 밖에 구노의 츠네(恒) 당숙어른이 와 계세요. 구노

의 츠네 당숙어른이란 아버지의 사촌형에 해당하는 분이니까 즉……."

"의사를 하고 계신 분이로군요."

"예, 그래요. 잘 아시네요. 미야코 씨한테서 들었군요."

"아뇨, 버스 안에서 키치조라는 거간꾼이 그런 이야기를 해서요."

"아아, 키치조……."

누님은 눈썹을 찌푸리고,

"시마에게 들었는데 어제 마을사람들이 당신에게 무례한 태도를 보였다면서요. 언젠가 기회가 있으면 제가 잘 말해두겠지만 당신도 조심해요. 모두 완고하지만 그다지 나쁜 사람들은 아니니까……."

"잘 알고 있습니다."

"그래요, 그럼 안내하죠."

형인 히사야가 잠들어 있는 방은 1층과 2층 사이의 중간 층처럼 된 어둑어둑한 뒷방으로, 뜰에는 수국이 새하얗게 피어 있었다. 누님이 이 방의 장지문을 연 순간 나는 뭐라 말할 수 없는 악취를 맡고 무심코 잠시 비틀거렸다. 나는 이 악취에 대한 기억이 있었다. 그것은 훨씬 전에 폐괴저(肺壞疽)[18]로 죽은 친구의 방에서 경험했던 악취였다. 폐결핵은 치료만 실패하지 않으면 고치기 쉬운 병으로 알려져 있지만 폐괴저는 고칠 수 없다. 대고모님

---

18) 폐괴저(肺壞疽): 폐 조직에 괴사가 일어나고, 여기에 부패균이 작용하여 악취를 내는 질환.

들이 아무래도 이번 여름을 넘기기 어렵다고 했던 것도 무리는 아니라고 생각하고 나는 사형선고를 받은 이 사람의 애처로움에 마음이 어두워졌다.

형은 그러나 의외로 기운이 있었다. 누님이 장지문을 연 순간, 잠들어 있던 사람이 굽은 목을 들어 이쪽을 보았지만 나와 시선이 마주쳤을 때 병자 특유의 번들번들 기름이 낀 것 같은 눈에서 확 불꽃이 일어난 것처럼 느껴졌다. 하지만 그것도 한순간일 뿐, 이윽고 가까스로 수수께끼 같은 미소를 띠고는 그대로 베개에 머리를 기댔다.

형은 나보다 열세 살 연상이라고 한다. 그렇다면 올해 마흔하나가 될 터이나 병으로 수척해진 탓인지 쉰은 되어보였다. 전신에 살이란 살은 하나도 없고 애처롭게 뼈만 남은 피부에는 생기란 전혀 없었고, 동그랗게 튀어나온 목젖에도 죽음의 그림자가 엿보이는 느낌이었다. 하지만 그런데도 형의 안색에는 어딘가 날렵하고 사나운 기운이 흐르고 있었다. 자신의 목숨을 포기하고 있으면서도 한편으로 무언가와 싸우고 있는 듯한 강한 의지가 번뜩이고 있었다. 하지만 그렇다고 해도 지금 비친 수수께끼 같은 미소에는 무슨 의미가 있는 것일까.

"기다리셨습니다. 자, 타츠야 씨, 오세요."

"타츠야, 이쪽으로 오너라. 다들 아까부터 기다리셨단다."

형의 머리맡에는 코우메 할머님과 코다케 할머님이 변함없이 두 마리 원숭이처럼 앉아 있었지만 그들 중 한 분이 자기 옆자리를 가리켰다. 나는 물론 그렇게 말한 것이 코우메 할머님인지 코다케 할머님인지 알 수 없었지만 그 말대로 자리에 앉아 누구에게랄 것도 없이 고개를 숙였다.

"히사야, 이쪽이 네 동생인 타츠야란다. 훌륭하게 자랐지. 타츠야, 이쪽이 형이다."

내가 말없이 고개를 숙이는 것을 형은 찌르는 듯한 눈길로 보고 있었지만 마침내 콜록콜록 가래 섞인 목소리로,

"정말 사내다워졌군요. 다지미의 핏줄에 이렇게 잘생긴 남자가 태어나다니 희한한데. 하하하……."

어딘가 독살스런 웃음소리였으나 웃는 찰나 형은 격하게 콜록거렸다. 기침과 함께 불쾌한 냄새가 방안에 가득 찬다. 그 악취도 악취였지만 나는 형이 지금 한 말에 고개를 들 수가 없었다. 형은 한동안 기침을 하다가 겨우 그것이 진정되자 목을 움츠리고 저편에 앉아 있는 사람들에게 말을 걸었다.

"신 씨, 어때. 이렇게 잘생긴 동생이 돌아와서 안심되지 않나. 나도 말이지, 이렇게 좋은 후계자가 생겨서 안심하고 눈을 감을 수 있겠어. 구노 당숙어른, 당숙어른도 기뻐해주세요. 하하하하."

형이 다시 기침을 하려는 것 같아서 노파 한분이 서둘러 물주전자를 입에 대주었다. 형은 목젖을 울리면서 꿀꺽꿀꺽 물을 마시고 있었지만 마침내 고개를 모로 젓고는,

"이제 됐어요, 더는 필요 없어. 고모할머님, 귀찮아요."

하고 딱 잘라 말하고는 다시 내 쪽으로 고개를 돌렸다.

"타츠야, 소개하마. 저쪽 끄트머리에 앉아 계시는 분이 구노 당숙어른이야. 의사선생님이시지. 최근 마을에는 더 좋은 의사선생님이 오셨다고 하지만 친척분이시니 너도 병이 나면 부디

당숙어른한테 진찰을 받도록 해. 그리고 그 옆에 앉아 있는 게 네 사촌형인 신타로 씨다. 빈털터리나 마찬가지가 되어서 마을에 돌아왔지만 너도 아무쪼록 막역하게 지내도록 해라. 알겠느냐. 어느 고장에 들어오면 그 고장 풍속에 따라야 하는 거야, 모두에게 귀여움 받을 수 있도록 해야 한다. 그리고 조심해라. 다지미 가의 재산을 남한테 뺏기지 않도록."

형은 거기서 다시금 격하게 기침을 시작했다. 나는 그 애처로움에 조마조마함과 동시에 다시금 검붉은 무언가가 오징어 먹물처럼 감정의 밑바닥에 퍼지는 느낌이 들었다. 어떤 사정이 있는지는 모르지만 구노 당숙이나 사촌형인 신타로에 대한 형의 증오랄지 적의랄지, 그것은 너무나도 노골적이고 매몰찼다. 친척끼리 어떻게 이렇게나 서로를 미워하지 않으면 안 되는 것일까. 거기서 시골의 옛 가문의 어려움을 깨닫고 비참함과 무정함, 또 다시금 뭐라 말할 수 없는 암담한 느낌을 받지 않을 수 없었다.

흥분한 탓인지 형의 기침은 좀처럼 가라앉지 않았다. 기침하고, 기침하고, 기침하고, 그대로 숨이 끊어지는 것은 아닐까 생각했을 정도였다. 기침과 기침 사이에 쉭 하고 가래 끓는 소리가 숨이 끊어질 듯 안타깝고, 게다가 저 뭐라 형용할 수 없는 악취는 점점 강해져 장마철의 눅눅한 공기 속에 자욱하게 퍼졌다.

하지만 누구 하나 손을 내밀어 형을 간호하려고 하는 사람은 없었다. 쌍둥이 코우메와 코다케 할머님은 새침하게 앞을 본 채 형 쪽으로는 눈길도 주지 않았다. 그것은 이미 형의 목숨에 대해서는 포기했다는 뜻이었지만 나로서는 왠지 박정하다고 생각지 않을 수 없었다. 멀리 말석에 앉아 있던 하루요 누님은 고개를 숙이고 어깨를 떨고 있다. 보니 목덜미에서 옆얼굴에 걸쳐 불붙은 것처럼 빨갛다. 분명 그녀도 마찬가지로 너무나 애처로워 얼굴을 들 수 없었던 것이리라.

구노의 츠네 당숙—나중에 알게 되었지만 이 사람의 이름은 구노 츠네미(久野恒実)라고 했다—이란 사람은 예순 가까이 되고 앙상하게 말랐으며 눈이 날카롭게 번뜩이는, 깨소금 머리색의 완고해 보이는 인물이었는데, 눈도 깜박이지 않고 멀리서 기침하는 형의 모습을 지켜보고 있다. 혹시 시선이 사람을 죽일 수 있다면, 당시 형은 단숨에 기절했을 것이라 생각한다. 얼굴이 길고 코가 높은, 젊었을 때는 상당히 호남자였을 거라 생각되는 생김새라서 오히려 나이를 먹으니 인상이 한층 험상궂어진다. 그때 츠네 당숙의 얼굴에 드러난 감정은 미움과 꼴좋다는 비아냥거림 이외에 달리 아무 것도 아니었다.

사촌인 사토무라 신타로. 나는 처음 이 방에 들어왔을 때부터 이 사람에게 가장 많은 주의를 기울이고 있었지만 이 사람의 기분만은 아무래도 읽을 수가 없었다. 나이는 하루요 누님과 비슷한 정도이리라. 살집이 좋고 피부가 흰 거구의 남자로 머리를 둥글게 깎고 꽤나 허름한 모직 옷을 입고 있었는데, 과연 전직 군인다웠지만 다박나룻이 더부룩하게 나 있는 점은 언젠가 미야코가 말했듯 꽤나 늙수그레한 느낌이었다.

아까도 말했듯 나는 방에 들어왔을 때부터 이 사람의 표정에 주의하고 있었다. 가능하면 그 표정에서 뭔가를 읽어내려고 시도했다. 하지만 그 결과는 모조리 실패로 돌아갔다. 뚱하게 팔짱을 끼고 있는 이 사람은 어떤 때라도 눈썹 하나 까딱하지 않았다. 평온하고 담담하게 외면하고 있었다. 보기에 따라서는 대담무쌍하게도 보일 수 있었지만 또 다른 한편으로는 일종의 허탈 상태에 있는 것은 아닐까 하는 의심도 들었다.

신타로 바로 옆에 누이동생인 노리코가 앉아 있다. 나는 처음 그 얼굴을 보았을 때부터 못생긴 여자라고 단정하고 말았다. 인간이란 타산적인 존재다. 혹시 그녀가 미인이었다면 크게 동정하고 부친의 죄업에 대해 자책감을 느꼈으리라. 하지만 그녀가 그다지 아름답지 않아서 그런 기분이 들지 않은 덕에 얼마쯤 안심이 되는 기분이었다.

노리코는 깜짝 놀란 것 같은 얼굴로 앉아 있는 사람들을 둘러보고 있다. 천진하다면 천진하지만 좀 머리가 모자라지 않나 생각되었다. 이마가 넓고 뺨이 홀쭉한 여자로, 역시 미야코가 말했듯 도무지 나와 한 살 차이라고는 생각되지 않는다. 그렇다고 해서 젊어 보인다는 의미는 아니고 성숙되지 못했다는 느낌이다. 과연 달 수를 채우지 못하고 태어났다는 걸 한눈에 알아볼 수 있을 정도로 가냘픈 모습이었다. 그녀는 이상하다는 얼굴로 한 명 한 명 둘러보고 있었지만 마침내 그 시선이 내게 이르자 거기서 뚝 멈춰버렸다. 물끄러미 그녀는 나를 응시했다. 하지만 거기에는 관심이랄 만한 특별한 감정은 없는 것 같았다. 그저 천진하게 신기한 듯 응시하는 것뿐인 듯했다.

형의 기침은 좀처럼 멎지 않는다. 기침과 기침 사이에 섞인 쉭쉭 피리를 부는 듯한 소리가 점점 안타깝게 뼈를 에인다. 그래도 아직 아무도 입을 열지 않는 탓에, 뭐랄까 묵직한 공기가 압박할 것처럼 그 자리를 짓눌렀다.

그때 갑자기 형이 손을 흔들며,

"바보! 바보! 내가 이렇게 괴로운데 아무도 아무 것도 해주지 않는 건가, 바……."

거기서 다시금 형은 격하게 기침을 해댔다. 보고 있으니 관자놀이 부근에 흠뻑 식은땀이 배어 있다.

"약을…… 약을 줘……. 누군가 약을……."

쌍둥이 코우메와 코다케 할머님이 얼굴을 마주보았다. 그리고 가볍게 고개를 끄덕이고는 그중 한 사람이 베갯머리에 있던 손궤를 열고 안에 쌓여 있던 약봉지를 하나 꺼냈다. 다른 한 사람이 물주전자를 들었다.

"자, 히사야. 약이란다."

베개에 매달려 있던 형은 그 소리에 굽은 목을 들고 물주전자 쪽에 입을 가져갔지만 무엇을 생각했는지 내 쪽으로 고개를 돌리고는,

"타츠야, 이것이 구노 당숙어른의 약이다. 봐봐라, 잘 듣는단다."

무엇을 생각하고 그때 형은 그런 말을 한 것인지 지금도 나는 그 진의를 모르겠다. 아마 그것은 구노 당숙에 대한 단순한 야유였을 테지만 그 말은 지나칠 정도로 적중했다, 그것도 무서운 의미로…….

두 사람의 노파에게 약을 받아먹은 형은 한동안 베개에 얼굴을 대고 있었다. 가까스로 기침은 한때 가라앉는 듯했으나 아까의 기침으로 인한 피로로 가느다란 어깨가 크게 물결치고 있었다. 하지만 그것도 점점 가라앉는 듯하여 나도 한숨 돌렸지만,

그때였다. 갑자기 형의 몸이 꿈틀하고 크게 경련했다.

"아, 아, 아, 괴, 괴, 괴로워……. 무, 물……."

침상에서 기어 나와 형은 양손으로 목 언저리를 쥐어뜯었다. 그 모습의 섬뜩함은 아까 기침으로 괴로워하던 때에 비할 바가 아니었다. 나는 문득 조부의 임종을 생각해내고 전신에 소름이 끼치는 걸 느꼈다.

"아, 고모할머님, 혀, 형님이……."

두 사람의 대고모님들도 여느 때와 다른 형의 괴로워하는 모습에 다소 허둥대는 것 같았다. 당황해서 물주전자를 입에 가져갔으나 형은 이미 그것을 마실 수가 없었다. 물주전자 입구가 치아에 닿아 딱딱 소리를 울릴 뿐이었다.

"히사야, 이거. 정신 차려라. 물이야. 자, 물이라니까."

형은 그 손을 뿌리치는 듯 또 한동안 목을 세게 쥐어뜯고 있었지만, 마침내 컥 하고 흰 베갯잇에 피를 토했다. 그리고 그것을 마지막으로 움직이지 않았다.

긴다이치 코스케

지금 생각해도 오싹하다. 그때 나는 저 어둑어둑한 중간층 뒷방에서 거무죽죽한 안개 같은 악의가 사악 하고 넘쳐흐르는 걸 느꼈다. 뭐랄까 위험이 몸 가까이 다가오는 것 같은 기분이 들어 당장이라도 그 자리에서 도망치고 싶은 충동에 사로잡혔다. 독자 여러분, 겁쟁이인 나를 비웃으려면 비웃으시길. 내게 있어서 그것은 첫 경험은 아니었다. 조부건 형이건 내 앞에 나타나면 머지않아 다음 순간 무섭게 허우적거리며 죽음을 맞이했던 것이다. 게다가 그 죽는 법은 조부가 죽을 때건 형이 죽을 때건 완전히 똑같지 않은가.

독살……. 내 뇌리에 곧바로 그런 생각이 번뜩인 것도 무리가 아니리라.

하지만 다른 사람들은 의외로 침착했다. 구노의 츠네 당숙은 두세 방 주사를 놓았으나 마침내 포기한 듯 고개를 젓고,

"임종하셨습니다. 너무 흥분해서 스스로 죽음을 재촉한 게지요."

나는 깜짝 놀라 그 얼굴을 고쳐보았다. 그리고 그 말에 아무 의심도 품지 않고 그대로 받아들이는 사람들을 질린 듯 둘러보았다.

하지만 나는 알고 있었던 것이다. 임종하셨습니다, 라고 극히 거리낌 없이 말하는 츠네 당숙의 목소리가 희미하게 떨리고 있었던 것을. ……그리고 또 내 시선을 깨닫고는 당혹해서 얼굴을 돌리는 것을. ……그 떨리는 목소리든 나에게 얼굴을 보였을 때의 당혹감이든 그것은 분명 보통 일은 아니었다. 구노의 츠네 당숙은 분명 뭔가를 알고 있는 것이다. 나는 그 사실을 깊이 마음속에 새겨두자고 생각했다.

구노 당숙과 반대로 사촌인 신타로의 기분은 그때 역시 알아채기 어려웠다. 형이 괴로워할 때 약간 놀란 듯한 표정을 지었지만 나중에는 다시금 평온담담하게 형의 얼굴을 응시하고 있었다. 여동생인 노리코도 마찬가지로 멍하니 천진한 눈을 크게 뜨고 있었다.

나는 너무나 외치고 싶었다. 말이 목구멍까지 차올라 있었다.

"아닙니다, 아닙니다. 이것은 보통 죽음이 아니에요. 우시마츠 할아버님과 마찬가지로 누군가의 손에 독살당하신 겁니다."

하지만 외치지 않았다. 목까지 치밀어 오른 말을 겨우 삼켰다.

형의 병이 병이니만큼, 게다가 옆에 의사가 같이 있었던지라 형의 이 갑작스런 죽음도 별로 문제가 될 것 같지 않았다. 늦든 이르든 이렇게 될 거라는 사실은 모두 알고 있었기 때문에 집안

사람이든 고용인이든 별로 충격을 받은 것 같지도 않았다. 그 사실이 나로서는 어쩐지 허전했지만 억지로 평지풍파를 일으킬 수도 없다고 생각하고 잠자코 기다리고 있었다. 게다가 나로서도 형의 죽음을 확실히 독살이라고 판정할 용기는 없었던 것이다. 폐괴저 말기에는 저렇게 죽을지도 모른다. 혹시 조부의 죽음을 눈앞에서 보지 않았다면 나라도 구노 당숙의 말을 그대로 받아들였으리라.

아무튼 형의 장례식은 그 다음날 저녁 무렵 집행하기로 했다. 그렇게 해서 장례식 두 건이 한데 겹쳤다. 하나는 내가 가져온 우시마츠 할아버님의 유골이다. 나는 이것을 이카와 가에 보내, 거기서 새롭게 장례식을 할 예정이었으나 형의 갑작스런 죽음으로 아직 장례식을 치르지 못한 사이에 이쪽의 불행을 듣고 조모와 양자인 켄키치(兼吉) 부부가 이카와 가에서 달려왔다. 내 조부에게는 어머니 외에 아이가 없어서, 어머니가 저 사건으로 모습을 감춘 후 조카인 켄키치란 사람을 양자로 삼아 대를 잇게 했던 것이다.

나는 조모인 아사에(浅枝)나 양자인 켄키치와 그날 처음으로 만났지만 이 사람들은 이 무서운 이야기에 특별히 깊은 관계는 없으니 여기서는 그다지 언급하지 않도록 하자. 단 그 자리에서 논의가 이루어져서 조부의 장례식도 같은 때 이 집에서 치르기로 했다는 것만을 써두는 걸로 충분하리라.

쌍둥이인 코우메와 코다케 할머님은 번갈아가며 이런 말을 했다.

"우시마츠와는 츠루코가 없어진 후로 연이 끊어지다시피 했지만 이번은 우리일로 고베에 갔다가 그런 일을 당했으니 이쪽에서 장례를 치르는 것이 정도라고 생각해. 게다가 양쪽 다 타츠야가 시주(施主)를 하지 않으면 안 되니……."

아아, 너무나 어지러웠다. 나의 평탄한 잿빛 인생은 마침내 크게 바뀌어 그 날 하루 종일 분주한 기분이었다. 여러 사람이 잇달아 문상하러 왔다. 그리고 그 일이 예기치 않게 마을사람들에게 나를 드러내는 결과가 되어 누구나 문상의 말을 끝내면 빤히 탐색하는 듯한 눈으로 나를 보고 갔다.

미야코도 왔고 미야코의 아주버님인 노무라 소키치(野村莊吉)란 사람도 미야코와 함께 왔다.

노무라 가는 마을 서쪽 변두리에 있어 우리 집안인 다지미 가와 나란히 부자로 일컬어지고 있다. 주인인 소키치란 사람은 과연 그런 큰 가문의 가장에 어울리는 대범한 태도로 의젓하게 말하는 사람이었다. 나이는 쉰 전후이리라. 하지만 그 소키치조차 미야코가 나를 소개하자 일순 호기심 어린 표정을 감추지 못했을 정도였다. 물론 역시 금방 그런 표정을 애써 감췄지만.

아무튼 그 다음부터는 별로 말할 것도 없다. 두 번의 장례는 무사히 그 다음날 저녁에 끝났다. 조부인 우시마츠는 편의상 화장을 하고 유골을 가지고 돌아왔지만 이 근방에서는 일반적으로 매장을 한다. 다지미 가의 묘지는 저택 뒤의 여덟무덤신 바로 아래 있는데 거기에 새롭게 구덩이를 파고 형의 유해를 담은 관을 내려놓았다. 그리고 그 관 위에 첫 흙을 뿌린 것은 다름 아닌 나였는데, 그때 나는 왠지 중요한 일을 하는 양 조마조마했던 것이 지금도 분명히 기억난다.

아무튼 이 장례식에서 돌아와 새로이 마을사람들에게 불교의 식인 손님대접을 할 때가 되어 미야코가 내 옆에 다가왔다.

"타츠야 씨."

그녀는 언젠가부터 나를 이름으로 부르게 되었다.

"댁에게 부디 소개시켜드리고 싶은 사람이 있는데 지금 한가해요?"

"예, 어떤 분입니까."

"어떤 사람인지 저도 잘 모르겠어요. 고베에서 돌아와 보니 본가 쪽에 와 있었어요. 아주버님의 오랜 친구이던가 해서 이 근방에 용건이 있어 왔다가 들른 참에 본가에 머물고 있는 거예요. 이름은 긴다이치 코스케라고 해요."

그 무렵 나는 아직 긴다이치 코스케란 이름을 몰랐다. 미야코도 몰랐던 듯싶다.

"그래서 그 분은 제게 무슨 용건이 있는 겁니까."

"글쎄요, 그건 저도 모르겠어요. 댁과 둘이서만 이야기를 하고 싶다고 하는데요."

내 마음은 의심으로 혼란스러워졌다. 어쩌면 경찰관계자는 아닐까, 하고 생각했다. 그렇다면 만나지 않고 끝낼 수는 없다.

"이리 오세요. 저쪽 방에서 기다리고 계시니."

사람의 출입이 드문 별실의 여섯 장 다다미방에서 기다리고 있으려니 거기에 싱글거리면서 들어온 사람이 있었는데, 그 사람의 풍채를 본 순간 나는 착각한 게 아닐까 생각했을 정도다. 나는 왠지 좀 더 당당한 풍채의 인물을 기대하고 있었던 것이다. 그래서,

"실례합니다. 제가 긴다이치 코스케입니다."

하고 상대가 꾸벅 인사한 순간, 나는 무심코 눈을 크게 뜨고 상대의 모습을 고쳐보지 않을 수 없었다.

긴다이치 코스케. 연령은 서른대여섯 정도이리라. 키가 작고 더부룩한 머리를 한, 어디로 보나 풍채가 좋지 않은 인물이다. 게다가 구깃구깃한 모직 옷에 하카마(袴)[19]를 입고 있어서 잘 쳐줘도 동사무소 서기나 소학교 선생 정도로밖에 보이지 않는다. 게다가 조금 말을 더듬는 버릇이 있다.

"아, 네……. 제가 타츠야입니다. 제게 뭔가 하실 말씀이 있으시다면서요."

"예, 잠깐 여쭤볼 게 있어서……."

긴다이치 코스케는 싱글벙글하면서, 하지만 어딘가 상대의 간담을 서늘하게 만드는 예리한 눈으로 슬며시 나를 관찰하면서,

"갑작스럽게 이런 질문을 드려서 대단히 무례하다고는 생각합니다만, 당신은 마을에 떠도는 소문에 대해 알고 계십니까."

"마을의 소문이라면……."

"그러니까 형님의 죽음에 대해섭니다. 마을에서는 약간 무례한 소문이 퍼져 있는 것 같은데요……."

나는 갑자기 가슴이 두근거렸다. 직접 그런 소문을 들은 적은 없었지만 그저께 고이차의 비구니의 말로 미뤄 봐도 형의 죽음에 대해 이상한 소문이 퍼져 있을 거라는 사실은 짐작할 수 있었

---

19) 하카마(袴): 일본 옷 아래 겉옷. 허리에서 발목까지 덮으며 넉넉하게 주름이 잡혀 있고 바지처럼 가랑이진 것이 보통이나 스커트 모양의 것도 있음.

다. 게다가 나 자신 역시 같은 의문을 품고 있었으므로. ……순간 내 얼굴에 드러난 동요를 본 것인지 긴다이치 코스케는 빙긋 웃고,

"역시 그렇군요. 본인께서도 같은 의문을 갖고 계시는군요. 하지만 그렇다면 당신은 왜 그걸 입 밖으로 말씀하시지 않으시는 겁니까."

"어째서입니까. 어떻게 제가 그런 말을 할 수 있겠습니까."

나는 가까스로 입을 열었다. 왠지 목 안쪽이 뜨거워지고 매캐해지는 기분이 들었다.

"눈앞에 의사가 붙어 있고 그 분이 아무 일도 아니라는데 저 같은 풋내기가 무슨 말을 할 수 있겠습니까."

"그렇군요. 그것도 무리는 아니군요. 하지만 말이죠, 타츠야 씨. 저는 여기서 일단 충고해 두겠습니다만 당신은 이후 뭔가 이상하다 느끼는 게 있다면 고민하시지 말고 솔직히 그것을 털어놓으시는 편이 유리합니다. 그러지 않으면 차후 어떤 괴로운 입장에 서게 되실지 모릅니다."

"긴다이치 씨, 그건 무슨 뜻입니까."

"그러니까 말입니다, 처음부터 마을사람들은 색안경을 쓰고 당신을 보고 있습니다. 당신이 마을에 돌아왔다. 분명 뭔가 변화가 일어날 것임에 틀림없다. ……마을사람들은 모두 그런 생각을 갖고 있는 겁니다. 물론 미신이죠. 하지만 미신이니 더욱 무서운 것이죠. 이치를 들어 설득할 수 없을 정도로 고루한 사고방식이니까요. 게다가 우시마츠 씨든 형님이든, 당신과 만나자마자 갑자기 죽어버렸어요. 마을사람들의 미신이 점점 증폭되는

것도 무리는 아니죠. 경계하지 않으면 안 됩니다."

내 마음은 어둑한 두려움으로 납덩이처럼 무거워졌다. 뭔가 눈으로는 보이지 않는 검은 실이 내 몸을 속박해가는 듯한 느낌이었다. 긴다이치 코스케는 싱글벙글하면서,

"아, 실례했습니다. 처음 뵙고 갑작스레 이상한 얘길 꺼내서 필시 기분 나쁜 생각이 드셨겠군요. 뭐, 이것도 제 노파심이라고 생각하시고 참아주십시오. 그건 그렇고 당신이 의심하시는 것 말입니다만, 형님의 마지막에 관한……. 그에 대해 한번 얘기해 주시지 않겠습니까. 아니, 주관적인 의견을 말씀하시기 껄끄러우시다면 일단 객관적으로 형님의 임종 시 모습을 이야기해 주시지 않겠습니까."

그거라면 나로서도 이야기하기 편했다. 나는 그의 질문에 따라 형의 임종 시 모습을 상세하게 들려주었다. 긴다이치 코스케는 때때로 말 중간에 끼어들어 내 기억을 자극해주었고 마침내 내 이야기가 끝나자,

"그래서 당신은 그때의 광경과 우시마츠 씨의 최후 모습을 비교해보고 어떤 식으로 생각하셨습니까. 완전 똑같다고 생각하지 않으셨습니까."

나는 어두운 얼굴을 하고 끄덕였다. 긴다이치 코스케는 잠자코 한동안 생각하고 있었지만 마침내 지그시 내 눈을 들여다보면서,

"타츠야 씨. 나는 아무래도 이 사건은 이대로 끝나지 않을 거란 생각이 듭니다. 아무래도 마을의 뜬소문이 도가 지나친데다 당신 본인께서도 그런 의혹을 갖고 계시다면 말이죠. 언젠가 경

찰의 손이 미치게 될지도 모르겠군요."

그렇게 말하고 긴다이치 코스케는 살피듯 내 얼굴을 응시하고 있었다.

긴다이치 코스케의 예상은 틀리지 않았다. 생각했던 대로 그로부터 사흘 후에 N읍의 경찰과 오카야마 시의 경찰본부에서 많은 사람들이 우르르 몰려왔다. 그리고 형의 무덤이 발굴되고 새롭게 시체가 검시되었다. 이 검시는 현 경찰의 촉탁의인 N박사가 맡았는데 거기 협력한 것은 마을에 이주해온 의사 아라이 슈헤이(新居修平)였다.

그 결과는 이틀 후에 발표되었는데, 형의 죽음은 확실히 어떤 독극물과 관련이 있다는 게 판명되었다. 게다가 그 독극물은 조부 우시마츠를 살해한 것과 똑같은 것이었다.

아아, 이렇게 팔묘촌에는 눈에도 보이지 않는 검은 요기가 점점 소용돌이치기 시작했던 것이다.

열등감

내 가슴의 초조함은 점차 격해져갔다. 뱃속은 지글지글 지지는 것처럼 숨쉬기 고통스러웠다. ……뭔가 하지 않으면 안 될 일이 잔뜩 있는 것 같은 기분이 들고, 그것도 어디부터 손을 대야 할지 전혀 모를 갑갑함. ……적어도 내게는 생각하지 않으면 안 될 일이 잔뜩 있었던 것이다.

우선 가장 먼저 조부인 우시마츠와 형인 히사야의 죽음을 타살로 치고(그것은 이미 의심할 여지없는 사실이었으나), 그것과 내가 마을에 돌아온 것 사이에 뭔가 관계가 있는 것일까. 즉 내가 마을로 돌아왔기 때문에, 혹은 돌아올 것 같으니까 그런 일이 생긴 것일까. 혹시 내가 발견되지 않았다면, 아니, 발견되었다고 해도 마을에 돌아가지 않겠다고 했다면 그런 일은 일어나지 않고 끝나지는 않았을까.

그것을 잘 생각해보지 않으면 안 된다.

즉 두 개의 연쇄살인사건은 나를 중심으로 그려져 있는 소용돌이 속의 사건인 것일까. 아니면 나와는 관계없이 다른 정점을 노리고 그려져 있는 소용돌이 속의 사건인 것일까. 내가 발견되었든 발견되지 않았든, 내가 마을에 돌아왔든 돌아오지 않았든 그런 일과는 상관없이 저 두개의 사건은 일어난 것일까.

그것도 잘 생각해보지 않으면 안 된다.

내게는 아직 독살자의 의지랄까 목적이랄까 그런 것이 조금도 보이지 않는, 아니 나는 말할 것도 없고 누구에게든 그것은 수수께끼이리라. 대체 조부를 독살해서 어쩌자는 것일까. 나를 마을로 돌아오게 하고 싶지 않았기 때문에 심부름을 했던 조부를 살해한 것일까. 하지만 그런 일을 했다고 내가 마을과 멀리 떨어질 거란 보증은 어디에도 없지 않은가. 사실 나는 미야코가 마중을 나와 이렇게 마을에 들어와 있다.

형인 히사야의 죽음에 대해서도 나로서는 전혀 이유를 모르겠다. 형은 그냥 놔둬도 조만간 죽을 사람이었다. 이 여름을 무사히 넘길 수 있을지 어떨지도 몰랐다. 범인은 단지 그 죽음의 시기를 아주 조금 앞당겼을 따름인 것이다. 그렇게 하려면 많은 위험을 각오하지 않으면 안 될 텐데도.

또한 말하는 김에 말해두지만 형의 죽음이 독살이란 의심이 일면서 집안사람들과 주치의인 구노의 츠네 당숙이 엄중하게 취조 받았다. 그리고 가장 곤란한 입장에 처한 것은 구노의 츠네 당숙이었다.

나는 지금도 형의 임종 시 모습을 확실히 기억하고 있다. 형은 심한 기침을 한 후 쌍둥이인 코우메와 코다케 할머님께 약을 달라고 했다. 그러자 쌍둥이 중 한 분이(그것이 코우메 할머님인지 코다케 할머님인지 나로서는 잘 알 수 없었지만) 베갯머리에 있던 손궤에서 약봉지를 한 봉 꺼냈다. 그때 그 분은 분명 이건지 저건지 약봉지를 고르지는 않았다. 잔뜩 있는 약 속에서 가장 먼저 손에 닿은 것을 히사야 형에게 먹였던 것이다.

아무튼 형의 죽음이 독살에 의한 것이란 의심이 들자 경찰에서는 즉시 남은 약봉지를 전부 압수해서 분석했다. 하지만 거기에는 아무 이상도 없었다고 한다. 그래서 잔뜩 있던 약봉지 속에서 단 한 봉 독극물을 섞은 봉지가 있었던 것을 그때 우연히 코우메 할머님인지 코다케 할머님인지가 집어 들었던 것이다.

그런데 이 약은 어떻게 되었냐고 하면 구노의 츠네 당숙이 일주일씩 모아 지어주는 것이라고 한다. 내용물은 탄산구아야콜(guaiacol)에 초콜(cokor), 거기에 중탄산소다를 조합한 것으로, 요즘 어디 있는 시골의사도 이런 약을 조제하지는 않는다고 한다. 하지만 형에게는 충분히 마음을 편하게 만들어주었던 듯, 세 번씩 약 복용을 잊지 않고 약이 떨어지면 심부름꾼을 보냈다.

그런데 문제는 여기 있었다. 구노의 츠네 당숙은 처음에는 매번 일주일치 씩 조제해서 건네줬지만 끝내 귀찮아진데다 처방전은 바꿀 필요가 없는지라 한꺼번에 한 달치씩 조제해두었다. 하지만 그것을 죄다 넘겨주게 되면 받는 쪽에서 달가워하지 않을 테니 일주일치씩 건네주기로 했다고 한다. 그래서 츠네 당숙의 약국에는 조만간 형에게 건네줄 약봉지 재고가 항상 제법 많이 있었던 것이다.

이것으로 범인은 두 번의 기회를 갖게 된다. 형의 베갯머리에서 바꿔치기할 경우와 츠네 당숙의 약국에서 바꿔치기해둘 경우……. 그리고 이 일이 수사를 곤란하게 만들었던 것이다. 왜냐하면 첫 번째 경우라면 용의자는 지극히 한정되지만 두 번째 경우는 그렇지 않기 때문이었다.

형인 히사야는 그런 병자가 흔히 그렇듯 무척이나 신경질적이어서 병실에는 코우메와 코다케 할머님, 그리고 누나인 하루요 외에는 절대 들이지 않았다. 물론 주치의인 츠네 당숙은 별개로 치고. ……그래서 전자에 한정하면 네 명 가운데 범인을 찾으면 되지만 후자의 경우에는 성가시게 된다.

시골이라서 츠네 당숙의 약국은 무척 느슨하고 누구나 편히 출입할 수 있었다. 방 배치 관계로 츠네 당숙 집의 객실은 진료실 옆이고 현관에서 거기를 가는 데는 진료실을 지나가지 않으면 안 되어서 간혹 환자가 와 있으면 손님은 약국을 지나 안쪽 객실로 안내되었다. 그래서 츠네 당숙과 어지간히 각별한 사람이라면 누구라도 약을 바꿔치기할 기회가 있었다는 말이다.

따라서 문제는 누가 기회를 가질 수 있는지, 아니, 그렇다기보다 조만간 히사야 형이 받을 약 재고가 언제나 츠네 당숙의 약국에 있다는 걸 누가 아는지가 중요해진다. 그리고 그 점에 관해서는 츠네 당숙도 알 수 없었다. 물론 아무리 시골이라도 그런 무책임한 투약법은 달리 없으니 츠네 당숙은 누구에게든 비밀로 해두고 있었지만 한 달 씩 백 개에 가까운 약봉지를 한꺼번에 감추는 것은 상당히 품이 들어가는 일이라서 항상 집안에서 거들고 있다고 한다. 그중에는 소학교나 중학교에 다니는 아이들도 있어서 그들의 입에서 새어나와, 츠네 당숙 자신은 비밀로 할 작정이었을지 몰라도 제법 많은 사람들이 알고 있을지도 모른다. 물론 이 생각이 맞다 해도 저는 그 사실을 알고 있었습니다, 하고 이름을 댈 사람은 없겠지만…….

아무튼 첫 번째와 두 번째 사건을 보면 범인은 언제나 결코 서두르지는 않았음을 알 수 있다. 조부인 우시마츠에 대해서도 형인 히사야에 대해서도, 언제 범인이 바꿔치기한 캡슐이나 약봉지 등을 입에 댈지 알 수 없지만 조만간 먹을 거라는 것만 알고 있으니 범인은 그걸로 안심할 수 있었던 것이다. 즉 범인은 언제나 가장 무리 없는 안전한 방법을 고르고 있었던 것이다. 두 사건이 일어날 때마다 내가 그 자리에 있었던 건 그야말로 우연이라 할 수 있겠지…….

이렇게 생각해보면 이 사건은 반드시 나를 중심으로 일어난 것이라고도 생각할 수 없다. 나는 그저 불행한 우연에서 소용돌이 속에 휘말려 빙글빙글 춤추고 있는 가련한 조각배에 지나지 않는 것이다. 아버지의 무서운 죄업의 껍데기를 짊어진 만큼 우연도 우연이라고 생각되지 않고 어느 사이엔가 사건의 중심으로 밀려들어온 형국이 되어 있었던 것이다. 하지만 그렇다면 그렇기 때문에 나는 한층 경계하지 않으면 안 된다.

팔묘촌의 내 편이라고 하면 미야코 외에는 없다. 하지만 그 미야코도 여자고 마을사람들이 백안시하고 있으니 결국 의지가 될지 어떨지 알 수 없다. 이렇게 생각하면 자신을 지킬 것은 자신밖에는 없는 것이다. 나는 싸우지 않으면 안 된다. 하지만, 누구와……? 누구를 상대로……?

나는 우선 언젠가 내게 협박장을 보내온 인물에 대하여 생각해보았다. 하지만 그 인물을 찾아내는 것은 나 같은 풋내기에게는 용이한 일은 아니라고 생각된다. 그렇다면 내 행실과 품성을 조사하고 다닌 인물은 어떨까. 친구 부인의 이야기로는 시골사람인 것 같았다지만, 혹시 그 사람이 팔묘촌의 주민이라고 한다면 그것을 조사하는 것은 그리 곤란한 것은 아니리라 생각된다. 이런 시골에서는 하룻밤 집을 비우는 여행을 하면 금세 마을 내에 알려지고 마는 것이다.

그래서 나는 아무렇지도 않게 최근 이 마을주민 중에 여행을 했던 사람은 없나 하고 누님인 하루요에게 물어보았다. 하루요 누님은 집에서 지내는 게 보통이라서 좀처럼 밖에 나가는 일은 없지만 최근 마을을 떠나 있었던 사람은 우시마츠 씨와 미야코 씨밖에 없는 것 같다고 대답했다. 그녀 자신은 밖에 나가지 않아도 하녀인 시마가 듣고 와서 이야기를 해주니 뭔가 별다른 일이 있다면 자신이 모를 리가 없다고 덧붙였다. 촌에서는 그 정도로 화제가 적은 것이다.

나는 거듭 더욱 아무렇지도 않은 척하며, 혹시 사토무라 신타로 씨는 최근 어디 여행간 일이 없었냐고 물어보았다. 이 질문에는 하루요 누님도 좀 놀란 것 같았지만 그래도 바로 그런 일은 없다고 부정했다. 그녀가 말하기로 신타로 씨가 여행을 가면 자신이 모를 리가 없다는 것이다. 그도 그럴 것이 그쪽은 노리코 씨는 몸이 약해 조금만 지나치게 움직이면 바로 쓰러진다. 그래서 이것은 코우메나 코다케 할머님, 또는 히사야 형에게도 비밀로 하고 있었지만 매일 반드시 한 번은 시마를 시켜 빨래나 밥 짓는 일 등을 돕고 있다고 한다. 그래서 신타로 씨가 하룻밤이라도 집을 비우면 시마가 자신한테 말하지 않을 리가 없다고 했다. 그리고 그 다음에, 하지만 이 일은 코우메나 코다케 할머님에게는 절대 말하지 말아달라고 덧붙였다.

나는 그 말을 듣고 놀랐다. 이 집의 모든 사람이 신타로란 사람을 미워하고 있다고 생각하고 있었는데 여기 한 사람 은밀하게 동정하는 사람이 나타난 것이다. 그 일은 누님의 마음 속 다정함을 말해주는 것이니 나로서도 기뻤지만, 동시에 조금 불쾌한 그늘을 느꼈다는 사실도 부정할 수 없다. 그 정도로 신타로란 사람에 대한 나의 선입관은 좋지 않았던 것이다.

하지만 나는 이유 없는 마음의 그늘을 바로 걷어버리고는 다시금 어째서 이집 사람들은 누님을 제외하고 모두 신타로 씨를 미워하느냐고 물어보았다. 처음에 누님은 결코 그런 일은 없다고 우기고 있었지만 계속 캐묻자 결국은 이런 이야기를 해주었다.

"한심하네요. 최근 여기 온 당신 눈에조차 그게 보이다니……."

하루요는 깊은 한숨을 쉬고,

"아뇨, 거기에는 결코 이렇다 할 이유는 없습니다. 단지 문제가 있다면 신타로 씨의 아버님인 슈지 씨란 분이 동생이면서 우리 아버지보다 똑똑했다는 거지요. 즉 성실한 사람이었다는 말입니다."

누님의 얼굴에는 잔잔한 슬픔이 퍼져갔다.

"이런 말을 하는 건 돌아가신 아버님이나 오빠를 상처 입히는 일이라서 나로서는 살을 에일 정도로 괴로운 일입니다. 하지만 당신이 굳이 말해달라니……. 타츠야 씨, 이런 시대가 되어도 시골에서는 가정만큼 중요한 건 없답니다. 그리고 그 집을 잇는 것은 장남입니다. 장남이 바보나 미치광이가 아닌 한, 차남, 삼남이 형을 막을 수는 없습니다. 이삼 년 뒤에 태어났다는 이유만으로, 아무리 뛰어난 기량을 갖고 있어도 동생이 형을 제치고 본가를 이을 수는 없는 겁니다. 그래서 형과 동생의 기량이 그리 다르지 않을 때는 도리어 문제는 없어요. 형이 됨됨이가 나빠도 동생의 됨됨이가 비슷할 정도로 나쁘면 아예 단념이 돼서 홀가분하죠. 하지만 우리 아버지와 숙부님인 슈지 씨의 경우, 너무나 차이가 두드러졌어요. 숙부님은 훌륭한 분이었습니다. 어디 내놔도 부끄럽지 않은 사람이었어요. 그에 반해 우리 아버지는……. 즉 거기에 숙부님 쪽의 억울함이 있었던 거예요. 소중한 본가를 이어야 할 장남의 됨됨이가 좋지 않은데도 어차피 분가를 하든가 다른 집안을 잇는 것 외에 방법이 없는 차남의 기량은 뛰어나다니요. 그 억울함에다가 못난 아이를 귀여워하는 감정이 섞여 고모할머님들은 숙부님을 멀리하기 시작했지요. 그리고 그 감정은 신타로 씨 대가 되어서 한층 강해졌던 거예요."

하루요는 가만히 눈과 코 사이를 누르고,

"이 다지미 가 사람은 모두 안돼요. 오빠도 저도 한 사람 몫을 할 수 없습니다. 아니, 아무 말도 하지 말아요……. 당신이 말하려는 것은 잘 압니다. 내 변호를 해주고 싶은 거겠죠. 하지만 나도 불구나 마찬가지인 몸인 걸요."

하루요는 쓸쓸하게 미소 짓고,

"어쨌든 사토무라 신타로 씨는 훌륭한 사람이에요. 전쟁이 이렇게 되어서 그 사람도 지금은 쇠락해 초라한 몰골이 되었지만 인간 됨됨이는 오빠에 비할 바가 아닙니다. 고모할머님들은 그 점이 분했죠. 오빠로서는 샘이 났던 거구요. 즉 이 다지미 가는 약한 사람, 한 사람 몫을 못하는 사람의 집합체니까 한 사람 몫을 하는 사람이라면 누구에게나 위압감을 느끼는 거예요. 하물며 신타로 씨 같은 똑똑한 사람을 만나면 두려워지는 거지요. 즉 고모할머님이나 오빠가 신타로 씨를 미워하는 것은 모두 열등한 사람이 우월한 사람에 대해 갖는 비틀린 마음에서 오는 겁니다."

심장이 나쁜 하루요 누님은 이 정도 이야기를 하는데도 숨이 찼다. 안색이 파랗게 질리고 눈 가장자리에 검은 기미가 생겼다. 나는 그것을 마음 속 깊이 슬프게 생각했다. 누님은 그래도 억지로 미소 짓고,

"하지만 나는 기뻐요. 당신이 돌아와 주어서 기뻐요. 당신은 성실한 사람이죠. 아니, 훌륭해요. 그러니까 기뻐요."

피곤한 눈동자를 일순간 반짝거리며 누님은 눈시울을 확 물들였다.

제3장 여덟무덤신

나는 한번 여덟무덤신을 보고 싶다고 생각하고 있었다. 이 마을 전체의 악과 화의 근원이 되어 있는 여덟무덤신……. 그것을 봤댔자 지금 눈앞에 임박해 있는 현실의 문제를 해결할 수 있을 것이라 생각되지는 않지만 일단 봐둘 필요는 있다고 생각했다. 하지만 아무래도 형의 갑작스런 죽음으로 어수선한 상태고 게다가 이 마을에 도착한 날의 일을 생각하면 무심코 밖에 나가는 것도 꺼려지는 것이다.

하지만 일주일째의 일이다. 오후, 조금 일찍 거들러온 미야코에게 그 이야기를 하자,

"어머, 그럼 지금부터 같이 가요. 일 거드는 거야 어차피 저는 아무 것도 할 줄 모르고 당신도 별로 할 일은 없잖아요. 스님이 오시는 건 어차피 저녁 무렵이 될 테니 그때까지 잠깐 다녀오지요."

하고 말해주었다.

우리는 둘 다 도시에서 태어났기 때문에 상중에는 신사참배를 가지 않는 거라는 사실을 알지 못했다. 아니, 알고 있어도 그 정도로 중요하다고는 생각지 않았다.

하루요 누님에게 이야기하자 조금 놀란 얼굴을 했지만 그래도 바로 끄덕이고,

"그래요, 그럼 다녀오세요. 하지만 가능한 한 빨리 돌아와 주세요. 곧 손님이 오실 시각이니까……."

"예, 바로 돌아올게요. 바로 근처니까요."

우리는 넓은 저택을 빠져나가 뒤쪽의 부엌문으로 밖에 나갔다. 부엌문 밖은 바로 오르막길이고 조금 가면 작은 저수지가 있었다. 다행스럽게도 그 부근에는 인가도 없고 사람과 마주칠 염려도 적었다.

저수지를 한 바퀴 돌면 한 칸(약 1.8미터) 정도 화강암으로 이루어진 절벽이 있어, 절벽 위에는 가마에 그슬린 장작으로 만든 울짱이 둘러져 있었고 돌계단 아래에 '다지미 가의 묘지'라고 새겨진 돌비석이 세워져 있다. 여기까지는 나도 형의 장례 때 왔던 적이 있다. 이 묘지 옆에 가느다란 샛길이 붙어 있어 그 길을 올라가면 휘청휘청 말라빠진 적송이 서 있는 언덕 이쪽저쪽에 점점이 작은 비석이 늘어서 있었다. 이 부근 언덕이 팔묘촌 주민이 영원히 잠드는 장소인 것이다.

"그런데 긴다이치 코스케란 사람은 아직 있습니까."

문득 생각나서 내가 그렇게 묻자 미야코는 왜인지 아름다운 눈썹 끝을 찡그렸다.

"예, 아직 있어요."

"대체 그 사람은 어떤 사람인 겁니까. 뭔가 경찰과 관계 있는 사람인 겁니까."

"글쎄요, 그걸 잘 모르겠어요. 어쩌면 사립탐정 같은 사람이 아닐까 생각하는데요……."

"사립탐정……?"

나는 조금 놀라서,

"그럼 이번 사건을 조사하러 와 있는 겁니까."

"설마요. ……그 사람이 온 건 히사야 씨 사건이 일어나기 전이에요. 게다가 다지미 가의 사건에 우리 본가가 사립탐정을 고용할 의무는 없죠."

"그것도 그렇군요. 하지만 노무라 씨는 어떻게 사립탐정을 알고 있는 겁니까."

"글쎄요. ……저는 잘 모르겠지만……, 어쨌든 그 사람이 여기 와 있는데 특별한 의미는 없을 거예요. 아마 요 건너편에 있는 귀수촌(鬼首村)이란 곳에 사건조사를 의뢰받고 왔다든가 할 거예요. 거기서 돌아가는 길에 들러서 한동안 쉬고 간다는 얘기예요." (원편집자 주: 귀수촌, 오니코베무라에 대해서는 《악마의 공놀이 노래》《밤 산책》을 참조하시길)

"헤, 그런 남자에게 사건을 의뢰하는 사람이 있단 말인가요."

내가 무심코 자신의 감상을 내뱉자 미야코는 후후후 하고 웃고,

"어머, 너무하시네요. 사람은 보기와 다르다는 말도 있으니 저래 봬도 훌륭한 명탐정일지도 몰라요."

미야코의 말은 들어맞았다. 그로부터 얼마 되지 않아 우리는 저 더벅머리에 궁상맞게 생긴 말더듬이 남자가 얼마나 뛰어난 탐정인지 비로소 알게 되었던 것이다.

그것은 그렇다 치고 작은 묘석이 늘어서 있는 언덕 꼭대기까지 오르자 거기에 언덕을 깎아낸 길이 있어, 그 길을 빠져나가니 아까부터 들려오던 물소리가 갑자기 커졌다. 보니 멀리 눈 아래에 꽤 급하게 흐르는 시냇물이 바위에 세차게 부딪치며 흐르고 있었다. 이런 산속치고는 냇물의 폭은 의외로 넓고 도처에 큰 바위가 널려 있었다.

"언젠가 짬이 나면 저 냇물로 내려가 봐요. 도처에 종유동굴이 있어서 다른 데서는 보기 힘든 경치거든요."

우리는 그러나 그 냇가까지 내려가지 않고 도중에서 냇물과 나란히 다시금 언덕을 오르기 시작했다. 그리고 이삼백 미터쯤 가서 겨우 여덟무덤신의 돌계단 아래까지 다다랐다.

돌계단은 약 오십 계단이었다. 꽤 급한 경사여서 한 번에 올라가기에는 숨이 찼다. 도중에 아래를 보니 눈앞이 아찔했다. 돌계단을 다 올라가자 산을 개간하여 만든 이백 평 정도의 평지가 있어, 거기에 여덟무덤신에게 배례를 하기 위해 만든 건물이 있었다. 이 여덟무덤신 건물의 구조에 대해서는 별로 새롭게 설명할 것도 없다. 일본 방방곡곡 어디가도 볼 수 있을 것 같은 신사다.

우리는 구색을 갖춘 배례건물에 절하고 나서 빙글 신사 뒤쪽으로 돌았다. 신관은 있는지 없는지 어디에도 인기척은 없었다. 신사의 뒤에는 열 계단쯤 되는 돌계단이 있었고 그것을 올라가면 오십 평쯤 되는 평지가 있어, 거기에 여덟 개의 무덤이 있었다. 하나는 크게 중앙에 있고 나머지 일곱 개는 그것을 에워싸고 있었다. 중앙에 있는 무덤이 대장이고 나머지 일곱 개는 신하이리라. 무덤 옆에 여덟무덤신의 유래를 새긴 돌비석이 세워져 있지만 한문이어서 나는 잘 읽을 수가 없었다.

이 평지 동쪽 변두리에 거대한 삼나무가 하늘높이 솟아 있었다.

"저게 쌍둥이 중 하나예요. 그리고 이쪽 게 이번 봄에 벼락에 맞은 삼나무……."

미야코의 설명을 듣고 평지 서쪽 변두리를 돌아본 순간, 나는 덜컹 하고 가슴이 요동쳤다.

평지 서쪽 귀퉁이에 그루터기만 남은 삼나무를 둘러싸고 금줄이 쳐져 있어, 그 금줄 옆에 불그스름한 얼굴로 집중해 염주를 매만지는 사람이 있었다. 뒷모습이었지만 한눈에 그것이 비구니란 사실을 알 수 있었다. 고이차의 비구니인가……?

"돌아가죠."

나는 낮은 목소리로 속삭이고 슬쩍 미야코의 소매를 잡아끌었다. 미야코는 하지만 고개를 흔들고,

"괜찮아요. 저 사람, 고이차의 비구니가 아니에요. 반카치의 여스님이신 바이코 씨예요. 저 사람은 아주 온화한 분이시니 아무 걱정 할 필요 없어요."

나중에 알게 된 일이지만, 반카치란 '姥ヶ市(우바가이치)'라고 쓴다고 한다. 역시 읍 이름으로, 분명 일본 여기저기에 남아 있는 노파 버리기 전설(姥捨伝説)[20]의 흔적인 것일까. 그 '우바가이치'가 언제부터인가 '반카치'로 변했고, 덧붙여 게이쇼인(慶勝

院)이라는 비구니들의 절이 있는데 바이코 씨는 그곳 주지였다. 바이코는 梅幸(매행)이라고 쓴다. 가부키 배우인 바이코(梅幸)와 같은 글자지만 바이코 스님은 분명 그런 이름의 배우가 있다는 것조차 모를 것이다.

바이코 스님은 한동안 일심불란(一心不乱)으로 기도에 집중하고 있었지만 마침내 일어나 이쪽을 보았다. 그리고 잠시 의외란 듯 눈을 크게 떴으나 이내 빙긋 온화하게 미소 지었다. 역시 고이차의 비구니인 묘렌과는 전혀 딴판인 아름답고 고상한 여스님이다. 피부가 희고 살집이 있는 얼굴은 관음상처럼 부드럽고 온화했다. 둥글게 박박 깎은 머리에 갈색 소쇼(宗匠)두건[21]을 쓰고 검은 일본식 외투를 입고 있다. 연세는 예순을 넘긴 듯하다.

바이코 스님은 염주를 돌리면서 조용히 걸음을 옮겨 다가왔다.

"주지스님, 신심을 가다듬고 계셨군요."

"예. 여러 가지 마음에 걸리는 일이 있어서요……."

바이코 스님은 희미하게 눈썹을 찌푸리면서 물끄러미 내 얼굴을 보고,

"이쪽이 동쪽집의……?"

"예, 그렇답니다. 타츠야 님이에요. 타츠야 씨, 게이쇼인의 바

---

20) 노파 버리기 전설(姥捨伝説): 우바스테 전설. 노파 버리기 전설이란 걷지 못하는 노인을 산속 깊은 곳에 갖다버리는 관습에 의하여 여러 사건이 일어난다는 내용의 전설을 말한다. 말하자면 한국의 고려장 같은 것이라 할 수 있겠다.

21) 소쇼(宗匠)두건: 정수리가 평평한 원통형 두건으로 연가를 읊거나 다도를 가르치던 스승, 즉 소쇼(宗匠)들이 즐겨 썼다.

이코 씨예요."

나는 가볍게 고개를 숙였다.

"이건 때마침 좋은 때 뵙는군요. 저도 이제부터 마로오(麻呂尾)사 스님을 도우러 댁에 가려던 참이었답니다."

"어머나, 어머나……. 수고하시네요."

"주지스님, 마로오사의 주지스님은 어떠세요. 아프시다든데……."

"예, 아무래도 연세가 연세니만큼……. 그래서 오늘은 에이센(英泉) 씨가 대신 오기로 되어 있답니다. 저도 잠시 도우미로 도울 것이고요."

"수고하시네요. 같이 가시죠."

우리는 돌계단까지 왔으나 바이코 스님은 거기서 잠시 뒤를 돌아보고,

"정말이지 무참한 짓을 했군요……."

"예? 무슨 말씀이신지요."

"아니요, 저 다케 님의 삼나무 말입니다."

바이코 스님은 벼락 맞은 삼나무 쪽을 가리켰다.

"예? 저걸 다케 님의 삼나무라고 합니까."

"예, 저쪽이 우메 님의 삼나무, 이쪽이 다케 님의 삼나무, 쌍둥이 삼나무랍니다. 그래요, 참. 동쪽집의 코우메와 코다케 님은 쌍둥이로 태어나셨기 때문에 삼나무 이름을 땄다고 합니다."

바이코는 가라앉은 목소리로,

"그렇게 몇백 년이고 몇천 년이고 함께 쑥쑥 자라왔는데 한쪽만 벼락에 맞아 없어지다니…… 이것도 뭔가 나쁜 일이 일어날

전조는 아닐까 생각하니 어쩐지 불안하고 두렵습니다."

바이코 스님도 역시 이 마을사람이었다. 여덟무덤 전설에서 벗어날 수 없는 것이다. 나는 왠지 모르게 불쾌한 기분이 들었다.

무의미한 살인

바이코 스님을 모시고 돌아오니 때마침 스님이 도착하신 참이었고 손님도 조금씩 모여들고 있었다.

애당초 다지미 가문이 대대로 섬겨온 종파는 선종으로, 조상 대대로 위패를 모시는 절은 마을의 렌코(蓮光)사였지만 죽은 형 히사야는 젊을 무렵부터 이웃마을에 있는 진언종, 마로오사의 주지 초에이(長英) 씨란 사람을 숭배하고 있어서 장례도 그 뒤처리도 렌코사와 마로오사, 두 절이 맡게 되었다.

마로오사란 이웃마을에 속해 있었지만 마을 경계에 있어, 지형으로 따지면 오히려 팔묘촌과 관련이 깊고 시주하는 집도 이쪽에 더 많았다. 단 주지인 초에이 씨는 이미 여든의 고령으로 걸핏하면 드러눕는 일이 많아 대개의 일은 전쟁이 끝난 후에 입산한 에이센 씨라는 제자가 대리하고 있었다. 우바가이치의 게이쇼인은 마로오사 아래 소속된 절로 마로오사에 손이 부족할 때는 바이코 스님이 도우미로 나서는 것이다.

도시에서는 관혼상제를 상당히 생략하지만 시골에서는 아직 그럴 수가 없다. 길한 일이든 흉한 일이든 집에 무슨 일이 있으면 한 재산 날리는 것이다. 하물며 이 부근 최고의 부자라 불리는 다지미 가로서는 초칠일(初七日)[22]까지의 손님도 수십 명에 달했다.

법회는 두 시부터 시작되었지만 여하튼 선종과 진언종 두 종파의 절이 함께 하는 거라 끝난 것은 네 시도 한참 넘겨 슬슬 다섯 시가 가까워질 시각이었다. 그리고 식사시간이 되었는데 이것이 큰일이었다.

산지기, 소지기, 강지기 등 집안의 고용인이나 드나드는 농사꾼들은 부엌에 가까운 봉당에서 술자리를 가졌지만 친척을 비롯해서 마을의 주요 인물들은 열두 칸 다다미방 두 개를 터서 만든 방에서 스님 두 분께는 정식으로 차린 상을, 그 외에는 약식으로 간소하게 차린 상[23]을 대접했다.

그것을 지도하는 일은 모두 코우메와 코다케 할머님이 해야 하지만 실제 지휘하는 사람은 하루요 누님인지라, 나는 무엇보다도 그 건강을 염려했다.

"누님, 괜찮으세요. 너무 많이 움직이셔서 나중에 몸이 상하면 좋지 않아요."

---

22) 초칠일(初七日): 고인 사망 후 일주일을 가리키는 말.

23) 정식상과 약식상: 정식상은 혼젠(本膳), 약식상은 가이세키젠(会席膳)이라고 한다. 혼젠은 전통식 관혼상제 요리이며 가이세키젠은 그것을 약식화 시킨 것이다.

“예, 고마워요. 하지만 괜찮아요. 긴장하고 있으니까…….”

이미 준비된 두 개의 정식상이나 스무 개에 가까운 약식상들이 죽 늘어선 부엌에서 하루요는 파랗게 질린 얼굴을 하고 있었다. 눈언저리에도 생기가 없었다.

“하지만 안색이 안 좋아요. 이후는 시마나 도우미들에게 맡기고 별채에 가서 누우시면…….”

“그럴 수는 없어요. 조금만 더 참고 버티면 되니까……. 타츠야 씨, 손님들께 슬슬 자리에 앉아 주십사 말씀드려 주세요.”

“그렇습니까. 그럼…….”

나가려던 참에 노리코가 나를 찾으러왔다.

“오라버니…….”

노리코는 꺼져 들어갈 듯한 목소리로 그렇게 말하고는 힐끗 내 눈을 보고 바로 고개를 숙이고 말았다.

노리코가 내게 말을 건 것은 이때가 처음이었고 나도 젊은 아가씨로부터 오라버니라고 불린 것은 이번이 태어나서 처음 경험하는 일이었다. 나는 가슴이 두근거렸다. 하지만 음지에 핀 꽃처럼 병약한 노리코의 모습을 보니 이내 쓴웃음이 흘러나왔다. 좀 더 젊디젊고 여자다운 매력이 있는 아가씨였다면…… 하지만 오늘의 노리코는 엷게 화장을 하고 있다.

“아, 노리코 씨. 무슨 일입니까.”

“게이쇼인의 주지스님께서 오라버니를 잠시…….”

“아, 그래요. 수고했어요. 스님은 어디에?”

“이쪽으로…….”

노리코의 안내로 현관 옆방으로 오니 바이코 스님은 돌아갈 준비를 하고 있었다.

"어, 돌아가십니까. 지금 상을 차리려고 했는데요."

"아뇨, 그렇게 되면 너무 늦습니다. 저는 나이가 있어서 이걸로 실례하겠습니다."

"오라버니."

뒤에서 노리코가 속삭였다.

"주지스님의 식사는 나중에 젊은 사람들을 시켜서 보내게 하면 되어요."

역시 여자다. 잘도 눈치를 챈다.

"아, 그렇게 하죠. 주지스님, 그럼 바로 식사를 보낼 터이니……."

"고맙습니다."

바이코 스님은 둥글게 깎은 머리를 가볍게 숙였지만, 바삐 주위를 둘러보더니 갑자기 내 옆으로 와서 귓가에 입을 가져다대고,

"타츠야 님. 한번 제가 있는 곳에 와주세요. 댁에게 할 얘기가 있습니다. 저는 댁의 신상에 관해 아주 중요한 사실을 알고 있어요."

내가 망연해 있으려니 바이코 스님은 다시금 주위를 둘러보고,

"괜찮으시겠어요. 반드시 오셔야 합니다. 올 때는 혼자 오세요, 아무도 데려오지 말구요. 아까 여덟무덤신 앞에서 말씀드릴까 생각했지만 서쪽집의 젊은 마님이 같이 계셔서……. 그럼 잊지 마세요. 이 일은 저와 마로오사의 주지스님이 알고 있을

뿐……. 그럼 내일이라도…… 기다리겠습니다."

바이코 스님은 불쑥 내 옆을 떠나 다시 한 번 물끄러미 마치 뭔가 암시를 주듯 내 얼굴을 보고나서 일부러 그러는 듯이 인사하고 현관 쪽으로 나갔다.

나는 망연해 있었다. 스님이 속삭인 말의 의미가 무엇인지 바로 포착할 수가 없었다. 얼빠진 얼굴을 하고 멀거니 꼼짝 못한 채 서 있었다. 그래도 겨우 정신을 차리고 다시 한 번 바이코 스님에게 지금 한 말의 의미를 캐물으려 현관에 좇아나갔을 때는 스님의 모습은 이미 거기에 보이지 않았다.

"오라버니. 주지스님, 지금 무슨 말씀을 하셨나요?"

정신이 들자 뒤에 노리코가 서 있다. 어린아이처럼 순진한 노리코의 눈에도 기묘한 빛이 떠올라 있었다.

"아, 아니……."

나는 주머니에서 손수건을 꺼내 이마에 밴 땀을 훔쳤다.

"왠지 전혀 영문을 모르겠어."

방에 돌아와 보니 이미 일동은 자리에 앉아 있었다. 정면에는 렌코사의 스님 코젠(洪禪) 씨와 마로오사의 제자 에이센 씨가 나란히 앉아 있었고, 그 왼쪽에는 내 자리를 하나 비워두고 코우메와 코다케 할머님, 그 다음 자리가 하루요인 듯 비워져 있고, 그 다음이 사토무라 신타로 씨, 다음의 노리코 자리가 마찬가지로 비워져 있고, 그 다음이 구노의 츠네 당숙, 그 부인과 큰 아들.

그 맞은편에는 촌장을 필두로 서쪽집 주인 노무라 소키치 씨와 그 부인. 그리고 모리 미야코, 그 다음에 앉아 있는 마흔대여섯 정도의 피부가 희고 코 밑에 아름다운 수염을 기르고 있는 신사는 그날 처음 소개받았지만 외지 출신의 의사 아라이 슈헤이(修平) 선생. 오사카에서 옮겨왔다고는 하나 발음이 정확한 에도 말씨에 인상도 부드러워서, 역시 이래서야 구노의 츠네 당숙이 밀리는 것도 무리는 아니겠다는 생각이 들었다. 오늘은 형의 시체를 검시한 인연으로 특별히 코우메와 코다케 할머니가 간곡히 부탁해서 왔던 것이다. 이 아라이 선생 옆에 내 어머니의 할머니와 양 숙부에 해당하는 켄키치가 웅크리고 앉아 있고 또 그 뒤에 두 사람, 내가 모르는 얼굴이 나란히 앉아 있었다. 아니, 소개 받았는지도 모르겠지만 잊어버렸다.

나는 그 방 밖을 지나 부엌으로, 게이쇼인에 밥상을 하나 가져가라고 말해두러 갔다.

"어머. 주지스님, 돌아가셨어요? 그럼 그렇게 할게요. 나중에 누군가에게 갖다 두라고 하죠. 아, 잠깐 타츠야 씨."

하고 하루요는 나를 불러 세우고,

"당신을 시키는 건 미안하지만 밥상을 하나 옮겨주세요."

"알겠습니다. 누구한테 가져갈까요."

"정식상이 두 개 있죠. 그 중 하나를 가져가주세요. 나머지 하나는 제가 가져갈 테니까. ……그리고 저쪽에 가셔서 자리 잡으시고……."

"예, 스님 거 말이죠. 이건 어디에?"

"어디건 괜찮아요. 마찬가지니까……."

나와 하루요 누님은 정식상을 하나씩 가지고 일어섰다.

"시마 씨, 그럼 남은 것을 순서대로 옮겨주세요. 저는 이대로 자리에 앉을 테니……."

"예, 알겠습니다."

정식상을 든 나와 누님은 어깨를 나란히 하고 방에 들어갔다. 그리고 두 사람의 위치를 따라 내가 가져온 상은 렌코사의 코젠 스님 앞에 놓였다. 누님은 마로오사의 에이센 스님 앞에 상을 놓았다. 두 스님은 옷소매를 주무르면서 조용히 고개를 숙였다.

상을 두고 나와 누님이 각각 자신의 자리에 앉자 바로 뒤에서 시마가 도우미 여자들의 손을 빌려 약식상들을 순서대로 운반해 왔다. 약식상들이 남김없이 배치되자 술그릇을 옮기고 마침내 식사 시간이 되었다.

"그럼 아무 것도 차린 것은 없지만 부디 마음 편히……."

내가 인사를 하자 코젠 스님과 에이센 스님은 가볍게 고개를 숙이고 자기 앞에 놓인 술잔을 집어 들었다.

코젠이란 이름을 들으면 상당한 대스님처럼 들리지만 실제는 고작 서른을 조금 넘긴 정도의 앙상하게 마르고 도수가 높은 안경을 쓴, 승복을 입고 있으니 스님으로 보이지만 승복을 입지 않았다면 서생보다 조금 나을 정도로밖에 보이지 않는 인물이었다. 그에 반해서 마로오사의 에이센 스님은 제자라고는 하지만 쉰 고개를 훨씬 넘겼을 연배에 머리카락이 희끗희끗하게 센 무겁게 생긴 인물로, 역시 도수가 강한 안경을 걸치고 있어서 눈이 치켜 올라간 것처럼 보이고 양 뺨에 한 줄씩 깊은 주름이 세로로 그어져 있는 것이 과거의 고생을 말해주는 것 같았다.

이런 경우의 화제는 대체로 고인의 추억에서 시작하는 것이나 형의 죽음이 죽음이었으니만큼 자연히 피하게 되어 그 대신 화제의 대상으로 코젠 스님이 선정되었다. 코젠 스님은 아직 독신인 듯 촌장과 서쪽집 주인 노무라 소키치 씨가 신부를 찾느라 분주한 것 같았다. 젊은 코젠 스님은 그 말을 듣고는 데친 문어처럼 새빨개지고 이마에서 진땀을 뚝뚝 흘렸다. 그걸 보고 이상하다며 미야코가 옆에서 놀리자 코젠 스님의 머리에서는 확확 열기가 솟기 시작해 일동은 폭소했다.

하지만 웃고 있는 동안에는 좋았다. 그로부터 얼마 되지 않아 일어난 저 피도 얼어붙게 만들 것 같은 무서운 사건……. 그것을 생각하면 나는 지금도 펜을 쥔 손이 떨리는 것이다.

코젠 스님도, 에이센 스님도 술은 그다지 강하지 않은 듯 바로 잔을 엎어놓고 젓가락을 집어 들었다. 다른 사람들도 점차 그렇게 하는 이들이 많아져, 밥을 더 달라고 하는 통에 시마 씨가 바쁘게 움직여야했다.

하지만 그러는 중에,

"앗. 이, 이거, 어떻게 된 거야!"

날카로운 고함소리에 내가 문득 고개를 들자, 마로오사의 에이센 스님이 뒤에서 코젠 스님의 몸을 부둥켜안고 있었다. 코젠 스님은 젓가락을 떨어뜨리고 한손으로 다다미를 짚은 채 한손으로 목에서 가슴을 쥐어뜯고 있었다.

"아, 괴, 괴로워, ……무, 물……."

즉시 너덧 명이 우르르 일어나 부엌으로 달려갔다. 다른 사람들도 모두 엉거주춤 반쯤 일어나 있었다.

"아니, 코젠 스님. 왜, 왜 그러십니까. 정신 차리세요."

촌장이 뒤로 돌아서 코젠 스님의 얼굴을 들여다보았을 때,

"괴, 괴로워……. 가슴이……, 가슴이……."

코젠 스님은 다다미를 북북 긁으며 전혀 인간의 몸놀림이라고는 생각되지 않을 만큼 격하게 몸을 떠나 했더니 밥상 위에 칵하고 피를 토했다.

"꺄악!"

누군가가 비명을 질렀다. 일동은 모두 일어섰고, 그 중에는 방에서 달려 나온 사람도 있었다.

이것이 세 번째 살인이었던 것이다.

식초요리를 싫어하는 사람

나의 악몽은 아직도 계속된다. 미치광이 짓 같은 이 어이없는 소란, 의미를 포착할 수 없는 황당한 살인……. 나는 그 후에도 무서운 경험을 체험하지 않으면 안 되었다. 하지만 그 중에서도 가장 간 떨리게 한 것은 코젠 스님의 단말마였다.

코젠 스님이 피를 토하는 것을 보고 외지 출신의 의사인 아라이 선생이 벌떡 자리에서 일어섰다. 하지만 바로 정신 차린 듯,

"구노 선생님, 잠시 손을……."

하고 츠네 당숙을 불렀다. 나도 그 소리에 츠네 당숙 쪽을 보았는데, 그때 츠네 당숙의 얼굴은 지금도 잊혀지지 않는다. 츠네 당숙은 앉은 채 반쯤 일어나 밥상 위로 몸을 내밀고 있었다. 이마는 땀으로 흠뻑 젖어 있었다. 눈알이 밖으로 튀어나올 것 같았다. 술잔을 꼭 쥔 채 무릎에 올린 오른 주먹이 부들부들 격하게 떨리고 있었다. 그 주먹 안에서 술잔이 깨지는 요란스러운 소리

가 들렸다.

아라이 선생이 부르자 츠네 당숙은 핫 하고 정신이 든 듯 손수건을 꺼내 이마의 땀을 훔쳤다. 그때 손바닥에 흐르는 피에 처음으로 정신을 차린 듯 당황해서 손수건을 꽉 쥐었다. 그리고 일어서서 아라이 선생의 부름에 응했다. 무릎이 오들오들 떨리는 것 같았다.

아라이 선생은 이상한 듯한 얼굴을 하고 유심히 그 모습을 보고 있었지만 마침내 시원스런 손놀림으로 코젠 스님을 진찰하기 시작했다.

"누군가, 죄송합니다만 현관에 제 가방이 있으니……."

그 말에 미야코가 일어섰다. 아라이 선생은 두세 방 주사를 놓았지만 마침내 포기한 듯 고개를 흔들고,

"안되겠습니다. 이제 방법이 없습니다."

"선생님, 사인은……?"

촌장이 위축된 목소리로 물었다.

"글쎄요. 해부해보지 않은 상태에서 정확한 말씀은 못 드리겠습니다만 역시 이쪽도 히사야 씨 경우와 마찬가지가 아닐까요. 구노 선생님, 어떻게 생각하십니까."

구노의 츠네 당숙은 방심한 듯 눈을 크게 뜨고 아라이 선생의 말도 귀에 들어오지 않는 것 같았다. 일동은 의심스런 듯 유심히 그 모습을 응시하고 있었는데 그때 누군가가 강하게 내 등을 찔렀다.

"이 놈이다, 이 놈이다! 이놈이 독을 탄 거야!"

깜짝 놀라 돌아본 내 눈앞에 무서운 얼굴을 하고 손가락을 들

이댄 것은 마로오사의 에이센 스님이었다.

“네 놈이다! 네 놈이 독을 탄 거야. 네 놈은 자기 할아버지를 죽였다. 그리고 형을 죽였다. 그리고 이번엔 나를 죽이려다 잘못해서 코젠 스님을 죽인 거다!”

에이센 스님의 이마에는 지렁이처럼 불쾌감을 드러내는 주름이 불거지고 치켜 올라간 눈이 안경 안에서 번들번들 핏줄을 드러내고 있었다. 일순 삭 하고 차가운 살기가 방안에 넘쳐흘렀다.

그때 누군가가 갑자기 내 뒤로 와서 나를 밀어내고는 앞을 가로막았다. 하루요 누님이었다.

“뭐라고요, 마로오사 스님. 무슨 말씀을 하시는 건가요.”

누님의 목소리는 분노로 떨렸다.

“타츠야 씨가 무슨 일로 댁에게 독을 먹이려 한다는 건가요. 댁과 타츠야 씨 사이에 무슨 관계가 있다는 건가요.”

에이센 스님은 엇 하고 정신이 든 듯 겁먹은 기색을 했다. 그리고 당황해서 주변을 둘러보았다. 일동의 시선이 자신을 주시하고 있는 걸 보고는 한층 겁먹은 기색이 짙어지더니 당황해서 옷소매로 이마를 문질렀다.

“아니, 시, 실례를…….”

“실례고 뭐고가 아닙니다. 마로오사 스님, 자, 말씀해 주세요. 타츠야 씨가 어째서 댁을 죽이려했다는 건가요. 어째서 댁에게 독을 먹이려 했다는 건가요.”

누님은 하아하아, 하고 거칠게 호흡하면서 에이센 스님을 다그쳤다. 에이센 씨는 한층 당황해서,

“아뇨. 아무 것도 아닙니다. 너무 무서운 걸 봐서 그만 신경이

곤두서서…… 얼토당토않은 말을 했습니다. 아무쪼록 물에 흘려 잊어버려 주십시오."

"아무리 신경이 곤두섰다고 해도, 해도 될 말과 해서는 안 될 말이 있는 거예요. 마로오사 스님, 좀 더 확실히 말씀해 주세요. 댁과 타츠야 씨 사이에 어떤 관계가……."

"누님, 누님. 이제 됐습니다. 지나치게 흥분하시면 몸에 해롭습니다."

"하지만 너무 분하잖아요……."

누님은 소매를 얼굴에 대고는 어깨를 들썩이며 울기 시작했다.

그렇다고 해도 에이센 스님은 어째서 그런 얘길 떠들어댄 것일까. 아무리 신경이 곤두섰다고는 해도 전혀 마음에 없는 말을 입에 담을 거라고는 생각되지 않는다. 코젠 스님이 독살 당한 것을 안 순간, 자신과 착각한 건 아닐까 하는 의심이 갑자기 마음속에 끓어올랐음에 틀림없다. 하지만 그것은 어째서일까.

에이센 스님은 이렇게 말했다.

"네 놈은 자기 할아버지를 죽였다. 그리고 형을 죽였다. 그리고 이번엔 나를 죽이려다가……."

어째서일까. 조부와 형 다음으로 왜 에이센 스님을 노린다는 걸까. 모르겠다. 나로서는 모르겠다. 전부 다 수수께끼였다.

그건 그렇고, 코젠 스님의 독살로 인해 팔묘촌에는 다시금 공포의 바람이 불었던 것이다. 그것도 무리는 아닌 것이, 조부인 우시마츠든 형인 히사야든, 지금까지의 희생자는 누구나 다지미가에 연이 깊은 사람뿐이었다. 하지만 이번 희생자는 조상의 위패를 모시는 절의 주지라는 점 외에 각별한 인연도 관계도 없는 인물이다. 첫 번째, 두 번째 살인도 그 의미를 포착하기가 어려웠지만, 세 번째 살인에 이르러서는 도무지 의미를 알 수 없다기보다도 무의미한 살인으로밖에 생각되지 않았다. 범인은 이 사람 저 사람 분별없이 사람을 죽이면서 만족을 얻는 독살마인 것일까.

그것은 그렇다 치고, 급보에 의해 바로 마을 파출소 순경이 달려 들어왔다. 그리고 밤이 되자 N읍에서 이소카와 경부를 필두로 담당공무원이 여러 명 우르르 밀려들어왔다.

이 이소카와 경부란 사람은 현 형사과에서도 베테랑으로 불리는 노련한 인물이라고 하는데 형의 변사가 문제가 된 후 수사하기 위해 N읍을 근거지로 매일 이 마을에 출장을 왔던 것이다. 그래서 이소카와 경부가 달려 들어온 데는 아무 이상할 게 없었지만, 이상한 것은 그 속에 저 말더듬이 남자인 긴다이치 코스케가 섞여 있다는 것이었다. 게다가 한층 이상한 것은 그 긴다이치 코스케가 일행 속에 꽤 영향력 있는 것 같았다는 점이다. 이소카와 경부조차 이 남자에게 꽤나 공손하게 말하고 있었다. 아무튼 취조 결과 알아낸 사실은 대충 다음과 같았다.

코젠 스님을 죽인 독극물은 식초요리에 들어가 있었던 것 같다. 그리고 그 독을 주입한 시각에 대해서는 대충 다음과 같은 경우를 생각할 수 있었다.

두 개의 정식상을 필두로, 스무 개에 가까운 약식상은 마실 것을 제외하고는 모두 방에서 불경을 올리는 동안에 차려져 한동안 부엌에 놓여 있었다. 그리고 그 부엌에는 여자들을 비롯해서 남자들도 잠시 냉수를, 혹은 잠시 컵을 달라고 번갈아가며 얼굴을 내밀었다. 그래서 코젠 스님의 정식상에 독을 넣을 기회는 누구나 있었지만 여기서 알 수 없는 것은 범인은 그 밥상이 코젠 스님에게 갈 거라는 사실을 어떻게 알고 있었던 것일까.

정식상은 두 개, 나머지는 전부 약식상이므로 두 개의 밥상이 스님들에게 간 것은 누구든 상상할 수 있다. 범인이 만약 방에 있는 손님 속에 있다고 해도 잘못 되어서 독을 넣은 밥상이 절대 자신에게 돌아올 일은 없으리라고 안심할 수 있으리라. 하지만 그 밥상이 코젠 스님에게 갈지 에이센 스님에게 갈지 이것은 석가님조차 예측 불가능할 것이다.

내가 독이 들어간 밥상을 가지고 하루요 누님이 또 하나의 밥상을 가져간 것은 정말이지 우연이었다. 게다가 또 내가 누님의 오른쪽에 서고 그 위치대로 방에 들어갔던 탓에 코젠 스님 앞에 독이 든 밥상을 놓은 것도 이 또한 정말이지 우연이었다. 거기에는 결코 누님의 의지도, 나의 의지도 개입되지 않았다. 그래서 그때 내가 또 하나의 밥상에 손을 댔거나 혹은 누님의 왼쪽에 서려고 했다면 당연히 독살당하는 것은 에이센 씨였을 것이다.

그렇다면 범인이 노린 것은 코젠 스님이건 에이센 스님이건 어느 쪽이라도 상관없었다는 것일까. 하지만 그런 바보 같은 살인이 있단 말인가.

전부 미친 짓이다. 모든 상황이 미쳐 있다. 하지만 이 사건의 범인이 결코 바보도 미치광이도 아닌 것은 너무나 확실한 솜씨로도 알 수 있지 않은가. 우리 눈에 이 사건이 미치광이의 짓으로 비치는 것은 범인의 계획을 전혀 모르고 있는 탓은 아닐까.

즉 지금까지 일어난 세 번의 살인사건은 범인이 그리려고 한 피비린내 나는 살인 원의 원주상의 세 개의 점에 지나지 않는 것은 아닐까. 그리고 범인이 이 원을 다 그릴 때야 우리는 무엇을 목적으로 이런 살인을 행하는 것인지 알게 되는 것은 아닐까.

그것은 그렇다 치고, 그날 밤 열두 칸 다다미 두 개를 터서 만든 범죄현장에는 기묘한 실험이 행해졌다. 이것은 아무래도 긴다이치 코스케의 발상인 듯, 우리에게 다시 한 번 아까 그 자리에 앉아 달라고 했다. 다행히 아라이 선생이 적절한 주의를 기울인 덕에 범죄현장은 조금도 손이 타지 않았다. 시체를 살펴보기 위해 이동했을 뿐이고 밥상은 전부 아까 순서대로 늘어서 있었다. 우리는 모두 그 밥상 앞에 앉았다.

"잘 보아주십시오. 틀림없으십니까. 여러분 앞에 있는 상이 분명히 아까 드신 그 상이 맞습니까. 잘 검토해 주십시오."

우리는 모두 자기 앞에 있는 밥상을 조사했다. 접시나 대접들에 담긴 음식이 줄어든 정도를 주의해서 살펴보았다. 그리고 대강 틀림없다는 결론이 났다. 그러자 긴다이치 코스케는 하나하나 식초요리가 든 접시를 조사하고 뭔가 수첩에 적기 시작했다.

알았다, 알았다.

긴다이치 코스케는 누가 식초요리를 먹고 누가 식초요리를 먹지 않았는지 조사하는 것이다. 그것은 대충 다음과 같은 추리에 의한 것이리라.

정식상과 약식상에 구분이 있다면 범인은 설마 독이 든 상이 자기에게 돌아오지는 않을 거라며 대수롭지 않게 생각했을 것이다. 하지만 다음 경우에 있을 위험을 각오하지 않으면 안 되었다. 밥상을 차릴 경우 나중에 저쪽 밥상의 대접과 이쪽 밥상의 대접을 바꾸는 일은 자주 있다. 또 저쪽 접시에서 조금 젓가락으로 집어 이쪽 접시로 옮기는 일도 자주 있을 수 있는 일이다.

범인은 독을 넣은 후에 누군가가 그 접시를 다른 밥상과 바꾼다면…… 혹은 그 안에서 조금 집어 다른 밥상으로 옮긴다면…… 하고 생각했기 때문에 식초요리만큼은 절대 젓가락을 대지 않았으리라.

아무튼 긴다이치 코스케가 조사한 결과를 나는 훨씬 나중에 들었는데 그때 식초요리에 젓가락을 대지 않았던 것은 다름 아닌 나, 다지미 타츠야 단 한 사람이었다고 한다!

나는 식초요리를 정말 싫어했으니까.

에이센의 여행

나는 이미 기진맥진해져 있었다. 생각할 힘조차 없었다.

아아, 이걸로 충분해.

인간이 긴장과 흥분에 버티는 힘에는 자연히 한계가 있다. 그 한계를 초월하면 긴장의 실은 툭 끊어지고 흥분의 주머니는 한껏 부풀어터진다. 이런 상태를 쓸개 빠진 상태라고 한다. 나는 그날 밤 쓸개 빠진 상태였다.

코젠 스님의 시체는 현지에서 해부하기로 하고 우선 별실로 옮겨졌다. 이소카와 경부는 현 경찰본부 촉탁의인 N박사에게 전보를 보냈다.

이런 수속 후, 우리는 그날 밤 늦게까지 번갈아가며 엄중한 취조를 받았다. 지금까지 있었던 두 개의 사건의 경우에는 독살범이 어디에 있어서 어떤 기회에 투약했는지 알 수 없었지만 이번 사건의 경우에는 그것이 확실했던 것이다. 독살범이 이 집 지붕

아래 있어 부엌의 혼란을 틈타 의도적으로 독을 집어넣은 것이다.

즉 조부를 죽이고 형을 죽이고, 그리고 이제 다시 코젠 스님을 죽인 독살마는 정말이지 바로 내 곁에 있었던 것이다. 그 사실을 생각하니 나는 등줄기를 달리는 으스스하고 차가운 전율에 부르르 떨 수밖에 없었다.

취조는 극도로 엄격하게 진행되어 그날 밤 늦게까지 계속되었다. 그중에서도 좀 더 격한 담당공무원의 심문에 시달렸던 사람은 다름 아닌 나였다. 계속되는 불행한 우연은 양식 있는 공무원의 두뇌조차 혼탁하게 만들고 그 사람들의 눈에도 바야흐로 내 모습이 일종의 이상한 괴물로 비쳐진 듯싶다. 그저 이유도 없이 닥치는 대로 차례차례 사람을 죽여 나가는 독살마……. 이 사건의 범인은 그렇게 밖에 생각되지 않았지만, 거기에 나만큼 어울리는 인물이 달리 있겠는가.

나는 그처럼 무서운 아버지를 갖고 있다. 아버지의 체내에 흐르는 저 흉악한 피는 내 체내에도 흐르고 있고 그것은 형태를 바꿔 불처럼 시뻘겋게 타오르는 대신 창백하게 가라앉아 그것이 독살광의 본성을 빚어낸 건 아닐까.

내 출생에는 그처럼 피비린내 나는 대참사가 얽혀 있다. 그 일이 검은 운명의 별이 되어 나를 몰아붙이고 이처럼 정체를 알 수 없는 범죄를 저지르게 한 것은 아닐까.

내게 있어 또 하나 불리했던 것은 내가 이 마을에 새로 들어온 사람이라는 점이다. 마을사람에게 나는 이방인의 불가해함을 지니고 있었다. 그래서 누구 한 사람 자신 있게 나를 비호하려는 사람이 없었다. 하루요 누님조차 어쩌면…… 하고 생각했던 건 아닐까. ……그런 생각이 들면 몸이 갈라지는 것보다 더한 괴로움을 느꼈다.

누님조차 그렇다면 의심 많은 경찰관들의 눈길이 일제히 내게 주목된 것도 무리는 아니다. 나는 앞뒤에서 집요한 취조를 받았다. 어떨 때는 빙 둘러서, 어떨 때는 직접화법으로, 담당공무원의 심문은 끝없이 가열차게 계속되었고, 그 때문에 나는 몸과 마음이 모두 기진맥진해졌던 것이다.

에도시대에는 비몽사몽 고문이라는 고문법이 있었다고 한다. 죄인을 몇날며칠이고 재우지 않고 몸과 마음이 물먹은 솜처럼 지쳐 허망한 상태에 빠진 것을 이용해 한 짓 안한 짓 전부 자백받는 방법이다.

그날 밤 담당공무원의 태도가 그랬다는 건 아니지만 이어지는 긴장과 흥분으로 인한 파탄 속에서 나 자신 스스로가 비몽사몽 고문을 받는 죄수 같았다. 어쩌면 나는 자신도 모르는 괴물이고 어딘가에 제 2의 무서운 인격이 숨어 있어 그 놈이 자신도 모르는 사이에 그처럼 무서운 짓을 저지른 건 아닐까. ……그런 말도 안 되는 생각조차 했던 것이다.

나는 조금만 더 하면,

"그래요, 그렇습니다. 전부 제가 저질렀습니다. 제가 한 짓입니다. 자, 이렇게 자백했으니 더는 그렇게 저를 괴롭히지 마세요……. 저를 가만히 놔둬주십시오."

하고 소리칠 것 같은 상황에까지 내몰렸다.

그것을 구해준 것은 다름 아닌 긴다이치 코스케였다.

"저기요, 경부님. 이 사건은 누가 범인이든 하루에 해결 볼 게 아닙니다. 왜냐면 동기를 도통 알 수 없으니까요. 우시마츠 씨 경우에도 히사야 씨 경우에도 동기가 있는 것 같지만 실은 잘 생각해보면 전혀 없는 것 같습니다. 이번 코젠 스님한테까지 가면 전혀 동기를 모르겠어요. 범인은 대체 무슨 짓을 꾸미고 있는 건지. ……그것이 판명될 때까지는 그렇게 무턱대고 성급하게 심문해서도 안 됩니다."

긴다이치란 인물은 이소카와 경부에게 이상한 힘을 갖고 있는 듯 그의 한 마디에 나는 겨우 경부의 날카로운 심문의 창끝에서 해방될 수 있었다.

이소카와 경부는 쓴웃음을 지으면서,

"아니, 정말이지 성가시기 그지없는 사건이군요. 26년 전 사건도 무섭기는 전대미문이었지만 그 대신 뭐 단순한 사건이었소. 그에 반해 이번 사건은 규모는 작지만 우리를 괴롭히는 점은 이전 사건 이상이야. 젠장, 부자 2대에 걸쳐 손쓰게 만드니……."

그건 그렇다 치고 코젠 스님의 시체를 지키기 위해 두 명의 형사를 남겨두고 담당공무원 일행이 철수한 것은 밤도 이미 11시가 지나서였다. 코젠 스님의 시체는 내일 N박사가 도착하기를 기다려 이 집에서 검시할 것이다.

담당 공무원이 철수하고 얼마 되지 않아 그 때까지 발이 묶여 있던 초칠일 손님도 도망치듯 살금살금 돌아가고 넓은 집안에는 파도가 지나간 흔적처럼 쓸쓸함만이 남았다.

나는 이미 뭔가를 할 용기도 없었다. 왠지 모르게 비참한 상념이 가슴에 차고 넘쳐흘러, 온통 흐트러진 방안에 쓸개 빠진 것처럼 털썩 앉아 있으려니 생각지도 않게 눈물이 계속해서 흘러나왔다.

아무도 내게 말을 걸어주는 이는 없다. 부엌 쪽에서 달그락달그락 식기를 씻는 소리가 났지만 고요할 뿐, 사람소리는 나지 않았다. 분명 시마를 필두로 도우미 여자들은 오늘 일어난 참극에 대해 이야기하고 있겠지만 나를 의식하고 큰 소리를 내는 것조차 삼가고 있는 것이겠지. 그렇다는 것은 그 사람들 마음에도 나에 대한 의심이 점차 무성하게 자라나고 있다는 것이리라. 식기를 씻는 소리조차 어딘가 주변을 꺼리는 것처럼…….

아아, 나는 고독하다.

아무도 내편이 되어 다정한 말을 건네주는 이는 없다. ……고독의 상념이 빠저리고 안타깝게 가슴에 넘쳐흘렀을 때 갑자기 내 상념을 꿰뚫어본 것처럼,

"아뇨, 그렇지 않습니다. 나는 언제까지나 당신 편이에요."

뒤에서 살며시 내 어깨를 안아주는 사람이 있었다.

누님인 하루요였다.

누님은 다정하게 내 어깨를 끌어안고,

"누가 뭐래도 나만은 언제나 당신 편이에요. 그것만은 잊지 말아요. 나는 당신을 믿고 있어요. 아뇨, 믿는다기보다도 나는 알고 있어요. 당신이 그런 무서운 사람이 아니란 걸……."

이 때 만큼 나는 남의 정을 몸에 사무치게 느낀 적은 없었다. 나는 무심코 어린애처럼 누님의 가슴에 매달렸다.

"누님, 누님, 가르쳐주세요. 저는 대체 어떡하면 좋을까요. 제가 여기 온 게 잘못된 건가요. 혹시 그렇다면 저는 언제라도 고

베에 돌아가겠습니다. 누님, 가르쳐주세요. 저는 어떡하면 좋을까요."

누님은 다정하게 내 등을 쓰다듬으면서,

"음, 고베로 돌아가다니 그런 약한 말은 하지 말아요……. 당신은 이 집 사람이니까 여기 온 것에 무슨 문제가 있겠어요? 언제까지나 여기 있어주지 않으면 안돼요……."

"하지만 누님, 제가 와서 저런 무서운 사건이 계속 일어난다면 전 한시도 여기 있을 수 없어요. 누님, 가르쳐주세요. 누가 저런 짓을 한 걸까요. 그리고 그것과 저 사이에 어떤 관계가 있는 걸까요."

"타츠야 씨."

누님의 목소리가 떨리며,

"그런 이상한 생각 하지 말고……. 당신과 저 무서운 사건 사이에 무슨 상관이 있겠어요. 그건 오빠 때 잘 알고 있지 않았던가요. 당신에게 언제 약봉지를 바꿀 기회가 있었다고? 막 여기 도착한 당신에게……."

"하지만, 하지만, 경찰사람들은 그런 식으로 생각해주지 않아요. 그 사람들은 내가 마치 악마의 요술을 부린 것처럼 생각하고 있다고요."

"죄다 모두가 이성을 잃었기 때문이에요. 머지않아 냉정해지면 점점 오해도 풀릴 거예요. 타츠야 씨, 결코 비관하거나 자포자기하지 말고……."

"누님!"

나는 뭔가 말하려 했으나 말이 목에 걸려 다음 말이 나오지 않

았다. 누님은 한동안 침묵하고 있었지만 마침내 생각난 듯,

"그래요, 참. 타츠야 씨, 당신 요전에 나한테 묘한 질문을 했죠."

"묘한 질문?"

"예, 그래요. 누가 최근 마을을 떠나 어딘가 여행가지 않았느냐고……. 그건 대관절 무슨 뜻이었나요."

어쩐지 마음 짚이는 데가 있는 듯한 목소리에 나는 깜짝 놀라 누님의 얼굴을 고쳐보았다. 누님은 피로로 부어 있었지만 반짝반짝 빛나는 눈동자 속에는 뭐랄까 강한 상념이 감춰져 있었다.

나는 거기서 더는 숨기지 않고 언젠가 고베에 내 행동거지와 품성에 대해 묻고 다니던 남자 이야기를 털어놓았다. 그리고 그것은 나를 찾아낸 스와 변호사도 모르는 인물로, 게다가 시골사람이었던 것 같다고 덧붙였다.

누님은 어머나, 하고 눈을 크게 뜨고, 그것은 대체 언제 일이었냐고 반문했다. 그래서 내가 손가락을 꼽아가며 대강의 날짜를 생각해내자 누님은 손가락을 접으며 날을 세고 있었으나 마침내 차츰 숨이 거칠어지더니,

"역시 그렇군요. 딱 그 즈음이었어……."

하고 누님은 갑자기 몸을 내밀며,

"타츠야 씨. 요전에 당신은 이 마을사람이라고 했죠. 그래서 나는 깜빡했는데 이 마을사람은 아니지만 이 마을과 꽤 연이 깊은 사람이 딱 그 무렵 여행을 떠났었답니다."

"누굽니까. 누님, 그 사람은 누굽니까."

"마로오사의 에이센 스님……."

나는 깜짝 놀라 누님의 얼굴을 고쳐보았다. 왠지 모르게 정수리에 커다란 쐐기가 박힌 듯한 느낌이었다.

"저, 누님. 그, 그건 정말인가요."

내 목소리는 무심결에 떨렸다.

"정말이에요. 확실해요. 아까 에이센 스님이 당신한테 이상한 소릴 했죠. 나는 그때 화가 나서 참을 수 없었기 때문에 무심코 대들었는데, 그때 생각났어요. 에이센 스님이 지난달 초 대엿새 동안 어딘가에 여행을 갔다는 걸……."

나는 어쩐지 오싹해졌다. 흥분한 탓에 이빨이 딱딱 울리는 느낌이었다.

"누님, 누님. 에이센 스님이란 사람은 대체 어떤 사람입니까. 뭔가 이 집과 관계있는 사람입니까."

"당치도 않아요. 그 사람은 전쟁이 끝난 후 얼마 안 되서 마로오사에 굴러들어온 사람으로, 전에는 만주(滿洲)의 절에서 포교를 하고 있었다고 해요. 마로오사의 초에이 씨가 병이 있어서 대리를 맡고 있지만 어디에서 어떻게 성장한 사람인지 나는 전혀 몰라요."

혹시 고베에 나타난 인물이 정말 에이센 스님이라면 그 사람은 왜 그런 짓을 한 것일까. 어째서 내게 그 같은 관심을 가졌던 것일까.

"누님, 에이센 스님은 이 사건에 대해 뭔가 알고 있는 건 아닐까요. 오늘 그 사람이 한 무서운 말을 생각해봐도……."

"분명 그런 것임에 틀림없어요."

누님은 단호하게,

"그렇지 않고서야 그런 무서운 말이 나올 리 없지 않아요. 에이센 스님은 나중에 너무 무서워서 신경이 곤두섰다고 했죠. 신경이 곤두선 건 맞겠지만 아무리 신경이 곤두섰어도 그렇지, 마음에도 없는 말이 입에서 나올 리가 없어요. 타츠야 씨, 당신은 그때 에이센 스님이 한 말을 기억하고 있죠?"

어떻게 그 말을 잊을 수 있겠는가. 나는 그때의 무서운 상념에 몸서리를 치면서 말없이 끄덕였다.

"당신은 그 말속에 뭔가 짚이는 데는 없나요. 에이센 씨는 물론 뭔가 착각하고 있는 게 틀림없지만 그렇게 착각하게 될 만한 연유가……."

물론 나는 전혀 마음 짚이는 데가 없었다.

나는 새삼스럽게 이 마을에서의 불안한 입장을 생각하고 초라하게 고개를 숙이고 있었는데, 그때 시마가 들어왔다.

"저, 타츠야 님……."

시마는 문지방 옆에 손을 짚고,

"할머님들께서 잠시……."

"어머, 그래요. 그럼 지금 바로 갈 테니……."

하루요 누님이 일어서려는 것을 시마는 가로막고,

"아뇨. 저, 마님은 괜찮으시다고…… 타츠야 님만 잠깐……."

누님과 나는 무심코 의심스레 시선을 교환했다.

독차

내가 이 집에 와서 일주일이 되지만 여태까지 한 번도 두 분의 대고모님들하고만 대면한 적은 없었다. 대고모님들과 대면할 때는 항상 하루요 누님이, 혹은 다른 인물이 같이 있었다.

그랬는데 갑작스럽게, 그것도 그처럼 무서운 일이 있었던 이슥한 밤에 누님을 제외하고 나만 만나고 싶다고 하니 왠지 모르게 불안한 기분에, 마음이 알 수 없이 흐트러졌다.

하지만 그다지 거절할 만한 이유도 없어서 나는 시마를 따라 일어섰다. 하루요 누님이 불안한 눈을 하고 내 뒷모습을 바라보고 있었다.

쌍둥이인 코우메와 코다케 할머님은 안채에서도 가장 깊숙한 방, 즉 별채를 잇는 열다섯 칸 긴 복도 옆의 여덟 장 다다미방과 여섯 장 다다미방의 두 칸에 거주하고 있어 두 사람은 항상 그 여덟 장 다다미방에 사이좋게 베개를 나란히 하고 잤다.

시마의 안내로 내가 그 방에 들어가자 코우메와 코다케 할머님은 아직 주무시지 않고 조용히 차를 홀짝거리고 있었다. 변함없이 나는 어느 쪽이 코우메 할머님이고 어느 쪽이 코다케 할머님인지 알 수 없었다. 두 사람은 내 얼굴을 보자 염낭 같은 입을 우그러뜨리며 웃고,

"오오, 타츠야냐. 수고했다. 자자, 이쪽에 와서 앉아."

"시마야, 너는 이제 됐으니 저쪽에 가서 쉬려무나."

코우메와 코다케 할머니가 번갈아가며 그렇게 말했다. 나는 쌍둥이 중 한 사람이 가리킨 자리에 앉았고, 시마는 잠자코 머리를 숙이고 나갔다.

"고모할머님. 제게 무슨 하실 말씀 있으십니까."

내가 이 기묘한, 원숭이 같은 느낌이 드는 쌍둥이를 번갈아보면서 입을 열자,

"호, 호, 호, 타츠야야. 그렇게 정색할 일은 아무것도 없단다. 여기는 네 집이지 않니. 이제 조금은 편안하게 있으려무나. 응, 그렇지 않수, 코다케 씨."

"참말이지 코우메 씨 말대로야. 그렇게 벌벌 떨 건 아무 것도 없단다. 히사야가 죽어버렸으니 네가 이 집주인이나 마찬가지다. 좀 더 가슴을 펴지 않으면 곤란하지."

인간도 이 연세쯤 되면 모든 감정이 사라지고 감정샘이 경유(輕油)나 해면동물처럼 되는 건지도 모른다. 코우메나 코다케 할머니도 태연하게 오늘의 참극 같은 건 있었는지 없었는지 모르는 듯한 안색이다. 나로서는 그것이 오히려 기분 나빴다. 발뒤꿈치가 근질근질한 느낌이었다.

"그래서 하실 말씀이란……?"

내가 거듭 묻자,

"오오, 그렇지 참. 뭐, 딱히 할 말이 있는 건 아니지만 너도 피곤할 테니 차를 한 잔 마시게 해주려고 생각해서 말이다."

"참말이지 기분 나쁜 일이 자꾸 일어나서 너도 오죽 몸이 고달프겠니. 자, 자. 희귀한 차가 있으니 한 잔 마셔 보거라. 코우메 씨, 댁이 대접해주구려."

"그러지요."

코우메 할머님이 다도에 쓰는 명주수건을 멋들어지게 움직여 고이차를 한 잔 만들어주었다. 나는 두 노파의 진심을 가늠할 수 없어 한동안 어리둥절하게 얼굴을 번갈아 보고 있었지만,

"왜 그러느냐. 코우메 씨가 모처럼 차를 만들어주었구먼. 감사히 받아야지."

하고 코다케 할머님이 재촉하자 마땅히 거절할 이유도 없어 찻잔을 들어 한 모금 마셨다. 하지만 이내 두근거려 노파 쪽을 고쳐보았다.

어쩐지 혀를 쏘는 듯한 이상한 맛……. 게다가 내가 고쳐보았을 때, 코우메와 코다케 할머님이 주고받은 심상치 않은 눈짓. ……나는 오싹하고 등골을 꿰뚫고 지나가는 전율을 느꼈다. 전신의 모공이란 모공에서 차가운 땀이 흘러나왔다.

독살마……? 오오, 원숭이 같은 이 두 노파가 독살마란 말인가.

"왜 그러느냐. 타츠야, 왜 그런 이상한 얼굴을 하니. 자, 단숨에 마시렴."

"예……."

"호, 호, 호, 이상한 아이로구먼. 무얼 그렇게 흘끔거리니. 독은 들어 있지 않단다. 자, 꿀꺽 단숨에 마시려무나."

아아, 독살마란 이토록 천진한 것인지 두 노파는 염낭 같은 입을 오므리고 너무나도 즐겁게, 하지만 또한 어딘가 걱정스럽게 찻잔을 들고 있는 내 양손을 응시하고 있다.

내 이마에서 뚝뚝 차가운 땀이 흘렀다. 눈앞이 캄캄해지고 찻잔을 든 양손이 부들부들 떨렸다.

"왜 그러느냐. 자, 꿀꺽 시원하게 마시고, 그리고 저쪽에 가서 쉬거라. 이제 밤도 제법 늦었으니."

"참말이지, 오늘은 여러 가지로 지쳤으니, 자자, 그 차를 꿀꺽 마시고 죄다 잊고 자는 게야. 자는 것만큼 즐거운 건 달리 없단다."

나는 진퇴양난에 빠진 기분이었다. 입에 머금은 쓴 차를 이제 와서 토해낼 수는 없었다. 아니, 아니. 토해낸다고 해도 어쩌겠는가. 그 일부분은 이미 목구멍을 넘어가지 않았는가.

독을 마시려거든 그릇까지[24)]……. 음, 될 대로 되라. 나는 일종의 자포자기 같은 용기가 생겨 수상한 차를 꿀꺽 단숨에 마셔버렸다. 뭐라 표현할 수 없는 공포와 전율과 절망으로 부들부들 몸을 떨면서.

"아아, 마셨다, 마셨다."

---

24) 독을 마시려거든 그릇까지(毒をくらわば皿まで): 이왕 나쁜 일에 손을 댈 바에야 철저히 하라는 뜻의 말이지만, 여기서는 액면 그대로의 의미로 쓰였다.

"호, 호, 호, 착한 아이네."

코우메와 코다케 할머님은 얼굴을 마주보며 싱긋 웃더니 어린 아이처럼 목을 움츠리며 즐거워하고 있다. 나는 다시금 등골을 꿰뚫고 지나가는 전율을 느끼며 잠자코 체내를 투시하려는 것처럼 고개를 숙이고 있었다.

당장이라도 뱃속이 찌를 듯이 아파오는 것은 아닐까. 당장이라도 미지근한 피가 가슴팍에 치밀어 오르는 건 아닐까. ……내 전신은 끈적거리는 땀으로 미끈미끈 젖었다.

"아아, 이제 됐다. 타츠야야, 이제 가 봐도 된다."

"그래그래. 코우메 씨 말대로 별채에 가서 쉬려무나. 푹 자거라."

"예……."

다다미에 손을 짚고 인사한 후, 나는 비틀거리며 일어섰다. 왠지 모르게 주위가 빙빙 돌고 눈이 침침한 기분이었다. 복도에 나오자 하루요 누님이 걱정스런 듯 기다리고 있었다.

"타츠야 씨, 고모할머님이 무슨 일로 부르셨나요."

"아뇨, 별로 용건 같은 건 없었습니다. 차를 한 잔 마시고 왔습니다."

"차를……?"

누님은 이상한 듯 눈썹을 찌푸렸지만 그때 처음으로 내 안색을 눈치 챈 듯,

"음, 타츠야 씨. 왜 그래요. 안색이 창백해요. 게다가 엄청난 땀……."

"아뇨, 아무 것도 아닙니다. 조금 피곤해서요. 오늘 밤 푹 자면

다시 기운이 나겠죠. 누님, 안녕히 주무세요."

매달리려는 누님의 손을 뿌리치고 나는 비틀비틀 별채로 돌아왔다. 별채는 시마가 잠자리를 차려놓았다. 나는 마치 독한 술에 취한 듯 휘청거리는 기분으로 잠옷으로 갈아입고 불을 끈 다음 잠자리에 몸을 던졌다.

어릴 때 나는 '팔진수호성(八陣守護城)'이란 연극을 본 적이 있다. 독주인 걸 알면서도 사정상 어쩔 수 없이 마신 사토 히다노카미마사키요(佐藤肥田頭正淸)가 삼년간 천수각에 갇혀 시시각각 꺼져가는 생명의 불을 응시하며 살아간다는 연극에서, 그 어린 시절에도 뭐라 말할 수 없는 공포와 슬픔을 느꼈다.

그날 밤 내 기분이 그러했다. 나는 전신의 신경을 집중시켜 자신의 체내에서 일어나려고 하는 괴이한 일을 느끼려 하고 있었다. 그것은 뭐라 말할 수 없는, 손쓸 길 없는 암담한 기분이었다. 나는 어둠 속에서 눈을 감고 갖가지 이상한 피비린내 나는 망상을 눈꺼풀 뒤에 그리고 있었다.

하지만 체내에는 아무런 일도 일어나지 않았다. 아니, 두려워하던 대로 육체가 아프기 전에 피로에 지친 내 신경이 긴장으로 버틸 수 없게 되어 꾸벅꾸벅 졸기 시작했던 것이다.

나는 어느 땐가부터 푹 잠들어 버렸다. 그래서 그로부터 얼마 되지 않아 이상한 기척에 앗 하고 눈을 떴을 때가 밤 몇 시쯤이었는지 전혀 기억할 수 없었다.

기괴한 참배

나는 어린 시절부터 묘한 버릇이 있었다. 아니, 버릇이라기보다 병이라고 하는 편이 맞을 지도 모른다.

그것은 아주 피곤할 때라든가 시험이나 뭔가로 지나치게 신경을 썼을 때 일어나는 현상으로 밤에 잠자리에 들어가 멍하니 있는가 하면 파득 깨어난다. 하지만 그것은 정말로 깨어난 것은 아니고 지각만은 반쯤 깨어 있으면서 운동신경은 아직 완전히 잠들어 있는 것이다.

그럴 때의 두려움, 불안함은 실제 그런 경험을 해보지 않으면 모를 것이다. 내 지각은 깨어 있다. 자신의 주위에 뭐가 있는지, 어떤 일이 일어나는지 몽롱한 채 의식하고 있다. 그런데도 운동신경은 완전히 마비되어 있어 수족이 움직이지 못하는 것은 물론 입을 뗄 수조차 없는 것이다. 입을 떼려고 해도 혀뿌리가 굳어져 만족스럽게 말을 계속할 수가 없다. 즉 완전한 속박상태에 빠지는 것이다.

그날 밤, 내가 파득 깨어났을 때가 바로 그런 상태였다.

나는 방안에서 뭔가 이상한 기척……, 즉 나 외의 사람이 있어 그 사람이 빚어내는 공기의 동요나 억누른 듯한 숨소리를 몸으로 느끼고 있었다. 아니, 그 전에 분명 불을 끄고 잠들었을 방 안에 이상한 빛줄기가 떠도는 것을 감은 눈꺼풀 뒤로 확실히 느끼고 있었다. 그런데도 내 몸은 어떻게 할 수가 없었다. 전신의 운동신경이 반란을 일으키고 있어서 완전히 속박된 상태에 빠져 있었던 것이다.

나는 뭐라 말할 수 없는 두려움에 전신에서 더운물 같은 땀이 뿜어져 나오는 것을 느꼈다. 소리쳐 외치려고 했지만, 혀가 굳어져 말이 나오지 않았다. 수족을 움직여 침상 위에 일어나 앉으려고 했지만 전신을 이부자리에 딱 풀로 붙인 것처럼 움직이지 않았다. 최소한으로 눈을 뜨려고 해도 위 눈꺼풀과 아래 눈꺼풀이 아교로 딱 붙인 것처럼 들러붙어 떨어지지 않았다. 분명 이런 상태를 외부에서 보면 가사상태에 가깝게 보일 것이다.

실내에 있는 누군가는 이런 내 상태에 안심했던지 한 발 한 발 침상 쪽으로 다가왔다. 그리고 약간 주저하면서 그래도 마침내 베갯머리까지 다가와 잠자코 위에서 내 얼굴을 들여다보았다. 아니, 들여다본 것처럼 느꼈다.

한동안 그 사람은 내 머리맡에 선 채 미동도 하지 않았다. 숨을 모아 내 얼굴을 응시하고 있는 것 같았다. 마침내 점차 호흡이 거칠어졌다. 흑흑 흐느끼는 듯한 더운 입김이 내 얼굴을 덮쳤나 했더니 그때 묘한 일이 있어났다. 뚝 하고 뭔가 뜨거운 것이

한 방울 내 뺨에 떨어졌던 것이다.

눈물이다!

나는 무심코 놀라 일순 크게 숨을 들이켰는데, 상대도 놀란 듯 당황해서 손을 떼고 한동안 잠자코 내 상태를 살피고 있었다. 그리고 다시 안심한 듯 몸을 내밀었지만 무슨 생각을 한 것인지 갑자기 깜짝 놀라 뒤로 물러섰다. 그리고 한동안 격한 숨소리를 내면서 가만히 미동도 하지 않고 있다가 별안간 안절부절못한 채 일어섰다.

그 순간, 내 속박상태는 반쯤 풀렸다. 아까부터 필사적으로 싸우고 있던 위쪽 눈꺼풀과 아래 눈꺼풀의 교착상태가 그 순간 겨우 풀렸던 것이다.

나는 눈을 번쩍 떴지만, 그 순간 오싹하고 전신에 전류 같은 공포가 지나갔다.

삼산도병풍 앞에 누군가 사람이 서 있다. 맞은편을 보고 서 있어서 등밖에 보이지 않았지만 그것은 마치 병풍에 그려진 불인 스님이 빠져나온 것 같은 모습이었다.

나는 문득 언젠가 하루요 누님에게 들은 이야기를 떠올렸다.

언젠가 이 방에 묵었던 산지기 헤이키치도 병풍그림이 빠져나온 것을 보았다고 한다.

나는 그 정체를 좀 더 자세히 살피려고 눈을 크게 떴지만 그 순간 지금까지 방안에 떠돌던 이상한 빛이 확 꺼지고 수상한 사람의 모습은 병풍에 빨려 들어가듯 어둠 속으로 사라지고 말았다.

나는 혼신의 힘을 다해 이 저주스런 속박과 싸웠다. 내게 허락

된 유일한 운동인 숨쉬기를 가능한 한 강하게 시도해 그 반동에 의해 반사적으로 일어나려고 했다. 때때로 시도가 성공해 속박을 풀 수 있던 적이 있었다.

하지만 그 노력이 아직 성공하지 못한 사이, 나는 다시금 흡하고 숨을 모으지 않을 수 없었다. 열다섯 칸 긴 복도를 걸어 누군가 이쪽으로 오고 있다.

사뿐사뿐 고양이처럼 부드러운 발소리, 사각사각 조용히 옷깃이 스치는 기척. ……마침내 그 발소리와 옷깃 스치는 소리는 빗장 문을 지나 별채 툇마루로 다가왔다. 그리고 내가 자는 방 앞까지 오자 장지문 밖에 딱 멈춘 채 그대로 한동안 움직이지 않았다.

나는 다시 눈을 감고 잠자코 호흡을 모았다. 심장이 쿵쿵 뛰고 이마에 초조하게 진땀이 뱄다.

1초, 2초…….

마침내 조용히 장지문을 여는 기척이 들리고 희미한 빛줄기와 함께 누군가가 살그머니 방안에 들어왔다. 게다가 그것은 한 사람이 아니라 둘이었다. 나는 몰래 눈을 떠서 그쪽을 봤는데, 그 순간 뭐라 말할 수 없는 괴상한 느낌을 받았다.

들어온 사람은 코우메와 코다케 할머님이었다. 코우메 할머님인지 코다케 할머님인지, 여전히 알 수 없었지만 쌍둥이 한 쌍이 고풍스런 초롱을 들고 있었다. 그 초롱에서 새어나오는 희미한 빛줄기가 두 사람의 모습을 어둠속에 어렴풋이 비추었다.

코우메 할머니도 코다케 할머니도 똑같이 새까만 일본 외투를 입고 손목에 수정으로 만든 염주를 하고 있다. 그리고 더욱 이상한 것은 두 사람 모두 지팡이를 짚고 있다는 것이다.

두 사람은 발소리를 죽이고 살그머니 내 베갯머리로 다가서더니 초롱을 들고 반쯤 앉은 자세로 위에서 내 얼굴을 들여다보았다. 당황해서 내가 눈을 감은 것은 말할 필요도 없다.

"잘 자고 있군요."

쌍둥이 한 명이 중얼거렸다.

"아까 먹인 약이 잘 들었나 보군요. 호, 호, 호."

쌍둥이 중 다른 한 명이 낮은 소리로 웃었다.

"코다케 씨, 저기 보우. 땀이 엄청시리……."

"피곤한가 보지요. 숨소리가 거칠잖우."

"참말이지 가엾게도, 이 일 저 일을 겪어서……."

"하지만 이 상태라면 괜찮지 않겠수. 절대 깰 거 같지 않고."

"그래요, 그래. 그렇담 그 동안에 잠시 다녀옵시다. 오늘은 달꺼정 바뀌어 고인의 기일이잖아요."

"그렇다면 코우메 씨."

"코다케 씨."

"어서 갑시다."

코우메와 코다케 할머님은 초롱을 들고 발을 끌며 방에서 툇마루로 나가더니 밖에서 조용히 장지문을 닫았다.

그 순간 내 속박상태는 완전히 풀렸다. 나는 이부자리 위에 벌떡 일어나 앉았다.

아아, 꿈인가…….

아니, 꿈은 아니다. 코우메와 코다케 할머님은 근처 툇마루를 돌아 변소 쪽으로 간다. 두 사람이 걷는 박자에 맞춰 초롱불이 두 작은 노파의 그림자의 움직임을 장지문 위에 비추고 있다.

내가 자는 열두 장 다다미방 뒤에는 여덟 장 정도 되는 마루방이 있다. 창고라고도 할 수 있는 방으로, 오래된 옷 고리짝이나 궤짝, 갑옷 상자, 그 외에 그 옛날 이 집주인이 외출할 때 사용한 듯한 고풍스런 바구니 등이 보관되어 있다. 코우메와 코다케 할머니가 들어간 것은 그 창고인 것 같았는데, 그때 나는 무심코 숨을 들이켰다.

내가 있는 열두 장 다다미방 바닥 옆 벽에 반야와 성성이의 가면이 걸려 있다는 것은 전에도 말했지만, 두 노파가 창고로 들어감과 동시에, 반야의 눈에서 희미한 빛이 새어나왔던 것이다. 그 빛은 양초 불빛이 반짝이듯 흔들려 밝아졌다가 어두워진다. 한동안 망연히 그 빛을 응시하고 있었지만, 마침내 차츰 다음과 같은 사실을 깨닫게 되었다.

즉 반야의 가면 뒷벽에 조그만 구멍이 뚫려 있어, 쌍둥이 한 분이 들고 있는 초롱 불빛이 그 구멍을 통해 새어나오고 있는 것이다. 그러면 아까 내가 깨어났을 때 방안에 스며들었던 이상한 빛줄기의 유래를 설명할 수 있지 않을까. 즉 저 빛은 창고 방에 달려 있던 등의 빛줄기가 반야의 눈을 통해 이 방으로 흘러들어온 것은 아닐까. 그리고 그 빛이 갑자기 꺼졌다는 것은 이 방에 숨어든 인물이 창고 쪽으로 도망쳤다는 것을 말해주는 것은 아닐까.

내 가슴은 수상하게 요동치고 심장박동이 경종을 울리듯 덜컹덜컹 울렸다. 나는 잠자리에서 일어나 살며시 장식용 선반 쪽으로 가보았는데, 그 순간 창고 방 안에서 쿵 하고 무언가 뚜껑을 덮는 듯한 소리가 나더니 지금까지 반짝이고 있던 반야의 눈에서 나오던 빛이 순식간에 꺼져버렸던 것이다. 그리고 그걸 마지막으로 창고의 인기척은 사라졌다.

나는 뭐라 설명할 길 없는 흥분을 느꼈다.

쌍둥이 코우메와 코다케 할머님은 내게 독을 먹인 것이 아니었다. 내게 먹인 것은 수면제였던 것이다. 즉 코우메와 코다케 할머님은 저 이상한 창고 출입을 누구한테도 알리지 않기 위하여 나를 재우려고 했던 것이다. 하지만 코우메와 코다케 할머님은 한밤중 창고에 무슨 볼일이 있는 것일까.

나는 살며시 불을 켰다. 그리고 방을 나와 도코노마 뒤에 있는 창고에 들어갔다. 창고 안은 어두컴컴했지만, 내가 예상한 대로 장식용 선반 뒤에 있는 벽 한쪽 모서리에서는 방에 켜둔 불빛이 한줄기 빛이 되어 새어나오고 있었다.

"고모할머님. 고모할머님……"

나는 낮은 소리로 불러보았다. 물론 대답을 기대한 것은 아니었다. 그저 시험 삼아 불러보았던 것이다. 예상대로 대답은 없었다. 그래서 나는 결심하고 창고 방의 불을 켜보았다. 역시 코우메와 코다케 할머님의 모습은 거기 없었다.

이 창고에는 지금 내가 들어왔던 변소 앞에 있는 삼나무판자 쪽문 외에는 전혀 출입문은 없다. 북쪽에 작은 창이 있지만 거기에도 격자문이 끼워져 있는데다 덤으로 엄중하게 닫혀 있다. 문에는 안에서 빗장이 내려져 있었다.

나는 다시금 뭐라 말할 수 없는 커다란 전율이 전신을 관통하는 것을 느꼈다.

이 창고에는 어딘가 비밀통로가 있는 것이다. 그것은 이제 의심할 여지가 없다. 하루요 누님이 별채 방에 품었던 의혹도, 헤이키치라는 산지기 남자를 위협한 침입자도, 모두 거기에 비밀통로가 뚫려 있었다면 합리적으로 설명가능하다.

그렇다, 알았다. 헤이키치라는 남자는 별채의 열두 장 다다미방에 묵는 동안 항상 누군가가 보고 있는 듯한 느낌을 받았다고 했는데, 즉 그것은 비밀통로에서 창고로 숨어든 침입자가 방에 가기 전에 남몰래 반야가면에 뚫린 구멍으로 상황을 엿보고 있었음에 틀림없다.

나는 살며시 빛이 새어나오는 벽 옆으로 다가갔다. 거기에는 작은 거울이 걸려 있었는데, 그 거울을 치우자 예상대로 그 뒤에는 동그란 구멍이 나타났다. 그 구멍에 눈을 대자, 열두 장 다다미방이 한눈에 보였다.

누군가 왜 이런 엿보는 구멍을 뚫어놓은 것인지, 그것은 훗날 천천히 생각해보기로 하고 그 전에 비밀통로가 있는 곳을 찾지 않으면 안 되었다. 나는 다시금 창고 안을 둘러보았다.

창고 벽에는 검게 녹슨 고풍스런 장롱이 세 짝, 옷 고리짝이 대여섯 개, 한쪽 구석에 있는 받침대 위에는 검게 칠한 갑옷상자, 천장에는 나무오리로 엮은 바구니가 매달려 있다. 그러나 시선을 가장 강하게 잡아끈 것은 그 도구들이 아니라 창고 거의 한가운데 놓여 있는 큰 궤짝이었다. 아까 들었던 쿵 하는 소리 때문에 나는 궤짝을 연상했던 것이다. 궤짝의 걸쇠는 부서져 비스듬히 벗겨져 있었다.

나는 궤짝 뚜껑을 열어보았다. 안에는 비단침구가 두세 장. 그 침구를 들어 올리려고 했을 때, 발밑에서 통통 분주한 발소리가 들렸다.

나는 깜짝 놀라 숨을 삼켰다. 코우메와 코다케 할머님이 돌아오고 있는 건 아닐까.

나는 당황해서 불을 끄고는 방으로 돌아와 거기 불도 끄고 잠자리 속으로 들어갔다. 그와 거의 동시에 창고 쪽에서 궤짝 뚜껑을 여는 소리가 났다. 그리고 반야 가면 눈에서 확 하고 희미한 빛이 비쳤다.

초롱을 든 코우메와 코다케 할머님이 내 방으로 들어온 것은 그로부터 얼마 지나지 않아서였다. 나는 당황해서 눈을 감았다. 코우메와 코다케 할머님은 초롱을 들고 내 얼굴을 들여다보았다.

"그거 봐요, 타츠야는 이렇게 잘 자고 있잖수. 창고에 불이 켜져 있다니 코다케 씨, 그건 댁의 착각이었어요."

"참말 그렇군요. 하필 이 내가 그런 착각을 하다니. ……아깐 너무 놀라서."

"그러게 말이유. 댁은 오늘 밤 이상한 소리만 해요. 누군가 저 비밀통로 안에 있다는 둥. 고인 외에는……."

"아니야, 아니야. 그건 확실해요. 초롱불이 꺼져서 우리 둘이 우물쭈물하는 사이에 분명 누군가가 내 옆을 지나쳐서……."

"아직도 그런 말을 하시우. 뭐, 됐어요. 타츠야가 깨면 곤란하니 저쪽 가서 천천히 이야기합시다."

코우메와 코다케 할머님은 지팡이를 짚고 또각또각 긴 복도를 지나 안방으로 돌아갔다.

내게는 그 모습이 마치 이 세상 것이 아닌 광경으로 비쳤다.

제 4 장 네 번째 희생자

내게는 아직도 하지 않으면 안 될 갖가지 일이나, 생각하지 않으면 안 될 갖가지 의문이 잔뜩 있었다.

나는 우선 비밀통로의 종착지를 밝혀내지 않으면 안 된다. 또 코우메와 코다케 할머님이 왜 으슥한 밤에 남의 눈을 피해 그 비밀통로에 들어간 건지 그것도 생각하지 않으면 안 된다. 게다가 또 그 비밀통로를 이용해서 이 저택에 침입한 게 누군지, 그리고 이 저택에 무슨 볼일이 있는 것인지에 대해서도 조사하지 않으면 안 된다. 게다가 그런 모든 작업은 모두 혼자서 비밀리에 행하지 않으면 안 되는 것이다. 왜냐면 하루요 누님조차 비밀통로의 존재를 모르고 있는 듯하니까.

하지만 그날 밤 나는 몸과 마음이 모두 솜처럼 지쳐 있던 데다 코우메와 코다케 할머님이 준 약이 잘 들었는지 무엇을 할 기력도 무엇을 생각할 의욕도 없었다. 코우메와 코다케 할머니가 안

방으로 물러가자마자 바로 나는 마치 죽은 것처럼 잠들어버렸다.

다음날 아침 눈을 떴을 때 내 머릿속은 아직 무거웠다. 수면제가 밤중에는 듣지 않더니 아침이 되어서야 효력을 나타낸 모양인지 얇은 막을 뒤집어 쓴 듯 희끄무레하게 머릿속이 흐려져 있었고 손발은 무겁고 전신이 나른했다. 게다가 오늘도 경관들이 올 거라 생각하니 거무죽죽하게 기분이 우울해지지 않을 수 없었다.

하지만 머리가 무겁고 전신이 나른하다고 맥없이 있을 수 없는 것이다. 그렇다. 이날 아침 나는 만사를 제쳐놓고라도 하지 않으면 안 될 일이 있었다. 그것은 바이코 스님을 찾아가는 것이었다.

바이코 스님은 내 신상에 관한 무언가 중대한 사실을 알고 있는 듯하다. 그 사실이 이번 사건을 해결하는 데 도움을 줄지는 모르지만, 지금의 나로서는 유일한 희망이고 의지할 대상이기도 했다. 경찰이 오면 또 나갈 기회를 놓칠지도 모른다. 그렇다, 아침을 먹고 나면 바로 나가기로 하자.

내가 잠자리에서 몸을 일으켰을 때 하루요 누님이 왔다. 누님도 아직 어젯밤 코우메와 코다케 할머님의 묘한 초대를 수상쩍게 생각하고 있음에 틀림없다. 내 얼굴을 보더니 안심한 듯,

"아아, 지금 깼어요? 기분은 어때요."

"고맙습니다. 걱정 끼쳐서 죄송합니다. 이제 괜찮습니다."

"그래요, 그거 잘됐네요. 그래도 아직 안색이 나쁜 것 같아요. 너무 끙끙 고민하지 말아요."

"예, 고맙습니다. 뭐, 차차 익숙해질 거라고 생각하니까 걱정 마세요."

나는 당분간 어젯밤 일은 누님에게도 말하지 말자고 생각했다. 그러잖아도 몸이 약한 누님을 이 이상 놀라게 할 수는 없다.

"고모할머님들은 오늘 아침 웬일인지 늦잠을 주무시네요. 먼저 식사해요."

누님과 둘이서 아침밥상을 받았을 때, 나는 반카치에 대해 물어보았다. 전에도 말했듯 반카치란 우바가이치라고 쓰는 게 맞지만 보통 반카치로 통하니 나는 이제부터 그렇게 부르기로 한다.

누님은 이상한 듯 반카치가 어떻게 됐냐고 반문했다. 그래서 내가 간단하게 어제 일을 이야기해주었더니 누님은 놀란 듯 눈을 크게 뜨고,

"아, 바이코 스님이…… 대체 무슨 얘기를 하려는 걸까요."

"글쎄요, 그건 잘 모르겠지만 이제 저는 어떤 사실이건 제 신상에 관계된 일이라면 들어두고 싶다고 생각합니다. 경찰이 오면 또 못 나가게 될 테니 그 전에 나가고 싶습니다."

"그래요, 그게 좋겠지만……. 이상하네. 바이코 스님이 뭘 알고 계신 걸까요."

누님의 음성에는 적잖은 불안의 울림이 어려 있었다. 나는 거기서 바이코 스님이란 사람은 어떤 사람인지 물어보았다. 그에 대한 누님의 대답이란 대충 다음과 같았다.

바이코 스님이 어째서 비구니가 되었는지는 모르지만 이 마을 좋은 가문사람으로 누님이 철들 무렵에 이미 비구니였다. 마로

오사의 주지인 초에이 스님도 깊이 신뢰하고 있어, 여자지만 제대로 수행을 쌓았다며 칭찬하고 있다. 게다가 같은 비구니라도 고이차의 비구니인 묘렌처럼 얼떨결에 비구니가 된 사람과 달라서 마을사람들에게도 존경받고 있다고 한다.

"하지만 그 바이코 스님이 당신에게 무슨 할 얘기가 있는 걸까요……."

누님의 음성에는 갈팡질팡하는 위구심이 느껴지고 왠지 모르게 나를 보내고 싶지 않은 것 같았다. 그렇다고 해도 무슨 일에건 소극적이고 조심성이 많은 누님은 무리하게 나를 붙잡지는 않았지만. 아아, 나중에 생각해보면 누님이 그때 무리하게라도 나를 붙잡아주었다면 그런 놀라움과 공포를 거듭 맛보지 않아도 되었으련만.

그건 그렇고 내가 집을 나선 것은 9시 경의 일이었다. 다지미가는 동쪽집이라 불리고 있는 걸로도 알 수 있듯 마을 동쪽에 위치하고 있었지만 게이쇼인이 있는 반카치는 마을 서쪽 변두리에 있어 대략 반 리쯤 걸린다. 나는 될 수 있는 한 사람을 만나고 싶지 않아서 산 뒤쪽을 따라가는 길을 골랐다.

오늘은 7월 3일, 장마는 아직 끝나지 않을 무렵이었지만 드물게 좋은 날씨로 나무들의 가지 끝에서 작은 새들 우는 소리가 떠들썩했다. 발밑으로 길게 이어진 마을을 보니 모내기를 끝낸 좁은 논에 볏모가 푸르게 한들거리고 있었다. 그리고 길 도처에 소가 빈둥거리며 잠자고 있다.

가는 데 대략 반시간. 발밑에 커다란 저택이 보이기 시작했다. 그것이 서쪽집이라고 불리는 노무라 가로, 다지미 가와는 비교가 안 되지만 큰 흙 창고나 마구간이 몇 채나 늘어서 있는 것이 다른 집들과는 차원이 달랐다. 이 노무라 가의 따로 떨어진 별채에 미야코는 도쿄에서 데려온 노비와 함께 기거하고 있다. 이 부근에서 길은 마을로 들어가 노무라 가의 뒤를 통과하게 된다.

어쩌면 미야코가 거기에 나와 있지는 않을까. ……그런 생각을 하면서 노무라 가의 뒤로 접어들었을 때 갑자기,

"이 놈, 어딜 가느냐."

날카로운 금속성 목소리와 함께 우르르 곁길에서 뛰어나와 내 앞길을 가로막은 사람이 있었다. 고이차의 비구니인 묘렌이다. 나는 깜짝 놀라 그 자리에 발이 얼어붙어버렸다. 묘렌은 뭔가 커다란 짐을 지고 있었지만 내 모습을 보고는 의기양양하게 몸을 돌려,

"돌아가라, 돌아가라, 돌아가라. 너는 동쪽집에서 한 발짝도 나와서는 아니 되느니. 네가 가는 곳마다 피로 비가 내릴 것이다. 이번엔 누굴 죽이러 가는 게냐."

토끼 입에서 비어져 나온 누렇고 가지런하지 못한 치아를 보고 있으려니 내 가슴에는 불끈불끈 차가운 분노가 치밀어 올랐다. 나는 전신의 분노를 눈동자에 모아 상대를 노려보면서 그 옆을 빠져나가려고 했다. 하지만 비구니는 커다란 짐을 흔들면서 내가 오른쪽으로 가면 오른쪽, 왼쪽으로 가면 왼쪽, 악동이 어린애를 괴롭히듯 가는 길을 가로막는다.

"아니 된다, 아니 된다. 한 발짝도 여기를 지나쳐서는 아니 되느니. 돌아가라, 돌아가라, 동쪽집으로 돌아가거라. 그리고 짐을 챙겨 냉큼 이 마을에서 나가거라."

과로와 수면부족 탓으로 그 날 내 정신 상태는 여느 때의 균형을 잃고 있었다. 분노가 머리꼭지까지 치밀어 올랐다. 나는 발끈해서 느닷없이 비구니의 몸을 밀쳐버렸다. 그 한 방에 비구니의 몸은 노무라 가의 담까지 날아가 거기서 쿵 하고 엉덩방아를 찧었다. 등에 진 짐이 덜렁덜렁 기묘한 소리를 냈다.

비구니는 깜짝 놀라 토끼 입술을 부들부들 떨고 있었으나 갑자기 우왕하고 울음을 터뜨렸다.

"사람 죽겠수……. 누가 좀 와주시우……. 이 남자가 날 죽이려고 했수. 누가 좀 와주시우……."

비구니의 음성을 들었는지 노무라 가 뒷문에서 소치기인 듯한 젊은이들이 대여섯 명 우르르 달려 나왔다. 젊은이들은 내 얼굴을 보더니 깜짝 놀란 듯 눈을 크게 떴는데, 그들 눈에 새겨진 무언의 항의를 보고 나는 마음속으로 맙소사 하고 좌절했다.

"자, 모두 이놈을 붙잡아 주시우. 그리고 순경에게 끌고 가주시우. 그 놈은 나를 죽이려고 했어. 아, 아파, 아파, 그 놈이 나를 죽이려 했어."

소치기들은 말없이 죽 나를 둘러쌌다. 뭔가 말하면 달려들 기세다. 내 겨드랑이 아래에서 식은땀이 줄줄 흘렀다. 나는 그 정도 자신을 겁쟁이라고는 생각지 않았지만 이유를 말해도 통하지 않을 상대인 만큼 형편이 좋지 않았다. 세상에 무지와 교양 없음만큼 무서운 것은 없다.

나는 뭔가 말하려 했지만 혀가 굳어져서 말이 나오지 않았다. 남자들은 또 한발, 내 쪽으로 걸음을 내딛었다. 비구니는 변함없이 으앙으앙 어린애처럼 울면서 있는 일 없는 일 떠들어댄다. 나는 진퇴유곡에 몰린 듯한 느낌이었지만 거기에 노무라 가 뒷문에서 달려 나온 사람이 있었다.

미야코였다.

미야코는 그 상황을 보더니 단숨에 사정을 알아차린 모양이다. 내 옆으로 달려오더니 바짝 뒤를 감싸면서,

"어머, 왜들 그래요. 모두 이 사람을 어쩌려고 그래요?"

젊은이 중 하나가 우물우물 입을 움직였으나 내게는 잘 들리지 않았다.

미야코도 잘 알아듣지 못한 듯 내 쪽을 돌아보며,

"타츠야 씨, 대체 어떻게 된 거예요?"

하고 물었다. 그래서 내가 간단히 사정을 설명하자 미야코는 눈썹을 찌푸리고,

"대충 그럴 거라 생각했어요. 그렇다면 스님 쪽이 잘못하신 거잖아요. 자, 모두 알아들었죠. 알아들었으면 얼른 안으로 돌아가 일하세요."

젊은이들은 얼굴을 마주보았지만 방법이 없다는 듯 고개를 움츠리고 뒷문으로 안에 들어갔다. 개중에는 날름 혀를 내민 사람도 있었다. 고이차의 비구니도 자기편이 없어지자 불안해졌는지 도망치듯 일어나 가버렸다. 와앙와앙 아이처럼 울면서.

"아아, 깜짝 놀랐어요. 대관절 댁이 무슨 일을 저질렀나 하고 오싹했잖아요."

미야코는 안심한 듯 웃으면서,

"댁은 대체 어디 가시는 거예요."

그래서 간단히 바이코 스님 이야기를 하자 미야코는 눈썹을

찌푸리고,

"어머, 이야기라니 대체 뭘까요."

하고 한동안 생각하고 있었지만,

"좋아요. 그럼 제가 게이쇼인까지 바래다드릴게요. 괜찮아요, 괜찮아요. 저는 밖에서 기다릴 테니까. ……언제 또 지금 같은 일이 일어날지 모르잖아요."

나로서도 물론 미야코가 따라와 주는 것은 고마웠다.

게이쇼인은 노무라 가에서 한 구획 정도 떨어진 곳에 있어서 비구니 절이라기보다 암자라고 하는 편이 좋을 정도였다. 잡목 울타리 속에 있는 것은 작고 산뜻한 보통의 초가집으로, 문을 들어가면 세 칸(약 5.4미터) 정도 떨어진 곳에 허릿장이 있는 장지문이 있는 현관이 있어, 현관 바로 왼쪽에 툇마루가 붙어 있는 방이 두 개. 덧문은 열려 있었지만 최근 막 교체한 장지문이 자못 청결한 느낌으로 닫혀 있었다. 깨끗이 쓸어내린 앞뜰에는 단풍나무가 단 한 그루.

그때 내가 이상하게 생각한 것은 장지문 안에 불이 켜져 있다는 것이었다. 오늘은 날씨가 좋고 그 정도로 어두운 집은 아닌 것 같은데 어쩐 일일까 생각하면서 장지문을 열고 들어갔지만 안에서 반응은 들리지 않았다.

두 번 세 번 부른 끝에 나는 현관 봉당에 발을 들여놓았는데, 그 순간 머리부터 차가운 물을 맞은 것처럼 오싹해서 그 자리에 멈춰 섰다.

마루 끝 가로대에 있는 장지문이 활짝 열려있었던 것이다. 봉당에 들어가자 바로 거기서부터 안쪽의 여섯 장 다다미가 한눈에 보였다. 바이코 스님은 그 여섯 장 다다미에 엎드린 자세로 쓰러져 있었다. 게다가 다다미 위에는 점점이 검은 얼룩이 번지고 스님의 머리맡에는 다지미 가에서 받은 정식상이 엎어져 있었다.

내 무릎은 부들부들 떨렸다. 목구멍이 따끔거리고 눈앞이 캄캄해지는 기분이 들었다.

"네가 가는 곳마다 피로 비가 내릴 것이다."

아까 고이차의 비구니가 외친 말이 번개가 번뜩이듯 뇌리에 되살아났다.

그렇다, 그대로다. 여기에도 하나, 살인이 일어났다. ……내가 문을 나오자 미야코가 옆에 다가왔다.

"왜 그래요. 무슨 일 있었어요? 안색이 파래요."

"바이코 스님이 죽었어요."

그 말을 하는 게 고작이었다. 미야코는 놀란 듯 눈을 크게 뜨고 내 얼굴을 응시하고 있었지만 금세 발길을 돌려 후다닥 문안으로 달려 들어갔다. 나도 뒤에서 따라갔다.

바이코 스님은 역시 죽어 있었다. 그리고 그 사인은 조부인 우시마츠나 형인 히사야나 또 렌코사의 코젠 스님과 마찬가지인 듯 다다미 위에 새어나온 피의 흔적은 비슷했다. 바이코 스님의 입술에도 검게 굳어진 피가 달라붙어 있었다.

미야코와 나는 망연하게 시선을 교환하고 있었으나, 그때 나는 한 장의 종이쪽지가 엎어진 밥상 옆에 떨어져 있는 것을 알아차리고 아무 생각 없이 주워들었다.

그것은 포켓 다이어리를 잡아 찢은 종이 한 장으로 거기에는 만년필로 크게 쓴 글씨로 다음과 같이 씌어져 있었다.

- 쌍둥이삼나무
  - 우메 님의 삼나무
  - ~~타케 님의 삼나무~~
- 마소거간꾼
  - ~~이카와 우시마츠~~
  - 가타오카 키치조
- 부자
  - ~~동쪽집, 다지미 히사야~~
  - 서쪽집, 노무라 소키치
- 주지
  - 마로오사의 초에이
  - ~~렌코사의 코젠~~
- 비구니
  - 고이차의 비구니, 묘렌
  - ~~우바가이치의 비구니, 바이코~~

그리고 이상의 이름 중 타케 님의 삼나무, 이카와 우시마츠, 다지미 히사야, 렌코사의 코젠, 우바가이치의 비구니 바이코의 이름 위에는 각각 붉은 잉크로 줄이 그어져 있었던 것이다.

무서운 제비뽑기

"야, 야, 야! 이, 이, 이것은, 아무래도. ……이, 이, 이것은 아무래도……."

지독한 말더듬이다.

"그, 그, 그럼 이것이 이, 이, 이번 일련의 살인사건의 도, 도, 동기라고 하시는 겁니까."

하고 깜짝 놀란 건지 기쁜 건지 아니면 흥분한 건지, 무턱대고 더벅머리를 긁는 것은 다름 아닌 긴다이치 코스케라는 작은 키의 기묘한 탐정이다. 너무 머리를 긁어 대서 잔비듬이 운모처럼 흩날렸다.

"제기랄!"

하고 날카롭게 혀를 찬 것은 이소카와 경부다. 그뿐, 두 사람은 얼어붙은 것처럼 침묵한 채 수첩에서 뜯긴 종이를 응시하고 있다.

긴다이치 코스케는 변함없이 무턱대고 더벅머리를 벅벅 긁으면서 덜덜 궁상스럽게 다리를 자꾸만 떨고 있다. 이소카와 경부는 눈을 접시처럼 둥글게 뜨고 수첩 찢어낸 종이에 적힌 글자를 응시하고 있다. 종이를 쥔 손이 알콜 중독자처럼 부들부들 떨리고 혈관이 무섭게 불거져 나왔으며 이마에는 끈적하게 진땀이 배어 있었다.

나는 그런 두 사람의 모습을 독한 술에 취한 것처럼 두서없는 기분으로 응시하고 있었다. 머리가 휘청거리고 눈앞이 가물거려, 금방이라도 토할 것 같은 기분이었다. 전신에 나른한 권태감이 퍼져 염치불구하고 그대로 거기에 주저앉고 싶었다.

아아, 정말 그때 나는 이대로 어딘가 가버리고 싶었다.

그것은 우리들, 나와 미야코 두 사람이 바이코 스님의 시체와 시체 옆에 떨어져 있던 저 기묘한 종이쪽지를 발견하고부터 얼마 되지 않아서의 일이었다.

거듭된 큰 충격에 나는 그때 뭘 어떻게 해야 할지 전혀 생각이 떠오르지 않았으나, 여자였지만, 미야코는 관계없는 사람인만큼 정신을 차리고 있었는지 일단 놀라움에서 깨어나자 바로 사람을 불러 파출소로 보냈다.

다행히 파출소에는 잇단 괴이한 사건에 대비하여 어젯밤부터 이소카와 경부가 두세 명의 형사와 머무른 듯 보고를 받고 형사와 함께 달려왔다. 도중에 서쪽집에 들렀는지 더벅머리 긴다이치 코스케와 함께였다.

미야코는 거기서 재빠르게 사정 얘기를 하고 시체 옆에서 주운 종이쪽지를 꺼내보였는데, 그 순간 경부도 긴다이치 코스케도 전신을 경직시킬 만큼 놀란 모양이었다.

무리도 아니다. 아아, 그 종이쪽지에 씌어진 글자……. 대체 그것은 무슨 의미일까.

쌍둥이삼나무	우메 님의 삼나무
	~~다케 님의 삼나무~~
마소거간꾼	~~이카와 우시마츠~~
	가타오카 키치조
부자	~~동쪽집, 다지미 히사야~~
	서쪽집, 노무라 소키치
주지	마로오사의 초에이
	~~렌코사의 코젠~~
비구니	고이차의 비구니, 묘렌
	~~우바가이치의 비구니, 바이코~~

그리고 이상의 이름들 중에 타케 님의 삼나무, 이카와 우시마츠, 다지미 히사야, 렌코사의 코젠, 우바가이치의 비구니 바이코의 이름 위에 각각 붉은 잉크로 줄이 그어져 있었다는 사실은 전에도 말했지만, 다케 님의 삼나무를 제외하고는 붉은 잉크로 지워진 이름이야말로 최근 연달아 살해당한 사람이 아니던가.

그러고 보면 범인은 마을에 있는 비슷한 신분, 지위, 직업인 사람 둘 중에 그 한쪽을 죽이려고 하는 것일까. 하지만 그것은 무엇을 위해서일까.

하지만 그것도 이 표를 잘 들여다보면 알 것 같은 기분이 든다. 가장 처음 말살당한 다케 님의 삼나무는 사람의 의사에 의해 쓰러진 것은 아니고 벼락에 맞아서 갈라진 것이다. 게다가 그 일이 팔묘촌에 불길한 예감을 가져오게 되어 마을에 넘쳐흐르는 최근의 불안은 모두 거기서 비롯되었던 것이다.

이 사건의 범인은 어쩌면 건잡을 수 없이 미신에 빠져있다가 타케 님의 삼나무가 벼락에 맞아 갈라진 것을 계기로 팔묘촌에 커다란 지벌이 내릴 징조라고 생각하고 여덟무덤신의 노여움을 가라앉히기 위해 다케 님의 삼나무를 포함해 여덟 명의 제물을 준비하려는 것은 아닐까. 게다가 우메 님의 삼나무, 타케 님의 삼나무라고 두 그루 늘어서 있는 신묘한 삼나무 중 한 그루가 쓰러진 것에서 힌트를 얻어 마을에서 병립 혹은 대립되어 있는 둘 중 하나를 죽이려하는 것은 아닐까.

아아, 대체 뭐란 말인가. 세상에 이만큼 기괴한 살인계획이 있단 말인가. 세상에 이처럼 미치광이 같은 살인 작업이 있단 말인가. 나는 이루 말할 수 없는 두려움에 전신에 전기쇼크를 받은 것 같은 충격을 느끼고 결국은 충격을 넘어 차츰 자포자기 상태에 빠졌다.

"아아, 아뇨."

긴다이치 코스케가 목에 걸린 가래를 삼키면서 겨우 입을 연 것은 그로부터 꽤 지나서의 일이었다. 내게는 그 목소리가 어딘가 먼 곳에서 울리는 것처럼 생각되어 견딜 수가 없었다. 그 정도로 그때 내 정신 상태는 희끄무레하게 흐려져 있었던 것이다.

긴다이치 코스케는 이런 말을 하고 있었다.

"이 표를 보고 제게도 겨우 코젠 스님 살인의 수수께끼가 풀렸습니다. 그때 저는 독이 든 정식상이 코젠 스님 앞에 갈 것을 어떻게 범인이 예측했을까 고심했습니다. 범인이 정식상 중 하나에 독을 넣는 것은 어려움 없이 해냈을 겁니다. 하지만 그 독이 든 정식상을 코젠 스님 앞에 가게 하는 것은 오십 퍼센트의 성공률밖에 없었단 말입니다. 뭣보다 이것은 타츠야 군이 범인이 아니란 가정 하에섭니다. 일단 뭐 그렇게 가정하고 범인은 어째서 그런 애매한 짓으로 만족할 수 있었을까, 그에 대해 곰곰 생각해보니 아무래도 다음과 같은 결론에 도달하지 않을 수 없습니다. 즉, 범인이 죽이려한 것은 꼭 코젠 스님이어야 할 필요는 없었던 건 아닐까. 코젠 스님이든 에이센 스님이든 어느 쪽이든 괜찮았던 건 아닐까. ……그것은 참으로 시시한 얘깁니다. 피해자가 A든 B든 상관없다. 그런 바보 같은 살인사건이 이 세상에 있을 리가 없다. ……그게 어제 내내 저를 고심하게 만든 문제였습니다만 이 표를 보니 역시 그 바보 같은, 뭐라 말할 수 없는 살인사건이었군요. 이 표에서 보면 범인은 코젠 스님과 초에이 스님 중 하나를 죽이려 하고 있었어요. 하지만 초에이 스님이 병환 중이시라 제자인 에이센 스님이 대신 왔기 때문에 코젠 스님과 에이센 스님 중 하나를 죽이려고 했죠. 그리고 그 결과 코젠 스님이 저 불행한 제비를 뽑았던 겁니다. 무서운, 실로 기묘한, 미치광이 같은 사건이긴 하지만 이것이야말로 코젠 스님 살인의 수수께끼를 풀 열쇠였던 겁니다."

아아, 그에 대해서라면 나도 어제 생각했던 것이다. 긴다이치 코스케와 마찬가지로 의심스럽게 생각했던 것이다. 하지만 이걸로 코젠 스님 살인의 수수께끼가 풀렸다 한들 사건 전체에 대한 수수께끼에 대해서는 한걸음도 나아가지 못한 것이다. 아니, 아니, 수수께끼의 무섭고 섬뜩함은 이전보다 한층 더 강해졌던 것이다.

"아아, 흠, 아니."

이소카와 경부도 목에 걸린 가래를 삼키는 듯한 소리를 내고는,

"그럼 뭡니까, 긴다이치 씨. 이카와 우시마츠가 살해당한 것도, 동쪽집 주인이 독살당한 것도, 그리고 여기서 살해당한 바이코 스님이 약을 먹고 죽은 것도 모두 불행한 제비뽑기에 당첨되어서란 말이오? 즉 우시마츠 대신에 키치조, 동쪽집 주인 대신 서쪽집 주인, 바이코 스님 대신에 묘렌이 살해당해도 상관없었고 또 살해당했을 지도 모른단 말이오?"

긴다이치 코스케는 한동안 입을 다문 채 생각하고 있었지만 마침내 어두운 눈을 하고 끄덕이고는,

"그렇습니다, 경부님. 경부님이 말씀하시는 대로일지도 모르겠습니다. 하지만…… 어쩌면 그렇지 않을지도 모릅니다."

"그렇지 않을지도 모른다면……?"

"이 사건이 그 표를 보고 생각할 수 있는 것처럼 미신으로 굳어진 미치광이 같은 인간의 범행이라면 경부님이 말씀하시는 대로일지도 모릅니다. 하지만……."

"하지만……? 무슨……?"

"즉 그렇다면 범인의 방식이 너무나 교묘하다고 생각되어서요. 광신자의 범죄라기에는 어떤 사건이건 지나치게 교묘해요. 거기엔 뭔가 좀 더 다른 동기가 있지는 않을까……."

"그렇군요."

경부는 한 구절 한 구절 힘을 실어,

"즉 당신 생각에는 표면상 미신에 의한 범죄로 보이지만 실은 이면에는 다른, 그것이야말로 범인의 진짜 목적인 진짜 동기가 있지는 않을까 하는 거로구만."

"그렇습니다, 그렇습니다. 그렇지 않다면 여기가 아무리 미신이 판치는 팔묘촌이라도 지나치게 사건이 튀니까요."

"하지만 그럼 범인의 진짜 목적이란……."

긴다이치 코스케는 다시 한번 표를 세심히 응시하고 있었지만 마침내 고개를 좌우로 젓고는,

"모르겠습니다. 이 표만으로는 아직 아무것도 판단할 수가 없어요. 그보다……."

하고 긴다이치 코스케는 처음으로 우리 쪽을 돌아보고,

"모리 씨."

하고 불렀다.

"네……."

미야코도 역시 굳어진 얼굴을 하고 있었으나 그래도 겨우 미소를 띠우고는,

"무슨 용건이신지요."

"이 수첩의 글씨 말인데요. 다시 한 번 보아주십시오. 댁은 이 필적에 마음 짚이는 데가 없으십니까."

그것은 수첩형 포켓다이어리의 한 페이지로 보통 이런 다이어리는 한 페이지에 순서대로 나흘의 날짜가 인쇄되어 있었지만 이 종이쪽지는 위에서 3분의 1 정도가 가위로 잘려 있는 것 같았다. 그리고 남은 3분의 2에 보이는 날짜는 4월 24일과 25일이다.

전에 말한 열 개의 이름은 이 페이지를 가로로 하여 25일부터 쓰기 시작한 걸로 보아 찢어낸 4월 23일과 22일에는 또 다른 저주받은 이름이 계속 씌어져 있었던 것은 아닐까. 글씨는 두꺼운 만년필로 쓴 달필이었다.

"남자 글씨네요."

"그래요, 저도 그렇게 생각합니다. 누군가 마을사람 중에 그런 글씨를 쓰는 사람은 없습니까."

"글쎄요……."

미야코는 우아하게 고개를 기울이고,

"저는 잘……. 마을사람들 글씨는 전혀 몰라서……."

"타츠야 씨 당신은……?"

나는 물론 말이 떨어짐과 동시에 고개를 저었다.

"아, 그렇습니까. 그럼 누군가 다른 사람에게 보여 보죠."

긴다이치 코스케는 경부에게 종이쪽지를 돌려주었지만 문득 생각을 고쳐서,

"아, 그래요 참. 하는 김에 이 날짜를 조사해 봅시다. 경부님, 올해 포켓다이어리를 갖고 계시죠. 잠시 보여주십시오. 4월 25일은 무슨 요일입니까."

경부가 말한 요일과 찢어진 일기의 요일은 정확히 일치했다. 긴다이치 코스케는 싱글거리면서,

"그럼 이 한 장은 올해 포켓다이어리에서 찢어낸 거로군요. 유감이지만 뒤에 아무것도 쓰여 있지 않아서 지금은 누구 일기인지 모르겠지만 뭐 머지않아 찾아낼 겁니다. 아, 때마침 구노 선생님이 오셨네요."

도둑질하는 비구니

그렇다 쳐도 구노 당숙은 그때 어째서 그렇게 겁먹고 있었던 걸까.

구경꾼들을 헤치고 암자 뜰에 자전거를 타고 들어온 구노 당숙은 자전거에 걸쳐져 있던 가방을 겨드랑이에 끼우고 마치 술에 취한 것 같은 걸음걸이로 휘청휘청 이쪽으로 다가왔다. 그러고 보니 처음 이 사람을 만나고서 아직 여드레밖에 지나지 않았는데 고작 그 동안에 꽤나 수척해져 있다. 볼이 홀쭉해지고 눈가장자리에 검은 기미가 생겼다. 그리고 침착하지 못한 눈동자는 기름이 낀 것처럼 이상하게 번들번들 빛나고 있었다.

"아, 안녕하십니까. 늦어져서……. 왕진 다녀오는 길이라……."

구두를 벗고 암자에 올라오더니 구노 당숙은 알아듣지 못할 정도의 목소리로 우물거리며 말했다.

"아니, 번거롭게 해드려서 죄송합니다. 사건이 또 하나 일어나서요……."

"역시 그런 사건이 또 일어난 겁니까."

구노 당숙의 목소리는 떨리고 있었다.

"그거라면 저는 사양하고 싶은데요. ……전에 한 번 실수했었고. ……아라이 군은 없습니까."

"아라이 선생은 코젠 스님 시체 검시 건 때문에 뭔가 준비하지 않으면 안 될 일이 있다고 해서 시내까지 나갔답니다. 코젠 스님 일로 어제 전보를 쳤으니 조만간 N박사님도 오시겠죠. 그렇게 되면 이쪽도 같이 검시해볼 생각입니다만 그 전에 잠시 진단해 주셨으면 해서……."

구노 당숙은 자못 싫은 표정이었다.

구노 당숙 자신도 말했듯 그는 형인 히사야의 경우에 치명적인 오진을 해서 나중에 창피를 당했다. 따라서 가능한 한 이 사건에 손대고 싶지 않다는 기분은 잘 알겠지만 그렇다고 해도 저렇게 겁먹을 건 뭔가.

바이코 스님의 머리맡에 앉았을 때 구노 당숙의 몸은 마치 학질환자처럼 부들부들 떨리고 이마와 뺨에서 폭포수처럼 땀이 흘렀다.

"선생님, 왜 그러십니까. 몸 상태라도 나쁘십니까."

긴다이치 코스케가 묻자,

"아, 아니, 잠깐. ……과론가 봅니다, 몸이 노곤해서……."

"그건 안 되셨군요. 의사가 제병 못 고친다고 어쨌거나 무리하기 마련이니……. 어떻습니까, 진단은."

구노 당숙은 총총히 검사를 끝내고는,

"흠, 틀림없군요. 코젠 군이나 다지미 댁 주인어른과 똑같습니다. 조만간 N박사님이 확실히 말해주실 터이지만도……."

"그럼 사후 몇 시간 정도인지……."

"글쎄요."

구노 당숙은 우거지상을 하고,

"열네 시간에서 열여섯 시간은 지났다고 생각해요. 지금 11시니까 대충 어제 7시에서 9시 사이에 일어난 일이겠군요. 아니, 그것도 N박사님이 말해주시는 편이 좋겠죠. 저는 아무래도 이런 사건은 잘 몰라서……."

구노 당숙은 가방을 닫는 둥 마는 둥 하고

"그럼 저는 이걸로……."

하고 일어서는 걸,

"아아, 선생님. 잠깐."

하고 긴다이치 코스케가 불렀다.

"잠시 기다려주십시오. 선생님께서 한번 보아주셨으면 하는 게 있습니다. 선생님, 이 필적에 마음 짚이는 데 없으십니까."

긴다이치 코스케가 내민 것은 찢어낸 포켓다이어리의 한 페이지였는데, 아아, 그 때의 구노 당숙의 표정을 나는 영원토록 잊을 수 없으리라.

구노 당숙의 마른 몸은 일순 전류에 감전된 것처럼 꿈틀 떨렸다. 금방이라도 눈알이 튀어나올 것 같고 턱이 부들부들 격하게 울렸다. 이마에서, 뺨에서, 다시금 폭포수 같이 흐르는 땀.

"아아, 선생님은 알고 계시는군요. 이 필적을……."

긴다이치 코스케의 목소리에 구노 당숙은 튕기듯 얼굴을 들고,

"모르오, 나는 모르오!"

이를 악문 듯한 목소리였다.

"너무 묘한 게 쓰여 있으니 깜짝 놀라서……."

구노 당숙은 거기서 처음 정신이 든 것처럼 미야코와 내 얼굴을 잠자코 응시하고,

"누가 그런 걸 쓴 건진 모르지만 그 놈은 바보나 미치광이야. 나는 모르오, 나는 아무 것도 모르오. 나는 아무 것도……."

미야코가 이상한 눈길로 보자, 구노 당숙의 목소리는 떨리듯 낮아졌지만 마침내 한층 더 목소리를 높여,

"나는 아무 것도 모르오. 이 사건에 대해서 나는 정말 아무 것도 모르오."

그렇게만 말하고는 구노 당숙은 어안이 벙벙한 경부나 긴다이치 코스케를 뒤에 남겨두고 암자를 뛰어나가더니 비틀거리는 발놀림으로 페달을 밟으면서 자전거를 타고 가버렸다.

우리는 무심코 멍하니 얼굴을 마주보았지만 마침내 이소카와 경부가 킥킥 목구멍 안쪽을 울리고 웃으면서,

"하, 하, 하, 선생. 전에 저지른 실수 이후로 굉장히 신경질이 나신 걸로 보이는구먼. 누구도 선생이 알 거라곤 하지 않았는데."

긴다이치 코스케는 잠자코 한동안 생각하고 있었으나 마침내 경부 쪽을 돌아보고,

"아니요, 경부님. 지금 구노 선생의 태도는 굉장히 암시적이었

어요. 제게는요."

하고 찢어진 포켓다이어리의 한 페이지에 눈을 떨어뜨리고,

"이 가위로 오려낸 다른 부분에 어떤 이름이 씌어져 있을지 적어도 한 그룹 정도는 알 듯한 기분이 듭니다."

경부가 움찔해서 눈썹을 치켜 올렸다.

"누, 누군가, 그것은……. 아니, 누구와 누구의 이름인가?"

"마을의사, 구노 츠네미 씨. 마을 외지 출신의 의사, 아라이 슈헤이 씨. 이 두 사람의 이름이 의사란 항목 아래 두 줄 나란히 씌어져 있지 않을까요."

우리는 무심코 놀라 얼굴을 마주보았다. 미야코의 아름다운 얼굴도 오늘 아침만큼은 윤기를 잃고 묘하게 살풍경한 느낌이었다.

"어느 쪽이든 이 종이쪽지가 손에 들어왔다는 것은 무엇보다 중요한 사실이에요. 범인이 일부러 떨어뜨리고 간 것인지, 그렇지 않으면 다른 사람이 뭔가 다른 목적으로 두고 간 것인지, 어느 쪽이든 범인의 의도, 혹은 의도처럼 비치는 것이 이걸로 어느 정도 확실해졌군요. 경부님, 이 종이쪽지는 소중히 보관해주십시오. 모리 씨나 타츠야 군은 새로 오신 분이니 이 필적을 본 기억이 없으시겠지만 뭐 어차피 좁은 마을 안에서의 일입니다. 누군가 분명 이 필적을 아는 사람이 있을 겁니다."

아무튼 이걸로 기괴한 메모에 대해서는 일단 조사를 중단하기로 하고 새롭게 바이코 스님의 사인에 대해 조사를 진행하기로 되었는데, 그렇게 되니 경부의 심문 화살은 다름 아닌 나에게로 다시 돌아오게 되었다.

바이코 스님이 어떻게 죽었는지는 그 자리의 모습을 보면 한눈에 알 수 있는 것이다. 바이코 스님은 다지미 가에서 보낸 정식상을 먹고 있었고 그 속에 넣은 독 때문에 죽었던 것이다. 구노 당숙의 말에 의하면, 바이코 스님이 죽은 것은 어젯밤 7시에 9시 사이일 거라고 한다. 그것은 다지미 가에서 밥상이 도착한 시각과도 딱 들어맞는 것이다.

"대체 이 밥상을 바이코 스님에게 보내라고 조처한 사람은 누구입니까."

경부의 질문은 재차 내 아픈 데를 찔렀다.

"예. 저, 그건 접니다만……. 바이코 스님이 식사 전에 돌아가셨기에 제가 누님에게 부탁해서 보내도록 했습니다."

긴다이치 코스케가 허허, 하는 듯한 눈을 하고 나를 보았다. 경부는 똥 씹은 것 같은 얼굴을 하고 빤히 내 얼굴을 보면서,

"그거야, 한데 어떻게 그런 생각을 하셨군요. 남자들은 그런 덴 잘 신경이 안 미치기 마련인데……."

아아, 다시 나는 의혹의 구렁텅이로 떨어져간다.

"아니. 저, 그것은 저도 이런 건 잘 몰라서 신경이 미쳤을 리는 없는데요, 노리코 씨가 옆에서 알려줬습니다."

"노리코 씨란?"

"다지미 집안 분가인 사토무라 씨의 동생입니다."

미야코가 옆에서 말을 거들었다.

"그렇군요. 그래서 당신이 누님께 그 얘길 전했군요. 어디서……."

"부엌에서였습니다. 그때 부엌에는 많은 사람들이 있었고, 아

시는 대로 그 부엌과 방과는 비교적 가까워서 방에 있는 사람이라도 주의를 기울였다면 제 말이 들렸을지도 모릅니다."

"그래서 누님은……."

"시마에게 바로 그렇게 하라고 지시하고, 그리고 저희는 하나씩 정식상을 들고 방으로 갔습니다."

"그럼 그때 방에 있던 사람에게는 이 약식상에 접근할 기회가 없었단 얘깁니까. 그리고 바로 식사가 시작되었다면……."

"글쎄요……."

나는 잠시 생각하고,

"이 약식상이 언제쯤 집에서 출발했는지 모르지만 혹시 그 소동 후였다면…… 코젠 스님이 피를 토했을 때 방에 있던 손님 반 정도는 도망쳤으니까요……."

경부는 쳇 하고 혀를 차고,

"좋소, 약식상이 언제쯤 다지미 가를 나갔는지 나중에 제대로 조사해보죠. 그런데 그때 방을 도망친 건 누구누구였는지 모르십니까."

"글쎄요……."

내게도 확실한 기억은 없었다.

"여하튼 저도 깜짝 놀랐으니까요. ……그저 허둥지둥 방에서 나갔다 들어왔다 하는 발소리를 기억하고 있을 뿐입니다."

"본인은 도망치지 않았다는 말이군요."

"말도 안 되죠. 전 도망칠 상황이 아니었습니다. 발이 얼어붙었고, 게다가 저는 가장 상석에 있었으니 도망치면 누구 눈에든 금방 띄었을 겁니다."

"그 일이라면……."

하고 미야코가 옆에서 구원의 손길을 내밀어주었다.

"제가 잘 기억하고 있어요. 식사가 시작되고 나서 그 소란으로 경찰 분들이 오실 때까지 타츠야 씨는 한 번도 방에서 나간 적이 없었습니다."

"아아, 그래요."

긴다이치 코스케는 생각난 듯,

"모리 씨도 그 자리에 계셨군요. 어떻습니까, 댁은 그때 방에서 나간 사람이 기억 안 나십니까."

"글쎄요, ……여자들은 모두 한 번씩은 뛰어나갔어요. 게다가 코젠 씨가 피를 토했을 때 물을 가지러 나간 사람도 있었고……. 하지만 누구누구가 방을 나가고 누구누구가 나가지 않았는지, 거기까진 책임지고 답해드릴 수가 없네요."

"그렇군요. 그럼 약식상에 대한 건 다시 한 번 다지미 가 부엌에 가서 들어보기로 하고, 아무튼 문제는 오늘 아침 일이군요. 타츠야 군은 어제 바이코 스님에게 할 이야기가 있다는 말을 듣고 방문했다고 했는데, 그 이야기의 내용에 대해 뭔가 짚이는 데는 없습니까?"

"없습니다."

나는 말이 떨어지자마자 딱 잘라 대답했다. 대답하지 않을 수 없었다. 나 자신도 그 문제에 대해 생각을 더듬고 있는 중이었으니까. 단 이 문제에 대해 밝히려고 생각하면 밝힐 방법이 달리 없는 것도 아니다. 그것은 마로오사의 주지, 초에이 씨에게 물어보는 것이다. 그때 바이코 스님은 이렇게 말하지 않았던가. 이 일은 나와 마로오사의 초에이 스님 외에는 아무도 모른다고.
……하지만 왠지 그것을 경부에게 털어놓고 싶지 않았다. 나 혼자 언젠가 초에이 스님을 만나 물어보고 싶었다.

경부는 의심스런 듯 내 안색을 살피면서,

"정말 이상하오만. 모두 중요한 운명의 고비에서 한 발짝만 더 가면 되는 지점에서 살해당하다니. 바이코 스님은 대체 당신에게 무슨 말을 하고 싶었던 거요. ……아니, 그것보다 타츠야 군, 당신은 아무래도 이번 사건의 경우 살인과 인연이 너무 깊소. 당신이 가는 곳마다 살인이 잇따르지 않소."

경부가 지적할 것도 없이 나 자신도 그걸 느끼고 마음이 무거워져 있었다.

"정말 불행한 우연입니다. 아까도 고이차의 비구니에게 그런 말을 들은 참입니다."

"고이차의 비구니?"

갑자기 옆방에서 말을 건 것은 경부가 데려온 형사 한 사람이다.

"당신은 오늘 고이차의 비구니를 만났나요."

"예, 여기 오는 길에……. 바로 서쪽집의 부엌 출입구에서 만났습니다."

"고이차의 비구니는 어느 방향에서 왔나요. 혹시 이 절 쪽에서……."

"예, 그러고 보니 그랬습니다."

"어이어이, 가와세(川瀨) 군. 고이차의 비구니가 어찌 되었나."

경부가 끼어들었다.

“아, 예. 경부님. 부엌마루방에서 저기, 그 툇마루에 걸쳐 처덕처덕하게 먼지투성이의 발자국이 가득 찍혀 있습니다. 누군가 모래톱용 짚신을 신고 온 놈이 부엌에서 올라온 것임에 틀림없습니다만, 바이코 스님이란 사람은 꽤나 깨끗한 걸 좋아하는 사람이라 알아차렸다면 바로 닦아냈을 겁니다. 그래서 그 발자국은 바이코 스님이 죽은 후에 찍힌 거라고 생각됩니다만…….”

형사의 말에 처음 알아차렸는데, 그런 말을 듣고 보니 발자국 주인은 부엌에서 방으로 들어가 툇마루에서 사라진 듯, 바이코 스님의 머리맡에 뒤집힌 상 부근에 걸쳐 처덕처덕하게 하얀 발자국이 찍혀 있었다. 다다미 방 위에서는 거의 눈에 띄지 않았지만 마루방에 뚜렷하게 찍힌 그 발자국은 평발에 발끝이 벌어진, 어린아이의 것처럼 작은 발자국이었다. 나는 이내, 전에 만났을 때 뒤가 잘린 짚신을 신고 있던 고이차의 비구니의 먼지투성이 발을 생각해냈다.

“흐음, 그럼 고이차의 비구니가 타츠야 군이나 모리 씨보다 한 걸음 먼저 이 절에 들어왔다는 건가. 하지만 그렇다면 그 비구니, 왜 떠들어대지 않았을까.”

“그것은 말이죠, 그 비구니가 뒷구멍으로 나쁜 짓을 하고 있기 때문입니다.”

“뒷구멍으로 나쁜 짓이라니?”

형사는 엷은 미소를 짓고,

“그이는 묘한 도벽을 갖고 있는 여잡니다. 뭐, 거한 걸 훔치는 건 아니지만, 남이 보지 않으면 거기 있는 물건을 닥치는 대로 집어가는 버릇이 있습니다. 새전함에서 새전을 슬쩍 훔친다든지, 무덤의 공양미를 훔친다든지, 뭐, 그 정도의 도둑질이니 마을사람들도 대개 못 본 척 하고 있습니다만, 어떤가 하면 남의 세탁물 같은 걸 태연히 가져가서 입는 일이 있어서 문제를 일으킨 적도 있습니다. 바이코 스님은 그것을 측은히 여겨 언제나 여러 가지로 중재를 해주셨습니다만, 고이차의 비구니는 그걸 또 좋다고 바이코 스님의 눈을 피해 뭐든지 몽땅 다 가져오는 인간이죠. 상대가 바이코 스님이니 말하면 오냐오냐 가져가라고 할 게 당연한 물건까지 훔쳐가는 겁니다. 즉 물건 그 자체보다도 도둑질하는 데 흥미를 갖고 있는 거죠."

긴다이치 코스케는 흥미롭게 형사의 이야기를 듣고 있었지만,

"그래서 오늘 고이차의 비구니가 이 암자에서 뭔가 가져간 흔적이 있습니까."

"예, 부엌에 가보십시오. 엉망진창입니다. 겨된장 안까지 휘젓고 갔어요. 고이차의 비구니란 인간, 바이코 스님이 죽은 걸 보고 이런 거 필요 없지 않냐며 멋대로 이유를 갖다 붙인 게 틀림없습니다. 타츠야 씨, 당신이 고이차의 비구니를 보았을 때 그 비구니, 커다란 짐을 갖고 있지 않았습니까."

"예에……."

나는 미야코와 얼굴을 마주보았다.

"그러고 보니 커다란 봇짐을 등에 지고 있었습니다."

"예, 그래요. 거기다 동여맨 짐을 들고 있었어요."

"그, 그, 그, 그리고, 그것은, 다, 다, 다, 당신들이, 여기, 여기 오기 직전이었던 겁니까."

긴다이치 코스케는 느닷없이 득득, 벅벅, 재차 머리 위의 까치집을 긁기 시작했으나, 그때 나는 어째서 이 기묘한 탐정이 그처럼 흥분하는지 전혀 영문을 알 수 없었다. 하지만 나중에 생각해 보면 고이차의 비구니의 도벽과 그녀가 우리보다 한 걸음 앞서 절에 도둑질을 하러 간 것은 이 사건 전체에 큰 의미를 갖고 있었던 것이었다.

비밀통로의 모험

이 기록을 쓰기 시작하고부터 내가 언제나 불편함을 느꼈던 것은 이것이 일종의 탐정담임에도 불구하고 탐정의 시각에서 글을 진행할 수가 없다는 점이다. 보통 일반탐정소설에서는 탐정의 시각에서 글을 진행하기에 어느 정도 조사가 진행되고 탐정이 무엇을 발견했는가를 독자에게 보여줄 수 있다. 그것들로 범인이나 해결방법을 암시할 수 있는 것이나, 이 기록의 경우 쓰는 사람은 항상 탐정 곁에 있는 것이 아니다. 아니, 쓰는 사람이 탐정 옆에 있는 것은 극히 한정되어 있으니 기록과정으로 경찰이 어느 정도로 무엇을 발견했는지 있는 그대로 보여줄 수가 없다.

그렇다면 수수께끼를 풀려고 하는 독자들에게 불친절한 일이 될 터이니, 쓰는 사람이 훨씬 이후에 알게 된 사실이라도 필요하다고 생각하면 부분부분 삽입하도록 하겠다.

그리고 또 하나, 이 기록이 보통 일반적인 탐정담과 다른 점은 쓰는 사람이 이미 일어난 사건의 뒤를 쫓을 뿐만 아니라 나 자신의 신상이나 또 그 신변에 모인 의문을 뒤쫓지 않으면 안 된다는 점이다. 실제로 그날 밤 나는 바이코 스님의 괴이한 죽음과는 전혀 관계없다고 생각되는 비밀통로의 비밀을 쫓다가 하나의 모험을 마주했던 것이다.

하지만 그 일은 언젠가 나중에 이야기하기로 하고 그보다 먼저 그날 경부나 긴다이치 코스케가 발견한 사실을 극히 간단히 적어보자. 전에도 말했듯 이것은 훨씬 뒤에 알게 된 사실이나 여기서 적어두는 편이 독자에게 친절할 거라 생각한다.

우선 바이코 스님에게 간 약식상 말인데, 그것이 다지미 가의 부엌문을 나온 것은 코젠 스님의 죽음으로 일어난 소란이 있고 나서 얼마 안 돼서의 일이고, 그것을 운반한 사람은 산지기인 진조(仁藏)라는 젊은이였다.

진조의 이야기에 의하면 시마로부터 바이코 스님이 있는 곳까지 밥상을 가져가도록 명령받고 부엌에 들어가자 약식상이 딱 하나 놓여 있었다. 그때 방 쪽이 왠지 모르게 소란스럽다고 생각했지만 이미 대접받은 술을 퍼마시고 취해 있던 진조는 별로 깊이 생각지 않고 밥상을 들고 비틀비틀 다지미 가의 부엌문을 나왔다고 한다. 혹시 그때 진조가 방의 소란의 의미를 알고 있었다면 그것을 바이코 스님에게도 이야기했을 것이고 바이코 스님도 그에 대해 들었다면 기분 나빠서 젓가락을 들지 않았을지도 모른다. 저택 내에 그런 소란이 있었다는 사실이 알려진 것은 진조가 집을 나온 직후였다니까 범인은 실로 아슬아슬하게 목적을 달성했던 것이고, 역시 바이코 스님은 운이 없었던 것이다.

아무튼 범인이 약식상에 독을 넣을 기회는 얼마든지 있었다. 코젠 스님이 피를 토한 순간, 방안의 손님은 깜짝 놀라 모두 일어섰고, 전에도 적었듯 개중에는 방에서 뛰어나간 사람조차 있었다. 또한 모두들 코젠 스님의 상태에 신경을 빼앗기고 있었으니 그 동안에 남몰래 방에서 빠져나오려고 생각했다면 얼마든지 기회는 있었다. 게다가 그때 부엌에 있었던 시마나 도우미 여자들은 방의 소란에 반대로 부엌을 비우고 방 쪽으로 달려왔으니, 어느 순간 부엌에는 문제의 약식상이 그저 홀로 방치되어 있었을 것이다. 실제 진조가 부엌에 들어갔을 때는 거기 아무도 없었다고 한다.

이것을 요약하면 코젠 스님이 피를 토하고 나서 한동안은 방도 부엌도 북새통이었기 때문에 범인에게 기회는 얼마든지 있었다는 이야기다.

아무튼 이렇게 이론적으로 요약한다고 바로 범인을 알 수 있는 것은 아니지만, 단지 여기에서는 방에 있던 사람들 태반은 독을 넣을 기회가 있었다는 것을 알아두면 된다.

아무튼 이것만 말해두고 그럼 슬슬 그 날 밤 나의 모험 쪽으로 붓을 옮기도록 하자.

그날 저녁 식탁에서 하루요 누님은 유난히 나와 이야기를 하고 싶어 했다. 누님도 물론 바이코 스님의 사건을 알고 있었고, 그 시체를 처음 발견한 사람이 나와 미야코라는 사실이 무엇보다 그녀를 자극한 듯싶다. 어째서 내가 모리 미야코와 함께였는지, 중간에 불러낸 건지, 대범한 누님치고는 드물게 열심히 미주알고주알 캐물었다. 그리고 마지막으로 이런 말을 덧붙였다.

"저 미야코 씨란 사람은 영리한 사람입니다. 남자에게도 지지 않을 정도로 요령이 좋은 사람이에요. 하지만 제게는 왠지 저 사람이 무섭게 생각되어서 견딜 수 없습니다. 눈으로 들어와 코로 빠져나가는[25] 영리함이 제게는 뭣보다 두려운 거예요. 이런 말을 하면 시골사람들이 질투하는 걸로 생각될지도 모르지만, 또 그렇게 생각되어도 할 수 없지만 무서운 건 역시 무섭다고 하는 수밖에 없어요. 사실 사토무라 신타로 씨 같은 사람도……."

하고 누님은 잠시 말을 흐렸지만 그래도 간신히 용기를 내어,

"미야코 씨에게 호되게 이용당했다는 소문이 있어요. 또 전쟁 이후 몰락하기 전 신타로 씨가 참모본부에서 날리던 무렵, 미야코 씨가 무척이나 그 비위를 맞추려고 했다는 말이지요. 신타로 씨도 이내 얼떨결에 휘말려서 그 사람의 남편이 죽은 후부터는 미야코 씨 집에 죽치고 있게 되었다고 합니다. 그래서 한때는 미야코 씨는 신타로 씨와 결혼할 거라는 소문이 이런 시골까지 들려왔을 정도예요. 하지만 어쩌죠. 전쟁이 이렇게 끝나고 신타로 씨가 쇠락하자 미야코 씨는 더 이상 돌아보지도 않게 되었습니다. 이렇게 같은 마을에 살고 있으면서 변변히 말조차 안합니다. 아무리 전에 그만큼 친한 사이가 아니었다 해도 한번 같은 도쿄에 살던 사이였다면 그래도 정이 있을 거잖아요. 하물며 한때 그

25) 눈으로 들어와 코로 빠져나간다(眼から鼻へ抜ける): 나라시대, 대불전의 완성이 임박했을 즈음, 대불상의 한쪽 눈이 붙어 있지 않다는 사실을 깨달은 직공 하나가 불상의 안쪽에서 눈을 붙이고 나서 콧구멍으로 빠져나온 것을, 아래서 보고 있던 사람들이 박수를 치며 감탄했다는 고사에서 유래된 말. '영리하고 기지가 풍부하다'는 의미.

렇게 자주 출입했고 결혼한단 소문까지 났던 두 사람인데 지금은 타인보다 더 쌀쌀하답니다. 미야코 씨에게는 죽은 남편분의 유산도 있고 또 눈으로 들어와 코로 빠져나가는 영리한 사람이라 전쟁 중에 다이아몬드를 잔뜩 사둬 어떤 인플레이션에도 꿈쩍하지 않을 정도의 신분이랍니다. 반면 신타로 씨는 저렇게 이제 앞이 안 보이는 백수니까, 예전일은 예전일이라고 생각하며 미야코 씨가 경계하는 것도 당연한 일이겠지요. 하지만 그건 너무 타산적이라고 생각되는 걸 어떡해요. 사실 지금 미야코 씨의 재산이 되어 있는 다이아몬드 같은 것도 전부 신타로 씨가 충고해서 구입한 거라는 소문인데……."

나는 어째서 누님이 이렇게 말을 많이 하는지 알 수 없었다. 또 누님처럼 좋은 사람이 왜 이렇게 갑자기 미야코의 험담을 하는지 이해되지 않았다. 나는 그저 당혹감에 누님의 얼굴을 응시하고 있었다. 그러자 누님도 그걸 알아차렸는지 얼굴을 빨갛게 물들이고 갑자기 입을 다물었다. 그리고 안타까운 듯 한동안 안절부절 못하고 있었지만 마침내 연민을 구하듯 바라보며,

"저, 쓸데없는 말을 해버렸군요. 남 험담을 하다니……. 타츠야 씨, 분명 기분 나쁘셨겠어요."

"아뇨."

나는 누님을 달래려고 애써 상냥한 목소리로 말했다.

"미야코 씨의 험담을 들었다고 제가 기분나빠할 리 없잖습니까."

그 말을 듣자 누님은 어느 정도 안색이 돌아와,

"그래요, 그렇다면 저도 기쁘지만……. 어쨌든 사람은 겉보기

만으로는 알 수 없다고 하니 이제 앞으로는 서로 조심하기로 해요."

누님은 여전히 나와 이야기를 하고 싶은 것 같았지만 나는 피곤하다는 구실로 바로 별채로 내려왔다. 누님은 왠지 모르게 서글픈 눈빛이었다.

피곤하기도 피곤했지만 내가 빨리 별채로 가고 싶었던 것은 다른 목적이 있어서였다. 나는 오늘밤에야말로 별채에 있는 비밀통로를 찾아보자고 생각하고 있었던 것이다.

별채에는 이미 덧문이 잠겨 있었고 내 침구도 펼쳐져 있었다. 하지만 나는 그 침구에 눈도 돌리지 않고 방 밖의 창고에 들어가, 어제 발견한 궤짝뚜껑을 열어보았다. 전에도 말했듯 이 궤짝 바닥에는 비단침구가 두세 벌 놓여 있었지만 그 침구 속을 뒤지니 뭔가 딱딱한 지레 비슷한 것이 내 손에 잡혔다. 나는 한동안 지레를 이쪽저쪽 만지작거려본 후, 확 하고 강하게 밀어보았다.

그러자 궤짝바닥은 침구와 함께 쿵 하고 아래로 열렸다. 그리고 그 아래로 수직으로 파인 컴컴한 구덩이가 나타났다.

나는 무심코 숨을 들이켰다.

내 생각은 들어맞았던 것이다. 여기에 하나의 비밀통로가 있어 가끔 별채에 숨어든 사람이 있었던 것이다. 또 쌍둥이 코우메와 코다케 할머님이 이 비밀통로를 통해 기괴한 참배를 하고 있는 것이다.

아아, 저 기괴한 심야의 참배. 이 비밀통로 안에 대체 몇 사람을 제사지내고 있는 것일까.

내 심장은 쿵쿵 울렸다. 이마는 땀으로 흠뻑 젖었다. 나는 다시 한 번 방에 돌아가 주변상황을 엿보고는 불을 끄고 창고로 돌아갔다. 손목시계를 보니 9시 조금 넘은 시간이었다.

미리 준비한 양초에 불을 붙인 다음 창고의 불을 끄고 양초불을 비추며 슬그머니 비밀통로 안을 조사했다. 궤짝 바로 밑에서 꽤 넓은 돌계단이 이어져 있다. 나는 살며시 돌계단 위로 내려섰다. 창고 아래로 쓱 내려서서 다시 한 번 그곳을 조사해보니 궤짝바닥 뒤에 지레가 하나 달려 있다. 시험 삼아 그것을 만지작거리자 느닷없이 궤짝바닥은 쾅 하고 가벼운 소리를 내며 닫혔다.

그래서 나는 비밀통로 안에 완전히 갇힌 셈이 되었다. 나는 별안간 불안함을 느끼고 당황해서 앞에 있는 지레를 찾아 그것을 반대로 밀었다. 그러자 다시 궤짝바닥이 쾅 하고 튀어서 되돌아왔다. 그래서 안심하고 안에서 궤짝에 뚜껑을 덮고 다시 한 번 지레를 비틀어 궤짝바닥을 원래대로 돌려놓았다. 이렇게 해두면 누군가 만약 궤짝뚜껑을 열어도 여기에 비밀통로가 있다는 사실을 눈치 챌 리 없다. 그러고 나서 양초를 한 손에 들고 닳고 닳은 돌계단을 하나씩 내려갔다.

아아, 나는 대체 무엇을 하려는 것일까. 나 자신도 알 수 없었다. 우선 이 비밀통로와 이번에 일어난 일련의 살인사건이 어떤 관계가 있는지 없는지, 그것조차 알지 못했다. 그저 알고 있는 것은 이 비밀통로가 무언가 다지미 가의 비밀과 연결되어 있는 듯하다는 것, 단지 그것뿐이다. 하지만 그것만으로도 충분히 모험해볼 만한 가치가 있는 것이다. 나를 둘러싼 이상한 의혹의 구름을 없애기 위해서는 다지미 가의 정체 모를 비밀을 밝혀낼 필요가 있었던 것이다.

돌계단은 꽤 오래 계속되고 있었지만 그다지 험하지는 않았다. 역시 이 정도면 코우메나 코다케 할머님 같은 노인이라도 지팡이에 의지해 오르내릴 수 있을 것이다.

돌계단을 내려가자 이번에는 가로로 파인 구덩이가 나타났다. 나는 구덩이에 서서 양초불로 꼼꼼히 주변을 둘러본 후, 그때서야 이것이 일종의 종유동굴이라는 사실을 알았다. 물론 이것은 천연 종유동굴은 아니다. 누군가가 인공적으로 뚫은 게 틀림없었지만 지질에 섞여 차차 종유동굴의 형태가 된 것이다.

양초불이 어른어른 비치는 동굴 벽에는 연회색 줄무늬가 도드라져 있고 군데군데 비교적 완전한 모양의 종유석이 드리워져 있었다. 즉 완전한 종유동굴은 아니지만 인공적인 터널이 지질과 물의 영향으로 종유동굴다운 모습을 갖추게 된 것이다.

난 이 다소 이상한 터널 안에 서자 생각지도 않게 마음이 요동쳤다. 나는 용기를 내어 그 터널을 걸어갔다. 그때 알아차린 것은 이 터널이 막혀 있는 게 아니라 분명 어딘가에 출구가 있다는 사실이었다. 양초불의 끊어질 듯한 흔들림에서 공기가 움직이고 있는 것을 알 수 있었다. 공기가 움직이는 이상 어딘가에 외부공기와 접해있을 것이다.

대관절 얼마나 걸었을까. 어둠 속, 그것도 처음 가보는 거라 짐작할 수도 없었지만 이내 넓은 계단에 딱 부딪쳤다. 그것은 앞서 내려왔던 것과 같은 천연바위를 조각해 만든 돌계단이었고, 의외로 빨리 터널의 끝에 다다라 나는 약간 허탈했다. 이 계단을 올라가면 분명 어딘가 땅 위로 올라올 수 있겠지만 그래서야 너무나 어이가 없었다.

그래도 달리 갈 곳이 없는 이상 나는 이 돌계단을 올라가지 않을 수 없었다. 그래서 오른손으로 양초를 들고 왼손으로 벽을 짚고 한 걸음 계단에 발을 디뎠으나 그 순간 무심코 우뚝 발을 멈췄다. 왼손을 갖다 댄 동굴 벽이 꿈틀 떨린 듯한 기분이 들었기 때문이다. 나는 놀라 양초불로 그 바위벽을 조사했다. 하지만 별로 특별한 점은 없이 연회색 가로줄이 섞인 보통 벽이었다.

나는 시험 삼아 그 벽을 밀어보았는데, 움직인다, 움직인다, 바위는 분명 움직이는 것이다.

나는 다시 한 번 양초불로 자세히 암벽을 조사했는데 문득 발밑에 검은 천 같은 것이 떨어져 있는 것을 알아차렸다. 아무 생각 없이 그것을 주우려 했을 때 다시금 가슴이 철렁해서 숨을 삼켰다. 그것은 분명 코우메나 코다케 할머님 중 한분의 외투 한쪽 소매로, 게다가 그것은 바위 아래에 끼어 있었던 것이다.

나는 뭐라 말할 수 없는 흥분으로 이마에 촉촉하게 땀이 배어 나왔다. 어젯밤 코우메와 코다케 할머님은 이 바위를 지났던 것이다. 즉 이 바위는 움직이는 것이다. 코우메와 코다케 할머님 같은 노인조차 이 바위를 움직일 수 있다면 나도 움직이지 못할 리가 없지 않은가.

나는 다시 한 번 양초불로 자세히 바위를 조사해보고 바로 구조를 알아차렸다. 바위에는 세로로 길게 한 줄기 선이 그어져 있었다. 그 선 앞에 양초를 대자 불꽃이 격렬하게 깜박인다. 그걸 보니 이 바위 너머가 빈 공간이라는 사실을 알 수 있었다. 선을 따라 양초를 옮겨보니 사람이 무릎과 팔꿈치를 땅에 대고 기어서 오갈 수 있을 정도 크기의 아치형 바위가 다른 벽과는 떨어져 거기에 놓여 있는 것을 알 수 있었다.

나는 한층 정성들여 계단 아래를 조사해보았다. 그리고는 아치형 바위 옆에 종유순이 서너 개 나 있었는데 그 하나가 종유순이 아니고 쇠로 만든 지레라는 것을 알아차렸다. 곧장 그 지레를 밀어보았음은 말할 필요도 없다.

내가 생각한 대로였다. 아치형 바위는 지레를 밀자 조금씩 앞으로 벌어졌고, 거기에 겨우 사람 하나 통과할 정도의 길이 생겼다. 그 동굴 저편도 컴컴했다.

나는 무겁게 숨을 쉬었다. 그리고 지레에서 손을 떼어도 바위가 움직이지 않는 것을 확인한 후 그 동굴 안으로 기어들어갔다. 동굴 저편에도 종유순과 비슷한 지레가 있었다. 그 지레에 의해 자유롭게 바위가 열렸다 닫혔다 하는 것을 끝까지 확인한 후 다시금 이 새로운 굴을 관찰해보았다.

이 굴이야말로 지금 내가 지나온 인공터널과는 달리 자연적으로 생긴 종유동굴이었다. 거기에는 한쪽 면에 종유석이 매달려 있었고 크기도 이전 터널에 비하면 훨씬 작아 어지간히 주의를 기울이지 않으면 머리를 천정에 부딪칠 위험이 있었다.

이들 종유동굴의 경관에 대해서는 좀 더 나중에 상세히 적을 기회가 있을 거라 생각되니 여기서는 이야기를 좀 더 전개시키기로 하자. 무엇보다 나는 주변 경관에 그리 오래 마음을 둘 여유가 없었다.

코우메와 코다케 할머님은 어째서 이런 위험한 종유동굴을 다니는 것일까. 이 같은 종유동굴 안에서 대체 누구를 참배한다는 것일까. 내 마음은 갖가지 괴상한 의혹으로 흔들렸다.

어쨌든, 종유동굴을 한동안 지나가니 길이 두 갈래로 갈라져 있는 장소가 나왔다. 나는 잠시 난감해졌다. 코우메와 코다케 할머님은 대체 어느 쪽 길로 간 것일까. ……지면을 조사해보니, 딱딱한 바위 이쪽저쪽에 물웅덩이가 있을 뿐이고 발자국 같은 것은 남아 있지 않았다.

나는 할 수 없이 오른쪽으로 길을 정했는데, 한동안 가다보니 양초불이 심하게 흔들리는 것을 깨달았다. 그와 동시에 폭포수처럼 물소리가 들려왔다. 아무래도 출구가 가까워진 듯싶었다.

나는 좀 더 걸음을 빨리했다. 얼마 되지 않아 가는 방향으로 뻥 구멍이 뚫려 있었고 그 구멍 밖에 작은 폭포가 있는 것을 확인할 수 있었다. 폭포라고 해도 도랑에서 도랑으로 떨어지는 높이 한 칸(약 1.8미터) 정도의 폭포다. 거기까지 왔을 때 양초불이 바람에 흔들려 갑자기 꺼져버렸다.

나는 아무래도 길이 틀린 것 같다고 생각했다. 코우메와 코다케 할머님은 분명 앞의 두 갈래 길에서 왼쪽으로 갔음에 틀림없다. 왜냐하면 혹시 이 폭포를 빠져나갔다면 두 사람 모두 흠뻑 젖었을 게 분명하기 때문이다.

나는 뒤로 돌아가 왼쪽 굴 속을 탐색해보려고 생각했으나 너무 시간이 늦어진 것 같아서 생각을 고쳐먹고 내일 밤 다시 시도해보자고 마음을 정했다. 그보다도 이 폭포 저편은 마을 어디쯤에 해당하는지 그쪽이 나로서는 신경 쓰였다.

나는 결심하고 폭포를 빠져나와 밖으로 뛰어나갔는데 그 순간,

"앗!"

하고 비명을 지르며 내 바로 옆으로 한 사람이 뛰어나왔다. 여자 목소리였다.

나는 흠칫 놀라 두세 걸음 뒤로 물러서서 상대의 모습을 훑어보았다. 여자도 부들부들 떨면서 별빛에 내 모습을 비춰보고 있었지만 갑자기,

"어머, 오라버니시군요."

너무나 기쁜 듯한 목소리를 내며 내 가슴에 매달려왔다. 노리코였다.

노리코의 사랑

"아아, 노리코 씨였어요? 깜짝 놀랐습니다."

상대가 노리코라는 것을 알고 나는 어느 정도 안심했다. 상대가 순진한 노리코라면 왠지 지금 모습에 대해 둘러댈 수 있을 것 같아서였다.

노리코는,

"후후후."

하고 입속으로 웃더니,

"저야말로 깜짝 놀랐어요. 느닷없이 이런데서 뛰어나오다니요. 짓궂어요."

하고 노리코는 신기한 듯 폭포 저편을 들여다보면서,

"어째서 이런 데 숨어 계셨어요? 이 굴 속에 뭐가 있기에?"

노리코는 내가 비밀통로 저편에서 왔다는 사실은 눈치 채지 못한 듯하다. 일시적인 변덕으로 굴 속에 들어가 있었던 거라고 생각하고 있는 것 같다. 물론 나로서는 그쪽이 다행인지라 가능한 한 그녀의 말에 맞추기로 했다.

"아니 뭐, 잠시 들어가 봤습니다. 아무 것도 없어요. 그저 눅눅한 동굴이더군요."

"그렇군요."

노리코는 이내 동굴을 들여다보기를 멈추고 내 얼굴을 올려다보면서 눈동자를 빛내고,

"하지만 왜 이런 시간에 이런 데 계시는 거예요. 뭔가 볼일이 있으신 거예요?"

"아니, 별로 그런 건 아니었어요. 왠지 초조하고 잠이 잘 오질 않아서 밤바람이라도 쏘이면 기분이 좋아질까 해서 이렇게 어슬렁어슬렁 나온 겁니다."

"네에."

노리코는 조금 실망한 듯 고개를 숙였지만 이내 다시금 쾌활하게 얼굴을 들고는,

"그래도 뭐, 됐어요. 얼굴 봐서 기뻐요."

나는 노리코가 한 말의 의미를 잘 파악할 수가 없었다. 놀라서 별빛 속에 부옇게 보이는 노리코의 옆 얼굴을 지켜보면서,

"노리코 씨, 그게 무슨 뜻이죠?"

"으응, 아무 것도 아니에요. 저어기, 집에 들렀다 가지 않을래요? 우리 집 지금 아무도 없어요. 저 너무너무 외로워서……."

"신타로 씨는 안 계십니까."

"예."

"어디 외출하셨어요?"

"글쎄요……. 저도 잘 모르겠어요. 요즘 매일 밤 요맘때쯤 되면 어딘가로 나가버려요. 어딜 가는지 물어도 입 다물고 가르쳐 주지 않아요."

"노리코 씨."

"네?"

"댁은 지금 왜 이런 곳을 걷고 있는 건가요?"

"저요?"

노리코는 눈을 크게 뜨고 물끄러미 내 얼굴을 응시하고 있었지만 이윽고 눈을 아래로 떨어뜨리고는 오른발로 흙을 차면서,

"저요, 외로워서, 외로워서, 참을 수 없었어요. 그래서 여러 가지 생각을 하다가 왠지 슬퍼져서…… 도무지 혼자 있을 수가 없을 것 같은 기분이 들었어요. 그래서 무심결에 나와서 근처를 돌아다니고 있었던 거예요."

"노리코 씨 집은 어디죠?"

"저기요, 바로 아래 보이죠?"

우리가 서 있는 곳은 언덕 중간을 개척해서 만든, 폭 두세 척(60~90센티미터)의 좁고 험준한 길로, 뒤쪽 벼랑 위도 앞의 완만한 사면에도 한쪽 면에 울창한 대숲이 우거져 있다. 그 대숲을 지나 비스듬히 아래쪽으로 작은 초가지붕과 하얗게 불빛이 비치는 장지문 위쪽만이 보였다.

"네, 들렀다 가세요. 저 심심해 죽겠어요."

노리코는 내 손을 잡고 놔주지 않는다. 나는 무척 당혹스러웠다. 아무리 노리코가 권해도 그녀의 집에 들를 생각은 없었지만 그렇다고 그대로 동굴에 들어갈 수도 없었다. 어떻게든 노리코

를 이 자리에서 떨어뜨려 놓지 않으면 안 된다.

"댁에 들르는 건 곤란합니다만……. 그럼 어딘가 그쪽에서 쉬고 갑시다."

"어머, 왜 집에 들르는 건 곤란해요?"

"신타로 씨가 돌아오면 안 되니까……."

"어머, 왜요……?"

노리코는 순진한 눈을 크게 뜨고 내 얼굴을 들여다본다. 그녀에게는 타인의 의심이나 세상 소문이란 것은 전혀 신경 쓰이지 않는 것 같았다. 아니, 신경 쓰지 않는다기보다도 처음부터 그런 걸 모르는 것이다. 노리코는 갓 태어난 아기처럼 천진난만한 여자였다.

그래도 그녀는 억지로 자기 의견을 고집하려고 하지는 않아서, 이내 덤불속 샛길을 빠져나와 완만하게 경사진 초원을 발견하고 거기서 쉬어가기로 했다. 풀은 촉촉하게 밤이슬로 젖어 있었지만 그런 것에는 개의치 않고 노리코 쪽에서 먼저 앉았다. 나도 그 옆에 나란히 앉았다.

지금 우리가 있는 곳은 팔묘촌을 품은 언덕의 주름 같은 움푹 팬 땅 가장자리로, 그 움푹 팬 땅에는 계단식으로 좁은 논밭이 있어 논밭 사이에 점점이 작은 초가집 농가가 세워져 있었다. 이들 농가는 덧문도 잠그지 않고 불도 끄지 않고 자는 듯 어느 집 장지문에서도 밝게 불빛이 새어나와 그 불빛이 모내기가 끝난 논에 비쳐 아름답게 빛났다. 하늘에는 깨알처럼 가득한 별무리로 은하가 우윳빛으로 흐려 보인다.

노리코는 한동안 넋을 잃고 아름다운 별 하늘을 응시하고 있

었지만 이내 그 눈을 내게 돌리고는,

"오라버니."

하고 작은 소리로 말했다.

"예?"

"저요, 아까 오라버니 생각을 했어요."

나는 깜짝 놀라 노리코의 얼굴을 고쳐보았다. 노리코는 하지만 별로 크게 부끄러운 기색도 없이 그저 순진하게,

"저요, 정말이지 외롭고 외로워서 참을 수가 없었어요. 왠지 이 세상에 외톨이가 된 것 같은 기분이 들어서 결국은 줄줄 울어버렸어요. 응, 눈물이 나서 눈물이 나서 어쩔 수가 없었어요. 바보죠, 어째서 그런 기분이 든 건지 스스로도 알 수 없었지만……. 그러자 갑자기 어쩐 일인지 오라버니 생각이 났어요. 음, 오라버니를 처음 봤을 때의 일이라든가 여러 가지……. 그러자 웬일인지 갑자기 가슴이 메고, ……가슴이 꽉 조이는 기분이 들어서…… 그래서 한층 더 눈물이 나는 거예요. 그래서 저 참을 수가 없어져서 아까도 말했듯 무심결에 집을 뛰쳐나왔어요. 그리고 미친 것처럼 걸어 돌아다녔는데 오라버니를 딱 만나서…… 저, 깜짝 놀랐어요. 심장이 두근거렸어요. 하지만 너무 기뻐서……. 저, 오라버니. 분명 하느님이 불쌍한 노리코의 소원을 들어주신 거예요."

노리코의 이야기를 듣고 나는 제법 강한 충격을 받았다. 전신에 흠뻑 땀이 흐르고 몸 안이 후끈거렸다.

아아, 이것이 애정고백이 아니면 뭐란 말인가. 그렇다면 노리코는 나를 사랑하고 있다는 말인가.

여하튼 너무 갑작스러워서 나는 완전히 쩔쩔매는 모양으로 대꾸할 말조차 잊고 그저 물끄러미 노리코의 얼굴을 고쳐보고 있었다. 노리코는 그러나 별로 수줍은 기색도 없이 마치 그림 동화나 안데르센 동화에 나오는 소녀처럼 순진했다. 조금도 추한 느낌 없이, 오히려 소박하고 가련했다.

하지만 그렇다고 그에 대해 나는 무슨 대답을 할 수 있을까. 내 마음 어디를 더듬어 봐도 노리코에 대한 애정 같은 건 털끝만큼도 없었다. 아니, 사랑이니 연정이니 하는 것은 좀 더 서로 이해한 후에 갖는 게 아닌가. 나는 아직 노리코라는 여성을 전혀 모르고 있다.

나는 뭐라 대답하면 좋을지 대답이 궁해졌다. 그 자리를 모면하기 위해 상대를 농락하는 것은 내 성격이 허락지 않았고, 또 이렇게 순진한 여자를 기만하는 것은 용서받기 힘든 죄악처럼 느껴졌다. 당연히 나는 침묵하고 있을 수밖에 없었다. 노리코도 마찬가지로 내 대답을 기대했던 것은 아닌 듯 자신이 할 말만 해버리자 그걸로 만족하는 것 같았다. 그런 그녀의 모습을 보니 자신이 이만큼 사랑하고 있는 이상 상대도 당연히 사랑해줄 거라고 굳게 믿고 의심하지 않는 것처럼 보여, 다시금 나는 불안해졌다.

그래서 나는 가능한 한 이 위험한 화제에서 벗어나지 않으면 안 되었다.

"노리코 씨."

한동안 시간이 흐른 후 내가 불렀다.

"네?"

"그쪽은 이 동네에 이사 올 때까지 도쿄에서 오빠와 같이 살고 있었지."

"예, 그래요. 왜 그런 걸?"

"도쿄 집에 미야코 씨, 자주 왔었어?"

"미야코 님? 그래요, 가끔. 보통은 오빠 쪽이 나갔지만요."

"미야코 씨와 신타로 씨와는 결혼할 사이였다고 하던데?"

"예, 그런 소문이 있었죠. 어쩌면 오빠도 미야코 씨도 그럴 생각이 있었던 건지도 몰라요. 만일 전쟁이 그렇게 되지만 않았다면……."

"미야코 씨는 요즘도 가끔 놀러와?"

"아뇨, 최근엔 조금도……. 그래요, 처음엔 두세 번 오셨지만 오빠가 피해서……."

"신타로 씨가 피하다니, 어째서?"

"왜 그랬는지 모르겠어요. 어쩌면 미야코 씨는 부잔데 오빠는 가난해져서 그런 건지도 몰라요. 오빠는 저래 봬도 굉장히 자존심이 세요. 남한테 동정을 받는다든가 남이 자기한테 인정을 베푸는 걸 아주 싫어하거든요."

노리코의 대답에는 조금도 주저하는 기색이 없었다. 분명 그녀는 내가 왜 이런 질문을 꺼내는지 생각해보려고도 하지 않았을 것이다. 나는 왠지 모르게 뒤가 켕기는 느낌이었지만, 하지만 역시 밝힐 수 있는 데까지 밝혀보고 싶었다.

"그럼 어때, 신타로 씨만 허락하면 미야코 씨는 지금이라도 결혼할 생각인가?"

"글쎄요……."

노리코는 순진하게 고개를 갸웃거렸다. 그렇게 고개를 기울이는 모습을 보니 깜짝 놀랄 정도로 목이 길었는데, 그것은 조금도 추해보이지는 않고 반대로 어딘가 요염하기까지 했다.

"저는 모르겠어요. 저 바보라서 남의 마음 같은 거 잘 몰라요. 게다가 미야코 씨는 복잡한 성격을 가진 분이신 걸요."

나는 놀라서 노리코의 얼굴을 고쳐보았다. 하루요 누님이 미야코에 대해 좋은 감정을 갖고 있지 않은 것 같다는 것을 나는 오늘 처음 알았지만 노리코도 역시 그런 걸까. 사람은 보기와 다른 법……. 하루요 누님은 미야코에 대해 그렇게 말했지만 노리코도 같은 말을 한다. 누님의 경우는 일종의 질투 같은 것이 섞여 있는 것 같지만, 순진한 노리코에게 그런 속마음이 있으리라고는 생각되지 않는다. 그렇다면 동성의 눈에서 본 미야코는 그토록 어두운 구석이 있는 여자인 것일까, 나로서는 그저 말괄량이, 누님기질이 있는 여자로밖에 보이지 않았건만.

신타로의 얼굴

우리들은 대관절 그 자리에 얼마나 앉아 있었던 것일까. 공교롭게도 시계를 잊고 가져오지 않아 전혀 시간을 알 수 없었지만 꽤 오랫동안 앉아 있었다고 생각한다. 그것은 노리코가 좀처럼 놓아주지 않았기 때문이다. 우리 사이에는 특별히 많은 화제가 오갔던 것은 아니지만, 노리코는 그저 내 옆에 앉아 있는 것만으로 만족한 듯 계속해서 생각나는 이야기를 들려주었다. 그것은 모두 동화처럼 순진하고 독기 없는 이야기로, 듣고 있노라니 어느 샌가 대나무 솔처럼 갈라져 있던 신경이 신기하게 누그러지는 것을 느꼈다.

팔묘촌에 오고 나서 이런 적은 처음이다. 언제나 화가 난 고슴도치처럼 신경을 곤두세우고 남의 안색만 살피고 있던 당시의 나로서는 더할 나위 없이 평화로운 한때였다. 나는 어느 샌가 줄줄이 이어지는 노리코의 이야기에 넋을 잃고 귀를 기울이고 있었지만, 그때 어딘가에서 괘종시계를 치는 소리가 조용히 울렸다. 세어보니 12시다.

나는 깜짝 놀라 풀밭에서 몸을 일으켰다.

"아아, 벌써 12시다. 너무 늦어지면 안 되니까 나는 이만 돌아갈게요."

"그래요."

12시라는 말을 듣고 역시나 노리코도 붙잡지는 않았지만 그래도 섭섭한 듯,

"하지만 우리 오빠, 아직 돌아오지 않았을 걸요."

"대체 오빠께서는 어디 가는 거지? 그렇게 매일 밤……."

"몰라요. 옛날에는 장기를 좋아해서 자주 밤샘을 하곤 했지만 이쪽에 돌아오고 나서는 아무와도 사귀질 않으니 장기를 두러 갈 곳도 없는데."

노리코는 아무 거북함 없이 오빠의 밤 산책에 대해서도 특별히 걱정하는 것 같지 않았지만, 그때 문득 가슴이 두근거리는 것을 느꼈다. 신타로는 대체 매일 밤 어디 나가는 것일까.

"그럼 오빠께서는 항상 몇 시쯤 돌아오는데?"

"글쎄요, 전 잘 모르겠어요. 항상 제가 잘 때 돌아오니까요."

"노리코 씨는 매일 밤 몇 시쯤 자?"

"보통 9시나 10시쯤 자요. 오늘밤은 특별한 경우구요, 하지만 깨어 있어서 잘됐어요. 이렇게 오라버니를 볼 수 있었던 걸. 저기 오라버니, 내일 밤에도 와주세요."

노리코의 말을 듣고 있으면 내일 밤에도 내가 오는 게 당연한 것 같았다. 게다가 그 말투가 너무나 순진해서 나로서는 아무래

도 안 된다고는 할 수가 없었다.

"그래, 와도 좋아. 하지만 비가 내리면 안 돼."

"비가 오면 할 수 없지만요……."

"그 대신 노리코 씨, 약속해 줘. 오늘 밤 나와 여기서 만난 걸 신타로 씨에게는 절대 말하지 말 것."

"어머, 어째서요?"

노리코는 깜짝 놀란 듯 눈알을 뱅글뱅글 돌렸다.

"어째서든 간에. 오늘 밤 일만이 아니야. 내일 여기서 만난다는 것도 말하면 안 돼. 그렇지 않으면 나는 두 번 다시 여기 안 올 테니."

이 협박은 잘 먹혀들어갔다.

"으응, 좋아요. 나 아무한테도 말 안할게. 그 대신 오라버니, 매일 밤 와 줄 거죠?"

여자란 타고난 외교관이다. 노리코는 능숙하게 한 걸음 전진했다.

나는 쓴웃음을 지으면서 할 수 없이,

"아아, 올게."

"꼭요."

"응, 꼭 올게. 자, 신타로 씨가 돌아오면 안 되니까 노리 양은 슬슬 돌아가."

내가 노리코를 부르는 법은 어느 샌가 노리 양으로 바뀌어 있었다. 노리코는 순순히 끄덕이고,

"네, 그럼 오라버니 안녕."

"안녕."

노리코는 대여섯 걸음 언덕을 내려가다 돌아보고,

"안녕."

"아아, 안녕."

노리코는 다시금 언덕을 내려가기 시작했지만, 무엇을 생각했는지 위쪽을 올려다본 채 어머 하고 외치고 멈춰 섰다.

"왜, 왜 그래, 노리 양."

어쩐지 나는 두근거리는 기분이 들어 마찬가지로 위쪽을 돌아보았다.

아까도 말했듯 그때 우리가 서 있던 곳은 언덕의 주름처럼 되어 있는 움푹 팬 땅 가장자리였으나, 이 움푹 팬 땅은 반 정(약 50미터) 정도 위쪽에서 주머니처럼 오므라들어 있었다. 거기에는 부락과 떨어진 한 칸 작은 집이 세워져 있는 듯 닫아둔 장지문에서 새빨갛게 불빛이 새어나오고 있었는데, 내가 돌아본 순간 그 장지문 위로 언뜻 검은 그림자가 가로질러갔다. 그것은 실로 한순간 본 것이어서 확실히는 알 수 없었지만, 양복을 입고 사냥 모자를 쓴 남자인 것 같았다……. 하지만 그런 생각을 할 새도 없이 불이 꺼지고 장지문은 컴컴해졌다.

"어머!"

노리코는 숨을 삼키고 꼼짝 못한 채 서 있었지만 이내 내 쪽으로 달려 올라오더니,

"오라버니, 저거 뭐죠?"

"뭐가, 노리 양."

"아까 그림자요. 오라버니도 보셨죠. 사냥 모자를 쓴 남자인 것 같았는데."

"응, 근데 그게 왜."

"이상하잖아요. 저거 비구니 절인 걸요."

어쩐지 두근거리는 기분으로 나는 다시 한 번 그쪽을 돌아보았지만 불이 꺼진 절은 별빛 속에서 그저 새카맣게 침묵하고 있다.

"노리 양, 그럼 고이차란 건 이 부근이야?"

"예, 그래요. 저거 묘렌 스님의 절이에요. 묘렌 스님 사는 곳에 이럴 때 남자가 있다니 이상해요. 그리고 왜 불을 끈 걸까요."

"불을 끄면 안돼?"

"예, 묘렌 스님은 불을 끄지 않고 자요. 불을 끄면 잠이 안 온대요."

어쩐지 나도 이상한 가슴 두근거림을 느꼈다.

"고이차의 비구니는 오늘 경찰에 불려가지 않았어?"

"예, 불려갔어요. 하지만 한 마디도 안했다며 으스대고 돌아왔어요. 그 사람은 화나게 하면 안돼요. 화나게 하면 아는 것도 말 안 해줘요. 하지만 왜 그럴까요. 불을 끄다니……. 게다가 아까 그 남자 뭐죠?"

나는 문득 난무하는 생각들로 얼굴이 붉어지는 것을 느꼈다. 쓴 여뀌를 먹는 벌레도 제 좋아서 먹는다는 말이 있다. 토끼 입을 한 비구니에게도 은밀히 찾아가는 남자가 없지만은 않겠지. 하지만 노리코에게 그런 말은 하지 않았다.

"뭐, 아무 것도 아니야. 누군가 손님이 왔겠지."

"이상하잖아요. 손님이 있는데 불을 다 끄고……."

"됐으니 돌아가. 꾸물거리면 1시가 될 거야."

"그래요. 그럼 오라버니, 안녕히 주무세요."

"잘 자."

노리코는 몇 번이고 돌아보면서 이번에는 똑바로 고개를 내려갔다. 그 모습이 보이지 않게 되기를 기다려 나는 덤불속에 있는 절벽 아랫길로 들어갔지만, 그때 위쪽에서 빠른 걸음으로 내려오는 발소리를 듣고 깜짝 놀라 걸음을 멈췄다.

누군가가 언덕을 내려온다…….

나는 슬며시 절벽 가장자리에서 위쪽을 들여다보았다. 하지만 길이 구부러져 있어서 발소리의 주인공은 아직 보이지 않았다. 하지만 분명 이쪽으로 내려오고 있는 것이다. 그것도 묘하게 주위를 꺼리는 듯 살금살금 걷는 걸음걸이로……. 나는 잽싸게 대숲 덤불 속으로 뛰어들어 아래쪽 풀숲 안에 웅크렸다. 이렇게 하면 저쪽에서 볼 염려는 없지만 상대의 얼굴은 원하는 만큼 볼 수 있을 것이다.

발소리는 점점 이쪽으로 가까워져 왔으나, 가까워짐에 따라 점점 속도가 약해졌다. 주위를 경계하고 있다는 증거다. 나는 심장이 쿵쿵 뛰는 걸 느꼈다. 침이 마르고 목이 따끔거리는 느낌이었다.

마침내 발소리는 내 옆까지 왔다. 우선 길 위에 긴 그림자가 나타나고 이어서 그림자의 주인이 나타났는데, 그 순간 나는 한 순간 심장박동이 멈추는 듯했다.

그림자의 주인은 신타로였다. 신타로는 사냥 모자를 쓰고 작업복 허리에 수건을 늘어뜨린 채 일본식 운동화를 신고 발에는 각반을 매고 있었다. 게다가 겨드랑이에 곡괭이를 끼고 있지 않은가. 그것만으로도 남을 놀라게 하기에 충분한데 거기다가 오오, 그때 신타로의 눈…….

크게 부릅뜬 눈은 당장이라도 눈구멍에서 튀어나올 것 같고, 게다가 이상하게 열기를 머금고 반짝반짝 빛나고 있다. 입술은 기묘한 형태로 일그러진 채 부들부들 떨리고 이마에서 콧날까지 기름기로 번들번들 빛나고 있었다.

사람이란 다른 사람과 대면하고 있을 때는 좀처럼 속에 있는 것을 얼굴에 드러내지 않지만 아무도 없다고 생각될 때, 평소 속에 감춰두고 있던 것이 무심코 얼굴에 나오는 법이다. 그때 신타로가 그러했다. 게다가 그런 신타로의 얼굴에서 내가 받은 느낌은 어떻게 구제할 길이 없을 만큼 어둡고 참혹하고 흉포한 인상이었다!

나는 너무 두려워서 심장이 얼음처럼 얼어붙고 식어 가는 것을 느꼈다. 아슬아슬하게 소리를 지르려던 참이었다. 혹시 그때 소리를 냈다면 저 날카로운 곡괭이 끝이 정면에서, 내 머리 꼭대기를 내리쳤던 것은 아니었을까.

하지만 가까스로 나는 소리지르지 않았고, 그래서 신타로도 내가 있다는 걸 알아채지 못했다. 말 그대로 살금살금 걸어 신타로는 내 앞을 지났고 이윽고 그 모습은 덤불 저편으로 사라져 보이지 않게 되었다.

내가 덤불 속에서 기어 나온 것은 그로부터 꽤 시간이 지나서의 일이었다. 나는 땀에 흠뻑 젖어 있었다. 무릎이 후들후들 떨린다. 현기증이 날 것 같았다.

나는 한동안 기분이 가라앉는 걸 기다려서 다시금 저 폭포 속

동굴로 들어갔다. 그리고 그 다음은 설명할 것도 없이 무사히 자신의 방으로 돌아왔지만, 그날 밤 좀처럼 잠들지 못했던 것은 말할 필요도 없다.

구노 당숙의 도망

어제 늦게까지 잠들지 못했던 탓에 다음날은 무심결에 늦잠을 자버렸다. 눈을 뜨니 덧문 틈새로 밝은 아침햇살이 스며들고 있다. 머리맡에 있는 시계를 보자 9시였다.

나는 깜짝 놀라 튕기듯 일어나 잠자리를 정리하고 덧문을 열려고 했으나, 그 소리를 듣고 하루요 누님이 안채에서 분주한 걸음으로 다가왔다.

"안녕히 주무셨습니까. 그만 늦잠을 자버려서……."

인사를 했지만 누님은 입을 다물고 물끄러미 내 얼굴을 응시하고 있다. 어? 하고 생각하고 나는 누님을 마주 쳐다보았다. 누님은 왠지 모르게 굳어진 표정으로 탐색하듯 나를 보고 있었지만 이윽고,

"안녕히 주무셨어요."

하고 잠긴 목소리로 말하고 나서,

"타츠야 씨, 잠깐 할 얘기가 있어요."

하고 평소와 다르게 굳은 태도로 말했다.

무슨 일이 있었어! 그렇게 느끼고, 나는 뭔가 오징어 먹물처럼 새까만 불안이 뱃속에서부터 뭉클뭉클 치밀어 오르는 것을 느꼈다. 그 정도로 그때 누님의 모습에서는 경계의 기색이 역력했던 것이다.

"아, 무슨 일입니까."

내가 머뭇거리며 묻자 누님은 한층 내 얼굴에서 눈을 떼지 않고,

"어젯밤 또 살인이 있었어요."

하고 속삭이는 듯한 소리로 말하고는,

"고이차의 비구니인 묘렌 스님이 살해당했어요."

누님은 주위를 의식하고 목소리를 낮추어 그렇게 말했던 것이지만 그 소리는 마치 내 귓가에 폭발하는 것처럼 크게 울렸다. 나는 무심코 꿈틀 손발을 떨면서 눈을 부릅뜨고 누님의 얼굴을 고쳐보았는데, 그러자 누님은 겁먹은 듯 두세 걸음 뒤로 물러서면서 한층 집요하게 내 얼굴에 시선을 둔 채,

"그래서 오늘 아침 일찍 경찰이 와서 타츠야 씨는 어젯밤 어디 안 나갔냐고 묻고 갔어요. 물론 전 타츠야 씨는 어젯밤 일찍부터 별채에 들어가 절대 밖에 나오지 않았다고 얘기했지만……. 타츠야 씨, 정말 어디 나간 건 아니죠?"

"무, 물론 전 아무데도 안 나갔습니다. 피곤해서 일찍 잠자리에 들었는데요……."

누님은 크게 눈을 뜨고 겁먹은 것처럼 내 얼굴을 보고 있었지

만 이옥고 핏기가 가신 채 입언저리를 부들부들 떨었다.

어찌된 일일까. 누님은 무엇에 겁먹고 있는 것일까. 어째서 그런 눈길로 내 얼굴을 보는 것일까. 그렇게 생각하는 사이에 나는 헉 하고 어떤 사실을 깨달았다. 혹시 하루요 누님은 어젯밤 내가 지하도에 들어가고 나서 이 별채에 왔던 것은 아닐까. 그리고 내 모습이 보이지 않았기 때문에 오늘 아침 고이차의 비구니가 살해당했다는 이야기를 듣고 문득 의심이 들었던 것은 아닐까. 거기다 덤으로 지금의 거짓말까지. 그것이 점점 누님의 의혹에 기름을 부었던 것은 아닐까.

아아, 어쩌면 좋을까! 하필이면 내가 처음 별채를 벗어난 밤에 살인이 일어나리라고는……. 게다가 나는 어젯밤 고이차의 비구니가 있는 절 바로 옆에 있지 않았던가.

하루요 누님은 내 편이다. 그래서 어젯밤 일을 밝힌다면 분명 납득해줄 것이다. 하지만 그것이 과연 좋은 결과를 낳을까. 누님처럼 정직한 사람은 남에게 절대 거짓말을 하지 않겠지. 혹 입으로 거짓말을 해도 안색으로 금방 드러날 것이다. 그리고 결국에는 진실을 말해버리게 되지 않을까. 그렇다, 누님을 괴롭히는 것은 미안하지만 당분간 어젯밤 일에 대해서는 입을 다물고 있자. 게다가 나는 저 지하도의 일을 아무에게도 알리고 싶지 않다.

"누님."

시간이 흐른 후 내가 입을 열었다.

"고이차의 비구니가 살해당했다니, 또 독을 먹인 겁니까."

"아뇨."

누님은 떨리는 목소리로,

"이번에는 독이 아니래요. 수건으로 목을 졸랐다고 해요."

"그럼 그건 대체 몇 시쯤 일어난 일입니까. 고이차의 비구니가 살해당한 것은……."

"어젯밤 12시 전후의 일이라고 해요."

나는 다시금 뱃속에서 뭐라 말할 수 없는 거무죽죽한 상념이 치밀어 오르는 것을 느꼈다. 그렇다면 역시 어젯밤 나와 노리코가 본 그림자가 범인이었던 것이다. 고이차의 비구니는 그 순간 목을 졸려 살해당한 것이다. 나는 그것을 아주 가까운 곳에서 보고 있었던 것이다.

나는 갑자기 격한 충격을 받았다. 아아, 장지문에 비친 그 그림자는 사냥 모자를 쓰고 있지 않았던가. 그리고 그로부터 얼마 지나지 않아 언덕을 내려왔던 신타로도 마찬가지로 사냥 모자를…….

인간의 신경이란 묘한 것이다. 나는 어젯밤부터 신타로의 기괴한 행동에 대해 계속 고민하고 있었다. 그 때의 신타로의 뭐라 말할 수 없이 섬뜩하고 흉악한 얼굴……. 나는 꿈에서까지 그것을 보았을 정도였다. 나는 뭐랄까 신타로가 떳떳하지 못한 목적을 가지고 최근 매일 밤 밤 산책을 나갔을 것이라고 생각하고 있었다. 그럼에도 그 때까지 비구니 절의 장지문에 비친 그림자와 신타로를 결부시켜 생각할 지혜는 떠오르지 않았던 것이다. 어째서일까. 어쩌면 그것은 신타로가 들고 있던 곡괭이 탓은 아닐까. 곡괭이와 비구니 절과……. 그것은 너무나도 어울리지 않는다. 그것이 바로 지금까지 장지문의 그림자와 신타로를 연결하지 않은 원인은 아닐까.

"타츠야 씨, 뭘 생각하고 있어요?"

"아뇨, 별로……."

"타츠야 씨."

누님의 목소리는 갑작스레 다정하게 변했다.

"당신 뭔가 하고 싶은 말이 있다면 뭐라도 좋으니 말해주세요. 나는 당신 편입니다. 세상 모든 사람이 당신을 의심해도 나만은 당신을 믿어요. 그것만은 절대 잊지 말아요."

"고마워요, 누님."

왠지 모르게 가슴이 메는 걸 느꼈다.

나는 어젯밤 일을 끝까지 가슴에 담아둘 작정이다. 하지만 숨겨도 언젠가 밝혀질 게 틀림없다고밖에 생각되어 견딜 수 없었다. 그렇게 되면 나에 대한 의심은 한층 더 깊어지리라. 그 때가 되어도 누님은 여전히 나를 믿어줄까.

그로부터 얼마 지나지 않아 우리는 별채를 나와 아침식사를 하기 위해 앉았다. 쌍둥이인 코우메와 코다케 할머니는 이미 식사를 마치고 방에 돌아가 있었지만 누님은 내가 일어나기를 기다려주었던 것이다. 어쩌면 식욕이 없었던 건지도 모른다.

나는 누님의 시중을 받으며 잠자코 젓가락을 입에 가져가고 있었는데 그러자 누님은 생각난 듯,

"그래요, 참. 오늘 아침은 또 하나 이상한 일이 있었어요."

하고 젓가락을 든 손을 무릎에 얹고 똑바로 내 얼굴을 보았다.

"이상한 일이라뇨?"

"구노 당숙부님이 모습을 감췄다고 해요."

나는 깜짝 놀라 누님의 얼굴을 고쳐보았다.

"구노 츠네 당숙어른이……?"

"예, 그래요. 타츠야 씨, 알고 있죠. 어제 바이코 스님의 시체 옆에 이상한 내용을 적은 종이가 떨어져 있었던 거 말이에요."

"예, 저, 이번 살인사건의 예정표 같은……."

"예, 그래요. 그걸 구노 당숙부님이 썼다는 사실이 밝혀졌다는군요."

나는 다시금 깜짝 놀라 누님의 얼굴을 고쳐보았다.

"누님, 그게 정말입니까."

"저도 자세한 건 모르지만 경찰에서 조사한 바로는 그렇대요. 그래서 오늘 아침 일찍 경찰 사람이 당숙부님 댁에 찾아갔는데 당숙부님 모습이 보이지 않더래요. 그 집 사람도 당숙부님이 언제 나갔는지 모르고요. 그래서 큰 소란이 나서 집안을 뒤졌는데 잠자리 아래에서 편지 같은 것이 나왔대요. 어쨌든 당분간 모습을 감추겠지만 자신은 절대 결백하니 걱정하지 말라고 쓰여 있었다고 해요."

내 마음은 불안해졌다. 나는 훨씬 전부터 구노 츠네 당숙을 의심하고 있었지만 이렇게 어이없이 항복한다는 표시를 하니 도리어 맥이 빠지는 기분이었다.

"당숙어른은 언제쯤 집을 빠져나간 겁니까."

"그걸 모르겠어요. 어젯밤 당숙어른은 기분이 나쁘다면서 일찍부터 별채에 잠자리를 깔고 틀어박혔대요. 당숙모는 그 후로 당숙어른의 모습을 보지 못했답니다. 그래서 오늘 아침 순경이 왔을 때도 별채에 있을 거라고만 생각하고 깨우러 갔더니 잠자리에 사람이 없지 않겠어요. 그래서 깜짝 놀라 난리가 났던 거죠."

"그래서 잠자리에 들어간 흔적은……."

"그게 전혀 없었대요. 그러니 당숙어른, 어젯밤 별채에 들어가자마자 바로 집을 빠져나왔겠죠. 그래요, 참. 그리고 집에 있던 현금을 전부 가져간 것 같대요."

"당숙어른이 잠자리에 든 시각은……."

"9시 반쯤이었다고 하던대요."

그리고 바로 집을 나갔다면 고이차의 비구니를 목 졸라 죽일 시간은 충분하다.

"누님."

나는 젓가락을 내려놓고 누님 쪽으로 몸을 내밀었다.

"구노 당숙어른이란 분은 그런 짓을 할 사람입니까. 영문 모를 살인을 무턱대고 할……."

"설마요."

하고 누님은 한숨을 토하고,

"옛날부터 탐정소설은 좋아하는 편이었지만……."

"탐정소설."

나는 잠시 어안이 벙벙해서 누님의 얼굴을 바라보았다.

"예, 그래요. 당숙모가 항상 투덜거리고 계셨어요. 그 나이 먹도록 탐정소설에 푹 빠져서 남들 보기 창피하다고……. 저는 탐정소설이 어떤 건지 모르지만 여러 가지 살인사건 같은 게 나오는 소설이죠. 그렇다고 구노 당숙부님이 그런 짓을 했으리라고는 생각지 않지만……."

내 탐정소설에 대한 지식도 누님과 마찬가지로 그리 대단한 건 아니다. 하지만 언젠가 읽었는데 탐정소설의 작가나 독자 중에 그렇게 나쁜 사람은 없다고 한다. 나도 그때 그렇군, 하고 생각했지만, 하지만 돌이켜 이번 사건을 생각해 보면 아무래도 탐정소설의 냄새가 풍기지 않는가.

그리하여 내 마음은 혼란해지고 또 혼란해져, 한마디로 뭐가 뭔지 전혀 모르게 됐던 것이다.

그날 오후 생각지도 않게 긴다이치 코스케가 훌쩍 혼자 찾아왔다. 나는 다시금 심문에 시달리는 것은 아닐까 두근거렸지만 긴다이치 코스케는 그런 기미는 보이지 않고 내 얼굴을 보고 싱글벙글 웃으면서,

"아하하, 그렇게 무턱대고 경계할 건 없지 않습니까. 오늘은요, 조금 당신의 얼굴이 보고 싶어져서 온 겁니다."

"예."

그런 얘기를 들어도 나는 마음이 굳어지는 걸 막을 수 없었지만 다행히 옆에서 하루요 누님이 구원의 손길을 내밀듯,

"저……, 구노 당숙은 붙잡혔나요."

하고 입을 열었다.

"아니, 아직입니다. 그래서 이소카와 경부님이 당황해서 읍내에 나갔습니다만 어떻게 될지."

긴다이치 코스케는 의외로 무관심한 투였다.

"긴다이치 씨."

이번에는 내가 입을 열었다.

"어제 그 종잇조각 말인데요, 바이코 스님의 머리맡에 떨어져 있던……. 그것은 구노 당숙이 쓴 것이라고 들었는데 사실입니

까."

"사실입니다. 그 점에 대해서라면 틀림없습니다. 그것은 은행이 연말에 거래처에다 나눠주는 포켓다이어리의 한 페이지인데요, 이 마을에서 그걸 받은 집은 세 집밖에 없습니다. 여기와 노무라 가와 구노 선생, 그리고 필적감정을 해본 결과 구노 선생의 글씨임에 틀림없다는 걸 알았습니다."

"구노 당숙이 도망친 건 그 때문인가요."

"물론 그렇겠죠."

"그렇다면 구노 당숙이 범인이란 게 되는 겁니까."

"글쎄, 그거 말인데요. 도망은 일종의 고백이 된다는 말이 있으니 보통이라면 그렇게 생각해도 되겠지만 여기에는 한 가지 모순이 있습니다."

"모순이라뇨?"

"어젯밤 고이차의 비구니 살해 말입니다만."

나는 두근거리며 긴다이치 코스케의 얼굴을 고쳐보았다. 하지만 상대는 별로 속셈 같은 건 없는 듯,

"어제 사건은 당신도 들어서 알고 계시겠죠. 그것은 꽤 흥미로운 사건입니다만 그것과는 별개로 고이차의 비구니가 살해당한 것은 12시 전후입니다. 이것은 여러 가지 부분에서 틀림없는 사실입니다만 한편 구노 선생은 어젯밤 10시 50분발 열차에 탄 흔적이 있습니다."

나는 무심코 눈을 크게 떴다. 그럼 고이차의 비구니 사건에 관한 한, 구노 당숙어른은 완전한 알리바이를 갖고 있다는 말인가.

"그렇습니다. 그대롭니다. 구노 선생이 혹 다음 역에서 내려봐

야 바로 거기 연결되는 귀환열차도 없고 걸어서는 아무래도 12시까지 돌아올 수 없습니다. 그래서 어젯밤 사건에 관한 한 구노 선생은 관계가 없고 게다가 지금까지의 사건에 관해서도 관계가 없는 게 아닐까 생각합니다."

"하지만 그렇다면 구노 당숙은 왜 도망친 거죠."

긴다이치 코스케는 싱긋 웃고,

"그야…… 그런 바보 같은 걸 수첩에 써놓았다는 것만으로도 아무래도 마을에 있기 힘들었겠죠. 도망칠 가치는 충분히 있습니다."

"어쩌면 어젯밤 사건은 지금까지의 사건과 관계가 없는 건 아닐까요. 어제 주운 메모에 의하면 범인의 계획으로는 대립, 혹은 병립하고 있는 두 사람 중 한쪽이 죽는 걸로 되어 있지 않습니까. 그리고 비구니라면 이미 바이코 스님이 살해당했어요. 고이차의 비구니를 살해한 것은 좀 이상하지 않습니까."

그것은 오늘 아침부터 내 가슴에 얽혀 있는 의문이었다. 하지만 긴다이치 코스케는 그 말을 듣더니 갑자기 벅벅 머리를 긁기 시작하면서,

"아아, 댁도 그걸 눈치 채고 계셨습니까. 그래요, 그렇습니다. 하지만 그건 역시 지금까지의 사건의 연장입니다. 단 이것은 범인에게는 처음 예정에 들어 있지 않았던 사건인 겁니다. 고이차의 비구니를 살려둘 수 없는 이유가 갑자기 생겨서 저질렀기 때문이죠. 그럼 갑자기 일어난 이유는……? 결국 범인이 실수를 했기 때문입니다. 네, 그래요. 바이코 스님의 사건에서 범인은 처음으로 실수를 저질렀던 겁니다. 타츠야 씨, 당신은 그걸 모르

시겠습니까. 알 만한 일인데요. 아뇨, 어쩌면 당신으로서는 모르는 게 당연할지도 모르겠군요."

긴다이치 코스케는 물끄러미 내 얼굴을 보면서 희미하게 한숨을 쉬고는 그로부터 얼마 지나지 않아 유유히 가버렸다.

아아, 긴다이치 코스케는 무엇 때문에 온 것일까.

옛날사람

그날 밤, 나는 다시 비밀통로를 통해 지하도에 들어갔다.

어젯밤 같은 일이 있은 직후인데다 하루요 누님이 어젯밤 내 탈출을 눈치 채고 있는 것은 아닐까 하는 걱정이 되는 이때, 또 다시 지하도에 들어가는 것은 큰 모험처럼 느껴졌지만 왠지 모르게 몸 안에 어쩔 수 없는 충동이 끓어 아무래도 지하도에 들어가지 않고는 참을 수 없었다. 게다가 노리코에게 한 약속도 있고 다시 한 번 그녀를 만나 어제 일을 입막음시켜두지 않으면 안 되었다.

나는 창고 장지문 아래에서 지하도로 들어갔지만 그럼에도 꽤 주저했던 탓에 시각은 어젯밤보다 꽤 늦어져 있었다.

나는 다시 양초를 한 손에 들고 자연석을 조각한 계단을 내려와 어두운 터널을 걸어갔다. 한번 왕복했던 길이라 어젯밤만큼 불안하지는 않았다. 바위의 관문도 무사히 빠져나와 길이 두 갈래로 갈라져 있는 곳까지 왔으나 거기서 무심코 깜짝 놀라 멈춰 섰다.

두 갈래로 갈라진 길 오른쪽, 즉 고이차로 빠지는 터널 쪽에서 때때로 깜박깜박 섬광이 번쩍이는 것이다. 나는 당황해서 양촛불을 불어 껐다. 그리고 어둠 속에서 돌처럼 가만히 서 있었다.

그 길은 두 갈래로 갈라지는 곳보다 조금 더 떨어진 지점에서 급한 굴곡을 그리고 있었고 그 굴곡 저편에서 깜박깜박 섬광이 번쩍이고 있다. 섬광은 굴곡 주위의 동굴 벽면을 날름거리며 핥고는 금세 꺼졌다. 두세 번 그런 일이 있은 끝에 나는 겨우 누군가가 커브 저편에서 성냥을 켜고 있다는 사실을 깨달았다.

한순간 나는 한파를 맞은 것처럼 오싹했다. 심장박동이 한순간 정지한 후에 이번에는 반대로 쿵쿵 울리기 시작했다. 전신에서 열탕처럼 땀이 솟아났다.

아아, 누군가가 이 지하도 안에 있는 것이다! 나는 그저께 밤의 일을 떠올렸다. 자신의 방에 숨어든 인물, 그리고 지하도 안에서 코우메와 코다케 할머니를 위협한 인물……. 어쩌면 그 사람이 또 온 것은 아닐까.

다시금 희끄무레한 섬광이 타올랐다. 하지만 이번에는 바로 꺼지지는 않고 한동안 활활 타오른 후 이윽고 다른 색의 빛으로 바뀌었다. 알았다. 양초에 불이 붙은 것이다. 촛불은 한동안 바위 위에서 명멸하고 있었으나 마침내 그것은 안정된 빛으로 변해 가라앉았다. 아무래도 상대는 초롱을 들고 있는 것 같았다. 드디어 초롱불은 점차 이쪽으로 다가왔다.

나는 당황해서 두 갈래로 갈라진 길의 왼쪽에 숨어들었다. 내 심장은 아직도 격하게 요동치고 있지만, 생각해보면 이것은 절호의 기회일지도 모른다. 잘 되면 매번 별채에 침입하는 수상한 사람의 정체를 확인할 수 있을지도 모르는 것이다.

초롱 불빛은 흔들흔들 흔들리며 점차 곡선을 그리며 다가온다. 나는 지하도 바위벽에 등을 딱 붙인 채 상대가 다가오는 것을 이제나저제나 기다리고 있었다.

드디어 초롱불이 커브를 돈 듯 바로 눈앞에 노란 빛이 흘러들어온다. 발소리가 점차 다가온다. 나는 숨을 삼키고 상대의 모습이 또 다시 나타나기를 기다리고 있었다. 이윽고 점점 그 모습이 내 바로 코앞에 나타났다. 그 순간 나는 누군가에게 발을 걷어차인 것처럼 큰 충격을 받았다.

"노리코?"

분명 그것은 노리코였다. 노리코는 내 목소리를 듣고 깜짝 놀라 뛰어올랐지만 이내 초롱불로 내 모습을 확인하고는,

"오라버니."

너무나 기쁜 듯 내 가슴에 뛰어들어왔다.

"노리 양, 너 어째서 이런 데 온 거야?"

내 놀라움은 아직 가라앉지 않았다. 나는 어안이 벙벙해서 노리코의 얼굴을 응시하고 있었다. 노리코는 하지만 의외로 태연하게,

"오라버니를 찾으러 왔어요. 오라버니가 아무리 기다려도 와주지 않으니까요."

"너는 전부터 이 지하도를 알고 있었던 거야?"

내 목소리는 무심코 힘이 들어갔다.

"아뇨, 그건 아니에요. 저요, 어젯밤 그 자리에서 오라버니를 기다렸어요. 응, 그래요. 꽤 오랫동안 기다리고 있었어요. 근데 아무리 기다려도 오라버니가 와주지 않는 거예요. 그래서 어쩌면 굴 속에 숨어 있는 건 아닐까 생각하고 잠시 안에 들어가 봤어요. 그러자 굴이 꽤 깊어지지 않겠어요. 그래서 저, 어쩌면 오라버니는 그 굴 속에 계실지도 모른다고 생각하고 집에 돌아가 초롱을 갖고 온 거예요."

나는 노리코의 대담함에 아연해지고 말았다.

"노리 양은 그러면서 무섭지 않았어?"

"예, 무서웠어요. 하지만 오라버니를 만날 수 있을지도 모른다고 생각하니 그런 걸 생각하고 있을 수 없었어요. 하지만 저, 역시 오길 잘했다고 생각해요. 이렇게 오라버니를 만났는걸."

노리코는 어디까지나 천진했다. 그와 동시에 그녀의 강한 연정을 깨닫고 나는 뭐랄까 몸 안에 통증 같은 것을 느끼지 않을 수 없었다. 하지만 그거야 어쨌든 나는 한시라도 빨리 용건을 마치지 않으면 안 되었다.

"노리 양."

"네."

"너는 아무한테도 어젯밤 일을 말 안했지."

"네, 저 아무한테도 말 안했어요."

"오늘밤 나를 만난 것도……."

"네, 아무한테도 얘기 안할게요."

"신타로 씨한테도?"

"네."

"신타로 씨는 오늘 어때?"

"오빠는 오늘 머리가 아프다고 하루 종일 자고 있어요. 그리고 이상해요. 오빠, 오라버니랑 똑같은 얘길 해요."

"나랑 똑같은 얘기?"

"네, 어제 늦게 밖에 나간 걸 아무한테도 말하면 안 된다고요. 이상해요. 남자들은 왜 모두 거짓말을 좋아하는 걸까요."

나는 왠지 모르게 마음이 요동쳤다.

"노리 양, 너는 고이차의 비구니가 살해당했다는 사실을 알고 있어?"

"네, 알아요. 오늘 아침 듣고 깜짝 놀랐어요. 저기요, 오라버니. 어젯밤 장지문에 비쳤던 사람이 묘렌 스님을 죽인 사람이 아닐까요."

"노리 양, 신타로 씨는 그 일에 대해 뭐라고 했어?"

"오빠요? 그다지……. 왜요?"

노리코가 이상한 듯 내 얼굴을 올려다보았을 때였다.

느닷없이 앗 하는 듯한 외침이 내 뒤에서 들려왔나 싶더니 누군가가 허둥지둥 지하도 안으로 달려간다. 나도 노리코도 한순간 굳어져서 꼼짝 않고 서 있었지만, 바로 다음 순간 나는 노리코의 손에서 초롱을 잡아채어 그 발소리를 쫓아가기 시작했다.

"오라버니."

"노리 양, 넌 거기서 기다려."

"싫어, 저도 같이 가요."

이쪽 편 지하도도 두 갈래 길에서 조금 더 간 지점에서 날카로운 굴곡을 그리며 구부러져 있다. 앞서 도망친 인물은 이런 이유로 커브지점에 도착하기까지 우리가 있는 걸 눈치 채지 못했던 것이리라.

우리는 발소리에 의지해 주의 깊게 지하도 안으로 전진해나갔지만 이 길은 아까의 굴곡뿐만 아니라 마치 양의 창자처럼 구부러져 있어 발소리와 그리고 상대가 들고 있는 것 같은 불빛이 반사되는 걸 희미하게 보면서 아무리 쫓아가도 그 모습을 붙잡을 수가 없었다.

대체 우리는 저 두 갈래 길에서 얼마나 안쪽으로 들어온 것일까. 얼마 되지 않아 우리는 발소리도 빛의 반사도 모두 놓쳐버리고 망연히 지하도 안에 서 있었다.

“이제 안 되겠어요.”

“응, 결국 놓쳐버린 것 같군.”

“대체 누굴까요, 방금 그 사람!”

“나도 모르겠어.”

“이 동굴은 꽤 깊네요.”

“응, 그리고 분명 어딘가에 입구가 있을 거야.”

“조금 더 가볼까요.”

“노리 양은 그럴 용기가 있어?”

“네, 있어요. 오라버니랑 함께라면.”

“좋아. 그럼 좀 더 가보자.”

수상한 자를 붙잡는 것은 이제 포기했지만 내게는 다른 목적이 있었던 것이다. 아니, 그것이야말로 내가 처음 갖고 있던 목적이었다. 코우메와 코다케 할머니가 참배하는 유골……. 오늘 밤에야말로 나는 그것을 밝혀내지 않으면 안 된다.

초롱을 들고 우리는 주의 깊게 5분 남짓 걸었는데, 그러자 갑자기 터널 안이 넓어졌다. 나는 깜짝 놀라 초롱을 들고 주변을 둘러보았는데, 바로 그 때였다. 갑자기 노리코가 무슨 말인가를 외치며 내 가슴에 매달렸던 것은.

"왜, 왜 그래. 노리 양."

"저기, 저기, 오라버니. 저런 데 누군가 사람이……."

"뭐, 사람……!"

나도 깜짝 놀라 노리코가 가리키는 쪽으로 초롱을 돌렸는데 그 순간 나는 등골까지 얼어붙는 듯한 공포를 느꼈다.

동굴 바닥에서 3척(90센티미터) 정도 높이의 벽을 불상을 안치하는 감실처럼 파였고 그 감실 안에 갑옷을 입은 무사가 한 사람, 옛날 무사그림의 대장처럼 태연하게 석관 위에 앉아 있는 것이다. 나는 처음, 갑옷이 장식되어 있는 거라고 생각했다. 하지만 그런 게 아니었다. 투구의 넓은 차양 때문에 얼굴은 잘 보이지 않았지만 갑옷 안에는 분명 사람이 있는 것이다. 게다가 그 사람은 몸을 움직이지도 않고 잠자코 이쪽을 내려다보고 있다.

제5장 갑옷 속

나는 한동안 입도 뻥끗하지 못했다. 공포 때문에 심장이 목구멍까지 부풀어 올라 뭔가 말하려고 해도 혀가 굳어서 말이 나오지 않는 것이다. 무기력해 보이겠지만 무릎이 후들후들 떨리고 전신이 철사처럼 경직되고 말았다.

하지만 이렇게 말하더라도 다른 사람은 나의 비겁한 태도를 비웃을 수 없으리라. 누구라도 어두컴컴한 동굴의 그 같은 장소에서 이상한 풍채를 한 사람과 만났다면 마찬가지로 똑같을 것임에 틀림없다. 게다가 오오, 이상한 풍채를 한 그 인물의, 말을 걸지 않으면 꿈쩍도 하지 않을 그 섬뜩함! 그 놈은 단지 투구의 넓은 차양 아래서 물끄러미 우리를 내려다보고 있는 것이다.

"누, 누구냐, 거기 있는 건!"

나는 겨우 목에 걸린 가래를 삼키고 그렇게 물었다.

하지만 상대는 대답도 없이, 아니 대답은커녕 미동도 하지 않는다. 뭐랄까 묘하게 쥐죽은 듯한, 말하자면 이 세상사의 움직임에서 떨어져 있는 것 같은 고요함이 섬뜩하게 그 전신을 감싸고 있었다.

나는 노리코와 얼굴을 마주보았다.

"오라버니."

노리코는 내 귀에 입을 갖다 대고,

"저거, 혹시 인형 아니에요? 나뭇조각 같은 거 아닌가요?"

나도 일단은 그런가 생각했지만 그렇다고 하기에는 납득이 안 가는 구석이 있었다. 몸의 선에 나뭇조각의 뻣뻣함이 없고 뭐랄까 좀 더 인간에 가까운 면이 있다고 생각되었다. 하지만 아무래도 살아 있는 존재는 아닌 게 확실하다. 나는 약간 안심했다.

"노리 양, 넌 여기 있어. 한번 잘 조사해보자."

"오라버니, 괜찮아요?"

"응, 괜찮아."

나는 노리코 곁을 떠나 초롱을 든 채 석관 위로 올라갔다. 그때 저 갑옷무사가 팔을 길게 뻗어 갑자기 위에서 덤벼들지나 않을까 하고 등골이 오싹한 기분이었다. 하지만 갑옷무사는 의연하게 석관에 앉은 채 태연히 있었다. 나는 그 바로 앞에 초롱을 비추었다.

양초가 타는 냄새에 섞여 곰팡이와 습기어린 썩은 냄새가 강하게 코를 찌른다. 그것은 갑옷과 투구에서 풍기는 냄새였다. 나는 이런 골동품에 대해서는 조금도 아는 바가 없었지만 갑옷도 투구도 상당한 지위의 무사가 사용하는 것인 듯 생각되었다. 하지만 어느 쪽이든 꽤 낡은 듯 실 같은 것도 너덜너덜해졌고 가슴

부분도 앞쪽 상갑[26]도 반쯤 부패해 있었다.

나는 초롱을 들어 투구 차양 아래를 비춰보았는데, 그 순간 뭐라 말할 수 없는 섬뜩함에 전신의 털이 사악 곤두서는 것을 느꼈다.

그것은 인형도 아니고 나뭇조각도 아닌, 분명히 인간이었다. 하지만 물론 살아 있는 것은 아니다. 죽어 있는 것이다. 하지만 그 시체의 뭐라 말할 수 없는 섬뜩함이랄까. 피부는 황토색도 회색도, 또 다갈색도 띠지 않은 묘하게 탁한 색을 하고 있고, 더욱이 매끌매끌해 일종의 광택을 머금고 있다. 그것은 약간 비누 같은 느낌이었다.

이 시체……. 연령은 그렇다, 서른에서 마흔 사이일까. 코가 납작하고 광대뼈가 튀어나와 있는 것은 이 부근 사람의 특징이지만, 눈과 눈 사이가 붙어 있고 이마가 좁고 턱이 뾰족한 점이 자못 험악한 인상이다. 눈은 부릅뜨고 있지만 까칠하게 빛을 잃은 눈동자는 진흙 세공 같았다.

나는 너무 무서워서 전신에서 끈적끈적하게 식은땀이 배어나오는 걸 느꼈다. 이가 딱딱 부딪치고 금방이라도 구역질을 할 것 같았지만 그때 문득 이 시체의 얼굴을 어디선가 본 적이 있는 것 같은 기분이 들었다. 좁은 이마, 뾰족한 턱, 그리고 눈과 눈 사이의 좁은 간격……. 그렇다, 나는 분명히 어디선가 이런 얼굴을 본 적이 있다.

누굴까, 언제 어디서 본 얼굴일까. 하지만 내가 그것을 기억해

---

26) 상갑(裳甲): 草摺(구사즈리). 갑옷 아래쪽 치마 같은 부분을 가리킴.

내기 전에 내 기색에 놀라 노리코가 석관 아래 달려왔다.

"오라버니, 오라버니, 무슨 일이에요? 갑옷 아래 뭔가 있어요?"

노리코의 목소리에 나는 겨우 정신이 들었다.

"노리 양, 옆에 오지 마. 저쪽에 가 있어."

"하지만, 오라버니."

"음, 나도 이제 내려갈 거야."

석관에서 내려가자 노리코가 놀란 듯 말을 걸어왔다.

"저기, 오라버니. 무슨 일이에요. 땀이 엄청나게……."

"으음, 괜찮아, 괜찮아."

나는 정신이 없었다. 대체 저 시체는 누구일까. 석관 위에 꽃병이나 선향대 같은 것이 장식되어 있는 것을 보면 코우메와 코다케 할머니가 참배하는 것은 분명 여기라고 생각된다. 그렇다면 저 시체는 두 노파와 뭔가 관계가 있는 인물임에 틀림없으나 대관절 무슨 관계가 있는 것일까.

"오라버니."

노리코는 내게 매달려 불안한 듯 얼굴을 올려다보며,

"정말 이 갑옷 아래 뭔가 있어요? 저거 인형이 아니었어요?"

"아, 그래. 노리 양, 너한테 물어보면 알지도 모르겠다. 최근 마을에서 죽은 사람 중에 서른에서 마흔 사이 정도 나이의 사람은 없었어?"

"어, 왜요. 왜 그런 걸 물어보세요?"

노리코는 이상한 듯 눈을 뱅글뱅글 돌리고 있었지만,

"최근 섬에서 죽은 사람이라면 오빠도 아시잖아요. 그중에서 서른에서 마흔 사이의 남자라면 렌코사 코젠 스님하고 댁의 히사야 오라버니 정도에요."

"히사야 형님!"

나는 갑자기 강한 전기충격을 받은 것 같은 쇼크를 느꼈다. 어떤 생각이 휙 머리에 번뜩였기 때문이다.

그렇다, 그러고 보니 저 시체의 얼굴은 어딘가 형인 히사야와 닮아 있지 않은가. 눈과 눈 사이가 붙어 있고 이마가 좁고 턱이 뾰족하고, 어딘가 험악한 느낌이 드는 구석이.

하지만, 하지만…… 그런 일이 있을 리가 없지 않은가. 히사야 형은 분명 관에 넣어져 다지미 가 사람들이 대대로 이용하는 묘지에 묻혀있지 않은가. 무엇보다 나중에 검시를 위해 파냈지만 검시가 끝나 다시 관에 넣어져 이장되었던 것이다. 그 관 위에 처음으로 흙을 한줌 뿌린 것은 다름 아닌 나 자신이 아니던가. 나는 그 관이 완전히 흙으로 덮이는 것을 이 눈으로 보았다. 묘석은 아직 세우지 않았지만 형은 분명 저 흙 아래 잠들어 있을 터였다.

그렇다고는 해도 역시 저 시체는 형과 닮아 있다. 다지미 가의 일족으로 저 연배인 인물이 최근 죽었다는 소문은 들은 적이 없는 걸 보면, 역시 저 사람은 형인 것일까. 누군가가 저 무덤에서 형의 시체를 파내어 저런 곳에 안장시켜 둔 것일까. 하지만 그렇다고 해도 이상하다. 형이 죽어서 벌써 열흘이나 지났는데 부패의 징후가 보이지 않는 것은 어떤 이유에서일까.

뭐라고 말할 수 없는 의혹에 사로잡혀 나는 그 자리에 우뚝 서 있었는데, 그 때였다.

"누구죠……? 그런 곳에 있는 사람은……?"

느닷없이 뒤에서 누군가가 말을 걸어와, 나도 노리코도 깜짝 놀라 펄쩍 뛰었다. 돌아보니 저편에서 누군가가 초롱을 들고 서 있다.

"누구죠……? 거기 있는 건……?"

초롱이 한 걸음 전진한다. 노리코는 겁먹은 듯 내게 매달렸다.

"누구죠……? 거기 있는 건……?"

상대는 거듭 말하면서 높다랗게 초롱을 들었다. 이 동굴 속에서 소리를 내면 이쪽저쪽 벽에 울려 음향이 묘하게 팽창해버리는데 나는 그때 처음으로 목소리의 주인을 알아차렸다.

"아아, 거기 있는 건 누님 아니세요. 저예요. 타츠야입니다."

"어머, 타츠야 씨? 역시 그랬군요? 하지만 또 한 사람은 누구세요?"

"노리코 씨입니다. 분가의 노리코 씨예요."

"어머, 노리코 씨?"

하루요 누님은 놀란 듯 목소리를 높였지만 바로 서둘러 옆에 다가왔다.

"어머, 정말, 역시 노리코 씨군요."

하루요 누님은 의아한 듯 우리의 얼굴을 번갈아 보더니 주위를 둘러보며,

"그건 그렇다 치고 당신들, 이런 데서 뭐하는 거예요."

"누님, 그에 대해선 언젠가 나중에 말씀드리겠습니다만, 누님이야말로 이런 곳에 왜 오신 겁니까."

"저……."

"누님은 전부터 이 동굴에 대해 알고 계셨던 겁니까."

"당치도 않아요. 저 처음이에요. 이런 데 온 건……."

하고 누님은 주위를 둘러보고는 겁먹은 듯 어깨를 움츠리고,

"하지만 이야기로는 들은 적이 있어요. 아주 예전에 저택에서 어딘가에 뚫어놓은 길을 만들었다고 어릴 때 들었던 기억이 있어요. 하지만 한참 전에 메워버렸다고 고모할머님들께서 말씀하시기에……."

"그럼 누님은 오늘밤 처음으로 이 비밀통로를 알게 되신 겁니까."

누님은 희미하게 고개를 끄덕였다.

"누님은 어디서 어떻게 들어오신 겁니까."

힐문하는 듯한 내 말투에 누님은 다소 주저했지만 이윽고 날카롭게 정면에서 내 눈동자를 응시하고는,

"타츠야 씨."

하고 말에 힘을 주어,

"어젯밤 나는 당신에게 할 얘기가 있어서 별채 쪽으로 갔었어요. 그랬더니 당신 모습이 어디에도 보이질 않잖아요. 그런데 문단속은 제대로 안에서 해둬서 나는 여우에 홀린 기분이었어요. 꽤 오랫동안 나는 별채에서 기다렸는데 아무리 기다려도 당신이 돌아오질 않아서 포기하고 안채로 돌아갔어요. 하지만 오늘 아침이 되어보니 당신은 별채에 있지 않겠어요. 저, 점점 여우에 홀린 것 같은 기분이 되었는데 당신이 침묵하고 있기에 저도 묻는 걸 관뒀던 거예요. 하지만 너무 걱정이 되어서 오늘 밤에도 별채에 가봤던 거죠. 역시나 또 당신 모습이 보이질 않는 거예요. 게다가 역시 걸쇠는 제대로 안에서 잠겨 있고요. 그래서 처

음으로 어릴 때 들었던 비밀통로 얘길 떠올렸던 거예요. 어딘가 이 별채에 비밀통로가 있음에 틀림없다. ……그렇게 생각하고 찾는 사이에 창고 궤짝뚜껑 사이에 이런 게 끼워져 있는 걸 발견했어요."

누님이 품에서 더듬어 꺼낸 것은 내 손수건이었다.

"이거 타츠야 씨 거죠. 저 깜짝 놀라 궤짝뚜껑을 열어보니 이 부자리 위에 뚝뚝 촛농이 흐르고 있었어요. 거기서 이런저런 짓을 해본 끝에 쾅 하고 궤짝바닥이 열렸던 거예요. 그래서 이렇게 찾아왔는데……."

누님은 거기서 다시 의아한 듯 우리의 얼굴을 번갈아 보면서,

"그건 그렇다 치고 타츠야 씨, 당신은 어떻게 이 비밀통로를 아는 거죠. 누구한테 들은 건가요?"

이미 이렇게 되면 누님에게 숨길 필요는 없었지만 노리코 앞에서 그 경위를 털어놓는 것은 꺼림칙했다.

"누님, 그에 대해선 나중에 집에 돌아가서 얘기하겠지만 그것보다 누님께 여쭙고 싶은 게 있습니다. 누님, 거기 있는 저거, 대체 저건 뭡니까."

초롱을 비추어 예의 석관 쪽을 가리키자 누님은 처음으로 알아차린 듯 앗 하는 것 같은 소리를 지르고 뒷걸음질 쳤지만 이내 정신을 차리고 두세 걸음 앞으로 나아가,

"어머, 이상하네. 누가 이런 데 가져왔을까요."

하고 숨이 찬 것처럼 중얼거렸다.

"누님, 누님. 그럼 누님은 이 갑옷을 아십니까?"

"으음……. 오래전에 한 번 본 적이 있어요. 봐요, 타츠야 군도

알죠. 별채 뒤에 사당 같은 게 있어요. 언젠가 당신, 지불당(持仏堂)[27]이냐고 물었잖아요. 사실은 그거, 지불당이 아니고 신사예요. 표면상으로는 오곡신으로 되어 있지만 정말은 저기……."

하고 누님은 약간 망설인 끝에,

"당신도 분명 이야기를 들은 적 있죠. 아주 옛날에 이 마을 사람들에게 살해당한 아마코 대장. 그 사람을 제사지내고 저 갑옷도 그 대장 것이라고 해서, 그것을 영혼 대신 모시는 거예요. 봐요, 저 석관 안에 넣어서 신사 안에서 제사를 지내는 건데요, 오래 전에 지금부터 15, 6년 전 정도일까 갑자기 사라졌어요. 도둑이 가져갔을지도 모르지만 이상한 도둑도 있다고 그 때 그랬답니다. 하지만 이상하네요. 누가 이런 데 갖다놓은 걸까요."

이걸로 대충 갑주의 내력은 알게 되었지만 화제는 갑주보다도 그 갑주 안에 있는 인물인 것이다.

"누님, 잘 알겠습니다. 그걸로 갑옷의 내력은 잘 알겠습니다만 그것보다…… 누님, 잘 좀 봐주세요. 투구 아래를 잘 좀 봐주십시오. 누군가 갑옷 안에 있죠. 대체 저건 누굽니까."

하루요 누님은 깜짝 놀라 내 얼굴을 돌아봤지만 연약한 미소를 떠올리고는,

"어머, 싫어요. 타츠야 씨, 놀라게 하지 말아줘요. 나는 심장이 나쁘니까……."

"누님, 거짓말이 아닙니다. 잘 보아 주세요. 분명 누군가 있어요. 저는 지금 이 석관 위에 올라가서 보고 왔단 말입니다."

---

27) 지불당(持仏堂): 부처님을 모시는 사당.

누님은 겁을 먹은 듯 석관 위를 올려다보았다. 석관 위에서 저 갑주를 입은 시체가 무시무시한 눈을 한 채 내려다보고 있다. 누님은 거친 호흡을 삼켰다. 그리고 초롱을 높다랗게 들고 빨려 들어가듯 석관 쪽으로 다가섰다.

누님의 이런 심상치 않은 기색을, 나도 노리코도 손에 땀을 쥐고 지켜보고 있었다.

누님은 석관에 매달리듯이 해서 투구 아래를 보고 있었지만 갑자기 격하게 몸을 떨면서 들뜬 눈을 내게 돌리고,

"타츠야 씨. 부탁해요. 나를 저 단 위에 올려줘요."

창백한 누님의 이마에는 땀이 가득 맺혀 있다. 나는 바로 거들어 누님의 몸을 단 위로 밀어 올렸다. 누님은 공포와 호기심이 뒤섞인 눈을 가까이 대고 투구 아래 있는 얼굴을 들여다보고 있다. 호흡이 점차 거칠어진다. 누님은 분명 이 시체를 알고 있는 것이다.

나는 숨을 죽이고 누님의 모습을 지켜보고 있었는데, 그때 갑자기 노리코가 내 소매를 잡아당겼다.

"왜 그래? 노리 양?"

"오라버니, 이런 데 뭐가 적혀 있어요."

노리코가 가리킨 것은 하루요 누님이 서 있는 단 위에서부터 5촌(15센티미터)정도의 지점이었다. 역시 거기에 가로글씨로 뭔가 돌에 조각되어 있다. 나는 초롱불을 갖다 대고 그 문자를 읽어보았는데 그 순간 무심코 흡 하고 숨을 삼켰다.

원숭이의 걸상.

그 여섯 글자는 분명 그렇게 읽혔다. 원숭이의 걸상……, 원숭

이의 결상……. 아아, 나는 언젠가 이 말을 들은 적이 있지 않은가. 그렇다, 그것은 내가 다지미 가에 도착한 밤의 일이었다. 하루요 누님이 별채에 와서 이상한 침입자 이야기를 했는데 그 침입자가 떨어뜨린 거라고 생각되는 지도 같은 것에 그런 지명이 씌어져 있었다고. 그리고 나도 그와 비슷한 지도를 갖고 있었는데, 아아, 그럼 그 지도는 이 지하미로를 가리키는 것이었던가.

내가 새로운 의문에 망연해서 가만히 서 있을 때였다. 갑자기 머리위에서 꺅 하고 누님의 비명이 들렸다. 내가 놀라 돌아보았을 때, 누님은 비틀거리나 했더니,

"위험해!"

양손을 벌린 내 팔 안에 무너지듯 떨어졌다.

"아아, 타츠야 씨, 타츠야 씨, 대체 이건 어떻게 된 건가요. 난 미친 거야. 아니면 나 꿈을 꾸는 걸까."

"누님, 정신 차리세요. 왜 그러십니까. 누님은 저 사람을 알고 계신 겁니까. 누굽니까. 대체. 저건 누굽니까."

"아버지."

"예?"

"26년 전에 산으로 도망쳐 그대로 행방불명된 아버님……."

누님은 내게 매달려 정신 나간 것처럼 울기 시작했다.

나는 마치 새빨갛게 달군 꼬챙이로 정수리를 얻어맞은 것 같은 충격을 느꼈다. 노리코도 옆에서 망연해져서 눈을 크게 뜨고 있었다.

황금 세 개

하루요처럼 심장이 약한 사람에게 있어서 그날 밤의 무서운 발견은 너무나도 큰 타격이었다. 그날 밤 우리는 노리코에게 단단히 입막음을 시키고 이전 두 갈래 길에서 헤어져서는 궤짝바닥을 지나 출발점인 별채로 돌아왔는데, 밝은 데서 본 누님의 안색은 깜짝 놀랄 정도로 좋지 않았다.

"누님, 정신 차리세요. 정말 안색이 안 좋습니다. 잠깐 누우시면……."

"네에, 고마워요. 심장이 나쁘니 힘이 없네요. 하지만 너무 놀라서……."

"하지만 누님, 그게 아버님이란 게 사실입니까."

"타츠야 씨, 그건 확실해요. 나도 한참 자기 눈을 의심하고 몇 번이나 고쳐봤으니까. ……아버님이 산으로 도망쳐 들어갔던 것은 내가 8살 때였어요. 하지만 나는 지금도 확실히 아버님의 얼굴을 기억하고 있어요. 이렇게 눈을 감으면 그 모습이 뚜렷이 떠오를 정도로……."

누님의 눈에는 엷게 눈물이 맺혀 있었다. 그처럼 무서운 사건을 일으킨 사람이라도 누님에게 있어서는 역시 그리운 아버지인 것이리라. 나는 왠지 모르게 몸 안이 얼어붙는 것을 느꼈다.

"하지만 누님, 이상하지 않습니까. 아버님이 산으로 도망친 건 36세 때라고 하는데 그 시체는 그 때부터 조금도 나이를 먹은 것 같지 않지 않습니까."

"그렇군요. 아버님은 분명 산으로 도망치자마자 저 비밀통로에 숨어 들어가고, 그리고 거기서 돌아가신 거예요. 지금까지 행방을 알 수 없었던 것도 무리는 아니에요."

"하지만 그로부터 벌써 이십여 년이 지났어요. 그 동안 어째서 부패하지 않고 옛날 모습 그대로 있는 거죠."

"글쎄, 그건 저도 모르겠어요. 저처럼 무식한 사람은 모르겠어요. 하지만 타츠야 씨, 세상에는 여러 가지 이상한 일들이 있잖아요. 미라라든가……."

"그렇게 말씀하시면 그렇지만 저건 미라로 보이진 않는데요. 하기야 저도 미라란 걸 본 적은 없습니다만."

"그보다 타츠야 씨."

누님은 갑자기 몸을 앞으로 내밀며,

"당신은 어떻게 그 비밀통로를 알고 있죠. 언제부터 그 비밀통로를 눈치 챘나요."

그래서 내가 그저께 일을 요점만 간추려 이야기해 들려주니 누님은 뒤로 몸을 젖히며 놀랐다.

"어머, 그럼 고모할머님들께서……."

"예, 그렇습니다. 그때 고모할머님들의 말씀으로 미뤄봐서는 매달 기일에 참배를 하고 계신 것 같았어요."

"그럼 고모할머님들께서는 훨씬 전부터 거기 아버님 시체가 있는 걸 알고 계셨던 거군요."

"그런 것 같습니다. 어쩌면 그런 곳에 갑옷을 입혀 제사지낸 것도 고모할머님들이 하신 게 아닐까요."

누님의 안색이 차츰 나빠졌다. 누님은 옷깃에 턱을 묻고 한동안 잠자코 생각에 잠겨 있었지만 뭔가 짚이는 게 있는 건지 갑자기 핫 하고 갑자기 얼굴을 들었다. 그 얼굴은 무참하게 일그러지고 날카로워진 눈초리에는 심상치 않은 기색이 감돌고 있었다.

"누님, 왜, 왜 그러세요. 뭔가 짚이는 데가 있으신 겁니까."

"타츠야 씨, 무서워, 나, 무서워요. ……하지만 역시 그거예요. 분명 그거임에 틀림없어."

"누님, 왜 그러세요. 뭐가 그렇다는 겁니까."

"타츠야 씨."

하루요 누님은 높은 목소리로,

"저, 꽤 오랫동안 이 일로 마음이 아팠어요. 특히 최근…… 저어, 여러 사람이 죽었잖아요. 무서운 독으로……. 그 이후 더욱 그때 일이 생각나서 견딜 수 없었는데……."

누님은 거기서 격하게 어깨를 떨더니,

"타츠야 씨, 이건 당신이니까 얘기하는 거예요, 절대 아무한테도 말하면 안돼요."

누님은 그렇게 서두를 연 후 다음과 같은 이야기를 시작했다.

그것은 지금으로부터 26년 전, 즉 저 무서운 사건이 있고 얼마 안돼서의 일이었다. 당시 8살이던 하루요는 어머니의 죽음을 목격한 이후 엄청난 공포증에 시달리고 있었다. 그녀는 매일 밤 한밤중이 되면 너무나 겁에 질려 불붙은 것처럼 울기 시작했다. 대고모인 코우메와 코다케 할머님이 그것을 불쌍히 여겨 매일 밤 그녀를 안고 자게 되었다.

"예, 저는 고모할머님들 사이에서 자고 있었어요. 하지만 어떤가 하면 그 고모할머님들이 한밤중이 되면 어딘가로 사라지는 일이 있었습니다. 한번은 그래서 제가 큰 소동을 피우고 울부짖으며 집안을 찾으러 돌아다닌 적이 있었습니다. 그런 뒤에는 두 분이 같이 사라지는 일은 없어졌지만 그래도 교대로 매일 밤 분명 한 분이 없어졌어요. 그래서 제가 남아 있는 쪽 고모할머님께 여쭤보니, 응, 뒷간에 간 거니까 금방 돌아올 거라고 항상 정해 놓고 똑같은 대답을 했어요. 아무래도 어린애였으니 별로 캐묻지는 않고 그대로 잠들어버리는 게 보통이었지만 그 사이 어느 땐가 저는 두 고모할머님이 무서운 얘길 하시는 걸 들었던 거예요."

그날 밤에도 여느 때처럼 하루요 누님은 코우메와 코다케 할머님 사이에 들어가서 자고 있었는데 두 대고모님들이 하루요의 머리 너머로 소곤소곤 나누는 이야기에 문득 잠을 깼다. 하지만 왠지 모르게 두 대고모님들이 얘기하는 투가 조심스러워서 자는 척하면서 일부러 듣지 않으려 해도 듣고 있으려니 우선 독이란 말이 귀에 들어왔다. 그리고 언제까지 이런 짓을 계속할 수는 없다느니, 붙잡히면 사형이 분명하다느니, 재수 없게 저 상태로는 전혀 죽을 것 같지 않다느니, 또 날뛰기 시작하면 큰 소동이 날 거라느니, 그런 얘기가 띄엄띄엄 들린 끝에 차라리 도시락에 독을 넣어…… 그런 말이 귀에 들렸을 때는 하루요 누님도 너무 무서워서 전신이 땀으로 흠뻑 젖었다고 한다.

"어릴 적에 마음 깊이 새겨둔 내용은 평생 잊히지 않아요. 저는 지금도 그때 고모할머님들의 이야기를 생각하면 뭐라 할 수 없이 무서운 기분이 들어요."

누님은 두려운 듯 어깨를 떨고는 속옷 소매로 슬쩍 눈물을 훔쳤다. 누님이 말한 이야기의 공포는 충분히 내 가슴에도 스며들었다. 나는 하반신이 얼음처럼 차가워지는 것을 느꼈다.

"누님, 누님. 그렇다면 고모할머님은 저 사건 후 한동안 아버지를 저 지하도에 숨겨주고 있었다는 말입니까."

"이제 와서 보면 그렇게밖에 생각이 안돼요. 고모할머님들은 분명 식사를 나르고 계셨겠죠."

"그리고 끝내는 독을 먹여……."

"타츠야 씨, 설사 그렇다고 해도 고모할머님들을 나쁘게 생각하면 안돼요. 고모할머님들은 집안의 명예를 생각하고 세상에 대한 체면을 생각하고, 또 아버지를 위해서 그렇게 하신 것임에 분명해요. 아버지는 고모할머님들의 소중한 아이였습니다. 눈에 넣어도 안 아플 정도로 아버지를 끔찍이 여기셨어요. 그 아버지에게 독을 먹이고…… 그때 고모할머님들의 마음을 생각하면 딱하기 그지없어요."

이 집에 얽힌 무서운 악연을 생각하면 나는 오싹해지는 것을 막을 수 없었다.

분명 이것은 누님의 추측대로이리라. 코우메와 코다케 할머님은 가문의 명예를 생각하고 세상에 대한 체면을 생각하고 덧붙여 다시 붙들렸을 때 아버지가 어떻게 될 것인지를 생각해서 몰래 죽이는 데 이른 것임에 틀림없다. 그리고 그것은 아버지에게 있어서도 자비로운 조치였으리라. 하지만 그럼에도 불구하고 나는 왠지 모를 음침한 생각에 가슴이 답답해지지 않을 수 없었다.

"누님, 알겠습니다. 저도 이 일은 절대 아무한테도 말하지 않겠습니다. 노리코 씨에게도 단단히 입막음을 시켜두겠어요. 누님도 이제 이 일은 잊어버리세요."

"예, 그러겠어요. 어차피 이건 오래 전 일이니……. 그저 제가 걱정하는 것은 이 일과 최근의 그 독살 소동과 무슨 관계가 있는 게 아닐까 해서……."

나는 깜짝 놀라 누님의 얼굴을 고쳐보았다.

"누님, 그럼 누님은 고모할머님들이……."

"아니에요, 아니에요. 그럴 리는 없지만 히사야 오빠가 죽었을 때를 생각하면……."

그 아버지를 죽인 쌍둥이 두 사람이 또 그 아들을 죽이지는 않았을까 하는 의심을 품는 것은 누님으로서는 무리가 아닐지도 모르고, 게다가 저런 고령에 이른 노파란 사람들은 어딘가 인간을 초탈한 데가 있어서 생각하는 법도 상식으로는 측정할 수 없는 구석이 있었다. 누님은 그걸 겁내고 있는 것이다.

"누님, 그런 바보 같은 일은 없어요. 그건 누님이 지나치게 생각하시는 거예요. 그것보다 누님, 저 비밀통로 말인데요. 어째서 저런 게 이 집에 있는 건가요."

"아아, 저거요……, 저도 자세한 건 모르지만 이 집의 선조 한 분 중에 굉장히 아름다운 여자가 있어서 영주의 성에 바쳐졌을 때 주군의 손이 닿았다고 해요. 그런데 뭔가 어려운 사정이 있어서 성을 나오지 않으면 안 되게 되었는데, 주군 쪽에서는 그 분을 잊지 못하고 가끔 이 저택에 몰래 오셨다고 합니다. 이 별채도 그걸 위해 지어졌다니까 저 비밀통로 같은 것도 만일을 대비해서 지어둔 게 아닐까요. 한데 타츠야 씨."

"예."

"당신은 이제 그런 곳에 들어가는 것은 그만 두세요. 또 뭔가 나쁜 일이 생기면 안 되니까."

"예, 그만두겠습니다."

누님을 안심시키기 위해 나는 단호하게 그렇게 잘라 말했지만 물론 그만둘 생각은 털끝만큼도 없었다.

한 가지 의문이 풀렸나 하면 다시 거기서 새로운 의문이 싹튼다. 코우메와 코다케 할머님의 기괴한 참배의 수수께끼는 풀렸지만 거기서 다시금 변질되지 않은 시체의 수수께끼와 원숭이의 걸상에 대한 의문이 솟아났던 것이다. 대체 지하 미로의 지도 같은 게 어째서 내 복주머니에 들어 있었던 걸까. 돌아가신 어머니의 말에 의하면 그것이 내게 행복을 가져다줄지도 모른다고 했는데, 저 괴상한 지도나 찬불가에 어째서 그런 효험이 있다는 걸까.

그것은 그렇다 치고, 그날 밤은 다른 이야기에 매달려서 나는 결국 그 지도에 대해 누님에게 이야기할 기회를 놓쳐버렸다. 게다가 누님은 그날 밤부터 고열을 내며 덜컥 몸져누워 잠들어버렸기 때문에 한동안 그쪽 일은 포기하지 않으면 안 되었다.

누님이 열에 시달렸던 것은 역시 저 지하도에서 받은 충격이 원인이었다. 그 증거로는 누님은 때때로 열에 들떠 갑옷이 어쨌다던가, 아버님, 아버님, 하고 헛소리를 했다. 그래서 저 지하도의 비밀이 발각되지는 않을까 두려웠지만 또 한편으로 뭐라 해도 이 집에서는 가장 소중한 누님인 것이다. 그래서 한동안 낮이나 밤이나 나는 누님의 머리맡에 꼬박 붙어서 간호했다. 누님도 마찬가지로 내 모습이 보이지 않으면 불안한지 바로 찾으러 시마를 보냈다. 그리고 한시도 곁에서 놓아주지 않았다.

코우메와 코다케 할머님도 걱정해서 이따금 머리맡에 얼굴을 내밀었다. 누님이 아프다는 이야기를 전해 듣고 신타로나 노리코도 문병을 왔다. 노리코에게는 이런 상태라서 당분간 만나러 가지 못한다고 하자 그녀는 순순히 끄덕였다. 그리고 그 일은 절대 아무한테도 얘기하지 않을 테니 누님에게 그렇게 잘 말해줬으면 좋겠다는 말을 남기고 돌아갔다. 미야코나 구노 당숙모도 문병을 왔다. 구노 당숙모는 아직 츠네 당숙의 행방을 모른다며 창백한 얼굴을 한 채 기운이 하나도 없었다.

이렇게 문병객이 올 때마다 내가 조마조마했던 것은 열에 들뜬 누님의 헛소리였다. 그것을 얼버무리기 위해서라도 나는 누님의 머리맡을 떠날 수가 없었다. 이렇게 일주일 정도 누님의 간호에 마음을 빼앗기고 있는 사이 나는 사건에 대해 잊고 있었고 사건 쪽도 별로 진전은 없었던 것 같다. 긴다이치 코스케도 그 후 모습을 보이지 않았다.

이렇게 순식간에 열흘이란 시간이 흘렀다. 그리고 그 무렵쯤 누님의 열도 제법 내려 헛소리도 하지 않게 되었다. 한때는 심장이 약하니까 고열이 지나치게 계속되는 것 같다며 아라이 선생도 고개를 갸웃거리고 있었지만 이 정도라면, 하고 보증해 줄 정도가 되었다. 나도 겨우 안심했고 누님도 역시 감사의 뜻을 담아 "죄송합니다, 타츠야 씨한텐 너무 멋대로 굴었네요. 얼마나 피곤하겠어요. 이제 괜찮으니까 오늘 밤부터 별채에서 주무세요."

라고 말할 정도가 되었다.

이렇게 오랜만에 별채에 돌아온 나는 꽤 지쳐 있었으나 그대로 잠들 생각은 들지 않았다. 나는 오랜만의 기회를 이용해 다시금 저 지하도에 잠입하기로 했다.

나는 한참을 변질되지 않는 시체의 수수께끼에 대해 제법 고민했다. 다행히 다지미 가에는 백과사전이 있어서 그 의문을 풀기 위해 여기저기 넘겨보았는데, 그 결과 그럭저럭 한 가지 확신을 얻었다. 그것을 확인해보기 위해 지하도에 잠입했던 것이다.

다행히 그날 밤은 아무와도 만나지 않고 아무한테도 위협받는 일 없이 무사히 석관까지 다다랐다. 나는 석관 위에 기어올라 다시 한 번 시체를 확인한 후, 마침내 확신을 굳혔다.

그 시체는 시랍(屍蠟)이 되어 있었던 것이다. 백과사전의 설명에 의하면 시체가 물기가 많은 곳에 매장된 경우, 시체의 지방이 분해되어 지방산을 만들고 그 지방산이 물속의 칼슘이나 마그네슘과 결합하면 물에 불용해성 지방산 칼슘 및 지방 마그네슘, 즉 비누로 변한다는 것이다. 즉 시체는 비누가 되어버려 오랫동안 원형 그대로 남아 있게 된다. 그것을 시랍이라고 한다고 한다. 물론 아무나 이렇게 되는 것은 아니라 타고나길 지방이 많은 사람이어야 하고, 또한 매장한 장소가 칼슘이나 마그네슘이 풍부한 수분이 많은 곳이 아니면 안 된다.

분명 아버지의 체질과 아버지가 매장된 장소는 이런 조건을 완벽하게 갖추고 있었으리라. 그리고 아버지는 사후에도 오랫동안 옛날 모습을 흐트러뜨리지 않고 시랍으로 변해버린 것이리라. 하지만 이 일이 코우메와 코다케 할머님을 얼마나 놀라게 했으며 겁먹게 한 것일까. 언제까지나 부패하지 않는 아버지의 시체에 대고모들은 신비스런 위압감을 느꼈음에 틀림없다. 세상에 유례없는 범죄를 저지른 사람이 사후에도 이 같은 기적을 일으킨 것이다. 그에 대한 대고모들의 두려움은 어떤 것이었을까. 대고모들이 그 시랍에 갑주를 입히고 여기 이렇게 세워둔 것은 분명 아버지를 신으로 본 때문이리라.

이 같은 일을 확인하고 나는 겨우 만족했지만, 그러나 아직 호기심이 남아 있었다. 나는 슬쩍 아버지의 시체를 치우고는 석관 뚜껑을 열어 안을 확인했는데, 나중에 생각해 보니 이 일이 내 운명에 커다란 변화를 일으켰던 것 같다.

석관 안에는 오래된 엽총과 한 자루의 일본도가 있었다. 그리고 부서진 회중전등이 세 개 들어 있었다. 오오, 이것이야말로 팔묘촌 사람들에게 있어서 지금도 악몽의 씨앗이 되어 있는 저 무서운 하룻밤의 유품이 아닌가. 나는 무심코 몸을 떨었다. 그리고 당황해서 석관에 뚜껑을 덮었는데, 그때 문득 다른 것이 내 눈에 비쳤다. 처음에는 나도 그것이 뭔지 잘 몰라서 초롱불을 비쳐보니 그것은 반짝 하고 금색으로 빛났다. 나는 당황해서 관 바닥에서 물건을 집어올렸다.

그것은 세로로 5촌(15센티미터), 가로로 3촌(9센티미터) 정도의 네 모서리를 깎은 타원형의 금속으로 손에 쥐자 묵직하게 중량감이 느껴졌다. 그리고 한 면에는 나뭇결 같은 흔적이 있고, 한 면은 까칠까칠한 접쇠무늬[28]였다. 나는 눈을 크게 뜨고 한동안 그것을 손바닥에 놓은 채 응시하고 있었지만 갑자기 쏴 하고 등골을 뚫고 지나가는 전율을 느꼈다.

아아, 이것은 황금 판자, 즉 금화가 아닌가.

나는 갑자기 이가 딱딱 부딪치는 걸 느꼈다. 전신이 부들부들 떨리기 시작했다. 와들와들 떨리는 손으로 다시 한 번 나는 관바닥을 더듬어 보았다.

금화는 세 개였다.

---

28) 접쇠무늬: 접쇠가공으로 인해 칼날에 생기는 무늬.

두 번째의 독약

그날 밤 별채에 돌아왔을 때 나는 마치 열병에 혼미해진 것 같은 기분이었다. 나는 별채에 돌아오자마자 물그릇의 물을 벌컥벌컥 마셨다. 그 정도로 그 때의 흥분으로 목이 말라 있었다.

아아, 나는 이제 와서야 어머니의 자비로움을 알게 되었던 것이다. 어머니가 왜 그 지도를 내 복주머니에 넣어두셨는지, 그리고 또 왜 그 지도를 그처럼 소중히 하라는 말씀을 남겼는지, 나는 이제 와서 처음으로 알게 되었다. 그리고 또한 지방에 남아 있는 전설이라든가 구전 같은 것을 바보취급해서는 안 된다는 사실을 지금에야 처음으로 알았던 것이다.

지금으로부터 3백 7십여 년 전 옛날, 팔묘촌의 선조들에게 살해당한 여덟 명의 아마코 잔당은 황금 3천 냥을 말에 싣고 왔다고 하지 않았던가. 팔묘촌의 선조들이 불시에 습격해 여덟 명의 패주무사들을 살해한 것은 다른 이유도 있었지만, 한 가지 이유는 그 황금에 눈이 멀었기 때문이라고 한다. 그러나 중요한 황금은 그때 결국 발견되지 않았다고 전해지고 있다.

아아, 그 황금은 지금도 역시 지하 미로 안에 숨겨져 있는 건 아닐까. 그리고 지금부터 26년 전에 산으로 도망쳐 들어가 땅으로 숨어든 나의 아버지는 지하 미로를 방황하는 사이, 공교롭게도 그 황금이 숨겨진 장소에 다다랐던 것은 아닐까. 그리고 그 안에서 세 개만 꺼낸 와중에 코우메와 코다케 할머님에게 독살당한 것은 아닐까. 아무 것도 모르는 코우메와 코다케 할머님은 어째서 아버지가 그런 것을 가지고 있었는지 생각해보려고도 하지 않고 아버지의 다른 물건과 함께 석관에 넣어두었던 것은 아니었을까.

그렇다. 그랬던 것이 분명하다. 그렇게 생각하는 것 외에 저 세 개의 황금에 대해 적당한 설명은 달리 찾기 힘든 것이다.

언젠가 나는 들은 기억이 있다. 정량정질(定量定質)의 금화를 최초로 주조했던 사람은 오다 노부나가(織田信長)로, 그 전에는 그저 금괴를 망치로 두들겨 펴서 낙인도 찍지 않고 묵화도 없이 필요하면 저울에 달아 조각내어 썼다고 한다. 내가 아까 본 황금은 그런 판금(板金)의 일종은 아닐까. 아마코 가문이 멸망한 에이로쿠 9년은 오다 노부나가가 천하의 패권을 주장하기 전의 일이고, 이 무렵 천하는 군웅이 할거해 금은에 대해서도 분란이 일었던 시대로, 각지에 여러 가지 판금이 있었다고 한다.

아마코의 패주무사 여덟 명은 다시 일어날 날을 대비해 그들 황금 몇 개인가를 말에 싣고 달아났던 것이다. 하지만 그게 황금 삼천 냥은 아닐 지도 모른다. 후세 사람이 꼬리를 물고 말을 전하는 사이에 백발삼천장(白髮三千丈)[29]식으로 다수를 칭해 삼천 냥이라고 가치를 정했던 것일지도 모른다. 하지만 그런 것은 아무래도 좋다. 아마코의 패주무사가 금화 몇 개를 갖고 와서 어딘가에 숨겼다는 사실, 그리고 그 금화가 지금까지도 어딘가에 숨겨져 있다는 사실. 그 사실들만 틀림없다면 액수의 많고 적음은 문제가 아니다. 그리고 그 사실들이 틀림없다는 것은 저 석관 안에 있는 세 개의 황금이 증명하고 있지 않은가.

나는 다시금 이상한 흥분과 전율로 몸이 가늘게 떨려왔다. 나는 몸에서 떼지 않고 늘 갖고 다니는 오래된 복주머니를 목에서 빼내고는 부들부들 떨리는 손으로 그 안에서 전통 종이에 그려진 지도를 꺼냈다.

언젠가도 말했듯 그것은 붓으로 그린, 출구를 알 수 없는 복잡한 미로를 그린 지도로 그 중 세 개 지점에 각각 지명이 씌어져 있었다. 세 개의 지명은 '용의 턱', '여우 굴', '도깨비불 연못(鬼火の淵)'처럼 모두 이상한 이름으로, 그 옆에 다음과 같은 세 수의 노래가 덧붙여 씌어져 있다.

부처님의 보물 산에 들어간 사람은 용의 턱의 무서움을 알리라

29) 백발삼천장(白髮三千丈): 근심이 이어져 끊임없음을 비유한 말로 오랫동안 쌓인 수심 때문에 덧없이 늙어 백발이 3천장이나 길어졌다는 뜻. 이백(李白)의 '추포가(秋浦歌)'에 나오는 글귀임.

흑옥 같은 어둠보다 검은 백팔 개의 여우 굴에서 헤매지 마라

푸지 마라 도깨비불 연못의 귀청수(鬼清水)[30] *혹 몸을 태우는 갈증에 미칠지라도*

아아, 틀림없다. 지금까지는 아무 생각 없이 이 노래를 읽고 지나쳤지만 지금 이렇게 다시 읽어보니 이것이야말로 보물이 묻혀 있는 산으로 가는 길잡이임과 동시에 주의사항이기도 한 것이다. 무섭게도 보물 산으로 가는 도중에는 용의 턱이라든가 여우 굴 혹은 도깨비불 연못 같은 난관이 있어 무심코 거기서 헤매게 되면 목숨을 잃을지도 모를 위험이 기다리고 있으리라.

어머니가 어째서 이런 지도를 갖게 되었는지 나는 모른다. 또 이런 노래를 언제 누가 지었는지 나는 모른다. 하지만 그런 건 아무래도 좋다. 이것이 황금 삼천 냥이 묻혀 있는 보물 산으로 향하는 안내서인 것만으로 충분한 것이다.

나는 가슴을 두근거리며 지도에 눈을 돌리고 있었지만 열심히 보고 있는 동안 점차 실망을 느끼게 되었다. 이 지도는 아직 완전하다고 할 수 없다. 군데군데 선이 희미해져 있다든지 끊어진 데가 있었다. 그것은 분명 이 지도를 그린 사람도 아직 탐험하지 않은 장소일 것이다. 그것은 그렇다 치고, 더 곤란한 것은 이 지도의 장소에 근접한 길을 모른다는 것이다. 내가 아는 지하터널에 해당하는 곳은 이 지도 어디에도 해당되지 않는다. 여기서 처

30) 귀청수(鬼清水): 바위틈에서 솟아나는 물을 가리킴.

음으로 나는 누님이 갖고 있는 지도의 중요성을 깨달았다. 누님이 갖고 있는 지도에는 '원숭이의 결상'이란 지명이 있다고 한다. 원숭이의 결상이 있는 곳이라면 나도 알고 있다. 아아, 그렇다. 누님의 지도와 이 지도는 이어져 있는 게 아닐까. 그리고 누님의 지도는 입구를 가리키고 내 지도는 그 안쪽을 가리키는 것이리라. 하지만 이 지도에도 가장 중요한 보물 산이 기록되지 않은 것은 어찌된 영문일까. 이 지도에는 아직도 이어질 다른 한 장이 필요한 것일까…….

그것은 차치하고, 그날 밤 나는 제대로 잠들지 못했다. 꼭 욕심이 났던 것은 아니다. 우선 지금 가령 내가 황금 몇 개인가를 찾아낸다고 해봤자, 그게 과연 법적으로 내 소유가 될지 어떨지 모른다. 그럼에도 불구하고 내가 그처럼 흥분하고 열에 들떠 있었던 것은 그 안에 있는 로맨틱한 흥미에 열광한 것이다. 파묻힌 보물은 인간에게 있어 영원히 향수 같은 것이다. 《보물섬》이나 《솔로몬왕의 동굴》이 지금도 애독되는 것이 그 증거다. 그 소설들은 물론, 중간의 모험도 흥미롭지만 그렇다 해도 마지막에 보물을 찾아내지 않았다면 얼마나 재미없는 일이 되었겠는가.

그 다음날 나는 하루요 누님에게 보물에 대해 말해볼까 곰곰이 생각했지만, 아무래도 좀처럼 말을 꺼낼 수가 없었다. 그것은 내 마음속에 어떤 야심이 움트기 시작했기 때문이다. 저 지도가 보물이 있는 자리를 표시하는 것이 아니라 단순히 지하미로를 가리키는 것이었다면 좀 더 가벼운 마음으로 나도 말을 꺼낼 수 있었을 것이다. 누님의 무지를 이용해 중요한 것을 빼앗는다. ……그런 떳떳치 못한 생각이 나를 주저하게 만들었다. 그렇다고 해서 비밀을 털어놓을 생각도 들지 않았다. 보물을 찾는 것은 한 사람으로 족하다. 비밀로 해야만 재미있는 것이다. 결국 그 날은 결국 말을 꺼낼 기회를 놓쳐버렸다.

분명 그날이었다고 생각한다. 오랜만에 긴다이치 코스케가 찾아온 것은. 그는 누님의 상태를 물은 후 기묘한 사실을 털어놓고 갔다.

"오늘은 말이죠, 취소하러 왔습니다. 저기, 전에 왔을 때 제가 그런 말을 했죠. 고이차의 비구니가 살해당한 건 밤 12시 전후였는데 구노 선생은 그보다 전에 N역을 10시 50분에 떠나는 열차에 타고 있었으니 이 사건에 관한 한 구노 선생에게는 완전한 알리바이가 있다고. ……하지만 그 얘긴 틀렸어요."

"틀렸다뇨?"

"그날 밤, 10시 50분에 역을 나간 기차에 탄 것은 구노 선생이 아니었습니다. 다른 사람이었습니다. 역 직원이 착각했던 겁니다. 때때로 이런 착각이 있으니 수사도 번거로워요."

긴다이치 코스케는 더벅머리를 긁으면서,

"그런데 그날 밤, 구노 선생이 10시 50분 기차를 타지 않았다면 이건 대체 어찌 되는 걸까요. 올라가든 내려가든 10시 50분에 출발하는 기차는 N역의 마지막 열차고, 다음날 첫 기차가 출발할 때까지는 경찰이 손을 썼단 말이에요. 그러니 구노 선생이 어디로 도망치든 기차를 이용하지 않았던 것만은 확실합니다."

나는 무심코 눈썹을 찌푸렸다.

"하지만 기차를 이용하지 않았다면 대체 어디 간 겁니까. 그때부터 벌써 열흘이나 지났는데……."

"그러니까요, 제 생각에는 어쩌면 산으로 도망치지 않았을까 생각합니다. 26년 전 사건에서도 범인은 산으로 도망치지 않았습니까. 그리고 그것뿐 행방을 알 수 없게 되고 말았죠. 그러니 이번 사건에서도……."

거기서 긴다이치 코스케는 내 안색이 바뀐 걸 눈치 챘는지,

"어, 왜 그러십니까. 안색이 나쁜데요. 아아, 그런가, 실례했습니다. 26년 전의 이야기는 당신 앞에선 금물이죠. 아, 실례, 실례."

긴다이치 코스케는 유유히 돌아갔다. 변함없이 나는 무엇 때문에 그가 찾아온 것인지 알 수 없었다.

코우메와 코다케 할머님이 불러서 내가 다시금 차 대접을 받았던 것은 그날 밤의 일이다.

"타츠야야, 이번엔 수고가 많았다. 덕분에 하루요도 겨우 기운을 차린 것 같구나. 이것도 모두 네 덕분이야."

"참말로, 코우메 씨 말대로다. 네가 없었다면 어땠을지 모르겠구나. 고용인은 가려운 데를 잘 긁어주지 못하니까."

쌍둥이인 코우메와 코다케 할머님은 변함없이 원숭이처럼 작은 몸을 구부리고 염낭 같은 입을 우물거린다. 나는 그저 굳어져서 절만 하고 있었다.

코우메 할머님은 호호, 하고 웃고,

"뭐, 그리 굳어져 있지 말고 좀 더 편하게 있으려무나. 네가 그렇게 굳어 있으면 이쪽까지 어깨가 뻣뻣해진다니까. 오늘밤은 네 수고를 치하하려고 생각해서 말이다. 코다케 씨가 차를 대접하자고 했단다."

차란 말을 듣고 나는 가슴이 덜컹해서 두 사람의 얼굴을 다시 보았다. 하지만 코우메와 코다케 할머님도 어리둥절한 얼굴로,

"호호호, 이런 쭈글탱이 할망구 초대는 오히려 달갑지 않겠지만 거기서 거기, 별건 아니지만 주는 마음이 중요한 것 아니겠니. 자, 상대를 해주려무나."

코다케 할머님은 명주수건을 가볍게 다루면서 문득 생각난 것처럼,

"그런데 타츠야야. 하루요의 병 말인데, 그건 대체 어찌된 일이니?"

"어찌된 일이냐뇨."

"말이다."

하고 코우메 할머님도 몸을 앞으로 내밀며,

"그 앤 원래 건강한 편도 아니고 항상 휘청댔지만은 정신력으로 버티고 있던 겐지 이렇게까지 마냥 잠들었던 적은 없던 애란다. 그러던 애가 어째 느닷없이 저런 엄청난 열을 내지 않았겠니."

"그거야, 그거. 아라이 선생 말씀으로는 최근 뭔가 참으로 걱정되는 일이라든가 깜짝 놀라는 일이나 신경 쓸 일은 없었냐고 하시는구나. 나로선 그다지 마음 짚이는 일은 없다만 타츠야, 너는 어떠냐. 뭔가 그런 일이 있던 것 같으냐?"

"글쎄요, 저도 별로 짐작 가는 건 없습니다만. 히사야 형님의 장례식 이후 피로가 쌓여서 이번처럼 병이 난 건 아닐까요."

"뭐, 그렇게 말하면 그것도 그렇지만 달리 무슨 일이 있는 건 아닐까. 그렇지요, 코다케 씨."

"그러게요. 그러고 보니 묘한 헛소리를 하더구나. 터널이 어쨌다느니, 갑옷이 어쨌다느니, 그리고는 아버님, 아버님, 어쩌고. ……타츠야, 그건 무슨 말이니."

코다케 할머님은 차를 다루던 손을 멈추고 지그시 내 얼굴을 본다. 코우메 할머님도 눈을 게슴츠레 뜨면서 살피듯 내 얼굴을 응시하고 있다. 나는 겨드랑이 밑에서 뜨거운 땀이 확 솟아나는 걸 느꼈다.

코우메와 코다케 할머님이 나를 초대한 것은 누님의 헛소리가 무엇을 의미하는지 떠보기 위함이리라. 아니, 아니, 두 사람은 이미 헛소리의 의미를 알아차리고 있음에 틀림없다. 그리고 그들은 불안감으로, 대관절 어디까지 우리가 알고 있는지 그것을 탐색했던 것이리라.

"호호호."

내가 말없이 기다리고 있으려니 코우메 할머님은 아무렇지도 않게 웃고는,

"타츠야는 타츠야, 하루요는 하루요지. 하루요가 한 헛소리에 대해 타츠야가 알 리 없어. 그렇지, 타츠야야. 그래, 코다케 씨, 타츠야에게 어여 차를 줘요."

"네네. 나도 참……. 자, 타츠야. 차를 쭉 들이키렴."

나는 잠자코 두 사람의 얼굴을 번갈아 보았다. 두 노파는 얼빠진 얼굴로 나와 찻잔을 응시하고 있다. 내 가슴에는 왠지 모를 두려움이 약한 전율이 되어 기어 올라왔다.

나는 누님의 이야기를 생각하고 있었다. 쌍둥이 코우메와 코다케 할머님은 26년 전 저 지하도에서 역시 이런 얼빠진 얼굴로

아버지에게 독을 권했던 게 아닐까. 나로서는 뭐랄까 이 주름살투성이의 두 노파가 너무나 기괴하고 비인간적인 요괴처럼 생각되어 견딜 수 없었다.

"어이고, 타츠야야. 왜 그러니. 모처럼 코다케 씨가 권하는 건데 식기 전에 마시려무나."

나는 절체절명의 상황이었다. 찻잔을 든 손이 부들부들 떨리고, 찻잔 가장자리에 이가 딱딱 맞부딪쳤다. 나는 눈을 감고 마음속으로 하느님께 빌면서 꿀꺽 단숨에 차를 들이켰다. 차는 전날 마셨던 것처럼 혀를 자극할 정도로 썼다.

"아, 마셨다, 마셨어. 타츠야야, 수고 많았다. 이제 됐다, 이제 방으로 돌아가 쉬려무나."

얼굴을 마주보며 빙긋 웃는 두 노파의 입이 귀까지 찢어져가는 것 같은 착각을 느끼며 나는 비틀비틀 일어섰다.

동굴의 괴물

그렇다고는 해도 코우메와 코다케 할머님의 차 대접은 그게 두 번째인 만큼 나도 예전처럼 공포스럽지는 않았다. 코우메와 코다케 할머니의 마음은 잘 알고 있는 것이다.

필경 두 사람은 하루요 누님이 한 헛소리로 지하도의 비밀을 걱정하게 된 것이 분명하다. 코우메와 코다케 할머님은 꽤 노령으로 환갑을 넘기기는 했지만, 참으로 교활하고 빈틈이 없다. 하루요 누님이 어느 정도까지 지하도의 비밀을 알아냈는지, 그것을 확인하기 위해 오늘밤 두 사람은 저 지하도에 들어갈 생각임에 틀림없다. 그리고 그러려면 내가 깨어 있으면 힘드니까 한 잔 마시게 해서 재우려는 속셈인 게 분명하다.

좋습니다, 그렇다면 잠들어드리지요. 거듭되는 피로와 흥분으로 이 무렵 나는 몹시 지쳐 있었다. 여기서 한잠 푹 자두는 것은 몸을 위해서도 좋겠지. 코우메와 코다케 할머님, 아무쪼록 자유롭게 지하도를 확인해보십시오.

나는 별채로 물러가 불을 끄고 시마가 깔아준 잠자리에 기어 들어갔지만, 마음속에 어떤 긴장감이 있으니 수면제도 듣지 않는 것처럼 보였다. 나는 그다지 기다릴 생각은 아니었지만 코우메와 코다케 할머님이 나타나는 것을 이제나저제나 하고 귀 기울이고 있으려니 완전히 잠이 깨서 수면제 효과는 아예 나타날 것 같지도 않았다.

이렇게 내가 잠자리 속에서 1시간 남짓 뒤척이고 있었을까. 그러자 마침내 열다섯 칸 복도 쪽에서 은밀한 발소리가 들려왔나 싶더니, 예의 촛대를 든 코우메와 코다케 할머님이 슬그머니 내 방으로 들어왔다. 내가 당황해서 자는 척을 한 것은 말할 필요도 없다.

코우메와 코다케 할머님은 촛대를 들고 내 얼굴을 들여다보고는,

"자, 보세요. 타츠야는 잘 자고 있잖우. 코다케 씨 마냥 끙끙거릴 건 없어요."

"참말로. 아까 차를 마실 때 이상한 얼굴을 하고 있길래 혹시 눈치 챈 게 아닌가 걱정돼서……. 이 모양이라면 괜찮겠어."

"괜찮고말고요. 우리가 돌아올 때까지 눈뜰 일은 없어요."

"그럼 코우메 씨, 그 동안 잠깐 가볼까요."

"그럽시다."

코우메와 코다케 할머님은 조용히 방에서 미끄러져 나가더니 역시 그때처럼 복도 장지문 위에 두 개의 그림자를 늘어뜨리면서 뒤창고로 들어갔다. 이윽고 궤짝 뚜껑을 들었다 닫는 소리가

들렸나 했더니 그 다음은 다시금 한밤중의 고요함으로 돌아가 사람의 기척은 완전히 사라지고 말았다.

아무튼……, 하고 거기서 나는 침구 속에서 크게 심호흡을 했다. 대체 나는 어찌해야 할지, 여기서 이대로 두 사람이 돌아오길 기다리는 게 좋을지, 그렇지 않으면 코우메와 코다케 할머님을 따라가야 할지. 나는 한동안 갈등했지만 결국 이대로 기다리는 수밖에 없다고 마음을 정했다. 어차피 코우메와 코다케 할머님의 행선지는 알고 있는 것이다. 두 노파는 '원숭이의 걸상'까지 가서 시랍이 된 고인의 안위를 지켜보려는 것이다. 따라간다고 해서 별 일도 없을 것이다…….

그렇게 생각한 나는 그대로 침구 속에서 두 사람이 돌아오기를 기다리기로 했는데, 나중에 생각해보면 이 태만함이 나나 코우메와 코다케 할머님의 신상에 무서운 화를 가져왔던 것이다. 아아, 그때 내가 결심하고 두 사람의 뒤를 따라갔다면 그처럼 무서운 일은 일어나지 않았을 것을.

하지만 뒤늦게 아무리 후회해봐야 소용없다. 그때 두 노파가 가는 길에 그처럼 잔인한 악마의 손길이 기다리고 있을 줄은 누가 알았을까. 그 같은 결과가 되었다 해도 하느님은 분명 나의 태만함을 용서해주시리라 믿는다.

그건 그렇고, 두 노파가 가버려서 내 긴장감은 갑자기 풀렸다. 긴장이 풀리자 약이 듣기 시작한 듯 나는 갑자기 수마에 빠져 그 후 바로 꾸벅꾸벅 졸기 시작했다.

그래서 그 일이 일어난 것은 코우메와 코다케 할머님이 지하도에 들어가고 나서 얼마나 시간이 흐른 뒤의 일인지 나로서는 전혀 짐작이 가지 않는다.

쌍둥이 노파 중 한 명이 나를 요란하게 흔들어 깨웠다. 역시 나로서는 그것이 코우메 할머님인지 코다케 할머님인지 알 수 없었지만 상대의 심상치 않은 기척에 잠기운은 단숨에 날아가 버렸다.

"왜, 왜 그러세요, 고모할머님."

나는 침구 위로 벌떡 일어나 공포로 일그러진 노파의 얼굴을 고쳐보았다. 말하는 걸 잊었는데, 노파는 나를 일으키기 전에 불을 켠 듯 방안은 밝았다.

노파는 원숭이 같은 얼굴을 하고 뭔가 말하려는 듯했지만 혀가 꼬여서 말이 나오지 않는다. 노파의 기모노에는 진흙이 잔뜩 붙어 있고 군데군데 찢겨 있었다.

확실히 보통 일이 아니다. 나는 뱃속에서 납덩어리를 삼킨 것 같은 응어리를 느끼면서,

"고모할머님, 고모할머님. 왜, 왜 그러십니까. 그리고 또 한 분 고모할머님은 어떻게 되신 겁니까."

"오오, 오오, 코우메 씨는…… 코우메 씨는."

"예, 그 코우메 고모할머님은……?"

"누군가가 납치해갔어. 오오, 타츠야야, 타츠야야. 시신이 살아 돌아왔어. 아아, 무섭구나, 시신이 살아 움직이기 시작했어. 얘, 타츠야야, 타츠야야. 빨리 가거라, 코우메 씨를 도와주어. 그렇지 않으면 코우메 씨는 굴에 끌려들어가 죽을지도 몰라. 얘, 타츠야, 빨리 가주어. 빨리 가서 코우메 씨를 도와주어."

나는 깜짝 놀라 코다케 할머님의 얼굴을 바라보았다. 그리고

아이처럼 울부짖는 코다케 할머님의 어깨에 손을 올리고 힘껏 흔들었다.

"고모할머님, 고모할머님, 코다케 고모할머님. 대체 어떻게 된 겁니까. 지금 말씀만으로는 무슨 말인지 잘 모르겠어요. 좀 진정하시고 말씀해 주십시오."

하지만 코다케 고모할머님은 진정하기는커녕 점점 격앙돼 손 쓸 수가 없었다. 이런 노파가 흥분하면 대여섯 살짜리 철없는 어린애처럼 되는 것이다. 코다케 대고모는 거리낌 없이 엉엉 울음을 터뜨렸고, 울기 시작했나 했더니 뭔가 빠른 말투로 지껄인다. 나는 그 의미를 포착하고자 고심했는데, 그래도 점점 듣고 있으니 대충 의미만은 파악할 수 있었다.

쌍둥이 코우메와 코다케 할머님은 지하도를 지나 '원숭이의 걸상'까지 갔다. 그리고 안치되어 있는 시랍의 안위를 보려고 했는데, 거기에 뭔가 묘한 일이 일어난 것 같았다. 코다케 할머님의 말에 의하면 감실 위에 있던 저 갑옷 입은 무사가 느닷없이 부스스 움직이기 시작하더니, 두 사람에게 달려들었다는 것이다.

물론 저 시랍이 지금 와서 생명을 되찾았을 리 없으니 그것은 코다케 할머님의 착각임에 틀림없다. 하지만 거기에 누군가가 숨어 있었다는 것만은 확실한 것 같다. 어쩌면 '원숭이의 걸상' 근처를 헤매고 있는 누군가와 코우메와 코다메 할머님 두 분이 마주쳤던 건 아닐까. 거기서 상대는 순간적으로 감실 위에 뛰어올라가 갑옷무사 뒤로 몸을 숨긴 건 아닐까. 그리고 그 사람의 움직임이 어슴푸레한 촛불 빛 속에서 흡사 갑옷무사가 움직이는 것처럼 보였던 건 아닐까.

거기까지는 그다지 이상한 이야기도 아니다. 사실 나도 저 지하도에 누차 출몰했던 인간이 있다는 사실을 알고 있다. 하지만 그 인물이 코우메와 코다케 할머님에게 달려들었다면 이야기는 달라진다. 하물며 그 놈이 코우메 할머님을 납치했다면 지나칠 수가 없다.

나는 재빨리 옷을 입으면서,

"고모할머님, 고모할머님. 그건 정말입니까. 정말 누군가가 코우메 할머님을 굴 속에 밀어 넣고 갔습니까."

"정말이야, 누가 거짓말을 하겠어. 코우메 씨가 도움을 청하는 슬픈 목소리가 아직도 내 귀에 남아 있어. 타츠야야, 제발 어여 가서 코우메 씨를 도와주어."

"고모할머님, 고모할머님. 그런데 상대는 대체 어떤 모습이었습니까."

"그런 걸 어찌 알겠어. 죽은 사람이 날아드는 바람에 촛대가 떨어져서 주변이 컴컴해져 버렸는걸."

코다케 할머님은 거기서 다시금 어린애 같은 소리를 내며 엉엉 거리낌 없이 울기 시작했고 소란스런 소리를 듣고 안채에서 하루요 누님이 달려왔다. 하루요는 그 자리의 광경을 보고 창백하게 얼굴을 일그러뜨리며,

"어머, 고모할머님, 타츠야 씨. 이건 대체 어찌된 일인가요. 무슨 일이 일어난 건가요."

"오오, 하루요야, 하루요야."

코다케 할머님은 하루요의 얼굴을 보고 다시금 흐느껴 울기

시작했다.

나는 누님에게 짤막하게 경위를 들려주고,

"그렇게 됐으니 누님, 저는 잠시 '원숭이의 걸상'까지 가보겠습니다. 초롱이 있으면 빌려주십시오."

"타츠야 씨, 저도 같이……."

"아뇨, 누님. 누님은 여기 남아 주십시오. 누님은 아직 제대로 몸이 회복되지 않았으니 무리하시면 안 됩니다."

"하지만……."

"아뇨, 안 됩니다. 누님이 가시면 코다케 할머님은 어떻게 합니까. 코다케 할머님을 돌봐주세요. 누님, 초롱을 빨리……."

누님은 어쩔 수 없이 안채로 돌아가 초롱에 불을 밝혀 가져왔다.

"타츠야 씨, 괜찮아요?"

"괜찮습니다. 가능한 한 빨리 돌아오겠습니다."

"조심해서 다녀와요."

왠지 모르게 내키지 않아 하는 하루요 누님을 코다케 할머님과 함께 남겨두고 나는 초롱을 한손에 들고 저 궤짝을 통해 지하도 속으로 들어갔다.

이 지하도에도 점점 익숙해져서 나는 이제 헤매거나 하는 일 없이 바위 문을 빠져나가 두 갈래 길 왼쪽으로 접어들어 '원숭이의 걸상' 쪽으로 향했다.

하지만 막 '원숭이의 걸상'에 도착했을 때였다. 나는 깜짝 놀라 멈춰 서서는 당황해서 초롱불을 뒤로 감췄다. '원숭이의 걸상' 주변에서 희미한 불빛이 흘러나오는 걸 알아차렸던 것이다.

누군가 있다! 내 이마에서는 끈적끈적하게 땀이 흘러나와 심장이 가슴을 뚫고 금방이라도 튀어나올 것처럼 쿵쿵 뛰기 시작했다. 입안이 바짝바짝 마르고 혀가 입천장에 달라붙은 것처럼 갈증이 나는 기분이었다.

나는 주의 깊게 필요하면 언제라도 초를 켤 수 있도록 성냥을 준비해두고 훅 초롱불을 불어 껐다.

다행히 상대는 이쪽 불빛을 알아차리지 못한 것 같다. 변함없이 희미한 빛이 모퉁이 벽에 닿아 명멸하고 있다. 나는 발소리에 주의를 기울이면서 손을 더듬어 그 모퉁이까지 미끄러지듯 나아갔다.

그 모퉁이를 돌자, '원숭이의 걸상'이 있는 광장이 바로 저편에 건너다보였는데, 과연 거기에 누군가 사람이 초롱을 들고 멈춰 서 있었다. 그 사람은 아무래도 초롱을 들고 '원숭이의 걸상'을 응시하고 있는 것 같았다.

나는 벽에 등을 기대고 세 발짝, 네 발짝, 다섯 발짝 게처럼 옆으로 걸어 상대 쪽으로 다가갔는데, 서로 몇 발짝 떨어진 곳까지 다가갔을 때, 무심결에 놀란 목소리가 내 입술을 타고 새어나왔다.

"노리 양."

"어머."

아아, 그것은 역시 노리코였다. 그녀는 튕기듯 돌아보더니 초롱을 높다랗게 쳐들고 어둠속을 돌아보며,

"오라버니, 오라버니 아니세요. 오라버니, 어디 계세요?"

나는 어둠속에서 뛰어나와 노리코의 어깨를 부둥켜안았다. 뭐

랄까 격한 감동이 내 가슴을 들뜨게 하고 몸 안이 확 달아오르는 느낌이었다.

"노리 양, 노리 양. 너, 넌 어째서 이런 데 온 거야?"

노리코는 응석부리듯 내 가슴에 매달리며,

"오라버니를 찾으러 왔어요. 여기 오면 어쩌면 오라버니와 만날 수 있을지도 모른다고 생각하고, 저 어젯밤에도 그 전날 밤에도 여기 와서 오라버니를 기다리고 있었어요. 꽤 오랫동안 오라버니를 못 만났는걸요."

아아, 이 얼마나 격렬한 노리코의 연정일까. 나와 만날지도 모른다고 하는 일련의 희망을 위해서라면 그녀는 어떤 어둠도 어떤 끝없는 동굴도 문제가 아니라고 생각한 모양이다. 나는 왠지 모를 갸륵함을 느끼고 가슴이 죄어드는 느낌이었다.

"아아, 그래. 그건 미안해. 나, 여러 가지로 바빠서 빠져나올 수가 없었어."

"괜찮아요, 괜찮아요. 누님이 아프셨잖아요. 저, 멋대로 굴지는 않을게요. 게다가 오늘밤 이렇게 만났는걸요. 이렇게 기쁜 일은 없을 거예요."

나는 너무 갸륵해서 무심코 강하게 노리코의 몸을 끌어안았다. 노리코는 기쁜 듯 내가 이끄는 대로 몸을 맡겨온다. 노리코의 심장박동과 내 가슴의 두근거림이 하나가 되어 서로의 몸에 전해졌다.

나는 한동안 노리코의 머리카락을 어루만지고 있었지만 곧, 이런 일을 하고 있을 때가 아니란 걸 깨달았다.

나는 살며시 노리코의 어깨에서 손을 떼고,

"노리 양."
"네."
"넌 언제 여기 온 거야, 네가 여기 왔을 때 뭔가 달라진 건 없었어?"
내 질문에 노리코도 파득 정신이 든 것 같았다. 별안간 눈에 겁먹은 기색을 띠더니,
"아아, 그래요 참. 오라버니, 조금 이상한 일이 있었어요. 제가 저쪽 양 갈래 길까지 왔을 때였어요. 이 부근에서 무서운 비명소리가 들렸어요. 그래서 노리코, 깜짝 놀라 길이 갈라지는 자리에서 우뚝 서 있는데, 누군가 구르듯 노리코 옆을 스쳐지나가는 거예요. 원숭이처럼 조그만 사람. ……네, 정말이지 엎어지고 뒹굴며 집 쪽으로 달려갔어요."
아무래도 그건 코다케 할머님인 것 같다.
나는 숨이 가빠져서,
"그래서 노리 양은 어떻게 했어."
"아무것도 안했어요. 깜짝 놀라 거기 서 있었죠. 그러자 또 그 부근에서 두세 번 무서운 비명소리가 들려왔어요. 게다가 아무래도 도움을 청하는 것 같아서 저 무섭지만 살며시 이쪽으로 와봤죠."
나는 노리코의 대담함에 혀를 내두르며 경탄하지 않을 수 없었다.
"그래서, 그 비명소리는 그 다음엔 어떻게 됐어?"
"제가 이쪽으로 다가옴에 따라 그 비명소리는 점점 멀어져갔어요. 그리고 결국엔 끝내 들리지 않게 됐어요. 분명히 이 동굴

한참 안쪽으로 가버린 게 분명해요."

아아, 누군가가 울부짖는 코우메 할머님을 컴컴하고 끝없는 동굴 속으로 끌고 간 것이다. 나는 왠지 모를 공포로 무릎 끝이 오들오들 떨리고 혀가 입천장에 딱 달라붙는 듯한 갈증과 호흡 곤란을 느꼈다.

황금 분실

나는 초롱에 불을 다시 붙이고 노리코와 둘이서 다시금 '원숭이의 걸상' 주변을 조사해 보았다.

역시 습기 어린 흙 위에 난입한 발자국이 찍혀 있어, 게다가 뭔가를 끌고 간 것 같은 발자국이 길게 동굴 안쪽까지 이어져 있다. 말할 것도 없이 그것은 코우메 할머니를 끌고 간 자국임에 틀림없었다.

상대가 누구든 그때 코우메 할머님은 독수리에 낚아 채인 참새 새끼, 맹수의 입안에 떨어진 아기 토끼와 마찬가지 신세였으리라. 잔인한 악마의 겨드랑이에 낀 채 절망적으로 절규하며 컴컴한 동굴 안쪽으로 끌려들어가는 코우메 할머님의 모습을 상상하니 나는 전신의 피가 얼어붙을 것 같은 기분이 들었다.

"노리 양, 노리 양. 그리고 그 목소리는 분명 이 동굴 안쪽으로 사라져갔단 말이지."

"예, 그래요. 너무 슬픈 목소리였어요. 오라버니, 저 당분간 그 목소리가 귀에 박혀서 떨어지지 않을 것 같아요."

노리코는 다시 생각난 듯 어깨를 떨었다. 나는 초롱을 쳐들고 지하 동굴 광장 안쪽을 조사해보았다. 우리는 지금까지 이 광장까지밖에 온 적이 없었지만 이 광장부터 안쪽을 향해 길고 복잡한 지하 미로가 계속되어 있는 것 같았다.

"오라버니, 이 안쪽으로 가볼까요."

"노리 양, 그럴 용기 있어?"

"있어요. 오라버니와 함께라면."

노리코는 하얀 이를 드러내며 웃었다.

노리코는 달 수를 채우지 못하고 태어난 섬약한 아가씨다. 그러나 이 섬약한 몸 안에는 신기하리만치 대담하고 낙천적인 혼이 숨겨져 있는 것이다. 아니, 아니, 그녀의 대담함도 낙천적인 기질도, 모두 나에 대한 신뢰에서 나오는 것일지도 모른다. 사랑하는 사람의 옆에만 있다면 어떤 위험도 두렵지 않다기……보다는 위험이 아예 오지 않을 거라 믿고 있는 것이다. 노리코는 갓 태어난 아기처럼 소박하고 단순한 아가씨였다.

"응, 안쪽까지 가 봐도 괜찮지만 그 전에 일단 '원숭이의 걸상'을 조사해보자."

나는 코다케 할머님의 말이 신경 쓰였다. 시신이 살아나 움직이기 시작했다……고 코다케 할머님은 말했지만 그 진위를 확인해보지 않으면 안 된다. 나는 '원숭이의 걸상'으로 돌아와서 높이 초롱을 쳐들고 감실 위를 올려다보았지만 역시 내 생각대로였다.

저 섬뜩한 갑옷무사는 의연하게 석관 위에 몸을 내리고 투구 차양 아래로 비누가 된 눈을 통해 물끄러미 우리를 내려다보고 있다. 단지 그 앉아 있는 위치가 전에 내가 보았던 때와 조금 달라진 것처럼 보인다. 그러고 보니 누군가가 저 시랍을 치우고 석관 뚜껑을 열어본 건 아닐까.

나는 문득 어떤 사실을 깨달았다. 그 석관 안에 금화가 세 개 있을 터다. 나는 그것을 찾았지만 원래 자리에 놓아두었던 것이다. 그 금화가 아직도 있을까.

"노리 양, 잠깐 기다려……. 나, 감실 위에 올라가 볼게."

나는 감실 위에 기어 올라가 갑옷무사를 치우고 석관 뚜껑을 열어서 안을 조사해보았는데, 그 순간 전신에서 뜨거운 땀이 흘러나오는 것을 느꼈다. 석관 안에는 금화가 없었던 것이다.

아아, 누군가가 황금 세 개를 가져갔다. ……나는 뭐라 말할 수 없는 실망과 동시에 스스로에 대한 격한 분노를 느꼈다. 왜 그 황금을 가지고 돌아가지 않았을까. 왜 이런 곳에 그대로 두고 갈 생각을 했을까.

황금은 대충 43, 4돈(160그램 정도)은 되었던 것 같다. 그 안에 포함되어 있는 금의 양이 대략 80퍼센트라 쳐도 40돈 당 32돈의 금은 될 터다. 지금 금의 가치는 1돈에 2천 엔이라고 쳐서 금화 한 장에 6만4천 엔의 가치가 있으니, 금화 석장을 잃어버린 것은 약 20만 엔의 부를 잃어버린 셈이 되는 것이다. 하지만 내가 이가 갈릴 정도로 분했던 것은 단순히 20만 엔의 손실 때문만은 아니다.

저 세 개의 황금이야말로 이 동굴 어딘가에 막대한 재산이 묻혀 있다는 무엇보다 확실한 증거인 것이다. 저 세 개의 황금을 손에 넣은 인물도 그곳 어딘가를 알아차린 건 아닐까. 혹시 그 놈도 그것을 눈치 챘다면 분명 금은보화를 찾기 시작했음에 틀림없다. 혹시 그렇게 된다면 나는 보물찾기에서 무서운 강적을 만난 건 아닐까.

아아, 나는 왜 그 황금을 좀 더 안전한 장소에 숨겨두지 않았을까…….

"오라버니, 왜 그러세요? 그 관 안에 뭐가 있어요?"

노리코의 목소리에 나는 핫 하고 제 정신으로 돌아왔다.

"아, 아니, 아무 것도 아냐."

나는 이마에 끈적끈적하게 배어 있는 땀을 훔치고는 원래대로 석관에 뚜껑을 덮고 갑옷무사를 이전 위치에 앉혀놓은 다음, 감실에서 내려왔다.

"오라버니, 왜 그러세요? 안색이 창백해요."

그럴 만도 하다. 그때 나는 손 안의 진주를 뺏긴 것처럼 지독한 좌절감을 느끼고 있었으니까.

"으응, 아니. 아무것도 아냐."

나는 억지로 마음을 다잡고,

"수상한 놈은 말이야, 노리 양. 저 갑옷무사 뒤에 숨어 있었던 거야. 거기에 코우메와 코다케 할머님이 아무 것도 모르고 오신 거지. 그리고 저 갑옷무사에게 참배를 하는데 갑자기 위에서 덮쳐 코우메 할머님을 데리고 동굴 안쪽으로 도망친 거야."

"어머!"

노리코는 크게 눈을 뜨고,

"어머, 그럼 아까 비명소리는 코우메 고모할머님이었던가요."
"그래. 그리고 아까 노리 양을 스쳐간 사람은 코다케 고모할머님이었어."
"어머나."
노리코는 한층 놀라서,
"하지만 고모할머님들은 왜 이런 데 오셨던 건가요."
"아니, 거기엔 여러 가지 사정이 있는데……."
"그리고 또 코우메 고모할머님을 낚아채간 사람이란 누구인가요. 코우메 고모할머님을 동굴 안쪽에 끌고 가서 대체 어떡하려는 건가요."
아아, 그거다. 나는 그것을 두려워하고 있었던 것이다.
팔묘촌에서는 지금 영문 모를 미치광이 같은 계획이 누군가에 의해 추진되고 있다. 그 놈은 마을에서 대치되는 두 명중 한쪽을 닥치는 대로 죽이려고 하고 있는 것이다. 그리고 코우메와 코다케 할머님이야말로 마을에서도 가장 전형적인 한 쌍이 아닌가. 아니, 실제 범인이 이런 미치광이 같은 계획을 떠올린 것도 원래는 쌍둥이 삼나무 중 한 그루가 벼락에 맞아 부서진 데서 생긴 일은 아닐까. 그 쌍둥이 삼나무의 이름을 그대로 붙인 쌍둥이 코우메와 코다케 할머님 중 한쪽이 조만간 희생자 중 하나로 선택되리라는 건 예측 가능한 사실이 아니었던가.
나는 몸에 닭살이 돋는 듯한 추위를 느꼈다. 저 원숭이처럼 조그맣고 저항할 힘도 없는 노파가 흉악한 손에 죽는 것을 상상하자 뭔가 참혹한 그림이라도 본 것처럼 음산한 기분에 사로잡히지 않을 수 없었다. 상대가 어떤 놈이건 그런 노파를 죽이는 건

넝마가 다 된 걸레를 찢는 것보다 쉬운 일이리라.

"오라버니, 가요. 그 분이 본가 고모할머님이라면 이대로 놔둘 순 없어요. 자, 그 부근까지 찾으러가 봐요."

여자란 존재는 위험할 때에는 누구나 이런 용기가 나는 법일까. 노리코는 나보다 훨씬 용감했다. 노리코의 재촉을 받고서야 나도 겨우 결심을 굳혔다.

"응, 좋아. 그럼 찾으러가자."

그렇게 말했지만 금세 우리는 당혹감에 빠지고 말았다.

그도 그럴 것이 이 지하 광장에는 아까 우리가 지나온 길 외에 세 개의 길이 안쪽으로 향해 펼쳐져 있었는데 그 중 어디를 더듬어가야 좋을지 가늠하기가 힘들었다. 우리는 주의 깊게 지면을 조사해보았지만 코우메 할머님을 끌고 간 자국은 이제 이 근처에서는 사라져 있었다. 분명 수상한 자는 코우메 할머니를 등에 업든가 안든가 해서 안쪽 동굴로 도망친 것이리라. 코우메 할머님은 그렇게 나이를 잡수신 데다 조그맣게 쭈그러들어 있으니, 전혀 어려움은 없었을 것이었다.

"곤란하네요."

"곤란하군."

"아무데나 되는 대로 가볼까요."

노리코는 한층 용감했다. 하지만 나는 그 정도로 무모해질 수는 없었다.

"그건 안 돼. 동굴 안에 뭐가 있을지 모르니까."

"그렇군요."

우리가 얼굴을 마주보며 망설이고 있었을 때였다. 우리 뒤에서 분주한 발소리가 들리고 누군가가 다가오는 기척이 들렸다. 나도 노리코도 깜짝 놀라 돌아보았다.

살펴보니, 모퉁이 저편에서 초롱불이 하나 두둥실 나타나나 했더니,

"아, 거기 있는 건 타츠야 씨 아닌가요."

그 목소리는 분명 하루요 누님이었다. 나는 안심해서 가슴을 쓸어내리면서,

"아아, 누님. 왜 여기 오신 겁니까. 괜찮으신 겁니까, 이런 일을 해도……."

"예, 괜찮아요. 당신이 걱정되어서요. ……게다가 당신에게 건네주고 싶은 것도 있어서……."

"뭡니까, 제가 건네줄 물건이란……."

"이거예요."

하루요는 빠른 걸음으로 다가왔지만 거기서 처음으로 노리코의 존재를 알아차리고,

"어머!"

하고 깜짝 놀란 듯 눈을 크게 떴다.

"노리코 씨, 당신도 같이 있었어요?"

"예, 우연히 여기서 만났습니다. 그런데 누님, 제게 건넬 물건이란?"

노리코에 대해 설명하려면 길어진다. 귀찮아서 나는 가능한 한 그 일은 언급하지 않도록 하고 누님을 독촉하자,

"예, 이거. 봐요, 언제 얘기했죠. 별채에서 주운 지도 같은 거. ……저, 아까 생각났는데 이 지도에 '원숭이의 걸상'이란 지명이

쓰여 있었어요. 그래서 어쩌면 이게 이 지하도의 지도가 아닐까 하고 서둘러 전하러온 거예요."

헉 하고 가슴이 뛰었다. 전에도 말했듯 나는 이 지도를 손에 넣고 싶어서 좀이 쑤셨으면서도 누님을 속이는 게 껄끄러워 이 날까지 말을 꺼낼 용기가 나지 않았던 것이다. 그런데 예기치 않게 누님 쪽에서 가져오다니, 마음속으로 날아오를 것 같은 기분이었다. 하지만 가능한 한 마음을 억누르고,

"아아, 그래요. 고맙습니다. 실은 코우메 고모할머님은 이 동굴 안쪽으로 끌려간 것 같은데, 어느 길로 가야 좋을지 지금 헤매고 있던 참이었어요."

"아아, 그래요. 그거라면 한가운데 길이 분명해요. 보세요, 다른 두 개는 바로 저편에서 막혀 있잖아요."

초롱불로 지도를 검토해보니, 역시 '원숭이의 걸상'이 있는 지하 광장에서 안으로 펼쳐져 있는 세 개의 길 중 양쪽 두 개는 안으로 들어가면 바로 막혀 있는 것 같았다. 그리고 한가운데 길만이 양의 창자처럼 구불구불하게 어디까지고 안쪽으로 계속되고 있었다.

나는 좀 더 자세히 그 지도를 검토해 보고 싶었지만 지금은 그럴 틈이 없었다.

"그럼 한번 이 동굴을 찾아보죠. 고맙습니다. 누님, 누님은 돌아가세요."

"예, 하지만…… 노리코 씨는?"

"노리 양은 저와 함께 가겠다고 합니다."

"노리코 씨가 간다면 저도 가겠어요."

누님의 말투에는 왠지 모르게 불쾌한 기색이 어려 있어, 나는 무심코 얼굴을 바라보았다. 누님의 얼굴은 묘하게 굳어져 있다.

"누님, 하지만 그럼 코다케 고모할머님은……?"

"고모할머님께는 수면제를 드시게 했어요. 잘 주무시고 계세요. 아무튼 저도 같이 가겠어요."

화난 것처럼 그렇게 말하고는, 누님은 몸소 앞에 서서 척척 동굴 안으로 들어갔다. 평상시의 누님에게는 어울리지 않는 오늘 밤의 저 고집스런 행동에 나는 깜짝 놀라 노리코와 얼굴을 마주 보았다.

아아, 누님은 어째서 저토록 갑자기 화난 기색을 보이는 것일까. 그리고 또 우리는 이 동굴 안에서 도대체 무엇을 발견하게 될까.

제6장 하루요의 결정

나는 훨씬 전에 종유동굴을 무대로 한 탐정소설을 읽은 적이 있다.

이 소설의 트릭이나 플롯은 차치하고 종유동굴에서의 살인이란 착상이 굉장히 흥미로웠고, 또 종유동굴의 광경을 그린 로맨틱한 묘사에 당시 나는 매료돼 그토록 아름다운 곳이라면 한번 가보고 싶다고 꿈같은 생각을 했던 것이다.

지금 그 책이 손닿는 데 없어서 확실한 얘기는 못하지만 어렴풋이 기억을 더듬어보면 거기엔 다음과 같은 문장이 있었던 기억이 난다.

—입구로부터 한참을, 석회암 천장이 낮게 드리워져 있어 머리를 숙이지 않으면 걸을 수 없었지만 가면 갈수록 천정도 점차 높아져, 형석(蛍石) 결정으로 이루어진 벽이 수백수천 개의 보

석을 박은 것처럼 아름답고 찬연하게 어둠속에서 빛나고 있었습니다.

그리고 또, 종유동굴에 있는 천연의 큰 홀에 대해서는 다음과 같은 묘사가 있었던 걸 기억한다.

—천장의 높이는 백 피트 남짓일까. 수백, 수천일지도 모를 아름다운 종유석이 고드름처럼 한 면에 드리워져 있습니다. 게다가 홀의 천정 한가운데서는 진주색을 띤 거대한 천연 샹들리에의 술이 반짝반짝 늘어져 있고, 주위 벽에는 기괴한 천연 조각상이나 당초 문양이 찬연하게 눈부신 색채를 그리고 있습니다. 그것은 마치 고대의 궁전을 그대로, 몇 배 더 숭고하고 화려하게 만든 것 같은 경치였습니다.

하지만 진실과 소설과의 사이에는 커다란 격차가 있다는 사실을, 지금 우리가 탐험하는 이 동굴에서 여실히 확인할 수 있었다.

누님의 뒤를 쫓아 노리코와 내가 따라가는 이 동굴은 분명 종유석동굴의 풍경을 드러내고 있었다. 천장이 낮고 도처에 고드름 같은 종유석이 드리워져 있다. 주위 벽에는 한 면에 불투명한 색을 띤 천연 조각상이나 당초 문양이 그려져 있었다. 분명 그것은 일종의 기이한 장관임에 틀림없었으나, 그렇다고 하여 소설에 쓰여 있을 정도로 아름답거나 로맨틱한 것은 아니었다.

발밑이나 주위의 벽, 천장이 온통 축축해서 때때로 뒷덜미에 떨어지는 물방울에 놀라곤 했다. 축축하게 젖은 공기는 무겁고 어둡게 고여 있어, 결코 상쾌한 감촉이라고는 할 수 없었다. 하물며 수백수천의 보옥을 아로새긴 듯 아름답고 찬연하게 빛나는 형석 같은 건 우리 주변 어디에도 보이지 않았다.

우리는 그저 으스스하고 끝없는 동굴을 한없는 불안에 싸여 마치 장님처럼 손과 발로 더듬으며 걸어간다. 우리가 가는, 주위 이삼 미터 정도는 초롱불의 불빛이 희미하게 비치고 있지만 그 빛의 고리 밖은 앞도 뒤도 온통 답답한 어둠에 둘러싸여 있다.

이런 경우, 여자들 쪽이 남자보다 용기가 있는 걸까. 내가 머뭇거리는 것도 아랑곳 않고, 하루요 누님과 노리코는 내색도 하지 않고 묵묵히 어둠의 동굴 속을 나아간다. 하루요 누님은 두세 발짝 앞에, 노리코는 나에게 바짝 달라붙은 채……. 어느 쪽도 한 마디도 입을 열지 않았다.

이 동굴에는 무수히 샛길이 있는 듯, 우리는 때때로 두 갈래로 갈라진 길에 맞부딪쳤다. 그 때마다 하루요 누님은 멈춰 서서 초롱 빛으로 지도를 검토하고는 이윽고 다시 앞장서서 척척 걸어 나간다. 우리에게 한마디도 상의하지 않고…….

지금까지 몇 번이나 말했듯 나는 이 마을에 온 이래 유일한 누님의 호의에 의지해서 살아왔다. 누님은 지금까지 한 번도 내게 불쾌한 기색이나 거동을 드러낸 적이 없다. 누님은 항상 아주 조용하고 온화해서, 그런 따스한 성품으로 나를 편안하게 감싸주었던 것이다.

그런데 오늘밤 누님은 대체 왜 그러는 것일까. 왜 갑자기 그처럼 고집스런 태도로 바뀐 것일까. 내가 뭔가 나쁜 짓이라고 한 걸까. 나의 태도나 행동에 뭔가 누님의 맘에 들지 않는 부분이라도 있었던 걸까.

우리는 다시금 몇 번째인가의 갈래 길을 맞닥뜨렸다. 언제나처럼 누님은 초롱 빛으로 지도를 검토하고 있었지만, 이윽고 다시금 우리 쪽을 돌아보지도 않고 척척 어두운 동굴을 걸어간다.

끝내 나는 참을 수 없어서 누님 뒤에서 쫓아가 어깨에 손을 대고 돌려세웠다.

"누님, 누님. 잠깐 기다려주세요. 누님은 뭘 그렇게 화내고 계신 건가요. 어째서 제게 한마디도 하지 않으시는 겁니까."

초롱 빛에 비친 누님의 얼굴은 납처럼 창백하게 굳어져 있었다. 이마는 식은땀으로 흠뻑 젖어 있다.

누님은 안타까운 듯 헐떡거리며,

"저……, 저……, 아무 것도 화나지 않았어요."

"아뇨, 누님은 화내고 계세요. 뭔가 저한테 화가 나 계십니다. 누님, 용서해 주십시오. 제가 잘못했다면 사과드리겠습니다. 뭘 잘못했는지 말해주세요. 저, 반드시 누님 말씀대로 하겠습니다. 그 대신 누님도 마음 돌리시고……. 저…… 저…… 누님이 그렇게 차갑게 대하시면 어떡해야 좋을지 모르겠습니다."

누님은 잠자코 내 얼굴을 응시하고 있었지만 갑자기 그 얼굴이 구깃구깃 어린애가 울상을 지을 때처럼 일그러지나 했더니,

"타츠야 씨."

느닷없이 내 품에 매달리더니 소리 높여 울기 시작했다.

"누님, 왜, 왜 그러세요."

나도 놀랐지만 노리코도 깜짝 놀란 것 같다. 멍해져서 눈을 크게 뜨고 있다.

누님은 내 가슴에 힘껏 매달린 채 한층 격하게 흐느껴 울면서,

"타츠야 씨, 용서해요, 용서해요. ……내가 당신에게 차갑게 굴었다니, 그런, 그런……. 아뇨, 내가 나빴어요. 당신은 잘못한 거 조금도 없어요. 전부 내가 나빴어요. 용서해요, 용서해줘요."

누님은 내 가슴에 얼굴을 부비고 또 부비며 한층 격하게 계속해서 울었다. 누님의 눈물이 잠옷에 스며들어 내 가슴에 달라붙듯이 배어들었다.

나는 망연히 서 있었다. 누님의 이 갑작스런 격정을 나는 뭐라고 해석해야 좋을 지 알 수 없었다. 그렇다고 해서 누님을 위로하려고 해도 뭐라고 위로해야 좋을지 알 수 없었다. 나는 그저 팔짱을 낀 채 이 격정의 폭풍우가 가라앉기를 기다릴 수밖에 없었다. 노리코도 허둥거리고 있었지만 그렇다고 해서 위로할 말도 없는 듯 그저 걱정스런 얼굴을 한 채 누님의 모습을 지켜보고 있을 따름이었다.

시간이 어느 정도 흘러 겨우 누님의 흐느낌이 약해지는 걸 알아차리고, 나는 조용히 그 어깨를 쓰다듬어 주었다.

"누님, 누님. 누님은 분명 피곤하신 겁니다. 그래서 아무 일도 아닌 것에 감정이 고조되신 거예요. 자, 이제 돌아가죠. 돌아가서 편안히 쉬죠."

"미안해요."

누님은 겨우 내 품에서 떨어지더니, 눈물을 훔치면서 수줍은 기색을 가득 띄우고 눈부신 듯 내 얼굴을 보았다.

"정말이지 저, 오늘 밤은 어떻게 됐나 봐요. 아무것도 아닌데 화내고, 갑자기 울기 시작하고. ……노리코 씨, 당신 깜짝 놀랐

죠."

"아뇨. 그것보다 저 걱정이었어요. 언니, 어딘가 기분이 안 좋으신 거 아닌가요."

"그거예요, 분명. 과롭니다. 그 동안 계속 주무셨을 정도니. 이런 데 계시면 몸에 해롭습니다. 누님, 이제 돌아가죠."

"고마워요. 하지만 저, 이대로 돌아갈 생각은 들지 않아요. 코우메 고모할머님의 안부를 알 때까지는……."

그렇다. 그 일도 있다. 저 불쌍한 작은 새 같은 노파를 버려두고 이대로 돌아갈 수도 없었다. 그렇다고 여기서 혼자 누님을 돌려보내기도 꺼림칙하고.

"누님, 그럼 한동안 이 근처에서 쉬고 갑시다. 그러면 다시 기운이 돌아올지 모릅니다."

"그렇군요. 그럼 그렇게 하죠."

누님은 더는 내 말을 거스르지 않았다.

"노리 양, 어딘가 이 부근에 쉴만한 데 없어?"

"네. 저, 찾아볼게요."

노리코는 초롱을 들고 그 부근을 찾아보다가,

"아, 오라버니. 여기가 좋겠어요. 여기라면 흙도 안 젖어있고. ……언니, 이쪽으로 오세요."

노리코가 찾아낸 것은 도려낸 것처럼 새겨진 벽 움푹 팬 자리로, 발밑에는 자기로 만든 베개처럼 종유석 덩어리가 불거져 있어서 딱 몸을 쉬어갈 수 있을 정도에 적합한 높이였다. 우리는 거기 나란히 앉았는데, 하루요 누님은 축 늘어졌고 그 안색은 아주 나빴다. 호흡조차 자못 끊어질 것 같았다.

"누님, 괜찮으세요? 그렇게 무리해서……."

"괜찮아요. 한동안 쉬어가면 좋아질 거예요."

누님은 이마를 문지르며 초롱 빛에 비친 주변 경치를 응시하고 있었지만,

"아, 여기 분명 '텐구의 코'란 델 거예요."

"예? 어째서요?"

"저쪽을 보세요. '텐구의 코' 같은 바위가 튀어나와 있잖아요."

누님은 초롱을 높다랗게 들고 저편의 벽을 가리켰다.

정신이 드니 동굴도 그 부근까지 오자 넓어져 있었지만, 누님이 가리키는 저편 벽의 움푹 팬 곳에서 커다랗게 튀어나온 바위가 과연 텐구의 코처럼 튀어나와 있다. 게다가 그 벽 움푹 팬 곳에 새겨진 종유석 조각이 마치 텐구의 코 같은 균열을 보이고 있었다.

"그렇군요, 그러고 보니 저 벽은 텐구의 얼굴하고 똑 닮은 모양을 하고 있군요."

"그래요, 그러니 여기가 분명 텐구의 코인 게 틀림없어요. 봐요, 이 지도에도 그렇게 씌어 있답니다."

누님이 펼쳐 보인, 붓으로 그린 지하미로 지도에는 다음과 같이 세 개의 지명이 씌어져 있었다. '원숭이의 걸상' '텐구의 코' '메아리의 십자로'. 그리고 거기에는 내 지도와 마찬가지로 노래 세 수가 적혀 있었다.

마 잎이 흩날리는 길의 일리총(一里塚)[31]

비구니가 앉아 있는 텐구의 코에서 쉬게 되면 메아리의 십자로에 귀 기울이라

육도(六道)[32]의 도깨비와 부처의 갈림길이여 메아리의 십자로를 주의하라

"그렇군요. 그러고 보니 저 '원숭이의 걸상'이 이 지하 미로의 첫 번째 지표인 거군요."

"그래요, 분명. 그리고 이 텐구의 코가 두 번째 지표예요. 그리고 분명 이 근처에 '메아리의 십자로'란 곳이 있겠죠."

"하지만 메아리의 십자로에 귀 기울이라는 건 무슨 말일까요?"

노리코도 옆에서 끼어들었다.

"글쎄, 잘은 모르겠지만, 텐구의 코에서 쉬게 되면 메아리의 십자로에 귀 기울이라고 되어 있으니 여기서 귀를 기울이고 있으면 뭔가 들릴지도 모릅니다."

내가 그렇게 말했을 때였다. 갑자기 하루요 누님이 손을 올려,

"쉿!"

하고 우리를 저지했다.

"잠깐……. 저거, 뭐죠? 무슨 소리?"

우리, 나와 노리코는 누님의 안색에 깜짝 놀라 숨을 삼켰다.

---

31) 일리총(一里塚): 이치리즈카. 강호시대 전국 가도에 1리마다 흙을 쌓아올리고 소나무나 삼나무 따위를 심어 이정표로 삼았던 것.

32) 육도(六道): 일체 중생이 선악의 업에 의해 필연적으로 이르는 여섯 가지의 미계(迷界). 지옥, 아귀, 축생, 수라, 인간, 천상.

"누님. 뭔가 들으셨어요?"

"예. 뭔가 이상한 목소리가 들린 것 같은 기분이 드는데……, 앗!"

누님은 당황해서 입을 눌렀는데, 그 순간 나도 확실히 들었다.

꺅 하는 비명이 동굴 멀리 안쪽에서 들려왔나 싶더니 일정 간격을 유지하고 그 비명이 몇 번이나 중복되어 떨리면서 이쪽으로 울려왔던 것이다. 그리고 그에 따라 쿵쾅쿵쾅하는 분주한 발소리가 동굴 안쪽에서 들려왔던 것인데, 그것은 마치 수백수천의 대군이 쳐들어오는 것처럼 무시무시하게 울려 퍼졌다.

"앗, 누가 와요!"

"누님, 노리 양. 초롱을 꺼요."

우리는 일제히 초롱불을 불어 끄고 어두운 동굴에 웅크렸다.

저 쿵쾅거리는 발소리는 금방 그쳤지만, 그래도 누군가가 동굴 안쪽에서 차츰 이쪽으로 가까워지는 것은 이따금 비틀거리는 발소리가 몇 번이나 재차 들리는 것으로도 알 수 있었다.

아아, 알았다, 알았다. 아까 비명도 발소리도, 결코 여러 사람이 낸 것은 아니었던 것이다.

메아리의 십자로……란 이름에서도 알 수 있듯 이 안쪽에는 소리의 반향이 대단한 복잡한 지하 미로가 가로놓여 있었던 것이리라. 거기서는 한번 소리 내면 저쪽 벽, 이쪽 바위에 소리가 반사되고 그것이 몇 배, 몇십 배로 확대되어 멀리까지 들리는 게 분명하다.

그러니 지금 이쪽에 다가오는 사람도 결코 그 정도로 많은 수는 아니고 필경 한 사람인 건 아닐까. 혹시 두 사람 이상이라면 조금은 대화하는 소리도 들려와야 정상일 것이다.

쾅!

다시금 누군가가 걸려 넘어진 것 같다. 그러자 그에 이어,

쾅!

쾅!

쾅!

쾅!

쾅!

하고 비슷한 소리가 차츰 멀찍이, 불명료하게 젖은 공기 속을 흔들었다.

"메아리네요."

노리코도 겨우 그 사실을 깨달았다.

"응, 메아리야."

"쉿, 조용! 이쪽으로 꽤 가까이 왔어요."

다시금 그 발소리는 메아리의 십자로를 빠져나가는 것 같다. 어지러운 반향은 없어졌지만 그 대신 저벅저벅하고 살금살금 걸어오는 발소리가 점차 가까워진다. 우리가 숨을 죽이고 기다리고 있으려니, 마침내 저쪽 바위 모서리에서 흔들거리는 빛의 고리가 나타났다. 아무래도 상대는 회중전등을 들고 있는 것 같다. 우리는 무심코 벽의 움푹 팬 곳에 등을 붙였다.

회중전등 빛의 고리는 흔들흔들 흔들리며 점차 이쪽으로 다가온다. 스무 발짝, 열다섯 발짝, 열 발짝, 다섯 발짝……. 아아, 마침내 그 남자가 우리 앞까지 왔다.

다행히 우리가 있는 곳은 벽이 움푹 팬 자리라 상대는 알아차

리지 못했지만, 그가 눈앞을 지나갔을 때 우리는 확실히 그 모습을 알아보았던 것이다.

그것은 쥐색 옷을 걸친 마로오사의 에이센 스님이었다.

도깨비불 연못

그날 밤 우리는 결국, 코우메 할머님의 행방을 찾지 못한 채 도중에 포기하고 맥없이 돌아오지 않으면 안 되었다.

지하 미로는 넓고 깊고 한편으로 끝이 없었고, 게다가 또 하루요 누님의 용태가 점점 나빠지는 상황이어서 그 이상 모험을 계속할 수 없었던 것이다.

누님의 상태가 갑자기 나빠지기 시작한 것은 분명 에이센 스님의 영향이었다. 지금 누님의 건강으로는 절대 강한 자극이나 흥분을 피하지 않으면 안 되거늘, 그때 생각지도 못한 에이센 스님의 출현은 누님은 물론이고 우리 일동에게 확실히 커다란 충격이었다.

오오, 그때 에이센 스님의 얼굴! 눈동자는 튀어나오고 콧방울은 떨리고 턱을 딱딱 부딪치고 있었다. ……저 섬뜩하고 뭐라 형용할 길 없는 흉악한 표정은 대체 무엇을 의미하는 것일까. 나는 그런 에이센 스님의 얼굴이 눈앞 수 척 떨어진 지점을 지나가는 것을 보았을 때, 선뜩 차가운 칼날을 심장에 맞은 것 같은 공포를 느꼈고 바로 언젠가 어딘가에서 그와 같은 표정을 보았던 기억이 떠올랐다.

언제, 어디서……?

오래 생각할 것도 없이 나는 곧 생각해냈다. 언젠가의 밤, 그렇다, 고이차의 비구니가 살해당했던 밤, 곡괭이를 한 손에 들고 살금살금 몰래 걸으며 언덕을 내려왔던 신타로의 얼굴! 오오, 그때의 신타로의 섬뜩한 표정과 오늘밤 에이센 스님의 흉악한 얼굴. ……거기에는 뭔가 일맥상통하는 데가 있지는 않을까. 나중에 밝혀지지만 그날 밤 신타로는 분명 고이차의 비구니 살해와 어떤 의미에서 연관성을 갖고 있었던 것이다. 그렇다면 오늘밤의 에이센 스님은……? 그는 이 동굴 안에서 대체 무슨 일을 하고 무엇을 보고 온 것일까.

그건 그렇고, 에이센 스님의 예기치 않은 출현에 누님은 큰 충격을 받았다. 우리는 에이센 스님의 모습이 보이지 않게 되고 발소리가 들리지 않게 되는 것을 기다려 초롱에 불을 붙였는데, 그때 누님의 안색은 말이 아니었다. 전신에서 마지막 피 한 방울까지 빠져나간 것처럼 창백해졌고, 이마에는 차가운 땀이 흠뻑 맺혀 있었다. 토하는 숨소리조차 고통스럽고, 당장이라도 정신을 잃을 것 같은 안색이었다.

우리는 거기서 잠시 에이센 스님의 기괴한 행동에 대해 이야기를 나누었지만, 누님은 이제 그런 얘기를 듣거나 말하는 것조차 귀찮은 것 같았다. 심장을 누르고 고개를 숙인 누님의 이마에서는 한층 심하게 차가운 땀이 배어나왔다.

마침내 노리코는 참기 힘들어졌는지 외쳤다.

"오라버니, 이제 돌아가요. 이대로라면 언니가 쓰러지고 말 거예요. 동굴탐험은 내일이라도 다시 하도록 해요."

하루요 누님도 이제 그 이상 고집부리지 않았다. 우리는 그리고 바로, 양쪽에서 누님을 부축하고 첫 갈림길까지 와서는 거기서 노리코와 헤어져 원점인 별채로 돌아왔던 것이다.

그날 밤 나는 한숨도 자지 않았다. 누님도 누님이지만 코우메 할머님도 마음에 걸렸다. 나는 그날 밤 두 번 다시 동굴에 들어갈 생각은 들지 않았지만 이것을 그대로 방치해도 괜찮을까 하는 생각이 들었다. 머잖아 내일이 되면 다시 한 번 동굴 속에 들어가 볼 작정이었지만, 혹시 거기서 발견하게 되는 것이 이미 차갑게 식어 있는 코우메 할머님의 시체라면……?

오오, 그 때는 전부가 드러나게 되겠지. 동굴의 비밀도, 코우메나 코다케 할머님이 옛날에 저지른 죄업도. ……그것은 어쩔 수 없다 해도, 저 동굴의 비밀이 폭로된다면 그것은 내 신상에 어떤 영향을 가져올까. 나는 매일 밤 얌전히 이 별채에서 자는 걸로 되어 있는 것이다. 그랬는데 저런 샛길이 있어 어디든 자유자재로 빠져나갈 수 있었다는 사실을 안다면 경부를 필두로 마을사람들은 대관절 나를 어떻게 생각할까. 그게 아니더라도 나는 지금 의혹의 중심에 서 있건만.

나는 공포 때문에 침구 안에서 몸이 타오를 지경이었다. 전신이 확 불타오를 듯 뜨거워지는가 하면 또 갑자기 얼음처럼 차가워지고는 했다. 목이 따끔거리는 것 같은 느낌에, 몇 번인가 머리맡에 있는 물병에서 꿀꺽꿀꺽 물을 마셨다.

그런 불길한 생각을 떨쳐버리기 위해 나는 억지로라도 에이센 스님에 대해 생각해보았다. 에이센 스님은 이번 사건과 대체 어떤 관계가 있는 것일까. 나는 언젠가 에이센 스님에게 생각지도 않은 무고를 당한 기억을 되살려냈다. 그리고 또 에이센 스님의 이상한 여행을 떠올렸다. 에이센 스님의 여행은 마침 고베에서 이상한 인물이 내 신원을 조사하고 다닌 기간과 일치한다. 아아, 에이센 스님은 대체 나를 어쩌겠다는 것일까.

나는 튕기듯 잠자리에서 일어났다. 그리고 머리맡에 둘러쳐진 삼산도병풍에 시선을 돌렸다. 병풍에 그려진 불인 스님. ……산지기인 헤이키치는 이 별채에서 자고 있을 때 그 스님이 빠져나오는 것을 보았다고 한다. 그리고 나도 언젠가 밤에 같은 착각을 느꼈는데, 어쩌면 그것은 에이센 스님은 아니었을까.

나는 그날 밤 본 에이센 스님의 쥐색 옷을 떠올렸다. 그런 모습으로 숨어들었다면 병풍그림으로 잘못 본다 해도 이상하지 않고, 또 그런 모습으로 숨어들 사람은 에이센 스님 외에 달리 없다. 그렇다. 저 지하의 비밀통로를 통해 자주 이 별채로 숨어들어온 것은 마로오사의 에이센 스님이었던 것이다. 나는 다시 한번 이번 사건을 처음부터 생각해 보았다. 그러면서 이번 사건 전체에서 시종일관 불교적인 냄새가 풍긴다는 사실을 알아차렸다. 그리고 에이센 스님은 중이 아니던가.

아아, 그럼 범인은 에이센 스님이었던 것일까. 아니, 분명 그럴 것이다.

나는 엄청난 공포와 흥분으로 침구 속에서 부들부들 떨었다.

전신에서 다시금 차가운 땀이 흘러나왔다.

그것은 그렇다 치고, 그렇게 하룻밤 내내 뒤척거리면서도 나는 혹시나 하고 코우메 할머님이 돌아오기를 기다리고 있었으나 날이 밝을 때까지 결국 대고모님은 돌아오지 않았다. 나는 곤혹스러움에 어찌해야 좋을지 알 수 없었지만 어쨌든 누님과 이야기해보려고 그녀의 침실로 향했다. 하지만 곧 누님이 이미 말 상대를 해줄 수 없다는 것을 깨달았다.

그녀는 창백한 얼굴을 하고 얻어맞은 것처럼 녹초가 되어 눈을 감고 있었다. 옆에는 수면제가 잘 듣는지 코다케 할머님이 남자처럼 코를 골면서 잠들어 있었다.

"타츠야 씨, 좋을 대로 해주세요. 전 더는 뭘 생각할 여력도 할 여력도 없어요."

내가 이야기하자 누님은 희미하게 눈을 뜨고 그렇게 말했지만, 금세 또 다시 나른하게 감아버렸다.

"그렇습니까. 그럼 저, 지금부터 파출소에 가보겠습니다."

파출소란 말을 듣고 누님은 놀란 듯 눈을 떴지만 이내 쓸쓸하게 끄덕이고,

"그래요. 그게 좋을지도 모르죠. 아니, 그렇게 해야 할지도 몰라요. 고모할머님께는 안된 일이지만……."

옆에 잠들어 있는 코다케 할머님 쪽을 돌아보고, 누님의 눈에서는 순식간에 이슬 같은 눈물이 흘러 나왔다.

"그럼 누님, 다녀오겠습니다. 어쩌면 경찰이 몰려올지도 모르겠지만 고모할머님께는 어떻게 잘 둘러대 주세요."

"예, 그래요. 그쪽이야말로 고생해요."

파출소에는 이소카와 경부가 때마침 자리에서 일어난 참이었지만 내 얘기를 듣고는 마치 폭탄이라도 터진 것처럼 깜짝 놀라 눈을 크게 떴다. 그리고 뭔가 서둘러 물어보려고 했지만 금방 생각을 고쳐먹은 듯 부하를 보내 긴다이치 코스케를 불러왔다. 긴다이치 코스케는 만사를 제쳐놓고 서쪽집에서 달려왔는데 이 소란을 듣고 정신이 번쩍 난 모양이다. 미야코도 같이 왔다.

이 때 미야코의 얼굴을 본 것이 얼마나 내게 힘이 되었는지 모른다. 나는 드디어 이제부터 사면초가의 취조를 받지 않으면 안 되는 것이다. 경부나 긴다이치 코스케는 내가 하는 말 하나하나에 의심을 품으리라. 그런 의혹의 눈초리에 에워싸여 취조의 화살을 받아내는 것이 얼마나 괴롭고 힘든 일인가. 나는 미리 각오를 다지고 왔음에도, 한 사람이라도 내 편이 곁에 있어주는 쪽이 마음 든든했다.

이소카와 경부는 다시 한 번 긴다이치 코스케 앞에서 같은 이야기를 반복하게 했다. 그리고 때때로 이야기에 끼어들면서 아까 들은 이야기를 꼬치꼬치 고쳐듣곤 했다.

긴다이치 코스케는 차츰 흥분의 기색을 보이며 벅벅, 벅벅, 무턱대고 머리를 긁고 있었지만, 마침내 내 이야기가 끝나자 벙어리처럼 입을 다물고 내 얼굴을 응시하고 있었다. 그리고 한참이 지나서야 한숨 섞인 말투로 이렇게 말했다.

"타츠야 씨, 제가 언젠가, 처음 댁을 보았을 때 충고해 드렸을 겁니다. 이후 무슨 일이건 수상쩍다 싶은 일, 납득이 가지 않는 일이 있으면 바로 저희에게 알려달라고. ……그렇지 않으면 당신은 지금 미묘한 입장에 서 있으니 앞으로 어떤 불리한 처지에 놓일지 모른다고……."

"드릴 말씀이 없습니다."

나는 솔직히 고개를 숙였다.

"결국 호기심에 끌려, 스스로 해결 가능한 일이라면 남의 손을 빌리지 않고 해보고 싶다고 생각해서……."

"위험해요. 자칫 그런 무모함이 몸을 망치는 겁니다. 그런데 경부님, 우선 뭣부터 손을 쓰실 생각이십니까."

"뭣부터라니, 우선 종유동굴 안을 조사해보지요. 코우메 할머님이 유괴되었다니 내버려두면 아니 되오."

"에이센 스님 쪽은?"

"흠, 에이센 스님에게도 얘기를 들어봐야겠지만……. 타츠야 씨, 동굴 속에서 에이센 스님을 본 건 틀림없겠죠. 설마 다른 사람에게 누명을 씌우려는 것은……."

"말도 안 됩니다. 에이센 스님을 본 건 저 한 사람이 아닙니다. 누님도 노리 양도 다 함께……."

거기까지 말하고 나는 맙소사, 하고 입술을 깨물었다. 예상대로 경부도 긴다이치 코스케도, 심지어는 모리 미야코까지도 의혹에 찬 눈을 크게 뜨고 물끄러미 내 얼굴을 고쳐보았던 것이다.

경부는 엷게 기분 나쁜 미소를 띠고,

"노리 양? 노리 양이 누구요."

"예……. 그…… 사토무라 신타로 씨의 누이동생인 노리코 씨 말입니다."

"그건 알고 있소. 하지만 아까 당신 이야기에선 그 여자분 이름은 안 나왔잖소. 하루요 씨와 당신 둘이서 동굴에 들어갔던 것처럼 얘기했는데…….”

“예……. 그, 어쨌거나 상대가 젊은 여자니, 이런 사건에 휘말리게 하고 싶지 않아서요…….”

나는 이미 횡설수설이었다.

경부는 다시금 무서운 미소를 띠고,

“뭐, 됐소, 됐소. 당신은 대체 어디까지 진실을 말하고 있는지 모르겠구먼. 조만간 죄다 불게 만들어주지. 어쨌든 그런 비밀통로가 있어서 당신이 자유자재로 밖에 나갈 수 있게 되었다면 이제까지 사건, 그중에서도 고이차의 비구니 묘렌 살인의 경우에 해당하는 당신의 알리바이를 다시 한 번 검토해볼 필요가 있지만, 뭐, 그건 나중 일로 하고, 어쨌든 코우메 할머님 수색에 착수하기로 하지요.”

경부는 거기서 필요한 준비 및 에이센 스님 구인을 부하에게 명해두고 파출소를 출발, 동쪽집 별채로 향하기로 했다. 물론 긴다이치 코스케도 함께였으며 미야코도 우리를 따라왔다.

가는 도중에 미야코는 내 손을 붙들고,

“타츠야 씨, 아무 것도 걱정할 거 없어요. 누가 뭐라던 나는 당신을 믿어요. 경찰 사람들이나 마을사람들이 무슨 말을 하건 절대 마음 쓰지 말아요.”

“예, 고맙습니다. 저도 그럴 생각입니다만…….”

“그래요, 마음을 굳게 먹으세요. 그런데 하루요 씨, 또 건강이 나빠졌다고요?”

“예, 어젯밤 충격으로 완전히 쇠약해졌습니다. 여기서 경부님한테 마구 취조를 당하면 어떻게 될지 생각하면 저는 그게 걱정되어서…….”

“괜찮아요. 제가 경부님께 말해서 취조는 가능한 한 나중으로 미루자고 할게요. 정말이지 하루요 씨도 딱해서……. 그러잖아도 심장이 약한데 말예요.”

그때 나는 미야코가 있어서 얼마나 마음 든든했는지 모른다. 단 한 사람 의지가 되는 누님이 그 상태라 전혀 말상대가 되어주지 못할 뿐만 아니라 외려 손이 가는 현재, 미야코처럼 시원시원하고 재기발랄한 아군이 옆에 있어 주는 것에 나는 얼마나 감사했는지 몰랐다.

“아무쪼록 잘 부탁드립니다.”

드디어 우리 일행은 동쪽집인 다지미 가에 도착했다. 고용인들도 어렴풋이 코우메 할머님의 실종을 알아차린 듯 이따금 모여서 불안한 듯 의논을 하고 있는 참이었지만, 거기에 우르르 경부 일행이 몰려들자 모두 눈을 크게 뜬 채 얼굴을 마주보고 있었다.

다행히 경부는 누님의 취조는 뒤로 미루고 바로 동굴에 들어가자고 말을 꺼냈다. 그래서 나는 뒷일은 모두 미야코에게 맡겨두고 이소카와 경부와 긴다이치 코스케, 그리고 형사 둘을 안쪽 별채로 안내했다. 그리고 우리는 바로 저 궤짝 바닥에서 지하통로로 들어갔다.

긴다이치 코스케는 이 궤짝의 장치나 지하 비밀통로를 너무나 신기하게 쳐다보고 있었지만 달리 그에 대해 별다른 말은 하지 않았다. 나는 경부에게 빌린 회중전등을 손에 들고 일행의 맨 앞에 섰다. 경부를 필두로 세 사람은 침묵한 채 내 뒤를 따라왔다.

우리는 바로 바위 쪽문을 빠져나와 첫 갈림길까지 왔다. 내가 말없이 그 갈림길에서 '원숭이의 걸상' 쪽으로 가려고 하자 경부는 나를 불러 세우고,

"저쪽으로 가면 어찌 되오."

이 질문이야말로 내게 있어서 가장 뼈아픈 것이었으나 이미 이렇게 되어서야 숨길 수도 없었다.

"예, 이쪽으로 가면 고이차로 나갑니다."

"뭐, 고이차?"

경부는 눈을 번쩍 빛내고,

"당신은 이 길을 간 적이 있소?"

"예, 딱 한번……."

"언제?"

"묘렌 스님이 죽은 밤……."

"타츠야 군!"

경부가 목소리를 높이며 뭔가 말하려고 했을 때였다.

"아이고, 뭐, 경부님. 그 얘긴 나중에 언제 듣기로 하고 여기선 어쨌거나 한시라도 빨리 안을 탐험해봐야 하지 않겠습니까."

그래서 우리는 다시 묵묵히 동굴 안쪽으로 나아갔다.

마침내 '원숭이의 걸상'에 도착하자 나는 회중전등으로 시랍을 비추며 간단히 사정을 설명했다. 경부를 필두로 긴다이치 코스케나 두 사람의 형사도 이 시랍 및 나의 기괴한 이야기에는 몹시 마음이 움직인 모양이었으나, 이 또한 코스케의 제안으로 모든 건 나중에 조사하기로 하고 한시라도 빨리 동굴 안쪽을 찾아보기로 했다.

우리는 바로 '텐구의 코'에 이르렀다. 나는 거기서도 간단하게 다시 한 번 어젯밤 이야기를 되풀이한 후, 그곳을 떠나 드디어 '메아리의 십자로'로 발을 옮기게 되었다.

'텐구의 코'까지는 나도 왔던 적이 있다. 하지만 그 앞은 완전히 미지의 세계였기에 나는 발밑에 주의하면서 한 걸음 한 걸음 발을 옮겼다. 하지만 바로 우리는 지금 우리가 걷고 있는 곳이 '메아리의 십자로'란 사실을 깨달았다. 그도 그럴 것이 우리 발소리, 헛기침 소리, 작은 바스락거림도 엄청나게 반향 되어 한동안 그치지 않고 울렸기 때문이다. 여기서 한번 외치면 필시 엄청난 효과를 낳을 거라 생각하지 않을 수 없었다. 아아, 그때 나는 아무 것도 모르고 있었던 것이다. 그리고 바로 '메아리의 십자로'에서 얼마나 극적인 장면이 연출되지 않으면 안 되었는지를.

그건 그렇고, '메아리의 십자로'를 지나 얼마 되지 않아서의 일이었다. 나는 갑자기 앗, 하고 외치고 멈춰서버렸다.

"왜, 왜 그러십니까. 뭐, 뭐가 있습니까."

긴다이치 코스케가 당황해서 뒤에서 달려 나왔다.

"긴다이치 씨, 저, 저걸……."

그렇게 말하면서 나는 서둘러 회중전등을 껐다.

어, 어떻게 된 걸까. 우리 발밑에서 멀찍이 아래에 걸쳐 번쩍번쩍하고 뭔가 빛나는 것이 보였다. 긴다이치 코스케도, 이소카와 경부도, 그리고 두 형사도 나를 따라 서둘러 회중전등을 껐다.

그러자 끈적끈적하게 고인 칠흑 같은 어둠 속에서 반딧불처럼 엷은 반짝임이 점점이 한쪽 면에서 불타고 있는 게 보였다.

"뭘까."

"뭐죠."

한동안 우리는 숨을 죽이고 그 엷고 푸른 반짝임을 응시하고 있었지만, 마침내 나는 회중전등을 도로 켜 주위를 둘러보았다. 그러자 지금 지저(地底)의 절벽이라고도 할 만한 낭떠러지 위에 내가 서 있다는 사실을 처음으로 알게 됐다. 나는 놀라 절벽 아래를 들여다보았다. 그리고 거기에 검푸른 물이 죽은 듯이 걸쭉하게 고여 있는 것을 발견했다.

도깨비불 연못!

그렇다, 이것이야말로 '도깨비불 연못'임에 틀림없다. 몸을 태우는 갈증에 혹 미칠지라도 결코 이 물을 마셔서는 안 된다는 주의사항이 붙어 있는 도깨비불 연못……. 아아, 나는 어느 땐가 누님이 가지고 있던 지도를 뛰어넘어 내가 가진 지도의 영역까지 들어와 있었던 것이다. 그렇다면 '여우 굴'이나 '용의 턱'도 이미 가까이에 있지는 않을까.

하지만…….

그 때였다.

나와 마찬가지로 회중전등을 밝히면서 몸을 구부려 도깨비불 연못을 들려다보고 있던 긴다이치 코스케가 갑자기,

"앗, 저곳에 누가 떠 있다……!"

그렇게 외치나 했더니 벌떡 몸을 일으켰다. 그리고 회중전등 빛을 의지해 한동안 바삐 그 부근을 조사하고 있었지만 마침내,

"여기 길이 있어요. 모두 와주십시오."

그렇게 소리치고는 몸소 앞에 서서 절벽을 내려가기 시작했

다. 우리도 그 뒤를 따라간 것은 말할 필요조차 없다.

나는 이미 완전히 탈진해버려서 무릎이 후들후들 떨리는 느낌이었다. 그럼에도 나는 도깨비불이라고 오인한 저 빛은 절벽 중간 한쪽 면에 핀 어떤 종류의 잡초가 뿜어내고 있는 것임을 알아차렸다.

야광이끼, 아마도 그런 종류의 것이었으리라.

아무튼 우리는 금세 연못 기슭까지 다다랐다. 어둠 속에서 보니 지독히 깊어 보였지만 실제는 그 정도는 아니고 절벽 위에서 수면까지 두 길(6미터) 정도도 안 될 것이다. 가장 먼저 달려 들어간 긴다이치 코스케는 회중전등 빛으로 한동안 검푸른 물 위를 더듬고 있었지만 마침내,

"저기다, 저기 떠 있다!"

그 외침을 따라 우리는 일제히 같은 방향으로 회중전등 빛을 비췄다. 그리고 네 개의 빛줄기가 모인 지점에 원숭이처럼 작은 몸이 누운 자세로 떠 있는 것을 확인했던 것이다.

분명 쌍둥이 중 하나인 코우메 할머님임에 틀림없었다.

위기를 안고

코우메 할머님의 죽음으로 내 입장이 한층 난처해진 것은 말할 것도 없다. 물론 내게 코우메 할머님을 살해할 이유가 있을 까닭이 없지만, 그것은 나 자신의 핑계였고 세상 사람들은 또 다른 생각을 하고 있었으리라.

게다가 몇 번이나 말했듯 이 사건에서 동기 같은 건 아무래도 좋지 않은가. 조부인 우시마츠로 시작된 이 일련의 살인사건에서 대체 어떤 동기를 생각할 수 있단 말인가. 동기가 없는 사건, 의미가 없는 사건, 제멋대로의 살인사건……. 마치 바보나 미치광이의 짓으로밖에 생각되지 않았다. 그리고 바보나 미치광이의 짓이라면 마을사람들의 의혹이 일제히 내게 쏟아지는 것도 어쩔 수 없는 것이다. 왜냐하면 내 몸 안에는 서른두 명을 살해한 흉악무도한 범죄자의 피가 흐르고 있으니까.

그래서 그때 나 이상으로 유력한 용의자가 나타나주지 않았다면 나는 분명 체포당해 유치장에 들어갔을 게 분명하다. 그리고 그대로 범인이 되어버렸을지 모르는 일이다.

나보다도 훨씬 유력한 용의자……. 그것은 이러했다.

'도깨비불 연못'에 떠있던 코우메 할머님의 시체를 절벽 위로 끌어올리자 바로 두 사람의 형사가 밖으로 끌어냈고 한 사람은 외지 출신의 의사 아라이 선생을, 한 사람은 초롱이니 휴대용 램프 등 여러 가지 조명 도구를 가지고 돌아왔다. 그리고 '도깨비불 연못'은 천지개벽 이래 가장 많은 조명을 받고 그 빛 아래에서 검시나 현장조사 등이 행해졌던 것이다.

나는 지금도 그 때의 정경을 떠올릴 수 있는데 '도깨비불 연못'은 생각보다도 넓었다. 우리가 서 있는 장소가 바로 주머니의 바닥처럼 연못이 끝나는 지점이 되어 있고 왼편에 높은 암벽이 천정까지 솟아있다. 천장까지는 8미터 정도. 그리고 그 암벽 중간에 좁은 다리가 붙어 있어 그것을 타고가면 맞은편 암벽으로 갈 수 있는 모양이다. 맞은편 암벽까지는 30미터 정도.

아무튼 그곳을 주머니 형상의 바닥으로 해서, 도깨비불 연못은 오른쪽으로 길게 이어져 있다. 긴다이치 코스케는 회중전등을 비추면서 그쪽으로 걸어갔지만 금세 돌아왔다. 그에 의하면 거기에서 오른쪽으로 감에 따라 천장이 낮아져서 3백 미터 정도 지난 지점에서 절벽과 천장이 붙어 있고 연못물은 지하로 흘러 들어간다고 한다. 즉 그곳은 엎어놓은 찻잔의 정중앙에 칸막이 벽을 세운 것 같은 모양으로, 그 지하도 안에서도 가장 천장이 높은 지점에 해당하는 모양이었다.

그건 그렇고 아라이 선생의 검시는 그리 오래 걸리지는 않았다. 코우메 할머님은 처음 살해당한 후 '도깨비불 연못'의 절벽 위에서 던져진 것 같다고 한다. 아무래도 연로한데다 원숭이처럼 쭈그러든 코우메 할머님이니, 누가 범인이든 그것은 갓난아이의 손을 비트는 것보다 쉬운 일이었음에 틀림없다.

아무튼 한편으로 이소카와 경부와 두 사람의 부하는 현장근처를 조사하고 있었는데, 그 동안 형사 하나가 중요한 증거를 발견했다.

"경부님, 절벽 아래 이런 게 떨어져 있었습니다만……."

그것은 쥐색 바탕에 성기게 짠 바둑판 무늬의 사냥모자였는데, 나는 그것을 한눈에 알아보고 무심코 앗, 하고 소리를 질렀다. 그 소리에 이소카와 경부가 힐끗 돌아보고는,

"타츠야 씨, 댁은 이 모자를 알고 있소."

"예, 저어……."

내가 주저하는데 긴다이치 코스케가 오더니 경부의 손에서 사냥 모자를 받아들고는 이리저리 보고 있다가,

"아아, 이건 구노 선생의 모자로군요. 타츠야 씨, 그렇지 않습니까."

"예, 그렇지 않나 생각했습니다만……."

"그래요. 분명 그렇습니다. 아라이 선생, 당신은 본 기억이 없으십니까."

아라이 선생은 역시 말을 흐렸으나 그 표정에는 명백한 긍정의 기미가 있었다. 우리는 무심코 얼굴을 마주보았다.

"그럼 뭐지. 구노 선생은 이 지하도에 숨어 있다는 건가."

"그렇겠죠, 분명. 그래서 경부님, 저는 전부터 아무래도 한번

이 부근의 종유동굴을 뒤져볼 필요가 있다고 했습니다. 어어, 여기 뭐가 있네."

긴다이치 코스케는 모자의 한피(汗皮) 뒷면에서 뭔가를 더듬어 꺼냈다. 그것은 작은 종잇조각 같은 것이었는데, 코스케는 그것을 휴대용 램프로 비춰보고 갑자기 날카롭게 휘파람을 불었다.

"긴다이치 씨, 왜, 왜 그러오. 뭔가 보였소?"

"경부님, 보아주십시오. 언젠가 본 것과 이어진 겁니다. 보세요, 타츠야 군이 바이코 스님의 시체 옆에서 발견했던……."

나도 뒤에서 봤는데, 아아, 틀림없다. 그것이야말로 바이코 스님의 머리맡에서 내가 발견했던 저 기묘한 메모와 이어지는 조각이었다. 폭 5푼(약 1.5센티미터) 정도의 가늘고 긴 사각형 모양으로 오려낸 작은 종잇조각이었는데 언젠가 봤던 포켓다이어리와 같은 종이에 같은 만년필로 쓴 필적으로,

쌍둥이 ─┬ ~~코다케 님~~
　　　　 └ 코우메 님

이라고 씌어져 있고 코다케 할머님의 이름 위에는 쭉 붉은 잉크로 줄이 그어져 있었다.

"흠."

경부의 입에서 커다랗게 신음소리가 샜다.

"긴다이치 씨, 이건 역시 구노 선생의 필적인 것 같소."

"그렇습니다, 그렇습니다."

"하지만 어째서일까. 타츠야 군의 이야기에 의하면 거기 죽어 있는 것은 코우메 할머님인데, 여기에는 코다케 할머님의 이름이 지워져 있소."

"아아, 그것은 저도 묘하게 생각하고 있습니다만, 코우메 할머님과 코다케 할머님은 그렇게 닮았으니 코다케 할머님을 죽일 작정으로 코우메 할머님을 살해한 것이든가, 아니면 코우메 할머님을 살해하고 코다케 할머님과 착각한 것이든가, 어느 쪽이든 간에 범인으로서는 그런 건 큰 문제가 아니었을 겁니다. 쌍둥이 중 어느 쪽이라도 상관없죠. 하나만 죽이면 되니까."

"그렇구먼. 그래서 긴다이치 씨, 당신 생각으론 구노 선생은 이 동굴 속에 숨어 있단 거로구먼."

"그렇습니다. 그러니 경부님, 아무래도 대대적으로 동굴수색을 할 필요가 있겠어요."

"흠, 그야 당신이 말한다면 해도 좋지만, 여하튼 동굴이라고 해도 넓으니까. 게다가 구노 선생은 정말 여기 있을까."

"있고 말구요, 경부님. 구노 선생은 분명 여기 있습니다. 여기 외에 구노 선생이 있을만한 곳은 없어요."

그 말이 너무나 확신에 차 있어서 나는 무심코 그 얼굴을 다시 볼 정도였다.

아무튼 그로부터 얼마 지나지 않아 우리는 코우메 할머님의 시체를 짊어지고 철수했는데, 내가 새로이 경부로부터 심문을 받은 것은 말할 나위도 없다.

긴다이치 코스케는 웃으면서,

"타츠야 씨, 이번에는 정직하게 말해주세요. 어차피 숨겨도 바로 들통 날 테니까."

하고 옆에서 충고해준다. 나도 그 말대로 가능한 한 정직하게 대답했지만 역시 두 가지 사실만은 아무래도 털어놓을 기분이 들지 않았다. 고이차의 비구니가 살해됐던 날 밤, 신타로를 보았던 일과 황금 세 개의 비밀 말이다. 전자는 노리코를 위해, 그리고 후자는 나를 위해…….

하지만 긴다이치 코스케는 그걸 아는지 모르는지 그 이상 추궁하지 않아서 취조는 일단 끝났다. 그리고 다행히 그 자리에서 구속당하는 일도 없었다. 그저 당분간 마을을 떠나지 말라고 당부할 따름이었다. 나 다음에 하루요도 취조를 받았지만, 아라이 선생의 주의도 있어서 극히 간단하게 끝났던 것 같다.

이렇게 하여 나는 포박되는 치욕을 면하기는 했지만, 그 일이 내게 있어 행운이었는지 어쩐지는 알 수 없다. 왜냐하면 그 때문에 나는 더욱 마을사람의 반감을 사고, 더 나아가서 그토록 무서운 꼴을 맞닥뜨리지 않으면 안 되었으니까.

그건 그렇고, 경부 일행이 물러가자 나는 급격히 불안해졌다. 지금 이 넓은 저택에 살아 있는 것은 코다케 할머님과 하루요 누님과 나 세 사람뿐이었으나, 코다케 할머님이 살아 있다는 것은 형태 뿐, 사리분별을 완전히 잃어 버렸던 것이다.

소설에 보면 자주, 쌍둥이 한 명이 죽으면 남은 한 명도 바로 그 뒤를 따른다고 쓰여 있지만 코다케 할머님에게는 그런 일은 없었다. 실제 지금도 살아 있지만 살아 있다는 것은 형태 뿐, 코우메 할머님이 죽은 순간 코다케 할머님의 혼마저 죽어버린 것처럼 그녀는 아기보다도 사리분별이 없어져버렸던 것이다.

코다케 할머님이 그렇게 된 한편으로, 누님은 누님대로 점점 지병이 악화되어 무엇 하나 상담 상대가 되어주지 못했다. 아니, 너무 불쌍해서 상담해달라고 할 기분도 들지 않았다. 그래서 나는 코우메 할머님의 유해를 짊어지고 혼자 안달하지 않으면 안 되었지만, 한층 나를 초조하게 만들었던 것은 이 정도의 소란이 있었음에도 불구하고 누구하나 문병도 문상도 오지 않는다는 것이었다. 코우메 할머님의 죽음이 마을에 알려지지 않았을 리 없는데 어째서 아무도 오지 않는 걸까. ……나는 가슴이 묵직해지는 불안을 느꼈는데 그 불안을 한층 자극한 것은 고용인들의 태도였다.

오지 않는 것은 타인만이 아니다. 여럿 있는 고용인조차 어처구니없을 정도로 얼굴을 내밀지 않는다. 부르면 오고 용건을 말하면 해주지만, 그 일이 끝나면 도망치듯 가버린다. 슬슬 이건 보통 일이 아니라 생각하고, 내 마음은 납처럼 무거워졌다.

이럴 때 미야코가 있어주면 하고 생각했지만, 그 미야코도 내가 동굴에 들어가 있는 동안 돌아가 그 후로 얼굴을 비치지 않았다. 나는 왠지 미야코에게까지 버림받은 기분이 들어 초조함을 참기 힘들었는데, 거기에 뒤늦게 달려 들어온 것은 노리코와 신타로였다.

"여, 실례, 실례. 늦어서 미안하군. 그쪽 혼자 힘들었지?"

신타로는 전에 없이 기력이 넘쳐서 하얀 이를 드러내고 싱글거리고 있었다. 나는 지금까지 이 사람의 이토록 생기 넘치는 표정을 본 적이 없다. 내가 알고 있는 이 사람은 언제나 눈썹 가장자리에 주름을 잡고 반쯤 허탈한 얼굴을 하고 있었는데, 오늘은 어째서 이렇게 활달한 것일까. 신타로는 빈틈없이 누님에게 문상인사를 건네고, 환갑을 넘긴 코다케 할머님을 위로했다.

"늦어서 죄송해요. 더 일찍 오고 싶었는데 경찰이 붙잡아서……."

노리코도 그렇게 말하며 사과했다. 이소카와 경부 일행은 여기를 나가자마자 그길로 노리코의 집으로 간 모양이다.

"노리코, 꽤나 여러 가지 질문을 받았어요."

"노리 양, 그래서 뭐라고 대답했어?"

"어쩔 수 없으니 전부 솔직하게 얘기했어요. 안 되나요?"

"뭐, 안 될 건 없지. 하지만 그러면 오빠가 죄다 알게 돼버렸겠네?"

"네."

"오빠, 좀 싫어하지 않았어?"

"으응, 별로요……."

"오빠, 화내거나 하진 않았어?"

"어머, 왜요?"

노리코는 이상한 듯 나를 보면서,

"오빤 전혀 화나지 않았어요. 오빤 기뻐하고 있던걸요. 입 밖엔 내지 않지만……."

과연 그래서 오늘의 신타로는 저렇게 싱글거리고 있는 것일까. 하지만 그렇게 되니 나는 또 불안해지지 않을 수 없었다.

노리코는 나를 사랑하고 있다. 그리고 타고난 천진난만한 성격과 낙천적인 기질에서 자신이 사랑하는 이상, 상대도 사랑해주리라고 믿어 의심치 않는 것 같다.

하지만 나는 노리코를 사랑하는 걸까. 과연 최근 들어 나는 노리코가 점점 좋아지고 있다. 게다가 신기하게도 노리코가 갑자기 아름다워 보이는 것이다. 나는 그것을 돌이켜 생각해 본 적이 있다. 어쩌면 눈에 콩깍지가 씌어서 노리코에게 반해 저 달 수를 채우지 못하고 태어난 아가씨가 갑자기 미인으로 보이게 된 것은 아닐까 하고. ……하지만 그런 건 아니었다. 노리코가 최근 갑자기 아름다워진 것은 하루요 누님이나 하녀인 시마도 인정하고 있다.

"분가의 아가씨, 참 예뻐지셨어요. 솔직히 전 저분이 저렇게 예쁜 아가씨가 될 거라곤 생각도 못했답니다."

시마가 언젠가 이런 말을 하는 것을 들은 적이 있다.

생각건대 노리코는 나를 사랑하게 되고 나서 갑자기 성장한 것이리라. 저 달수를 채우지 못한 세포가 사람을 사랑한다는 감정의 고양에 의해 갑자기 청춘의 청순함과 발랄함을 얻고 본래 있었어야 할 아름다움을 되찾은 건 아닐까.

하지만 그렇다고 해도 나는 아직 노리코를 사랑하고 있다고는 생각되지 않았다. 그것만으로 신타로에게 성급한 기대를 품게 하는 것은 곤란하다.

"오라버니, 무슨 생각을 하고 계세요?"

"으응, 별로 아무 것도……."

"오라버니, 슬슬 마을사람들이 모두 나가서 종유동굴 탐색을 한대요."

"아아, 그렇게 되나."

"그렇게 되면 곤란해요. 당분간 오라버니랑 만날 수 없는 걸."

아, 노리코는 이런 때도 지하도에서 나를 만날 기대에 부풀어 있는 것이다. 너무나 강한 그 연정에 나는 압도당하는 느낌이었다.

"오라버니."

한동안 시간이 흐른 후, 노리코가 다시 말을 걸었다.

"응?"

"오라버니, 어젯밤 얘길 경찰한테 하셨어요? 에이센 스님 얘기……."

"응, 했어."

"그래서 에이센 스님, 오늘 파출소에 끌려갔어요. 마을사람들은 그 일로 오라버니를 무지 욕하고 있어요."

"어째서?"

나는 파득 가슴이 뛰는 것을 느꼈다.

"오라버니가 거짓말을 해서 에이센 스님을 끌려가게 만들었다고 생각하고 있어요. 마을에는 고집 센 사람들이 많으니까 오라버니, 조심하세요."

"응, 조심할게."

나는 다시금 가슴이 납처럼 묵직해지는 걸 느끼고 언젠가 한 번은 마을사람들과 정면충돌을 하지 않으면 해결되지 않는 게 아닐까 두려웠다. 설마 저 같은 폭풍을 몰고 오리란 사실은 미처 몰랐지만…….

이렇게 팔묘촌은 바야흐로 나를 중심으로, 점점 위기의 늪으로 다가가고 있었던 것이었다.

어머니의 연애편지

이소카와 경부의 요청으로 마을청년단 사이에 동굴수색대가 조직된 것은 그 날 중의 일이었다.

이 동굴수색으로 알게 된 일이지만 팔묘촌의 종유동굴은 대부분 모든 마을의 지하에 걸쳐져 있어 그물눈처럼 사방팔방에 펼쳐져 있었던 것이다. 그래서 사람이 숨기에 이만큼 좋은 장소는 없지만 그 만큼 수색대가 해야 할 수고는 이만저만이 아니어서 아무래도 이삼일에 결판을 낼 수 있는 일은 아니었다.

나는 그 수색대의 소문을 들으면서, 그럼에도 그 날은 종일 코우메 할머님의 장례준비로 분주했다. 오후가 지나자 그래도 조금씩 문상손님이 찾아왔다. 하지만 그들에게 대응하는 것은 모두 신타로와 노리코에게 맡기고 나는 가능한 한 얼굴을 내밀지 않기로 했다. 문상객들은 문상인사만 읊고는 바로 슬그머니 돌아갔다.

저녁나절이 되자 겨우 에이센 스님이 찾아왔다. 파출소에 끌려갔다고 들었는데 어떤 식으로 둘러댄 걸까. 에이센 스님은 떫은 표정이었지만 그래도 할 만큼은 해주었다.

장례는 그 다음날 무사히 끝났다. 히사야 형 때에 비하면 왠지 모르게 분주하고 쓸쓸하며 묘하게 붕 떠 있는 느낌이었으나, 단 하나 기뻤던 것은 사촌형인 신타로와 제법 마음을 터놓을 수 있게 되었다는 것이다.

신타로에 대해서 바로 떠오르는 것은 고이차의 비구니가 살해당한 날 밤의 저 섬뜩한 형상이다. 하지만 무릎을 맞대고 허물없이 이야기해보니 그 정도로 흉악한 사람이라고는 생각되지 않았고, 또한 책략을 써서 남을 곤경에 빠뜨릴 인품은 아닌 것 같았다. 오히려 이 사람은 의외로 단순한 사람이다. 단순하니까 패전의 충격에서 다시 일어설 수 없는 것이다. 나는 이 사람의 성격에 대해 큰 오해를 하고 있었던 건 아닐까.

하지만 그렇다면 내게 언젠가 저 기묘한 경고장을 보낸 건 누구일까. ……이 상황에 대해 다시 말하면, 수수께끼는 아직 하나도 풀리지 않은 것이다. 아니, 풀리기는커녕 점점 불어날 따름인 것이다.

장례식 다음날, 또 다시 불쑥 긴다이치 코스케가 찾아왔다.

"여어, 어제는 장례 치르시느라 힘드셨죠. 저도 말입니다, 요사이 완전히 지쳐버렸습니다."

"아아, 종유동굴 탐험을 하셨다고 들었습니다. 구노 당숙은 아직 못 찾으셨나요?"

"아직요."

"긴다이치 씨, 구노 당숙은 정말로 종유동굴에 숨어 있는 걸까요."

"물론입니다. 왜 그러시죠?"

"구노 당숙이 집을 나가고 벌써 2주째예요. 그 때부터 종유동굴에 있다면 어떻게 살아 있겠습니까."

"그건 물론, 누군가 식사를 날라주는 사람이 있으니까죠."

"그렇군요. 하지만 최근 이렇게 소란스러웠는데 어떨까요. 역시 누군가 식사를 날라다주는 걸까요."

"음, 거기까진 모르겠습니다만. 하지만 어쨌거나 구노 선생이 종유동굴 어딘가에 숨어 있는 것만은 틀림없습니다. 그전에 발견한 사냥모자 말이죠. 그것도 분명 구노 선생이 집을 나올 때 쓰고 나온 거라고 하니까요."

"그렇습니까. 그렇다 해도 어떻게 그렇게 잘도 숨어 있는지 이상하군요."

나는 왠지 모르게 납득이 되지 않았다.

"아니, 이상하든 어쨌든 구노 선생이 동굴 속에 있는 건 확실합니다. 있어주지 않으면 제가 곤란해요. 책임문제니까요."

"책임문제라뇨?"

긴다이치 코스케는 덥수룩한 머리를 긁으면서 싱글벙글 웃더니,

"실은 말이죠, 오늘로 벌써 사흘째 동굴수색을 하고 있는데 아직까지 구노 선생의 소식을 모르니 슬슬 불평을 하는 사람이 생겼어요. 우선 이렇다 할 수당도 주지 않고 일을 시키고 있으니 무리도 아니지만요. 이러니 구노 선생을 못 찾게 되면 저는 묶여

서 매달릴지도 모른답니다."

긴다이치 코스케는 초조하게 어깨를 움츠린다. 나도 크게 동정했다.

"그래서 어쩔 작정이십니까."

"이러지도 저러지도 못하죠. 이제 와서 중단할 수는 없어요. 그래서 내일은 철저하게 조사하려고 생각하고 있습니다. 제 생각으론 도깨비불 연못 건너편 기슭이 수상한데요, 마을사람들은 꽁무니를 빼고 거기서 더 들어가려고 하질 않아요. 내일은 작심하고 거기 들어가 보려고 생각 중입니다만 타츠야 씨, 어떻습니까. 당신도 한번 가보지 않으시겠습니까."

나는 가슴이 철렁해서 상대의 얼굴을 고쳐보았다. 하지만 긴다이치 코스케는 별로 다른 뜻이 있어 보이는 기색도 아니었다. 나는 어느 정도 안심하고,

"예. 그럼 같이 가도 됩니다만, 하지만 긴다이치 씨, 아무래도 저는 모르겠습니다. 구노 당숙은 대체 무슨 짓을 한 건가요. 아니, 무엇을 하려고 한 걸까요. 일기에 그런 이상한 걸 써놓고……."

"아아, 그거 말인데요, 구노 선생이 일기장 귀퉁이에 그런 걸 쓴 데는 그야 상당한 이유가 있겠죠. 설마 몽유병을 일으켜 마음에도 없는 걸 쓸리는 없잖습니까. 그래요, 참. 그 일기에 대해서는 조금 재미있는 이야기가 있는데요."

긴다이치 코스케는 묘하게 떨떠름한 미소를 띠고,

"구노 선생은 그 봄, 도난을 당했다고 합니다. 자전거에 가방을 싣고 환자 집에 가는 동안 누가 슬쩍 가방을 가져갔다는군요.

부인 얘기에 의하면 포켓다이어리는 언제나 그 가방 안에 들어 있었다는 겁니다. 구노 선생도 그때 무척 걱정했는데 그 걱정하는 정도가 가방을 소매치기 당한 것치곤 너무 지나쳐서 식구들도 이상하게 생각했다고 해요."

"그렇군요. 그리고 그 가방은 결국 돌아오지 않았습니까."

"아뇨, 하지만 최근 들어 묘한 곳에서 나왔다고 합니다."

긴다이치 코스케는 쿡쿡 웃으면서,

"요전에 고이차의 비구니가 살해당했을 때 암자를 조사한 건 당신도 아시겠지만, 그때 나왔어요, 나왔어. 말 그대로 장물의 산이었답니다. 그렇다고 해도 대단한 건 없었어요. 입 없는 오지 주전자라든가 자루 빠진 국자라든가 단무지 돌까지 나왔으니 놀랍죠. 그런데 그런 장물 중에 구노 선생의 가방도 섞여 있었던 겁니다."

"그렇군요. 그럼 도둑은 고이차의 비구니로군요."

"그래요, 그 사람이 기묘한 도벽을 갖고 있던 건 당신도 아시죠? 구노 선생의 서류가방도 결국 그 도벽에 휘말린 겁니다."

"그렇군요. 그래서 일기는?"

"없었어요. 비구니가 어딘가에 갖다놨는지, 그게 아니라면 부인의 기억이 잘못돼 처음부터 일기는 거기 없었던 건지……. 이렇게 되니 고이차의 비구니가 살해당한 것은 유감이군요."

긴다이치 코스케는 거기서 툭 말을 끊고는 왠지 모르게 우울한 표정을 지었다. 그래서 나는 화제를 돌려 에이센 스님에 대해 물어보았다.

지하를 돌아다니고 있던 것에 대해 에이센 스님은 대관절 어

떤 식으로 변명했는지 궁금해서였다. 그러자 긴다이치 코스케는 싱글거리며,

"아니, 그건 별일 아닙니다. 마로오사는 이 마을 서쪽 변두리에 있습니다. 거기서 마을 동쪽 변두리에 있는 고이차 부근까지 오려면 산을 넘고 물을 건너야 하는 엄청난 거리죠. 하지만 그 지하도를 이용하면 시간의 절반을 단축할 수 있습니다. 그래서 에이센 스님은 고이차에 볼일이 있을 때는 항상 지하도를 이용했다고 해요."

"헤에, 그럼 그 지하도는 반카치 쪽까지 이어져 있는 겁니까."

"그렇습니다. 저도 에이센 스님의 안내로 가보고 놀랐습니다. 종유동굴 치곤 정말 크더군요."

"하지만 에이센 스님은 어째서 그런 통로가 있다는 사실을 아는 겁니까. 그 사람은 최근 마로오사에 왔을 따름이잖습니까."

"그건 초에이 스님이 알려주었다고 합니다. 초에이 스님도 예전에 시주를 다니다가 돌아오는 길에 남과 마주치는 일이 귀찮아지면 자주 지하도에 들어갔다는군요."

하지만 나는 믿을 수 없었다. 에이센 스님이 고이차로 가기 위해 지하도를 이용했다는 사실은 진짜일지 모른다. 그리고 지하도는 그렇게 어둡고 복잡하니 간혹 헤매는 일이 있을지도 모르지만, 내 방까지 올 정도로 헤매는 것은 이상하다. 긴다이치 코스케도 에이센 스님의 말을 그대로 받아들이는 것은 아니리라. 그 증거로 비꼬듯 이런 말을 했던 것이다.

"그렇다고 해도 묘하군요. 이 마을사람들이 종유동굴 같은 걸 전혀 문제 삼지 않는데 묘하게 외부에서 온 사람들의 마음을 끈

다는 건……. 에이센 스님이건 당신이건…….”

긴다이치 코스케는 소리 내어 웃었지만 금세 진지한 얼굴이 되어서는,

“그런데 모리 씨는 변함없이 들릅니까.”

하고 생각난 듯 물었다. 그리고 그 질문이야말로 그때 내 가장 뼈아픈 곳을 찌른 것이었다.

그렇다. 나는 그 무렵 미야코의 거동에 묘하게 불안을 느끼고 있었던 것이다. 미야코는 완전히 변하고 말았다. 묘하게 냉담해져버렸던 것이다.

히사야 형의 장례 같은 때 미야코는 마치 이 집안 사람처럼 앞장서서 일했다. 그랬는데 이번에는 체면상 얼굴을 비췄을 뿐, 일이 끝나면 마치 겁먹은 것처럼 돌아간다. 나와 만나도 웃는 얼굴을 보이지 않고 농담 한마디 건네는 일 없었다.

왜 이렇게 변한 건지 나로서는 그 이유를 전혀 알 수 없었다. 사면초가인 이 마을에서 미야코는 단 한 사람의 내 편이었다. 그 미야코가 갑자기 차가워져서 나는 얼마나 불안했었던가. 그래서 긴다이치 코스케에게 느닷없이 미야코 얘기를 듣고는, 울상이 되지 않을 수 없었다.

하지만 긴다이치 코스케도 별로 깊은 의미가 있어서 물었던 건 아닌 듯 그로부터 얼마 지나지 않아 유유히 돌아갔다.

내가 저 낡은 편지를 발견한 것은 분명 그날 밤의 일이었던 것 같다.

그날 밤, 나는 좀처럼 잠을 이루지 못했다. 긴다이치 코스케를 생각하고 미야코를 생각하고 신타로를 생각하고 노리코를 생각

하고, 거듭 에이센 스님의 일까지 생각하고 있으려니 머리가 맑아질 뿐. 나는 몇 번이나 잠자리에서 뒤척거리고 있었는데 그 동안에 묘한 사실에 신경이 미쳤다.

내 머리맡에는 삼산도병풍이 놓여 있었는데, 그 병풍 저편에 누군가 있는 것 같은 기분이 들어서 견딜 수 없었다. 그런 바보 같은 일이, 하고 생각하면서도, 이런 게 강박관념이란 걸까. 아무래도 신경 쓰여서 참을 수 없었다. 그래서 나는 결심하고 잠자리를 나와 불을 켜고 병풍 건너편을 들여다보았다. 물론 아무도 있을 리 없었지만 그 대신 나는 묘한 것을 발견했다.

전기불이 맞은편에 있어서 병풍안의 초배지가 마치 슬라이드처럼 뒤에 비쳐서 보였는데 거기에는 한쪽 면에 편지 같은 게 붙어 있었다. 그리고 어떤 부분에서는 편지 글자가 손에 잡힐 듯 읽을 수 있었던 것이다.

나는 묘한 호기심에 사로잡혀 그들 편지를 한 자 한 자 더듬어 읽고 있었으나, 그러는 사이에 그 편지들이 젊은 남녀 사이에 주고받은 연애편지인 것 같다는 사실을 알게 됐다. 그렇게 되자 나는 점점 호기심에 사로잡혀 받는 사람과 보내는 사람의 이름을 찾아보았는데, 그러다가 갑자기 발밑을 채인 것처럼 커다란 충격을 받았다.

요이치 님께 츠루로부터

그거 말고 또,

츠루코 님 요이치 배상

이라고 쓰인 것도 있었다. 아, 이건 뭐란 말인가. 그것은 내 어머니가 연인인 가메이 요이치와 주고받은 오래된 옛 연애편지가 아닐까.

오오, 불쌍한 어머니. 좋아하는 남자와 부부가 되지 못하고 생각지도 않게 귀신 같은 남자에게 포획된 가련한 어머니는 일찍이 사랑하는 남자와 주고받은 편지를 병풍 속에 붙여놓고 최소한의 위안으로 삼고 있었으리라. 그리고 아버지가 없는 밤에는 지금 내가 그러는 것처럼 병풍 맞은편에 불을 켜고 뒤에 비치는 그 글자를 눈물로 읽었던 건 아닐까.

나는 병풍 뒤에 털썩 주저앉아 눈물로 흐려지려는 눈을 닦으며 그리운 어머니의 필적을 더듬었다. 그리고 그 편지들이 전부 여기 오기 전에 교환했던 것만이 아니라 귀신 같은 아버지의 희생양이 된 후 주고받은 것도 섞여 있다는 사실을 알아차렸다. 그 편지들은 너무나도 애절하기 짝이 없는 내용이었다.

—무슨 전생의 장난으로 귀신같은 남자 때문에 이렇게까지 몸을 더럽히다니, 츠루는 불행합니다.

하고 어머니는 자신의 불운을 한탄하고,

—거듭 생각나요, 용의 턱 부근에서 처음으로 함께하며 온정을 내려주실 무렵의 일이.

하며 옛날을 그리워했는데 그러고 보니 세간의 소문대로 아버지의 폭력에 굴복하기 이전, 어머니는 이미 가메이 청년과 두터운 인연을 맺었던 걸로 보인다.

—남들은 두려워할 범부채 열매[33]처럼 검은 바위깔개도 츠루에게는 극락정토.

라고 그 무렵의 환희를 노래하고,

—하지만 불운한 이 몸에겐 무릇 한순간의 행복일 따름이었지요.

하며 자신의 불행을 한탄하고 저 흉폭한 하루를 '자신이 살아 있는 게 이상할 지경'이라며 생각지도 못한 운명의 장난에 놀라 눈을 크게 뜨는 모습이 눈에 보이는 것 같았다.

그날 밤 나는 잠들지 못했다.

---

33) 범부채 열매: 우바타마(烏羽玉). 범부채 열매가 검은 데서 자주 '검은' '밤' '어둠' '꿈' 등의 단어를 수식한다.

여우 굴에서

이렇게 수면부족으로 하룻밤을 보낸 내가 그 다음날 아침 무거운 머리를 감싸고 멍하니 있는데, 긴다이치 코스케와 이소카와 경부가 찾아왔다.

"여어, 늦었습니다. 기다리셨죠."

긴다이치 코스케는 싱글벙글 웃고 있다. 나는 잠시 당황했지만 바로 어제 코스케로부터 종유동굴을 가자는 말을 들었던 걸 기억해냈다.

"아아, 그럼 역시 가는 겁니까."

"예, 역시 가는 겁니다."

"하지만 제가 같이 가도 괜찮습니까. 방해가 되지 않을까요."

"무슨 말씀을. 방해는커녕 당신이 와주시면 고마울 따름이죠. 당신이 동굴지리를 가장 잘 알고 있는 것 같으니까요."

이게 무슨 의미일까. 나는 상대의 마음을 읽으려고 했지만 긴다이치 코스케는 변함없이 순진한 얼굴을 하고 웃고 있다. 이소카와 경부는 만사 이 남자에게 맡기겠다는 듯한 얼굴로 잠자코 옆에서 기다리고 있었다.

"그렇습니까. 그럼 같이 가죠. 잠시만 기다려 주십시오. 준비하고 올 테니까요."

"아, 잠시만요. 경부님, 내친 김에 그 일을 부탁하면……."

"아, 그렇지. 타츠야 씨, 언젠가 당신이 고베에서 받았던 경고장 말인데요, 팔묘촌에 오지 말라던……."

"예."

"그 경고장을 갖고 계시다면 잠깐 볼 수 있을까요."

나는 잠자코 두 사람의 얼굴을 번갈아 보았다. 왠지 모를 불안한 상념이 치밀어 올라온다.

"무슨 일이…… 또…… 있는 겁니까."

"예, 뭐, 그건 언젠가 얘기하지요. 어쨌든 경부님께 보여주십시오."

나는 바로 손궤에서 그 경고장을 꺼내왔다. 경부와 긴다이치 코스케는 정중하게 그것을 조사하고 있었지만 마침내 서로 마주보며 끄덕이고,

"역시 똑같은 거 같군요."

긴다이치 코스케가 말했다. 경부가 끄덕였다. 나는 불안한 생각에 부들부들 떨면서,

"왜 그러십니까. 그 경고장에 대해 무슨 단서라도 생긴 겁니까."

"아뇨, 그런 건 아닌데……."

하고 이소카와 경부가 한 말에 의하면,

"실은 어제 경찰에게 묘한 투서가 날아왔어요. 그것과 문체든 종이 질이든 언젠가 당신에게 들은 경고장과 많이 닮았다고 생각되어서……."

"그런데 어떻습니까. 닮았습니까."

나는 무심코 기침을 했다. 어쩌면 그 일로 경고장을 쓴 사람을 알 수 있게 되는 건 아닐까.

"대충 비슷하단 생각이 드는군요. 물론 문구는 다릅니다만 필적이든 종이 질이든 그게 뚝뚝 잉크가 번져 있는 것이든……."

"타츠야 씨, 이 잉크가 번져 있는 곳이 수상해요. 이것은 일부러 잉크를 번지게 한 겁니다. 아니, 잉크가 번지는 종이를 고른 거죠. 이러니 필적 감정이 아주 어렵게 됐어요."

"그런데 투서에는 어떤 말이 쓰여 있었습니까. 뭔가 저와 관계 있는 일이라도……."

"그렇습니다. 타츠야 씨."

긴다이치 코스케는 불쌍하다는 듯 내 눈을 응시하면서,

"그 놈은 당신을 고발하고 있어요. 그렇습니다. 이 경고장과 마찬가지로, 분노한 예언자 같은 말투로 팔묘촌의 범인은 다지미 타츠야다. 왜 체포해서 처벌하지 않는가, 그런 말이 쓰여 있어요."

내 마음은 납덩이처럼 무거워진다.

"그래서 보낸 사람은 모르십니까."

"모릅니다. 하지만 이 마을사람이란 것만은 확실해요. 팔묘촌 우체국 소인이 분명히 찍혀 있으니까요."

"그렇다면 이 마을에 제게 죄를 뒤집어씌우려는 사람이 있단 말이군요."

긴다이치 코스케는 끄덕였다.

"그런데 이 투서 말인데, 저를 범인이라고 하는 데는 뭔가 확실한 증거라도 있는 겁니까."

"안심하십시오. 그런 건 아무것도 없습니다. 그저 범인은 다지미 타츠야라고 떠들고 있을 따름입니다. 그래서 저는 이상한 겁니다. 저기 타츠야 씨, 이 경고장이나 투서를 보낸 사람은 결코 바보가 아닙니다. 적어도 필적을 속일 방법을 알고 있고 또 필적을 속일 필요가 있는 인물입니다. 그 정도의 인간이 아무 근거도 없이 단지 다지미 타츠야가 범인이라고 뒤집어씌우려고 해봤자 경찰이 움직일지 어떨지는 모를 리 없습니다. 그렇다고 하면 이 놈은 대체 무엇을 노리고 있는 건지, 저 투서로 어떤 효과를 기대하고 있는 건지 그걸 모르겠는 만큼 저는 불안해서 견딜 수가 없군요."

"그럼 투서가 노리는 것은 저를 경찰에 넘기려는 게 아니라 별개의 목적이 있다는 거군요."

"그렇지 않을까 생각합니다. 그렇지 않다면 무의미할 뿐만 아니라 위험천만한 이야기니까요. 그러니 위험을 무릅쓴 데는 무릅쓴 만큼의 효과를 기대하고 있을 것인데, 그게 뭔지 모르겠으니……."

나는 왠지 마음 밑바닥이 식어가는 느낌이 들었다.

우리가 종유동굴에 들어간 것은 그로부터 얼마 지나지 않아서의 일이었다. 오늘은 형사없이 우리 세 사람만으로, 각자 휴대용 램프를 들고 어두운 지하도를 묵묵히 나아갔다. 나는 방금 긴다이치 코스케에게 들은 말이 오징어 먹물 같은 검은 안개가 되어 뱃속에 고여 있었기에 입을 여는 것조차 귀찮았지만 그러는 동안 문득 묘한 사실에 신경이 미쳤다.

"왜죠? 오늘은 동굴수색은 쉬는 겁니까."

종유동굴 안은 고요하고 사람 그림자조차 없다. 내가 그렇게 묻자 긴다이치는 머리를 긁으며,

"아뇨. 실은 청년단이 거부했어요."

"거부를……?"

"예, 그래요. 동굴수색을 해봐야 소용없다는 겁니다. 구노 선생이 이런 곳에 있을 리는 없고 있다고 해도 사흘이나 찾았으니 발견되지 않을 리 없다며 오늘은 절대 동굴에 들어가 주지 않는 거예요."

"그럼 사흘 동안 헛수고하셨단 말입니까."

"어, 어째서요?"

"구노 당숙이 발견되지 않았다면 헛수고가 된 거 아닙니까."

"그렇지도 않습니다. 그 사람들 덕택에 수사범위가 꽤 축소되었으니까요."

"어째서요?"

"어째서라뇨, 저 사람들의 손이 닿은 곳은 수색하지 않아도 되니까요."

나는 깜짝 놀라 상대의 얼굴을 고쳐보았다. 이 남자는 이거야 정말이지 제정신인 걸까.

"하지만 긴다이치 씨, 구노 당숙에게는 발이 있어요. 청년단이

수색한 다음에 이동했다면 어쩝니까."

긴다이치 코스케는 깜짝 놀란 듯 소리 질렀다. 처음 알아차린 것처럼 이마를 두드렸다.

"이야, 그렇군요. 그렇게 말할 수도 있겠군요. 전 생각도 못했어요. 하하하!"

경부는 그다지 의견도 내지 않고 램프를 한손에 든 채 묵묵히 걷고 있다. 코스케도 코스케지만 경부도 경부다. 나는 초조함이 몸에 스며들었다.

우리는 금세 '도깨비불 연못'에 다다랐다.

긴다이치 코스케가 노리고 있는 것은 그 연못 건너편 기슭이다. 그리고 그것은 동시에, 내가 노리는 곳이기도 했다. '여우굴'이든 '용의 턱'이든 전부 '도깨비불 연못'의 건너편 기슭에 해당한다. 그리고 문제의 보물 산은 '용의 턱' 부근에 있는 것 같았다.

'도깨비불 연못' 부근에 서서 어두운 건너편 기슭을 들여다보고 있을 때, 나는 차가운 전율이 등골을 꿰뚫고 지나가는 것을 막을 수 없었다. 자신의 운명을 결정하는 것……. 아니, 아니, 그것은 자신의 운명일 뿐 아니라 생각해보면 어머니로부터 내게 모자 이대에 걸쳐 전해진 숙명인 것이다. 그 숙명의 심연에 서서 뭐라 말할 수 없는 마음의 갈증을 느낀 것도 무리는 아니리라.

긴다이치 코스케에도 그 연못을 건너는 데는 꽤 결심이 필요한 것 같았다.

"경부님, 그럼 슬슬 결행해볼까요."

"흠, 가도 좋지만 괜찮을까. 여기서부터는 최근 아무도 들어간 사람이 없다고 하던데……."

"괜찮습니다. 타츠야 씨, 당신은 어떻습니까."

"저는 같이 가겠습니다."

내가 단호히 대답하자,

"좋아요, 그럼 이야기는 끝난 겁니다. 경부님, 먼저 가시죠."

전에도 말했듯 연못은 여기서 주머니 바닥처럼 막다른 곳이고 우리 왼쪽에는 깎아지른 듯한 암벽이 솟아올라 있다. 그 암벽 중간에 좁은 벼랑길이 있었는데, 그것은 말 그대로 발끝이 걸릴까 말까한 정도의 폭밖에 안 되고 게다가 암벽 표면에서는 끊임없이 모래가 흘러내리고 있어서 거기를 건너간다는 것은 더없이 위험한 일이었다.

긴다이치 코스케는 휴대용 램프를 허리에 차고 벽에 딱 달라붙었다. 그리고 한 걸음 한 걸음, 게처럼 옆으로 나아간다. 나도 그 뒤를 따랐다. 이소카와 경부가 조금 뒤처져서 따라온다.

말 그대로 그것은 한 치 두 치의 더딘 전진이었다. 암벽의 작은 돌기를 붙잡고 매달려서 조금씩 걸음을 옮긴다. 때때로 발밑에서 바위가 허물어져 소리 내며 연못 속으로 떨어져간다. 그 때마다 우리는 심장이 오그라드는 기분이었다. 물론 '도깨비불 연못'은 그 정도로 깊은 연못은 아니다. 하지만 이 경우 깊고 얕음은 문제가 아니다. 누구라도 시커먼 물속으로 떨어지는 것은 사양할 것이다.

거기다 기분 나쁜 것은 저 야광탑이었다. 그 안에 번쩍번쩍 깜박이는 청백의 빛은 보는 사람의 거리관념을 묘하게 앗아가는 것이다. 바로 옆에서 깜박이고 있는가 하면 또 반대로 아주 먼 곳에 보이고, 무심코 거기에 정신을 놓고 있으면 몸이 끌려들어 갈 것처럼 느껴져 몇 번이나 몸의 중심을 잃을 뻔했는지 모를 정도다.

아무도 말이 없었다. 입을 여는 사람은 없었다. 우리는 구더기처럼 묵묵히 어둠속을 꿈틀거리며 기어갔다. 앞에 가는 긴다이치 코스케와 뒤에서 오는 이소카와 경부의 격한 숨소리가 들려올 뿐, 나는 이미 전신에 물을 끼얹은 것처럼 땀에 젖어 있었다.

이렇게 벼랑길 중간쯤까지 왔을 때였다. 갑자기 긴다이치 코스케가 날카로운 비명을 지르나 했더니 휙 하고 뭔가를 던지는 것 같은 소리가 들리고, 그와 동시에 램프 불이 꺼져 컴컴해졌다. 나는 깜짝 놀랐다. 분명 연못 속에 떨어졌구나 생각했다. 전신의 피가 일시에 사악, 하고 식어가는 걸 느꼈다.

"긴다이치 씨, 긴다이치 씨, 어떻게 된 겁니까."

나는 어둠을 향해 외쳤다.

"코스케 군, 코스케 군."

뒤에서 경부의 목소리도 들렸다. 그러자 그때 앞에서 부스럭거리며 움직이는 기척이 나는가 했더니 성냥을 켜는 소리가 나고 램프 불빛 속에 긴다이치 코스케의 얼굴이 떠올랐는데, 놀랍게도 그 얼굴은 바로 내 무릎 언저리에서 보였던 것이다. 긴다이치 코스케는 두리번두리번 주위를 둘러보면서,

"아아, 놀랐다. 영락없이 연못 속으로 떨어지나 보다 했어요. 주의하세요. 거기 발밑이 확 낮아지는 곳이 있거든요."

그리고 다시 어둠속을 꼼꼼히 비쳐보면서,

"됐다! 경부님, 타츠야 군 조금만 버티시면 됩니다. 여기까지

오면 길이 엄청 넓어져요."

그 말에 힘을 얻어 게걸음에 속도를 내고 있으려니 곧장 1미터 정도 바닥이 낮아지는 곳과 마주쳤다. 여기를 내려가니 길은 얼마쯤 넓어져 있다. 물론 아직 벽에 매달리지 않으면 위험하지만 게걸음을 할 필요는 없었다.

금세 우리는 건너편 기슭에 다다랐다. 건너편 기슭에는 제법 큰 광장이 있어, 그 광장에 크고 작은 다섯 개의 동굴이 입을 벌리고 있었다. 긴다이치 코스케는 그것을 보더니 으음 하고 신음하더니 가장 오른쪽에 있는 동굴에 들어갔다. 하지만 바로 나오더니,

"안 돼. 이건 바로 앞에서 막혀 있어요."

그리고 두 번째 동굴로 들어갔는데 한참을 지나 돌아오더니,

"이건 안이 깊네요. 경부님, 밧줄을 빌려주세요."

밧줄은 두 묶음 있었다. 긴다이치 코스케는 한쪽 끝을 왼팔에 꿰더니 나머지 한쪽을 풀어 그 한쪽 끄트머리를 경부에게 쥐어 주고는,

"잘 잡고 계십시오. 놓치면 안 됩니다. 생명줄이니까. 타츠야 씨, 당신은 저와 가시죠."

나는 긴다이치 코스케를 따라갔는데, 이 동굴도 1정(약 109미터) 정도 안에서 막혀 있다는 걸 알게 되었다.

"쯧, 이번에도 헛수고였나."

우리는 밧줄을 따라 원래의 광장으로 돌아왔다. 즉 이 밧줄은 만약의 경우를 대비한 길잡이인 것이다.

"이것도 막혀 있소?"

"예, 막혀 있었습니다. 이번엔 세 번째 동굴입니다."

경부를 거기 남겨두고 우리는 또 동굴에 들어갔는데, 이 동굴도 얼마 지나지 않아 막혀 있다는 사실을 알았다.

이렇게 세 번 실패했지만, 네 번째 동굴에 이르러 우리는 거기에 무수하게 갈라진 갈래동굴들이 있다는 사실을 발견했던 것이다. 긴다이치 코스케는 처음 갈래동굴을 보았을 때 나를 거기 세워두고 지금까지 끌어온 밧줄과 또 하나 팔에 걸고 온 밧줄을 풀어 그 한쪽 끄트머리까지 도합 두 개의 밧줄을 내게 들려주었다.

"여기 서 계십시오. 밧줄을 놓치지 마세요. 제가 굴 안에서 밧줄을 당기면 당신은 이쪽 밧줄을 당겨 주십시오. 그렇게 하면 경부님이 오실 테니까요. 경부님이 오면 이쪽 밧줄 끝을 바위 모서리에라도 묶어두고 둘이서 와주십시오. 밧줄을 따라가면 알 수 있을 테니까요."

즉 경부의 밧줄은 원점을 가리키고 내 밧줄은 갈림길을 가리키는 것이다. 역시 이것을 확실하게 반복하면 어떤 복잡한 미로라고 해도 헤맬 일은 없을 것이다. 긴다이치 코스케는 밧줄 한쪽 끝을 가지고 갈라진 동굴로 들어갔지만 한참 뒤에 돌아와서,

"놀랐어요. 이 갈래동굴 안에는 또 세 개나 작은 갈래동굴들이 나오더군요. 다행히 전부 금방 막힌 데가 나와서 괜찮았지만요."

우리는 다시금 경부의 밧줄을 늘어뜨리면서 동굴을 나아갔다. 금방 두 번째 갈래동굴에 맞닥뜨렸다. 긴다이치 코스케가 다시금 내게 두 번째 밧줄을 맡기고 들어간 것은 당연한 일이다.

나는 발밑에 휴대용 램프를 두고 왼손에 경부님의 밧줄, 오른손에 코스케의 밧줄을 가지고 거기 잠시 서 있었다. 그러자 한참

을 지나서 원래 동굴 안쪽에서 살금살금 걸어가는 발소리가 들려왔다. 나는 깜짝 놀랐다. 전신에서 차가운 땀이 배어나온다. 아아, 틀림없이 누군가가 이쪽으로 다가온다!

나는 당황해서 램프 불을 불어 껐다. 그리고 어둠속에서 기다렸다. 거의 동시에 동굴 안에서 어렴풋한 빛이 비쳐왔나 했더니 점차 그 빛이 가까워져 왔다. 아무래도 램프 불빛인 모양이다. 누군가가 휴대용 램프를 들고 오는 것이다. 내 심장은 쿵쿵 요동쳤다. 도망칠 수 있다면 도망치고 싶다고 생각했다. 하지만 나는 도망칠 수는 없었다. 내 손에는 긴다이치 코스케의 생명줄이 쥐어져 있으니까.

나는 어둠속에 몸을 묻은 채 숨을 죽이고 만약의 경우를 대비하면서 다가오는 휴대용 램프를 응시하고 있었다. 램프 불은 점차 다가와 바야흐로 눈앞에서 얼마 떨어지지 않은 지점까지 도달했다. 램프 불빛을 아래로부터 받아서 어렴풋이 검붉게 얼굴이 비치고 있다. 그 얼굴윤곽을 어둠속에서 확인했을 때 나는 심장이 부서지는가 싶었다.

"긴다이치 씨!"

무심코 부르고나서 금세 잘못했구나 생각했다. 느닷없이 말을 걸자 말 그대로 코스케는 뛰어올랐던 것이다.

"누, 누구냐!"

"접니다, 접니다, 타츠야예요. 기다려주세요. 지금 램프를 켤 테니까."

휴대용 램프에 불을 붙이자 긴다이치 코스케는 여우에 홀린 양 눈을 크게 떴다.

"타츠야 씨, 다, 당신은 어째서……!"

"전 아무 짓도 안했어요. 전 아까부터 여기 있었습니다. 당신이 한 바퀴 돌아 온 거죠. 당신이 들어갔던 갈래동굴은 분명 저쪽에서 이 동굴로 나오게 되어 있나 봅니다. 저도 놀랐어요. 당신이라곤 생각 못해서 램프를 끄고 기다리고 있던 겁니다. 놀라게 해서 죄송합니다."

긴다이치 코스케도 겨우 납득한 모양이다.

"그렇군요. 그러고 보니 저쪽에 길이 양쪽으로 갈라지는 곳이 있었어요. 이래서 밧줄이 필요한 겁니다. 저는 앞으로 계속 나아갈 작정이었는데 어느 샌가 되돌아오고 있었던 거군요."

이런 실패를 거듭하면서도 긴다이치 코스케는 동굴탐험을 포기하지 않았다. 갈래동굴과 맞닥뜨리면 하나하나 꼼꼼히 조사하지 않고는 넘어가지 않았다. 게다가 이 갈래동굴은 가는 길마다 무수하다고 해도 좋을 만큼 많이 존재하고 있는 것이다.

아아, 이 동굴이야말로 여우 굴임에 틀림없다.

'여우 굴에서 헤매지 마라'고 노래에도 있는 동굴인 것이다. 노래에 의하면 그 굴은 108개 있다고 하지만 108개가 운을 맞추기 위한 과장이라 하더라도 아직도 많은 갈래동굴이 있는 것을 각오하지 않으면 안 되었다. 긴다이치 코스케는 그것을 한쪽 끝부터 조사하고 있는 것이다.

나는 다소 지겨움을 느꼈지만 실제로는 그 탐험도 그리 오래 걸리지는 않았던 것이다. 그로부터 얼마 지나지 않아 몇 번째인지 모를 갈래동굴에 들어갔던 코스케가 갑자기 힘차게 밧줄을 잡아당겼다.

나는 깜짝 놀라 굴속에 뛰어 들어가려고 했지만 금방 아까 코스케에게 들은 말이 생각나서 경부의 밧줄을 격하게 끌어당겼다. 그리고 그 밧줄과 코스케의 밧줄, 그 두 개의 밧줄 끝을 천장에서 늘어져 있는 종유석에 묶고 있는데, 경부가 밧줄을 따라 급히 달려왔다.

"아, 타츠야 군, 무슨 일인가."

"아, 저도 잘 모르겠습니다. 이 갈래동굴 안에 뭔가 있나 봅니다."

우리는 코스케의 밧줄을 따라 갈래동굴에 들어갔다. 약 3백 미터 정도 나아가자 마침내 저편에 램프 불빛이 보였다. 이 동굴은 이 부근에서 막혀 있는 듯 긴다이치 코스케는 휴대용 램프 앞에 웅크리고 앉아 열심히 지면 위를 지켜보고 있었다.

"긴다이치 군, 긴다이치 군, 무슨 일이오."

경부의 목소리에 코스케는 옷자락을 쳐들고 일어서더니 손을 들어 우리를 불러서는 말없이 발밑을 가리켰다. 램프 불에 비친 그 얼굴은 묘하게 굳어져 긴장되어 있다. 우리는 걸음을 빨리 하여 코스케 옆으로 달려갔는데, 한눈에 그 발밑을 본 순간 무심코 그 자리에 멈춰서버렸다.

코스케의 발밑에 흙으로 빚은 만두 같은 흙덩이가 솟아올라 있었는데 그 흙만두 속에서 불쑥 내다보이는 것은 오오, 이 무슨 일이란 말인가, 양복을 입은 남자의 상반신이 아닌가. 얼굴은 완전히 모양이 뭉그러지고 지독한 악취가 풍겼다.

"완전히 파묻질 않아서 악취를 방지할 수 없었던 거군요. 그 악취 덕에 제가 찾을 수 있었어요."

"누굽니까. 이건 대체 누굽니까."

두려움에 이를 딱딱 부딪치면서 외친 건 나였다. 경부는 마른 침을 삼키고 이 무서운 물체를 응시하고 있었다.

"모양이 뭉그러져 있어서 확실히 식별은 못하겠습니다. 하지만 이게 구노 선생이 아니라면 저는 목을 내걸어도 좋아요."

그리고 긴다이치 코스케는 경부 쪽을 돌아보고 은색의 담배케이스를 꺼냈다.

"시체의 가슴 위에 놓여 있었던 겁니다. 열어보세요. 재미있습니다."

경부가 열자 안에서는 담배가 아니라 가늘고 긴 사각형 모양으로 오려낸 작은 종잇조각이 한 장, 그리고 그 종잇조각 위에는,

의사 ─┬ ~~구노 츠네미~~
　　　 └ 아라이 슈헤이

라고 쓰여 있고, 그리고 구노 츠네미란 이름 위에 붉은 잉크로 줄이 그어져 있었다. 게다가 오오, 뭐란 말인가. 이들 글자는 분명 구노 당숙 자신의 필적이 아닌가.

그렇다면 구노 당숙은 스스로 자신의 목숨을 끊었다는 것일까.

인물사진

긴다이치 코스케는 알고 있었음에 틀림없다. 구노 당숙이 한참 전에 차가운 시체가 되어 있었다는 사실을. 그렇지 않고서야 사흘간에 걸친 청년단의 대수색에도 발견되지 않았음에도 불구하고 저토록 강한 확신을 갖고 동굴수사를 주장했을 리 없다.

그런 생각을 하자 나는 부끄러움을 금할 수 없었다. 가는 도중에 나는 그를 꼼짝 못하게 할 작정으로 우쭐해 있었지만 긴다이치 코스케는 그런 정도는 충분히 알고도 남았을 것이다. 전부 알면서, 전부를 계산에 넣은 채, 구노 당숙은 이미 죽어 있고 그 시체는 이 동굴 안에 누워 있을 것이 분명하다고 추리했던 것이리라. 그런 생각을 하니, 나는 더 이상 쑥스러워할 게재가 아니었다. 상대를 보는 눈이 바뀔 수밖에 없었던 것이다.

긴다이치 코스케. 언뜻 보기에는 풍채가 좋지 않은, 더벅머리에 말까지 더듬는 남자가 어쩌면 보는 것만으로는 알 수 없는 천재가 아닐까.

그건 그렇고 구노 당숙의 시체가 발견됨에 따라 국면이 재차 대전환을 맞게 된 건 당연한 일이다.

구노 당숙이야말로 가장 유력한 용의자였던 것이다. 어떤 이유가 있었는지 아직 모르지만 일기의 한 페이지에 그처럼 불쾌한 이름을 나란히 적어놓은 것은 바로 구노 당숙이었다. 그리고 그것이 폭로되자마자 모습을 감춰버리고 말았던 것이다. 그 어떤 사람에게든 그토록 의심스런 인물은 달리 없었건만. ……아아, 하지만 그것도 지금은 뒤집어져 버렸던 것이다.

구노 당숙의 저 썩어문드러진 시체를 보니 아마추어인 나로서도 죽은 후 사나흘 정도가 아니라는 걸 금세 알 수 있었다. 이것은 나중에 의사가 빈틈없이 검시한 결과 알게 된 사실이지만 구노 당숙의 시체는 적어도 죽은 지 2주는 지났다고 한다. 죽은 지 2주라면 구노 당숙은 실종 후 바로 죽었다는 게 되어 그에 따라 코우메 할머님이 살해당했을 때에는 구노 당숙은 열흘도 전에 죽어 있었다는 감정이 나오는 것이다. 이 한 가지를 놓고 봐도 구노 당숙은 범인이 아니라 도리어 마찬가지로 범인의 손에 의해 살해당한 희생자 중 하나라는 걸 알 수 있으리라.

아무튼 구노 당숙의 사인 말인데, 역시 그것은 역시 저 독극물이었다. 조부인 우시마츠 이래 많은 사람을 살해하는 데 쓰인 독극물이 또 다시 구노 당숙에게도 이용되었던 것이다. 그럼 그 독극물을 어떤 식으로 먹인 걸까. ……그것은 시체와 함께 발견된 대나무 잎으로 싼 꾸러미가 말해주고 있었다. 이 대나무 잎으로 싼 꾸러미에는 딱딱해진 주먹밥이 두 개 남아 있었는데 두 개 모두 독극물이 검출되었다. 즉 독극물은 주먹밥에 들어 있었다는 것인데, 그렇다면 누가 그 주먹밥을 준 걸까. 그에 대해 구노 당숙모는 다음과 같이 증언하고 있다.

구노 당숙의 가출은 당시 아무도 몰랐으므로 도시락을 주었을 리 없다. 또 구노 당숙은 극히 손재주가 없는 사람이었으므로 스스로 주먹밥을 만들었을 거란 생각은 할 수도 없고 혹 한 발 양보해서 몰래 주먹밥을 만들어서 집을 나갔다고 해도 식구 누군가가 알아차리지 못했을 리 없다. 당숙모는 이상의 내용을 강조한 다음 그래도 아직 부족하다고 생각했는지 얼굴을 붉히며 자신의 집은 아시다시피 대가족으로 항상 식량부족으로 고생하고 있다, 요 수년 간 쌀밥을 한 적이 없는데 이 주먹밥은 흰쌀밥이었다고, 덧붙였다.

이로써 판단해 보면 구노 당숙은 집을 나온 후 누구에겐가 대나무 잎으로 싼 꾸러미에 든 주먹밥을 받았다는 게 된다.

아아, 이 무슨 무서운 일이란 말인가. 종유동굴 속에서 몸을 움츠리고 떨고 있었을 구노 당숙.

(구노 당숙이 어떤 이유로 그렇게 됐는지 모르지만 그런 처지에 놓인 그는 분명 불안으로 부들부들 떨었을 터이다) 거기에 몰래 숨어든 정체불명의 인물. 친절을 미끼로 준 대나무 잎으로 싼 꾸러미. 구노 당숙은 아무 것도 모르고 주먹밥을 허겁지겁 먹는다. 하나, 둘, 셋, 넷, 다섯…….

그런 다음은 언제나 마찬가지다. 고통, 신음소리, 흘러나오는 피, 전신을 뒤흔드는 죽음의 경련. 그 경련이 점차 약해지고 힘을 잃어 마침내 완전히 숨이 끊어지는 것을 차갑게 지켜보는 뱀

같은 범인의 눈.

아아, 무섭다. 오싹하다. 대체 언제까지 이런 일이 계속되는 것일까. 언제가 되면 이 무서운 피투성이 소동이 끝나는 것일까. 이제 됐어, 이제 참아주길 바라. 그리고 나를 예전대로 잿빛 인생으로 되돌려줘. 나는 이제 숨이 끊어질 것 같으니.

하지만 그럴 리는 없었다. 나는 아직도 이 미친 소동에서 빠져나올 수 없었고 앞날에는 훨씬 무서운 일이 기다리고 있었던 것이다.

우선 구노 당숙이 살해당한 사실로 내 입장이 점점 위태로워진 것은 말할 나위도 없다. 구노 당숙의 존재야말로 내게 있어 유일한 안전핀이었던 것이다. 그런데 바야흐로 그 안전핀이 완전히 날아가 버리고 말았다. 게다가 이제까지 구노 당숙에 대한 의심이 깊으면 깊었던 만큼, 이번에는 반대로 구노 당숙에 대한 동정이 커지면 커질수록 나에 대한 의혹과 증오는 깊어져갔다.

"조심하세요, 타츠야 씨."

어느 날 누님이 창백한 얼굴을 하고 내게 뜻밖의 주의를 주었다.

"시마가 한 얘긴데요. 누군가 당신에 대해 써서 동사무소 앞에 붙여놓은 사람이 있다고 해요."

"저에 대해 써서……."

"예, 그래요. 즉 요즘 일어난 살인, 그건 모두 당신이 한 일이 분명하다고 그런 얘길 써서 어젯밤에 동사무소 앞에 붙여놓은 사람이 있대요."

나는 가슴이 묵직해짐과 동시에 다시금 뭐라 말할 수 없는 분노가 불끈불끈 치밀어 오르는 것을 느꼈다.

"누님, 그래서 그 놈은 저를 어쩌라고 합디까."

"아뇨. 거기까지 쓰여 있진 않지만 그저 범인은 당신이 분명하다, 증거로 모든 사건은 당신이 오고 나서 일어났다, 당신이 이 마을에 있는 한 피투성이 소동은 가라앉지 않을 것이다……. 그런 말이 쓰여 있었다고 해요."

심장이 나쁜 누님은 거기까지 말하는 것만으로도 여러 번 숨이 가빠지고 자못 절박해보였다. 그녀는 원래 건강하지 못한데다 줄곧 나쁜 일들이 계속된 타격도 있고, 게다가 나에 대한 배려며 걱정으로 점점 심장이 나빠져 있었다. 나는 그 점이 딱해서 가능한 한 걱정을 끼치지 않으려고 하고 있었지만 지금은 상황이 상황이니만큼 어쩔 수 없었다. 나는 무심코 몸을 앞으로 내밀었다.

"누님, 대체 누가 그런 종이를 붙여놨다는 겁니까. 아뇨, 그것보다 누가 그렇게 저를 미워하고 있는 걸까요. 경부님의 이야기에 의하면 요사이 경찰에도 비슷한 의미의 투서가 왔다고 하던데요. 누군가 이 마을에 지독히 저를 미워하는 놈이 있어요. 그 놈은 저를 이 마을에서 쫓아내고 싶어서 이런저런 짓을 하고 있는 겁니다. 누님, 그건 대체 누굴까요. 대체 누가 어떤 이유로 그렇게 저를 미워하는 걸까요."

"글쎄요, 그건 저로선 잘 모르겠지만……. 하지만 타츠야 씨, 조심해요. 설마하고 생각하지만 마을사람들은 단순해서 어떤 일이 일어날지 모르니까……."

누님은 그 무렵 이미 마을의 불온한 공기를 감지하고 있었는지 자못 초조한 모습이었지만 나는 거기까지는 알아차리지 못했다.

"예, 그건 저도 조심하겠습니다. 하지만 누님, 저는 어처구니가 없어요. 누가 어떤 이유로 이토록 집요하게 저를 미워하는 건지 그걸 생각하면 속이 뒤집힐 것 같습니다."

나는 감정에 북받쳐 울었다. 누님은 다독이면서 상냥하게 내 어깨에 손을 올리고,

"무리도 아니죠. 하지만 타츠야 씨, 너무 끙끙 고민하지 말아요. 오해니까 언젠가는 풀릴 게 당연하잖아요. 그저 그때까지만 참으면 돼요. 자, 가만히 참고 분별없는 행동을 하지 않도록 해요."

누님이 가장 두려워하고 있는 것은 이런 일에 혐오를 느끼고 내가 집을 뛰쳐나가 버리지는 않을까 하는 것이었다. 사실 당시 사정으로는 내가 뛰쳐나가버리면 곤란했다. 코다케 할머님은 멍청해져 갓난아기나 마찬가지였고, 누님 자신은 심장이 나빠 조금만 일해도 숨이 찼다. 하지만 하루요 누님이 나를 놓칠까 봐 두려워하던 것은 그런 타산적인 의미는 아니었다. 누님은 나를 사랑하고 있었던 것이다. 나를 너무도 사랑한 나머지, 한시라도 곁을 떠나게 하고 싶지 않았던 것이다. 나로서는 누님의 마음을 잘 알고 있었다. 아니, 알고 있다고 생각하고 있었다. 나중에 생각해 보면 사실은 누님 마음의 십 분의 일도 모르고 있었지만…….

그건 그렇다 치고 누군가 필사적으로 나를 곤경에 몰아넣으려고 꾸미는 자가 있었음에도 경찰은 도통 나를 검거하러 들지 않

왔다. 사실 구노 당숙의 시체가 발견된 이래 경찰은 잠잠해진 느낌으로, 이소카와 경부는 물론 긴다이치 코스케조차 모습을 보이지 않았다. 마을사람들도 다시금 직접 행동을 개시하려 들지 않았고 또 새로운 사건도 일어나지 않았다. 어쩐 일인지 미야코마저 왕래가 끊어져 최근 들어 조금도 방문하지 않았다.

그것은 묘하게 조용하고 고요한 휴지 기간이었다. 나중에 생각해보면 그것은 바로 격류가 마침내 폭포에 다다르기 전에 완만한 연못을 만드는 것 같았지만, 그걸 모르는 나는 무척이나 그 소강상태가 고마웠다. 하지만 설마 이런 상태에서는 보물찾기도 할 수 없어서 모처럼 이 기간을 이용해 어머니의 연애편지를 정리하고자 마음먹었다.

그래서 누님의 허락을 얻어 N마을에서 표구사를 불러 삼산도 병풍을 분해하고 그 안에서 초배지로 사용된 어머니와 가메이 요이치의 연애편지를 꺼내는 일을 시작했다. 나는 그 병풍을 집에서 가지고 나오는 건 내키지 않았고 또 어머니의 연애편지를 무턱대고 남에게 보이는 것은 싫었기 때문에, 표구사에게 매일 오후에 출장을 와달라고 하여 별채에서 함께 작업을 하기로 했다.

나로서는 이 일이 더없이 즐거웠다. 생각해 보면 팔묘촌에 온 이래 제대로 된 일은 없었지만 최소한 이 편지들을 발견했다는 것으로 나는 자신을 달랬다. 어린 시절 어머님을 잃은 누구나 그렇듯 몇 살이 되어도 어머님을 사랑하고 있었던 것이다.

처음에는 하루요 누님도 기분이 좋으면 자주 별채에 와서 우리가 작업하는 것을 지켜보고 있었다. 하지만 꺼낸 어머님의 연애편지를 읽거나 하면 누님은 금세 감동해 그것이 심장에 영향을 주는 듯 나중에는 좀처럼 오지 않게 되었다.

나는 매일 밤, 그 날 꺼낸 편지를 정리해 그것을 읽는 걸 최고의 낙으로 삼았다. 물론 그 편지들은 어느 것 하나 당시 어머님의 불행을 이야기 해주지 않는 게 없었지만.

—밤낮을 모르는 구타에 츠루는 몸도 마음도 여위어…….

라든가,

—말을 듣지 않으면 머리채를 잡아끌고 돌아다니고…….

라는 글씨가 눈물로 번져 있는가 하면,

—귀여워해준다며 옷을 벗겨 몸을 살살이 핥는 기분 나쁨, 불쾌함, 비참하다고밖에 할 수 없는…….

하고 한탄하는 부분을 보면 얼마나 아버지의 행위가 유별난 것이었는지 알 수 있었다. 그런가 하면,

—간혹 있는 외출 덕택에 마음 편히 누워 책을 읽고 또 결심하고 편지를 쓰면 집에 돌아와서는 무엇을 읽고 있었냐는 둥 누구한테 편지를 썼냐는 둥 하나하나 손바닥 뒤집듯 맞춰버리니 기분이 나쁩니다. 그 정도로 집념이 강한 인간이기에 몸은 집을 떠나

있어도 혼은 츠루의 몸을 따라다니며 한시도 떨어지는 일이 없는 건가 생각하면 점점 마음이 갑갑하고 기분도 가라앉을 뿐인 두려움…….

이라며 떨고 있는 걸 보면 내 아버지란 사람은 신통력을 갖고 있었던지 외출 중이면서 어머님의 행동을 모두 하나하나 손바닥 뒤집듯 알아맞혔던 모양이다. 역시 그게 사실이라면 어머니가 두려움에 떨었던 것도 무리는 아니겠지만 그때 퍼뜩 떠오른 것은 저 도코노마의 노의 가면 뒷벽에 뚫려 있는 구멍 생각이었다.

알았다, 알았다. 아버지는 집을 비우는 척 하고 비밀통로를 통해 안쪽 창고로 돌아가 몰래 엿보는 구멍으로 어머니를 감시하고 있었던 건 아닐까. 그리고 나중에 아무 것도 모르는 얼굴을 하고 외출 중 어머니의 행동을 맞혀 보이고는 그걸 듣고 어머니가 공포로 떨고 있는 걸 무엇보다 재미있어하며 기뻐했던 건 아닐까. 그것은 참으로 가학적인 성욕을 가진 사람이 할 짓다웠다. 그렇게 아버지는 연약한 어머니를 끝까지 괴롭힐 대로 괴롭히는 걸로 성욕의 만족을 느끼고 있었으리라.

불쌍한 어머니. 어느 쪽이건 그녀로서는 한시도 마음 편할 새가 없었으리라. 생각해 보면 어머니가 모든 상념을 이 병풍에 숨긴 것은 좋은 생각이었다. 아무리 의심 많은 아버지라도 설마 병풍 속까지 꿰뚫어보지는 못했을 테니. 어머니는 그러고 싶을 때 병풍 표면에 불을 켜고 뒤쪽으로 돌아가 오래된 연애편지를 읽을 수 있었던 것이다.

나는 이 병풍에 감춰진 어머니 비밀의 애처로움에 밤마다 베개를 흠뻑 적셨다. 그리고 이 비밀을 알아차린 사실을 그나마 위안으로 여겼다. 어쩌면 이것도 어머님의 혼이 인도한 건 아닐까 하고도 생각했다. 하지만 아아, 나는 아직도 모르고 있었던 것이다. 거기에는 훨씬 더 커다란 비밀이, 내 인생을 단숨에 바꿔버릴 정도로 커다란 비밀이 감춰져 있었다는 사실을.

그것은 표구사의 작업이 끝난 날의 일이었다. 초배지를 끄집어 낸 병풍을 정리하면서 표구사가 이런 말을 했다.

"손님, 여기 뭔가 묘한 물건이 붙어 있습니다만. 하는 김에 이것도 꺼낼까요."

"묘한 물건이라뇨?"

"두꺼운 종이 같은 건데요. 그것도 직접 붙어 있지 않고 종이봉투에 넣어서 봉투째 초배지 속에 붙어 있어요. 어쩔까요, 이걸."

그거라면 나도 알아차리고 있었다. 전깃불로 비쳐보았을 때, 우편엽서 정도의 사각형으로 된 것이 고약을 붙인 것처럼 병풍 왼쪽 위모서리 부근에 붙어 있는 걸 눈치 챘다. 하지만 그것이 주의 깊게 종이봉투에 담겨 있는 건 몰랐다. 내 가슴은 호기심으로 요동쳤다. 뭔가 중요한 게 숨겨져 있는 건 아닐까.

"아아, 그럼 꺼내주세요."

그것은 예상대로 닥나무 종이로 만든 흰 봉투로, 입구에는 꼼꼼히 미농지로 봉해져 있었고 만져보니 우편엽서 정도 크기인 두꺼운 종이가 들어 있는 것 같았다.

그날 밤 나는 표구사가 돌아가기를 기다려 그 봉투 입구를 뜯었다. 내 손가락은 무심결에 떨리고 있었다. 나는 안에 든 것을 꺼냈다. 그리고 멍하니 눈을 크게 떴다.

그것은 내 사진이었다. 하지만 언제 찍은 건지 본인인 나조차 전혀 기억에 없는 사진이었다. 하지만 아주 오랜 옛날에 찍은 게 아니란 건 스물예닐곱, 현재의 나와 거의 차이가 없는 연배인 걸로 보아 쉽게 알 수 있다. 가슴에서부터 상반신을 찍은 것으로 약간 점잔을 빼며 싱긋 웃고 있다. 어딘가 사진관 스튜디오에서 찍은 사진인 것 같았지만 그럼에도 나 자신은 전혀 기억에 없는 사진이었다.

나는 망연해졌다. 뭐라 말할 수 없는 두려움에 내 가슴은 요동치고 머리는 착란상태에 빠질 것 같았다. 하지만 그러는 사이 나는 겨우 알아차렸다. 사진의 주인공은 나를 빼닮았다. 본인인 나 자신이 잘못 봤을 정도다. 하지만 그것은 내가 아니었던 것이다. 눈가, 입언저리, 뺨이 부푼 정도. 쏙 빼닮았지만 어딘가 나와는 다른 구석이 있다. 게다가 이 사진은 낡았다. 이건 이 년이나 삼 년 전에 찍은 건 아니다.

부들부들 떨리는 손으로 나는 사진을 뒤집어보았다.

그러자 다음과 같은 글씨가 춤추듯 내 망막으로 날아들었던 것이다.

가메이 요이치(27세)

다이쇼 10년(1922년) 촬영

돌팔매질

아아, 이게 대체 무슨 일이란 말인가. 어머니의 옛 연인은 나를 빼닮았다. 나는 어머니의 연인 모습 그대로인 것이다. 오오, 이만큼 확실한 불륜의 증거가 달리 있을까. 나는 다지미 요조의 자식이 아니었다. 나는 어머니와 어머니의 애인 가메이 요이치 사이에서 태어난 아이였던 것이다.

이 발견만큼 나를 경악시킨 것은 없었다. 나는 거의 미칠 지경이었다. 그것은 한편으로 내게 커다란 안심과 기쁨을 가져왔지만 한편으로 심각한 실망의 쓴물을 맛본 것도 부인할 수 없다. 다지미 요조의 아이가 아니니 자신의 몸 안에는 저 미치광이 같은 다지미 가의 피가 흐르고 있지 않다……, 라는 발견은 내게 있어 더할 나위 없는 기쁨이었지만 그와 동시에 나는 다지미 가의 저 거대한 재산이 손가락 사이로 빠져나가는 실망을 맛보지 않으면 안 되었던 것이다.

부끄러움을 무릅쓰고 억지로 고백하건데, 그 무렵 다지미 가의 재산은 내게 있어서 커다란 매력이었다. 몰래 다지미 가의 재산을 조사해보았을 정도다. 소치기 한 명이 내게 얘기해준 바에 의하면, 다지미 가에서 이른바 소작농에게 맡겨둔 몫을 제외하고도 120마리 이상의 소를 산에 방목하고 있다고 한다. 다 큰 소 한 마리가 당시 시장에서 10만 엔 이상이었으니 그것만으로도 나는 눈이 휘둥그레질 정도였는데, 게다가 그것은 다지미 가 재산의 십분의 일에도 달하지 않는다는 얘기였다.

"어쨌든 옛날부터 '다지미 님에게는 미치지 못하지만 그래도 영주님'[34]이란 말이 있었을 정도니까요."

그런 얘기를 들어서 그런지 내가 점점 다지미 가의 재산에 매료된 것도 무리는 아니다.

하지만 이제는 그런 재산은 내게 있어 아무 의미도 없는 것임을 알았던 것이다. 나는 다지미 가에 짚 한 자락도 요구할 권리가 없는 것이다. 아아, 이 실망감, 이 낙담의 기분이란! 나는 마치 컴컴한 연못에 떨어진 것 같은 절망감을 느꼈지만 그때 겨우 깨달은 것은 코우메나 코다케 할머님, 하루요 누님은 이 사실을 눈치 채지 못했을까 하는 생각이었다. 저 대참사가 일어난 당시, 누님은 아직 어렸으니 무리는 아니라고 쳐도 코다케나 코우메 할머님은 가메이 선생을 만난 적이 없었을까. 단 한 번이라도 가

34) '혼마(本間) 님에게는 미치지 못하지만 그래도 다이묘(大名: 만석 이상을 영유하던 막부 직속무사)'라는 표현에서 따온 말. 혼마 가문은 에도 시대에 큰 부자로 유명했던 상인 가문이었다.

메이 선생을 보았다면 내 모습을 보고 알아차리지 못했을 리 없다. 두 사람이 닮은 것은 그만큼 분명한 것이었다.

하지만…… 그때 퍼뜩 내 뇌리를 스쳐지나간 두려운 생각이 있었다. 그것은 히사야 형의 임종, 즉 형과 나의 첫 대면 때의 광경이다. 처음 형이 나를 보았을 때 그 얼굴에 수수께끼 같은 미소가 떠올랐던 것은 전에도 써두었다. 또 형은 그때 나를 보며 뭐라고 했던가.

"정말 사내다워졌군요. 다지미의 핏줄에 이렇게 잘생긴 남자가 태어나다니 희한한데. 하하하……."

그 수수께끼 같은 미소도 독살스런 웃음도 오랫동안 나를 괴롭혔지만 이제는 그 의미를 확실히 알 수 있었다. 형은 알고 있었던 것이다. 내가 다지미 가의 핏줄이 아니라는 사실을. 가메이 요이치의 자식이란 걸. 그럼에도 불구하고 형은 왜 나를 다지미 가를 이을 자식으로 맞아들였던 것일까. 그것은 두말할 필요도 없다. 신타로에게 후계자 자리를 넘겨주고 싶지 않아서다.

나는 새삼스레 형의 무시무시한 집념에 전율을 금할 수 없었다. 모든 것은 신타로에 대한 증오에서 온 것이었다. 신타로를 내몰고 꼴좋다며 붉은 혀를 내밀어보이기 위해서는 뻔히 알면서도 생판 타인에게 가문을 넘기는 것조차 주저하지 않았던 것이다. 그것은 결코 나에 대한 친절에서 온 것이 아니었다. 나는 꼭두각시에 지나지 않았던 것이다. 신타로를 골탕 먹이고 혼내주기 위해 춤추게 한 목각인형에 지나지 않았던 것이다. 나는 깊은 실망감을 맛봄과 동시에 격한 분노를 금할 길이 없었다.

그날 밤 나는 잠들지 못했다. 아버지를 원망하고 어머니를 원망하고 형을 원망하고, 끝내는 자신을 이 마을에 데려온 운명을 원망했다. 대관절 나는 무슨 면목으로 고베에 돌아갈 수 있을까. 내 앞길을 축복해주고 많은 성원을 보내준 동료나 상사에게 그건 착각이었습니다……, 라며 돌아갈 수 있을까.

이렇게 나는 고뇌하고 번민하며 한밤중까지도 잠들 수가 없었는데, 세상에는 어떤 일이 행운이 될지 모르는 법이다. 그 덕분에 나는 무서운 재난에서 벗어날 수 있었던 것이다.

그것은 밤 12시 무렵의 일이었던 것 같다. 땅이 울리는 것처럼 주변을 뒤흔드는 함성에 나는 벌떡 잠자리에 일어나 앉았다. 함성은 두 번 세 번 밤의 정적을 뚫고 들려왔다.

이크, 무슨 일이지? 하고 숨을 삼킨 찰나, 쾅쾅, 지붕기와나 덧문을 두드리는 소리가 났다. 돌멩이다, 하고 알아차린 순간 나는 무심코 튕기듯 일어나 양복을 입었다. 함성이 다시금 들려왔다.

보통 일이 아니다. 나는 가슴을 찌르는 생각에 덧문 옆으로 다가섰다. 무릎이 덜덜 떨렸다. 덧문 틈으로 들여다보니 기와토담 밖은 온통 붉은 빛이었다. 횃불이 왔다 갔다 하고 있다. 함성이 다시 들리고 돌멩이가 지붕기와나 덧문을 때리는 무시무시한 소리가 났다. 무슨 일이 일어난 건지 모르지만 많은 사람들이 다지미 가를 노리고 몰려온 것만은 분명한 것 같았다.

상황을 물어보려 열다섯 칸 복도 쪽으로 달려가는 도중에 잠옷 차림의 누님과 딱 마주쳤다.

"아, 누님. 무, 무슨 일입니까."

하고 내가 물은 것과

"아, 타츠야 씨, 도망쳐요, 도망쳐요!"

하고 누님이 외친 게 동시였다. 보니 누님은 손에 내 구두를 들고 있다.

"타츠야 씨, 도망쳐요, 도망쳐요. 저 사람들, 당신을 붙잡으려고 온 거예요."

"뭐라고요, 절 붙잡으러 왔다니요?"

나는 망연해졌다.

"당신을 붙잡아 멍석말이를 해서 강에 던져버리겠대요. 자, 빨리 도망쳐요……."

누님은 내 손을 잡고 힘차게 별채로 끌고 간다. 나는 등골이 오싹해지는 공포를 느꼈지만 그와 동시에 벌컥 분노가 치미는 것을 막을 수 없었다.

"누님, 무엇 때문에 저를 붙잡으려는 겁니까. 무엇 때문에 멍석말일 한다는 겁니까. 싫어요, 싫어요, 도망치는 건 싫어. 저놈들을 만나 이유를 들어보겠습니다."

"안돼요, 안돼요. 그런 말을 해봐야 알아줄 상대가 아니에요. 게다가 지금은 흥분해 있으니까."

"하지만 누님, 너무 분해요. 게다가 도망치는 건 자기한테 죄가 있다고 인정하는 게 아닙니까."

"그런 말을 해도 소용없어요. 이기느냐 지냐의 문제도 아니고요. 여긴 일단 피해두고 기회를 봐서……."

그때 욕설을 퍼붓는 소리가 안채 쪽까지 들려왔다. 하루요 누님은 창백해졌고 나도 역시 몸 안이 얼어붙었다.

"복도엔 자물쇠를 걸어뒀지만 그런 건 금방 부서져요. 자, 빨리, 빨리!"

"하지만 누님……."

"타츠야 씨, 아직도 그런 말을 하다니요!"

누님은 목소리를 높였다.

"당신은 누나가 하는 말을 모르겠어요? 누나가 이렇게 걱정하는 걸 모르겠냐고요. 자, 도망쳐요, 도망쳐! 내 말 듣고……."

나는 이제 그 이상 거부할 수 없었다. 게다가 돌멩이가 지붕이나 덧문에 떨어지는 소리가 들려오자 몸의 위험을 생각지 않을 수 없었다.

"누님, 도망치라고 하셔도 어디로……."

"방법이 없어요. 종유동굴에 숨어요. '도깨비불 연못' 저편이라면 아무도 안 갈 거예요. 그 사이 상태를 봐서 마을사람들을 달래고 여유가 생기면 도시락을 가져갈게요. 어쨌든 오늘밤은 내 말을 듣고……."

누님의 안색은 점점 나빠져서 이 말을 하는 사이에도 몇 번이나 숨이 끊어졌다. 나는 이제 더 이상 누님을 걱정시킬 수 없었다.

"알겠습니다. 누님, 누님이 말씀하시는 대로 하겠어요."

나는 손목시계를 집어 손목에 차고 창고 쪽으로 달렸다. 시각은 0시 30분이었다. 다행히 창고에는 최근 사용했던 휴대용 램프나 회중전등이 있어서 그걸 쥔 채 궤짝 뚜껑을 열고 있는데 누님이 봄 점퍼를 가져다주었다.

"감기 걸리면 안 되니까……."

"죄송합니다. 누님, 그럼 다녀오겠습니다."

"조심해요."

누님은 북받치는 눈물을 참았다. 나도 울음이 터질 것 같아 당황해서 궤짝 안으로 들어갔다.

이렇게 가혹한 운명은 마침내 나를 영원한 어둠의 지하도로 몰아넣었던 것이다.

어둠을 쫓아서

나중에 생각하면 그것은 실로 위험한 운명의 갈림길이었다.

궤짝 바닥을 넘어간 내가 아래 지하도로 내려가려는 찰나 위쪽에서 마루를 밟고 지나가는 발소리와 욕지거리 소리가 들렸다. 침입자가 별채에 들어온 것이다. 그 소란을 듣고 보니 셋에서 다섯 명 정도가 아닌 듯, 소리치는 소리를 들으니 나는 공포로 전신에서 식은땀이 흐르고 역시 누님 말에 따르길 잘했다고 생각했다.

나는 램프 불을 불어 끄고는 어두운 지하도를 손으로 더듬어 나아갔다. 다행히 최근 완전히 익숙해진 지하도라서 어둠 속에서도 자유로웠다.

금세 나는 두 번째 돌계단 기슭까지 왔다. 말하는 걸 잊었는데 이 돌계단을 올라가면 뜰 안 사당으로 나간다. 분명 옛날 이 비밀통로를 만든 사람은 별채 창고와 뒤쪽 사당을 연결하는 것만

이 목적이었을 것이다. 그것이 우연히 천연 종유동굴과 맞닥뜨려 생각지도 않게 거창한 비밀통로가 되었던 것이리라.

아무튼 내가 손을 짚고 벽을 더듬어 바위 입구를 찾고 있으려니 갑자기 위쪽이 밝아지고,

"히야, 이런 데 비밀통로가 있었었나."

"조심해, 바닥이 울퉁불퉁하니까."

"오오, 괜찮을까. 왠지 기분 나쁜데."

그런 소리가 좁은 동굴에 반향되어 깨진 종처럼 울렸다.

나는 무심코 지레를 내렸지만 그 때만큼 바위가 열리는 게 굼뜨게 느껴진 적은 없었다. 위쪽에서 발소리가 점점 이쪽으로 내려오는데 바위문은 너무나 느릿느릿하다. 혹시 이 문이 제시간에 열리지 않는다면 나는 싫어도 지금 온 길을 돌아나가지 않으면 안 되었는데, 오오, 그 길에서도 발소리와 욕설소리가 가까워 오는 게 아닌가.

나는 온몸의 털이란 털이 거꾸로 서는 것 같은 공포를 느꼈지만 그래도 겨우 몸이 들어갈 정도의 바위가 열렸기에 억지로 안에 들어가서는 반대편에서 지레를 내렸다. 다시금 나는 아슬아슬하게 때를 맞췄던 것이다. 바위가 다시 닫힐까 말까 하는 사이에 우르르 위에서 발소리가 내려왔다.

"히야, 이거 봐. 바위가 움직이는데."

"맙소사, 자식, 그럼 지금 여길 들어간 게 분명해."

"이 바위는 어떻게 움직이는 거지?"

"기다려, 기다려. 나한테 보여줘."

그런 소리를 뒤로 하고 나는 다시금 어두운 지하도를 기어갔

다.

그때 처음으로 나는 그들 계획이 야단스럽지만 진지하다는 걸 깨달았다. 이 상태로 보면 비밀통로 입구란 입구로 죄다 추격자를 끌어들일 모양이다. 혹시 그렇다고 한다면 나는 한시라도 빨리 저 두 갈래 길까지 가지 않으면 안 된다. 그렇지 않으면 항상 노리코가 몰래 들어오는 고이차 입구를 통해 추격자가 침입해와 지금 가는 길마저 막힐 우려가 있는 것이다.

이것은 나중에 알게 된 사실이지만 그들은 역시 내 상상대로 미리 갈라져서 종유동굴의 입구란 입구는 다 지키고 있었다고 한다. 그리고 내가 지하도에 들어갔다고 알고는 전령을 띄워 일제히 안으로 들어갔던 것인데, 내게 행운이었던 점은 밤이라 아무래도 부자유스러워서 전령에 시간이 걸렸다는 점. 또 그들이 지하도에 익숙해 있지 않은 탓에 이래저래 행동에 민첩함이 결여되었다는 점. 그 덕택에 나는 다시금 그들보다 한발 앞서 두 갈래 길에 다다를 수 있었던 것이다.

하지만 나는 아직도 안심할 수 없었다. 추격자는 점차 늘어나는 듯 그때그때 지르는 환성이 우레처럼 지하도의 공기를 뒤흔든다. 거기에 쫓기며 나는 무심코 '원숭이의 걸상'에서 '텐구의 코'로 통하는 동굴로 들어갔다.

'텐구의 코'에서 '메아리의 십자로', 거기를 지나면 '도깨비불 연못'도 가까이 있다. '도깨비불 연못'마저 지나면 안심이다. 마을사람들은 거기서 더 들어오는 것을 두려워하고, 혹 들어온다 해도 '여우 굴'이란 궁극의 숨을 장소도 있다. '여우 굴'을 구석에서 구석까지 찾는다는 건 아무래도 불가능하리라.

거기서 용기를 얻어 나는 '텐구의 코'까지 다다랐다가 깜짝 놀라 멈춰 섰다. 가는 길에 있는 '메아리의 십자로'에서 왁자지껄하게 사람의 말소리가 들려왔기 때문이다. 게다가 그 목소리는 '메아리의 십자로'에 울려 커다란 반사음의 소용돌이를 그리면서 점차 이쪽으로 다가오고 있었던 것이다.

아아, 나는 잊고 있었다. 언젠가 여기서 에이센 스님과 만났던 적이 있는데 그 에이센 스님 말에 의하면 이 맞은편에 반카치로 통하는 입구가 있다는 것이다. 지금 맞은편에서 오는 무리는 분명 거기서 들어온 게 틀림없다. 나는 절체절명의 상황이었다. 뒤에서 오는 무리들은 점점 기세를 높이고 있는 듯 이따금 폭발할 것 같은 환성이 동굴 공기를 뒤흔든다. 가는 방향인 '메아리의 십자로'에서는 시시각각 발소리가 다가온다.

나는 회중전등을 끄고 무심코 주위를 둘러보았다. 그러자 눈에 띤 것은 바로 머리위에 솟아나온 저 커다란 텐구의 코였다. 그것을 보고 나는 무아지경으로 벽을 기어올라 '텐구의 코'에 올라갔다. 하지만 다행인 것은 텐구의 코 위쪽이 파헤쳐진 것처럼 움푹 패여 있어서 몸을 누이면 안에 푹 들어가게 된다는 것이었다. 이거 다행이라고 생각하며 내가 몸을 엎드린 순간, '메아리의 십자로' 모퉁이에서 관솔불이 나타났고 발소리가 다가왔다.

"이상하군. 이쪽으로 도망쳤다면 이제 슬슬 만날 법도 한데……. 설마 도중에 스쳐지나갔는데 눈치 못 챈 건 아니겠지."

"바보 같은 소리 하지 마. 그 정도로 넓은 굴도 아니잖아."

"그렇지. 그럼 또 오지 않을까."

"자식, 불을 켰을 리도 없으니 어둠속을 손으로 더듬어 도망친 거야. 그렇다고 하면 시간이 걸릴 텐데."

"흠, 이건 테츠(鉄) 말 대로일지도 몰라. 그럼 여기서 숨어서 기다려볼까."

목소리로 판단해 보건대 세 사람인 것 같았는데 '텐구의 코' 아래까지 와서는 멈춰 섰다. 아무래도 여기서 기다릴 생각인 모양이다.

나는 정신이 하나도 없었다. 혹시 여기에 뒤에서 추격해온 무리들이 오면 어떡한다. 그들은 분명 이 부근을 끝에서 끝까지 뒤져볼 게 분명하다. 그리고 그럴 경우 누구든 가장 먼저 눈을 돌릴 장소는 텐구의 코이리라.

"할아버지, 자주 말씀하셨던 텐구의 코라는 거죠. 굉장히 잘 만들어졌네요."

아래에서 이야기하는 소리가 들린다.

"참말로. 게다가 저게 자연스럽게 생겼다니 신기한 일이지. 하기야 벽의 눈이나 입은 인간이 새겼다고 하더라만……."

"할아버지, 저 코 위는 괜찮을까요. 저기 숨어 있는 건……."

세 번째 목소리가 그렇게 말했을 때에는 그야말로 나는 생명이 줄어드는 느낌이었다. 하지만 다행히 연장자가,

"바보 같은 소리 하지 말어."

하며 관솔불을 켠 듯 동굴 천장에 흔들흔들 불 그림자가 흔들리고,

"누가 있다면 안 보일 리가 없지 않느냐. 노부 씨, 말도 안 되는 소리 하는 게 아니야."

나는 후우, 가슴을 쓸어내리며 새삼 텐구의 코의 움푹 팬 곳에

감사하지 않을 수 없었다. 세 사람은 거기 앉아서는 담배를 피우며 잡담을 시작했는데, 그러는 동안 화제가 오늘밤 일로 옮겨져 나는 무심코 귀를 기울였다.

"테츠, 너는 그렇단 말이지. 그럼 26년 전 같은 일이 또 한 번 마을에 일어나도 상관없단 말이냐."

그렇게 말하는 소리를 어딘가 들은 기억이 있기에 나는 의아하게 생각하고 조심조심 텐구의 코에서 들여다보았다. 보니 언젠가 우리가 에이센 스님과 만났을 때 몸을 숨겼던 저 움푹 팬 자리에 세 사람의 남자가 빙 둘러 앉아 있었는데, 나는 그 중 한 사람을 본 기억이 있었다. 그것은 처음 내가 이 마을에 발을 디뎠을 때 버스에 함께 탔던 마소거간꾼 키치조였다.

키치조의 말에 상대는 우물우물 말했지만 그것은 잘 들리지 않았다. 키치조는 조금 태도를 강하게 하여,

"테츠, 넌 그때 몇 살이었더냐. 세 살……? 그럼 그때 공포를 모르는 것도 무리는 아니지. 자, 들어라. 난 그때 스물셋이었어, 마누라를 맞이하고 두 달째, 서로에게 슬슬 맛들이기 시작해서 더없이 행복했을 때였지. 마누라는 여섯 살 아래인 열일곱이었다. 죽은 자는 어여쁘다고 하지 않는 법이다만 아주 귀여운 여자로 키치 씨한테는 과분하다고들 했다. 그런데 너……."

키치조의 목소리가 격해지고,

"그날 밤, 탕 하고 한 발로 끝난 게야. 아무 원한도 없는 자를, 놈, 벌레처럼 죽여 버렸어. 그때 일을 생각하면 난 지금도 속이 부글부글 끓어."

키치조의 목소리가 섬뜩하게 동굴에 울린다. 나는 오싹하고

차가운 바람을 맞는 느낌이었다.

"그야 그때 친척이 당한 사람은 그런 생각이 들겠지만, 하지만 할아버지, 그렇다고 이런 소란을 피워가며 그 젊은 놈을 쫓을 건 없다고 생각하는데요……. 경찰 나리한테 맘편하게 맡겨두면 안 되나요."

테츠의 말에 키치조는 흐흥, 하고 웃고는,

"테츠, 넌 젊은 주제에 엄청 경찰을 믿고 있구나. 하지만 잘 들어라. 경찰 따위는 의지가 안 돼. 26년 전 그 때도 요조 놈은 하룻밤 동안 날뛰었지. 경찰들이 좀 더 빨리 와주었다면 죽는 사람이나 부상당하는 사람이 반으로 줄었을 게야. 그런데 뭐냐. 그 사람들이 왔을 땐 전부 끝난 다음이고 요조가 한참 전에 산으로 도망친 후였다. 그래, 경찰이 하는 건 만사 그 따위야. 그 사람들은 만사 끝난 후에야 어슬렁거리며 온단 말이다. 그런 걸 믿고 의지할 수 있겠느냐. 내 몸이 아까우면 제가 제 몸을 지키지 않으면 안 되는 게야."

"하지만 할아버지, 그 젊은 놈을 내버려둔다고 26년 전 같은 일이 꼭 일어난다고는 할 수 없잖아요?"

"너, 그걸 보장할 수 있느냐. 일어나지 않으리란 보장이 있느냐. 그럼 지금 요 사이 일어난 사건들은 뭐란 말이냐. 26년 전 사건 이후 살인 같은 건 한 번도 없었던 이 마을에, 그 젊은 놈이 온 후로 이렇게 차례차례 끔찍한 일이 일어난 건 뭐냐. 그 놈은 악마의 자식이다. 난 버스에서 만났을 때부터 그리 생각하고 있었다. 그때 단숨에 때려죽였어야 했어."

키치조가 빠득빠득 이를 가는 소리가 송곳으로 쑤시듯 내 신경을 죄어들었다. 나는 납을 삼킨 것 같은 기분이었다.

"그야 할아버지에겐 엄청난 한이 있으니까요. 할아버지 농차의 비구니인 묘렌과 친하지 않았어요?"

테츠란 젊은 사람이 놀리듯 말한다. 그 말을 듣고 키치조의 목소리는 한층 격해져,

"안 되느냐. 묘렌과 사이가 좋은 게 나쁜 거냐. 어차피 금간 냄비에도 짝이 있는 법[35]이야. 묘렌은 토끼 입에 반은 미쳤지. 이쪽은 마누라가 살해당하고부터 망가져서 착실한 인간은 상대도 안 해주는 남자야. 하지만 말이다, 테츠야. 잘 들어라. 남자든 여자든 용모만으로 가치는 모르는 법이다. 잠자리를 같이 하고서야 알 수 있는 맛도 있는 게야. 묘렌은 나를 만족시켜주었고 나도 제법 묘렌을 귀여워해 주었어. 그런데, 그런데…… 저 젊은 놈이."

다시금 빠득빠득 이를 가는 소리가 들린다. 한참이 지나 다시 젊은이가 입을 열었다.

"하지만 정말 그 젊은 놈이 하수인일까요. 저로서는 믿기지 않아요."

지금까지 침묵한 채 두 사람의 이야기를 듣고 있던 세 번째 남자가 그때 처음으로 입을 열었다.

"그거 말인가. 나도 처음엔 반은 믿고 반은 의심했는데 근래 역시 그렇게 생각하게 되었어. 그럴 것이……."

---

35) 금간 냄비에도 짝이 있는 법(破れ鍋に綴じ蓋): 아무리 못난 사람에게도 어울리는 배필이 있는 법이란 뜻.

하고 몸을 앞으로 내밀며,

"우리 집에 계신 젊은 부인 말이야. 너도 알듯이 그 젊은 놈을 고베까지 데리러 간 건 그 부인이야. 그런데 전에는 그 젊은 놈 역성을 들면서 그 놈 일이라면 정색을 하고 감싸줬었다고. 그런데 어떤가. 최근에는 손바닥 뒤집듯 쌀쌀해졌고, 뭣보다 근처에도 안 가지 않나. 분명 그 분도 젊은 놈의 근성을 간파한 게 분명해. 여자지만 아주 총명한 사람이니까."

나는 무심결에 덜컹, 했다. 확실히 이름이 나온 건 아니지만 젊은 부인이란 미야코를 가리키는 것임에 틀림없다.

"그럼 서쪽집 젊은 부인도 그 놈이 하수인이라고 하셨나요."

테츠가 물었다.

"아니. 조심성 있는 사람이니 우리 같은 사람한테 입 가볍게 말씀은 안하지. 하지만, 요 사이 우리 우두머리가 슬쩍 그 분 마음을 떠봤어. 그러자 젊은 놈 이름이 나오자마자 부인은 안색이 변해서 그 사람 얘긴 하지 말라고 내 앞에서 두 번 다시 그 사람 얘기 따윈 듣고 싶지 않다고 그렇게 말하고는 도망치듯 안으로 들어 가셨다네. 그래서 우두머리가 부인은 분명 그 젊은 놈이 하수인이 틀림없단 증거를 손에 넣은 게 확실하다고 했어."

아아, 그럼 미야코에게 마저 버림받고 만 것인가. 그렇다 해도 증거란 뭘까. 물론 그런 게 있을 턱은 없지만 만일 그 비슷한 걸 미야코가 손에 넣었다 쳐도 왜 그녀는 나에게 확인하지 않았던 걸까. 나는 마치 지옥에 떨어진 것 같은 어두운 절망을 느꼈다.

"흠, 그럼 역시 뭔가……."

테츠가 뭔가 말하려 했을 때였다. 갑자기 맞은 편 쪽에서 왓,

하는 함성이 터졌다. 그 소리를 듣고 세 사람은 일제히 일어서서,

"뭐야, 저건……."

"젊은 놈이 잡힌 게 아닐까."

"좋아, 가보자."

세 사람은 나란히 뛰어나갔지만 이내 정신이 든 듯,

"테츠, 넌 여기 남아 있어라."

"그, 그런 잔인한……."

"무서우냐. 패기가 없구먼. 금방 돌아올 테니까 보초를 서는 거다."

혼자 남겨진 테츠는 관솔불을 들고 한동안 꼼지락거리고 있었지만 마침내 참을 수 없어졌는지,

"할아버지, 잠깐, 잠깐……."

하고 두 사람의 뒤를 쫓아갔다.

됐다! 이 때다! 지금 말고 추격자를 피할 방법은 없다. 나는 서둘러 '텐구의 코'에서 미끄러져 내려와 '메아리의 십자로'를 돌아 '도깨비불 연못'에 다다랐다. 내가 가장 겁먹었던 것은 '도깨비불 연못'에 망보는 사람이 있지는 않을까 하는 것이었지만 다행히 거기까지는 신경이 미치지 않은 듯 주위에는 아무도 없었다.

나는 안심하고 회중전등 빛으로 주위를 속속들이 살피고는 바로 저 벼랑길에 다다랐다. 컴컴했지만 전에 한 번 건넌 경험이 있어서 그 정도로 무섭지는 않았다.

나는 바로 도깨비불 연못 맞은편의 암벽에 다다랐다. 주위는

어두컴컴하고 전혀 사람이 올만한 장소는 아니지만 나로서는 이제 여기 외에 달리 안식을 취할 장소는 없는 것이다.

나는 가슴속에 찬바람이 휩쓸고 지나간 것 같은 외로움을 안고 쓸쓸히 어둠속으로 그저 나아갔는데, 그때 내 가슴에 뛰어든 사람이 있었다.

나는 깜짝 놀라 말 그대로 두세 발짝 뛰어 물러섰는데,

"오라버니, 저요, 저예요."

그렇게 말하는 목소리는 뭐야, 노리코가 아닌가.

어둠속에서 들리는 목소리

"노리 양, 넌 왜 이런 데 온 거야. 이런 데 뭐 하러 온 거야."

"오라버니를 찾으러 왔어요. 오라버니가 지하도로 도망쳤다고 들어서 분명 여기 계실 거라 생각하고 아까부터 기다리고 있었어요. 하지만 용케 도망쳐 오셨네요. 너무 늦어서 도중에 잡힌 건 아닐까 생각하고 얼마나 걱정했는지 몰라요."

"노리 양!"

나는 가슴이 조여와 무심코 강하게 노리코를 끌어안았다.

실제로 그 때만큼 사람의 정에 굶주렸던 적은 없었다. 예상을 뛰어넘은 그날 밤의 사건은 내 마음에서 인간에 대한 신뢰란 것을 근본부터 앗아가 버릴 것 같았다. 내가 두려웠던 것은 꼭 육체적인 위험은 아니었다. 적어도 법치국가에 사는 이상 이런 이치에 맞지 않는 린치를 당할 리 없다는 자신감을 갖고 있었다.

조만간 경찰사람들이 와서 그들을 설복시켜 도와주리라고 믿고 있었다. 그래서 육체적인 위험에 대해서는 그리 두렵지 않았지만 단지 두려웠던 것은 사람의 마음이었다.

이런 소동이 일어난 데는 아무래도 주동자가 있겠지만 내가 두려운 것은 그 주동자보다도 영문도 모르고 그에 편승한 마을 사람들의 마음이었다. 아무리 주동자가 달변을 펼치며 선동했다 하더라도 마을사람들의 마음속에 나에 대한 증오의 씨앗이 없었다면 이렇게까지 제대로 폭발했을 리 없다. 그 정도로 나는 마을 사람들로부터 미움 받고 있는 건가. ……그렇게 생각하면 나는 뭐라 말할 수 없을 만큼 초조해지고 허무해지는 것이었다.

그리고 또 한 가지, 내 마음을 어둡게 한 것은 아까 들은 미야코의 소문이었다. 어떤 이유로 미야코가 나를 의심하기 시작한 건지는 모르지만 예전에 그 만큼 나를 믿고 나를 격려해주었던 미야코이기에, 그 예상치 못한 변심은 새삼스레 사람 마음의 미덥지 못함을 일깨워주었다.

그런 상태이기에, 나는 노리코의 친절이 더할 수 없이 기뻤다. 고마웠다. 하지만 그렇다 해도 이것은 이대로 받아들일 게 아니었다.

"노리 양, 고마워. 잘 와줬어. 하지만 여기는 네가 올 곳이 아니야. 빨리 돌아가."

"어머, 왜요?"

어두운 까닭에 잘 알 수 없었지만 노리코는 언제나처럼 순진한 눈을 크게 뜨고 있을 것이다.

"마을사람들이 오면 어떻게 될지 몰라. 연루돼서 상처라도 입으면 곤란해. 지금 당장 돌아가."

"어머, 그거라면 괜찮아요. 마을사람들은 이 연못을 건너는 걸 굉장히 두려워해요. 이 연못을 건너면 천벌이 내린다는 전설이 있어서요. 그래서 여기 있으면 괜찮아요."

그렇다고는 해도 이런 어둠속에 젊은 여자와 단 둘이 있는 것은 괴로웠다.

"하지만 역시 노리 양은 돌아가는 게 낫겠어. 신타로 씨가 걱정하면 안 되니까."

"으응, 괜찮아요. 오라버니, 이제 한동안 여기 계세요. 그 동안 어차피 한번은 돌아오지 않으면 안 되겠지만요."

"뭔가 볼일 있어?"

"예. 오라버니의 도시락을 가져와야……."

"내 도시락?"

나는 깜짝 놀라 반문했다.

"예, 그래요. 이 소동은 꽤 오랫동안 계속될 거라고 생각해요. 그 동안 아무 것도 안 먹고 지낼 수는 없잖아요. 그러니 좀 있다가 한번 돌아가서 도시락을 가지고 올게요."

"노리 양, 너 왜 그렇게 생각하지? 이 소동이 오래 계속될 거라니……."

"왠지 그런 기분이 들어요. 사람들의 기세를 보면요……."

"하지만 노리 양, 경찰이 이런 짓을 묵인할 리 없잖아. 조만간 경찰이 간섭해서 해산하지 않을까 생각하는데."

"오라버니."

노리코가 슬프게 말했다.

"이런 산속 마을에 경찰이란 정말로 무력한 존재예요. 게다가 마을 한구석에서 일어났다면 그에 반대하는 사람을 이용해 설득시키는 방법도 있겠지만 이번처럼 마을 전체가 가담한 경우, 경찰이 무심코 손을 내밀면 도리어 일이 커지게 되요. 그래서 결국, 경찰은 팔짱을 낀 채 보고 있는 것 외에는 방법이 없다고 생각하는 거죠. 언젠가 물싸움[36] 때도 그랬어요."

나는 갑자기 초조해졌다.

"노리 양, 그럼 오늘 밤 소동엔 마을 전체가 가담했단 거야?"

"예, 우리처럼 이주해 들어온 사람은 별개지만……. 하지만요, 오라버니. 모두가 전부 오라버니를 미워하고 있는 건 아니어요. 그저 26년 전 일을 듣고는 모두 가담하지 않을 수 없는 거죠. 마흔 넘은 분들에게 있어선 26년 전에 있었던 대소동은 지금까지도 어젯밤의 악몽과 마찬가지예요. 그래서 다시 한 번 그런 일이 일어날 거란 말을 들으면 어떤 일이든 할 수밖에 없죠. 그런 상황에서 누군가 선동하면 확 불이 붙는 거예요."

"대체 누가 불을 붙인 거지?"

"글쎄요."

"전부터 이런 걱정을 했어?"

"전 조금도 눈치 못 챘어요. 그러니 이번 계획은 마을 서쪽에서 일으킨 거예요, 분명. 슈(周) 씨와 키치조가 우두머리라던데요."

"슈 씨가 누구야?"

---

36) 물싸움(水げんか): 논에 끌어다대는 물을 사이에 둔 분쟁을 말함.

"서쪽집의 청년들 감독이에요. 잘은 모르겠지만 요전번 소동 때 부인과 아이가 살해당했대요."

그 말을 듣고 나는 갑자기 괴상한 가슴 두근거림을 느꼈다.

"서쪽집의 청년감독이라고? 노리 양, 그럼 혹시 서쪽집 주인이 이 소동의 뒤를 봐주고 있는 건 아닐까."

"설마요……. 그저 소동도 이렇게 커지면 촌장이든 서쪽집 주인이든 어떻게 못해요."

나는 점차 초조해졌다.

"노리 양, 그럼 나는 어쩌면 좋지?"

"그러니까 지구전이에요. 저 사람들의 열이 사그라질 때를 기다리는 거죠. 지금은 모두 흥분해 있으니까 누군가 뭐라 해도 안 돼요. 쓸데없는 짓을 하면 불에 기름을 붓는 격이라고요. 하지만 조만간 점점 열이 가라앉을 거예요. 번드르르한 말에 넘어가서 죽창 같은 걸 휘두르는 건 바보짓이라고 생각하게 될 거예요. 그러니까 그 때까지 기다려요."

"죽창 같은 걸 휘두르고 있어?"

"예. 모두 팔팔해요. 가장 조심하지 않으면 안 될 사람은 마소거간꾼인 키치조란 사람이에요. 오라버니를 찾으면 때려죽이겠다고 큰 곤봉을 휘두르고 있다고 해요. 키치조라면 못할 일도 아니니 조심하세요."

아까 관솔불빛으로 본 키치조의 흉악한 얼굴을 떠올리고 나는 오싹하고 등골이 차가워졌다. 그러고 보니 위험한 상황에서 목숨을 구한 것일까.

나는 침묵하고 말았다. 마음이 무거워지고 입을 여는 것조차 귀찮아졌다. 한동안 시간이 흐른 후 노리코의 차가운 손이 어둠 속을 더듬어 내 양 뺨을 만졌다.

"오라버니, 뭘 생각하시는 거예요. 아무 것도 걱정할 거 없어요. 여기 숨어 계시면 돼요. 아무도 이 연못을 건너오지는 않을 거예요. 슈 씨도, 키치조도, 그런 난폭한 사람일수록 미신을 잘 믿거든요. 그러니 여기 있으면 괜찮아요. 먹을 건 제가 날라 올게요. 저요, 아무도 모르는 비밀통로를 발견했거든요. 그 대신 토끼 굴 같아요. 그러니까 저, 이런 모양을 하고 있잖아요."

과연 만져보니 노리코는 전시의 방공복 같은 털털한 복장을 하고 있었다.

"그러니 이틀이든 사흘이든 저쪽이 싫증나서 그만둘 때까지 숨어 있는 거예요. 지면 안돼요. 끝까지 힘내요."

나는 이때만큼 노리코를 믿음직스럽게 생각했던 적은 없다. 그녀는 비관이란 단어를 전혀 모르는 것처럼 밝고 낙천적이었다.

노리코처럼 약한 몸에 어떻게 이런 강한 정신이 숨어 있는 걸까 하고 신기해서 참을 수 없을 정도였다.

"고마워, 노리 양. 전부 너한테 맡길게."

"좋아요, 책임질게요. 그러니 걱정 말고……. 앗, 왔다!"

우리는 반사적으로 몸을 돌려 옆 동굴 속으로 뛰어들었다. 그러자 거의 동시에 왓 하는 함성과 함께 '도깨비불 연못' 맞은편 기슭이 불타오르는 것처럼 밝아졌다. 추격하는 무리가 뛰어 들어온 것이다. 그들도 그럭저럭 내가 연못을 건넜다는 사실을 알아차린 듯 발을 동동 구르며 이쪽을 향해 계속해서 욕을 퍼붓고 있었다.

노리코는 내 팔을 강하게 붙들고,

"상대하면 안돼요. 오라버니가 여기 있다는 확신은 없을 테니까."

나는 물론 상대할 생각은 없었다.

"자, 보세요. 관솔불을 들고 가장 앞에 나와 있는 사람이 서쪽 집의 청년들 감독 슈 씨예요. 그리고 슈 씨 뒤에 있는 게 마소거간꾼인 키치조."

슈 씨란 사람은 예순 정도의 백발노인으로 관솔불빛에 비친 탓인지 주름이 깊고 눈동자가 번뜩이는 불그레한 얼굴은 연극에 나오는 야구치 톤베에(矢口頓兵衛)[37] 그 자체다. 키치조는 역시 커다란 곤봉을 들고 있다.

하지만 노리코 말대로 누구 하나 연못을 건너오는 사람은 없었다. 그들은 발을 동동 구르며 맞은편 기슭에서 한 시간 남짓 욕을 퍼붓고 있었지만 그러는 사이 어떤 이야기가 오고갔는지 두세 명의 파수꾼을 남겨두고 다른 사람들은 철수했다.

"거 보세요. 역시 제 말대로죠."

맞은편 기슭에 남은 사람들은 휴대용 램프를 둘러싸고 앉았는데 처음에는 유행가를 부른다든지 여유만만하게 이쪽을 향해 욕을 퍼붓고 있었지만 그러는 동안 점점 조용해지는가 싶더니 마

---

37) 야구치 톤베에(矢口頓兵衛): 히라가 겐나이(平賀源内内)의 작품《신레이 야구치노 와타시(神霊矢口渡)》의 등장인물. 니타 요시오키(新田義興) 모살사건에 가담하여 니타 일행이 탄 배에 구멍을 뚫고 진퇴양난에 빠진 니타가 자해하도록 만든다.

침내 이야기 소리가 딱 멎고 말았다. 아무래도 잠이 든 것 같았다.

그걸 보고 마음이 느슨해졌는지 나도 갑자기 수마가 덮쳐와 어느 샌가 노리코의 무릎을 베고 깊은 잠에 빠져버렸다.

그러고 나서 대관절 얼마나 잤을까. 괴로운 꿈을 꾸고 있던 나는 꿈속에서 자신의 이름을 부르는 소리를 듣고 헉 하고 눈을 떴다.

"타츠야 씨!"

꿈속에서 들은 목소리는 아직 어둠 속에서 계속되고 있다.

"타츠야 씨, 도와줘요……."

한순간 나는 아직도 꿈을 꾸고 있는 건가 의심했지만 그것은 꿈이 아니었다. 어둠 저편에서 분명 내 이름을 부르는 소리가 들려왔던 것이다.

나는 헉 하고 몸을 일으키고,

"노리 양, 노리 양."

하고 낮은 소리로 불러보았지만 노리코의 대답은 없다. 조심스레 회중전등을 켜봤지만 노리코의 모습은 어디에도 없었다. 손목시계를 보니 시계는 10시 20분, 분명 날이 밝았을 것이다.

그때 다시 어둠 속에서 내 이름을 부르는 소리가 들려왔다.

"타츠야 씨, 타츠야 씨, 어디 있어요. 도와줘요. 아아, 나 죽어요……."

나는 겨우 제대로 눈을 뜨고는 튕기듯 동굴 밖으로 뛰어나갔다.

감시하고 있던 무리도 이미 철수한 듯 '도깨비불 연못' 맞은편

기슭은 컴컴했다. 그 어둠 저편에서,

"타츠야 씨……."

하고 멀어졌다 가까워졌다 하며 들려오는 목소리를 들은 순간, 나는 전신의 털이 몽땅 일어서는 것 같은 공포를 느꼈다.

아아, 그 목소리! 그것은 하루요 누님이 아닌가.

제7장 메아리의 십자로에서의 공포

나는 잠시 망설였지만 그것은 결코 겁이 나서는 아니었다. 무슨 일이 일어날 지 알 수 없어서다. 하지만 다음 순간 다시금,

"타츠야 씨!"

하고 슬프게 도움을 요청하는 소리를 들었을 때 내 마음은 바로 정해졌다. 누님이 도움을 청하고 있는 것이다. 어떤 위험을 무릅쓰고라도 가지 않으면 안 된다. 나는 회중전등을 주머니에 넣고는 바로 벼랑길로 갔다. 건너는 데 익숙해지면 이 벼랑길도 그렇게 위험하리라고는 생각되지 않는다.

벼랑길 중간까지 왔을 때 다시금 누님의 목소리가 들려왔다. 이번에는 꽤나 분명했지만 그 목소리는 한 자리에 머물러 있는 게 아니라 동굴 속을 배회하고 있는 것 같았다.

누군가가 누님을 쫓고 있다! ……그렇게 생각하자 나는 뭐라 말할 수 없는 두려움이 치밀어 올라왔다. 누님을 쫓고 있는 인물

에 대한 공포와 더불어 나는 누님의 건강을 염려하고 있었던 것이다.

의사는 누님에게 가능한 한 안정하도록 명하고 있었다. 잠깐의 흥분, 잠깐의 운동도 누님의 심장에는 지장을 주기 때문이다. 그러잖아도 어젯밤 소동이 몸에 영향을 주지나 않을까 걱정하고 있던 참이었다. 내가 정신없이 벼랑길을 건너,

"누님, 누님, 누님, 어디 있습니까?"

하고 위험도 잊고 외쳤을 때였다. 저 이상한 소리와 음향이 무시무시하게 들려왔던 것은.

"타츠야 씨……!"

"타츠야 씨……!"

"도와줘요……."

"도와줘요……."

하고 누님이 외치는 소리가 되풀이해 들려왔다. 그리고 그에 뒤섞여 어둠속을 달려가다 엎어지고 뒹구는 기척이 기묘하게 확대된 음향이 되어 들려왔던 것이다.

아아, 누님은…… 누님과 그 습격자는 '메아리의 십자로' 안에 있는 것이다.

"누님, 누님, 지금 갑니다. 정신 차리세요. 지금 갑니다."

나는 외치면서 정신없이 달려 나갔다. 더 이상 아무도 두렵지 않았다. 슈 씨든 키치조든 누가 오든 간에 상관없이 회중전등을 쳐들었다.

내 목소리가 들렸는지,

"아아, 타츠야 씨, 빨리 와요!"

지금까지 기약 없이 부르던 목소리에 갑자기 희망과 활기가 더해지고, 도망치는 소리, 도움을 청하는 소리는 점점 명료해졌다. 나는 정신없이 달렸는데, 오오, 그것은 얼마나 답답한 일인지!

'메아리의 십자로'는 양의 창자처럼 구불구불해서 도움을 청하는 목소리는 바로 가까이서 들렸지만 안타까울 만치 좀처럼 거기 다다를 수가 없었다. 게다가 누님과 그 습격자의 일거수일투족이 확대된 음향이 되어 손에 잡힐 듯 들려와서 그야말로 기름틀로 전신의 기름을 쥐어짜는 것 같은 느낌이었다.

"누님, 누님, 괜찮으세요? 상대는 대체 어떤 놈입니까?"

나는 달리면서 외쳤다.

"아아, 타츠야 씨, 빨리 와요……. 어떤 사람인지 모르겠어요. 캄캄해서 모르겠어요. 한 마디도 안 하니까 모르겠어요. 하지만…… 하지만…… 이 사람, 날 죽일 작정이에요. 아아, 타…… 타츠야 씨!"

나는 깜짝 놀라 멈춰 섰다. 한순간 조용해졌지만 갑자기,

"아악!"

하는 비명이 들리나 했더니 흙을 차는 소리. 하지만 그것도 정말 한순간으로 이윽고 쾅하고 뭔가가 쓰러지는 소리가 나나 했더니 살금살금 발소리를 죽이고 도망치는 소리가 어렴풋한 메아리가 되어 멀어지고는 이윽고 뚝 하고 들리지 않게 되었다. 그리고는 죽음과 같은 정적만이 남았다.

나는 머리에서 핏기가 가실 정도로 무서워서 옴짝달싹하지도 못한 채 멈춰서 있었다. 패기라곤 찾아보기 어려워 이가 딱딱 부

딪치고 무릎이 후들후들 떨렸다. 하지만 바로 정신을 차리고 서둘러 달려갔다.

내가 어둠속에 쓰러져 있는 누님의 모습을 발견한 것은 그로부터 얼마 지나지 않아서의 일이었다.

"누님, 누님."

나는 서둘러 누님을 안아들었지만 그 순간 너무나 희귀한 것이 누님의 가슴에 떨어져 있어, 무심코 눈을 크게 떴다. 그것은 종유석이었다. 누님은 그곳 한 면에 늘어져 있는 종유석 파편에 찔린 것이었다.

"누님, 누님."

나는 정신없이 불렀다. 그러자 누님은 아직 죽지 않은 듯 창백하게 흐려진 눈을 떴다. 그리고 내 얼굴 언저리를 응시하고 있었지만 이윽고 희미하게 목구멍을 울리며,

"타츠야 씨……."

하고 중얼거리듯 말했다.

"예, 그래요. 접니다. 누님, 정신 차리세요."

내가 몸을 끌어안자 창백한 누님의 얼굴에 아주 어렴풋이 미소의 그림자가 비쳤다.

"아뇨, 이제 안돼요. 그 상처보다 심장이……."

누님은 괴롭게 몸을 뒤틀며,

"하지만 괜찮아요. 기뻐요. 죽기 전에 타츠야 씨를 만날 수 있어서……."

"누님, 죽는다는 말 하지 마세요. 그보다 상대는 대체 누굽니까. 누가 이런 짓을 한 겁니까!"

누님의 얼굴에는 다시금 희미한 미소가 떠올랐다. 그것은 수수께끼 같은 미소였다.

"누군지 모르겠어요, 어두워서 알 수 없었어요. 하지만 저, 그놈의 왼쪽 새끼손가락을 무지막지하게 깨물었어요. 조금만 더 깨물면 잘릴 정도로……. 타츠야 씨도 아까 비명 들었죠."

나는 놀라 누님의 얼굴을 고쳐보았다. 그러고 보니 입술 가장자리에 생생한 핏자국이 있다. 그럼 아까의 비명소리는 누님이 아니라 오히려 범인 쪽이었던가.

누님은 아직도 고통스럽게 몸을 꿈틀거리면서 흐느끼는 듯한 숨을 토했다.

"타츠야 씨, 타츠야 씨."

"누님, 누님, 뭡니까."

"나 이제 곧 죽어요. 내가 죽어버릴 때까지 당신은 아무 데도 가지 말아줘요. 여기 있으면서 날 안아줘요. 나, 당신에게 안겨서 죽는 게 기뻐요."

나는 망연해져서 누님의 얼굴을 고쳐보았다. 놀라운 의문이 내 머리를 휙 스쳐 지나갔다.

"누님, 누님."

누님은 하지만 내 말이 들리는지 들리지 않는지 헛소리처럼 말을 이었다.

"타츠야 씨, 난 곧 죽을 테니 어떤 부끄러운 말도 할 수 있어요. 나, 당신이 얼마나 좋았는지……. 난 당신이 좋아서, 좋아서…… 아아, 이제 죽을 만큼 좋았어요, 그것도 동생으로서가 아니라. 사실은 당신은 내 동생이 아닌 걸요. 그런데 타츠야 씨, 당신은 나를 누나로서밖에 취급하지 않았어요. 그게 나로선 슬펐어……."

아아, 누님은 역시 알고 있었던 것이다. 내가 진짜 동생이 아니란 사실을. 그리고 착각하고 찾아온 내게 은밀한 사모의 정을 품고 있었던 것이다. 나는 뭐라 말할 수 없는 슬픔에 가슴이 아파왔다.

"하지만 이제 됐어요. 이렇게 당신에게 안겨 죽으니까. 저, 타츠야 씨. 내가 죽을 때까지 아무데도 가지 마요……. 그리고 내가 죽으면 불쌍하다고 생각하고 때때로 생각해줘요."

누님은 계속해서 구구절절 말을 이어나갔다. 끝내는 숨이 끊어져 뭘 말하는 건지 알 수 없었지만 그럼에도 아직도 그녀는 말을 계속했다. 이미 훨씬 전에 시력을 잃은 눈을 뜬 채. ……그 얼굴은 어린 계집아이처럼 해맑았다.

이렇게 누님은 내게 안긴 채 숨을 멈췄던 것이다.

나는 누님의 눈을 감겨주고 조용히 몸을 흙 위에 누였지만, 그 때 누님의 왼손에 보자기 꾸러미와 물통이 쥐어져 있는 걸 깨달았다. 보자기를 펼쳐 보니 대나무 껍질로 싼 주먹밥이 들어 있었다. 그것을 보자 갑자기 가슴이 막히고 눈물이 폭포수처럼 흘러나왔다. 아아, 누님은 내게 도시락을 가지고 오는 도중에 이런 참변을 당한 것이다.

누님의 몸을 끌어안고 한동안 나는 눈물을 흘리고 있었지만 이내 이러고 있을 수만은 없다는 사실을 깨달았다. 한시라도 빨리 이 사실을 경찰에게 알리지 않으면 안 된다.

누님의 정성스런 도시락을 허리에 차고 물통을 어깨에 걸친 다음 나는 회중전등을 들고 일어섰다. 하지만 그 때였다.

"이 노옴!"

전신에 증오를 담은 목소리가 어둠속에서 들려오나 했더니 탕! 하고 바람을 가르고 내 머리 위를 뭔가가 덮쳤다. 실로 위험한 순간이었다. 무심코 그 일격을 정면에서 당했다면 내 머리는 석류처럼 터졌을 게 틀림없다.

"무슨 짓이야!"

반사적으로 몸을 낮춰 아슬아슬하게 첫 일격을 피한 나는 습격자에게 회중전등 빛을 확 비췄는데 그 순간, 전신이 마비될 것 같은 공포를 느꼈다.

회중전등 빛에 떠오른 것은 틀림없이 키치조의 얼굴이었다. 첫 일격에 실패한 그는 빠득빠득 소리 내고 이를 사려 물며 살무사 같은 손으로 커다란 곤봉을 움켜쥐고 있었다.

그 눈을 보자 아까 노리코가 한 말이 거짓이나 과장이 아니란 걸 잘 알 수 있었다. 살기가 용솟음치고 있었다. 얘기해서 알아들을 얼굴이 아니었다. 키치조는 정말로 나를 죽일 작정이었다.

정면으로 회중전등을 돌리자 키치조는 잠시 눈이 부신 것 같았지만 이윽고 한손으로 빛을 가리면서 한손으로 곤봉을 머리 위로 높이 쳐들더니,

"이거라도 먹어랏!"

뱃속에서 증오의 덩어리를 쥐어짠 것 같은 목소리였다. 야수처럼 몸을 튕기며 탁 하고 곤봉을 내리쳤지만 이번에도 역시 겨냥이 흔들렸다. 정신없이 몸을 낮춘 내 머리 옆을 멀찍이 빗나가 곤봉은 무지막지하게 바위를 때렸다.

"앗!"

탄력으로 두세 걸음 허공을 헤엄친 키치조의 입에서 통렬한 외침이 흘러나왔나 했더니 곤봉이 손을 벗어나 뱅글뱅글 두세 칸(4, 5미터) 앞으로 날았다. 바위를 치는 바람에 손이 마비된 모양이다. 나는 순간적으로 몸을 낮추고는 다시 일어서던 키치조의 가슴에 엄청날 정도의 박치기를 먹였다.

"우왓!"

역시나 키치조도 이 불의의 타격에는 참기 힘든지 가슴을 누르며 엉덩방아를 찧었다. 그 틈을 타서 나는 한눈팔지 않고 뛰어나왔는데, 이 때 나는 눈이 멀었던 게 틀림없다. 도중에 정신이 드니 아뿔싸! 나는 다시 '도깨비불 연못'으로 향하고 있었던 것이다. 게다가 그걸 알아차리고 원래 자리로 돌아가려고 했을 때는 쫓아오는 키치조의 엄청난 포효와 발소리가 들려왔다.

아아, 이제 되돌아갈 수는 없다.

이렇게 해서 나는 또 다시 '도깨비불 연못' 맞은편으로 쫓기는 신세가 되었던 것이었다.

새끼손가락의 상처

내 가슴은 지금 절망과 초조로 가득 차 있다. 이제 나는 이런 곳에 숨어 있을 처지는 아닌 것이다.

누님이 없어진 현재, 다지미 가에 살아남아 있는 것은 의지가 안 되는 코다케 할머님뿐이다. 내가 없으니 대체 누가 누님의 장례를 치른단 말인가. 아니, 아니, 그 뿐만 아니라 내게는 더 중대한 의무가 있다. 나는 누님을 살해한 범인을 알고 있는 것이다. 왼쪽 새끼손가락을 깨물려 반쯤 찢어진 인물. 나는 한시라도 빨리 그 사실을 경찰에게 보고하지 않으면 안 되는 것이다.

아아, 그런데도 나는 이 동굴에서 빠져나갈 수가 없다!

'도깨비불 연못' 건너편에는 키치조가 모닥불을 피워놓은 채 망을 보고 있다. 키치조 옆에 슈 씨의 사나운 면상도 보인다. 이번 폭동의 두목과 부두목이라고도 할 수 있는 두 사람은 끝없는 집념과 증오를 가지고 나를 감시하고 있는 것이다. 아까 키치조의 무서운 얼굴로 보아 그들을 설득하는 것은 아무래도 불가능하리라.

단 하나 내가 가진 희망은 경찰이었다. 살인이 있었으니 경관이 출장하지 않을 리 없다. 경관이 출장하면 증인으로 나를 요구할 것이다. 그렇게 되면 키치조나 슈 씨가 아무리 열을 내도 나를 인도하지 않을 수 없을 것이다. 나는 그것을 기다렸지만 어찌 된 영문인지 구조의 손길은 좀처럼 오지 않았다. 키치조가 피운 모닥불 주위에는 쉴 새 없이 사람들이 드나들었고 술이라도 나왔는지 점차 소란이 커졌는데도 경찰 무리는 통 오지 않았다.

내 가슴에는 비참한 상념이 흘러넘쳤다. 만에 하나라도 그들이 '도깨비불 연못'을 건너올 생각을 한다면, '여우 굴' 안에 숨어 있는 내 가슴에는 초조한 상념이 넘쳐흘렀다.

여러분, 여러분은 앞뒤 분간이 되지 않는 어둠속에서 이야기 상대도 없이 보내는 시간이 얼마나 긴지 아실런지. 사실 나는 어쩌면 그때 무서운 근심의 씨앗이 없었다면 정신이 이상해졌을지도 모르겠다.

내가 한 무서운 근심. 그것은 이런 것이다. 누님의 마지막을 마주했을 때 제일 처음으로 한 생각은 이것 역시 일련의 살인사건의 일부일까 하는 궁금증이었다.

조부인 우시마츠로부터 시작한 일련의 살인사건에는 항상 독약이 사용되었다. 예외는 코우메 할머님과 고이차의 비구니 경우뿐이었는데, 긴다이치 코스케의 말에 의하면 묘렌의 경우는 예외로, 분명 범인에게도 예기치 못한 살인이었을 것이라고 한다. 그러고 보니 묘렌의 시체 옆에는 저 기묘한 종이쪽지가 떨어져 있지 않았다고 한다.

그럼 누님의 경우는 어떤가. 나는 정신이 뒤집혀져 있어서 종이쪽지가 떨어져 있는지 어떤지 주의할 여유도 없었지만 혹시 떨어져 있었다면 어떤 이름이 씌어져 있었던 것일까. 하루요 누님과 병치 혹은 대립되는 인물……. 오오, 그것은 모리 미야코 외에는 없지 않은가.

하루요 누님은 신장이 나빠서 이혼 당했으니 꼭 미망인이라고 할 수는 없지만 마을에서는 과부로 통하고 있다. 미야코는 확실히 미망인이다. 게다가 서쪽집과 동쪽집에서 각각 누이동생과 제수[38]에 해당한다. 오오, 이 무슨 일이란 말인가. 그럼 누님이 죽지 않았다면 미야코가 살해당했을지도 몰랐단 말인가.

하지만. ……왠지 나는 이 사고방식에 찬성할 수가 없었다.

이 일련의 살인사건을 미치광이의 엉터리 짓으로 치부하기에는 다지미 가는 너무 많은 희생자를 냈다. 코다케와 코우메 할머님은 둘 다 다지미 가 사람이니 하는 수 없지만 히사야나 하루요의 경우 어째서 동쪽집만 죽임을 당하지 않으면 안 되었던 걸까. 어쩌면 히사야와 하루요의 경우에 한해 둘 중 어느 쪽이든 상관없었던 것이 아니라 처음부터 희생은 그들로 정해져 있었던 것은 아닐까.

즉 이 일련의 살인사건은 언뜻 보기에 광신자의 엉터리 범죄로 보이게 해두고 사실은 다지미 가의 가족을 모두 죽이기 위한 의도로 세워진 계획은 아닐까.

---

38) 누이동생과 제수: 일본어로는 모두 妹란 단어로 통일할 수 있다.

나는 너무 무서워서 한동안 몸이 떨리는 것을 멈출 수 없었다.

하지만 이렇게 동기를 알고 보면 범인도 일목요연해진다. 사토무라 신타로 외에 이 범인에 적합한 인물이 달리 있을까. 나는 언젠가 고이차의 비구니가 살해당한 날 밤 우연히 본 신타로의 무시무시한 모습을 떠올렸다.

그렇다, 신타로다. 전부 그가 한 짓이다. 나를 경찰에 밀고한 것도 동사무소 앞에 나에 대해 써 붙여 놓은 것도 모두 신타로가 한 짓임에 틀림없다. 신타로는 다지미 가 전원을 죽이고 그 죄를 나에게 덮어씌워 다지미 가의 재산을 횡령하려고 하고 있는 것이다. 게다가 이번 폭동 말인데, 혹시 이것도 신타로의 선동에 의한 것은 아닐까. 예를 들어 내가 붙잡혀도 증거불충분으로 무죄가 될 경우를 생각해 잽싸게 키치조나 슈 씨를 선동해서 죽이려고 했던 것은 아닐까.

아아, 전부 이치에 딱 들어맞는다. 전부가 논리적이다. 나는 너무 두려워서 암흑 속에서 두 번이고 세 번이고 거듭 부들부들 떨었다.

그렇다 쳐도 노리코는 이 사건에서 어떤 역할을 담당하고 있는 것일까. 그녀도 이 계획을 알고 있는 것일까. 알고 있으면서 모르는 척하고 있는 것일까. 아니, 아니, 그럴 리 없다. 저 순진하고 무구한 노리코에게 그런 속내가 있으리라고는 생각되지 않는다. 게다가 뭣보다 신타로는 이런 무서운 계획을 아무리 여동생이라고 해도 털어놓았을 리 없다.

그 날 하루 종일 어두컴컴한 동굴 속에서 자면서 나는 지렁이처럼 엎치락뒤치락했다. 무서운 상념이나 슬픈 생각에 몸이 뜨거워졌다 차가워졌다 했다. 혹 병에 걸리지는 않을까 생각했을 정도였다.

차라리 이번 기회에 동굴 안쪽을 더듬어 보물찾기를 해보면 잠시 기분전환을 할 수 있지 않을까 생각했지만 아무래도 그럴 기분은 들지 않았다. 이유라면 무서운 상념이나 슬픈 생각으로 머리가 가득 찼던 탓도 있지만, 또 한 가지는 내가 갖고 있는 지도가 정말로 신뢰할 수 있을지 어떨지 의문을 갖고 있었기 때문이다.

지도를 보면 지금 내가 있는 '여우 굴'과 이웃한 다섯 번째 동굴은 안쪽에서 하나가 되어 있는 것 같다. 그리고 그 안쪽에 '용의 턱'이 있어 바로 그 안에 '보물 산'이 있는 것 같은데, 여하튼 붓으로 그린 간단한 선이라 이 복잡한 미로의 안내서라기에는 믿을 수 없었다.

사실 나는 요전에 긴다이치 코스케와의 탐험에 의해 '여우 굴'이 얼마나 복잡한 구조를 하고 있는지 알고 있었지만 지도에는 그것이 극히 불완전하게 표시돼 있었다. 결국 이 동굴을 탐험하려면 언젠가 코스케가 해보인 것처럼 밧줄을 드리우며 가는 것 외에 달리 방법이 없다. 밧줄만 있으면 혼자서라도 못할 건 없겠지만, 하지만 조수가 있다면 더할 나위 없다. 나는 노리코를 떠올렸지만 그날 끝내 노리코는 돌아오지 않았다.

노리코가 돌아온 것은 그 밤이 밝은 다음 날 아침의 일이었다.

"어머, 오라버니. 여기 계셨군요. 저쪽에 보이지 않아서 노리코, 얼마나 걱정했는지 몰라요."

여우 굴에서 나를 찾아낸 노리코는 자못 보고 싶었다는 듯 그렇게 말하고 내 가슴에 뛰어들었다.

"아아, 노리 양. 돌아온 거야?"

"예, 돌아왔어요. 오라버니, 어제는 죄송해요. 잠자코 가버려서. ……오라버니, 너무 푹 잠들어 계셔서……."

"아아, 그럴 거라고 생각했어. 하지만 잘 돌아와 주었네. 망 보는 사람은 없었어?"

"있었어요, 아직. 하지만 어젯밤 너무 소동이 커서 그랬는지 지쳐 잠들어 있어요. 오라버니, 시장하셨죠. 어제 돌아올 작정이었는데 엄청난 일이 일어나서……."

"괜찮아, 어제는 누님이 도시락을 가져와주었으니."

"어머!"

노리코는 튕기듯 내 옆에서 몸을 물리더니 회중전등 빛으로 탐색하듯 내 안색을 비춰보면서,

"그럼 오라버니는 어제 언니를 만나셨어요?"

하고 헐떡이며 말했다.

"아, 만났어. 누님은 내 팔에 안겨서 숨을 거뒀어."

다시금 노리코는 비명에 가까운 소리를 지르고 몸을 멀리하더니 부들부들 떨리는 시선으로 내 얼굴을 들여다보았다.

"하지만…… 하지만 오라버니는 아니죠. 오라버니가 그런 짓, 하신 건 아니죠."

"무슨 말을 하는 거야, 노리코 양!"

나는 무심코 말에 힘을 주었다.

"어째서 내가 누님을 죽이지? 나는 누님이 좋았어. 누님을 사랑하고 있었어. 누님도 나를 귀여워해주었어. 그 누님을 어째서

내가 죽인다는 거야."

말하는 사이에 갑자기 눈물이 흘러나왔다. 폭포수처럼 끝없이 뜨거운 눈물이 흘러나왔다. 숨을 거두는 순간 속삭인 누님의 말은 차치하고 내 몸에는 누님의 친절이 스며들어 있었다. 불안한 내게 보여준 한결같은 따스한 태도는 내 가슴속 깊이 스며들어 새삼스레 누님을 잃은 슬픔이 가슴속에 가득 찼다.

"오라버니, 진정하세요. 진정하세요."

노리코는 내 가슴에 몸을 던지고는,

"아무리 한순간이지만 오라버니를 의심하다니 노리코가 나빴어요. 노리코는 오라버니를 믿고 있었는데."

노리코는 잠시 망설인 끝에,

"하지만 오라버니가 누님을 죽인 걸 봤다는 사람이 있어서……."

"키치조겠지. 그 놈이 그런 식으로 말을 퍼뜨린 것도 무리는 아니야. 그 놈은 내가 누님의 시체를 안고 있는 걸 봤으니까. 게다가 그 놈은 원래 나를 굉장히 미워했거든. 하지만 노리 양."

나는 말에 힘을 주어,

"경찰은 뭘 하고 있는 거야. 경찰은 어째서 나를 구하러 와주지 않는 거지?"

"그게 불가능해요, 오라버니. 하루요 언니 일이 있어서 불에 기름을 부은 것처럼 마을사람들은 점점 손을 쓸 수 없게 되어버려서……. 오라버니는 자기들이 끝장내겠다며 사람들이 담을 쌓고 '메아리의 십자로'에서 이쪽으로 경찰이 지나가지 못하게 하고 있어요. 무리하게 지나가려 하면 어떤 일이 일어날지 몰라 경찰도 손을 쓸 수 없는 상태예요. 하지만, 오라버니."

노리코는 내게 용기를 북돋아주려는 듯,

"이런 일이 언제까지나 계속되지는 않을 거예요. 경찰도 내버려두지는 않을 거니까 조금만 더 참으면 돼요. 오라버니, 정신 차리세요."

"그야 노리코가 그렇게 말한다면 나도 힘내겠지만, 누님의 장례는 누가 치르는 거지?"

"아, 그 일이라면 걱정 마세요. 우리 오빠가 있으니까……."

"신타로 씨……?"

갑자기 차가운 전율이 내 등골을 꿰뚫었다. 탐색하듯 노리코의 얼굴을 고쳐보았지만 노리코는 순진하고 아무 꺼림칙함도 없는 것처럼 보였다.

"예, 그래요. 오빠는 군대에 있었기 때문에 이럴 때 시원시원해서 좋아요."

"아, 그래. 그랬지."

마치 목에 생선뼈가 걸린 것 같은 목소리였다.

"그런데 신타로 씨, 건강해? 아무데도 상처 안 입었어?"

노리코는 이상한 듯 눈을 크게 떴다.

"어머, 왜요? 오빠는 건강해요. 아무데도 상처 같은 건 없어요."

"아, 그래. 그건 다행이군."

아무렇지도 않게 말했지만 내 가슴은 수상하게 요동쳤다. 대체 이건 어찌된 일일까. 내 생각은 틀렸던 걸까.

누님의 말에 의하면 그녀는 범인의 새끼손가락을 끊어질 정도로 깨물었다고 한다. 그 상처가 어느 정도인지 모른다고 쳐도 어쨌거나 손가락의 상처란 것은 몹시 아프다. 하물며 누님이 말한 것처럼 반쯤 끊어질 정도였다면 그 고통은 도저히 남의 눈에서 벗어날 수는 없을 터다.

"저, 노리 양. 누군가 손가락을 다쳤다는 이야기 듣지 못했어? 누군가 왼쪽 새끼손가락에 붕대를 감고 있는 사람 못 봤어?"

"아뇨, 오라버니. 몰라요. 왜요?"

노리코는 변함없이 순진한 모습이었다.

아아, 그 말이 거짓이라고는 생각되지 않는다. 그렇다면 내 생각은 틀렸단 말인가. 나는 다시금 영문을 알 수 없게 돼버렸다.

신타로와 미야코

전부 이치에 맞는다. 모든 것이 논리적이다. 땅을 치는 망치가 빗나가면 빗나갔지 내 추리가 잘못될 리 없다고 자만하고 있었기에 그때 나의 당혹감은 컸다.

"노리 양. 어제 밤샘에는 마로오사의 에이센 스님도 오셨지."

"네, 오셨어요. 왜요?"

"그 사람 혹시 새끼손가락에 상처를……?"

하지만 노리코는 딱 잘라 그것을 부정하고 어젯밤 식사를 올렸을 때 자신이 급사를 했기 때문에 그런 일이 있었다면 알아차렸을 터인데 에이센 스님은 오른손이건 왼손이건 어떤 손가락에도 상처 같은 건 입지 않았다고 단언한다.

나는 점점 알 수 없게 되었다. 신타로와 에이센 스님 외에는 이 사건에 관련이 있을 법한 인물이 있을지 나는 다시 한 번 이 사건의 전말을 머릿속으로 그려보았지만 그럴만한 인물은 한 사람도 떠오르지 않았다. 그렇다면 누님의 말이 틀린 걸까.

"저어, 오라버니. 왜 그래요. 새끼손가락에 상처를 입은 사람이 뭐 어떻게 됐어요?"

"아니, 그런 건 아닌데 조금 신경 쓰이는 일이 있어서. 노리양, 이번에 밖에 나가면 그런 사람은 없는지 넌지시 알아봐 주지 않겠어?"

"네, 좋아요. 그리고 그런 사람을 찾으면 바로 알리러 올게요."

"아, 그렇게 해줘. 그리고 다음에 올 때는 실을 갖다 주지 않겠어? 연실처럼 튼튼한 실이 좋지만 없으면 보통 면실도 괜찮아. 가능한 한 긴 게 좋겠어. 말아놓은 걸로 대여섯 개 필요한데……."

"어머, 오라버니. 실로 뭘 할 건데요?"

나는 잠시 망설였지만 어차피 알게 될 거라서,

"실은 말이야. 여기 이렇게 있어도 지루하기 짝이 없을 테니 이번 기회에 동굴탐험을 해볼까 생각하는데, 그러려면 긴 실이 필요해. 가능한 한 긴 실이 좋아. 동굴 속의 미아가 되지 않도록 표시를 하면서 갈 테니까."

내 얘기를 듣고 있는 동안, 노리코의 눈동자에 기묘한 반짝임이 나타났다.

"오라버니."

속삭이듯,

"보물찾기를 하려는 거죠."

정곡을 찔린 나는 이내 얼굴이 빨개졌다. 바로 말이 나오지 않았지만 겨우 목에 걸린 걸 삼키고는,

"노리 양, 너도 알고 있어? 그걸……."

"그건 알아요. 옛날부터 전해져 내려오는 말인 걸요. 게다가……."

노리코는 목소리를 낮추고는,

"또 보물찾기를 하는 사람이 있다는 걸 노리코는 알고 있어요."

"누, 누구? 그건 누구야, 노리 양."

"우리 오빠!"

"시, 신타로 씨가……."

나는 무심코 숨을 삼켰다. 그리고 노리코의 얼굴을 의아한 듯 직시했다.

"예, 그래요. 오빠는 창피해서 암말 않지만 전 잘 알아요. 매일 밤늦게 칼이랑 삽을 짊어지고 몰래 나가는 건 보물을 찾으러 가는 것임에 틀림없어."

나는 다시금 고이차의 비구니가 살해당한 날 밤 신타로의 이상한 모습을 떠올렸다. 그럼 신타로도 나와 마찬가지로 보물찾기를 하고 있었던 것일까.

"저, 오빠가 불쌍해서 지금까지 아무한테도 말 안했지만요. ……저 오빠가 불쌍해서 참을 수 없어요. 그 사람, 전부 잃어버렸잖아요. 지위도, 신분도, 미래의 희망도……. 아니, 그것만이 아니에요. 사랑조차 잃어버리고 말았는걸요."

"사랑……?"

"그래요. 오빠는 지금도 미야코 씨를 사랑하고 있어요. 하지만 자존심이 센 사람이라 이런 처지라면 입이 찢어져도 결혼해 주십시오, 라고는 말 못해요. 미야코 씨는 부자잖아요. 다이아몬드를 잔뜩 갖고 있는 걸요. 그에 반해 오빠는 다 망한 볼품없는 백수, 입이 위아래로 찢어져도 프러포즈는 못해요. 그래서 보물이라도 찾는다면……하고 가망 없는 기대를 품고 열심히 찾고 있는 거예요. 그걸 생각하면 불쌍해서, 불쌍해서……."

나는 다시금 불안한 가슴 두근거림을 느꼈다. 그런 신타로라면 한층 더 본가의 재산을 탐내지 않을 리 없다. 가망 없는 보물 찾기에 몰두하기보다 가까이 있는 재산에 눈을 돌리는 편이 훨씬 현실적일지 모른다. 그럼 역시 범인은 신타로인 것일까. 그리고 저 새끼손가락 얘기는 죽어가는 누님의 환상이었던 것일까.

"그럼 노리 양, 신타로 씨에게는 확신이 있는 거야? 부자가 되어 청혼하면 미야코 씨가 받아줄 거라는……."

"물론이죠."

딱 잘라 노리코가 대답했다.

"아뇨, 부자 같은 거 안 돼도 오빠가 청혼하면 미야코 씨는 기쁘게 받아줄 게 분명해요. 오라버니. 미야코 씨가, 그렇게 아름답고 영리하고 부자인 미야코 씨가 어째서 이런 궁색한 시골에 언제까지고 들어앉아 있는지 모르시겠어요. 미야코 씨는 기다리는 거예요. 오빠의 청혼을 하루가 천추 같은 심정으로 기다리는 거예요. 그걸 생각하면 미야코 씨도 불쌍해요. 오빠도 한심한 고집을 버리고 냉큼 결혼하면 좋을 텐데. ……사실은 저, 미야코 씨를 별로 좋아하진 않지만요……."

그리고 얼마 지나지 않아 노리코는 장례준비로 바쁘다며 감시의 눈을 피해 돌아갔는데, 그때 나는 뭐라 말할 수 없는 쓸쓸한 공허감에 시달렸다.

노리코의 이야기에 나는 큰 충격을 느끼고 있었다. 그저께 밤 '텐구의 코'에서 들은 이야기든 지금 노리코가 한 이야기든 나는 새삼스럽게 미야코란 여자의 복잡한 성격, 미묘한 심리의 그늘에 놀라지 않을 수 없었는데, 그것은 동시에 나에게 있어 더할 수 없이 외롭고 안타까운 상념이었다. 아아, 나는 미야코에게 연정을 품고 있었던 것일까.

그건 그렇고 노리코는 그 다음날도 감시의 눈을 빠져나와 내가 있는 곳으로 왔는데, 그때 그녀는 이런 말을 했다.

마을사람들의 분노는 변함없이 풀리지 않았고, 경찰이 어떤 설득을 해도 받아들일 기미는 없지만 그래도 여기에 어렴풋이나마 희망의 서광이 보이는 것은 마로오사의 초에이 스님이 움직일지도 모른다는 소문이 있다는 것이었다. 마로오사의 초에이 스님은 이미 어지간한 고령으로, 오랫동안 노환으로 쓰러져 있어 절의 일 일체는 제자인 에이센 스님에게 맡겨두고 있지만 이 고승이 설득하면 마을사람들도 납득하지 않을 수 없을 거라 해서 확실치는 않으나 긴다이치 코스케가 마로오사에 부탁하러 가 있다는 것이다.

마로오사의 초에이 스님이란 말을 듣고 나는 파득 생각난 게 있었다. 살해당한 바이코 스님은 언젠가 이런 말을 한 적이 있다. 당신의 신상에 관한 일로 나와 마로오사의 주지스님밖에 모르는 일이 있다고. 바이코 스님의 사후 나는 조만간 마로오사를 방문하려고 생각하면서도 꼬리에 꼬리를 물고 일어나는 사건으로 지금까지 그럴 수가 없었는데…….

"노리 양. 그게 정말이라면 다행이야. 난 이제 이런 어둠 속에 있는 게 지겨워졌어."

"예, 그러니까 이제 조금만 더 참으면 돼요."

"그런데 노리 양, 또 한 가지 일은 어떻게 됐어?"

"아아, 실 말인가요? 실이라면 여기 갖고 왔어요."

"아니, 실도 실이지만 그거, 새끼손가락에 상처 입은 사람 말이야."

"아, 그거요."

노리코는 설핏 내 얼굴을 훔쳐보더니 어색하게 헛기침을 하면서,

"저 굉장히 신경 썼는데 손가락에 상처 입은 사람은 한 명도 없었어요."

하지만 그런 노리코의 모습에는 어딘가 겁먹은 구석이 있었고 똑바로 내 얼굴을 보려고도 하지 않았다.

"노리 양, 그거, 정말이야? 거짓말로 누군가를 감싸려는 건 아니지?"

"어머, 그런 거 아니에요. 오라버니를 속이다니. ……그것보다 오라버니, 모처럼 실을 갖고 왔으니 동굴을 탐험해보죠. 오늘은 약간 정도만 천천히 해봐도 좋겠어. 저기, 보물찾기라니 너무 로맨틱하잖아요."

노리코는 갑자기 들뜬 모습이 되어 일어섰다. 아, 노리코는 손가락에 상처를 입은 인물을 알고 있는 것이다. 그리고 그 인물을 감싸고 있음에 틀림없다. 하지만 아아, 누구를……?

어둠의 정열

나의 이 오랜 이야기도 겨우 대단원에 가까워진 듯하다. 그 대단원에 들어가기 전에 어떤 무서운 운명이 나를 기다리고 있었던가. 이 이야기가 최초의 막을 올린 이래 내가 걸어온 길은 결코 평탄한 것은 아니었지만 이제부터 이야기하려는 공포와 위험에 비하면 아무 것도 아닌 것처럼 생각된다. 하지만 그 일은 차차 서술해나가도록 하자.

노리코가 권한대로 그 날 우리는 시험적으로 동굴탐험을 해보았다. 요전에 긴다이치 코스케로부터 배운 대로 나는 우선 출발지의 종유석에 실 끝을 묶어두고 그것을 늘어뜨리면서 굴 안으로 나아갔다.

전에도 말했듯 '도깨비불 연못' 안쪽에 다섯 개의 동굴이 입을 벌리고 있지만 그 중 세 개까지는 예전에 긴다이치 코스케가 안을 탐색했다. 그리고 다른 네 번째 동굴, 즉 '여우 굴'과 다섯 번째 동굴은 아직 안을 탐색하지 못했다. 하지만 내 지도를 보면 이 두 개의 동굴은 결국 안에서 하나가 되어 있는 모양이므로 조금이라도 익숙한 쪽이 마음 든든하고 좋을 거 같아서 나는 네 번째 동굴을 선택해 안으로 나아가기로 했다.

우리는 바로 갈래동굴을 만났다. 하지만 그 근처는 요전에 긴다이치 코스케가 이미 조사했던 곳이라 새로이 조사해볼 필요는 없었다. 그때 나는 갈래동굴의 수를 헤아렸는데 긴다이치 코스케가 구노 당숙의 시체를 발견했던 것은 분명 열세 번째 갈래동굴이었다고 기억한다. 그래서 거기에 도착할 때까지는 우리는 하나하나 갈래동굴을 탐색하지 않아도 괜찮았다.

금세 우리는 그 동굴과 마주쳤다.

"그래, 분명 이 동굴이었어. 구노 당숙어른의 시체가 놓여 있던 건. 봐, 이 종유석에 상처가 나 있잖아. 이건 긴다이치 코스케가 나중에 증거로 하자고 남겨둔 표시야."

"그럼 여기서부터 앞은 아직 들어가 본 적이 없군요."

"아아, 아직."

"가 봐요, 재밌어요. 게다가 이 실을 어떤 식으로 사용할지 보고 싶어요."

"노리 양, 너 안 무서워?"

"조금도요. 오라버니랑 함께 있는 걸요."

우리는 바로 열네 번째 갈래동굴과 마주쳤다. 거기서 나는 지금까지 풀어 온 실을 실뭉치 채 거기 있던 종유석에 묶어두고는 다른 실뭉치의 실 끝을 같은 종유석에 묶고 그 실을 풀면서 갈래동굴 속으로 들어갔다.

이 갈래동굴은 꽤 깊고 안쪽에는 또 작은 갈래동굴이 있었다. 거기서 두 번째로 실뭉치 채 거기 있는 종유석에 묶어두고 거듭 세 번째 실뭉치 끝을 같은 종유석에 묶어두고는 그 실을 풀면서 그 안쪽 동굴로 들어갔다. 하지만 그 안쪽 동굴은 금방 막혀 있어서 실뭉치의 실을 감으면서 아까 장소로 나와 세 번째 실뭉치는 주머니에 넣고 두 번째 실뭉치의 실을 풀면서 다시금 안으로 나아갔는데, 이것도 금방 막혀 있었다. 그래서 그 실을 감으면서 되돌아오니 금세 첫 번째 실뭉치가 있는 곳으로 돌아왔다.

"어머, 멋져요!" 노리코는 너무나도 기뻐했다.

"실을 좇아가다니, 꼭 이모세야마(妹背山)와 미와(お三輪)[39] 같아요. 하지만 이렇게 하면 절대 돌아갈 길을 잃어버릴 일은 없겠군요."

"그래. 지금 동굴처럼 막혀 있으면 별로 실 같은 건 필요 없지만 그물눈처럼 교차되어 있다든지 어느 틈엔가 원래의 동굴로 돌아와 있다든지 하면 결국엔 영문을 알 수 없게 되어 원래 왔던 길이라고 생각하면서 안으로, 안으로 들어가 버리게 될지도 모르니까. 그럴 땐 이 실만 있으면 헤맬 일은 없어."

거기서 나는 요전에 갈래동굴에 들어갔던 긴다이치 코스케가 언젠가 이 동굴로 나가서 맞은편에서 돌아온 이야기를 들려주었

39) 이모세야마(妹背山)와 미와(お三輪): 이모세야마(妹背山)란 연극 '이모세야마 온나테이킨(妹背山婦女庭訓)'를 가리킨다. 미와는 '이모세야마 온나테이킨'의 등장인물로 에보시오리(烏帽子折)의 모토메(求女)를 사랑해 그의 옷에 꿰어둔 흰 실을 좇아 그가 정략결혼을 하는 곳까지 좇아갔다가 죽임을 당하는 가련한 소녀이다.

다.

"어머! 기분 나빠. 그럼 이 실이 끊어지지 않도록 하지 않으면 안 되겠네요."

우리는 계속해서 안으로, 안으로 들어갔다. 노리코는 재미있어하며 이제 그만하고 돌아가자고 해도 조금 더, 조금 더 하며 말을 듣지 않았다. 우리는 그 후에도 몇 개인가의 갈래동굴과 맞닥뜨렸으나 한쪽 끝부터 안을 탐색해보았음은 말할 나위도 없다. 그들 갈래동굴 중에는 제법 복잡한 게 있어서 세 번째, 네 번째, 다섯 번째의 실뭉치까지 사용할 때도 있었다. 또 그 안 동굴을 더듬어 가다보니 어느 샌가 원래 동굴로 돌아왔던 적도 있었다.

"어머, 재밌어요. 이 실이 없으면 이게 지금 우리가 걸어왔던 동굴이라고는 전혀 눈치 못 채겠네요."

노리코는 한층 더 흥이 올랐다.

하지만 그러는 사이 우리는 너무나 깊은 갈래동굴과 마주쳐버렸다. 이 갈래동굴에는 그 안쪽 동굴이 아주 많지는 않았지만 아무리 가도 끝이 나오지 않아 나는 점점 불안해졌다.

"노리 양, 이건 안 되겠어. 이 동굴은 끝이 없어. 이쯤에서 슬슬 돌아가자."

"으응, 하지만 조금만 더 가 봐요. 그래서 끝이 안 나면 그 때는 돌아가도 좋아요."

하지만 그로부터 얼마 가지 않았을 때 우리는 깜짝 놀라 멈춰섰다. 둘 다 당황해서 회중전등을 끄고는 어둠 속에서 숨을 고르며 서 있었다. 가는 방향에 사람 목소리 같은 걸 들었기 때문이다.

"오라버니."

약간 시간이 지나서 노리코가 마른 목소리로 속삭였다.

"오라버니는 여기 계세요. 저 잠깐만 상황을 보고 올게요."

"노리 양, 괜찮아?"

"예, 괜찮아요."

어둠 속을 노리코가 멀어져가는 기척이 들렸지만 상황을 볼 때까지 그리 멀리 갈 필요도 없었던 듯 이번에는 회중전등을 흔들며 돌아왔다.

"오라버니, 어디? 회중전등을 켜주세요. 괜찮으니까."

내가 회중전등을 켜자 노리코가 눈을 빛내며 뛰어왔다.

"오라버니, 우리 지금 어디 있는지 아세요? 우린 지금 '도깨비불 연못' 바로 옆에 있어요."

"도깨비불 연못?"

나는 무심코 눈을 크게 떴다.

"네, 그래요. 오라버니는 아까 네 번째 동굴하고 다섯 번째 동굴은 안쪽에서 하나로 되어 있는 모양이라고 말했잖아요. 우리, 어느 틈엔가 다섯 번째 동굴로 들어가 '도깨비불 연못'으로 되돌아왔나 봐요."

나는 왠지 여우에 홀린 것 같은 기분이었지만 생각해 보니 이건 이제부터의 탐험에 있어 굉장히 편리했다. 왜냐하면 보물 산은 네 번째, 다섯 번째 동굴이 합쳐지는 지점 안쪽에 있지만 그저 걸어가는 것만으로는 어디가 그 합류점인지 알 수가 없었다. 그것을 우리는 지금 우연히 발견했던 것이다.

"저 첫 번째 실뭉치를 묶어둔 지점, 거기가 두 개 동굴의 합류점이네요. 우리 거기서부터 왼쪽 길로 왔지만 내일은 거기서 오른쪽으로 가 봐요. 이 실뭉치는 여기 묶어두죠. 이쪽 편이 가까우니까 내일은 이 실을 따라가요."

노리코는 두 번째 실뭉치를 거기 있는 종유석에 잡아매고는, 바로 감시의 눈을 피해 '도깨비불 연못'을 나갔다. 그날 밤 나는 다섯 번째 동굴에서 잤다.

노리코가 다음으로 몰래 온 것은 그 다음날 정오가 지나서였다.

"오라버니, 죄송해요. 늦어서. 배 고프셨죠. 좀 더 빨리 올 작정이었는데 감시가 험해서요."

노리코는 도시락 꾸러미를 풀면서,

"그 대신 오라버니, 좋은 소식이 있어요. 오늘 중으로 여기를 나갈 수 있을지도 몰라요."

"어째서? 노리 양."

나는 무심코 호흡을 가쁘게 했다.

"마로오사의 주지스님이 나서주셨어요. 주지스님, 병 때문에 이번 일을 조금도 모르고 계셨는데 어제, 긴다이치 씨가 가서 얘기하자 무척 놀라셨는지 오늘 아침 가마를 타고 본가에 보러오셨답니다."

"뭐라고? 그럼 초에이 스님이 우리 집에 보러 오셨다고?"

"예, 그래요. 그리고 지금 마을 터줏대감들을 모아 간곡히 설교를 하고 계세요. 경찰이 하는 말은 안 들어도 주지스님이 하시는 말씀을 어기면 안 되잖아요. 하물며 주지스님, 병을 무릅쓰고 일부러 나오신 거예요. 그래서 지금쯤 분명 누군가가 마중하러 왔을 게 분명하다고 생각해요."

나는 심장 박동이 별안간 높아지고 뱃속에서 새콤달콤한 뭔가가 치밀어 오르는 것을 느꼈다. 아아, 이 동굴에서 나갈 수 있다. 이 어둠에서 빠져나갈 수 있다. ……내 마음은 환희로 들뜨고 내 몸은 흥분으로 부들부들 떨렸다. 내가 이 동굴을 나간다는 것에는 커다란 의미가 내포되어 있다. 즉 그때야말로 이 불길한 팔묘촌의 살인사건을 해결할 때인 것이다. 나는 범인을 찾아낼 수 있기 때문에.

"노리 양, 노리 양, 그게 정말이야. 날 기쁘게 하려는 게 아니고?"

"정말이에요. 오라버니, 그러니까 조금만 더 참으시면 돼요."

"노리 양."

나는 갑자기 노리코를 끌어안았다.

"고마워, 고마워. 이것도 모두 네 덕분이야. 네가 매일 와주지 않았다면 매일 와서 바깥 정보를 전해주지 않았다면, 난 분명 이 어둠 속에서 공포와 불안으로 미쳐버렸을 거야. 아니, 아니. 미치기 전에 여길 뛰쳐나가 키치조 놈에게 맞아죽었을지도 몰라. 그 놈은 정말로 날 죽일 작정이었으니까. 고마워, 고마워, 노리 양."

"오라버니, 기뻐요."

내 품 안에서 노리코의 몸은 작은 새처럼 떨고 있었다. 노리코의 나긋나긋한 팔은 어느 샌가 내 목을 끌어안고 우리는 어느 쪽에서 먼저라고 할 것 없이 입술을 겹치고 있었다…….

그런 다음부터는 잘 기억나지 않는다. 갑자기 격렬한 충동의 폭풍이 우리를 밀어 넘어뜨렸다. 어둠이 우리의 수치심을 앗아 갔다. 우리는 땀으로 범벅이 되고 헐떡이고 몸부림치고 숨이 끊어질 것처럼 될 때까지 뒤엉켜 떨어지지 않았다. 이윽고 복숭아색의 아름다운 안개가 두 사람의 몸을 휘감았다.

"오라버니."

한참을 지나고 나서 노리코는 내 팔에서 몸을 떼고는 귀밑머리를 쓸어 올리며 황홀한 눈으로 내 얼굴을 올려다보았다. 회중전등 빛 안에서 부끄러움을 머금고 상기된 뺨이 귀여웠다.

"왜, 노리 양."

나는 아직도 꿈을 꾸는 것 같은 기분이었지만 노리코는 이미 현실세계로 돌아와 있었다.

"그 새끼손가락 일 말이에요. 그건 어떤 뜻이에요? 왼쪽 새끼손가락에 상처가 있는 사람이라니……."

"노리 양."

나는 무심코 호흡이 가빠졌다.

"찾았어, 그런 놈을? 대체 누구지? 누구야, 그 놈은!"

"아뇨, 아직 확실하겐 모르겠지만……. 하지만 오라버니, 대체 그건 어떤 의미예요? 새끼손가락의 상처라니……."

나는 잠시 망설였지만 내가 그에 대해 말하지 않는 한 노리코도 털어놓지 않을 것 같아 마침내 결심하고 누님이 한 말을 얘기해주었다.

"그래서 말이야, 왼쪽 새끼손가락을 깨물린 상처가 있는 놈이야말로 이번 사건의 범인인 거야. 적어도 누님을 죽인 범인이야.

그러니 노리 양, 말해줘. 대체 그건 누구지?"

격한 두려움이, 비유할 길 없는 공포의 기색이 무섭도록 노리코의 얼굴을 일그러뜨렸다. 뭔가 외치려고 입을 열었지만 소리는 얼어붙어 밖으로 나오지 않았다. 이윽고 안색이 흙빛으로 스러지고 입술이 바스락바스락 마르더니 눈동자가 유리처럼 빛을 잃었다.

"노리 양."

나는 깜짝 놀라 노리코의 어깨에 양손을 짚었다.

"왜, 왜 그래. 정신 차려!"

내가 어깨를 흔들자 노리코의 고개는 두세 번 덜렁덜렁 흔들렸지만, 다음 순간 내 가슴에 얼굴을 묻고 노리코는 왁 하고 울음을 터뜨렸다.

"노리 양, 왜, 왜 그래? 넌 알고 있는 거지? 누님을 죽인 놈을 알고 있는 거지? 대체 누구야, 그 놈은……."

노리코는 내 가슴속에서 격하게 도리질을 했다.

"오라버니, 묻지 마요, 묻지 마요. 전 아무래도 말 못하겠어요. 너무 무서워서 아무래도 말 못하겠어요. 오라버니, 묻지 마세요……."

내 가슴에는 갑자기 의문이 싹텄다.

"노리 양, 왜 그래? 왜 말 못하지? 혹시 그건 신타로 씨가……."

"뭐, 뭐라고요?"

노리코가 외치고 튕기듯 몸을 뗐다. 그 순간이었다.

"그, 그런 곳에 있었구나!"

깨진 종 같은 소리가 우리의 귓전을 때렸다.

우리는 깜짝 놀라 그쪽을 돌아보았는데, 거기 서 있는 건 다름 아닌 마소거간꾼 키치조였다. 키치조는 한손에 관솔불, 한손에 곤봉을 들고 동굴 입구에서 육중한 걸음걸이로 다가온다. 관솔불 연기가 자욱하게 동굴천장을 그을려 활활 소나무 껍질이 터지고 튀어나와 흩어지는 불똥을 전신에 뒤집어쓰고 다가오는 키치조의 형상은 지옥의 귀신보다 무시무시했다.

온몸이 마비될 것 같은 공포가 전신을 경직시켜, 나는 바보처럼 그 자리에 얼어붙었다.

제 8 장 절체절명

"오라버니, 피해요!"

갑자기 말하며 뛰어오른 것은 노리코였다. 그 소리에 몸의 마비가 풀렸다. 나도 휙 뛰어오르고는 한눈팔지 않고 동굴 안으로 달려 나갔다.

"오라버니, 이걸, 이걸."

쫓아와 매달리며 노리코가 뭔가를 쥐어주었다. 회중전등이었다.

"고마워, 노리 양."

한동안 정신없이 달리고 있었지만 도중에 나는 문득 정신이 들어,

"노리 양, 넌 돌아가. 키치조는 설마 너까지 죽이진 않을 거야."

"안돼요, 오라버니."

노리코가 헐떡이며 대답했다.

"오라버니는 그 눈매를 보지 못했어요? 키치조는 오라버니를 죽일 작정이에요. 그리고 그걸 아는 저도 살려두지 않을 거예요."

"노리 양, 미안해. 너까지 이런 위험한 처지에 빠뜨려서……."

"괜찮아요, 괜찮아요. 그것보다 빨리 피하죠. 아아, 벌써 저기까지 왔어요."

이 경우, 키치조보다 우리 편이 유리했던 것은 아무리 한 차례에 지나지 않더라도 우리가 이 길을 지나갔던 적이 있다는 사실이었다.

그런 만큼 발밑에 뭐가 있는지도 확실히 알고 있어서, 키치조가 이따금 발이 걸리거나 비틀거리는데 반해 우리는 자신 있게 달릴 수 있었다. 그래서 키치조와 우리의 거리는 차츰 벌어져갔다. 그에 반해 우리에게 있어서 불리했던 점은 회중전등을 끌 수 없는 것. 회중전등을 끄고서는 위험해서 아무래도 달릴 수가 없다. 그리고 그 빛이 키치조에게 추적목표를 제공하고 있는 것이다.

점차 벌어지는 거리에 초조해진 키치조가 뒤에서 갖은 욕설을 퍼붓는다. 그 한 마디 한 마디에 나는 채찍으로 맞는 것처럼 몸 안이 움츠러드는 기분이었다. 우리는 그저 달릴 수밖에 없었다. 어제 늘어뜨려 둔 실을 의지해서 우리는 쉬지 않고 달렸다. 그리고 금세 첫 번째 실뭉치를 묶어둔 곳까지 왔다.

"살았어요, 오라버니."

노리코가 외치고 종유석에서 실뭉치를 풀었다.

"이 실을 감으면서 도망치면 키치조는 길을 모르게 될 거에요. 그리고 이쪽 동굴은 그렇게 복잡하니까 분명 곁길로 가서 헤매게 될 거에요. 그 동안 우리는 '도깨비불 연못'에서 도망쳐요."

그 말대로라고 나도 생각하고 어느 정도 마음도 편해졌지만, 안심하기는 아직 일렀다. 그로부터 이삼십 칸(4, 50미터)도 채 걷지 못했는데 눈이 핑글핑글 돌 만큼의 빛이 정면에서 쏴 하고 쏟아져 내려 우리는 우뚝 멈춰 섰다.

"아하하, 있었군, 있었군. 말소리가 들리는 것 같다고 생각해서 기다리고 있었더니 역시 여기 있었군. 그런데 동행은 누구지?"

빛이 나를 벗어나 노리코를 비췄다.

"뭐야, 사토무라 노리코 아닌가. 그럼 네 놈들 이런 데서 접붙고 있었던가. 하하하, 마침 잘 됐군. 어이, 젊은이."

빛이 다시금 내 쪽으로 돌아와,

"네 놈 혼자라면 심심하겠지? 저승길 동무를 마련해주지."

그것은 서쪽집의 젊은 일꾼들 감독인 슈 씨였다. 슈 씨는 흰머리에 매듭이 앞으로 오는 머리띠를 두르고 한손에 곡괭이, 한손에 감등초롱[40]을 들고 있었다. 눈동자가 살인귀의 살기를 머금고 빛나고 있다. 나는 그 곡괭이가 정수리에 꽂히는 환상에 사로잡혀 몸도 마음도 마비될 것 같았다.

슈 씨가 한 발짝 다가왔다. 하지만 나는 움직일 수 없었다. 슈 씨가 또 한 발짝 전진했다. 나는 역시 움직일 수 없었다. 하지만

---

40) 감등초롱(龕灯提灯): 겉은 쇠나 양철로 싸고 안에 촛대와 반사경을 장치하여 앞만 비추게 되어 있는 초롱. 강도초롱이라고도 한다.

그 때다. 갑자기 노리코가 뭔가 외치고는 휙 하고 오른손을 흔들었다. 그 찰나 뭔가 슈 씨의 얼굴에 가느다란 것이 팍 하고 맞아 흩날렸다. 슈 씨는 곡괭이를 떨어뜨리더니 앗 하며 한손으로 얼굴을 감쌌다.

"오라버니, 이 틈에!"

노리코가 팔을 잡아, 나는 겨우 정신이 돌아왔다. 우리는 손을 잡고 다시금 동굴 안으로 달려 나갔다.

이 때 노리코가 뭔가를 뿌려 상대의 눈을 못 뜨게 한 것에 대해 그녀는 나중에 이렇게 말했다.

"오라버니 있는 곳에 숨어들 때 붙들리면 곤란하다 생각하고 계란껍질에 재를 넣어둔 걸 항상 두세 개 준비해 뒀었어요. 하지만 그런 나쁜 놈에게 사용할 거라면 재로는 부족했어요. 후추라도 넣어뒀으면 좋았을 텐데."

그건 그렇고 우리는 다시금 네 번째 동굴과 다섯 번째 동굴의 합류점까지 돌아왔는데, 다섯 번째 동굴에 들어갈 수는 없었다. 거기서부터는 키치조가 올 것이다.

"할 수 없어요. 오라버니, 이쪽 길로 도망쳐요."

"하지만 노리 양, 그쪽 길로는 뭐가 있는지 몰라. 아직 한 번도 들어간 적이 없어서."

"하지만 오라버니, 여기 이렇게 있다가 뻔히 알면서 그 사람들한테 죽는 것보다는 낫잖아요. 앗, 오라버니, 왔어요!"

다섯 번째 동굴로부터 명멸하는 관솔불의 불꽃이 다가왔다. 그와 동시에 네 번째 동굴로부터 슈 씨의 분노에 찬 포효가 들려온다. 우리는 반사적으로 몸을 돌리고 미지의 동굴로 정처 없이 뛰어들었다.

아아, 어둠!

우리가 가는 길에 펼쳐진 것은 끝도 없는 미지의 어둠이다. 그 어둠속에 뭐가 있는지 귀신이 살지 뱀이 숨어있을지. 아니, 아니, 혹 귀신이 살거나 뱀이 숨어 있어도 우리는 지금 그걸 고려할 틈이 없다. 뒤에서 닥쳐오는 현실의 위험이 우리를 절망의 어둠속 깊이 내몬 것이다.

이 동굴에도 무수한 샛길이나 갈림길이 있었다. 하지만 등 뒤로 두 사람의 살인귀에게 쫓기는 우리들에게는 실을 늘어뜨릴 틈도 표시를 할 겨를도 없다. 우리는 그물눈 같은 미로에서 미로로 절망적인 공포를 끌어안고 도망쳐간다. 아아, 이제 이렇게 되어서는 혹 키치조나 슈 씨의 손아귀에서 도망칠 수 있다고 해도 무사히 동굴에서 나갈 수 있을지 어떨지 모른다.

"아, 오라버니. 저게 무슨 소리예요?"

갑자기 노리코가 멈춰서더니 내 팔꿈치를 붙들었다.

"응, 뭐?"

"저거요, 저 소리. 저거 바람소리 아니에요?"

정말로 어딘가 멀리서 휘익 하고 바람이 신음하는 소리가 들려온다. 그 소리는 금세 멎었지만 노리코는 눈을 빛내고,

"저거 바람소리예요, 분명. 그러니 어딘가 가까운 데 출구가 있는 거예요. 밖에 나갈 입구가 있다고요. 오라버니, 가요."

그 후로도 때때로 휘익 하는 소리는 들렸지만, 출구는커녕 오히려 얼마 지나지 않아 우리들의 도피행에 슬슬 종지부를 찍지 않으면 안 될 때가 다가왔다. 노리코와 나는 거의 동시에 앗 하

고 외치며 멈춰 섰다. 그리고 눈앞에 막아선 차가운 벽에 절망적인 시선을 보냈다. 우리는 마침내 막다른 길까지 내몰린 것이었다.

"오라버니, 불을 꺼요……."

우리는 서둘러 회중전등을 껐지만 때는 이미 늦었다. 슈 씨가 지닌 감등초롱이 멀리서 우리의 모습을 비췄다. 슈 씨 옆에는 키치조도 있었다. 그들도 마침내 우리를 따라잡은 걸 알고는 그 자리에 우뚝 발을 멈췄다. 그리고 감등불로 핥듯이 우리의 모습을 비춰보고는,

"아하하하하!"

하고 슈 씨가 독살스런 음성으로 웃었다.

"드디어 갈 데까지 갔군."

그리고 키치조와 얼굴을 마주보고 히죽 웃었다. 섬뜩한 웃음이었다. 피가 방울져 떨어질 것 같은 미소였다.

그들과 우리의 거리는 열 칸(18미터) 남짓, 슈 씨와 키치조가 천천히 한 걸음을 내딛었다. 슈 씨는 곡괭이를, 키치조는 곤봉을 들고서.

손을 꽉 움켜쥔 노리코와 나는 벽에 등을 댄 채 옴짝달싹못하고 두 사람의 모습을 지켜보고 있었다. 아무도 입을 여는 사람은 없었다. 나는 취한 것 같은 기분이었다. 지금까지 몇 번이나 이런 장면을 겪은 것 같은 기분이 들었다.

슈 씨와 키치조가 다시 한 걸음 내딛었다.

내가 그들의 살아 있는 모습을 확실히 본 것은 그것이 마지막이었다. 무슨 일이 일어났는지 그때 나로서는 전혀 알 수 없었지

만 어쨌든 아까부터 자주 들렸던 저 바람소리 같은 이상한 음이 섬뜩하게 주위에 울려 퍼지나 했더니, 갑자기 땅이 들이받듯 나는 지면에 부딪쳤다. 소리는 두 번 세 번 울려 퍼졌고 주위의 공기가 격하게 요동쳤다. 그리고 뭔가 딱딱한 것이 우르르 머리위로 쏟아져 내릴 때까지는 기억나지만 그것 뿐, 이내 의식이 흐려지고 말았다.

황금의 비

우리는 대체 얼마나 기절해 있었던 것일까. 나중에 생각해 보니 그리 긴 시간은 아니었던 듯하다.

정신이 들자 주변은 어두컴컴하고 다시 이따금 바람소리 같은 게 들렸지만 그것도 극히 미약해, 동굴 속은 잠잠하게 가라앉아 있었다. 나는 그 고요함 속에서 귀를 기울여보았다. 슈 씨나 키치조는 어떻게 된 것일까. 아니, 그것보다 노리코는……?

"노리 양, 노리 양."

낮은 소리로 부르면서 주변의 지면을 더듬어가자 내 손은 이내 부드러운 몸에 부딪쳤다. 나는 서둘러 그 몸을 안아 일으켰다.

"노리 양, 노리 양."

몸을 흔들면서 두세 번 이름을 부르니 흐느껴 울듯이 숨을 안으로 들이키는 소리가 들리고,

"오라버니?"

하고 노리코도 몸을 일으켰다.

"지금 그건 뭐였죠. 슈 씨나 키치조는 어떻게 됐나요?"

"글쎄, 그건 전혀 모르겠어. 노리 양, 너 회중전등 어디 있는지 모르겠어?"

"회중전등? 아아, 회중전등이라면 여기 있어요."

노리코는 회중전등을 쥔 채 정신을 잃었던 것 같다. 그 회중전등 빛으로 나는 우선 자신이 있는 곳 근처부터 비춰보았다. 내 회중전등도 금세 찾았다. 나는 그것을 주우려고 몸을 구부렸으나, 그대로 돌이 된 것처럼 굳어져 버렸다. 아아, 이 이야기 속에서 나는 몇 번이나 놀라움을 맛보았지만 이때만큼 깊은 감동을 받은 적은 없다. 회중전등 옆에 두세 닢, 낯익은 금화가 흩어져 있는 게 아닌가.

"오라버니, 왜 그러세요?"

그 소리에 겨우 정신이 돌아온 나는 떨리는 손으로 금화 한 장을 주워 올려 말없이 노리코 앞에 내밀었다. 말을 하려고 했지만 혀뿌리가 굳어져 말이 나오지 않았다. 노리코의 눈동자도 크게 흔들렸다. 그녀도 서둘러 몸을 구부리더니 두 닢의 금화를 주웠다. 그리고 계속해서 회중전등으로 주변을 찾아 우리는 여섯 닢의 금화를 얻었다. 금화는 이걸로 도합 아홉 닢이 되었다.

노리코와 나는 잠자코 얼굴을 마주보았다.

"오라버니, 이상하네요. 어째서 이런 식으로 흩어져 있을까요."

그 답은 바로 알 수 있었다. 그때 다시금 휙 하고 바람소리 같은 게 나고 동굴이 격하게 요동쳐서, 노리코와 나는 무심코 꽉 끌어안았는데 그 어깨로 우르르 떨어져 내린 것이 금화였다. 우리는 끌어안은 채 반사적으로 위를 보았는데, 그 순간 노리코가 실성한 것처럼 소리쳤다.

"아아, 오라버니, 저기예요, 저기예요. 저기서 떨어진 거예요."

이 종유동굴은 꽤 천정이 높은데 대략 다섯 칸(9미터) 남짓일까. 그리고 벽을 따라 무수히 커다란 종유석 기둥이 뱀처럼 얽히고 꼬이며 세워져 있었는데, 이상한 것은 그들 기둥은 모두 천정에서 약 한 칸(1.8미터) 정도 아래 자리에서 끊겨 있었던 것이다. 그 말은 지금 우리를 가로막고 있는 벽과 천정 사이에 한 칸 정도의 틈이 있다는 것을 나타낸다. 그리고 그 벽 구석에서 몇 닢 정도의 금화가 지금도 미끄러져 내리는 것이 보이는 것이었다. 금화는 우리가 보고 있는 눈앞에서 좌르르 흘러내렸다. 우리는 무심코 얼굴을 마주보았다.

"오라버니, 여기가 보물 산이군요."

나는 말없이 끄덕였다. 이제 처음의 흥분은 가시고 우리는 침착함을 되찾고 있었다.

그렇다고 해도 금화는 어째서 저런 엉거주춤한 위치에 숨겨져 있었던 것일까, 나는 이렇게 생각했다.

아마코의 패주무사가 저 금화를 숨겼던 시대에는 이 천정은 이렇게 높지는 않았고 지금 천정에서 한 칸 정도 아래 지점, 즉 벽의 상부에 해당하는 지점이 밑바닥이었던 건 아닐까. 그리 낮지 않던 바닥이 오랜 세월동안 차츰 침식되고 깊어져 현재처럼 천정이 높은 동굴로 변해버렸다. 하지만 아마코의 패주무사가 보물을 숨긴 장소는, 그들이 그것을 알고 있었는지 어떤지 확실하지는 않지만 단단한 재질의 암석이었던 덕분에 침식을 면하고 보물은 어느 샌가 허공의 암붕(岩棚) 위에 남아 있게 되어, 그 덕분에 지금까지 수많은 모험가들의 눈에서 벗어날 수 있었던 것이리라.

그렇다 해도 이 무슨 잔혹한 운명이란 말인가. 수백 년에 걸친 긴 세월 동안 얼마나 많은 모험가가 이 황금을 찾기 위해 목숨을 걸었던 것일까. 그럼에도 불구하고 교묘하게 모습을 감추고 있던 황금이 우연히 숨어든 우리의 머리위에 스스로 떨어져 내리다니 말이다. 이것을 운명의 장난이 아니고 뭐라고 해야 할까.

아니, 아니, 운명의 장난은 그걸로 그치지 않았다. 운명은 내게 쉽게 황금을 선사했지만 그 대신 황금을 가지고 돌아갈 길을 막아버렸던 것이다.

한때의 황금 꿈에서 깨어나자 우리는 비로소 슈 씨와 키치조에 대해 생각해내고 회중전등 빛으로 주변을 찾아보았는데, 곧 머리털이 거꾸로 설 것 같은 무서운 사실을 발견했다. 아아, 이 무슨 일이란 말인가. 우리가 지금 지나온 길은 바위와 흙으로 딱 막혀 있는 게 아닌가.

낙반이 있었던 것이다. 낙반이 슈 씨와 키치조를 묻어버리고 우리를 이 동굴 속에 가둬버렸던 것이다.

"노리 양!"

"오라버니!"

우리는 미친 것처럼 낙반 옆으로 달려가 양손으로 흙을 파기 시작했다. 하지만 이내 그것이 얼마나 어리석은 노력인지 알아차리고 그만두었다.

"노리 양!"

"오라버니!"

우리는 꼭 끌어안았다.

"노리 양, 이제 틀렸어. 우리는 이제 여기서 나갈 수 없어. 우리는 여기서 굶어죽을 거야."

그리고 나는 경련하듯 웃음을 터뜨렸다.

"하늘은 우리에게 황금을 주었어. 그 대신 돌아갈 길을 끊어버렸지. 우리는 마이다스 왕처럼 황금을 품은 채 굶어죽을 거야."

나는 다시금 웃음을 터뜨렸다. 웃으면서 비참한 상념을 억누르지 못하고 눈물이 흘러나왔다. 이 때 나보다 훨씬 침착했던 것은 노리코였다.

"오라버니, 정신 차려요. 아뇨, 우리는 죽지 않아요. 분명 구조될 거예요. 이제 누군가가 구하러 올 거예요."

"누가…… 누가 구하러 온단 거야. 뭣보다 우리가 이런 데 갇혀 있단 걸 아무도 모르잖아."

"아뇨, 그렇지 않아요."

노리코는 단호하게 말했다.

"오라버니가 '도깨비불 연못' 이쪽 편에 있다는 건 마을사람들 모두 알고 있어요. 그리고 슈 씨와 키치조가 금단의 '도깨비불 연못'을 넘어온 걸 보면, 마로오사의 주지스님이 마을사람들을 설득해서 오라버니를 구하러 오게 되었던 거라고 생각해요. 슈 씨와 키치조는 거기에 불복해서 마을사람들을 제치고 오라버니를 죽이러 온 것임에 틀림없어요."

나중에 알게 된 바에 의하면 노리코가 말한 대로였다. 슈 씨와 키치조는 마을사람들이 누그러진 데 분개해서 금단의 '도깨비불 연못'을 건넜고 저 비참한 최후를 맞이했던 것이었다.

노리코는 말을 이어,

"그러니 이제 누군가가 데리러 올 거예요. 아뇨, 지금쯤 이미 와 있을지도 몰라요. 마을사람들은 '도깨비불 연못'을 건너는 걸 두려워해도 경찰들은 분명 와줄 거예요. 아아, 그래요. 긴다이치 코스케란 사람, 그 사람이 분명 와줄 거예요. 그리고 네 번째와 다섯 번째 동굴에 늘어뜨려 놓은 실을 발견하면 바로 그게 뭘 의미하는 지 알아차릴 거예요. 그리고 그것만 따라가면 저 두 번째 동굴의 합류점까지는 아무 문제없이 올 수 있어요. 그리고 여기까지는 그리 멀지 않고, 게다가 긴다이치 코스케란 사람은 실의 사용법을 알고 있으니 분명 하나하나 이 잡듯이 동굴을 조사하러 올 것이 분명해요. 그러니 우리는 확실히 정신을 차리고 어떤 소리도 놓치지 않고 들을 수 있도록 가만히 귀를 기울이고 있자고요. 그 사람들은 분명 오라버니의 이름을 부르면서 올 테니 그걸 들으면 이쪽에서도 대꾸하지 않으면 안돼요. 그리고 우리가 여기 있단 사실을 알리지 않으면 안 된다고요."

그리고 노리코는 갑자기 일어서서 떨어져 있던 금화를 주워 모으더니 동굴 구석에 구멍을 파고 그것을 묻었다. 내가 깜짝 놀라 뭘 하느냐고 물었더니, 노리코는 방긋 웃으며 이렇게 말했다.

"이 금화는 오라버니가 발견했으니 오라버니 거예요. 다른 사람들이 구하러왔을 때 우리가 제정신이면 괜찮지만 혹시 정신을 잃고 있으면 그 사람들이 금화를 발견해버리게 돼요. 그러니 이렇게 숨겨두는 거예요. 구조되면 다시 찾으러오죠. 저 벽 위에는 아직도 많은 금화가 있을 게 틀림없어요."

아아, 여자란 얼마나 기묘한 동물인가. 정말로 구조될지 어떨지 모르는데 그녀는 미래의 계획을 제대로 세워두고 있는 것이다. 하지만 노리코의 이 신중한 준비는 훗날 전부 내게 도움이 되었다. 노리코가 한 말은 모두 적중해 우리는 그녀가 말한 순서대로 구조되었던 것이다. 그러기까지는 총 사흘이나 걸렸지만.

아무튼 황금을 묻어버리자 노리코는 내 옆에 와서 심각한 표정을 하고 내 얼굴을 들여다보았다.

"이걸로 금화 쪽은 정리됐어요. 다음은 이 사건의 범인 문제예요. 그에 대해 오라버니께 질문이 있어요."

노리코는 정색하고 말하더니 날카롭게 내 눈을 들여다보았다.

"오라버니는 아까 묘한 말을 하셨죠. 새끼손가락을 물린 인물은 우리 오빠가 아닌가 하고. ……그렇다면 오라버니는 우리 오빠를 의심하고 계셨나요. 하지만 그건 어찌된 영문인가요. 우리 오빠가 어째서 그런 어리석은 살인을 했다는 건가요. 아무 연고도 관계도 없는 인물을 우리 오빠가 어째서 죽였다는 건가요."

그것은 여느 때의 노리코가 아니었다. 날카로운 기백으로 가득 찬 노리코였다. 노리코는 나를 사랑하고 있었지만 마찬가지로 오빠도 사랑하고 있었던 것이다. 그래서 그 오빠를 모함한다면 아무리 상대가 나라도 그대로 묵인할 수 없었던 것이다.

노리코의 기백에 눌려 나는 횡설수설했다. 하지만 질문을 받으니 대답하지 않을 수도 없어서 내가 추리한 사실을 이야기했다. 그리고 이 일련의 살인사건이 결국 다지미 일가를 모두 죽이려는 목적을 감추기 위해 행해진 것은 아닌가 하고 이야기하자 노리코는 갑자기 몸을 떨며 창백해져버렸다. 그리고 눈동자를 한곳에 고정시키고 한참동안 생각에 잠겨 있었지만, 이윽고 내 쪽을 돌아보았을 때 그녀의 눈에는 하나 가득 눈물이 고여 있었다.

노리코는 다정하게 내 손을 잡고 입술을 떨며 속삭이듯 이렇게 말했다.

"잘 알겠어요. 분명 오라버니 말씀대로예요. 그밖에 이 괴상한 살인사건의 동기는 생각할 수 없네요. 하지만 오라버니, 범인은 우리 오빠가 아니에요. 오라버니가 우리 오빠란 사람을 좀 더 잘 아셨다면 결코 그런 의심을 하시지 못했을 거예요. 오빠는 정직한 사람입니다. 자존심이 센 사람이에요. 굶어도 남의 재산에 눈을 돌릴 일은 없었을 거예요. 게다가 새끼손가락을 물린 사람은 우리 오빠가 아니에요."

"누구지, 그건, 누가 손가락을 물린 거지?"

"모리…… 미야코 님!"

나는 마치 무거운 둔기로 머리를 얻어맞은 것 같은 기분이었다. 지독한 충격으로 전신이 마비되어 한동안 입도 뻥끗하지 못했다.

"모리…… 미야코……?"

나는 헐떡였다. 호흡이 멈출 것 같았다.

"그래요. 그 사람은 물린 상처를 비밀리에 치료하려 했어요. 그게 잘 안 되었던 거죠. 상처로 나쁜 균이 들어간 모양인지 몸이 보랏빛으로 부풀어 올라 갑자기 중태에 빠졌어요. 그래서 아라이 선생이 달려가 처음 새끼손가락에 지독한 상처를 입은 걸 알게 되었다고 해요. 그게 오늘 아침 일이죠. 물론 아무도 그 상처에 어떤 비밀이 있는지는 모르고 있지만요."

"미야코 씨가…… 그 사람이…… 하지만 왜 그 사람이……."

"그건 아마 오라버니 생각대로겠죠. 그 사람은 오빠에게 본가를 잇게 하고 싶었을 거예요. 본가의 막대한 재산을 상속받으면 오빠도 자신을 가지고 결혼신청을 할 거라 생각했겠죠. 무서운 미야코 님, 불쌍한 미야코 님."

노리코는 내 가슴에 얼굴을 묻고 하염없이 울기 시작했다.

그 후에 일어난 일(하나)

이 이야기도 여기까지 오면 끝난 거나 마찬가지일 것이다. 보물을 발견했고, 범인도 알았으니까. 하지만 세부적인 대목들에 대해서는 아직 설명하지 않은 부분도 있고 독자 여러분에게 있어 의문점도 많을 것이니 그 일들에 대해 생각나는 대로 기술해 보기로 하자.

아무튼 그 전에 우리의 동굴탈출의 사정말인데, 이미 얘기했듯 노리코가 말한 순서대로 구조의 손길이 왔다. 그것도 그녀가 생각하고 있던 것보다도 훨씬 빨리. 그것은 키치조가 들고 있던 관솔불 덕택이었다. 공기의 유통이 나쁜 동굴 속에서는 한번 들어찬 냄새는 좀처럼 빠지지 않는다. 게다가 키치조가 들고 있던 관솔불은 맹렬한 연기를 뿜어내고 있어서 그 냄새가 동굴 속에 남아 있었던 것은 당연하고, 그것이 수색대에게 길잡이 역할을 했던 것이다.

그들도 설마 슈 씨와 키치조가 나를 노리고 '도깨비불 연못' 안 깊이 잠입했으리라고는 생각지 못했다. 초에이 씨의 조력으로 겨우 마을사람들을 진정시키고 긴다이치 코스케와 이소카와 경부, 거기에 두세 사람의 형사를 포함한 일행은 바로 나를 부르러 '도깨비불 연못'까지 왔다. 그리고 연못 맞은편에서 내 이름을 불렀지만 대답이 없어서 불안하게 생각하고 연못을 건너왔던 것이다.

그리고 네 번째와 다섯 번째 동굴에 한 가닥의 실이 늘어뜨려져 있는 걸 보고는 긴다이치 코스케는 바로 내가 뭔가를 하고 있었다는 것을 알아차렸다. 거기까지는 좋았다. 하지만 다섯 번째 동굴에서 손대지 않은 도시락이나 봄 코트가 거칠게 짓밟혀 있는 걸 발견했고, 게다가 동굴 속에 차 있는 강한 유황연기 냄새에 신경이 미친 긴다이치 코스케는 가슴이 두근거렸다. 내가 관솔불을 들고 있을 리는 없고 또 나를 동정하는 사람(그게 누군지는 알 수 없지만 주변 상태를 보면 동정하는 사람이 있는 건 확실하니까)도 관솔불을 들고 숨어들었을 리는 없다.

그래서 일행은 긴장했고, 어쨌든 실을 따라 동굴 속으로 들어가기로 했다. 그들은 금세 저 합류점까지 다다랐다. 실은 거기서 끊겨 있었지만 전에도 말했듯 유황연기 냄새가 길잡이가 되었다. 신중한 긴다이치 코스케는 그래도 만일을 대비해 밧줄을 늘어뜨리고 가는 것을 잊지 않았는데, 이렇게 그들은 낙반 건너편까지 다다랐던 것이다. 다행히 낙반의 범위는 그리 넓지 않았던 듯, 그들이 부르는 소리나 발소리가 희미하게나마 우리가 있는 곳까지 들려왔다. 우리도 필사적이 되어 벽을 두드리고 바닥을 치며 목이 쉬도록 외쳤다.

이렇게 그들은 낙반 건너편에 누군가가 살아 있다는 사실을 알고 서둘러 구조대를 조직했던 것이다. 그것은 곤란하고 위험한 일이었다. 동굴은 두텁고 좁고 불편한데다 또 언제 다시 낙반이 있을지 모를 상태였다. 그럼에도 가까운 N마을에서 모여든 인부 등과 함께 낮밤을 가리지 않고 작업이 계속됐다.

우리, 노리코와 나는 낙반 건너편에서 느껴지는 사람들의 노력에 감사하면서도, 한편으로 느릿느릿 좀처럼 진척되지 않는 작업에 애를 태우며 얼마나 불안에 몸을 떨었는지 모른다. 문자 그대로 그것은 희망과 불안이 뒤섞인 채 극도의 긴장상태에서 보낸 사흘 낮밤이었다.

이렇게 해서 우리는 결국 구출되었지만, 나흘째 아침 낙반 벽에 기다리고 기다리던 구멍이 만들어지고 거기서 누군가가 뛰어 들어왔을 때에는 한심한 이야기지만 나는 거의 정신을 잃을 것 같았다. 뛰어 들어온 사람들 속에는 긴다이치 코스케도 있었다. 이소카와 경부도 있었다. 신타로도 있었다. 그리고 탈진한 상태여서 내 눈에 이상하게 보였을지도 모르지만, 마로오사의 에이센 스님이 눈물을 머금고 허둥거리고 있었다. 그리고 마지막으로 어딘가에서 본 적 있는 얼굴이지만 아무리 해도 생각나지 않는 사람이 내 옆에 다가와서,

"데라다 군, 정신 차리게. 나야, 잊었나? 고베의 스와 변호사일세. 군도 고생했구먼."

하고 말하면서 눈물을 뚝뚝 떨어뜨렸을 때, 어째서 이 사람이 이런 데 온 걸까 의아해하면서 마침내 황홀한 무아지경에 빠져

들어 버렸다.

그 후 일주일 남짓 나는 고열에 들떠 꿈과 생시를 오락가락하고 있었던 것 같다. 극도의 공포와 흥분과 동굴 안의 불안한 생활에 정말로 병들었던 것이다. 나중에 노리코가 말한 바에 의하면 아라이 선생도 몇 번인가 눈썹을 찌푸렸다며, 얼마나 애태웠는지 모른다고 했다. 노리코 쪽이 훨씬 건강해서, 그녀는 사흘 동안 잔 후 몸을 일으킨 다음에는 줄곧 내 곁을 떠나지 않았다.

이렇게 해서 일주일 정도 위험한 시기는 지났지만, 위험한 시기를 지나자 가장 먼저 내 뇌리에 떠오른 것은 미야코의 일이었다. 하지만 내게는 그것을 입 밖에 낼 용기는 없었고, 주위사람들도 애써 피하고 있는 듯 아무도 그녀의 이름을 언급하는 이는 없었다. 하지만 나중에 생각해 보면 팔묘촌을 뒤흔든 저 사건도 이 일주일 동안 완전히 정리되었던 것이다. 아니, 아니, 내가 동굴에서 구출되었을 때에는 이미 대개의 상황이 결말을 지었다고 해도 좋겠다.

아무튼 위험한 시기가 지나자 회복도 빨라서, 나는 바로 이전의 몸으로 돌아왔는데 그러던 어느 날 긴다이치 코스케가 와서,

"여, 완전히 건강해지셨군요. 다행, 다행. 한데 오늘은 당신에게 전언을 부탁받고 왔습니다만."

하고 언제나처럼 유유한 태도로 말했다.

"예."

"마로오사의 주지스님 말인데요, 몸이 좋아졌다면 만나서 얘기하고 싶은 게 있으니 한번 절에 와달라고 하셨습니다. 당신도 이번엔 그 분께 제법 신세를 졌으니 한번 인사하러 가면 어떻겠

습니까."

"아아, 그건……. 저도 요전부터 생각하고 있었던 참입니다. 그럼 즉시 가는 걸로 하죠."

"어떻습니까. 저와 같이 가시겠습니까. 저는 지금부터 서쪽집에 돌아갈 예정입니다만……."

긴다이치 코스케가 동행을 권한 것은 마을사람들과 만났을 때 서로 간에 서먹서먹할 것을 생각해주었기 때문이리라. 그 호의에 감사하고 나는 함께 가기로 했다.

"당신은 아직 서쪽집에……?"

"예, 이제 슬슬 돌아가려고 생각하고 있습니다만."

"경부님은 어쩌시고요."

"지금 오카야마로 돌아가 계십니다만 이삼일 지나면 오실 겁니다. 그래요, 참. 그래서 당신에게 부탁이 있는데 경부님이 오시면 한번 모두 모아놓고 이번 사건에 대해 이야기를 나눠보면 어떨까 합니다만. 그 모임장소로 별채를 삼가 빌려 쓸 수 있을까 하는데요."

별로 거절할 이유도 없어서 나는 바로 승낙했다. 그리고 다음은 별로 이렇다 할 얘기도 없이 긴다이치 코스케는 반카치 변두리까지 바래다주고는,

"그럼 이걸로……. 주지스님께 안부 전해주십시오. 너무 놀라지 않으시는 편이 좋겠습니다."

하고 묘한 소리를 하더니 싱글벙글 웃으면서 후딱 돌아가 버렸다. 나는 뭔가 묘한 기분이 들었다. 아직도 내게 놀랄 일이 있단 말인가. 이미 어떤 놀라움에도 면역이 되어 있을 만큼 지독한

경험을 하고 왔는데…….

하지만 나는 잘못 생각하고 있었다. 이 사건의 마지막, 나는 또 다시 커다란 놀라움과 맞닥뜨렸던 것이다.

초에이 스님은 노환이라고는 해도 안색도 좋고 자못 복스런 눈썹을 한 스님으로 몸집도 크고 살집도 좋았다. 중풍으로 거동이 부자연스럽다고는 하지만 말투도 별로 이상하지는 않았다. 내가 감사 인사를 하는 것을 침구에 기대어 듣고 있었는데 그 모습이 참으로 기뻐 보였다.

"아니, 잘됐다, 잘됐어. 뭐라 해도 무사해서 잘되었다. 나는 조금도 알지 못해서 그래, 손쓰는 게 늦어서 미안하게 되었어. 병으로 안 좋았다고 들었는데 오늘은 잘 와 주었구나."

"예, 뭔가 제게 하실 말씀이 있다고 해서."

"그건가. 이거야 원. 에이센, 무얼 안절부절못하고 있느냐. 꼴불견이구나. 좀 침착하게 있으려무나."

에이센 스님은 굉장히 스승을 생각하는 듯 바지런하게 시중을 들고 있었지만, 왠지 침착하지 못하고 게다가 가능한 한 내 쪽을 보지 않으려고 하는 것이 이상했다.

"타츠야야, 내가 할 애기란 이 에이센에 관한 건데, 듣자하니 에이센과 너는 묘한 인연으로 이상하게 얽히게 된 것 같은데 여기서는 한줄기 물에 흘려보내려무나. 이 에이센이란 사람은 네게 있어서도 연이 깊은 남자란다."

"스승님."

"괜찮지 않나, 괜찮지 않나. 전부 밝혀버리자고 너도 각오를 정하지 않았더냐. 타츠야, 이 에이센은 만주에서 지독한 고행을 하고 온 탓에 완전히 인상이 바뀌어버려서 바이코 외에는 누구 한 사람 알아차린 이가 없었지만, 이쪽은 옛날 마을학교에 있었던 가메이 요이치란 선생으로 네 어머님과도 대단히 연이 깊은 남자란다."

오오, 놀라지 말라고 해도 이거야말로 놀라지 않을 수 있겠는가. 아버지……. 그렇다. 태어나서 28년, 나는 처음으로 진짜 아버지란 사람을 만났던 것이다. 내 몸은 부들부들 떨리고 전신이 불타오르듯 뜨거워졌다. 그것은 그립다든가 밉다든가 하는 감정을 초월한, 일종의 정체모를 격정이었다. 나는 그저 침묵한 채 아버지의 옆얼굴을 응시했다. 그 아버지는 그저 방울방울 눈물지은 채 나를 정면으로 쳐다보려고도 하지 않았지만, 그렇다 해도 누구 하나 알아차리지 못한 것도 무리는 아니다. 그것은 뭐라 말할 수 없는 변화였을 것이다. 병풍 속에서 발견했던 저 수려한 모습은 온데간데 없다. 비바람이 아름다운 산의 모습을 깎아 바위뿐인 추한 민둥산으로 만들듯 28년의 세월이 아버지의 모습을 완전히 바꿔버렸던 것이다.

"티츠야야, 너도 가메이 요이치의 이름은 알고 있을 것 같다만."

초에이 스님은 내 안색을 지켜보고 있었다. 나는 끄덕였다. 그리고 여기서 속을 가늠하는 것보다 전부 밝히는 편이 저쪽도 얘기하기 편하리라 생각했다.

"요전에 병풍 속에서 저는 그 분과 어머니 사이에 주고받은 편지를 발견했습니다. 또 어머니가 소중히 간직하고 계셨던 듯한 그 분의 젊은 시절 사진을 찾았습니다."

초에이 스님과 에이센 스님이 깜짝 놀란 듯 얼굴을 마주보았다. 나는 말을 이어,

"그 사진은 가메이란 분의 스물예닐곱 살 무렵의 사진이었습니다만, 그 얼굴은…… 그 모습은 지금 제 모습 그대로였습니다. 그래서 저는 자신이 그 분의 무엇에 해당하는지 대충 알고 있었습니다."

에이센 스님이 느닷없이 양손으로 눈을 누르고 소리 높여 울기 시작했다. 초에이 스님은 그것을 나무라며,

"보기 흉해, 어지간히 해두어라. 타츠야야, 더는 말하지 않으마. 하지만 네가 거기까지 알고 있었다면 이야기하기 쉽겠다. 에이센, 아니 가메이는 28년 전 대사건날 밤 여기에 머물러 있었던 덕에 그 재난을 피할 수 있었지만, 그런 일이 일어난 것도 원래대로라면 자기 탓이라며 마음을 정하고 마을을 뛰쳐나와 스님이 되었단다. 그것도 가장 괴로운 수행을 하자고 만주의 오지에서 고행승 같은 생활을 했다고 한다. 그러던 중 이번 전쟁으로 불문곡직하고 돌려보내져서 부득이하게 내가 있는 곳에 찾아온 것인데, 이런 이유로 너도 방치해둬서 미안하다고 말하고는 있지만, 아무래도 사정이 사정이니만큼 뭐 어쩌겠느냐, 용서해주려무나."

에이센은 또 울고 있다. 나도 눈물이 날 것 같은 기분이 되어 끄덕였다.

"각설하고 그 다음은 드디어 이번 일 말인데, 에이센은 동쪽집에서 쌍둥이 노인이 너를 찾아올 거라는 얘길 듣고 무척 놀랐다고 한다. 네 출생에는 당시부터 여러 가지 소문이 있었고, 그건

코우메나 코다케, 또 히사야 등도 잘 알고 있었을 터. 그래서 지금까지 버려두었던 걸 이제 와서 찾는다니 어찌된 영문인가 하고 지독히 불안해진 참에, 마침 고베에 일이 있어 가는 김에 네 성격, 품행 같은 걸 조사했던 것이지. 즉 에이센도 네가 어느 쪽 자식인지 모르고 있었던 게야. 이렇게 너를 눈앞에 놓고 보니 일목요연하다만……."

초에이 스님은 씁쓸하게 웃었다.

나는 거기서 정색했다.

"그렇군요. 그걸로 대충 알았습니다만, 그러나 알 수 없는 것은 렌코사 스님이 살해당했을 때의 일입니다. 어째서 그때 당신은 저를 범인이라고 생각하셨던 겁니까."

에이센 스님은 그 말을 듣고는 더할 수 없이 서글픈 표정을 지었다. 그리고 도움을 요청하듯 초에이 스님을 보았다. 초에이 스님이 몸을 앞으로 내밀었다.

"그거 말이냐. 그 얘기도 에이센에게 들었다. 네가 이 마을에 오고 끊임없이 얼굴을 보게 됨에 따라 에이센은 확실히 네가 자기 자식이란 걸 알게 된 것이지. 에이센은 그게 두려웠다고 했다. 옛날 자신의 죄업을 똑똑히 눈앞에서 보는 것 같아 몸이 움츠러드는 기분이었다고. 그것과 또 하나 에이센을 괴롭혔던 것은 네 기분을 알 수 없었던 것이야. 너는 자기 출생의 비밀을 모르고 있었을까? 아니, 아니, 그런 소란을 듣지 못했을 리는 없고. 그렇다면 자신이 요조의 자식이 아니란 사실도 모를 리가 없을 터. 그걸 알면서 앞질러서 다지미 가를 상속하려는 네가 에이센으로서는 너무나 무섭게 생각되었던 게야. 즉 네가 천하에 둘도 없는 악당으로, 다지미의 가의 재산을 횡령하기 위해서는 수단을 가리지 않고 조부도 죽이고 형도 죽이는 그런 무서운 괴물이라고 생각됐던 거지. 그것도 자기 자식이니 새삼스럽게 옛 죄업을 떠올리던 바로 그때, 눈앞에서 렌코사 스님이 독살 당했지. 그래서 영락없이 네가 자신을 아버지로 알고 있고 죽이려고 한 거라고 생각했던 게야. 즉 여기서 무심코 아버지라고 지칭하면 다지미 가의 재산을 노리는 데 방해물이 될 터이니 죽이려고 했구나 그렇게 생각했다더구나. 그 무렵에 너란 사람을 잘 모르던 에이센은 고민과 번뇌의 절정에 달해 있었으니, 뭐 용서해주려무나."

즉 그때 아버지가 책망했던 것은 나보다 오히려 자기 자신의 과거에 대한 죄책감이었던 것이다. 그 생각을 하니 나는 순순히 용서할 수 있었다.

"잘 알겠습니다. 저도 자신이 다지미 가 핏줄이 아닌 걸 알았다면 누가 뭐래도 여기 오는 일은 없었을 겁니다. 그런데 또 한 가지 여쭙고 싶은 게 있습니다. 항상 동굴에서 별채로 숨어들었던 건 에이센 스님이죠. 누님은 스님이 떨어뜨리고 간 비밀통로 지도를 주웠어요. 그건 대체 어찌된 일입니까."

그에 대해서도 초에이 스님이 설명했다.

"타츠야야. 인간이란 것은 어지간히 수행을 쌓아도 좀처럼 번뇌를 떨어뜨릴 수가 없는 존재란다. 에이센도 옛날 일은 일체 잊어버릴 생각에, 그런 까닭이 있었기 때문에 이 마을로 돌아왔던 것이지만 아무튼 날이 가고 기분이 가라앉음에 따라 생각나는 것은 츠루……, 네 어머님의 일이었다. 어머님이 병풍에 붙인 편지에 관한 것은 두 사람만의 비밀이었는데 그 병풍이 아직 그 별채에 있단 사실을 알고 애간장이 타서 지하도를 빠져나와 병풍을 보러갔다고 한다. 특히 네가 돌아와 그 별채에서 생활하게 되고부터는 한층 그리워져서 끊임없이 지하도를 서성거리고 있었단다. 그렇지 참, 언젠가 너나 하루요나 분가의 노리코가 텐구의 코에서 이놈의 모습을 봤던 때도 언제나처럼 너에 대한 그리움에 동굴을 서성거리고 있던 참에, 무시무시한 비명소리를 듣고는 한층 겁에 질려 살금살금 걷고 있던 것을 너희들에게 들킨 것이야. 그것도 그래, 너에 대한 그리움에서 나온 행동이란다. 의심을 거두려무나."

나는 언젠가의 밤, 별채에서 잠들어 있던 내 뺨에 흘러내린 뜨거운 눈물을 생각해내고 갑자기 눈시울이 뜨거워지는 것을 느꼈다. 나는 말없이 끄덕이고,

"그랬습니까. 저는 또, 보물이라도 찾고 계시나 했습니다."

"아아, 아니야."

에이센 스님이 처음으로 입을 열었다. 그리고 누구에게랄 것도 없이 나직한 목소리로 말했다.

"나도 젊었을 무렵에는 보물찾기에 열중했던 적도 있어. 이 절에 기묘한 지도와 찬불가 같은 노래를 적어놓은 종이가 전해져 내려오는 걸 스승님께 전해 받고는 정신없이 동굴 속을 헤맸던 적도 있어. 하지만 그것도 옛날의 꿈이야. 지금은 이제, 그런 꿈을 보기엔 너무 나이를 먹어버렸어."

"아니야, 꿈은 아니지. 보물은 확실히 있어."

초에이 스님은 강한 목소리로 말했지만 갑자기 생각난 듯 내

쪽을 돌아보며,

"그래서 생각난 건데, 요전에 타츠야와 노리코가 갇혔던 곳, 어쩌면 거기가 보물 산이 아닐까 하고 생각했다만……. 그도 그럴 것이 슈키치와 키치조의 시체를 파내러 갔을 때의 이야기에 의하면 거기는 전에도 낙반이 있었던 듯 오래된 사람 뼈가 한 무더기 발견되었는데 그 옆에 수정으로 된 염주 알이 흩어져 있던 걸 보니 스님이 아닐까 하고…… 그러더란다. 그 일도 그렇고 절에 내려온 그 노래, 부처님의 보물 산에 들어간 사람은 '용의 턱'의 무서움을 알리라 하는 그 노래를 보면 낙반이 있던 곳이 '용의 턱'은 아닐까 하고 생각해. 그렇다면 너희들이 갇혀 있던 곳이 보물 산에 해당하는 게 아닐까."

초에이 스님에게는 죄송스럽게도 그때 나는 말없이 고개를 숙이고 있었다.

그 후에 일어난 일(둘)

동쪽집 별채 방에서 이 사건의 마지막 매듭을 짓기 위해 집회가 열린 것은 하루요 누님이 돌아가신지 35일째 되는 밤이었다.

모인 사람은 긴다이치 코스케를 필두로, 이소카와 경부와 아라이 선생, 서쪽집 주인 노무라 소키치 씨, 마로오사의 에이센 스님과 신타로 노리코 남매, 그리고 때마침 그 무렵 다시 팔묘촌에 돌아와 있던 고베의 스와 변호사, 그리고 나를 포함해 도합 아홉 명이었다.

누님 오칠일이라고 해서 마음을 담아 술과 생선 등을 준비했다. 술 좋아하는 사람은 술을 마시고 술을 못 마시는 사람은 안주를 먹는, 내가 이쪽에 오고 나서 처음 경험하는 온화한 회합이었다.

긴다이치 코스케는 나와 마찬가지로 술은 못하는 듯 맥주 한 잔에 바로 얼굴이 빨개져 자꾸만 더벅머리를 긁고 있었지만 마침내 이소카와 경부에게 재촉 받고 더듬더듬 입을 열었다.

"여기 계신 경부님은 알고 계십니다만, 어쩐 일인지 이 저는 오카야마 현이란 곳에 인연이 있어서 경부님과 사건을 함께 했던 적도 한두 번이 아닙니다만 이번 사건만큼 쩔쩔맨 적은 없습니다. 겸손은 아니고, 저는 감히 고백하지만 이번 사건에서는 저한테 좋은 부분이 조금도 없었습니다. 미국야구 용어로 말하면 이 사건에 있어서 저는 완전 고트[41]였어요. 그 제일 큰 증거는 저란 인간이 없어도 이 사건은 저절로 종식되고 범인도 자연히 형벌을 받게 되었을 게 분명하단 점입니다. 하지만 그럼에도 불구하고 저는 처음부터 범인을 알고 있었어요. 타츠야 씨의 조부님인 우시마츠 씨가 살해당했을 때부터 범인은 모리 미야코가 아닐까 하고 의심하고 있었죠. 이렇게 말하면 자못 뽐내는 것처럼 들릴지도 모르겠지만 그게 아닙니다. 그걸 알고 있던 사람은 저만이 아니에요. 또 한분 계십니다. 다름이 아닙니다. 여기 계신 서쪽집의 주인어른이신 노무라 소키치 씨, 즉 미야코 씨의 아주버님 되시는 분입니다."

나를 포함해 일동은 깜짝 놀라 서쪽집 주인의 얼굴을 보았다. 노무라 소키치는 하지만 그저 무뚝뚝하게 입을 다물고 있었다.

"대관절 제가 어떻게 이 마을에 와서 서쪽집 어른에게 신세를 지게 되었는지, 그것부터 말씀드리면 지금 한 말이 바로 납득가실 거라 생각합니다. 소키치 씨는 동생, 즉 미야코 씨의 남편이

---

41) 고트(goat): 결정적인 순간에 실수하여 다 잡은 승리를 날려버리는 선수를 가리킴.

었던 타츠오 씨의 죽음에 깊은 의혹을 품고 계셨던 겁니다. 타츠오 씨는 태평양전쟁 3년째에 사망했어요. 병명은 뇌출혈로 되어 있지만 소키치 씨는 이 사인에 의문을 품었죠. 타츠오 씨의 죽음은 타살은 아닐까, 즉 독살 당한 건 아닐까, 그리고 그 범인은 처인 미야코가 아닐까…… 하고 그런 강한 의혹을 갖고 계셨던 겁니다."

우리는 깜짝 놀라 다시금 새롭게 서쪽집 주인의 얼굴을 보았다. 그중에서도 신타로의 얼굴에 나타난 놀라움과 고뇌의 기색은 심각했다. 한동안 그는 아연해서 서쪽집 주인을 보고 있었지만 마침내 풀썩 어깨를 내리고 끄덕였다. 그에 반해 서쪽집 주인은 노(能)의 가면처럼 눈썹 하나 까딱하지 않았다.

"서쪽집 어르신이 어떻게 그런 의혹에 도달했는지 그것은 이 사건에 직접 관계없는 일이니 생략하기로 하고 어쨌든 어르신은 동생을 너무나 사랑하고 계셔서 이 의혹을 의혹인 채 가슴에 품고 계시는 건 참을 수 없었던 겁니다. 가능하다면 진상을 밝혀 범인에게 복수하고 싶다……고 생각하고 계시는 참에 마침 제가 《밤 산책》 사건으로 요 건너편에 있는 귀수촌에 와 있었기에 저쪽 사건이 끝나는 걸 기다려 이쪽의 조사를 의뢰하러 오신 겁니다. 그래서 저는 처음부터 모리 미야코란 여성을 조사할 목적으로 이 마을에 와 있었던 겁니다."

이 일은 이소카와 경부도 처음 듣는 듯 얼마쯤 책망을 담은 눈초리로 긴다이치 코스케를 응시하고 있다. 그 일을 좀더 빨리 알고 있었다면 사건도 빨리 해결할 수 있었을 게 분명하다고 생각하는 것이리라. 하지만 코스케는 그 비난을 완전히 무시하고,

"아무튼 이 마을에 온 저는 서쪽집 어르신으로부터 이런저런 이야기를 들었습니다. 미야코 씨에 대한 의혹의 동기, 근거 등을 들었어요. 하지만 그것은 하나같이 빈약하거나 혹 근거가 있다 고쳐도 지금 와서는 조사 불가능하다고 생각할 만한 정황뿐이라 저는 이 사건을 책임질 자신은 없었어요. 그래서 거절하고 물러가려고 생각하던 참에 날아든 것이 고베에서 우시마츠 씨가 독살 당했다는 소식이었습니다. 게다가 스스로 지원해서 그 뒤처리를 하러 고베로 간 것이 모리 미야코 씨, 게다가 또 하나 첨가해 보자면 서쪽집 어르신 말에 의하면 동생 타츠오 씨 임종 모습이 우시마츠 씨의 마지막과 거의 비슷했다고 합니다. 이렇게 되면 저는 얼마쯤 생각을 고쳐먹지 않을 수 없었습니다만, 거기다 서쪽집 어르신께서 이전 일은 어쨌거나 좀 더 상황을 봐달라는 요청도 계셔서 체재하는 사이 히사야 씨의 살인사건이 일어난거죠. 이렇게 되니 이제 이쪽에서 애걸해서 머물게 해달라고 하고 싶어질 정도였습니다."

일동은 침묵한 채 듣고 있다. 누구 한 사람 입을 여는 사람은 없었고 기침 한 번 하는 사람도 없었다. 단 한 사람 스와 변호사만이 혼자 술을 따라 홀짝거리며 마시고 있었다.

"당사자를 앞에 두고 말하기도 뭣합니다만, 서쪽집 어르신은 복수심에 차 계셨습니다. 이미 미야코 씨를 미워하고 계셔서 우시마츠 씨가 살해당하고 히사야 씨가 독살 당했을 때, 바로 그것을 미야코 씨가 한 짓이라고 단언했죠. 타츠오 씨의 경우도 포함해서 전부 같은 수법이라고 했습니다. 그것은 그럴지도 몰랐고, 사실 또 미야코 씨는 독을 먹일 기회를 갖고 있었어요. 우시마츠 씨는 고베에 가기 전에 스와 변호사에게 보내는 소개장을 미야코 씨에게 써달라고 했죠. 그래서 그때 미야코 씨에게는 캡슐을 바꿔치기할 기회가 있었어요. 또 히사야 씨를 살해한 독은 모두 알고 계시듯 구노 선생의 약국에서 넣은 겁니다만 그 약국에는 미야코 씨도 자주 출입하고 있으니 이 또한 기회가 있었죠. 하지만 여기서 어려운 것은 이 사람에게 기회가 있다는 것만으로 고발할 수는 없습니다. 인간은 기회만으로 남을 살해하는 존재는 아니니까요. 거기에는 동기란 게 있습니다. 그럼 미야코 씨에게 어떤 동기를 생각할 수 있을까, 남편살해는 그렇다 치고 우시마츠 씨나 히사야 씨를 죽여도 그녀는 한 푼도 얻지 못합니다. 아니, 아니, 사건이 끝난 지금 와서 보면 히사야 씨를 살해한 데는 중대한 의미가 있다는 걸 알 수 있지만 그 때는 몰랐어요. 히사야 씨가 살해당한 것만으로는 알 수 없었죠. 아니, 아니, 그렇지는 않습니다. 그때 히사야 씨만 살해당했다면 혹시 범인계획의 첫 걸음을 간파할 수 있었을지도 모르겠습니다만 그 전에 우시마츠 씨가 살해당했죠. 우시마츠 씨 살인과 히사야 씨 살인에 일관된 동기를 생각하는 것은 당연한 일로, 그 결과 뭐가 뭔지 알 수 없게 되어버렸던 겁니다. 게다가 그 위에 타츠오 씨 경우를 생각해보면 점점 불가능해지죠. 모리 타츠오 씨와 마소거간꾼 우시마츠 씨, 게다가 동쪽집 주인까지. 혹시 이게 동일범의 소행이라 치면 범인은 완전히 미치광이라고밖에 생각되지 않습니다. 하지만 우리의 히로인 모리 미야코 씨는 그토록 재기발랄, 도저히 그런 조발성 치매 같은 범죄를 저지를 거라곤 생각되지 않죠. 게다가 이 특징은 렌코사의 코젠 스님으로부터 바이코 스님으로 나아감에 따라 점점 강조됩니다. 즉 이 일련의 살인사건은 마지막 한 명이 살해당할 때까지 동기를 알 수 없다는 점에 어려움이 있는 겁니다. 즉 범인은 동기불명이란 사실의 배후에 안주하고 숨어 있었던 겁니다. 그래서 그때, 바이코 스님이 살해당했을 때 머리맡에 그런 종이쪽지가 놓여 있지 않았다면 범인의 동기은 닉은 좀 더 완전했을 거라 생각합니다. 그 종이쪽지를 바이코 스님 머리맡에 두었던 것, 이 일에 의해 지금까지 완전무결했던 범인도 처음으로 바보짓을 했던 겁니다. 그것도 이중의 의미로……."

그때 옆에서 스와 변호사가 맥주를 따라주어서 긴다이치 코스케는 말을 끊었다. 그리고 한 모금 목을 축이고 또 슬슬 이야기를 시작했다.

"실제 그 때까지 이 일련의 살인사건에서 동기의 탐구란 점에서는 저희는 완전히 항복하고 있었습니다. 우시마츠 씨에서 바이코 스님에 이르는 네 번의 살인사건에서 대관절 어떤 일관된 동기를 생각할 수 있겠습니까. 완전히 동기 없는 살인이라고밖에 생각되지 않았어요. 하지만 그 종이쪽지에 의해 범인은 처음으로 동기다운 동기를 보여주었죠. 코다케 할머님의 소나무가 벼락에 맞아 갈라진 사실에 의해 무서운 영감을 받은 누군가가 여덟무덤신에게 바치는 제물로서 병립, 혹은 대립하고 있는 두 사람 중 한쪽을 죽여 나간다는 광신자적 동기, 게다가 그것은 팔묘촌의 살인사건으로서는 그럴싸해요. 하지만 아무리 그럴싸해도 그것은 너무 지나치게 비현실적이죠. 게다가 광신자의 범죄란 격정적인 게 보통이고 이번 사건처럼 음험한 동시에 교묘한 예는 적습니다. 하지만 어쨌든 범인이 처음 동기다운 것을 보여줬다는 점에서 저 종이쪽지는 흥미가 있었죠. 어쩌면 범인은 진짜 동기를 감추기 위해 저런 동기를 드러내고 싶었던 게 아닐까. 이렇게 생각하면 웬걸, 웬걸, 동기 없는 살인은커녕 이 사건의 범인은 용의주도한 놈이란 게 됩니다. 그 종이쪽지가 가리키는 동기를 날조한 것만으로도 보통 두뇌는 아닌데, 게다가 동기를 숨기려는 사고방식, 그것이야말로 좀 더 고급스런 범인의 방식이니까요. 살인사건에서 동기가 잘 감춰지면 범인의 계획은 반 이상 성공입니다. 진실을 얘기하자면, 이 무렵 저는 이 사건에 대해 거의 숟가락을 내던지려던 참이었습니다만 이걸로 갑자기 투지가 솟구쳤죠. 즉 범인은 조금 지나치게 이른 시기에 손바닥에 쥔 것을 보여줬던 겁니다."

긴다이치 코스케는 거기서 한번 숨을 들이켜고,

"그것하고 또 한 가지, 범인의 실패는 뭐라 해도 저 종이쪽지를 내놓은 시기가 좋지 않았다는 겁니다. 바이코 스님은 동쪽집에서 보내온 음식을 먹고 죽었지만 전후사정으로 볼 때 독을 넣은 게 동쪽집 부엌이란 사실은 확연합니다. 그러므로 범인은 바이코 스님의 암자에 접근할 필요는 전혀 없었죠. 그럼 어째서 그 종이쪽지가 거기 떨어져 있었는지, 범인이 일부러 가져가서 둔 것일까, 그렇습니다. 그 외에 다른 생각은 할 수 없습니다만, 그 시기는? 이 사건의 범인은 비상하게 영리하므로 언젠가 살인이 발견될 집에 몰래 종이쪽지를 놔두러 간다는 건 생각할 수 없습니다. 그래서 그 종이쪽지를 두러가는 가장 좋은 시기는 타츠야 씨가 미야코 씨와 둘이서 암자를 방문해서 시체를 발견했을 때,

그 때밖에는 생각할 수 없죠. 그때 범인이 몰래 떨어뜨려두고 같이 간 사람에게 발견하게 한다. 범인은 이만큼 좋은 시기는 없다고 생각하고 그대로 실행한 겁니다만 어찌 알까보냐, 그것이야말로 최악의 시기였어요. 왜냐면 두 사람이 암자에 도착하기 직전에 고이차의 비구니가 숨어들어 시체 주위를 돌아다녔기 때문이죠. 그것을 몰랐던 게 범인의 가장 큰 실수였습니다. 고이차의 비구니는 시체 주변에 그런 종이쪽지 같은 건 절대로 없었다고 증언할지도 모르죠. 그렇게 되면 큰일이라 그날 밤 고이차에 숨어들어 묘렌을 교살했던 겁니다."

이 때 갑자기 무리 속에서 날카로운 신음소리가 새어나와 우리는 갑자기 그쪽을 돌아보았다. 신타로였다. 신타로는 격하게 몸을 떨면서 겁먹은 듯 눈을 날카롭게 만들고 한없이 흐르는 땀을 훔치고 있었다.

내가 조용히 말을 걸었다.

"그날 밤, 고이차의 비구니가 살해당했을 때 저는 당신이 암자 쪽에서 언덕을 내려오는 걸 봤습니다. 그때 당신의 무시무시한 형상에서 비구니를 죽인 건 분명 당신이겠거니 생각했습니다만, 그게 아니라면 혹시 당신은 그날 밤 미야코의 모습을 암자부근에서 보신 건 아닙니까."

이번엔 내 쪽으로 일동이 갑자기 돌아보았다. 경부는 흐흠, 하고 불만스럽게 코를 울렸다. 신타로는 어두운 눈을 하고 끄덕였다.

"그렇습니다, 미야코를 보았던 겁니다. 하지만 그것이 미야코라고 잘라 말할 자신은 없었어요. 미야코는 그때 남장을 하고 있었고 아주 잠깐 보았을 뿐이라서. 물론 상대는 내가 본 걸 눈치채지 못했어요. 하지만 어쨌든 미야코 같은 인물이 암자에서 나와서 이상하게 생각하고 안을 들여다봤죠. 그리고 그 시체를 발견했던 겁니다만 아무리 생각해도 미야코가 저 비구니를 살해할 이유는 없다고 생각해서 어쨌든 입 다무는 게 최고라고 생각하고 지금까지 아무한테도 이야기하지 않았습니다. 그렇습니까. 타츠야 군이 보고 있었던 겁니까."

신타로는 흐르는 땀을 훔쳤다. 경부가 다시금 격하게 코를 울리고 분노에 찬 눈길을 우리 두 사람에게 보냈다.

긴다이치 코스케가 그것을 수습하려는 듯,

"뭐, 당신들께서 그들 일을 우리에게 고하지 않았다는 건 뭐라 해도 비난받아 마땅할 일이죠. 지금 와서 말해도 소용없지만요. 그때 고이차의 비구니가 살해당한 건 뭐라 해도 우리 실수였습니다. 저는 설마 범인이 그 정도까지 실행력이 있으리라고는 생각지 못했어요. 또한 실제로 고이차의 비구니를 증인으로 세워 얼마 만큼의 가치가 있을지 의문이기도 했고요. 특히 그런 작은 종이쪽지였으니 보지 못했다고 해도 거기에 얼마 만큼의 신빙성이 있을지 알 수 없었던 겁니다. 하지만 범인은 그런 식으로는 생각지 않았던 거죠. 위험한 존재는 선수를 쳐서 살해해버린다. 실로 무서운 놈입니다만 생각해 보면 그것이 가장 안전한 방법인 거지요. 아무튼 이 일로 인해 제 머릿속에는 모리 미야코란 사람의 영상이 갑자기 뚜렷하게 떠올랐어요. 이제까지는 서쪽집 어르신의 두서없는 의혹의 대상으로밖에 생각되지 않았던 미야코 씨의 행동 속에서 저는 처음으로 의혹을 뒷받침할 사실을 발견했던 겁니다. 그러나 골치 아프게도 그와 동시에 구노 선생이 갑자기 의혹의 대상으로 떠올랐습니다. 그것도 미야코 씨보다 훨씬 강력한 의혹의 대상으로……."

"그렇다, 대체 구노 선생은……."

하고 그때 처음으로 입을 연 것은 아라이 선생이었다.

"이 사건에서 어떤 역할을 맡고 있었던 겁니까. 저 기묘한 장난 글은 정말로 구노 선생이 쓴 겁니까."

그런 아라이 선생의 얼굴을 돌아본 긴다이치 코스케의 눈동자는 이상하게 반짝이고 있었다. 마치 개구쟁이 같은 미소를 띠고,

"그렇습니다. 그것은 분명 구노 선생이 쓴 겁니다."

"하지만 구노 선생은 어째서……."

"자, 들어주십시오, 아라이 선생님. 이번 기묘한 일련의 살인 사건의 최초 입안자는 사실 구노 선생이었습니다. 그리고 구노 선생이 왜 이런 기묘한 계획을 세웠느냐 하면 그 원인은 사실 아라이 선생님, 당신에게 있습니다."

그 후에 일어난 일(셋)

"뭐, 뭐 뭐라고요!"

아라이 선생의 입술에서 새어나온 외침은 날카로웠다. 그것은 놀람과 분노가 뒤섞인 것이었다. 역시 온후한 아라이 선생도 이 때만큼은 창백해져 입술이 희미하게 떨리고 있었다. 우리는 깜짝 놀라 두 사람의 얼굴을 번갈아보고 있었다.

"아니, 선생님. 놀라게 해서 죄송합니다. 하지만 제 말은 결코 거짓말도 엉터리도 아닙니다. 구노 선생이 그런 기묘한 계획을 생각했던 건 사실 아라이 선생님, 당신 때문입니다. 그렇다고는 해도 선생님, 저는 결코 당신을 비난하려는 것은 아닙니다. 나쁜 건 오히려 구노 선생이니까요. 결국 악인에게 도리어 원한을 산 겁니다. 하지만 이주해온 당신에게 환자를 죄다 뺏겨버린 구노 선생의 한은 깊었어요. 골수에 사무친 원한이었겠죠. 분명 여덟 조각내도 시원치 않았을 정도라고 생각했을 테지요. 그런 한이

쌓이고 쌓여 구노 선생은 끝내 당신을 죽일 계획을 세웠던 겁니다."

"저를 죽여요……?"

아라이 선생의 얼굴은 점점 창백해졌다. 일동의 주시를 받고 어색한 듯, 술잔을 든 손은 무척이나 떨렸다.

"그렇습니다. 구노 선생은 당신을 죽이려고 생각했던 겁니다. 하지만 그저 당신을 죽이는 것만으로는 바로 자신에게 의심이 쏠릴 걸 구노 선생은 알고 있었어요. 어쨌든 당신에게 환자를 뺏기고 골수에 사무친 원한을 품은 건 마을사람들이 다 알고 있었으니까요. 그래서 어떻게든 당신을 죽여도 자신에게 의심이 돌아오지 않을 방법은 없을까 하고 갈팡질팡 생각에 생각을 거듭한 끝에 짜낸 게 즉, 이번 여덟무덤 전설 살인사건. 즉 쌍둥이 삼나무 한 그루가 벼락을 맞아 갈라져 쓰러진 건 여덟무덤신의 제물을 요구하는 증거라던, 저 고이차의 비구니가 한 요상한 말을 교묘하게 받아들여 마을에서 병립 혹은 대립하는 두 사람 중 한 쪽이 살해당한다는 미신적 범죄인 겁니다."

"그럼 뭡니까."

아라이 선생은 아직도 놀람이 가시지 않은 목소리로,

"구노 선생은 단 한 명, 나를 죽이기 위해 죄도 없는 수 명의 사람을 죽이려고 했단 겁니까."

"그래요. 구노 선생은 몇 사람이 죽어도 개의치 않았을 겁니다. 처음부터 그 사람은 정말로 살인할 작정은 아니었으니까."

"뭐라고요?"

아라이 선생은 눈을 동그랗게 뜨고,

"그건 무슨 의미입니까. 당신이 하는 말은 아무래도 잘 이해가 안 가요."

긴다이치 코스케는 싱글벙글 순진한 눈으로 아라이 선생을 응시하며,

"선생님, 이런 얘길 하는 건 실례겠지만 제가 본 바로 선생님은 진지하고 온후하고 원만한 분인 것 같습니다만, 그런 선생님도 지금까지 한 번도 사람을 미워했던 적은 없었습니까. 저 놈을 죽여 버리고 싶다, 여덟 조각내 버리고 싶다고 속이 뒤틀린 적은 없었습니까."

아라이 선생은 잠자코 긴다이치 코스케의 얼굴을 보고 있었지만 마침내 희미하게 끄덕였다.

"그런 경험이 전혀 없었다면 거짓말이 되겠지요. 물론 실행할 생각은 털끝만큼도 없었지만……."

"그렇죠, 그렇죠."

긴다이치 코스케는 기쁜 듯 머리위의 까치집을 벅벅 긁으면서,

"저희들 보통 사람은 정신적으로는 끊임없이 살인을 하고 있는 존재입니다. 여기에 계신 경부님도 지금까지 몇 번이나 저를 죽였는지 모르죠. 아하하. 아니, 농담은 제쳐두고, 구노 선생의 살인욕구도 그 정도에 지나지 않았던 거죠. 선생은 처음부터 실행할 작정은 없었으니 그에 따라 계획도 가능한 한 기발하고 대규모인 편이 좋았던 겁니다. 그리고 그런 계획을 즐기고 있는 한 인간은 살인 같은 걸 하는 존재는 아닙니다. 그러니 선생이 그 계획을 머릿속에서만 다듬고 있었다면 실수는 일어나지 않았을

테지만, 불행히도 선생은 흥에 겨워 그것을 글자로 써두었어요. 그것이 실수의 근원이었던 겁니다."

"그 노트를 어떤 경위에선가 미야코가 손에 넣었단 거로군요."

노무라 소키치 씨가 처음으로 끼어들었다.

"그렇습니다, 그렇습니다. 그 매개체가 된 것이 바로 고이차의 비구니입니다. 구노 선생은 부주의하게도 그런 중요한 게 씌어져 있는 귀한 노트를 왕진가방에 넣어갖고 다녔어요. 그것을 훔친 게 고이차의 비구니로, 그녀는 안을 뒤적인 끝에 일기 같은 건 필요 없다며 휙 버렸던 걸 불행히도 미야코 씨가 주웠다는 이야기죠."

일동의 입술에서 무심코 깊은 한숨이 샜다. 긴다이치 코스케도 어두운 눈을 하고,

"사실 사건의 계기는 어떤 곳에 있을지 모릅니다. 미야코 씨가 그 일기를 줍지 않았어도 그와 비슷한 짓을 했을지도 모르죠. 하지만 그 일기가 그녀의 행동에 박차를 가한 건 부인할 수 없습니다. 미야코는 일기 속에 있는 저 기묘한 살인계획을 읽고 얼마나 놀랐겠습니까. 그 속에는 하루요와 나란히 자신의 이름을 희생자 중 하나로 들고 있었으니까요. 하지만 어쨌거나 무척 현명한 사람이라 바로 그것이 구노 선생의, 실행할 의지도 없는 탁상계획이라는 걸 알아차렸겠죠. 그와 동시에 그 계획이 전부터 자신이 품고 있던 소망, 즉 동쪽집 사람들을 모두 죽이고 싶다는 욕망과 비상하게 맞아떨어진다는 걸 알아차렸을 겁니다. 왜냐면 거기 거론되어 있는 희생자들 중에는 동쪽집 가족 전원이 들어 있었으니까, 결국 구노 선생이 아라이 선생을 목표로 해서 세웠

던 그 계획은 고스란히 그대로 동쪽집 일가를 모두 죽이려는 목적으로 바꿔치기할 수 있었던 겁니다. 여기서 운명은 결정되었습니다. 미야코 씨는 구노 선생과 달라서 실행력을 지닌 인물이었으니 계획대로 착착 실행해나갔던 겁니다. 그리고 여기서 저 기묘한 팔묘촌의 연속살인사건의 막이 올랐던 거지요."

괴로운 침묵이 묵직하게 일동 사이에 가라앉았다. 무엇으로도 구제할 길 없는 암담한 기분이었다. 이윽고 긴다이치 코스케는 그 침묵의 주박에서 벗어나려는 듯 두세 번 강하게 기침을 하더니,

"스스로 판 구멍이라곤 해도 이 사건에서 가장 불쌍한 사람은 구노 선생입니다. 구노 선생은 자신이 짠 계획대로 착착 사람이 죽어가는 걸 보았을 때 얼마나 놀라고 두려웠을까요. 물론 구노 선생의 계획에서는 아라이 선생 이외에는 둘 중 어느 쪽을 죽인다고 정해져 있지 않았죠. 하지만 어쨌든 자신이 써둔 인물이 계속해서 살해당하고 있으니 그런 공포가 또 없었을 겁니다. 누군가가 자신의 계획을 실행하고 있다……고 거기까지 알아도 누군가가 무엇 때문에 그런 짓을 하고 있는지 구노 선생도 몰랐죠. 또 그에 대해 남에게 밝힐 수도 없었어요. 구노 선생은 그저 공포에 질린 채 사건의 진행을 지켜보는 수밖에는 도리가 없었는데, 마침내 날아든 것이 자신의 글씨로 된 살인예정표였으니 선생은 공포와 절망의 구렁텅이에 빠졌어요. 일단은 모른다고 우겼지만 언젠가는 자신의 필적이란 걸 알게 될 테죠. 그때 대관절 뭐라고 변명할 수 있을까. 저 정신 나간 당치도 않은 계획, 나잇살이나 먹어 아라이 선생을 질투한 나머지 살인계획을 짜면서

속 풀이를 했습니다, 라고 이렇게 말할 수 있겠습니까. 그래서 구노 선생은 도망쳤습니다. 모습을 감추는 것 외에 다른 길은 없었는데, 그런 걸 범인이 속여 동굴 속에 데리고 들어가 감쪽같이 한 순갈 먹인 거지요. 그때 범인이 어떤 말로 속아 넘겼는지 모르겠지만 분명 관심이 사그라질 때까지 모습을 숨기고 있으면 어떻게든 타개의 길이 있을 거라든가 하는 식으로 얘기했겠죠. 어쨌든 상대가 여자니 구노 선생도 그만 마음을 허락했던 겁니다."

"그럼 미야코 씨는 동굴지리에 밝았던 거군요."

내가 물었다.

"그렇습니다. 생각해 보면 그만치 재기 넘치는 부인이니까요. 파묻힌 보물의 전설에 호기심이 없었을 리 없죠. 꽤 이전부터 그 사람은 동굴탐험을 하고 있었던 게 아닐까 생각합니다. 게다가 그 사람이 지하도에 출입했다는 확실한 증거도 있습니다. 경부님, 이걸……."

이소카와 경부가 가방에서 꺼낸 것을 보고 나는 무심코 눈을 크게 떴다. 이런, 그것은 세 개의 황금이 아닌가.

"여기 계신 에이센 스님의 말씀에 의하면 이 세 개의 황금은 아주 최근까지 '원숭이의 걸상'과 시랍이 있는 관 속에 있었다고 합니다. 에이센 스님은 훨씬 전부터 그 사실을 알고 계셨다고 합니다만 고인의 잠을 방해하는 것이 두려워 그대로 두었다고 합니다. 아니, 아무리 욕심 없는 스님이라곤 해도 대단하죠. 이거 요즘 시가로 치면 굉장한 거예요. 또한 이것은 여담이지만 이렇게 현재 세 개의 금화가 나왔으니 저 파묻힌 보물 전설도 반드시 꿈이라고만은 할 수 없을 것 같습니다. 한 번 찾아볼까요."

나는 노리코와 얼굴을 마주보고 미소 지었지만 이내 눈을 돌리고 침묵했다.

"실례입니다만 그 금화는 어디에 있었나요."

노리코가 다소곳하게 물었다.

"아아, 그래요. 깜박했는데 이건 미야코 씨의 손궤 밑에서 발견된 겁니다. 이 한 가지 일만 봐도 미야코 씨가 최근 동굴 속에 들어갔단 걸 알 수 있죠. 그 사람이 이 금화를 찾아낸 건 어쩌면 코우메 할머님을 살해한 날 밤은 아니었을까요. 그 사람이 시랍이 있는 관을 뒤지는 도중에 코우메와 코다케 할머님이 오셨죠. 우연히 거기서 만났던지, 오는 걸 알고 기다리고 있었던지, 어쨌든 두 사람이 오자 갑자기 위에서 뛰어내려 코우메 할머님을 교살했어요. 그 사람에게 있어서는 코우메 할머님이든 코다케 할머님이든 어느 쪽이든 괜찮았지만 벼락에 맞아 갈라진 건 코다케 할머님의 삼나무였으니 가능하면 코다케 할머님 쪽을 죽이고 싶었을 겁니다. 그래서 그 살인연명부에는 착각하고 코다케 할머님 쪽을 지웠던 거겠죠."

"그 사람은……."

하고 내가 낮은 목소리로 말했다.

"항상 코다케 할머님과 코우메 할머님을 헷갈려 했습니다."

"그렇군요. 그래서 무심코 그 때도 착각했던 거군요. 아무튼 코우메 할머님이 살해당하고 처음으로 지금까지 제각각이었던 피해자들 중 공통점을 지닌 두 사람이 나타났습니다. 즉 히사야 씨와 코우메 할머님입니다. 그와 동시에 다지미 가에서 뒤에 남겨진 한 사람(이 경우, 타츠야 군은 새로 온 사람이니까 일단 제외하기로 하고)인 하루요 씨도 범인의 리스트에 오를 자격이 있다는 것, 즉 모리 미야코와 둘이 나란히 미망인 항목에 올라 있었다는 사실을 알아차렸을 때 제가 얼마나 놀랐을지를 상상해 주십시오. 여기서 처음으로 사건의 동기가 표면에 드러났던 겁니다. 범인은 동쪽집 일족을 모두 죽이려고 하고 있는 것이다. 그리고 지금까지의 살인은 전부 그것을 숨기기 위해 행해진 것이다, 그런 생각이 들었을 때의 저의 놀라움. ……그래서 저는 꽤 전부터 미야코를 범인이라고 알고 있었으니 이 동기와 미야코를 결부시켜 보았습니다. 동쪽집 일족을 모두 죽여서 과연 미야코에게 뭔가 이익이 있을까. 직접적으로는 없습니다. 하지만 그 사이에 신타로란 사람을 놓고 보면 갑자기 중대한 의미를 띠게 되죠. 미야코 씨가 전남편이 죽은 후 신타로 씨와 결혼할 것 같다는 걸 서쪽집 어르신으로부터 들었던 겁니다. 그래서 저는 이 사건을 영락없이 두 사람의 공모일 거라고 판단해버렸습니다. 그렇게 생각한 것도 무리는 아닌 것이, 미야코 씨와 신타로 씨와의 저 미묘한 심리의 모순, 고집의 대립을 알 리 없었으니까요."

신타로는 어두운 눈을 하고 끄덕였다. 생각해보면 그가 고집이나 자존심을 팽개치고 미야코와 결혼했다면 적어도 팔묘촌 사건만은 일어나지 않고 끝났을 것이다. 그 대신 전남편을 죽인 여자와 결혼하게 되었을지는 몰라도.

"아무튼 이렇게 대략 동기를 알게 되고 범인도 알게 되었지만 대관절 저에게 어떤 수단이 있었을까요. 거기에는 이렇다 할 증거는 하나도 없었어요. 미야코, 신타로(그 무렵 저는 그렇게 생각하고 있었습니다만)를 고발할 재료는 아무 것도 없었어요. 그래서 저는 기다리는 것밖에 다른 수가 없었습니다. 범인은 언젠가 조만간 하루요 씨에게 손을 뻗을 게 틀림없다. 그걸 가지고 증거를 잡는다면……하고 그렇게 생각하고 있었건만, 이런, 웬걸, 범인 쪽이 훨씬 선수였던 겁니다. 저는 생각하건대, 미야코의 생각으로는 구노 선생의 시체는 좀처럼 발견되지 않을 거라고 대수롭지 않게 생각했던 건 아닐까, 즉 모든 범죄를 구노 선생에게 뒤집어씌울 작정은 아니었을까 하고. 구노 선생이 모두를 죽이고 행방을 감췄다고 생각하게 만들려던 건 아니었을까 하고. ……반년이고 일 년이고 흘러서 그 시체가 발견되었을 때는 백골이 되어 있을 테니 코우메 할머님하고 둘 중 어느 쪽이 먼저 죽었는지 알 리 없죠. 아니, 아니, 코우메 할머님 다음으로 하루요 씨를 죽여도 그것 역시 구노 선생이 한 짓이라고 여기게 만들 수 있을 거라 생각하고 있었겠죠. 즉 구노 선생은 실종 후 일정 기간 동굴 속에서 살아 있어, 코우메 할머님을 죽이고 하루요 씨를 죽이고 그 후 동굴 속 깊이 도망쳐 스스로 저 살인명부를 가슴에 품고 자살한 거다, 그렇게 짐작하게끔 만들 수 있다고 생각한 건 아닐까요. 하지만 제가…… 저는 코우메 할머님의 시체 옆에서 구노 선생의 사냥 모자를 발견한 순간, 선생은 이미 죽어 있음에 틀림없다고 생각했습니다만……. 제가 강경하게 동굴 안을 수색하자고 주장하자, 범인은 갑자기 계획을 변경하지 않을 수 없게 되었죠. 왜냐면 지금 구노 선생이 발견되면 코우메 할머님보다 먼저 죽었다는 걸 금세 알 수 있을 것이고 하루요 씨 살해의 죄를 덮어씌울 수가 없습니다. 그래서 새로운 죄업전가의 대상으로서 선택한 게 타츠야 씨, 당신입니다."

그 사실은 나도 어렴풋이 알아차리고 있었지만 긴다이치 코스케에게 새롭게 지적당하니 새삼스럽게 차가운 전율이 등줄기를 꿰뚫는 걸 막을 수 없었다.

긴다이치 코스케는 어두운 눈을 하고,

"아니, 아니, 구노 선생의 시체발견이 없었어도 미야코 씨는 언젠가 당신을 정리할 작정이었습니다. 분명 처음 당신을 고베까지 데리러 갔을 때부터 살려둘 수 없다고 생각하고 있었겠죠. 그래요, 참. 미야코 씨는 이런 말을 했습니다. 하루요 씨를 죽였을 때, 그 사람이 갖고 있던 도시락에 독을 넣어둘 작정이었다고. 그렇게 해두면 당신이 범인이고 전부 실행한 끝에 절체절명이 되어 독을 먹고 자살한 거다,란 게 될 게 아니냐고 생각했던 겁니다. 하지만 의외로 당신이 급히 도착했던 탓에 그럴 틈이 없었다고 밝혔습니다."

나는 다시금 무서운 전율이 등줄기를 꿰뚫는 걸 느꼈다. 아아, 어느 쪽으로 굴러도 살아 있을 수 없도록 계획되어져 있었던 것이다. 내가 지금 이렇게 살아 있는 건 참으로 기적 같은 것이다.

긴다이치 코스케는 한층 암담한 표정을 하고,

"하지만 타츠야 군을 거기까지 몰아넣기 전에 미야코 씨는 무서운 책략을 궁리했어요. 게다가 미야코 씨는 그것을 아주 잘 해치웠습니다. 경찰에 경고장을 보낸다든지 동사무소 앞에 종이를 붙인다든지……. 그렇습니다. 모두 미야코 씨가 한 짓이었습니다. 타츠야 씨, 처음 당신에게 절대로 이 마을에 돌아오지 말라는 이상한 경고장을 보낸 것도 역시 그 사람입니다. 그런데도 자신이 당신을 마중하러 왔으니 그 점만으로도 당신이 절대로 그 사람을 의심할 수 없었던 것도 무리는 아닙니다. 아무튼 경찰에 경고장을 보낸다든지 동사무소에 종이를 붙인다든지 하면서 한편으로 교묘하게 단순한 농민들을 충동질했던 겁니다. 미야코 씨는 입으로는 결코 당신이 수상하다고 하지 않았어요. 하지만 그 이상의 행동으로 자신도 타츠야가 범인이라고 생각하고 있다고, 슈 씨나 키치조에게 믿게 만들었던 겁니다. 그리고 마침내 폭동이 일어났죠."

긴다이치 코스케는 한숨을 쉬고,

"제가 아까 상대편이 선수였다고 한 건 이 얘깁니다. 폭동……. 누가 이런 사태를 예상했을까요. 사실 그때 자신에 대해 생각해 보면 전 스스로도 정나미가 떨어져요. 몹시 당황해서 어찌할 바를 모르고, 조마조마, 허둥지둥, 난리법석 쩔쩔매는 사이에 감쪽같이 하루요 씨가 살해당해버렸던 겁니다. 이 사건에서 제게 좋은 구석은 하나도 없었단 건 이 점을 얘기한 겁니다."

긴다이치 코스케는 침울하게 입을 닫았지만 한참 있다가 탄식하듯 이렇게 중얼거렸다.

"무서운 여자였습니다. 굉장한 여자였습니다. 낮에는 미모와 재기로 온갖 남자를 매료시키면서 밤에는 범부채 열매처럼 까만 옷을 몸에 두르고 살인귀가 되어 동굴 안에서 안으로 방황하는, 천재적 독살마인 동시에 천재적 살인귀이기도 했던 겁니다. 그런 걸 여자요괴라고 하던가요."

아무도 그에 대답하는 이는 없었다. 숨 막히는 침묵이 우리 주위를 감싼다. 그 침묵을 뚫고 내가 돌연히 외쳤다.

"대체 미야코는 어찌된 겁니까. 그 후 어떻게 된 겁니까. 아무도 제게 말해주지 않아요. 미야코는 그 후 대체 어찌된 겁니까."

한순간 사람들은 쥐죽은 듯 가라앉더니, 서로 얼굴을 마주보고 있었다. 이윽고 긴다이치 코스케가 목에 걸린 가래를 삼키면서 그저 한 마디.

"미야코는 죽었습니다."

"죽었다고요? 자살한 겁니까?"

"아뇨, 자살은 아닙니다. 그것은 무서운 죽음이었습니다. 타츠야 씨, 하루요 씨와 미야코는 무승부였습니다. 하루요 씨에게 물린 상처가 원인이 되어 미야코 씨는 죽었으니까요. 그것은 정말이지 뭐라 말할 수 없을 만큼 처참한 최후였습니다. 그 아름다운 사람이 전신이 보랏빛으로 물들어 뼈와 살을 짓밟는 고통에 뒹굴면서 마지막 숨을 거두었던 겁니다."

나는 그때 하루요 누님도 어쩌면 그 일을 알고 있었던 건 아닐까 깨달았다. 설마 미야코가 그처럼 무서운 최후를 마치리라고는 몰랐겠지만 자신을 죽이려고 했던 인물, 자신이 새끼손가락을 물어뜯은 상대가 누구였는지는 알고 있었던 게 아닐까. 아무리 어둠속이라고는 해도, 아무리 말을 하지 않았다고 해도, 몸과 몸이 닿으면, 그리고 입까지 막혔다면 상대가 남자인지 여자인지 정도는 알 수 있었을 것이다. 그리고 상대가 여자란 걸 알았다면 누구인지 알아차렸음에 틀림없다. 그렇다, 누님은 알고 있었던 것이다. 그렇기 때문에 내가 상대가 누구인지 물었을 때 누님은 그처럼 수수께끼 같은 미소를 지었던 것이다. 이름을 말하는 건 주저했지만 새끼손가락을 물어뜯은 것으로 십분 복수를 마쳤단 걸, 누님은 알고 있었음에 틀림없다. 그렇게 생각하니 그 상처가 원인이 되어 처참한 최후를 마쳤다는 것도 누님의 집념처럼 생각되어 새삼스레 두려움에 떨지 않을 수 없었다.

그리고서 긴다이치 코스케는 빛을 잃은 눈으로 멍하니 다른 쪽을 응시하며 이런 식으로 이야기를 마무리 지었다.

"미야코의 임종은 무서운 것이었습니다. 무시무시한 스릴이었습니다. 아뇨, 미야코를 위해서도 저 자신을 위해서도 미야코가 죽어버리면 전부 묻혀버리고 말겠죠. 숨을 거두기 전에 어떻게든 고백을 받아내지 않으면 안 된다. 게다가 제게는 아무 증거도 없었어요. 그저 억측을 늘어놓는 것 외에 달리 지혜가 없었죠. 그런 현명한 사람이니 처음엔 그 사람은 코끝으로 웃고 있었습니다. 사실 그것은 일종의 결투였습니다. 심리적이라기보다도 기백의 결투였습니다. 하지만 신타로 씨의 이름이 나온 순간, 그 사람은 졌습니다. 거기서 저는 기회를 놓치지 않았습니다. 당신이 이대로 입 다문 채 죽으면 전부 신타로 씨가 뒤집어쓰지 않을 수 없다고 제가 엄포를 놓은 순간, 미야코는 완전히 항복했습니다. 아니에요, 아니에요! 하고 미야코는 필사적으로 외쳤습니다. 그러니까 그 사람, 즉 신타로 씨는 아무 것도 모르는 일이다. 나 혼자 한 짓이다. 이런 사실을 알게 되면 그 사람은 저를 경멸할 거다. 저는 그 사람이 아무 것도 모른 채 본가를 상속하게 하고 싶었는데……. 그렇게 말하고 하염없이 울더니 처음으로 전부 털어놓았던 겁니다. 나쁜 여자이기는 했지만, 그녀의 절망적인 탄식을 생각하면 지금도 저는 가슴이 죄어드는 것 같습니다."

미야코는 전부 고백하고 긴다이치 코스케에게 부탁해 고베에 전보를 쳐서 스와 변호사를 불러달라고 했다고 한다. 스와 변호사는 다음날 아침 도착했다. 그녀는 변호사에게 뒷일을 부탁하고 숨을 거두었다. 그것은 내가 동굴에서 구출된 날의 일로, 역시 그녀도 숨을 거두기까지 내 안부에 신경 썼다고 한다.

"자, 이걸로 만사 이야기는 끝난 것 같군요."

모든 이야기가 끝나고 일동이 생각에 생각을 거듭하며 감개에 젖어 있을 때였다. 갑자기 자리 구석에서 씩씩한 소리로 외친 사람이 있었다. 스와 변호사였다.

"이야기가 끝났다면 한잔 쭉 마시지 않겠습니까. 너무 음침하게 짝이 없는 이야기라 우울해서 견딜 수가 없구려. 뭔가 마음이 밝아질 만한 이야기 없습니까?"

그런 스와 변호사의 눈에는 눈물이 하얗게 빛나고 있었다. 그는 미야코를 좋아했던 것이다.

그 마음을 알아차리고 일동의 기분을 돌리기 위해 앞으로 나선 것은 다름 아닌 나였다.

"그럼 외람되지만 제가 이야기를 하죠. 긴다이치 씨."

"예."

"당신은 요전에 제게 너무 놀라지 말라고 주의를 주셨죠. 그러고 보면 저는 여기 온 이래 놀랄 일들뿐이었습니다. 그래서 마지막으로 이번에는 제가 여러분을 깜짝 놀라게 해드리려고 합니다."

무슨 말을 하려나 하고 일동은 의아한 듯 내 얼굴을 보고 있다. 나는 노리코와 얼굴을 마주보고 미소 지었다. 내 마음은 춤추고 말투가 조금 상기되어 있었다. 나는 맥주를 마시며 마음을 가라앉히고는 약간 점잔빼는 투로 이렇게 말했다.

"긴다이치 씨, 당신은 방금 전에 파묻힌 보물의 전설은 반드시 꿈이라고만은 할 수 없다고 하셨죠. 그렇습니다. 꿈은 아니었습니다. 저는 그걸 발견했습니다."

갑자기 그 자리가 웅성거리기 시작했다. 서로 얼굴을 마주보며 괜찮은가 하고 말하는 듯한 눈빛이었다. 나는 다시금 노리코와 시선을 교환하며 미소 지었다.

"여러분, 걱정하실 필요 없습니다. 저는 결코 미친 것도 꿈을 꾸고 있는 것도 아닙니다. 제가 오늘밤 스와 변호사를 이 자리에 모신 것도 이 일에 대해 부탁하고 싶어서입니다. 묻혀 있던 재물을 발견했을 경우 그 소유권은 어떻게 되는지, 또 어떤 법적수속을 밟으면 되는지, 저는 조금도 모릅니다. 그래서 이 일 일체를 스와 씨에게 부탁하고 싶다고 생각했습니다. 또 계속해서 여기서 발표하겠습니다만, 저는 노리코와 결혼했습니다. 저 동굴 속에서……. 자, 노리코, 여러분께 그 황금을 보여드려……."

노리코가 일어서서 도코노마 옆에 있는 벽장을 열고 거기서 엄청난 금화를 꺼냈을 때 어떤 환성과 박수의 폭풍이 일어났는지 그것은 새삼 설명할 것도 없다.

■ 대단원

이상으로 나는 모든 일을 이야기한 셈이나, 덧붙여 조그마한 일에도 신경 쓰는 독자를 위해 두세 마디 사족을 첨가하기로 하자.

금화는 267장이었다. 미야코의 손궤에서 발견된 석장을 합치면 270장이다. 조금 어중간한 숫자이기는 하지만 어쩌면 '용의 턱'에서 백골이 된 스님의 동업자가 얼마쯤 가져간 건지도 모른다. 아무튼 금화의 무게와 금의 함유량은 전에도 써두었으니, 267장의 금화가 시가 어느 정도가 되는지 색다른 것을 좋아하는 독자는 계산해 보시는 것도 흥미로울 듯하다.

그건 그렇고 그 날 나는 신타로에게 다지미 가 상속인에서 사퇴하겠다는 이야기를 꺼냈다. 자신이 누구의 아이인지 모른다는 이유를 댔다. 신타로는 잠자코 내 얼굴을 보고 있었지만 이윽고 고개를 좌우로 흔들고는,

"그것은 안 될 말이야, 타츠야 군. 그쪽처럼 말한다면 누구나 그렇지. 세상에 자기 아버지가 누군지 확실히 아는 사람이 있을까. 그걸 아는 건 어머니뿐이네. 아니, 어머니조차 모르는 경우도 있을지 모르지."

그래서 나는 병풍 속에서 발견했던 가메이 요이치의 사진을 보여주었다.

"형님, 이걸 보아주십시오. 이래도 아직 제게 다지미 가를 상속할 정도의 강심장이 있을 거라 생각하십니까."

신타로는 잠자코 그 사진과 내 얼굴을 번갈아보고 있었지만 갑자기 내 손을 잡았다. 꽤 강인한 남자였지만 그 때만은 눈에 하얀 것이 빛나고 있었던 것 같다.

신타로는 지금 팔묘촌에 석회공장을 짓겠다며 정신없이 분주하게 일하고 있다. 그 부근 일대에 석회의 원료가 되는 석회암이 무한하게 묻혀 있어서 사업은 아주 유망하다고 전문가도 보증했다고 한다. 그에 대해 신타로는 내게 이렇게 말했다.

"이 마을에 새로운 사업을 일으켜 근대적인 기술을 몸에 익힌 인간이 모여들게 되면 마을사람들의 사고방식도 어느 정도 달라지겠지. 그것 밖에는 이 부아가 치미는, 미신을 믿는 사람들의 사고방식을 교정할 방법은 떠오르지 않아. 그런 의미로도 나는 이 사업을 성공시키지 않으면 안 되는 거야."

그리고 또 신타로는 이런 말도 했다.

"타츠야 군, 나는 평생 결혼하지 않을 거네. 그것은 미야코에 대한 의리 같은 게 아니라, 나 같은 경험을 한 남자가 여성에 대해 회의적이 되고 겁쟁이가 되는 것도 무리는 아니겠지. 그러니 너희들, 너와 노리코는 많이 아이를 낳아줘. 너희들 사이에 태어난 두 번째 남자아이를 나는 입양해 다지미 가의 상속인으로 하고 싶네. 그렇게 함으로써 불행했던 너의 어머니에게도 의리를 지키고 또 너를 이 집의 상속인으로 하려던 히사야 군의 뜻에도 부응할 수 있을 거라 생각해. 타츠야 군, 이 일만은 지금 약속해 주게."

그건 그렇고 나는 누님의 백일을 마치고 고베로 출발하기로 하고 있었다. 고베의 서교에는 스와 변호사가 우리 부부를 위해 새집을 꾸며놓고 기다리고 있었다. 세상은 묘한 것으로, 저 황금 발견의 전말이 신문에 나자 여기저기서 돈을 빌리고 싶다는 요청도 물밀듯이 들어왔지만 그와 동시에 돈을 빌려주겠다는 요청도 적지 않았다. 이걸 보면 가난한 사람에게 돈을 빌려줄 사람은 한 사람도 없지만 부자에게는 얼마든지 돈을 빌려주고 싶어 하는 사람들이 있는 모양이다.

아버지에게도 고베의 새집에 같이 살자고 권했지만 아버지는 거절하고 받아들이지 않았다.

"내게는 스승님을 간병하지 않으면 안 될 의무가 있다. 게다가 젊은 부부 사이에 이런 노인이 끼어들면 어찌 되겠니. 언젠가 다리, 허리가 망가지면 신세지게 될지도 모르지만 그 때까지는 비명에 죽어간 사람들의 명복을 빌며 살고 싶다."

아무튼 나는 죽은 누님에 대한 최소한의 공물로 이 집 용마루 아래서는 결코 노리코와 부부의 언약을 맺지 않겠다고 결심하고 있었다. 이 일은 노리코도 승낙하고 있었는데, 누님이 돌아가신 지 백일이 되는 날이 이틀, 사흘 앞으로 다가온 어느 날 노리코가 내 귀에 어떤 이야기를 속삭였다.

나는 망연해졌다.

나는 어떤 확신을 가지고 있었던 것이다. 내 생명의 첫 숨결이 어머님의 태내에 싹튼 것은 저 동굴 속에서였음이 틀림없다고. 같은 일이 노리코의 태내에 일어난 것이다. 단 한 번의 경험으로. 되풀이되는 세포의 역사는 집요하다.

나는 강하게 노리코를 끌어안았다. 그리고 곧 태어날 이 새 생명에게는 결코 자신이 맛본 것 같은 비참한 반생을 주지 않겠다고 맹세했다.

〈完〉

추리소설이 줄 수 있는 모든 즐거움, 《팔묘촌(八つ墓村)》 또는 책을 읽기 전에는 절대로 보지 않아야 할 부분

윤영천(howmystery.com)

긴다이치 코스케 시리즈 팬들에게 반가운 소식이 들려온다. 2007년 개봉을 목표로 영화 '이누가미 가의 일족(犬神家の一族)'이 제작 발표회를 마치고 촬영에 들어갔다고 한다. 감독은 1976년에 이미 동명의 영화를 감독해, 요코미조 세이시 붐을 일으켰던 이치가와 콘(본명: 市川崑). 이미 90세를 넘긴 일본 영화계의 거장은 다시 긴다이치 코스케 시리즈로 메가폰을 잡았다. 이 화려한 리메이크 작에는 후카다 교코 등 젊은 배우는 물론, 30년 전 긴다이치 코스케 역을 맡았던 이시자카 코지가 다시 긴다이치 코스케 역으로 출연, 옛 관객들의 향수를 자극한다고 한다. 2002년의 요코미조 세이시 탄생 100주년 그리고 2007년 '이누가미 가의 일족'의 30년만의 리메이크, 게다가 외손자 긴다이치 하지메 군(소년탐정 김전일)도 추억의 오페라극장에서 다시 영업(?)을 시작했으니 이래저래, 요코미조 세이시와 탐정 긴다이치 코스케에게 복된 2000년대가 아닐까.

긴다이치 코스케 시리즈 중 작가와 독자들이 압축한(조사에 따라 조금씩 차이가 있지만) 다섯 편의 작품 중(《혼진살인사건》

《옥문도》《팔묘촌》《이누가미 가의 일족》《악마의 공놀이 노래》)
《팔묘촌》은 《옥문도》와 함께 언제나 1, 2위를 다투는 작품이다. 인기만으로 따지자면 오히려 한 수 위랄까, 영상화된 횟수가 이를 증명한다. 《팔묘촌》은 긴다이치 코스케 시리즈 중 가장 많이 영상으로 옮겨져 1951년, 1977년, 1996년 영화화됐으며 1969년, 1971년, 1978년, 1991년, 1995년, 2004년 드라마로 제작됐다(심지어 국내에 방영됐던 일본 드라마 '트릭' 2기 중에는 '육묘촌'이라는 패러디 에피소드가 등장하기도 한다. 각 캐릭터의 모습은 www7.ocn.ne.jp/~yokomizo/haiyaku-yatuhaka.html에서 확인할 수 있다). 일본 내에서는 '너무나도 유명해 제목은 잘 알고 있지만 정작 원작은 읽지 않은' 정도의 작품으로 받아들여지는 듯하다.

《팔묘촌》은 요코미조 세이시가 47세 되던 해, 즉 1949년에 쓰여 1950년에 완결됐다. 긴다이치 코스케가 등장하는 네 번째 장편으로, 《혼진살인사건》《옥문도》 때의 사건에서처럼 이소카와 경부와 함께한다. 그는 막 귀수촌(鬼首村)에서 사건을 해결하고(세 번째 장편 《밤 산책》. 이 마을은 차후 《악마의 공놀이 노래》의 배경이 된다) 또 하나의 의뢰를 받고 막 팔묘촌에 도착한 터다. 이 작품은 1971년 간행된 가도카와 문고의 첫 번째 작품으로도 잘 알려져 있으며 '일본 공포의 원점'이라는 평을 듣고 있다. 물론 향후 6,000만 부 이상이 팔린 요코미조 세이시 열풍의 서막을 연 것임은 말할 것도 없다.

《팔묘촌》은 긴다이치 코스케 시리즈 중 가장 잘 알려진 작품이지만 또한 가장 이채로운 작품이기도 하다. 무엇보다 전작과 달리, 1인칭으로 쓰였다는 점이다.

'나'는 이제부터 팔묘촌이라는 저주스러운 마을에서 겪었던 너무나도 무서운 이야기를 털어놓으려 한다. 때는 전국시대, 8명의 패주무사들이 황금을 가득 싣고 한 마을로 몸을 숨긴다. 마을사람들은 처음에는 환영했지만 황금에 눈이 멀어 8명의 무사들을 몰살하고 만다. 무사들의 우두머리는 마지막 호흡을 내쉬는 순간까지 마을을 저주하며 숨을 거두는데……. 그 후, 마을에서는 연이어 괴이한 사건이 발생한다. 두려움에 떨던 마을사람들은 무사들의 시체를 극진히 매장하고 마을의 수호신으로 숭앙한다. 마을은 그 이후 '팔묘촌'이라는 이름으로 불린다. 세월이 지난 다이쇼 시대, 팔묘촌의 동쪽집이라고 불리는 세가 다지미 가문의 주인 요조가 미쳐서 마을사람 32명을 참살하는 사건이 발생한다. 그 아수라장의 원인이었던 요조는 산으로 도망쳐 행방이 묘연하다. 마을 사람들은 팔묘촌의 여덟무덤신이 각각 4명의 제물을 요구했다며 수군대는데……. 그로부터 26년 후 다지미 집안의 후사로 판명된 '나'는 팔묘촌에 방문한다. 이상한 미신에 얽매인 마을사람과 살인마였던 아버지의 업보로 공포에 떠는 나. 이윽고 미치광이의 소행이라고밖에 볼 수 없는 연속살인사건이 차례차례 일어난다.

물론 팔묘촌의 옛 전설에 얽혀 있다고는 하지만, 등장인물이 제대로 나오기도 전에 40여 명이 죽어나가는 발단 부분은 섬뜩하다. 믿기 어렵지만 이 부분은 실제 사건에서 모티브를 가져온 것이다. 1938년 오카야마 현 도마타 군. 당시 21세였던 도이 무츠오(都井睦雄)는 소형 회중전등을 머리 위로 매고 목에는 내셔널 램프를 걸고 일본도 한 자루와 칼 두 자루, 개조한 9연발 브라우닝 엽총을 들고 마을을 덮쳤다. 1시간 반 동안 평소 원한을 갖고 있던(나중에는 무차별 살인이 됐지만) 마을주민을 차례차례 살상했다. 무려 30명이 죽었고 3명의 중경상자가 발생했다. 츠야마(津山) 사건이라고 불리는 이 사건은 당시만 해도 단독범이 일으킨 최고의 대량살인으로 일본 열도 전체가 들썩거렸다. 다소 씁쓸한 일은 이 기록을 갈아치운 사건이 국내에서 발생했다는 것이다. 1982년 경남 의령군에서 일어난 우범곤 순경 총기 난사 사건. 수류탄 7발과 카빈 소총 2정, 실탄 108발로 무장한 우순경은 인근 5개 마을의 주민에게 무차별 사격을 가했다. 56명이 사망했고 32명이 중경상을 입었다.

아무튼, 유례없는 이 잔인한 사건은 많은 추리소설 작가, 르포르타주 작가들에게 영감을 주었다. 마츠모토 세이초는 이 사건을 토대로 르포르타주를 저술하기도 했고 요코미조 세이시도 이 사건과 기존에 썼던 단편을 결합시켜 《팔묘촌》을 써내려간다. 작품 속 등장하는 요조의 행동은 동기, 행동, 복장까지 실제 사건 속의 도이 무츠오와 무척 유사하다. 잡히지 않은 요조와 달리, 도이 무츠오는 결국 산에서 자살한 시체로 발견되긴 했지만.

요코미조 세이시는 전후 과도기를 시대적 배경으로 전통과 근대성의 충돌 그리고 인습과 미신으로 불거져 나오는 불쾌한 살의를 작품의 주된 소재로 삼았다. 《팔묘촌》은 실제 사건에서 모티브를 가져온 데다 요코미조 세이시 특유의 스타일이 진하게 가미돼 그 어떤 작품보다도 으스스한 모습을 보여준다. 죽기 직전까지 저주를 다짐하는 무사, 램프를 뿔처럼 머리에 동여매고 엽총과 일본도를 치켜든 요조의 모습 그리고 마을 전체를 지배하는 미신으로 인해 작중화자가 겪는 상황들은 생각만 해도 등 뒤에서 식은땀이 흐를 정도로 오싹하다. 이 때문에 영상화된 《팔묘촌》은 오히려 공포영화 쪽으로 더 잘 알려져 있기도 하다. 하지만 《팔묘촌》의 두드러진 특징은 역시 서스펜스가 가득한 모험소설로서의 측면이다. 요코미조 세이시는 책의 상당 부분을 보물을 찾아 동굴을 헤매는 모습에 할애하고 있는데 본문에서 '나'의 입을 빌어 말하듯 언젠가 꼭 써보고 싶었던 이야기였던 것 같다. 전설 속에 숨겨진 보물, 대를 내려 전해지는 보물지도, 저택 뒤의 비밀통로 그리고 보물을 찾기 위한 동굴 탐험, 동굴 속 추격전, 그 속에서 싹트는 로맨스까지, 큼직한 스케일에 담긴 이 낭만적인 요소들은 마치 모리스 르블랑의 《기암성》을 연상케 하는 듯하다.

《팔묘촌》에서 긴다이치 코스케는 '길가는 탐정 3' 정도까지는 아니지만, 상당부분 내러티브 밖에 위치하고 있는데, 당연히 전작에 비해 활약이 줄어들 수밖에 없다. 그럼에도 불구하고 작품은 시종일관 안정감 있고 흥미진진하게 유지되고 있는데, 바로 빈틈을 꼭꼭 채운 이 오락적 요소들 때문이다. 이는 《팔묘촌》이 가장 많이 영상화된 이유이기도 하다.

추리소설이 제공할 수 있는 모든 오락성을 다 끌어다놓은 듯, 화려하게 덧칠돼 있기는 하지만 《팔묘촌》은 본격추리소설의 기본 토대도 부족함이 없다. 범인을 찾기는 그리 쉬운 일은 아니다. 탐정도 어디 갔는지 잘 보이지 않는데다가 작중화자가 요코미조 세이시 특유의 불안하게 만드는 힘(?)에 몹시 당하기 때문에 심리적 충격과 불쾌한 이미지가 작품 전체에 강조돼있기는 하지만, 연쇄살인은 '규칙적으로 보이는 것이 사실 규칙이 아니다', 라는 다소 고전적이면서도 확실한 틀 안에 구축돼 있다. 데칼코마니처럼 정확하게 양쪽으로 배치된 등장인물과 각 인물들의 동선과 심리 그리고 사건의 흐름은 전설과 저주 그리고 미신 등의 강렬한 색채 속에서 정교하게 구성돼 있다.

구조나 요소 등 복잡한 얘기는 차치하고, 《팔묘촌》의 미덕은 무엇보다 재미있다는 데 있다. 가정법 과거완료를 입에 달고 사는 주인공(내가 ＊＊하지 않았다면 ＊＊했을 텐데)은 공포영화 속의 희생자처럼 인습과 미신이 지배하는 팔묘촌으로 계속 빨려 들어 간다. 작가의 의도(배려라고 해도 좋다)대로 주인공에 눈높이를 맞추고 저 저주 가득한 팔묘촌을 탐험해보자. 섬뜩한 공포, 가슴이 두근거리는 보물찾기, 손에 땀을 쥐는 동굴 속 추격전, 그리고 작품 전체에 흩뿌려진 작가의 단서를 통해 추리해보는 지적 흥미까지, 추리소설이 제공하는 거의 모든 즐거움을 만끽할 수 있을 것이다.

마지막으로 《팔묘촌》 속의 긴다이치 코스케에 대해서 한 마디 하지 않을 수 없다. 이 위대한 일본의 국민 탐정은 사실 가장 무능한 탐정이라는 오명도 동시에 갖고 있는데, 후세의 연구자들로부터 제법 심한 말도 많이 들었다. '모두 죽지 않고서는 범인을 말하지 않는다'라든지 '사건을 떠나서 긴다이치 코스케가 등장하기 때문에 살인이 일어난다'라든지 등등. 뭐 이 비난은 외손자 긴다이치 하지메 군이 고스란히 이어받고 있는 것 같지만. 아무튼 본격적인 비난의 화살을 받게 된 것이 바로 이 작품, 《팔묘촌》 때문이다. 주인공이 사지를 돌며 놀란 마음을 달랠 때, 다람쥐처럼 고개만 슬쩍슬쩍 내밀다가 모두 다 죽은 후에 "이미 범인을 알고 있었습니다."라고 말하는 모습은 단순한 무능력을 넘어선 초연함까지 느껴지는데……. 다만 죽은 이들의 명복을 빌 뿐이다.

확신이 없어서였을까, 소심해서였을까, 범인을 배려하는 탐정으로 일본 추리소설사에 길이길이 남으려는 욕심 때문이었을까. 긴다이치 코스케는 그 인기만큼 참 묘한 탐정이 돼버리고 말았다.

그렇다고 해서 긴다이치 코스케의 탐정으로서의 성적이 참혹한 것만은 아니다. 1993년 일본의 모 잡지에서 긴다이치 코스케의 방어율을 조사한 적이 있는데, 주요 10작품에서 방어율 4.2를 기록했다. 썩 좋은 수치는 아니지만 주요 10작품은 모두 세상을 뒤흔들만한 연쇄살인이어서 나름대로 선전한 것으로 보인다. 전체 77작품을 두고 보면 방어율은 상당히 좋아지는데 긴다이치 코스케가 개입한 이후 발생한 희생자가 총 105명, 따라서 방어율은 1.5 정도 되겠다. 이만하면 에이스로서 충분하지 않은가. 그는 결국 명탐정이었던 것이다.

긴다이치 코스케 시리즈 작품 목록 (아동물 제외)

출처: www.yokomizo.to

1 혼진살인사건 本陣殺人事件 1946년 4월~12월

2 옥문도 獄門島 1947년 1월~1948년 10월

3 박쥐와 괄태충 蝙蝠と蛞蝓 1947년 9월

4 흑묘정사건 黑猫亭事件 (원제: 흑묘) 1947년 12월

5 살인마 殺人鬼 1947년 12월~1948년 2월

6 흑란 아가씨 黑蘭姬 1948년 1월~3월

7 밤 산책 夜步く 1948년 2월~11월

8 팔묘촌 八つ墓村 1949년 3월~1950년 3월

9 데드마스크 死仮面 1949년 5월~12월

10 이누가미 가의 일족 犬神家の一族 1950년 1월~1951년 5월

11 여괴물 女怪 1950년 9월

12 백일홍 아래서 百日紅の下にて 1951년 1월

13 여왕벌 女王蜂 1951년 6월~1952년 5월

14 까마귀 鴉 1951년 7월

15 악마가 와서 피리를 분다 惡魔が来りて笛を吹く 1951년 11월 ~1953년 11월

16 유령극장 幽霊座 1952년 11월~12월

17 호수바닥의 진흙 湖泥 1953년 1월

18 죽지 않는 나비 不死蝶 1953년 6월~11월

19 살아난 데드마스크 生ける死仮面 1953년 1월

20 미로의 신부 迷路の花嫁 1954년 4월~10월

21 유령남자 幽霊男 1954년 1월~10월

22 화원의 악마 花園の悪魔 1954년 2월

23 타락한 천녀 堕ちたる天女 1954년 6월

24 신기루 섬의 정열 蜃気楼島の情熱 1954년 9월

25 잠자는 신부 睡れる花嫁 (원제: 요수) 1954년 11월

26 세 개의 수탑 三つ首塔 1955년 1월~12월

27 흡혈나방 吸血蛾 1955년 1월~12월

28 두레우물은 왜 삐걱거리나 車井戸はなぜ軋る 1955년 5월

29 목 首 1955년 5월

30 폐원의 귀신 廢園の鬼 1955년 6월

31 독화살 毒の矢 1956년 1월

32 밀랍미인 蝋美人 1956년 2월

33 검은 날개 黒い翼 1956년 2월

34 사신의 화살 死神の矢 1956년 3월

35 마녀의 달력 魔女の暦 1956년 5월

36 어둠 속의 고양이 暗闇の中の猫(원제: 어둠 속에 숨은 고양이) 1956년 6월

37 꿈속의 여인 夢の中の女(원제: 검은 옷의 여인) 1956년 7월

38 일곱 개의 가면 七つの仮面 1956년 8월

39 미로장의 참극 迷路荘の惨劇(원제: 미로장의 괴인) 1956년 8월

40 화려한 야수 華やかな野獣 1956년 12월

41 트럼프 대 위의 목 トランプ台上の首 1957년 1월

42 안개 속의 여인 霧の中の女 1957년 1월

43 여인의 결투 女の決闘(원제: 홀린 여인) 1957년 1월~3월

44 진흙 속의 여인 泥の中の女(원제: 진흙 속의 얼굴) 1957년 2월

45 가방 속의 여인 鞄の中の女 1957년 4월

46 거울 속의 여인 鏡の中の女 1957년 5월

47 우산 속의 여인 傘の中の女 1957년 6월

48 옥중의 여인 檻の中の女 1957년 8월

49 카가미가우라의 살인 鏡が浦の殺人 1957년 8월

50 대여 보트 13호 貸しボート十三号 1957년 8월

51 악마의 공놀이 노래 悪魔の手毬唄 1957년 8월~1959년 1월

52 호중미인 壺中美人(원제: 항아리 속의 여인) 1957년 9월

53 중국부채의 여인 支那扇の女 1957년 12월

54 문 그림자의 여인 扉の影の女(원제: 문 안의 여인) 1957년 12월

55 악마의 강탄제 悪魔の降誕祭 1958년 1월

56 동굴 속의 여인 洞の中の女 1958년 2월

57 관 속의 여인 柩の中の女 1958년 3월

58 불의 십자가 火の十字架 1958년 4월~6월

59 붉은 빛의 여인 赤の中の女 1958년 5월

60 눈동자 속의 여인 瞳の中の女 1958년 6월

61 스페이드의 여왕 スペードの女王(원제: 하트의 퀸) 1958년 6월

62 장미의 별장 薔薇の別荘 1958년 6월~9월

63 악마의 총아 悪魔の寵児 1958년 7월~1959년 7월

64 향수자살 香水心中 1958년 11월

65 안개의 산장 霧の山荘(원제: 안개의 별장) 1958년 11월

66 인면창 人面瘡(얼굴모양의 종기) 1960년 7월

67 암거머리 雌蛭 1960년 9월

68 백과 흑 白と黒(원제: 소용돌이 속의 여인) 1960년 11월~1961년 12월

69 악마의 백순보 悪魔の百唇譜(백순보: 관계한 여인들의 입술모양을 찍어서 보관한 것) 1962년 1월

70 해시계 속의 여인 日時計の中の女 1962년 8월

71 엽기 시말서 猟奇の始末書 1962년 8월

72 밤의 흑표범 夜の黒豹(원제: 푸른 도마뱀)

73 고양이관 猫館 1963년 8월

74 박쥐남자 蝙蝠男 1964년 5월

75 가면 무도회 仮面舞踏会 1974년 11월

76-1 병원 비탈길에 목매달아 죽은 이의 집 1부 病院坂の首縊りの家 第1部 1975년 12월~1977년 10월

76-2 병원 비탈길에 목매달아 죽은 이의 집 2부 病院坂の首縊りの家 第2部

77 악령도 悪霊島 1978년 7월~1980년 3월